5

d

Van Lee Child zijn verschenen:

Jachtveld*
Lokaas*
Tegendraads*
De bezoeker*
Brandpunt*
Buitenwacht*
Spervuur*
De vijand

* In POEMA-POCKET verschenen

Lee Child

DE VIJAND

Uitgeverij Luitingh

Voor meer informatie: kijk op **www.boekenwereld.com**

Oorspronkelijke titel: *The Enemy*
Vertaling: Bob Snoijink
Met dank aan Ruud Swint
Omslagfotografie: Peter Turnley/Corbis/TCS

ISBN 90 245 4678 8
NUR 332

Ter nagedachtenis aan Adele King

I

Iets ernstigs, zoiets als een hartaanval. Misschien waren het Ken Kramers laatste woorden, als een ultieme explosie van paniek in zijn brein, tot zijn ademhaling stopte en hij in een zwarte diepte tuimelde. Hij was buiten zijn boekje gegaan en wist het. Op alle fronten. Hij was op een plek waar hij niet had moeten zijn, in het gezelschap van iemand bij wie hij niet had moeten zijn en had iets bij zich wat hij op een veiliger plek had moeten bewaren. Maar hij was er altijd zonder kleerscheuren afgekomen. Hij had op winst gespeeld en wás ook aan de winnende hand geweest. Waarschijnlijk glimlachte hij. Tot de plotselinge stomp diep in zijn borstkas hem verried. Toen stond alles op z'n kop. Succes maakte plaats voor directe rampspoed. Hij had geen tijd meer om wat dan ook te corrigeren.

Niemand weet hoe een dodelijke hartaanval voelt. Er zijn geen overlevenden om het na te vertellen. Artsen praten van necroos, bloedpropjes, zuurstofgebrek en verstopte vaten. Ze voorspellen snelle samentrekkingen van de hartboezem, of helemaal niets. Ze gebruiken woorden als *infarct* en *fibrillatie*, maar die woorden zeggen niets. *Je valt gewoon dood*, zouden ze moeten zeggen. Nou, dat deed Ken Kramer zeker. Hij viel gewoon dood, nam zijn geheimen met zich mee, en het gelazer dat hij achterliet werd bijna ook mijn eigen dood.

Ik zat in mijn eentje in een geleend kantoor. Er hing een wandklok. Die had geen secondewijzer. Alleen een uur- en minutenwijzer. Het was een elektrische klok. Hij tikte niet. Hij was doodstil, net als de kamer. Ik keek strak naar de minutenwijzer. Hij bewoog niet.

Ik wachtte.

De wijzer bewoog. Hij sprong zes graden verder. Het was een mechanische, gedempte, precieze beweging. Hij maakte een sprongetje en kwam een beetje trillend tot stilstand.

Een minuut.

Eén minuut verstreken, nog een te gaan.

Nog zestig seconden.
Ik bleef kijken. De wijzer bleef een hele tijd roerloos. Toen nam hij weer een sprongetje. Weer zes graden, weer een minuut, precies middernacht en 1989 was 1990 geworden.
Ik schoof mijn stoel naar achteren en stond op achter mijn bureau. De telefoon ging. Ik dacht dat iemand me gelukkig nieuwjaar wilde wensen. Maar dat was niet het geval. Er was een burgerpolitieman aan de lijn om te zeggen dat hij een dode militair had in een motel op vijftig kilometer van de basis.
'Ik moet de officier van de wacht van de militaire politie spreken,' zei hij.
'Dat ben ik,' zei ik.
'We hebben een dode soldaat,' zei hij.
'Een van ons?'
'Een militair,' zei hij.
'Waar?'
'In een motel, in de stad.'
'Doodsoorzaak?' vroeg ik.
'Hoogstwaarschijnlijk een hartaanval,' zei de agent.
Ik dacht even na en sloeg de bladzijde van de dienstkalender op mijn bureau om van 31 december naar 1 januari.
'Niets verdachts?' vroeg ik.
'Ik heb niets gezien.'
'Hebt u al eens eerder met een hartaanval te maken gehad?'
'Heel vaak.'
'Oké,' zei ik. 'Bel het hoofdkwartier maar.'
Ik gaf hem het nummer.
'Gelukkig nieuwjaar,' zei ik.
'Moet u niet komen?' vroeg hij.
'Nee,' zei ik en hing op. Ik hoefde er niet heen. Het leger is een groot instituut, iets groter dan Detroit, iets kleiner dan Dallas en net zo verstoken van sentiment als die twee steden. De huidige sterkte is 930.000 mannen en vrouwen en die zijn zonder meer representatief voor de Amerikaanse bevolking. Het sterftecijfer in Amerika is 865 per 100.000 per jaar, en zonder een slepende oorlog sterven soldaten niet eerder of later dan leden van de burgerbevolking. In het algemeen zijn ze wel jonger en gezonder dan de doorsnee-Amerikaan, maar ze roken en drinken meer, eten slechter, hebben meer stress en doen allerlei gevaarlijke dingen tijdens oefeningen. Dus de levensverwachting komt ongeveer op het gemiddelde uit. Soldaten sterven even gauw als iedereen. Bereken

het sterftecijfer van de huidige troepensterkte en je hebt iedere dag van het jaar tweeëntwintig dode soldaten: door ongelukken, zelfmoord, hartziekten, kanker, beroerte, longziekten, lever- en nierinsufficiëntie. Net zoals dode burgers in Detroit of Dallas. Dus ik hoefde er niet heen. Ik ben politieman, geen aflegger.
De klok tikte. De wijzer sprong, trilde en stond stil. Drie minuten na middernacht. De telefoon ging weer. Het was iemand die me gelukkig nieuwjaar wenste. De sergeant in het kantoor voor het mijne.
'Gelukkig nieuwjaar,' zei ze.
'Insgelijks,' zei ik. 'Kon je niet opstaan en je hoofd om de deur steken?'
'Kon u uw hoofd niet naar buiten steken?'
'Ik was aan de telefoon.'
'Wie was het?'
'Niemand,' zei ik. 'Het ging gewoon om een soldaat die het nieuwe decennium niet heeft gehaald.'
'Koffie?'
'Welja,' zei ik. 'Waarom niet?'
Ik hing weer op. Ik was al zes jaar in uniform en soms dacht ik dat de dienstkoffie me daar hield. Het was de beste ter wereld, zonder meer. Hetzelfde gold voor de sergeants. Deze was een vrouw uit de bergen in het noorden van Georgia. Ik kende haar twee dagen. Ze woonde buiten het kamp in een caravanpark in de woestenij van North Carolina. Ze had een baby, een jongetje. Ze had me alles over hem verteld. Ik hoorde niets over een man. Ze was een en al pezen en botten en zo hard als de lippen van een specht, maar ze mocht me. Dat wist ik, omdat ze me koffie bracht. Mogen ze je niet, dan kun je de koffie wel vergeten. Dan steken ze een mes in je rug. Mijn deur ging open en ze kwam binnen met twee bekers, een voor haar en een voor mij.
'Gelukkig nieuwjaar,' herhaalde ik.
Ze zette beide bekers op mijn bureau.
'Wordt het dat, denkt u?' vroeg ze.
'Niet slechter dan de laatste paar jaar,' zei ik. 'Denk ik.'
'De Berlijnse Muur is bijna om. Het was op tv. Het is daar groot feest.'
'Blij dat er ergens iemand feestviert.'
'Een hele hoop mensen. Geweldige menigte. Allemaal zingen en dansen.'
'Ik heb het journaal niet gezien.'

‘Dat was allemaal zes uur geleden, vanwege het tijdsverschil.’
‘Waarschijnlijk zijn ze nog bezig.’
‘Ze hadden voorhamers.’
‘Dat mogen ze. Hun helft van de stad is vrij. Daar hebben wij vijfenveertig jaar lang voor gezorgd.’
‘Nog even en we hebben geen vijand meer.’
Ik nam een slok koffie. Heet, zwart, de beste ter wereld.
‘Wij hebben gewonnen,’ zei ik. ‘Is dat niet positief?’
‘Niet als je afhankelijk bent van een overheidssalaris.’
Net als ik droeg ze een standaard gevechtstenue in groene camouflagekleuren. De mouwen waren keurig opgerold. Haar MP-band zat keurig horizontaal om haar arm. Waarschijnlijk zat hij van achteren met een onzichtbare veiligheidsspeld vast. Haar kistjes blonken.
‘Heb jij een woestijntenue?’ vroeg ik.
‘Ik ben nog nooit in de woestijn geweest,’ zei ze.
‘Ze hebben het patroon veranderd. Met grote bruine vlekken. Dat heeft ze vijf jaar onderzoek gekost. Infanteristen noemen het *chocoladevlokken*. Het is geen goed patroon. Ze moeten het weer veranderen. Maar het zal ze nog eens vijf jaar kosten om dat uit te vogelen.’
‘Nou en?’
‘Als het vijf jaar kost om een camouflagepatroon te veranderen, is je zoon al van de universiteit voordat ze een plan voor het terugbrengen van de troepensterkte hebben. Dus hoef je je geen zorgen te maken.’
‘Oké,’ zei ze, maar ze geloofde me niet. ‘Denkt u dat hij naar de universiteit kan?’
‘Ik heb hem nog nooit gezien.’
Ze zei niets.
‘Het leger heeft een hekel aan verandering,’ zei ik. ‘En we zullen nooit om vijanden verlegen zitten.’
Ze zweeg. De telefoon ging weer. Ze boog zich voorover en nam voor me op. Luisterde een seconde of elf en gaf de hoorn toen aan mij.
‘Kolonel Garber, majoor. Hij is in Washington.’
Ze pakte haar beker en ging de kamer uit. Kolonel Garber was in feite mijn baas en hoewel hij een aangenaam mens was, was het onwaarschijnlijk dat hij me acht minuten na het begin van het nieuwe jaar voor de gezelligheid belde. Zo was hij niet. Sommige hoge omes doen dat wel. Die doen ouwe-jongens-krenten-

brood op grote feestdagen, alsof ze maar gewone mensen zijn. Maar daar zou Leon Garber niet over piekeren; tegenover niemand, en zeker niet tegen mij. Al had hij geweten dat hij mij zou treffen, wat waarschijnlijk niet het geval was.
'Reacher,' zei ik.
Er viel een stilte.
'Ik dacht dat jij in Panama zat,' zei hij.
'Ik ben overgeplaatst,' zei ik.
'Van Panama naar Fort Bird? Waarom?'
'Dat heb ik niet gevraagd. Doe ik nooit.'
'Wanneer?'
'Twee dagen geleden.'
'Ook een klap in je gezicht,' zei hij. 'Toch?'
'Ja!'
'Panama was vast spannender.'
'Het ging wel,' zei ik.
'En ze laten je meteen al op oudejaarsavond werken?'
'Dat heb ik zelf aangeboden,' zei ik. 'Ik probeer me geliefd te maken.'
'Dat is onmogelijk,' zei hij.
'Weet ik.'
Het was even stil. 'Heeft iemand je net gebeld over een dode soldaat in een motel?'
'Acht minuten geleden,' zei ik. 'Ik heb het doorgeschoven naar het hoofdkwartier.'
'En dat heeft het weer doorgeschoven naar iemand anders, en ze hebben me net van een feestje gehaald om me er alles over te vertellen.'
'Waarom?'
'Omdat de dode soldaat in kwestie een tweesterrengeneraal is.'
Er viel een stilte.
'Daar heb ik niet naar gevraagd,' herhaalde ik.
Het bleef stil aan de andere kant van de lijn.
'Generaals zijn sterfelijk,' zei ik. 'Net als gewone mensen.'
Geen antwoord.
'Er was niets verdachts,' zei ik. 'Hij heeft de kraaienmars geblazen, anders niet. Hartaanval. Waarschijnlijk had hij jicht. Ik zag geen reden voor opwinding.'
'Het is een kwestie van waardigheid,' zei Garber. 'We kunnen een dode tweesterrengeneraal niet in het openbaar laten liggen. Er moet iemand heen.'

‘En moet ik dat zijn?’
‘Ik zou liever iemand anders hebben. Maar jij bent vannacht waarschijnlijk de enige nuchtere hoge MP ter wereld. Dus ja, jij moet het zijn.’
‘Het zal me een uur kosten om er te komen.’
‘Hij hoeft toch nergens heen. Hij is dood. En ze hebben nog geen nuchtere lijkschouwer gevonden.’
‘Oké,’ zei ik.
‘Wees eerbiedig,’ zei hij.
‘Oké,’ herhaalde ik.
‘En beleefd,’ zei hij. ‘Buiten de basis zijn zij de baas. Het is civiele jurisdictie.’
‘Ik ben vertrouwd met burgers,’ zei ik. ‘Ik heb er een keer een ontmoet.’
‘Maar hou de teugels in handen,’ zei hij. ‘Als dat nodig mocht zijn, snap je.’
‘Waarschijnlijk is hij in bed gestorven,’ zei ik. ‘Zoals de meeste mensen.’
‘Bel me maar,’ zei hij. ‘Als het nodig is.’
‘Was het een leuk feest?’
‘Geweldig. M’n dochter is op bezoek.’
Hij hing op en ik belde de burgertelefonist voor de naam en het adres van het motel. Vervolgens liet ik mijn koffie op het bureau staan, lichtte mijn sergeant in en liep naar mijn kamer om me te verkleden. Vermoedelijk zou ik een gelegenheidsuniform aan moeten, geen gevechtstenue in camouflagekleuren.

Ik koos een Humvee uit het wagenpark van de MP en werd bij de hoofdingang uitgeklokt. Het motel had ik binnen drie kwartier gevonden. Het was vijftig kilometer rijden ten noorden van Fort Bird, door het donkere, saaie platteland van North Carolina, dat voor de ene helft bestond uit winkelgalerijen en voor de andere helft uit miezerig bos en slapende akkers voor zoete aardappelen. Het was allemaal nieuw voor me. Ik had er nog nooit eerder gediend. De wegen waren verlaten. Iedereen was nog binnen aan het feesten. Hopelijk was ik terug in Fort Bird als ze allemaal naar buiten kwamen om naar huis te rijden. Al schatte ik de kansen van de Humvee bij een frontale botsing met een burgervoertuig hoog in.
Het motel maakte deel uit van een verzameling lage, commerciële panden bij een klaverblad van de snelweg. In het midden er-

van was een voorziening voor vrachtwagens. Er stond een eethuis dat op feestdagen open was en een benzinestation dat groot genoeg was voor vrachtwagencombinaties. Er was een naam- en raamloos café van gasbetonblokken met een heleboel neonlicht. Het had een roze neonreclame met *Exotic Dancers* en een parkeerterrein dat zo groot was als een voetbalveld. Het was overdekt met dieselvlekken en regenboogpoelen. Ik hoorde harde muziek uit het café komen. De auto's stonden er drie rijen dik omheen. Over het hele terrein hing een zwavelgeel licht van de straatlantaarns. Het was koud en er dreven mistflarden. Het bewuste motel stond recht tegenover het benzinestation. Het was een aftands gebouw met een holle rug van zo'n twintig kamers. Overal bladderde de verf. Het zag er leeg uit. Aan het linkeruiteinde was een kantoortje met een symbolische voertuigoverkapping en een zoemende cola-automaat.

Vraag een: wat deed een tweesterrengeneraal in zo'n gribusje? Ik wist redelijk zeker dat er geen onderzoek van Defensie zou zijn als hij een kamer in het Holiday Inn had genomen.

Voor de een na laatste kamer van het motel stonden twee patrouillewagens van de politie in een achteloze hoek geparkeerd. Daartussen stond een onopvallend vierdeursautootje. Hij was koud en beslagen. Het was een rode viercilinder basismodel Ford met dunne banden en plastic wieldoppen. Vast een huurauto. Ik zette de Humvee naast de rechter patrouillewagen en stapte uit in de kille nachtlucht. De muziek van de overkant klonk nog harder. Het licht in de een na laatste kamer was uit en de deur stond open. Waarschijnlijk probeerden de agenten de temperatuur binnen laag te houden om te voorkomen dat de oude man al te rijp zou worden. Ik wilde er graag een blik op werpen. Ik kon mij niet herinneren dat ik ooit een dode generaal had gezien.

Drie agenten bleven in hun auto zitten en een stapte uit om me te begroeten. Hij droeg een lichtbruine uniformbroek en een kort leren jack dat tot zijn kin was dicht geritst. Geen pet. Op het jack zat een badge waarop stond dat hij Stockton heette en plaatsvervangend korpschef was. Ik kende hem niet. Ik had er nog nooit gediend. Hij was grijs en een jaar of vijftig. Hij had een gemiddeld postuur, was een beetje week en dik, maar de manier waarop hij de onderscheidingstekenen op mijn jas las, zei me dat hij waarschijnlijk een veteraan was, zoals veel politieagenten.

'Majoor,' zei hij ter begroeting.

Ik knikte. Beslist een veteraan. Een majoor heeft een gouden eikenblaadje van een paar centimeter op zijn epauletten. De man moest omhoog en opzij kijken om de mijne te zien, wat niet de eenvoudigste gezichtshoek was. Maar hij wist wat ze betekenden, dus was hij vertrouwd met de tekenen van rang. En ik herkende zijn stem. Het was de man die me vijf seconden na middernacht had gebeld.

'Ik ben Rick Stockton,' zei hij. 'Plaatsvervangend korpschef.'

Hij was rustig. Het was niet zijn eerste hartaanval.

'Jack Reacher,' zei ik. 'Officier van dienst van de MP voor vannacht.'

Hij herkende mijn stem ook en glimlachte.

'Dus u hebt toch maar besloten om te komen,' zei hij.

'U had niet gezegd dat het om het lijk van een tweesterrengeneraal ging.'

'Nou ja, dat is hij.'

'Ik heb nog nooit een dode generaal gezien,' zei ik.

'Dan bent u niet de enige,' zei hij en de manier waarop hij het zei gaf me de indruk dat hij vrijwilliger was geweest.

'Leger?' vroeg ik.

'Korps mariniers,' zei hij. 'Sergeant.'

'Mijn vader was een marinier,' zei ik. Dat zeg ik altijd als ik een marinier tegenover me heb. Het verschaft me een soort genetische status. Voorkomt dat ze me als een gewone landmachteikel zien. Maar ik hou me op de vlakte. Ik zeg niet dat hij het tot kapitein had geschopt. Vrijwilligers en officieren zijn niet automatisch de beste vrienden.

'Humvee,' zei hij.

Hij bekeek mijn auto.

'Bevalt hij?' vroeg hij.

Ik knikte. *Humvee* was de beste poging om HMMWV te zeggen, wat *High Mobility Multipurpose Wheeled Vehicle* betekent, en dat zegt zo'n beetje alles. Typisch iets voor het leger: geen franje.

'Hij doet wat de reclame beweert,' zei ik.

'Beetje breed,' zei hij. 'Ik zou er niet graag mee door een stad rijden.'

'Dan zouden er tanks voor je uit rijden,' zei ik, 'om ruim baan te maken. Dat is volgens mij de bedoeling.'

De muziek uit het café stampte maar door. Stockton zei niets.

'Laten we het lijk maar eens bekijken,' zei ik.

Hij ging voor naar binnen. Deed het licht in het gangetje aan.

Vervolgens het licht in de kamer. Ik zag een standaard motelkamer. Een entree van een meter breed met links een kast en rechts een badkamer. Daarna een rechthoek van vier bij zeven met een ingebouwd werkblad dat even breed was als de kast en een klein tweepersoonsbed dat even lang was als de badkamer diep. Laag plafond. Aan het uiteinde een breed raam met dichte gordijnen en een gecombineerde verwarming en airconditioner in de muur eronder. De meeste dingen in de kamer waren bruin. Het zag er allemaal schemerig, vochtig en naargeestig uit.

Op het bed lag een dode man.

Hij was naakt en lag op zijn buik. Hij was wit, zo te zien tegen de zestig en vrij lang. Hij had het postuur van een verwelkende beroepsatleet. Van een coach. Hij zat nog goed in de spieren, maar had toch de stulpende taille van oude mannen, hoe fit ze ook zijn. Hij had bleke, onbehaarde benen en oude littekens. Hij had borstelig, grijs, gemillimeterd haar en de huid in zijn nek was verweerd en gelooid. Hij behoorde tot een bepaald type. Een willekeurige groep van honderd mensen zou na één blik geraden hebben dat hij officier was.

'Is hij zo aangetroffen?' vroeg ik.

'Ja,' zei Stockton.

Vraag twee: hoe? Als iemand een kamer voor de nacht neemt, verwacht hij op z'n minst privacy tot het kamermeisje de volgende morgen komt.

'Hoe?' vroeg ik.

'Hoe wat?'

'Hoe is hij gevonden? Heeft hij 911 gebeld?'

'Nee.'

'Hoe dan?'

'Dat zult u wel zien.'

Ik zweeg. Ik zag nog niets.

'Hebt u hem omgedraaid?' vroeg ik.

'Ja. En daarna hebben we hem weer teruggekanteld.'

'Mag ik even kijken?'

'Ga uw gang.'

Ik ging naast het bed staan, schoof mijn hand onder de dode oksel en keerde hem om. Hij was koud en een beetje stijf. De rigor mortis begon net in te zetten. Ik legde hem plat op zijn rug en zag vier dingen. In de eerste plaats had zijn huid een veelbetekenende grauwe kleur. Ten tweede lagen schrik en pijn op zijn gezicht bestorven. In de derde plaats had hij de spierbal van zijn linkerarm met zijn rechterhand gepakt. Ten vierde had hij een condoom om. Zijn bloeddruk was al een hele poos geleden naar nul gedaald, dus zijn erectie was verdwenen en het condoom hing bijna leeg als een doorzichtige lap bleke huid. Hij was voor zijn orgasme gestorven, dat was duidelijk.

'Hartaanval,' zei Stockton achter me.

Ik knikte. De grauwe huid was een goede indicatie. Ook de schrik en verbazing op zijn gezicht en de plotselinge pijn in zijn linkerbovenarm.

'Zware hartaanval,' zei ik.

'Maar voor of na de penetratie?' vroeg Stockton met iets geamuseerds in zijn stem.

Ik keek naar de plek van de kussens. Het bed was nog steeds helemaal opgemaakt. De dode man lag op de sprei en die zat nog strak over de kussens. Maar er was een deuk in de vorm van een hoofd en verder naar beneden waren plooien waar ellebogen en hielen hadden geworsteld.

'Ze lag nog onder hem toen het gebeurde,' zei ik. 'Dat is duidelijk. Ze heeft zich onder hem vandaan moeten worstelen.'

'Vreselijke manier om aan je eind te komen.'

Ik draaide me om. 'Ik kan me wel ergere manieren voorstellen.'

Stockton glimlachte alleen maar.

'Geen spoor van haar?'

'Niets,' zei hij. 'Ze heeft de benen genomen.'

'Heeft de receptionist haar gezien?'

Stockton glimlachte weer en zweeg.

Ik keek hem aan. Toen begreep ik het. Een goedkoop gribusje bij een klaverblad met een vrachtwagenhalte en een stripbar, vijftig kilometer ten noorden van een legerbasis.

'Ze was een hoer,' zei ik. 'Zo is hij gevonden. Een bekende van de receptionist. Die zag haar veel te snel weghollen. Werd nieuwsgierig en is poolshoogte gaan nemen.'

Stockton knikte. 'Hij heeft ons direct gebeld. De dame in kwestie was toen natuurlijk allang gevlogen. En hij ontkent dat ze hier überhaupt is geweest. Hij doet alsof dit niet zo'n soort gelegenheid is.'

'Heeft uw bureau hier wel vaker iets bij de hand gehad?'

'Af en toe,' zei hij. 'Zo'n soort gelegenheid is het namelijk wel, neem dat maar van mij aan.'

Hou de teugels in handen, had Garber gezegd.

'Hartaanval, hè?' zei ik.

'Waarschijnlijk,' zei Stockton. 'Maar de sectie moet uitsluitsel geven.'
Het was stil in de kamer. Ik hoorde niets anders dan de geluiden van de radio in de politieauto's en de muziek uit het café aan de overkant. Ik wendde me weer naar het bed. Keek naar het gezicht van de dode. Ik kende hem niet. Ik keek naar zijn handen. Aan zijn rechter droeg hij een ring van West Point en een trouwring aan zijn linker, een brede gouden ring van zo'n negen karaats. Ik keek naar zijn borst. Zijn identificatieplaatjes zaten onder zijn rechterarm verborgen omdat hij naar zijn linkerspierbal had gegrepen. Met enige moeite tilde ik de arm op om de plaatjes te voorschijn te trekken. Er zat een rubberrandje omheen. Ik tilde ze op tot de ketting strak om zijn nek zat. Hij heette Kramer, was katholiek en had bloedgroep O.
'Wij kunnen die sectie wel doen,' zei ik. 'In het Walter Reed Army Medical Center.'
'In een andere staat?'
'Hij is tenslotte generaal.'
'Wilt u het in de doofpot stoppen?'
Ik knikte. 'Jazeker. Zou u niet hetzelfde doen?'
'Ik denk het wel.'
Ik liet de plaatjes los en verwijderde me van het bed om de nachtkastjes en het werkblad te controleren. Er was niets. Er was geen telefoon op de kamer. Zo'n soort motel zou wel een muntjesapparaat bij de receptie hebben. Ik liep langs Stockton om een blik in de badkamer te werpen. Naast de wasbak stond een particuliere toilettas van zwart leer. De rits zat dicht. De letters KRK stonden er in reliëf op. Ik maakte hem open en trof een tandenborstel, een scheermes en reistubetjes tandpasta en scheercrème aan. Verder niets. Geen hartmedicijnen. Geen recept voor hartziekten. Geen pakje condooms.
Ik keek in de kast. Er hing een uitgaansuniform netjes aan drie verschillende hangers. De broek hing opgevouwen aan de eerste, de jas aan de tweede en aan de derde hanger het overhemd. De das zat nog in de kraag van het overhemd. Midden op de plank boven de hangers lag een alledaagse officierspet, onder het goud galon. Aan de ene kant van de pet lag een wit, opgevouwen onderhemd en aan de andere kant een opgevouwen, witte boxershort.
Op de vloer van de kast stond een paar schoenen naast een verschoten koffer van groen canvas die netjes tegen de achterwand

leunde. De zwarte schoenen glommen en de sokken zaten er opgerold in. De koffer was ook privé aangeschaft en op de spanningspunten zaten geteisterde leren verstevigingsstukken. Er zat niet veel in.
'U ontvangt de resultaten,' zei ik. 'Onze patholoog-anatoom stuurt u een kopie van het rapport zonder toevoegingen of doorhalingen. Als u iets ziet wat u niet bevalt, spelen we u de bal meteen weer terug zonder iets te vragen.'
Stockton zei niets, maar ik voelde geen vijandigheid. Sommige stadsagenten zijn wel oké. Zo'n grote basis als Bird zorgt voor een heleboel heisa in de omringende burgerwereld. Daarom zitten MP's dikwijls met hun burgercollega's om de tafel. Soms is dat vervelend, maar soms ook niet. Ik had het gevoel dat Stockton me niets in de weg zou leggen. Hij was ontspannen. Hij leek me zelfs een beetje lui, en luie mensen zijn altijd blij als ze een last aan iemand anders kunnen overdragen.
'Hoeveel?' vroeg ik.
'Hoeveel wat?'
'Wat zou een hoer hier kosten?'
'Voor twintig dollar kom je al een heel eind,' zei hij. 'In deze negorij is weinig exotisch te vinden.'
'En de kamer?'
'Vijftien, waarschijnlijk.'
Ik rolde het lijk weer op zijn buik. Dat viel niet mee. Hij woog minstens negentig kilo.
'Wat vindt u ervan?'
'Waarvan?'
'Als we de autopsie in het Walter Reed laten doen.'
Er viel een korte stilte. Stockton keek naar de muur.
'Daar kan ik wel mee leven,' zei hij.
Er werd geklopt. Een van de agenten uit de auto's.
'De lijkschouwer heeft net gebeld,' zei hij. 'Hij kan hier pas over twee uur zijn.'
Ik glimlachte. *Daar kan ik wel mee leven* stond op het punt te veranderen in: *Ja graag*. Over twee uur moest Stockton ergens anders zijn. Er zouden een heleboel feestjes afgelopen zijn en het zou chaos worden op de wegen. Over twee uur zou hij me smeken om de oude man weg te halen. Ik zei niets, de agent ging terug om in zijn auto te wachten en Stockton ging met zijn rug naar het lijk voor de dichte gordijnen staan. Ik haalde het knaapje met het uniformjasje uit de kast en hing het in de deuropening van de

badkamer zodat het licht in het halletje erop viel.
Naar een jasje van een gelegenheidsuniform kijken heeft iets weg van een boek lezen of naast een vent in een café zitten die je zijn levensverhaal vertelt. Dit jasje had de juiste maat voor het lijk op het bed en op het naamplaatje stond KRAMER, wat overeenkwam met de plaatjes aan zijn nek. Er zat een Purple Heart-lintje op met twee clusters koperen eikenblaadjes om aan te geven dat de medaille was gevolgd door een tweede en derde onderscheiding, wat klopte met de littekens. Op de epauletten zaten twee zilveren sterren die bevestigden dat hij generaal-majoor was. De onderdeelinsignes op de revers wezen op de Cavalerie en het schouderstuk was van het XII-Korps. Afgezien daarvan zaten er een stel eenheidsonderscheidingen en een hele fruitsalade aan lintjes van Vietnam en Korea. Een aantal daarvan had hij waarschijnlijk op de harde manier verdiend, andere waarschijnlijk niet. Er zaten een paar buitenlandse onderscheidingen tussen, waarvan het dragen toegestaan maar niet verplicht was. Het was een redelijk vol jasje, betrekkelijk oud, goed verzorgd, een confectie-exemplaar en niet door de privékleermaker gemaakt. Alles in ogenschouw nemend, leek hij me een ijdeltuit in zijn beroepsleven, maar niet in zijn privébestaan.
Ik doorzocht de zakken. Ze waren allemaal leeg, op de sleutel van de huurauto na. Die zat aan een plastic sleutelring in de vorm van het cijfer 1 met daarin een stukje papier met *Hertz* erop in gele letters en onderop een handgeschreven nummer in zwarte balpen.
Geen portefeuille. Geen kleingeld.
Ik hing het jasje weer in de kast en controleerde de broek. De zakken waren leeg. Ik keek in de schoenen. Daar zaten alleen de sokken in. Ik keek in de pet. Er zat niets onder. Ik tilde de koffer eruit en maakte hem op de grond open. Er zat een gevechtstenue in en een M43 terreinpet. Schone sokken, ondergoed en een paar gepoetste kistjes van gewoon zwart leer. Er was een leeg vakje, waarschijnlijk voor de toilettas. Verder niets. Helemaal niets. Ik deed de koffer weer dicht en zette hem terug. Ik hurkte en keek onder het bed. Zag niets.
'Nog iets om ons zorgen over te maken?' vroeg Stockton.
Ik stond op en schudde mijn hoofd.
'Nee,' loog ik.
'Dan mag u hem hebben,' zei hij. 'Maar ik wil wel een kopie van het rapport.'

'Akkoord,' zei ik.
'Gelukkig nieuwjaar,' zei hij.
Hij liep naar zijn auto en ik naar mijn Humvee. Ik belde een 10-5 *ambulanceoproep* door en gaf mijn sergeant opdracht om die te laten vergezellen door twee manschappen die een lijst konden maken van alle persoonlijke eigendommen van Kramer, om ze vervolgens in te pakken en naar mijn kantoor te brengen. Daarna bleef ik achter het stuur zitten wachten tot de manschappen van Stockton allemaal weg waren. Ik zag ze optrekken en in de mist verdwijnen, en vervolgens ging ik weer naar binnen om de sleutel van de huurauto uit Kramers jasje te halen. Ging weer naar buiten en maakte de Ford open.
Daarin was niets anders dan de stank van bekledingsreiniger en schone kopieën van de huurovereenkomst. Kramer had de auto die middag om halfeen opgepikt op het vliegveld Dulles bij Washington D.C. Hij had een particuliere creditcard van American Express gebruikt en korting gekregen. Het begin van de kilometerstand was 21263. Nu stond de teller op 21742, wat volgens mijn berekeningen betekende dat hij 479 kilometer had afgelegd, wat wel zo ongeveer klopte met een rechtstreekse rit van daar naar hier.
Ik stak het papier in mijn zak en deed de auto weer op slot. Keek in de kofferbak. Die was leeg.
Ik stak de sleutel in mijn zak bij de huurovereenkomst en stak over naar de bar. De muziek werd met iedere stap harder. Op een afstand van tien meter rook ik een mengeling van bierlucht en sigarettenrook uit de ventilatoren. Ik slalomde tussen de geparkeerde auto's door en vond de ingang. Het was een massief houten geval en hij was dicht tegen de kou. Ik trok hem open en de dikke, warme lucht sloeg me tegemoet. Het was een ziedende massa. Ik zag vijfhonderd mensen, zwart geverfde muren, paarse spotlights en spiegelballen. Op een podium achterin was een paaldanseres bezig. Ze liep op handen en knieën en droeg niets anders dan een cowboyhoed. Ze kroop rond en raapte dollarbiljetten op.
Achter de kassa, vlak achter de deur, stond een enorme kerel met zijn gezicht in de schaduw. De rand van een lichtbundel van een van de spotlights viel op een borstkas als een olievat. De muziek was oorverdovend en de massa stond hutjemutje en vulde de hele ruimte. Ik liep achterwaarts naar buiten en liet de deur weer dichtzwaaien. Bleef een ogenblik stil in de koude lucht staan, stak

vervolgens weer over en liep naar de motelreceptie.
Het was een mistroostige plek. Het kantoortje werd verlicht door neonbuizen die een groenig licht wierpen en de cola-automaat bij de deur maakte kabaal. Aan de wand hing een munttelefoon, op de vloer lag sleets linoleum en er stond een toonbank tot taillehoogte die was beplakt met het soort neplambrisering dat mensen in hun kelder gebruiken. De receptionist zat op een hoge kruk erachter. Hij was een blanke jongen van een jaar of twintig met lang, ongewassen haar en een slappe kin.
'Gelukkig nieuwjaar,' zei ik.
Hij gaf geen antwoord.
'Heb jij iets uit de kamer van die dode man gehaald?' vroeg ik.
Hij schudde zijn hoofd. 'Nee.'
'Zeg het nog eens.'
'Ik heb niets meegenomen.'
Ik knikte. Ik geloofde hem.
'Oké,' zei ik. 'Hoe laat is hij gekomen?'
'Ik weet het niet. Mijn dienst is om tien uur begonnen. Toen was hij er al.'
Ik knikte weer. Kramer was om halfeen bij het verhuurbedrijf op Dulles en hij had niet genoeg op de teller om iets anders te hebben gedaan dan rechtstreeks hierheen komen, wat betekende dat hij om een uur of halfacht zijn kamer had geboekt. Misschien halfnegen als hij ergens was gestopt om een hapje te eten. Misschien om negen uur, als hij een heel voorzichtige chauffeur was.
'Heeft hij die telefoon nog gebruikt?'
'Die is kapot.'
'Hoe is hij dan aan die hoer gekomen?'
'Welke hoer?'
'De hoer die hij paalde toen hij stierf.'
'Er zijn hier geen hoeren.'
'Heeft hij haar aan de overkant uit het café gehaald?'
'Hij zat goddomme helemaal aan het eind van de rij. Ik heb niet gezien wat hij heeft uitgespookt.'
'Heb je een rijbewijs?'
De jongen was even stil. 'Hoezo?'
'Simpele vraag,' zei ik. 'Je hebt er een of niet.'
'Ik heb een rijbewijs,' zei hij.
'Laat maar zien,' zei ik.
Ik was groter dan zijn cola-automaat, zat vol met badges en lintjes, en hij deed wat hem gevraagd werd, zoals de meeste magere

twintigjarigen als ik zo'n toon aansla. Hij gleed traag van zijn kruk, stak zijn hand naar achteren en haalde een portefeuille uit zijn heupzak. Sloeg hem open. Zijn rijbewijs zat achter een melkwit plastic venstertje. Zijn foto, naam en adres stonden erop.
'Oké,' zei ik. 'Nu weet ik waar je woont. Ik kom nog een keer terug met een paar vragen. Ben je niet hier, dan kom ik naar je huisadres.'
Hij zei niets. Ik draaide me om, ging naar buiten en liep terug naar mijn Humvee om te wachten.

Veertig minuten later verschenen er een militaire ambulance en nog een Humvee. Ik gaf mijn manschappen opdracht om alles mee te nemen inclusief de huurauto, maar bleef niet rondhangen om toezicht te houden. In plaats daarvan ging ik terug naar de basis. Ik meldde me af, ging weer naar mijn geleende kantoor en vroeg mijn sergeant om Garber voor me te bellen. Achter mijn bureau wachtte ik op het telefoontje. Dat kwam binnen twee minuten.
'En?' vroeg hij.
'Hij heette Kramer,' zei ik.
'Dat weet ik,' zei Garber. 'Ik heb de meldkamer van de politie gesproken nadat ik jou aan de lijn had gehad. Wat is er met hem gebeurd?'
'Hartaanval,' zei ik. 'Tijdens vrijwillige seks met een prostituee. In het soort motel dat een kieskeurige kakkerlak nog zou mijden.'
Er viel een lange stilte.
'Shit,' zei Garber. 'Hij was getrouwd.'
'Ja, ik heb zijn trouwring gezien. En zijn ring van West Point.'
'Lichting '52,' zei Garber. 'Dat heb ik nagevraagd.'
Er viel weer een stilte.
'Shit,' herhaalde hij. 'Waarom doen slimme mensen zulke idiote dingen?'
Ik gaf geen antwoord, want ik wist het niet.
'We zullen discreet te werk moeten gaan,' zei Garber.
'Maakt u zich geen zorgen,' zei ik. 'De doofpot is al klaargezet. Van de plaatselijke politie hebben we toestemming om hem naar het Walter Reed te sturen.'
'Mooi,' zei hij. 'Prima.' Er viel een korte stilte. 'Begin maar bij het begin.'
'Hij droeg insignes van het XII-Korps,' zei ik. 'Dus hij was in

Duitsland gelegerd. Hij is gisteren naar Dulles gevlogen. Waarschijnlijk vanuit Frankfurt. Burgervlucht, zonder meer, want hij droeg zijn nette uniform in de hoop op een betere plaats. Op een militaire vlucht zou hij zijn gevechtstenue hebben gedragen. Hij heeft een goedkope auto gehuurd en een kleine vijfhonderd kilometer gereden om een kamer van vijftien dollar te nemen en een hoer van twintig dollar op te pikken.'

'Ik weet van die vlucht,' zei Garber. 'Ik heb het XII-Korps gebeld en met zijn personeel gesproken. Ik heb hun verteld dat hij dood was.'

'Wanneer?'

'Nadat ik de meldkamer had gebeld.'

'Hebt u ook gezegd hoe en waar hij was overleden?'

'Ik heb gezegd dat het waarschijnlijk om een hartaanval ging en verder niets; geen bijzonderheden, geen lokatie, en dat begint aardig op een goeie beslissing te lijken.'

'En die vlucht?' vroeg ik.

'American Airlines, gisteren, van Frankfurt naar Dulles, aankomst 13.00 uur, met een verbindende vlucht vandaag om negen uur van Washington National naar LAX. Hij was op weg naar een conferentie van het pantserkorps in Fort Irwin. Hij was een commandant van de cavalerie in Europa. Een belangrijke. Hij maakte een kleine kans om over een paar jaar plaatsvervangend chef-staf te worden. De volgende keer is het de beurt aan de cavalerie. De huidige plaatsvervangend chef-staf is van de infanterie en ze doen graag toerbeurten. Dus hij maakte een kans. Maar nu niet meer, hè?'

'Ik denk het niet,' zei ik. 'Nu hij dood is en zo.'

Garber zei niets.

'Hoe lang zou hij in Amerika blijven?' vroeg ik.

'Hij moest binnen een week weer terug in Duitsland zijn.'

'Hoe heette hij voluit?'

'Kenneth Robert Kramer.'

'Ik durf te wedden dat u z'n geboortedatum weet,' zei ik. 'En z'n geboorteplaats.'

'Nou en?'

'En zijn vlucht- en stoelnummers. En hoeveel de overheid voor de vliegbiljetten heeft betaald. En of hij een vegetarische maaltijd heeft besteld. En welke kamer de fourier van Irwin hem precies had toebedeeld.'

'Waar wil je heen?'

'Waar ik heen wil is: waarom weet ik al die dingen niet?'
'Waarom zou je?' vroeg Garber. 'Ik heb aan de telefoon gezeten en jij hebt in een motel rondgeneusd.'
'Zal ik u eens iets vertellen?' zei ik. 'Telkens als ik ergens heen ga, heb ik een dik pak vliegtickets, reiscoupons en reserveringen, en als ik uit het buitenland kom, zit daar ook nog eens een paspoort bij. En als ik naar een conferentie ga, heb ik een aktetas vol allerlei andere rommel.'
'Dus?'
'Er ontbraken dingen in die motelkamer. Vliegtickets, reserveringen, paspoort, reisroute. Kortom, de dingen die iemand in een aktetas heeft.'
Garber gaf geen antwoord.
'Hij had een koffer,' zei ik. 'Groen canvas, bruine leren riemen. Tien tegen een dat hij een bijbehorende aktetas had. Zijn vrouw heeft ze waarschijnlijk allebei uitgezocht. Vermoedelijk van een postorderbedrijf. Misschien wel voor Kerstmis tien jaar geleden.'
'En geen aktetas?'
'Waarschijnlijk zat z'n portefeuille er ook in, vanwege dat nette uniform. Met al die lintjes zou z'n binnenzak te krap zijn.'
'Dus?'
'Ik denk dat die hoer heeft gezien waar hij zijn portefeuille stopte nadat hij haar had betaald. Vervolgens zijn ze terzake gekomen, ging hij de pijp uit en zag zij een extraatje voor zichzelf. Volgens mij heeft zij de aktetas gepikt.'
Garber was een hele poos stil.
'Wordt dat een probleem?' vroeg hij.
'Hangt ervan af wat er in die aktetas zat,' zei ik.

2

Ik hing op en zag dat mijn sergeant een briefje voor me had neergelegd: *Uw broer heeft gebeld. Geen boodschap.* Ik vouwde het op en gooide het in de prullenmand. Daarna ging ik naar mijn kamer om een uur of drie te slapen. Vijftig minuten voor het eerste licht was ik weer uit de veren. Rond zonsopgang was ik weer terug bij het motel. Het daglicht maakte de buurt er niet beter op. De wijde omtrek was mistroostig en verlaten. En stil. Er bewoog zich niets. Een bevolkte plek is nooit zo stil als rond de dageraad op nieuwjaarsdag. De snelweg was verlaten. Er was geen verkeer. Helemaal niets.

Het eethuis bij de vrachtwagenhalte was open maar verlaten. Het motelkantoortje was leeg. Ik liep naar de op een na laatste kamer. Die van Kramer. De deur zat op slot. Ik ging er met mijn rug naartoe staan en verbeeldde me dat ik een hoer was wier klant zojuist is overleden. Ik had zijn gewicht van me af geduwd, me haastig aangekleed, zijn aktetas gegrepen en holde ermee weg. Wat zou ik doen? De tas zelf interesseerde me niet. Ik wilde het geld in de portefeuille en misschien de American Express-card. Dus ik zou die tas doorzoeken, het geld en de creditcard pakken en de tas zelf dumpen. Maar waar?

Binnen zou het beste zijn geweest. Maar om de een of andere reden had ik het daar niet gedaan. Misschien was ik in paniek. Misschien verkeerde ik in een shocktoestand, vond ik het griezelig en wilde ik er alleen maar als de sodemieter vandoor. Waar kon het nog meer? Ik keek recht voor me naar het café. Vermoedelijk daarheen. Dat was waarschijnlijk mijn basis. Maar daar zou ik niet met die aktetas naar binnen gaan. Mijn collega's zouden het in de gaten hebben, omdat ik al een flinke damestas bij me had. Hoeren hebben altijd een flinke tas bij zich. Ze moeten een hoop spullen rondzeulen. Condooms, massageolie, misschien een pistool of een mes, misschien een creditcardapparaat. Daaraan kun je een hoer het makkelijkst herkennen. Zoek iemand die gekleed is alsof ze naar een bal gaat en een tas heeft alsof ze op vakantie gaat.

Ik keek naar links. Misschien zou ik om het motel heen lopen. Daarachter zou het wel stil zijn. Alle ramen zaten aan die kant, maar het was nacht en ik kon ervan op aan dat de gordijnen dicht zouden zijn. Ik sloeg twee keer linksaf en belandde op een rechthoekig stukje land vol onkruid dat een meter of zeven diep was en langs het hele gebouw liep. Ik stelde me voor dat ik hard liep en vervolgens ergens in de schaduw op de tast door die aktetas ging. Ik stelde me voor dat ik vond wat ik zocht en de tas vervolgens in het donker wegsmeet. Een meter of tien bij me vandaan.

Ik ging staan waar ze had kunnen staan en speurde een kwart cirkel om me heen. Dat was een kleine twintig vierkante meter. De grond was rotsachtig en hard van de nachtvorst. Ik vond een heleboel dingen. Rotzooi, gebruikte spuiten, crackpijpjes van folie, een wieldop van een Buick en een wieltje van een skateboard. Maar geen aktetas.

Achter op het terrein stond een houten schutting van ongeveer een meter tachtig. Ik hees me op en keek eroverheen. Zag weer een rechthoek vol onkruid en stenen. Geen tas. Ik liet de schutting los, liep door en kwam bij de achterkant van het motelkantoortje. Er was een raam van groezelig matglas. Waarschijnlijk van de personeelswc. Eronder stond een laag stapeltje van een tiental gedumpte airconditioners. Ze waren roestig en waren in jaren niet van hun plaats gekomen. Ik liep door, sloeg de hoek om en ging linksaf een grindpad vol onkruid op. Er stond een vuilniscontainer. Ik tilde de deksel op. Hij zat driekwart vol afval. Geen tas.

Ik stak over, liep het lege parkeerterrein over en keek naar het café. Het was stil en afgesloten. De neonreclame was uit en de kleine, bochtige buisjes zagen er koud en dood uit. Het café had zijn eigen vuilniscontainer vlak bij het parkeerterrein. Hij stond er als een geparkeerd voertuig. Er zat geen tas in.

Ik dook het eethuis in. Er was nog steeds geen mens. Ik controleerde de vloer rond de tafeltjes en de bankjes in de eethokjes. Ik keek op de grond achter de kassa. Daar stond een kartonnen doos met een paar troosteloze paraplu's. Maar geen tas. Ik keek in het damestoilet. Niemand. Daar was ook geen tas.

Ik keek op mijn horloge en liep weer naar het café. Ik moest er een paar vragen stellen. Maar de zaak zou minstens pas over acht uur weer open zijn. Ik draaide me om en keek naar de overkant. Er was nog niemand in het kantoor. Ik liep weer naar mijn Humvee en ik was er net op tijd om een 10-17 oproep op de radio te horen. *Terug naar de basis.* Ik meldde me, startte de zware dieselmotor en reed helemaal terug naar Bird. Er was geen verkeer en ik was er in veertig minuten. Ik zag Kramers huurauto op het terrein van het wagenpark. Er zat een ander aan het bureau in het voorkantoor van mijn geleende werkkamer. Een korporaal. De dagdienst. Een kleine, donkere jongen die eruitzag alsof hij uit Louisiana kwam. Hij moest Frans bloed hebben.

'Uw broer heeft weer gebeld,' zei hij.

'Waarom?'

'Geen boodschap.'

'Waar was die 10-17 voor?'

'Kolonel Garber wil een 10-19.'

Ik glimlachte. Je kon je hele leven 10-dit en 10-dat blijven zeggen. Soms had ik het gevoel dat het bij mij al het geval was. Een 10-19 was contact via de telefoon of de radio. Minder ernstig dan een 10-16, wat contact via een beveiligde telefoonlijn was. *Kolonel Garber wil een 10-19* betekende *Garber vraagt of u hem wilt bellen*, anders niet. Sommige eenheden van de MP spreken gewone taal, maar deze kennelijk nog niet.

'Oké,' zei ik. Ik ging mijn kantoor in en zag Kramers koffer tegen de muur staan en een kartonnen doos met zijn schoenen, ondergoed en pet ernaast. Zijn uniform hing nog steeds aan drie hangers. Ze hingen voor elkaar aan mijn kapstok. Ik liep erlangs naar mijn geleende bureau en draaide het nummer van Garber. Luisterde naar de snorrende beltoon en vroeg me af wat mijn broer wilde. Hoe had hij me gevonden? Zestig uur geleden was ik nog in Panama. Daarvoor was ik overal en nergens geweest. Dus hij had nogal wat moeite gedaan om me te vinden. Misschien was het belangrijk. Ik pakte een potlood en schreef *Joe* op een stukje papier. Daarna zette ik er twee strepen onder.

'Hallo?' zei Leon Garber in mijn oor.

'Met Reacher,' zei ik. Ik keek op de wandklok. Het was net negen uur geweest. Kramers verbinding met LAX was al vertrokken.

'Het was een hartaanval,' zei Garber. 'Geen twijfel mogelijk.'

'Dat hebben ze snel gedaan in het Walter Reed.'

'Hij was generaal.'

'Maar een generaal met een slecht hart.'

'Slechte vaten. Ernstige arteriosclerose die heeft geleid tot een fatale ventriculaire fibrillatie. Dat zeggen ze. En ik geloof ze. Waarschijnlijk gebeurde het toen die hoer haar beha uittrok.'

'Hij had geen pillen bij zich.'

'Waarschijnlijk is de diagnose nooit gesteld. Dat komt wel vaker voor. Je voelt je goed en het volgende moment voel je je dood. Hoe dan ook, zoiets speel je niet. Fibrillatie kun je misschien simuleren met een elektrische schok, maar veertig jaar troep in je vaten niet.'

'Maakten we ons druk over simulatie?'

'Er kan sprake van belangstelling van de KGB zijn geweest,' zei Garber. 'Kramer en zijn tanks zijn het grootste strategische probleem dat het Rode Leger tegenover zich heeft.'

'Momenteel staat het Rode Leger met zijn gezicht de andere kant op.'

'Het is een beetje vroeg om te zeggen of dat permanent is of niet.'

Ik gaf geen antwoord. Er viel een stilte.

'Hier mag niemand nog met z'n tengels aan zitten,' zei Garber. 'Vanwege de omstandigheden.'

'Dus?'

'Jij zult de weduwe moeten opzoeken,' zei Garber.

'Ik? Zit ze in Duitsland?'

'In Virginia. Ze is in Amerika op vakantie. Ze hebben daar een huis.'

Hij gaf me het adres en ik schreef het op het stukje papier, vlak onder het dubbel onderstreepte *Joe*.

'Nog iemand anders bij haar?' vroeg ik.

'Ze hebben geen kinderen, dus ze is waarschijnlijk alleen.'

'Oké,' zei ik.

'Ze weet het nog niet,' zei Garber. 'Het heeft me even gekost om haar op te sporen.'

'Moet er een priester mee?'

'Hij is niet op het slagveld gestorven. Je kunt misschien wel een vrouwelijke partner meenemen. Misschien valt mevrouw Kramer graag in iemands armen.'

'Oké.'

'Je moet haar de details natuurlijk besparen. Hij was op weg naar Irwin, laat het daar maar bij. Hij is de pijp uit gegaan in een hotel tijdens een tussenstop. Dat moet de officiële versie worden. Niemand anders dan jij en ik weet de ware toedracht en zo wil ik het houden. Behalve je partner waarschijnlijk. Mevrouw Kramer kan vragen stellen en jullie moeten geen uiteenlopende verhalen vertellen. Hoe zit het met de plaatselijke politie? Gaat die z'n mond voorbijpraten?'

'De man die ik heb gesproken is oud-marinier. Hij kent het klappen van de zweep.'
'*Semper Fi*,' zei Garber, de Amerikaanse wapenspreuk citerend.
'Die tas heb ik nog niet,' zei ik.
Er viel weer een stilte.
'Eerst die weduwe,' zei Garber. 'Dan weer gaan zoeken.'

Ik gaf de korporaal van de dagdienst opdracht Kramers spullen naar mijn kamer te brengen. Ik wilde niet dat er iets mee gebeurde. Uiteindelijk zou de weduwe ernaar vragen. Op een grote basis als Bird kunnen dingen verdwijnen, en dat is gênant. Vervolgens ging ik naar de officiersclub om te zoeken naar MP's die aan een laat ontbijt of een vroege lunch zaten. Ze zitten doorgaans in groepjes ver van de rest, want iedereen heeft de pest aan hen. Ik vond een groepje van vier; twee mannen en twee vrouwen. Ze waren allemaal gekleed in groene gevechtstenues, de standaardoutfit voor een soldaat op zijn post. Een van de vrouwen was kapitein. Haar rechterarm zat in een mitella. Ze had moeite met eten. Ze zou ook moeite hebben met rijden. De andere vrouw had luitenantsstrepen op haar revers en Summer op haar naamplaatje. Ze leek me een jaar of vijfentwintig en was klein en slank. Haar huid had de kleur van de mahoniehouten tafel waaraan ze zat te eten.
'Luitenant Summer,' zei ik.
'Majoor?'
'Gelukkig nieuwjaar.'
'Insgelijks, majoor.'
'Heb je het druk vandaag?'
'Gewone bezigheden, majoor.'
'Oké, over een halfuur voor het hoofdkwartier. Uitgaanstenue. Je moet een weduwe knuffelen.'

Ik trok mijn eigen nette uniform weer aan en belde het wagenpark voor een personenauto. Ik wilde niet helemaal naar Virginia met een Humvee. Te lawaaiig en oncomfortabel. Een soldaat bracht me een nieuwe, olijfgroene Chevrolet. Ik zette mijn handtekening, reed naar het hoofdkwartier en wachtte.
Luitenant Summer kwam halverwege de achtentwintigste minuut van de toegewezen dertig naar buiten. Ze bleef even staan en liep vervolgens naar de auto. Ze zag er goed uit. Ze was heel klein, maar bewoog zich gemakkelijk, alsof ze van rubber was. Ze had

iets van een mannequin van een meter tachtig die is gekrompen tot een miniatuurmodel. Ik stapte uit en liet het portier aan de bestuurderskant open. Ik trof haar op de stoep. Ze droeg een eersteklas scherpschuttersinsigne met strepen voor een geweer, klein kaliber geweer, automatisch geweer, pistool, klein kaliber pistool, machinegeweer en machinepistool. Ze vormden een trapje van ongeveer vijf centimeter. Langer dan de mijne. Ik heb alleen maar een geweer en pistool. Ze bleef vlak voor me staan, sprong in de houding en salueerde onberispelijk.
'Luitenant Summer meldt zich, majoor,' zei ze.
'Rustig aan,' zei ik. 'Informeel aanspreken, oké? Noem me maar Reacher of niets. En niet salueren. Daar hou ik niet van.'
Ze zweeg en ontspande zich.
'Oké,' zei ze.
Ik opende het portier aan de passagierskant en stapte in.
'Moet ik rijden?' vroeg ze.
'Ik ben bijna de hele nacht op geweest.'
'Wie is er dood?'
'Generaal Kramer,' zei ik. 'Hoge tankpief in Europa.'
Ze dacht even na. 'Wat moest hij dan hier? Dit is allemaal infanterie.'
'Op doorreis,' zei ik.
Ze stapte in aan de andere kant en schoof de bestuurdersstoel helemaal naar voren. Stelde het spiegeltje bij. Ik schoof de passagiersstoel zo ver mogelijk naar achteren.
'Waar gaan we heen?' vroeg ze.
'Green Valley, Virginia,' zei ik. 'Ik denk zo'n vier uur rijden.'
'Daar woont de weduwe?'
'Ze is over voor vakantie.'
'En wij moeten haar het nieuws gaan brengen? Zo van: gelukkig nieuwjaar, mevrouw en tussen twee haakjes, uw man is dood?'
Ik knikte. 'Boffen wij even.' Maar ik zat er niet echt mee. Generaalsvrouwen zijn spijkerhard. Ze hebben hun man dertig jaar lang de glibberige carrièreladder op geduwd, of ze hebben dertig jaar lang aan het kortste eind getrokken omdat hun man zelf klom. Hoe dan ook, er komt heel wat voor kijken om hen van hun stuk te brengen. Bikkelhard, meestal harder dan de generaals zelf.
Summer deed haar pet af en gooide hem achterin. Ze had heel kort haar. Bijna kaal. Ze had een fraai gevormde schedel en mooie jukbeenderen. Gladde huid. Ik vond haar mooi. En ze was een

snelle chauffeur, verdomd als het niet waar was. Ze deed haar gordel om en reed weg alsof ze voor Nascar oefende.

'Was het een ongeluk?' vroeg ze.

'Hartaanval,' zei ik. 'Hij had slechte vaten.'

'Waar? Op de basis?'

Ik schudde mijn hoofd. 'In een groezelig motelletje in de stad. Hij is gestorven op een hoer van twintig dollar.'

'Dat gaan we zeker niet tegen de weduwe zeggen?'

'Nee. Dat gedeelte vertellen we aan helemaal niemand.'

'Waarom was hij op doorreis?'

'Hij is niet in Bird geweest. Hij was op doorreis in Washington. Frankfurt-Dulles en twintig uur later naar LAX. Hij was op weg naar Irwin voor een conferentie.'

'Oké,' zei ze. Daarna werd ze erg stil. We reden door. We kwamen ter hoogte van het motel, maar een stuk naar het westen, rechtstreeks naar de snelweg.

'Mag ik vrijuit spreken?' vroeg ze.

'Ga je gang,' zei ik.

'Is dit een proef?'

'Waarom zou dit een proef zijn?'

'U bent toch van de 110th Special Unit?'

'Jawel,' zei ik.

'Daar heb ik een sollicitatie lopen.'

'Bij het 110th?'

'Ja,' zei ze. 'Dus is dit een geheime beoordeling?'

'Waarvan?'

'Van mij,' zei ze. 'Als sollicitant.'

'Ik moest een vrouwelijke partner hebben. Voor het geval de weduwe een knuffelaar is. Jou heb ik willekeurig uitgekozen. De kapitein met de gebroken arm had niet kunnen rijden. En het zou niet efficiënt zijn geweest om op een dode generaal te wachten als het om een personeelsbeoordeling ging.'

'Waarschijnlijk niet,' zei ze. 'Maar ik vraag me af of u zit te wachten tot ik de voor de hand liggende vragen stel.'

'Ik verwacht van elke MP met een beetje hersens dat hij de voor de hand liggende vragen stelt, of hij nu zit te wachten op overplaatsing naar een speciale eenheid of niet.'

'Oké, daar gaan we. Generaal Kramer had een oponthoud van twintig uur in Washington, wilde een nummertje maken en vond het niet erg om daarvoor te betalen. Waarom is hij dan helemaal hierheen gekomen? Wat is het, vijfhonderd kilometer?'

‘479,’ zei ik.
‘En daarna moet hij weer helemaal terug.’
‘Natuurlijk.’
‘Dus: waarom?’
‘Zeg jij het maar,’ zei ik. ‘Vertel me maar iets waaraan ik zelf nog niet heb gedacht, en ik zal je aanbevelen voor die overplaatsing.’
‘Dat kan niet. U bent mijn commandant niet.’
‘Misschien wel,’ zei ik. ‘Althans deze week.’
‘Wat doet u überhaupt hier? Is er iets gaande wat ik moet weten?’
‘Ik weet niet wat ik hier doe,’ zei ik. ‘Ik ben hier op bevel. Meer weet ik niet.’
‘Bent u echt een majoor?’
‘De laatste keer dat ik het controleerde wel,’ zei ik.
‘Ik dacht dat rechercheurs van het 110th meestal adjudant-onderofficieren waren,’ zei ze. ‘Die in burger werken of in het geheim.’
‘Dat is zo.’
‘Dus waarom hebben ze u hierheen gehaald terwijl ze net zo goed een onderofficier hadden kunnen sturen in het uniform van een majoor?’
‘Goeie vraag,’ zei ik. ‘Misschien kom ik er ooit nog eens achter.’
‘Mag ik vragen hoe uw bevelen luidden?’
‘Tijdelijk gedetacheerd als tweede officier van de militaire politie van Fort Bird.’
‘De commandant is niet op de basis,’ zei ze.
‘Dat weet ik,’ zei ik. ‘Daar ben ik inmiddels achter. Hij is op dezelfde dag overgeplaatst als ik. Iets tijdelijks.’
‘Dus u bent plaatsvervangend commandant.’
‘Dat zei ik al.’
‘Tweede officier van de MP is geen taak van de speciale eenheid,’ zei ze.
‘Ik kan wel doen alsof,’ zei ik. ‘Ik ben begonnen als een gewone MP, net als jij.’
Summer reed zwijgend door.
‘Waarom wilde Kramer een omweg van duizend kilometer maken?’ vroeg ik. ‘Dat is twaalf van de twintig uur achter het stuur. En alleen om vijftien dollar aan een kamer en twintig aan een hoer uit te geven?’
‘Maakt dat wat uit? Een hartaanval is toch een hartaanval? Ik bedoel, wordt daaraan getwijfeld?’
Ik schudde mijn hoofd. ‘Het Walter Reed heeft de sectie verricht.’

'Dus doet het er niet toe waar of wanneer het is gebeurd.'
'Zijn tas is weg.'
'Aha,' zei ze.
Ik zag haar denken. Haar onderste oogleden gingen een tikkeltje omhoog.
'Hoe weet u dat hij een tas bij zich had?' vroeg ze.
'Dat weet ik niet. Maar heb je ooit een generaal zonder tas naar een conferentie zien gaan?'
'Nee,' zei ze. 'Denkt u dat die hoer ermee vandoor is gegaan?'
Ik knikte. 'Dat is momenteel mijn werkhypothese.'
'Dus moeten we achter die hoer aan.'
'Wie was ze?'
Haar oogleden bewogen weer.
'Er klopt iets niet,' zei ze.
Ik knikte weer. 'Precies.'
'Er zijn vier mogelijke redenen waarom Kramer niet in de buurt van Washington wilde blijven. Eén, misschien reisde hij samen met collega-officieren en wilde hij niet voor joker staan door een hoer naar zijn kamer te laten komen. Die hadden ze in de gang kunnen zien of door de wand heen kunnen horen. Dus heeft hij een smoes verzonnen om ergens anders te logeren. Twee, al reisde hij in zijn eentje, dan nog had hij misschien reisdocumenten van Defensie en was hij bang dat een receptionist het meisje zou zien en de *Washington Post* zou bellen. Zoiets komt voor. Dus betaalt hij liever contant in een anoniem gribusje. Ten derde: al reisde hij niet op een overheidsticket, dan was hij misschien een beroemde gast of een bekend gezicht in een hotel in de grote stad. Zo kon hij ook de anonimiteit buiten de grote stad hebben gezocht. Of vier: zijn seksuele voorkeur ontsteeg hetgeen je in de *Yellow Pages* kunt vinden, dus moest hij ergens heen waar hij zeker kon vinden wat hij zocht.'
'Maar?'
'Hindernissen een, twee en drie konden genomen worden door vijftien à vijfentwintig kilometer de stad uit te gaan, misschien niet eens zo ver. Vijfhonderd kilometer is absurd. En ik wil weliswaar best geloven dat er seksuele voorkeuren bestaan die in Washington niet kunnen worden bevredigd, maar ik zie niet in waarom hij hier in de rimboe van North Carolina wel aan zijn gerief zou komen. Bovendien zou ik zeggen dat zoiets heel wat meer dan twintig dollar zou kosten, waar je het uiteindelijk ook zou vinden.'

'Waarom heeft hij dan een omweg van duizend kilometer gemaakt?'
Ze gaf geen antwoord. Ze stuurde en dacht na. Ik deed mijn ogen dicht. Hield ze een kilometer of vijftig dicht.
'Hij kende het meisje,' zei Summer.
Ik deed mijn ogen open. 'Hoezo?'
'Sommige mannen hebben favorieten. Misschien heeft hij haar heel lang geleden leren kennen. Is hij in zekere zin op haar gevallen. Zoiets kan gebeuren. Bijna zoiets als verliefdheid.'
'Waar zou hij haar hebben leren kennen?'
'Daar.'
'Bird is uitsluitend infanterie. Hij was van de cavalerie.'
'Misschien hebben ze gezamenlijk oefeningen gehad. Dat zou u moeten natrekken.'
Ik zei niets. Cavalerie en infanterie hebben constant gezamenlijke oefeningen. Maar die houden ze waar de tanks zijn, niet waar de voetsoldaten zijn. Het is veel eenvoudiger om manschappen naar de andere kant van een continent te brengen dan tanks.
'Of misschien heeft hij haar in Irwin leren kennen,' zei Summer. 'In Californië. Misschien deed ze Irwin, maar moest ze om de een of andere reden uit Californië vertrekken en hield ze van militaire bases, dus is ze naar Bird gekomen.'
'Wat voor hoer hóúdt er nu van militaire bases?'
'Het soort dat van geld houdt. Dus allemaal waarschijnlijk. Militaire bases steunen de plaatselijke economie op alle fronten.'
Ik zei niets.
'Of misschien heeft ze altijd voor Bird gewerkt, maar is ze de infanterie naar Irwin gevolgd toen ze daar een keer een gezamenlijke oefening hadden. Zulke dingen kunnen wel een maand of twee duren. Het heeft geen zin om thuis rond te hangen zonder klanten.'
'Laatste gok?' vroeg ik.
'Ze hebben elkaar in Californië leren kennen,' zei ze. 'Kramer zal jaren met tussenpozen in Irwin hebben gezeten. Daarna is ze naar North Carolina verhuisd, maar hij was nog altijd gek genoeg op haar voor een omweg, als hij in Washington was.'
'Voor twintig dollar doet ze niets bijzonders.'
'Misschien wilde hij ook niets bijzonders.'
'We kunnen het de weduwe vragen.'
Summer glimlachte. 'Misschien was hij alleen maar op haar gesteld. Misschien heeft ze daar wel voor gezorgd. Daar zijn hoe-

ren goed in. Ze hebben een voorkeur voor vaste klanten. Het is veel veiliger als ze iemand al kennen.'

Ik deed mijn ogen weer dicht.

'En?' vroeg Summer. 'Heb ik iets gezegd waar u nog niet aan had gedacht?'

'Nee,' zei ik.

Ik viel in slaap voordat we de staatsgrens over waren en werd bijna vier uur later wakker toen Summer te snel de afrit van Green Valley nam. Mijn hoofd rolde naar rechts en botste tegen het raampje.

'Sorry,' zei ze. 'U zou Kramers telefoontjes moeten natrekken. Hij moet haar van tevoren hebben gebeld om zeker te weten dat ze beschikbaar was. Hij zou die hele rit niet voor niets hebben willen maken.'

'Waarvandaan zou hij gebeld moeten hebben?'

'Duitsland,' zei zij. 'Voor zijn vertrek.'

'Ik denk eerder vanuit een cel op Dulles. Maar we zullen het nagaan.'

'We?'

'Je mag mijn partner zijn.'

Ze zei niets.

'Zie het maar als een test,' zei ik.

'Is dit belangrijk?'

'Waarschijnlijk niet. Maar het kan. Hangt ervan af waar die conferentie over gaat. Hangt ervan af wat voor documenten hij bij zich had. Hij kon weleens de hele gevechtsstrategie van het *European Theatre of Operations* in zijn tas hebben gehad. Of nieuwe strategieën, taxaties van tekortkomingen, allerlei soorten geheime dingen.'

'Het Rode Leger stelt niks meer voor.'

Ik knikte. 'Ik maak me meer zorgen om rooie gezichten. Kranten, tv. Een verslaggever vindt geheime documenten op een berg afval bij een stripclub en het schandaal is niet te overzien.'

'Misschien weet de weduwe het wel. Hij kan het met haar besproken hebben.'

'Dat mogen we haar niet vragen,' zei ik. 'Wat haar betreft, is hij in zijn slaap gestorven met de deken opgetrokken tot zijn kin en voor de rest was alles kosjer. Alle zorgen die we ons op dit punt maken zijn strikt tussen jou, mij en Garber.'

'Garber?' vroeg ze.

'Mij, jou en hem,' zei ik.
Ik zag haar glimlachen. Wereldschokkend was het niet, maar samenwerking met Garber was zonder meer boffen voor iemand die bij de 110th Special Unit heeft gesolliciteerd.

Green Valley was een koloniaal koektrommelplaatje en huize Kramer was een keurig, oud huis in een dure wijk. Het was Victoriaanse confectie met een schubbendak, een aantal wit geverfde torentjes en veranda's op een hectare smaragdgroen gazon. Hier en daar stonden statige naaldbomen. Het zag ernaar uit dat iemand ze met zorg had geplant, wat honderd jaar geleden waarschijnlijk ook het geval was geweest. We stopten aan de stoeprand, wachtten en keken. Ik weet niet waar Summer aan dacht, maar ik nam de lokatie in me op en rangschikte hem onder *Eén hoeraatje voor Amerika*. Ik heb een sofinummer en hetzelfde blauw en zilveren paspoort als ieder ander, maar in wezen heb ik dankzij de reizen van mijn oude heer en die van mezelf maar een jaar of vijf in de Verenigde Staten gewoond. Dus weet ik een aantal alledaagse lagereschoolfeiten, zoals de hoofdsteden van de verschillende staten en hoeveel homeruns Lou Gherig heeft geslagen, en wat middelbareschoolfeiten, zoals de amendementen op de grondwet en het belang van Antietam, maar ik weet maar weinig over de prijs van melk, hoe je een telefoon in een cel bedient en hoe de verschillende steden eruitzien en ruiken. Dus doe ik me eraan te goed zodra ik de kans krijg. En huize Kramer was de moeite waard, zonder meer. Er viel een waterig zonlicht op. Er stond een zwak briesje, er hing een geur van houtvuur en om ons heen was een intense middagstilte. Je zou wensen dat je grootouders op zo'n plek woonden. Dan kon je daar in de herfst op bezoek gaan om bladeren te harken en appelcider te drinken en vervolgens in de zomer terug te komen om een kano in een tien jaar oude stationcar te laden en naar een of ander meer te rijden. Het deed me denken aan de plaatjes in de boeken die ze me in Manilla, Guam en Seoul hadden gegeven.
Tot we binnen waren.
'Klaar?' vroeg Summer.
'Ja hoor,' zei ik. 'Vooruit dan maar. We gaan de weduwe een bezoekje brengen.'
Ze zweeg. Ik wist zeker dat ze het al eens eerder bij de hand had gehad. Ikzelf had het meer dan eens gedaan. Leuk was het nooit. Ze reed weg van de stoeprand naar de ingang van de oprijlaan.

Reed langzaam naar de voordeur en kwam tot stilstand op een meter of drie. We deden tegelijk ons portier open, stapten uit in de kou en trokken ons jasje recht. We lieten onze pet in de auto. Dat zou een eerste aanwijzing voor mevrouw Kramer zijn als ze toevallig naar buiten keek. Een tweetal MP's aan je voordeur is nooit goed nieuws, en als ze niets op hun hoofd hebben, is het nog erger.
Deze specifieke deur was mat, antiek rood geschilderd en had een glazen stormwering ervoor. Ik belde aan en we wachtten. En wachtten. Ik begon al te denken dat er niemand thuis was. Ik belde nog een keer. De wind was guur. Hij blies harder dan ik gedacht had.
'We hadden van tevoren moeten bellen,' zei Summer.
'Kan niet,' zei ik. 'Je kunt niet zeggen: weest u alstublieft over vier uur thuis zodat we u onder vier ogen belangrijk nieuws kunnen brengen. Zo laat je iemand te veel in spanning zitten, vind je niet?'
'Heb ik dit hele eind gereden, is er niemand om te knuffelen.'
'Klinkt als een country-and-western-liedje. Vervolgens krijgt je vrachtwagen panne en sterft je hond.'
Ik belde nog een keer. Geen reactie.
'We moeten kijken of er een auto staat,' zei Summer.
Die vonden we in een dichte garage voor twee auto's, die apart stond van het huis. We zagen hem door het raam. Het was een metallicgroene Mercury Grand Marquis, zo lang als een oceaanstomer. Perfect voor de vrouw van een generaal. Niet nieuw, niet oud, duur maar niet té, gepaste kleur. Amerikaanser kon het niet.
'Denkt u dat hij van haar is?' vroeg Summer.
'Waarschijnlijk wel,' zei ik. 'Ik denk dat ze een Ford hadden tot hij overste werd. Daarna zijn ze naar een Mercury gepromoveerd. Ze wachtten waarschijnlijk op de derde ster voordat ze aan een Lincoln dachten.'
'Triest.'
'Vind je? Vergeet niet waar hij gisteravond was.'
'Waar is ze dan? Denk je dat ze een wandeling maakt?'
We draaiden ons om, voelden de wind in de rug en hoorden een deur aan de achterkant dichtslaan.
'Ze was in de achtertuin,' zei Summer. 'Misschien aan het tuinieren.'
'Dat doet geen mens op nieuwjaarsdag,' zei ik. 'Niet op dit halfrond althans. Er groeit niets.'
Maar we liepen toch maar weer naar de voorkant om nog eens

aan te bellen. Het was beter dat ze ons officieel binnenliet, op haar eigen voorwaarden. Maar ze verscheen niet. Toen hoorden we de achterdeur weer doelloos slaan, alsof de wind er vat op had gekregen.

'We moesten maar eens een kijkje gaan nemen,' zei Summer.

Ik knikte. Een klapperende deur heeft een heel eigen geluid. Het suggereert van alles.

'Ja,' zei ik. 'Ik denk het ook.'

We liepen naast elkaar met ons gezicht tegen de wind in om het huis. Er liep een pad van flagstones. Het bracht ons bij de keukendeur. Die ging naar binnen open en erachter moest een veer zitten om hem dicht te houden. Die veer was waarschijnlijk aan de slappe kant, omdat de windstoten hem af en toe overmeesterden, zodat de deur een centimeter of twintig openging. Als de wind vervolgens afnam, nam de veer het weer over en sloeg de deur in zijn sponning terug. Terwijl we keken, deed hij dat drie keer. Dat kon omdat het slot was geforceerd.

Het was een degelijk stalen slot. Maar het metaal was sterker geweest dan het hout eromheen. Iemand had een koevoet gebruikt. Daar was een keer of twee een flinke ruk aan gegeven, zodat het hout was versplinterd. De deur was opengegaan en het slot was gewoon uit het vernielde hout op de grond gevallen. Het lag voor onze neus op het flagstone pad. Er was een halvemaanvormige hap uit de deur. Houtsplinters waren alle kanten op gevlogen en de wind had ze op hoopjes geblazen.

'Wat nu?' vroeg Summer.

Er was geen beveiliging, geen inbraakalarm. Geen sensors, geen draden. Geen automatisch telefoontje naar de dichtstbijzijnde politiepost. Aan niets was te zien of de booswichten allang gevlogen waren of zich nog binnen ophielden.

'Wat nu?' herhaalde Summer.

We waren ongewapend. Je droeg geen wapen als je een officieel bezoek in je nette uniform aflegde.

'Dek jij de voorkant maar,' zei ik. 'Voor het geval er iemand naar buiten komt.'

Ze verwijderde zich zonder een woord te zeggen en ik gaf haar een minuut om haar positie in te nemen. Vervolgens duwde ik de deur met mijn elleboog open en betrad de keuken. Deed de deur achter me dicht en leunde ertegen om hem dicht te houden. Daarna bleef ik staan en spitste mijn oren.

Ik hoorde niets. Er was geen enkel geluid.

In de keuken hing een vage lucht van gekookte groenten en doorgekookte koffie. De keuken was groot en een beetje rommelig. Een intensief gebruikte ruimte. Aan de andere kant was een deur. Rechts van me. Hij stond open. Ik zag een driehoekje vloer van glanzend eiken. De gang. Ik liep er heel langzaam heen. Sloop recht naar voren om beter te kunnen kijken. Achter me klapperde de deur weer. Ik zag een groter stuk van de gang. Die liep waarschijnlijk rechtstreeks naar de voordeur. Links was een deur die dicht zat. De eetkamer waarschijnlijk. Rechts was een hobby- of werkkamer. Die deur stond open. Ik zag een bureau, een stoel en boekenkasten van donker hout. Voorzichtig nam ik nog een stap. Liep nog een stukje verder.
Op de grond van de gang zag ik een dode vrouw.

3

De dode vrouw had lang grijs haar. Ze droeg een flanellen nachtjapon met tierelantijnen. Ze lag op haar zij met haar voeten naar de deur van de werkkamer. Haar armen en benen lagen zo dat het leek alsof ze holde. Half onder haar lag een jachtgeweer. De zijkant van haar hoofd was ingedeukt. Ik zag bloed en hersenweefsel dat in haar haar was vastgekoekt. Er lag nog meer bloed op het eikenhout. Het was zwart en kleverig.
Ik liep de gang in en bleef op een armlengte van haar staan. Ik hurkte en pakte haar pols. Haar huid voelde erg koud. Er was geen hartslag.
Ik bleef gebukt staan. Luisterde. Hoorde niets. Ik boog me voorover en keek naar haar hoofd. Ze had een klap van iets hards en zwaars gehad. Eén klap, maar wel een harde. De wond had de vorm van een geul. Ruim twee centimeter breed, een centimeter of tien lang. Hij was van linksboven gekomen. Ze had met haar gezicht naar de achterkant van het huis gestaan. Naar de keuken.
Ik keek om me heen, liet haar pols vallen en betrad de werkkamer. Het grootste deel van de vloer was bedekt met een Perzisch tapijt. Ik ging erop staan en verbeeldde me dat ik sluipende voetstappen door de gang mijn kant op hoorde komen. Stelde me voor dat ik de koevoet waarmee ik het slot had geforceerd nog in mijn hand had. Stelde me voor dat ik uithaalde toen mijn prooi in beeld verscheen en langs de open deur liep.
Ik keek omlaag. Op het kleed zat een streep bloed en haar. Daar was de koevoet afgeveegd.
Verder was er niets verstoord in de kamer. Het was een onpersoonlijke ruimte. Het leek wel alsof er hier een werkkamer was omdat ze hadden gehoord dat een familiehuis er nu eenmaal een moest hebben, niet omdat ze er een nodig hadden. Het bureau was niet ingericht om aan te werken. Het stond vol met foto's in zilveren lijstjes. Maar minder dan ik van een langdurig huwelijk had verwacht. Er was er een met de dode man uit het motel en de dode vrouw in de gang, en de gezichten op Mount Rushmore onscherp op de achtergrond. De generaal op vakantie met me-

vrouw Kramer. Hij was veel groter dan zij. Hij zag er sterk en gezond uit. Vergeleken bij hem was zij maar klein.
Er was nog een ingelijste foto van Kramer in uniform. Het kiekje was een paar jaar oud. Hij stond boven aan een vliegtuigtrap, op het punt om een C130 transportvliegtuig te betreden. Het was een kleurenfoto. Hij had een groen uniform, het vliegtuig was bruin. Hij zwaaide glimlachend. Op weg naar zijn éénstercommando, nam ik aan. Er was een tweede foto, bijna identiek, ietsje recenter. Kramer, boven aan een vliegtuigtrap, half gedraaid, wuivend en glimlachend. Waarschijnlijk op weg naar zijn tweesterrenbevel. Op beide foto's zwaaide hij met zijn rechterhand. Op beide foto's droeg hij de groene canvas koffer die ik in zijn motelkast had aangetroffen. En op beide foto's had hij daarboven een bijpassende aktetas onder zijn arm geklemd.
Ik liep de gang weer in. Luisterde goed, hoorde niets. Ik had het huis kunnen doorzoeken, maar dat was niet nodig. Ik wist vrij zeker dat er niemand was en dat er niets was wat ik moest vinden. Dus ik wierp een laatste blik op de weduwe Kramer. Ik zag haar voetzolen. Ze was niet lang weduwe geweest. Een uur of drie misschien. Het bloed op de grond was volgens mij een uur of twaalf oud. Maar het was onmogelijk om nauwkeurig te zijn. Dat zou moeten wachten tot de dokter ter plaatse was.

Ik liep terug naar de keuken, ging naar buiten, liep om het huis en vond Summer. Stuurde haar naar binnen om een blik te werpen. Dat werkte sneller dan een uitleg geven. Vier minuten later kwam ze weer naar buiten. Ze zag er kalm en beheerst uit. Eén punt voor Summer, dacht ik.
'Houdt u van toevalligheden?' vroeg ze.
Ik zei niets.
'We moeten naar Washington,' zei ze. 'Naar het Walter Reed. We moeten zorgen dat ze Kramers autopsie nog een keer doen.'
Ik zei niets.
'Dit maakt zijn dood automatisch verdacht. Ik bedoel, hoe groot is de kans op toeval? De kans dat een bepaalde soldaat op een willekeurige dag doodgaat is een op veertig- of vijftigduizend, maar dat zijn vrouw op dezélfde dag sterft? Dat zij op dezelfde dag het slachtoffer van doodslag wordt?'
'Het was niet dezelfde dag,' zei ik. 'Niet eens hetzelfde jaar.'
Ze knikte. 'Oké, oudejaarsavond, nieuwjaarsdag. Maar dat onderstreept juist wat ik zeg. Het is uitgesloten dat er gisteravond

een patholoog-anatoom dienst had in het Walter Reed. Dus die hebben ze speciaal moeten oproepen. Waarvandaan? Waarschijnlijk van een feestje.'

Ik glimlachte even. 'Dus jij wilt dat wij daarheen gaan en zeggen: Hé, weten jullie zeker dat die arts van jullie gisteravond wel uit zijn ogen kon kijken? Zeker weten dat hij niet te lam was om het verschil tussen een hartaanval en moord te zien?'

'We moeten het controleren,' zei ze. 'Ik hou niet van toevalligheden.'

'Wat denk je dat daarbinnen is gebeurd?'

'Een inbreker,' zei ze. 'Mevrouw Kramer is wakker geworden door het kabaal aan de achterdeur, is opgestaan, heeft het jachtgeweer gepakt dat ze bij de hand had, is de trap afgegaan en naar de keuken gelopen. Ze was een moedige vrouw.'

Ik knikte. Generaalsvrouwen zijn bikkelhard.

'Maar traag,' zei Summer. 'De inbreker was al helemaal in de werkkamer en kon haar van de zijkant raken. Met de koevoet die hij voor de achterdeur had gebruikt. Terwijl ze langsliep. Hij was groter dan zij, een centimeter of dertig, en waarschijnlijk rechtshandig.'

Ik zei niets.

'Dus we gaan naar het Walter Reed?'

Ik knikte.

'Het zal wel moeten,' zei ik. 'Zodra we hier klaar zijn.'

We belden de politie van Green Valley met een wandtelefoon in de keuken. Daarna belden we Garber om hem het nieuws te vertellen. Hij zei dat hij ons in het ziekenhuis zou spreken. Daarna wachtten we. Summer hield de voorkant van het huis in de gaten en ik de achterkant. Er gebeurde niets. De politie was er in zeven minuten. Het was een strak konvooitje van twee patrouillewagens, een rechercheauto en een ambulance. Ze hadden zwaailichten en sirenes aan. We hoorden ze van kilometers afstand. Ze kwamen met gillende sirenes de oprijlaan op en opeens was het stil. Summer en ik deden een stap naar achteren en ze zwermden langs ons heen naar binnen. Wij speelden geen rol. De vrouw van een generaal is een burger en het huis viel onder burgerlijke jurisdictie. Meestal liet ik me weinig in de weg leggen door dat subtiele onderscheid, maar het huis had me al verteld wat ik moest weten. Dus ik was bereid om een stapje terug te doen en een paar punten voor goed gedrag te scoren. Die konden me later nog van pas komen.

Een geuniformeerde agent hield ons twintig minuten in de gaten terwijl de andere agenten rondsnuffelden. Daarna kwam er een rechercheur in pak een verklaring afnemen. We vertelden hem over Kramers hartaanval, de weduwetrip en de klapperende deur. Hij heette Clark en had geen moeite met ons verhaal. Hij had dezelfde bedenkingen als Summer. Beide Kramers waren in dezelfde nacht op grote afstand van elkaar aan hun eind gekomen, en hij hield net zomin van toeval als zij. Ik had te doen met Rick Stockton, de plaatsvervangend korpschef in North Carolina. In dit nieuwe licht was zijn besluit om mij Kramers lijk te laten verwijderen niet verstandig geweest. Ik had de helft van de puzzel in militaire handen gelegd. Het was de kiem van een conflict.

We gaven Clark een telefoonnummer waar hij ons kon bereiken in Bird en stapten weer in. Washington was volgens mij een dikke honderd kilometer. Nog eens zeventig minuten. Of minder, zoals Summer reed. Ze vertrok, vond de snelweg weer en gaf plankgas tot de Chevrolet zo sidderde dat hij het elk moment kon begeven.

'Ik heb de aktetas op de foto's gezien,' zei ze. 'U ook?'

'Ja,' zei ik.

'Hebt u moeite met het zien van dode mensen?'

'Nee,' zei ik.

'Waarom niet?'

'Ik weet het niet. Jij?'

'Een beetje.'

'Soms heb ik meer moeite met levende mensen.'

'Ik hou van mensen,' zei ze.

Ik zweeg.

'Denkt u dat het toeval is?' vroeg ze.

'Nee,' zei ik. 'Ik geloof niet in toeval.'

'Dus u denkt dat de patholoog-anatoom iets over het hoofd heeft gezien?'

'Nee,' zei ik. 'De autopsie was waarschijnlijk goed.'

'Waarom rijden we nu dan helemaal naar Washington?'

'Omdat ik de arts m'n excuses moet maken. Ik heb hem opgezadeld met Kramers lijk. Nu zal hij een maand lang belegerd worden door burgers. Dat zal hem woedend maken.'

Maar de patholoog was een vrouw en zij had zo'n zonnig karakter dat ik betwijfelde of iets haar langdurig nijdig kon maken. We spraken haar in de receptieruimte van het Walter Reed Ar-

my Medical Center en het was vier uur 's middags op nieuwjaarsdag. Het leek op een gewone ziekenhuisreceptie. Aan het plafond hing kerstversiering. Die zag er al een beetje lusteloos uit. Garber was er al. Hij zat op een plastic stoel. Hij was een kleine man en leek op zijn gemak te zijn. Maar hij was stil. Hij stelde zich niet voor aan Summer. Zij stond naast hem. Ik leunde tegen de muur. De dokter stond tegenover ons met een stapeltje aantekeningen in haar hand, alsof ze een groepje leergierige studenten toesprak. Op haar naamkaartje stond Sam McGowan en ze was jong en donker, levendig en open.
'Generaal Kramer is een natuurlijke dood gestorven,' zei ze. 'Hartaanval, gisteravond tussen elf en twaalf. Dat is boven iedere twijfel verheven. Ik wil met alle plezier meewerken aan een onderzoek als dat nodig is, maar het zou tijdverspilling zijn. Toxicologie was negatief. De aanwijzingen van ventriculaire fibrillatie zijn onweerlegbaar en de verkalking van zijn kransslagader was kolossaal. Dus in forensisch opzicht zou uw enige vraag kunnen zijn of iemand toevallig langs elektrische weg fibrillatie teweeg heeft gebracht bij een man die dat vrijwel zeker binnen een paar minuten, uren, dagen, of weken toch zou zijn overkomen.'
'Hoe zou dat in zijn werk moeten gaan?'
McGowan haalde haar schouders op. 'De huid zou over een grote oppervlakte nat moeten zijn. De man zou in feite in bad moeten liggen. Als je vervolgens het water onder stroom zet, zou je vermoedelijk een fibrillatie krijgen zonder brandplekjes. Maar de man lag niet in bad en er zijn ook geen aanwijzingen dat hij in bad heeft gelegen.'
'En als zijn huid niet nat was geweest?'
'Dan zou ik brandwonden hebben gezien. Die heb ik niet gezien en ik heb zijn hele lichaam centimeter voor centimeter met een loep afgezocht.'
'En hoe zit het met schrik, verrassing of angst?'
De dokter haalde weer haar schouders op. 'Kan, maar we weten wat hij aan het doen was, nietwaar? Dat soort seksuele opwinding is een klassieke aanleiding.'
Niemand zei iets.
'Natuurlijke dood, mensen,' zei McGowan. 'Gewoon een zware, ouderwetse hartaanval. Iedere patholoog ter wereld kan hem bekijken en zal het honderd procent onderschrijven. Dat garandeer ik jullie.'
'Oké,' zei Garber. 'Bedankt, dokter.'

'Ik moet u mijn verontschuldigingen aanbieden,' zei ik. 'U zult dat hele verhaal een paar weken lang elke dag moeten herhalen tegenover een stuk of twintig burgeragenten.'
Ze glimlachte. 'Ik zal een officiële verklaring uitdraaien.'
Vervolgens keek ze ons om beurten aan voor het geval we nog vragen hadden. Die hadden we niet, dus ze glimlachte nog een keer en verdween achter een deur. Die sloot zich met een zuigend geluid; de versiering aan het plafond ritselde en de receptieruimte werd stil.
We zeiden een tijdje niets.
'Oké,' zei Garber. 'Dat is dat. Kramer zelf levert geen controverse op en zijn vrouw is een burgermisdrijf. Wij hebben er niets meer mee te maken.'
'Hebt u Kramer gekend?' vroeg ik.
Garber schudde zijn hoofd. 'Alleen van horen zeggen.'
'En wat zeiden ze?'
'Arrogant. Hij zat bij de cavalerie. De Abrams-tank is het beste speelgoed van het hele leger. Die gasten hebben de wereld in hun zak en dat weten ze.'
'Weet u iets van zijn vrouw?'
Hij trok een grimas. 'Ze bracht veel te veel tijd thuis in Virginia door, heb ik begrepen. Ze was rijk, oud geld, familie uit Virginia. Ik bedoel, ze heeft wel haar plicht gedaan. Ze heeft een poosje op de basis in Duitsland gewoond, maar alles bij elkaar was dat niet erg lang. Deze keer zeiden ze dat ze thuis was voor de vakantie en dat klinkt wel kosjer, maar in feite ging ze naar huis voor Thanksgiving en ze verwachtten haar niet terug voor de lente. Dus ze waren hoe dan ook niet dik met elkaar. Geen kinderen, geen gemeenschappelijke interesses.'
'Wat een verklaring kan zijn voor die hoer,' zei ik. 'Als ze een gescheiden leven leidden.'
'Ik denk het,' zei Garber. 'Ik heb de indruk dat het wel een huwelijk was, maar meer voor de show dan echt.'
'Met wie reisde hij naar Irwin?'
'Twee van zijn mannen,' zei Garber. 'Een éénstergeneraal en een kolonel, Vassell en Coomer. Ze waren een hecht driemanschap. Het gezicht van de cavalerietop.'
Hij stond op en rekte zich uit.
'Begin maar bij middernacht,' zei ik. 'Ik wil alles weten wat u hebt gedaan.'
'Waarom?'

'Omdat ik niet van toevalligheden hou. En u ook niet.'
'Ik heb niets gedaan.'
'Iedereen heeft iets gedaan,' zei ik. 'Behalve Kramer.'
Hij keek me recht aan.
'Ik heb het twaalf uur zien worden,' zei hij. 'Toen heb ik nog wat gedronken. En mijn dochter gekust. Ik herinner me dat ik een heleboel mensen heb gekust. Vervolgens heb ik "Auld Lang Syne" gezongen.'
'En toen?'
'Toen belde kantoor. Ze vertelden me dat ze via een omweg hadden gehoord dat er een dode tweesterrengeneraal in North Carolina lag. Dat de tweede officier van de MP van Fort Bird het had doorgespeeld. Dus heb ik gebeld en kreeg jou aan de lijn.'
'En daarna?'
'Jij bent op pad gegaan en ik heb de plaatselijke politie gebeld en gehoord dat het om Kramer ging. Ik heb zijn naam opgezocht en ben erachter gekomen dat hij van het XII-Korps was. Dus heb ik Duitsland gebeld om te melden dat hij dood was, maar heb de details voor me gehouden. Dat heb ik je al verteld.'
'En toen?'
'Toen niets. Ik heb op je rapport gewacht.'
'Oké,' zei ik.
'Oké, wat?'
'Oké, kolonel?'
'Lul niet,' zei hij. 'Wat denk je?'
'Die aktetas,' zei ik. 'Die wil ik nog altijd vinden.'
'Blijf maar zoeken,' zei hij. 'Tot ik Vassell en Coomer heb gevonden. Die kunnen me vertellen of er iets in zat waar ik me zorgen over moet maken.'
'Kunt u hen niet vinden?'
Hij schudde zijn hoofd.
'Nee,' zei hij. 'Ze hebben hun hotel verlaten, maar zijn niet doorgevlogen naar Californië. Niemand schijnt goddomme te weten waar ze uithangen.'

Garber vertrok om terug naar de stad te rijden en Summer en ik stapten in om weer naar het zuiden te gaan. Het was koud en het begon al donker te worden. Ik bood aan om het stuur over te nemen, maar dat wilde ze niet. Rijden leek wel haar belangrijkste hobby.
'Kolonel Garber leek nogal afwezig,' zei ze. Ze klonk teleurge-

steld, als een actrice die gezakt is voor een auditie.
'Hij voelde zich schuldig,' zei ik.
'Waarom?'
'Omdat hij mevrouw Kramer heeft vermoord.'
Ze staarde me alleen maar aan. Ze reed honderdvijftig en keek me van opzij aan.
'Bij wijze van spreken,' zei ik.
'Hoezo?'
'Dit was geen toeval.'
'Dat is niet wat de dokter zegt.'
'Kramer is een natuurlijke dood gestorven. Dat heeft de dokter gezegd. Maar iets aan die gebeurtenis heeft rechtstreeks tot de moord op mevrouw Kramer geleid. En Garber heeft dat allemaal in werking gezet. Door het XII-Korps te waarschuwen. Hij heeft het overlijden gemeld en nog geen twee uur later was de weduwe ook dood.'
'Wat is er dan aan de hand?'
'Ik heb geen flauw idee,' zei ik.
'En hoe zit het met die Vassell en Coomer?' vroeg ze. 'Ze waren een trio. Kramer is dood, zijn vrouw is dood en die twee anderen worden vermist?'
'Je hebt het gehoord. Wij hebben er niets meer mee te maken.'
'Gaat u niets doen?'
'Ik ga een hoer zoeken.'

We kozen de meest rechtstreekse route die we konden vinden, linea recta terug naar het motel en het café. Veel keus was er niet. Eerst de Beltway en vervolgens de I-95. Er was weinig verkeer. Het was nog steeds nieuwjaarsdag. De buitenwereld zag er donker, koud en slaperig uit. Overal ging het licht aan. Summer reed zo hard als ze durfde, en dat was erg hard. Wat Kramer misschien zes uur had gekost, zouden wij binnen vijf uur doen. We stopten algauw voor benzine en kochten oudbakken broodjes van het vorig jaar. We werkten ze met moeite weg terwijl we in zuidelijke richting stoven. Daarna keek ik twintig minuten naar Summer. Ze had kleine, verzorgde handen. Ze lagen ontspannen op het stuur. Ze knipperde maar weinig met haar ogen. Haar lippen waren iets geweken en om de paar minuten ging ze met haar tong langs haar tanden.
'Praat tegen me,' zei ik.
'Waarover?'

'Maakt niet uit,' zei ik. 'Je levensverhaal.'
'Waarom?'
'Omdat ik moe ben,' zei ik. 'Dat houdt me wakker.'
'Nee, waarom?'
'Daar hou ik van.'
'Het is niet erg boeiend.'
'Ieders leven is boeiend.'
'Het mijne niet,' zei ze.
'Probeer het toch maar,' zei ik.
Dus haalde ze haar schouders op en begon bij het begin, buiten Birmingham, Alabama, halverwege de jaren zestig. Ze had er niets slechts over te zeggen, maar ik kreeg wel de indruk dat ze toen al wist dat er betere omstandigheden waren om in op te groeien dan arm en zwart in het Alabama van die tijd. Ze had broers en zussen. Ze was altijd klein geweest, maar wel lenig en legde een talent voor sport, dansen en touwtje springen aan de dag waardoor ze opviel op school. Ze kon ook goed leren, ontving diverse kleine studiebeurzen en ging naar een universiteit in Georgia. Ze was bij het Reserve Officer's Training Korps gegaan, en tijdens haar eerste jaren waren de beurzen op, maar het leger financierde haar studie verder in ruil voor een kort dienstverband van vijf jaar als ze klaar was met haar studie. Vervolgens was ze naar de MP-school gegaan en allengs was ze opgehouden haar dienst als kortdurend verband te beschouwen. Ze dacht meer in termen van een open toekomst. Inmiddels waren de strijdkrachten al veertig jaar geïntegreerd, en ze vertelde dat ze het leger de meest kleurenblinde plek in Amerika vond. Ze klonk voldaan, tevreden en vervuld.
'Nu wil ik uw levensverhaal horen,' zei ze.
'Het mijne?' Mijn leven was zo anders als het maar kan zijn. Qua huidskleur, geslacht, geografie en familieomstandigheden. 'Ik ben geboren in Berlijn. In die tijd bleef een vrouw nog zeven dagen in het ziekenhuis, dus ik was één week oud toen ik bij de strijdkrachten kwam. Ik ben op alle bases opgegroeid die we hebben. Ik heb op West Point gezeten. Ik ben nog steeds bij het leger. Dat is het wel zo'n beetje.'
'Hebt u familie?'
Ik moest denken aan het briefje van mijn sergeant. *Uw broer heeft gebeld. Geen boodschap.*
'Een moeder en een broer,' zei ik.
'Ooit getrouwd geweest?'

'Nee. Jij?'
'Nee,' zei ze. 'Hebt u een relatie?'
'Momenteel niet.'
'Ik ook niet.'
We reden verder, een kilometer, en nog een.
'Kunt u zich een leven buiten het leger voorstellen?'
'Bestaat dat dan?'
'Daar ben ik opgegroeid.'
'Jullie burgers zijn een mysterie voor me,' zei ik.

Vijf uur nadat we uit het Walter Reed waren vertrokken, parkeerde Summer voor Kramers kamer, waarschijnlijk ter wille van de authenticiteit. Ze leek tevreden over haar gemiddelde snelheid. Glimlachend zette ze de motor af.
'Ik neem dat café,' zei ik. 'Ga jij maar met die jongen van de motelreceptie praten. Speel de goeie agent maar. En zeg dat de kwaaie er zo aan komt.'
We stapten uit in de koude duisternis. De mist was terug. De straatlantaarns brandden erdoorheen. Ik voelde me verkrampt en benauwd. Ik rekte me uit, geeuwde, trok mijn jasje recht en keek Summer na die juist de cola-automaat passeerde. Haar huid lichtte rood op toen ze door het schijnsel liep. Ik stak over en ging naar het café.
Het parkeerterrein was even vol als de avond tevoren. Om het hele gebouw stonden auto's en vrachtwagens. De ventilatie werkte weer op volle toeren. Ik zag rook en rook bier. Ik hoorde de muziek stampen. Het neonlicht was fel.
Ik trok de deur open en stapte het lawaai in. De massa was weer kamerbreed. Dezelfde spotlights stonden aan. Er was een ander naakt meisje op het podium. Dezelfde kleerkast stond half in de schaduw achter de kassa. Ik zag zijn gezicht niet, maar wist dat hij naar mijn revers keek. Had Kramer de gekruiste sabels van de cavalerie met een aanvallende tank erboven, ik had de gekruiste, gouden en glimmende vuursteenpistolen van de Militaire Politie. Niet het populairste insigne in zo'n tent.
'Couvertkosten,' zei de knaap achter de kassa.
Hij was moeilijk te verstaan. De muziek stond erg hard.
'Hoeveel?'
'Honderd dollar,' zei hij.
'Ik dacht het niet.'
'Oké, tweehonderd dollar.'

'Heel geestig,' zei ik.
'Ik hou niet van politie hier.'
'Zie niet in waarom niet.'
'Kijk eens naar me.'
Ik keek naar hem. Veel was er niet te zien. De rand van de bundel van een plafondspot verlichtte een dikke buik, een grote borstkas en mollige, korte onderarmen met tatoeages. En handen die zo groot waren als diepgevroren kippen en er ook zo uitzagen, met dikke, zilveren ringen aan bijna alle vingers. Maar zijn schouders en gezicht waren in de duisternis erboven. Alsof hij half schuilging achter een gordijn. Ik sprak met iemand die ik niet kon zien.
'Je bent hier niet welkom,' zei hij.
'Daar kom ik wel overheen. Ik ben niet overgevoelig.'
'Je luistert niet,' zei hij. 'Dit is mijn tent en ik moet je hier niet.'
'Ik ben zo weg.'
'Nu.'
'Nee.'
'Kijk eens naar me.'
Hij boog zich naar voren in het licht. Langzaam. De plafondspot kroop langs zijn borst omhoog. Over zijn hals. Naar zijn gezicht. Het was een ongelooflijk gezicht. Het was al lelijk begonnen en werd nog veel erger. Er zaten rechte scheermeslittekens op. Kriskras, als een raster. Ze waren diep, bleek en oud. Zijn neus was gebroken en slecht gezet, weer gebroken en weer slecht gezet, en dat talrijke malen. Zijn voorhoofd zat onder het littekenweefsel. Daaronder zaten twee kleine oogjes die me aankeken. Hij was een jaar of veertig. Zo'n een meter vijfenzeventig en een kleine honderdveertig kilo. Hij zag eruit als een gladiator die twintig jaar diep in de catacomben heeft overleefd.
Ik glimlachte. 'Moet ik onder de indruk zijn van dat gezicht? Met die dramatische belichting en zo?'
'Het zou je iets moeten zeggen.'
'Het zegt me dat je een heleboel vechtpartijen hebt verloren. Als je er nog een wilt verliezen, mij best.'
Hij zei niets.
'Of ik kan dit café tot verboden gebied verklaren voor alle soldaten van Bird. Ik kan wel zien wat dat voor je winst zou betekenen.'
Hij zei niets.
'Maar dat wil ik liever niet doen,' zei ik. 'Er is geen reden om

mijn jongens te straffen, alleen maar omdat jij een klootzak bent.'
Hij zei niets.
'Dus zal ik je maar negeren.'
Hij ging weer naar achteren zitten. De schaduw gleed weer op zijn plaats als een gordijn.
'Tot ziens,' klonk het uit de duisternis. 'Ergens, ooit. Zeker weten. Dat is een belofte. Daar kun je van op aan.'
'Nú word ik bang,' zei ik. Ik liep verder en wrong me door de menigte. Ik passeerde een stampvolle flessenhals en kwam in het voornaamste deel van het gebouw. Binnen was het veel groter dan het had geleken. De zaal was groot, laag, vierkant, vol kabaal en mensen. Er waren tientallen verschillende onderdelen. Overal luidsprekers. Harde muziek. Flitsend licht. Er waren een heleboel burgers. Ook een heleboel militairen. Ik pikte hen er zo uit, door hun haar en kleren. Soldaten kleden zich altijd herkenbaar in hun vrije tijd. Ze proberen er vergeefs als gewone mensen uit te zien. Ze zijn altijd een beetje aan de schone en ouderwetse kant. Ze keken allemaal naar me toen ik langsliep. Ze waren niet verheugd me te zien. Ik zocht een sergeant. Zocht naar een paar rimpels rond de ogen. Ik zag vier potentiële kandidaten, twee meter achter de rand van het hoofdpodium. Drie van hen zagen me en draaiden zich om. De vierde zag me, aarzelde even en wendde zich vervolgens naar me toe. Alsof hij wist dat ik hem had uitgekozen. Hij was een gedrongen man, een jaar of vijf ouder dan ik. Waarschijnlijk van de Special Forces. Een heleboel soldaten in Bird waren daarvan, en hij zag er ook zo uit. Hij had een leuke avond, dat was duidelijk. Er lag een glimlach op zijn gezicht en hij had een flesje bier in zijn hand. Koud bier, het vocht parelde op het glas. Hij hief het flesje alsof hij proostte, alsof hij me uitnodigde om dichterbij te komen. Dus ging ik naar hem toe en sprak in zijn oor.
'Vertel het maar rond,' zei ik. 'Dit is niets officieels en heeft niets met onze jongens te maken. Het gaat om iets heel anders.'
'Zoals?'
'Er is iets zoekgeraakt,' zei ik. 'Niets belangrijks. Alles kits.'
Hij zei niets.
'Special Forces?' vroeg ik.
Hij knikte. 'Iets zoek?'
'Stelt niets voor,' zei ik. 'Gewoon iets wat we kwijt zijn.'
Hij dacht even na en hief vervolgens zijn flesje om het tegen het mijne te klinken als ik er een in mijn hand had gehad. Het was

een duidelijk bewijs van acceptatie. Als een pantomime met al dat lawaai. Niettemin begon een rijtje mannen naar de uitgang te schuifelen. Er vertrokken zo'n twintig soldaten tijdens mijn eerste twee minuten in de zaal. Dat effect hebben MP's. Geen wonder dat de man met dat gezicht me niet in zijn zaak wilde.

Er kwam een serveerster op me af. Ze droeg een zwart T-shirt dat zo'n tien centimeter onder de hals was afgeknipt en een zwarte short die ongeveer tien centimeter beneden de taille was afgeknipt en zwarte schoenen met heel hoge hakken. Verder niets. Ze bleef naar me staan kijken tot ik iets bestelde. Ik vroeg een Budweiser en betaalde ongeveer acht keer zoveel als hij waard was. Nam een paar slokjes en ging op zoek naar hoeren.

Ze vonden mij eerder. Waarschijnlijk wilden ze me uit het zicht krijgen voordat de hele tent leeg was. Voordat ik hun klantenbestand tot nul had teruggebracht. Twee kwamen er recht op me af. De ene was hoogblond. De andere een brunette. Ze droegen allebei een minuscuul, nauwsluitend jurkje dat blonk van allerlei synthetische vezels. De blonde was de brunette voor. Ze kwam recht op me af geklepperd en liep een beetje onhandig op haar absurde, doorzichtige plastic hakken. De brunette draaide zich om en liep naar de sergeant van de Special Forces met wie ik had gesproken. Hij wuifde haar weg met zo te zien een uitdrukking van oprechte weerzin. Het blondje liep door, kwam naast me staan en leunde tegen mijn arm. Maakte zich zo groot mogelijk tot ik haar adem tegen mijn oor voelde.

'Gelukkig nieuwjaar,' zei ze.

'Insgelijks,' zei ik.

'Jou heb ik hier nog niet eerder gezien,' zei ze, alsof ik het enige was dat nog aan haar leven ontbrak. Ze had geen lokaal accent. Ze kwam niet uit North- of South Carolina. Ook niet uit Californië. Waarschijnlijk uit Georgia of Alabama.

'Ben je hier nieuw?' vroeg ze met luide stem vanwege de muziek.

Ik glimlachte. Ik was in meer hoerenkasten geweest dan me lief was. Net als alle MP's. Ze zijn allemaal hetzelfde en allemaal anders. Ze houden er allemaal een ander protocol op na. Maar *Ben je hier nieuw?* was een standaard openingszin. Het was een uitnodiging, zodat ik de onderhandelingen kon beginnen. Het beschermde haar tegen een aanklacht van uitlokking.

'Hoe werkt het hier?' vroeg ik.

Ze glimlachte verlegen, alsof haar zoiets nog nooit was gevraagd. Daarna zei ze dat ik haar op het podium kon gadeslaan in ruil

voor dollarfooien, of ik kon voor tien dollar een privéshow in een achterkamertje krijgen. Ze legde uit dat ik haar bij een privéshow mocht aanraken, en om zich van mijn aandacht te verzekeren streek ze met haar hand langs de binnenkant van mijn dij omhoog.
Ik begreep wel dat jongens in de verleiding kwamen. Ze zag er leuk uit. Ze leek me een jaar of twintig. Behalve haar ogen. Die leken meer van middelbare leeftijd.
'En als ik iets meer wil?' vroeg ik. 'Als ik ergens met je naartoe wil?'
'Daarover kunnen we het tijdens de privéshow hebben.'
Ze nam me bij de hand en voerde me langs hun kleedkamer en door een fluwelen gordijn naar een schemerig vertrek achter het podium. Het was niet klein. Langs de hele omtrek liep een beklede bank. Het was ook niet bepaald privé. Er waren een stuk of zes mannen die allemaal een naakte vrouw op schoot hadden. Het blonde meisje bracht me naar een vrije plek en liet me plaatsnemen. Ze wachtte tot ik mijn portefeuille te voorschijn haalde en haar tien dollar betaalde. Daarna drapeerde ze zich over me heen en drukte zich dicht tegen me aan. De manier waarop ze ging zitten, maakte het onmogelijk om niet mijn hand op haar dij te leggen. Haar huid was warm en zacht.
'Waar kunnen we naartoe?' vroeg ik.
'Jij hebt ook haast,' zei ze. Ze ging wat verzitten en hees de zoom van haar jurkje omhoog tot over haar heupen. Ze had er niets onder aan.
'Waar kom je vandaan?' vroeg ik.
'Atlanta,' zei ze.
'Hoe heet je?'
'Sin,' zei ze. 'Dat spel je S-i-n.'
Ik wist vrij zeker dat het een beroepsalias was.
'En hoe heet jij?'
'Reacher,' zei ik. Het had geen zin haar ook een valse naam te geven. Ik kwam net terug van het bezoek aan de weduwe, droeg mijn nette uniform nog en mijn naamplaatje zat met koeienletters op mijn rechterborstzak.
'Dat is een mooie naam,' zei ze automatisch. Ik wist vrij zeker dat ze dat tegen iedereen zei. *Quasimodo, Hitler, Stalin, Pol Pot; dat is een mooie naam.* Ze bewoog haar hand. Begon met het bovenste knoopje van mijn jasje en ging helemaal naar beneden. Haar vingers gleden naar binnen, over mijn borst, onder mijn das, op mijn overhemd.

'Er is een motel aan de overkant,' zei ik.
Ze knikte tegen mijn schouder.
'Dat weet ik,' zei ze.
'Ik zoek iemand die daar gisteravond heen is gegaan met een soldaat.'
'Je maakt zeker een geintje?'
'Nee.'
Ze duwde tegen mijn borst. 'Ben je hier voor de lol of om vragen te stellen?'
'Vragen,' zei ik.
Ze stopte met bewegen. Zei niets.
'Ik zoek iemand die daar gisteravond heen is gegaan met een soldaat.'
'Doe normaal,' zei ze. 'We gaan allemaal met soldaten naar het motel. Er is zowat een greppel in het asfalt gesleten. Als je goed kijkt, zie je 'm.'
'Ik zoek iemand die misschien iets sneller terug is gekomen dan anders.'
Ze zei niets.
'Het kan zijn dat ze een beetje van haar stuk was.'
Ze zei niets.
'Het kan zijn dat ze de man daar heeft ontmoet,' zei ik. 'Dat ze eerder op de dag was gebeld.'
Ze zei niets.
'Het kan zijn dat ze uit Californië komt.'
Ze tilde haar achterwerk van mijn knie en trok haar jurk zo ver mogelijk omlaag, wat niet ver was. Daarna ging ze met haar vingertoppen over het insigne op mijn revers.
'We geven geen antwoord op vragen,' zei ze.
'Waarom niet?'
Ik zag dat ze een blik op het fluwelen gordijn wierp. Alsof ze erdoorheen keek, helemaal naar de andere kant van de grote, vierkante zaal naar de kassa bij de ingang.
'Die?' zei ik. 'Ik zorg er wel voor dat hij geen problemen veroorzaakt.'
'Van hem mogen we niet met de politie praten.'
'Het is belangrijk,' zei ik. 'De man was een belangrijke militair.'
'Jullie denken allemaal dat je belangrijk bent.'
'Zijn hier meisje uit Californië?'
'Stuk of zes, denk ik.'
'We spreken het volgende af,' zei ik. 'Ik ga naar de bar. Ik neem

nog een biertje. Ik doe er tien minuten over om dat op te drinken. Jij brengt me het meisje dat daar gisteravond een probleem heeft gehad. Of je laat me zien waar ik haar kan vinden. Zeg tegen haar dat er niets aan de hand is. Niemand zal haar in moeilijkheden brengen. Volgens mij zul je merken dat ze dat begrijpt.'
'Anders?'
'Anders laat ik de hele tent leeg jagen en brand ik hem af. Dan kunnen jullie met z'n allen ergens anders werk zoeken.'
Ze keek weer naar het fluwelen gordijn.
'Maak je geen zorgen om die dikzak,' zei ik. 'Als hij tegensputtert, breek ik zijn neus nog een keer.'
Ze bleef stil zitten. Deed helemaal niets.
'Het is belangrijk,' herhaalde ik. 'Als we dit nu afhandelen, komt er niemand in moeilijkheden. Zo niet, dan krijgt er iemand een enorm probleem.'
'Ik weet het niet,' zei ze.
'Vertel het rond,' zei ik. 'Tien minuten.'
Ik stootte haar van mijn schoot en zag haar door het gordijn verdwijnen. Even later volgde ik haar voorbeeld en baande me een weg naar de bar. Ik liet mijn jasje openhangen. Het zou misschien de indruk wekken dat ik geen dienst had. Ik wilde niet ieders avond verpesten.

Ik deed twaalf minuten over mijn te dure, Amerikaanse biertje. Ik bekeek de serveersters en de hoeren die hun werk deden onder het publiek. Ik zag de grote knaap met dat gezicht door de menigte gaan om hier en daar een blik te werpen en de gang van zaken te controleren. Ik wachtte. Mijn nieuwe, blonde vriendin liet haar gezicht niet zien. En ze was nergens te bekennen. Het was heel vol. De muziek stampte maar door. Er waren stroboscopen, ultraviolet licht en het was een chaos van jewelste. De ventilatoren raasden, maar de lucht was heet en smerig. Ik was moe en begon hoofdpijn te krijgen. Ik gleed van mijn kruk en maakte een ronde door de hele zaak. Ik zag het blondje nergens. Ik maakte nog een ronde. Weer vergeefs. De sergeant van de Special Forces met wie ik eerder had gepraat hield me staande halverwege mijn derde ronde.
'Zoek je je vriendin?' vroeg hij.
Ik knikte. Hij wees naar de deur van de kleedkamer.
'Volgens mij heb je haar net in de problemen gebracht,' zei hij.
'Wat voor problemen?'

Hij zei niets. Hield alleen maar zijn linkerhandpalm omhoog en gaf er een dreun in met zijn rechtervuist.
'En jij hebt niets gedaan?' vroeg ik.
Hij haalde zijn schouders op.
'Jij bent van de politie,' zei hij. 'Niet ik.'
De kleedkamerdeur was een gewone rechthoek van multiplex die zwart was geverfd. Ik klopte niet. Ik nam aan dat de meisjes die de ruimte gebruikten niet verlegen waren. Ik trok hem gewoon open en ging naar binnen. Er brandden gewone lampen, er lagen stapels kleren en er hing een parfumstank. Er stonden kaptafels met theaterspiegels. En een oude divan van rood fluweel. Sin zat erop te huilen. Op haar linkerwang had zich duidelijk de rode omtrek van een hand afgetekend. Haar rechteroog zat dicht. Een dubbele oplawaai, zo te zien. Eerst met de volle hand, daarna een backhand. Ze was behoorlijk van haar stuk. Haar linkerschoen ontbrak. Ik zag sporen van een injectienaald tussen haar tenen. Verslaafden in de seksindustrie en de modellenwereld spuiten meestal daar. Je ziet er zelden iets van. Mannequins, hoeren, actrices.
Ik vroeg niet hoe het met haar ging. Dat was een domme vraag. Ze zou het wel overleven, maar een week niet kunnen werken. Niet voordat haar blauwe oog geel was geworden, zodat ze het met make-up kon verdoezelen. Ik bleef gewoon staan tot ze me zag met het oog dat nog open was.
'Donder op,' zei ze.
Ze keek weg.
'Klootzak,' zei ze.
'Heb je dat meisje al gevonden?' vroeg ik.
Ze keek me recht aan.
'Er was geen meisje,' zei ze. 'Ik heb overal gevraagd. Iedereen. En dat is wat ze me vertelden. Niemand heeft gisteravond moeilijkheden gehad. Helemaal niemand.'
Ik dacht even na. 'Is er iemand afwezig?'
'We zijn er allemaal,' zei ze. 'We moeten allemaal betalen voor Kerstmis.'
Ik zei niets.
'Door jou ben ik voor niets mishandeld,' zei ze.
'Het spijt me,' zei ik. 'Sorry dat ik je in de problemen heb gebracht.'
'Donder op,' zei ze weer. Ze keek me niet aan.
'Oké,' zei ik.

‘Klootzak,’ zei ze.
Ik liet haar daar zitten en baande me een weg terug door de menigte om het podium. Door de menigte bij de bar. Door de flessenhals bij de ingang, naar de deur. De man met het gezicht stond weer in de schaduw achter de kassa. Ik gokte waar zijn hoofd moest zijn, haalde uit met mijn open rechterhand en gaf hem zo’n harde dreun tegen zijn oor dat hij opzij wankelde.
‘Naar buiten, jij,’ zei ik.
Ik wachtte niet op hem. Duwde me gewoon een weg naar buiten in de nacht. Op het parkeerterrein stond een groepje mannen. Allemaal soldaten. Het zootje dat was afgedropen toen ik binnenkwam. Ze hingen rond in de kou, leunden tegen auto’s en dronken bier uit de flesjes met een lange hals die ze mee naar buiten hadden genomen. Die zouden me geen last bezorgen. Ze zouden wel heel dronken moeten zijn om het aan de stok te krijgen met een MP. Maar ze zouden me ook niet helpen. Ik was niet een van hen. Ik was op mezelf aangewezen.
De deur achter me vloog open. De grote knaap kwam naar buiten. Hij had een paar plaatselijke jongens bij zich. Ze zagen eruit als boeren. We liepen met z’n allen naar een poel van geel licht van een straatlantaarn. We gingen in een slordige kring staan met de gezichten naar elkaar toe. Onze adem was zichtbaar in de lucht. Niemand zei een woord. Een inleiding was overbodig. Waarschijnlijk had dat parkeerterrein al een heleboel gevechten meegemaakt. Volgens mij zou het niet anders gaan dan anders. Het resultaat zou hetzelfde zijn, met een winnaar en een verliezer.
Ik trok mijn jasje uit en hing het aan de dichtstbijzijnde autospiegel. Het was een tien jaar oude Plymouth die goed in de lak en het chroom zat. De auto van een liefhebber. Ik zag de sergeant van de Special Forces die ik had gesproken naar buiten komen. Hij keek even naar me en trok zich vervolgens terug in de schaduw om zich bij zijn manschappen bij de auto’s te voegen. Ik deed mijn horloge af, draaide me om en stopte het in mijn jaszak. Toen draaide ik me weer om. Bekeek mijn tegenstander. Ik had zin om hem flink te beschadigen. Ik wilde Sin laten weten dat ik voor haar op de bres was gesprongen. Maar het had geen zin om me op zijn gezicht te concentreren. Dat was al erg genoeg. Veel lelijker kon ik het niet maken. En ik wilde hem een poosje buiten gevecht stellen. Ik wilde niet dat hij zijn frustratie op de meisjes botvierde als hij weer bij kennis kwam, alleen omdat hij mij niet kon pakken.

Hij had een borstkas als een biervat, was te zwaar en zoals bij zoveel kerels met zo'n postuur, had hij dunne benen en waren zijn knieën overbelast. Misschien hoefde ik niet eens mijn handen te gebruiken. Misschien alleen bij die boeren, als die mee gingen doen. Wat ik niet hoopte. Het hoefde geen groot conflict te worden. Aan de andere kant was dat hun zaak. Iedereen heeft een keuze. Ze konden toekijken of partij kiezen.
Ik was ruim vijftien centimeter groter dan de man met het gezicht, en ongeveer dertig kilo lichter. En tien jaar jonger. Ik zag hem rekenen. Ik zag hem concluderen dat de kansen redelijk gelijk waren. Waarschijnlijk vond hij zichzelf een echte pitbull. Misschien hield hij mij voor een fatsoenlijke vertegenwoordiger van Uncle Sam. Misschien had mijn uitgaanstenue de indruk gewekt dat ik me keurig netjes als een officier zou gedragen. Een beetje als een heer, een tikje terughoudend.
Zijn fout.
Hij sprong maaiend op me af. Brede borst, korte armen, haast geen bereik. Ik boog me weg van de klap en liet hem weghuppelen. Hij kwam weer terug. Ik mepte zijn vuist weg en gaf hem een tikje met mijn elleboog tegen zijn gezicht. Niet hard. Ik wilde hem alleen tot staan brengen zodat hij even recht voor me stond.
Hij zette al zijn gewicht op zijn achterste voet en haalde uit voor een harde rechtse recht op mijn gezicht. Het zou een enorme dreun worden. Die zou goed raak zijn geweest, als hij raak was geweest. Maar voordat hij eraan toe kwam, deed ik een stap naar voren en trapte met mijn rechterhiel tegen zijn rechterknieschijf. De knie is een broos gewricht. Vraag maar aan de eerste de beste atleet. Er drukte honderdveertig kilo op en er ramde ruim honderd kilo recht doorheen. Zijn patella werd verbrijzeld en zijn been klapte dubbel. Precies zoals een gewoon kniegewricht, maar dan andersom. Hij klapte op zijn gezicht en de neus van zijn hoge schoen sloeg tegen de voorkant van zijn dij. Hij slaakte een gil, echt heel hard. Ik deed een stap naar achteren en glimlachte. Eén schot, en raak.
Ik deed nog een stap naar achteren en keek eens goed naar zijn knie. Die was kapot, en goed ook. Gebroken bot, uiteengereten banden, gescheurd kraakbeen. Ik dacht er even over om er nog een schop tegen te geven, maar dat was eigenlijk niet nodig. Hij stond op de nominatie voor een wandelstok, zodra ze hem hadden ontslagen van de afdeling orthopedie. Hij zou die stok zijn

hele leven nodig hebben. Hout, aluminium, kort, lang, hij mocht kiezen.
'Als er iets gebeurt wat me niet bevalt, kom ik terug voor die andere knie,' zei ik.
Ik denk niet dat hij me hoorde. Hij lag hijgend en jammerend te kronkelen in een plas water en olie, en probeerde zijn knie weer zo te krijgen dat die moordende pijn zou ophouden. Maar hij had pech. Hij zou moeten wachten op de operatie.
De boeren waren bezig partij te kiezen. Ze waren allebei vrij dom. Maar een van hen was dommer dan de andere. Trager. Hij rekte zijn grote, rode handen. Ik deed een stap naar voren en gaf hem een kopstoot midden in zijn gezicht om hem te helpen bij de besluitvorming. Hij ging om en viel met zijn hoofd achter de zware jongen, en zijn maat verborg zich haastig achter de dichtstbijzijnde pick-up. Ik tilde mijn jasje van de deurspiegel van de Plymouth en trok het weer aan. Haalde mijn horloge uit mijn zak en deed het om. De soldaten dronken hun bier en keken naar me. Hun gezicht verried niets. Blij noch teleurgesteld. Ze hadden niet op de uitkomst gespeculeerd. Voor hen maakte het niet uit of ik of die dikke vent daar op de grond lag.
Ik zag luitenant Summer aan de rand van de toeschouwers. Ik slalomde tussen de auto's en de mensen door naar haar toe. Ze zag er gespannen uit en hijgde. Waarschijnlijk had ze toegekeken. Waarschijnlijk was ze bereid geweest om bij te springen.
'Wat is er gebeurd?'
'Die dikke heeft een vrouw geslagen die had rondgevraagd voor me. Zijn maat kon niet snel genoeg wegrennen.'
Ze wierp een blik op het tweetal en keek vervolgens weer naar mij. 'Wat heeft de vrouw gezegd?'
'Dat niemand gisteravond een probleem heeft gehad.'
'De jongen van het motel ontkent nog steeds dat er een hoer bij Kramer in de kamer is geweest. Hij is vrij resoluut.'
Ik hoorde Sin weer zeggen: *Door jou ben ik voor niets mishandeld. Klootzak.*
'Waarom is hij dan gaan kijken?'
Summer trok een gezicht. 'Dat was natuurlijk mijn belangrijkste vraag.'
'Wat zei hij?'
'Eerst niets. Daarna zei hij dat hij een auto in grote haast hoorde vertrekken.'
'Wat voor auto?'

'Volgens hem was het een zware motor die flink wat toeren maakte en wegscheurde alsof er sprake was van paniek.'
'Heeft hij die auto gezien?'
Summer schudde haar hoofd.
'Dat slaat nergens op,' zei ik. 'Een voertuig zou duiden op een callgirl. En ik betwijfel of ze hier veel callgirls hebben. En wat moest Kramer trouwens met een callgirl, met al die andere hoeren in het café aan de overkant?'
Summer schudde nog steeds haar hoofd. 'Die knaap zegt dat het voertuig een heel eigen geluid had. Heel hard. Een diesel, geen benzinemotor. Hij zei dat hij een poosje later precies hetzelfde geluid hoorde.'
'Wanneer?'
'Toen jij vertrok in je Humvee.'
'Wát?'
Summer keek me recht aan. 'Hij zegt dat hij een kijkje in Kramers kamer is gaan nemen omdat hij een militair voertuig in paniek hoorde wegscheuren.'

4

We staken weer over naar het motel en lieten de jongen het hele verhaal opnieuw vertellen. Hij was chagrijnig en niet erg spraakzaam, maar hij was een goede getuige. Dat heb je vaak met mensen die niet zo meewerken. Ze proberen je niet naar de mond te praten. Ze willen geen indruk maken. Ze verzinnen niet van alles om je te vertellen wat je wilt horen.

Hij zei dat hij alleen in zijn kantoor niets zat te doen en om ongeveer vijf voor halftwaalf een portier van een voertuig hoorde dichtslaan. Vervolgens startte er een zware turbodiesel. Hij beschreef geluiden van een versnelling die in zijn achteruit werd gerukt en de blokkering van de vierwielaandrijving. Daarna hoorde hij lawaai van banden op grind en iets heel groots en zwaars wegscheuren. Hij zei dat hij van zijn kruk gleed om een kijkje te nemen. Het voertuig was weg.

'Waarom heb je de kamer gecontroleerd?' vroeg ik.

Hij haalde zijn schouders op. 'Ik dacht, misschien is er brand.'

'Brand?'

'Dat doen mensen wel vaker in een motel als dit. Ze steken de kamer in brand en scheuren ervandoor. Voor de kick, of zo. Ik weet het niet. Het was iets ongewoons.'

'Hoe wist je in welke kamer je moest zijn?'

Op dat punt werd hij heel stil. Summer drong aan. Daarna ik. We speelden goeie smeris-slechte smeris. Uiteindelijk bekende hij dat het de enige kamer was die de hele nacht was verhuurd. Alle andere werden per uur verhuurd aan voetgangers van de overkant, zonder auto. Daarom wist hij zo zeker dat er nooit een hoer bij Kramer in de kamer was geweest. Het was zijn taak om de paren in en uit te checken. Hij nam het geld in ontvangst en verstrekte de sleutels. Hield het komen en gaan in de gaten. Het was onderdeel van zijn werk. Een onderdeel waarover hij nooit mocht praten.

'Nou ben ik mijn baantje kwijt,' zei hij.

'Dat is niet erg,' zei ik. 'Het was toch een rotbaan. Je zou met ons mee moeten om in dienst te gaan. Je moet alles eruit halen wat in je zit.'

Hij maakte zich zo druk dat hij bijna in tranen uitbarstte en Summer hem moest kalmeren. Daarna vertelde hij dat hij Kramers lijk had gevonden, de politie had gebeld en voor de zekerheid alle uurhuurders had weggejaagd. Een minuut of vijftien later was plaatsvervangend korpschef Stockton gekomen. Daarna was ik gekomen en toen ik een poosje later weer wegging, herkende hij de autogeluiden die hij eerder op de avond had gehoord. Zelfde motorgeluid, zelfde aandrijving, zelfde gierende banden. Hij was ervan overtuigd. Hij had al bekend dat het motel de hele tijd door hoeren werd gebruikt, dus had hij geen reden meer om te liegen. En Humvees waren nog betrekkelijk nieuw. Nog betrekkelijk zeldzaam. En ze hadden een eigen geluid. Dus geloofde ik hem. We lieten hem op zijn kruk zitten en liepen naar buiten in het rode schijnsel van de cola-automaat.

'Geen hoer,' zei Summer. 'Kramer was met een vrouw van de basis.'

'Een vrouwelijke officier,' zei ik. 'Een vrij hoge, misschien. Iemand die permanent over een eigen Humvee kan beschikken. Niemand tekent voor een auto van het wagenpark voor zo'n akkefietje. En zij heeft zijn aktetas. Kan niet anders.'

'Die zal makkelijk op te sporen zijn. Ze moet in de poortlog staan, met vertrek- en terugkomsttijden.'

'Misschien ben ik haar onderweg wel gepasseerd. Als ze hier om vijf voor halftwaalf is vertrokken, was ze voor kwart over twaalf nog niet terug. Omstreeks die tijd ben ik vertrokken.'

'Als ze rechtstreeks naar de basis is teruggegaan.'

'Ja,' zei ik. 'Als.'

'Hebt u een andere Humvee gezien?'

'Ik dacht het niet,' zei ik.

'Wie denkt u dat het is?'

Ik haalde mijn schouders op. 'Net zoals we die spookhoer hebben uitgevogeld. Iemand die hij ergens heeft ontmoet. Waarschijnlijk in Irwin, maar het kan overal zijn geweest.'

Ik keek naar het benzinestation. Volgde passerende auto's op de weg.

'Vassell en Coomer weten misschien wie ze is,' zei Summer. 'Als het iets langdurigs was tussen haar en Kramer.'

'Ja, misschien.'

'Waar denkt u dat ze uithangen?'

'Ik weet het niet,' zei ik. 'Maar ik weet ze zeker te vinden als het nodig is.'

Ik vond ze niet. Zij vonden mij. Ze zaten op me te wachten in mijn geleende kantoor toen we terugkwamen. Summer zette me af voor de deur en reed door naar het wagenpark. Ik liep langs het bureau in het voorkantoor. De sergeant van de nachtdienst was terug. De vrouw uit de bergen met het zoontje en de zorgen over haar te betalen rekeningen. Ze gebaarde naar mijn deur om duidelijk te maken dat daarbinnen iemand was. Iemand die heel wat hoger was dan een van ons.
'Heb je koffie?' vroeg ik.
'De machine staat aan,' zei ze.
Ik nam een beker mee. Mijn jasje hing nog open. Mijn haar zat in de war. Ik zag er precies zo uit als iemand die op een parkeerterrein heeft gevochten. Ik liep rechtstreeks naar mijn bureau. Zette de koffie neer. Er zaten twee mannen op rechte stoelen tegen de muur met hun gezicht naar me toe. Ze waren allebei in gevechtstenue. De ene had een ster van een brigadegeneraal op zijn kraag en de andere een kolonelsadelaar. De generaal had *Vassell* op zijn naamplaatje en de kolonel *Coomer*. Vassell was kaal, Coomer droeg een bril en ze waren allebei arrogant, oud, kort, week en roze genoeg om er een tikje belachelijk uit te zien in hun gevechtstenue. Ze leken op leden van de Rotary Club die op weg waren naar een gekostumeerd bal. Op het eerste gezicht mocht ik ze niet zo.
Ik ging zitten en zag twee papiertjes midden op mijn vloeiblad. Op het eerste briefje stond: *Uw broer heeft weer gebeld. Dringend.* Deze keer stond er een telefoonnummer met het kengetal 202 van Washington D.C.
'Salueer je hogere officieren niet?' vroeg Vassell van zijn stoel.
Op het tweede briefje stond: *Kol. Garber heeft gebeld. Volgens de politie van Green Valley is mevrouw K. ongeveer om twee uur 's morgens gestorven.* Ik vouwde de briefjes een voor een op en stak ze naast elkaar onder de telefoon. Ik deed ze zo, dat ik precies de helft van ieder briefje zag. Keek op en zag Vassell nijdig naar me kijken. Zijn kale hoofd werd rood.
'Neem me niet kwalijk,' zei ik. 'Wat vroeg u?'
'Salueer je hogere officieren niet, als je een kamer binnenkomt?'
'Als ze in mijn hiërarchie zitten wel,' zei ik. 'Dat is niet het geval.'
'Dat is geen antwoord.'
'Zoek het maar op,' zei ik. 'Ik zit bij de 110th Special Unit. We zijn een afzonderlijke tak. Qua structuur staan we parallel aan

de rest van het leger. Als u even nadenkt, kan dat ook niet anders. We kunnen ons politiewerk niet doen als we in jullie hiërarchie zouden zitten.'
'Ik ben hier niet voor politiewerk, jongen.'
'Wat doet u hier dan? Het is een beetje laat voor een gezelligheidsbezoekje.'
'Ik ben hier om een paar vragen te stellen.'
'Vraag maar raak. Daarna heb ik zelf een paar vragen. En weet u wat het verschil zal zijn?'
Hij zei niets.
'Ik zal antwoord geven uit hoffelijkheid,' zei ik. 'U geeft antwoord omdat de Uniform Code of Military Justice dat voorschrijft.'
Hij zei niets. Keek me alleen maar nijdig aan. Daarna wierp hij een blik op Coomer. Coomer keek eerst naar hem, en toen naar mij.
'We zijn hier in verband met generaal Kramer,' zei hij. 'Wij zijn z'n hoogste officieren.'
'Ik weet wie u bent,' zei ik.
'Vertel eens over de generaal.'
'Hij is dood,' zei ik.
'Dat weten we al. We willen graag de omstandigheden van zijn overlijden weten.'
'Hij heeft een hartaanval gehad.'
'Waar?'
'In zijn borstkas.'
Vassell keek woest.
'Waar is hij overleden?' vroeg Coomer.
'Dat mag ik niet zeggen,' zei ik. 'Dat is van belang voor het onderzoek.'
'In welk opzicht?' vroeg Vassell.
'In vertrouwelijk opzicht.'
'Het moet hier in de buurt zijn geweest,' zei hij. 'Dat is al algemeen bekend.'
'Nou, kijk eens aan,' zei ik. 'Waar gaat die conferentie in Irwin over?'
'Wat?'
'Die conferentie in Irwin,' herhaalde ik. 'Waar jullie allemaal heen gingen.'
'Wat is daarmee?'
'Ik moet weten wat er op de agenda stond.'
Vassell keek naar Coomer en Coomer deed zijn mond open om

iets te zeggen toen de telefoon ging. Het was mijn sergeant. Summer was er en ze wist niet goed of ze haar naar binnen moest sturen. Ik zei dat ze haar gang kon gaan. Dus werd er geklopt en Summer kwam binnen. Ik stelde haar voor. Ze trok een vrije stoel naar mijn bureau en nam naast me plaats met haar gezicht naar hen toe. Twee tegen twee. Ik haalde het tweede briefje onder de telefoon vandaan en gaf het aan haar: *Volgens de politie van Green Valley is mevrouw K. ongeveer om twee uur 's morgens overleden.* Ze vouwde het open, las het, vouwde het weer dicht en gaf het terug. Ik schoof het weer onder de telefoon. Daarna vroeg ik Vassell en Coomer weer naar de agenda van Irwin en zag hun houding veranderen. Ze werden niet behulpzamer. Het was meer een zijwaartse manoeuvre dan een verbetering. Maar omdat er nu een vrouw in de kamer was, temperden ze hun openlijke vijandigheid en namen ze een houding van zelfvoldane, neerbuigende beleefdheid aan. Zo'n soort achtergrond hadden ze, en ze hoorden tot zo'n soort generatie. Ze hadden de pest aan MP's en ik wist zeker dat ze ook de pest aan vrouwelijke officieren hadden, maar opeens hadden ze het gevoel dat ze beleefd moesten zijn.

'Het zou puur een routine-aangelegenheid worden,' zei Coomer. 'Gewoon een alledaagse bijeenkomst. Het had niet veel om het lijf.'

'Wat verklaart dat u niet bent gegaan,' zei ik.

'Inderdaad. Het leek ons veel beter om hier te blijven. Onder de gegeven omstandigheden, begrijpt u.'

'Hoe bent u erachter gekomen wat er met Kramer was gebeurd?'

'Het XII-Korps heeft ons gebeld.'

'Uit Duitsland?'

'Daar ís het XII-Korps, jongen,' zei Vassell.

'Waar hebt u vannacht gelogeerd?'

'In een hotel,' zei Coomer.

'Welk hotel?'

'Het Jefferson in Washington.'

'Privé of via Defensie?'

'Dat hotel is gemachtigd om hoge officieren te huisvesten.'

'Waarom logeerde generaal Kramer daar niet?'

'Omdat hij andere regelingen had getroffen.'

'Wanneer?'

'Wanneer wat?' vroeg Coomer.

'Wanneer heeft hij die andere regelingen getroffen?'

'Een paar dagen geleden.'
'Dus het was niet iets impulsiefs?'
'Nee.'
'Weet u de aard van die regelingen?'
'Natuurlijk niet,' zei Vassell. 'Anders zouden we niet vragen waar hij is overleden.'
'Dacht u niet dat hij misschien een bezoek aan zijn vrouw bracht?'
'Is dat zo?'
'Nee,' zei ik. 'Waarom wilt u weten waar hij is overleden?'
Er viel een lange stilte. Hun houding veranderde weer. De zelfvoldaanheid viel weg en maakte plaats voor een soort innemende openhartigheid.
'We móéten het niet echt weten,' zei Vassell. Hij boog zich naar voren en wierp een blik op Summer alsof hij wenste dat zij er niet bij was. Alsof hij wilde dat de nieuwe intimiteit een zuivere mannenzaak was tussen hen en mij. 'En we beschikken helemaal niet over specifieke informatie of rechtstreekse kennis, maar we maken ons zorgen dat generaal Kramers privéregelingen een potentieel gênante situatie kunnen veroorzaken, in het licht van de omstandigheden.'
'Hoe goed kende u hem?'
'Op professioneel niveau heel goed. Op persoonlijk niveau ongeveer zo goed als iedereen die een collega-officier kent. Dat wil zeggen, misschien niet goed genoeg.'
'Maar in algemene termen hebt u zo'n vermoeden wat die regelingen geweest kunnen zijn.'
'Ja,' zei hij. 'We hebben zo onze vermoedens.'
'Dus het was geen verrassing voor u dat hij niet in het hotel bivakkeerde.'
'Nee,' zei hij. 'Dat was het niet.'
'En het was evenmin een verrassing toen ik zei dat hij geen bezoek aan zijn vrouw bracht.'
'Niet geheel, nee.'
'Dus u vermoedde min of meer wat hij uitspookte, maar niet waar.'
Vassell knikte. 'Min of meer.'
'Weet u ook met wie hij dat deed?'
Vassell schudde zijn hoofd.
'We hebben geen specifieke informatie,' zei hij.
'Oké,' zei ik. 'Het is niet echt belangrijk. U zult het leger vast goed genoeg kennen om te beseffen dat wij niets van de daken

schreeuwen als we een potentieel gênante situatie ontdekken.'
Er viel een lange stilte.
'Zijn alle sporen verwijderd?' vroeg Coomer. 'Overal vandaan?'
Ik knikte. 'We hebben zijn spullen.'
'Mooi.'
'Ik moet de agenda van de conferentie hebben,' zei ik.
Er viel weer een stilte.
'Die was er niet,' zei Vassell.
'Natuurlijk was die er,' zei ik. 'Dit is het leger, geen toneelopleiding. We doen niet aan vrije improvisatie.'
Het bleef even stil.
'Er stond niets op papier,' zei Coomer. 'Ik zei toch dat het niets belangrijks was.'
'Hoe hebt u vandaag uw dag doorgebracht?'
'Met het natrekken van geruchten over de generaal.'
'Hoe bent u vanuit Washington hierheen gekomen?'
'We hebben een auto met chauffeur te leen van het Pentagon.'
'U hebt uitgeboekt in het Jefferson?'
'Ja.'
'Dus uw bagage ligt in de auto van het Pentagon?'
'Inderdaad.'
'Waar staat die auto?'
'Die wacht voor uw basishoofdkwartier.'
'Het is mijn basishoofdkwartier niet,' zei ik. 'Ik ben hier tijdelijk gedetacheerd.'
Ik wendde me tot Summer en gaf haar opdracht hun aktetassen uit de auto te halen. Ze gingen over de rooie, maar wisten dat ze niets konden doen om er een stokje voor te steken. Burgerideeën over onredelijke politiebemoeienis, inbeslagname en vermoedelijke grond, verliezen hun betekenis bij de poort van een legerbasis. Ik lette op hun ogen terwijl Summer weg was. Ze waren geërgerd, maar niet bezorgd. Dus of ze vertelden me de waarheid over de Irwin-conferentie van vandaag, of ze hadden de documenten al geloosd. Maar ik volgde de procedure toch maar. Summer kwam terug met twee identieke aktetassen. Ze leken precies op het exemplaar van Kramer op de foto's in de zilveren lijstjes. Ondergeschikten likken zich op allerlei manieren in.
Ik doorzocht ze op mijn bureau. Ik vond paspoorten, vliegbiljetten, reiscoupons en reisschema's in beide. Maar geen agenda voor Fort Irwin.
'Mijn excuses voor het ongemak,' zei ik.

'Nu tevreden, jongen?' vroeg Vassell.
'Kramers vrouw is ook dood,' zei ik. 'Wist u dat?'
Ik bekeek hen nauwlettend en zag dat ze het niet wisten. Ze keken eerst naar mij, toen naar elkaar en begonnen er bleek en ongerust uit te zien.
'Hoe?' vroeg Vassell.
'Wanneer?' vroeg Coomer.
'Vannacht,' zei ik. 'Ze was het slachtoffer van doodslag.'
'Waar?'
'Bij haar thuis. Er was een indringer.'
'Weten we al wie de dader is?'
'Nee. Het is geen zaak van ons. Het valt onder civiele jurisdictie.'
'Wat was het? Inbraak?'
'Misschien is het zo begonnen.'
Ze zeiden niets meer. Summer en ik liepen met hen mee naar de stoep voor het hoofdkwartier en ze stapten in hun Pentagon-auto. Het was een Mercury Grand Marquis, een paar jaar jonger dan die grote oude schuit van mevrouw Kramer, en zwart in plaats van groen. De chauffeur was een lange knaap in gevechtstenue. Hij droeg getemperde insignes, zodat ik in het donker zijn naam noch zijn rang kon vaststellen. Maar hij leek me geen gewone soldaat. Hij maakte een soepele U-bocht over de verlaten weg en Vassell en Coomer reden weg. We keken de achterlichten na toen ze in noordelijke richting naar de hoofdingang reden.
'Wat denkt u?' vroeg Summer.
'Ik denk dat het een paar opgeblazen kloothommels zijn.'
'Is het meer dan alleen maar strepengedoe?'
'Ze liegen,' zei ik. 'Ze zijn gespannen, ze liegen en ze zijn dom. Waarom maak ik me zorgen over Kramers aktetas?'
'Gevoelige documenten,' zei ze. 'Wat het ook was dat hij bij zich had voor Californië.'
Ik knikte. 'Dat hebben ze net duidelijk gemaakt. Het gaat om de eigenlijke conferentieagenda.'
'Weet u zeker dat die er was?'
Ik knikte opnieuw. 'Er is altijd een agenda. En die staat altijd op papier. Voor alles is er een papieren agenda. Als je het hondenvoer in de kennels van K-9 wilt veranderen, kost dat zevenenveertig verschillende vergaderingen met zevenenveertig verschillende papieren agenda's. Dus die was er ook voor Irwin, dat staat als een paal boven water. Het was totaal stompzinnig om te zeg-

gen dat die er niet was. Als ze iets te verbergen hebben, hadden ze moeten zeggen dat hij te geheim was voor mij om in te zien.'
'Misschien was de conferentie echt niet belangrijk.'
'Dat was ook gelul. Hij was superbelangrijk.'
'Waarom?'
'Omdat er een tweesterrengeneraal heen ging. Plus een éénstergeneraal. En omdat het oudejaarsavond was, Summer. Wie vliegt er nou op oudejaarsavond en brengt de nacht in een verrekt transithotel door? En dit jaar was het een enorme toestand in Duitsland. De Muur ging plat. We hebben gewonnen, na vijfenveertig jaar. Er moeten ongelooflijke feesten zijn geweest. Wie zou die willen missen voor iets onbelangrijks? Irwin moet een heel belangrijke conferentie zijn om die gasten op oudejaarsavond in het vliegtuig te krijgen.'
'Ze waren van hun stuk over mevrouw Kramer. Meer dan over Kramer zelf.'
Ik knikte. 'Misschien mochten ze haar wel.'
'Ze moeten ook op Kramer gesteld zijn geweest.'
'Nee, hij vormt alleen maar een strategisch probleem voor hen. Op dat niveau speelt sentiment geen rol. Ze hebben zich met hem verbonden en nu hij dood is, maken ze zich zorgen over hun eigen positie.'
'Misschien zit er een promotie in.'
'Misschien,' zei ik. 'Maar als Kramer het leger in verlegenheid brengt, kan dat ook hun ondergang betekenen.'
'Dan zouden ze gerustgesteld moeten zijn. U hebt hun de doofpot beloofd.'
Ik knikte weer. 'Is het je opgevallen dat ze vervolgens hun kop niet hielden? Ze hadden de hint moeten oppakken. Gevraagd, beantwoord, opdracht vervuld.'
'Ze wilden weten waar zijn spullen zijn.'
'Ja,' zei ik. 'En weet je wat dat wil zeggen? Dat wil zeggen dat zij ook op zoek zijn naar Kramers aktetas. Vanwege de agenda. Kramers exemplaar is de enige waar ze geen directe greep op hebben. Ze zijn gekomen om te kijken of ik hem had.'
Summer keek in de richting waarin de auto was verdwenen. Ik kon het uitlaatgas nog ruiken. Een zure geur van de katalysator.
'Hoe werken medische zaken in de burgermaatschappij?' vroeg ik. 'Stel, jij bent mijn vrouw en ik krijg een hartaanval? Wat zou jij doen?'
'Ik zou 112 bellen.'

‘En wat gebeurt er dan?’
‘Dan komt er een ambulance. Die brengt je naar het ziekenhuis.’
‘En stel dat ik overlijd voor ik daar aankom? Waar zou jij zijn?’
‘Ik zou met je zijn meegegaan.’
‘En waar zou mijn aktetas zijn?’
‘Thuis,’ zei ze. ‘Of waar je die maar had gelaten.’ Ze dacht even na. ‘Wat? Denk je dat iemand vannacht naar mevrouw Kramers huis is gegaan om die tas te zoeken?’
‘Dat is heel goed voor te stellen,’ zei ik. ‘Iemand hoort dat hij aan een hartaanval is overleden, neemt aan dat hij in de ambulance of in het ziekenhuis dood is verklaard, gaat ervan uit dat wie er bij hem was mee is gegaan, gaat erheen en verwacht een verlaten huis met een aktetas aan te treffen.’
‘Maar hij is daar helemaal niet geweest.’
‘Het was een redelijke eerste poging.’
‘Denk je dat het Vassell en Coomer waren?’
Ik zei niets.
‘Dat is belachelijk,’ zei Summer. ‘Zij lijken me daar het type niet voor.’
‘Laat de schijn je niet bedriegen. Ze zijn van de cavalerie. Ze zijn hun hele leven gewend om over alles wat hun in de weg staat heen te rollen. Maar ik denk dat de timing niet klopt voor hen. Laten we zeggen dat Garber het XII-Korps op z’n vroegst om kwart over twaalf heeft gebeld. Green Valley is zeventig minuten rijden van Washington, en mevrouw Kamer is om twee uur overleden. Dat zou hun een speling van maximaal twintig minuten opleveren om te reageren. Ze kwamen net van het vliegveld, dus hadden ze geen auto tot hun beschikking, en het zou tijd hebben gekost om er een te vinden. En ze hadden natuurlijk geen koevoet bij zich. Niemand heeft voor de zekerheid een koevoet in zijn bagage. En ik betwijfel of het Home Depot na middernacht op oudejaarsavond open was.’
‘Dus er is nog iemand ánders op zoek?’
‘We moeten die agenda vinden,’ zei ik. ‘We moeten weten waar het om gaat.’

Ik stuurde Summer op pad om drie dingen te doen: in de eerste plaats om een lijst te maken van alle vrouwen in Fort Bird die de beschikking hadden over een eigen Humvee; ten tweede, om een aparte lijst te maken van diegenen van hen die eerder in Fort Irwin in Californië hadden gediend, en ten derde, om contact op te nemen met het Jefferson Hotel in Washington voor de in- en uitchecktijden van Vassell en Coomer, plus de bijzonderheden van al hun binnenkomende en uitgaande telefoontjes. Ik ging terug naar mijn kantoor, borg de aantekening van Garber op, vouwde het briefje over mijn broer open en belde het nummer. Hij nam direct op.

'Hé, Joe,' zei ik.

'Jack?'

'Wat is er?'

'Ik ben gebeld.'

'Door wie?'

'De artsen,' zei hij.

'Wiens artsen?'

'Die van mam.'

'Waarover?'

'Ze gaat dood.'

5

Ik legde neer en belde Garbers kantoor. Hij was er niet. Dus liet ik een boodschap achter met alle details van mijn reisplannen en voegde eraan toe dat ik drie etmalen weg zou zijn. Ik gaf geen reden op. Daarna hing ik weer op en ging verdoofd aan mijn bureau zitten. Vijf minuten later kwam Summer binnen. Ze had een stapel paperassen van het wagenpark bij zich. Waarschijnlijk was ze van plan haar Humvee-lijst ter plaatse, vlak voor mijn neus, samen te stellen.

'Ik moet naar Parijs,' zei ik.

'Parijs, Texas?' vroeg ze. 'Of Parijs, Kentucky, of Parijs in Tennessee?'

'Parijs in Frankrijk,' zei ik.

'Waarom?'

'Mijn moeder is ziek.'

'Woont uw moeder in Frankrijk?'

'In Parijs,' zei ik.

'Waarom?'

'Omdat ze een Française is.'

'Is het ernstig?'

'Dat ze een Française is?'

'Nee, wat haar mankeert.'

Ik haalde mijn schouders op. 'Ik weet het eigenlijk niet. Maar ik denk het wel.'

'Dat spijt me heel erg.'

'Ik moet een auto hebben,' zei ik. 'Ik moet meteen naar Dulles.'

'Ik breng u wel,' zei ze. 'Ik hou van autorijden.'

Ze liet de paperassen op mijn bureau liggen en ging de Chevrolet halen die we eerder hadden gebruikt. Ik ging naar mijn kamer en pakte een plunjezak met één exemplaar van alles uit mijn klerenkast. Daarna trok ik mijn lange jas aan. Het was koud en ik verwachtte niet dat Europa veel warmer zou zijn. Niet begin januari. Summer bracht de auto voor mijn deur. Ze bleef vijftig rijden tot we van de basis waren. Daarna trapte ze op het gaspedaal alsof de duivel ons op de hielen zat en stoven we in

noordelijke richting. Ze was een tijdje stil. Ze dacht na. Haar oogleden bewogen.
'We moeten de politie in Green Valley inlichten,' zei ze. 'Als we denken dat mevrouw Kramer is vermoord vanwege die aktetas.'
Ik schudde mijn hoofd. 'Hen inlichten brengt haar niet terug. En als ze vanwege die aktetas is vermoord, moeten we de dader aan onze kant zoeken.'
'Wat moet ik doen terwijl u weg bent?'
'Doe die Humvee-lijst,' zei ik. 'Controleer de poortlog. Zoek die vrouw, zoek de aktetas, berg de agenda weg op een superveilige plek. Ga vervolgens na wie Vassell en Coomer vanuit dat hotel hebben gebeld. Misschien hebben ze een hulpje de nacht in gestuurd.'
'Kan dat, denkt u?'
'Alles kan.'
'Maar ze wisten niet waar Kramer was.'
'Daarom hebben ze die vent naar de verkeerde plek gestuurd.'
'Wie zouden ze hebben gestuurd?'
'Dat moet iemand zijn die dezelfde belangen als zij heeft.'
'Oké,' zei ze.
De rest van de reis naar Dulles zeiden we niets meer.

Ik trof mijn broer Joe in de rij voor de ticketbalie van Air France. Hij had plaatsen voor ons beiden geboekt op de eerste vlucht van die ochtend en ging ze nu betalen. Ik had hem bijna drie jaar niet gezien. De laatste keer dat we bij elkaar waren geweest, was bij de begrafenis van onze vader. Sindsdien waren we onze eigen weg gegaan.
'Goeiemorgen, broertje,' zei hij.
Hij droeg een jas en een pak met een das en die kleren stonden hem goed. Hij was twee jaar ouder dan ik, was dat altijd geweest en zou dat altijd blijven. Als jongetje bekeek ik hem vaak en dan dacht ik: zo zie ik eruit als ik ouder ben. Nu betrapte ik me erop dat ik dat weer deed. Van een afstandje konden mensen ons met elkaar verwisselen. Naast elkaar was het duidelijk dat hij een paar centimeter groter en wat tengerder was dan ik. Maar het was vooral goed te zien dat hij wat ouder was. Het leek alsof we tegelijk begonnen waren, maar hij de toekomst het eerst had gezien, en dat hij daardoor ouder en afgetakelder was geworden.
'Hoe is het, Joe?' vroeg ik.
Hij haalde zijn schouders op. 'Ik mag niet klagen.'

'Druk?'
'Niet te geloven.'
Ik knikte en zweeg. Eigenlijk wist ik niet precies wat hij deed voor de kost. Hij had het me waarschijnlijk wel verteld. Het was geen staatsgeheim of zo. Het was iets voor de overheid. Waarschijnlijk had hij me alle bijzonderheden verteld en had ik niet geluisterd. Nu leek het me te laat om het te vragen.
'Jij hebt in Panama gezeten,' zei hij. 'Operatie *Just Cause*, nietwaar?'
'Operatie *Just Because**,' zei ik. 'Dat was onze bijnaam.'
'Hoezo, zomaar?'
'Zomaar, omdat we het konden. Gewoon omdat we iets om handen moesten hebben. Gewoon omdat we een nieuwe opperbevelhebber hebben die z'n spierballen wil laten rollen.'
'Gaat het goed?'
'Alsof Goliath op een mier trapt. Wat dacht je?'
'Hebben jullie Noriega al?'
'Nog niet.'
'Waarom hebben ze je dan weer hier gestationeerd?'
'We waren met zevenentwintigduizend man,' zei ik. 'Het kwam niet alleen op mij neer.'
Hij glimlachte even en vervolgens kreeg hij die peinzende blik met samengeknepen ogen die ik me van vroeger herinnerde. Die betekende dat hij de een of andere ingewikkelde en pedante redenering aan het bedenken was. Maar we waren aan de beurt voordat hij van wal kon steken. Hij haalde zijn creditcard te voorschijn en betaalde de tickets. Misschien verwachtte hij dat ik hem terug zou betalen, misschien ook niet. Hij zei er niets over.
'Kom, dan gaan we koffiedrinken,' zei hij.
Hij was waarschijnlijk het enige menselijke wezen ter wereld dat net zo dol was op koffie als ik. Hij begon ermee op zijn zesde. Ik deed hem meteen na. Ik was vier. Geen van beiden is er sindsdien mee gestopt. De behoefte aan cafeïne van de gebroeders Reacher doet heroïneverslaving verbleken tot een amusante vrijetijdsbesteding.
We vonden een tentje waar een w-vormige bar doorheen slingerde. Het was voor driekwart leeg, schril verlicht door neonbuizen en het kunstleer plakte op de krukken. We gingen naast

* *Just cause* = 'rechtvaardige zaak', maar *just because* kun je vertalen met 'zomaar', of 'gewoon omdat', vert.

elkaar zitten en legden de onderarmen op de bar. Het was de universele houding van vroege vogels op reis. Een man met een schort zette zonder iets te vragen twee bekers voor onze neus en vulde ze met koffie uit een thermosfles. De koffie rook vers. Het restaurant wisselde van de nachtkaart naar het ontbijtmenu. Ik hoorde dat er eieren werden gebakken.
'Wat is er in Panama gebeurd?' vroeg Joe.
'Met mij?' vroeg ik. 'Niets.'
'Wat was jouw opdracht?'
'Supervisie.'
'Waarvan?'
'Van de procedure,' zei ik. 'Die toestand met Noriega moest er rechtsgeldig uitzien. Hij moet hier in Amerika terechtstaan. Dus we moesten hem met bepaalde egards grijpen. Op een manier die voor aanvaardbaar door kan gaan als hij voor de rechter verschijnt.'
'Ging je hem op zijn rechten wijzen?'
'Dat niet precies. Maar het moest beter zijn dan een soort cowboyactie.'
'Heb je het verknald?'
'Ik denk het niet.'
'Wie heeft je vervangen?'
'Een andere gast.'
'Rang?'
'Dezelfde.'
'Een rijzende ster?'
Ik nam een slokje koffie. Schudde mijn hoofd. 'Ik had hem nog nooit gezien. Maar hij leek me een beetje een eikel.'
Joe knikte en pakte zijn beker. Zei niets.
'Wat is er?' vroeg ik.
'Bird is geen kleine basis,' zei hij. 'Maar ook niet echt een grote, hè? Waar werk je momenteel aan?'
'Nu? Er is een tweesterrengeneraal doodgegaan en ik kan zijn tas niet vinden.'
'Moord?'
Ik schudde mijn hoofd. 'Hartaanval.'
'Wanneer?'
'Gisteravond.'
'Nádat jij daar kwam?'
Ik zweeg.
'Weet je zeker dat je het niet hebt verknald?' vroeg Joe.

'Ik denk het niet,' herhaalde ik.
'Waarom hebben ze je dan teruggehaald? De ene dag had je de supervisie over de Noriega-procedure, de volgende dag zit je in North Carolina met niets om handen? En als die generaal niet was doodgegaan, had je nog steeds niets om handen gehad.'
'Ik heb orders gekregen,' zei ik. 'Je kent het leger toch. Je verdoet je tijd niet met zoeken naar logica.'
'Wie had die orders ondertekend?'
'Geen idee.'
'Daar moet je achter zien te komen. Zoek uit wie je zo graag in Bird wilde hebben dat ze je uit Panama weghaalden om je door een eikel te vervangen. En je moet erachter zien te komen waarom.'
De man met het schort schonk onze bekers nog eens vol. Schoof een plastic menu voor onze neus.
'Uitsmijter spek,' zei Joe. 'Goed doorbakken, met toast.'
'Pannenkoeken,' zei ik. 'Met een gebakken ei erop, spek ernaast, heleboel stroop.'
De man nam de menu's weer mee. Joe draaide zijn kruk om, leunde tegen de bar en strekte zijn benen in het gangpad.
'Wat hebben de artsen precies gezegd?' vroeg ik.
Hij haalde zijn schouders op. 'Niet zo veel. Geen bijzonderheden, geen diagnose. Geen echte informatie. Europese artsen zijn niet goed met slecht nieuws. Ze draaien alsmaar om de hete brij heen. Bovendien heb je natuurlijk met beroepsgeheim te maken.'
'Maar we gaan daar niet voor niets heen.'
Hij knikte. 'Ze lieten doorschemeren dat het misschien beter was als we kwamen. En vervolgens hoe eerder hoe beter.'
'Wat zegt *zíj* ervan?'
'Dat het allemaal een storm in een glas water is. Maar dat we natuurlijk altijd welkom zijn.'

We aten ons ontbijt en ik rekende af. Daarna gaf Joe me mijn vliegticket, alsof het een transactie was. Ik wist zeker dat hij meer verdiende dan ik, maar waarschijnlijk niet voldoende om een uitsmijter spek met toast te laten opwegen tegen een vliegbiljet. Maar ik sputterde niet tegen. We gleden van de kruk en gingen naar de incheckbalie.
'Trek je jas uit,' zei hij.
'Waarom?'
'Ik wil dat ze je lintjes zien,' zei hij. 'Met die militaire actie in het

buitenland geven ze ons misschien betere plaatsen.'
'Het is Air France,' zei ik. 'Frankrijk is niet eens militair lid van de NAVO.'
'De baliemedewerker is vast een Amerikaan,' zei hij. 'Probeer het maar.'
Ik trok mijn jas uit. Hing hem over mijn arm en liep een beetje zijwaarts zodat de linkerkant van mijn borst naar voren stak.
'Zo goed?' vroeg ik.
'Perfect,' glimlachte hij.
Ik glimlachte terug. Bovenaan had ik van links naar rechts de Silver Star, de Defense Superior Service Medal en het Legion of Merit. Op de tweede rij zaten de Service Medal, de Bronze Star en mijn Purple Heart. De onderste rij was rommel. Alle belangrijke medailles heb ik door puur geluk behaald en ze betekenen geen van alle veel voor me. Ze gebruiken om betere plaatsen op een vlucht te krijgen is zo'n beetje het hoogste nut. Maar Joe viel voor de twee bovenste rijen. Hij heeft vijf jaar bij de Militaire Inlichtingendienst gewerkt en is nooit verder dan de rommel gekomen.
We waren aan de beurt en hij legde zijn paspoort en legitimatie van Financiën op de balie. Daarna ging hij achter mijn schouder staan. Ik legde mijn eigen paspoort en vliegticket neer. Hij gaf me een por in de rug. Ik draaide me een beetje opzij en keek de medewerker aan.
'Kunt u ons wat beenruimte geven?' vroeg ik.
Hij was een klein, vermoeid mannetje van middelbare leeftijd. Hij wierp een blik op ons. Samen maten we bijna vier meter en wogen we ruim tweehonderd kilo. Hij bekeek de legitimatie van Financiën, mijn uniform, rammelde op zijn toetsenbord en glimlachte geforceerd.
'U kunt vooraan zitten,' zei hij.
Joe gaf me weer een por in de rug en ik wist dat hij glimlachte.

We zaten in de laatste rij van de eersteklas. We praatten wat, maar meden het belangrijkste. We hadden het over muziek en daarna over politiek. We namen nog een ontbijt. We dronken koffie. De koffie in de eersteklas van Air France is vrij goed.
'Wie was die generaal?' vroeg Joe.
'Een zekere Kramer,' zei ik. 'Bevelhebber van de cavalerie in Europa.'
'Cavalerie? Wat moest hij dan op Bird?'
'Hij is niet op de basis geweest. Hij was in een motel op vijftig

kilometer afstand. Een rendez-vous met een vrouw. Wij denken dat zij er met die aktetas vandoor is.'
'Burger?'
Ik schudde mijn hoofd. 'We denken dat het een officier van Bird was. Hij werd geacht in Washington te overnachten op doorreis naar een conferentie in Californië.'
'Dat is een omweg van vijfhonderd kilometer.'
'479.'
'Maar je weet niet wie het is.'
'Ze is vrij hoog. Ze is met haar eigen Humvee naar het hotel gereden.'
Hij knikte. 'Ze moet wel vrij hoog zijn. Kramer kent haar vast al heel lang om een omweg van in totaal 958 kilometer te maken.'
Ik glimlachte. Ieder ander zou duizend hebben gezegd. Behalve mijn broer. Net als ik heeft hij geen middelste naam. Maar die zou *Pedant* moet zijn. Joe Pedant Reacher.
'Bird is toch nog steeds honderd procent infanterie?' vroeg hij. 'Paar Rangers, handjevol Delta, maar voornamelijk voetvolk, als ik het me goed herinner. Hebben jullie dan veel hoge vrouwen?'
'Er is inmiddels een Psy-Ops-opleiding,' zei ik. 'De helft van de instructeurs is vrouw.'
'Rang?'
'Paar kapiteins, paar majoors, paar kolonels.'
'Wat zat er in die aktetas?'
'De agenda van de conferentie in Californië,' zei ik. 'Kramers staf doet net alsof er geen agenda is.'
'Die is er altijd,' zei Joe.
'Weet ik.'
'Controleer die majoors en een kolonel,' zei hij. 'Dat zou ik je aanraden.'
'Dank je,' zei ik.
'En zie erachter te komen wie jou op Bird wilde hebben,' zei hij. 'En waarom. Deze toestand met Kramer was niet de reden. Dat staat vast. Kramer was nog springlevend toen jouw bevelen werden uitgevaardigd.'

We lazen één dag oude exemplaren van *Le Matin* en *Le Monde*. Ongeveer halverwege de vlucht begonnen we Frans te praten. Het ging wat stroef, maar het kon ermee door. Wat je eenmaal hebt geleerd, vergeet je nooit meer. Hij informeerde naar mijn vriendinnen. Waarschijnlijk vond hij dat een toepasselijk onderwerp om in het Frans te bespreken. Ik vertelde dat ik in Korea een meisje had gehad, maar sindsdien naar de Filippijnen en vervolgens naar Panama was overgeplaatst, dus dat ik niet verwachtte haar nog een keer te zien. Ik vertelde hem over luitenant Summer. Hij leek wel belangstelling voor haar te hebben en vertelde dat hij ook niemand had.

Daarna schakelde hij weer terug naar het Engels en vroeg wanneer ik voor het laatst in Duitsland was geweest.

'Zes maanden geleden,' zei ik.

'Het is het einde van een tijdperk,' zei hij. 'Duitsland zal zich herenigen. Frankrijk zal zijn kernprogramma weer nieuw leven inblazen omdat een herenigd Duitsland traumatische herinneringen naar boven zal brengen. Vervolgens zal het een gezamenlijke munt voor de EU voorstellen om Duitsland in het gareel te houden. Over tien jaar zit Polen in de NAVO en zal de Sovjet-Unie niet meer bestaan. Er zal een soort rompnatie overblijven. Misschien zal dat ook toetreden tot de NAVO.'

'Kan,' zei ik.

'Dus Kramer heeft een goed moment gekozen om de pijp uit te gaan. Alles wordt anders.'

'Ik denk het.'

'Wat ga jij doen?'

'Wanneer?'

Hij draaide zich naar me toe en keek me aan. 'Ze gaan de troepensterkte terugbrengen, Jack. Dat moet je onder ogen zien. Ze gaan er natuurlijk niet een leger van een miljoen koppen op na houden, nu de tegenstander het onderspit heeft gedolven.'

'Zo ver is het nog niet.'

'Maar het gebeurt wel. Over een jaar is het allemaal voorbij. Gorbatsjov maakt het niet lang. Er komt een staatsgreep. De oude communisten spelen nog één keer op, maar dat duurt ook niet lang. Daarna zitten de hervormers voorgoed in het zadel. En in Washington zal de verleiding om te bezuinigen onweerstaanbaar zijn. Het zal net zijn of het honderd keer achter elkaar Kerstmis is. Je mag nooit vergeten dat je opperbevelhebber in de eerste plaats politicus is.'

Ik moest aan de sergeant met haar baby denken.

'Het gaat geleidelijk,' zei ik.

Joe schudde zijn hoofd. 'Het zal sneller gepiept zijn dan je denkt.'

'We zullen altijd vijanden hebben,' zei ik.

'Ongetwijfeld,' zei hij. 'Maar dat zal een ander soort vijanden zijn. Die zullen geen linie van tienduizend tanks op de Duitse vlakten hebben staan.'
Ik zei niets.
'Je moet erachter komen waarom je op Bird zit,' zei Joe. 'Er gebeurt ofwel niets en dan ben je op weg naar beneden, of er gebeurt wel iets en dan ben je op weg naar omhoog.'
Ik zei niets.
'In beide gevallen moet je het weten,' zei hij. 'Ze gaan inkrimpen en je moet weten of je momenteel rijst of daalt.'
'Ze zullen altijd politie nodig hebben,' zei ik. 'Zelfs als ze het terugbrengen tot een tweemansleger, kan er eentje maar beter een MP zijn.'
'Je moet plannen maken,' zei hij.
'Doe ik nooit.'
'Je moet.'
Ik ging met mijn vinger langs de lintjes op mijn borst.
'Deze hebben me een plaats voor in het vliegtuig opgeleverd,' zei ik. 'Misschien houden ze me ook wel aan het werk.'
'Mogelijk,' zei Joe. 'Maar al is dat zo, zal het dan het soort werk zijn waar jij op zit te wachten? Alles zal verschrikkelijk tweederangs gaan worden.'
Ik zag zijn manchetten. Ze waren schoon en nieuw en werden bijeengehouden door discrete manchetknopen van zilver met zwarte onyx. Zijn das was een effen, serieus geval van zijde. Hij had zich goed geschoren. De onderkant van zijn bakkebaarden was kaarsrecht geknipt. Hij was iemand die de rillingen kreeg van alles wat minder was dan het beste.
'Werk is werk,' zei ik. 'Ik ben niet zo kieskeurig.'

De rest van de vlucht sliepen we. We werden gewekt door de piloot die via de intercom aankondigde dat we aan de afdaling naar Roissy-Charles de Gaulle begonnen. De plaatselijke tijd was al acht uur 's avonds. Bijna de hele tweede dag van het nieuwe decennium was verdwenen als een luchtspiegeling toen we de ene na de andere Atlantische tijdzone doorkliefden.
We wisselden wat geld en liepen naar de taxi's. De rij wachtenden was een kilometer lang en het wemelde van de mensen met bagage. Dat schoot niet op. Dus we vonden een *navette* zoals de Fransen de pendelbus naar de luchthaven noemen. We moesten de hele weg door de grauwe, noordelijke buitenwijken naar het

centrum van Parijs staan. Om negen uur stapten we uit op Place de l'Opéra. Parijs was donker, vochtig, koud en stil. Achter gesloten deuren en beslagen ramen van cafés en restaurants brandde knus licht. De straten waren nat en aan weerskanten stonden kleine auto's. Ze waren bedekt met een deken van nachtelijke dauw. We liepen in zuidwestelijke richting en staken de Seine over via Pont de la Concorde. Sloegen weer af naar het westen over de Quai d'Orsay. De rivier was zwart en traag. Er bewoog zich niets over het water. De straten waren uitgestorven. Er was geen mens te zien.

'Moeten we geen bloemen kopen?' vroeg ik.

'Te laat,' zei Joe. 'Alles is dicht.'

We sloegen linksaf op het Place de la Résistance en liepen zij aan zij de Avenue Rapp op. Rechts zagen we de Eiffeltoren toen we het begin van de rue de l'Université passeerden. Hij baadde in goud licht. Onze hakken klonken op het verlaten trottoir als geweerschoten. Vervolgens arriveerden we bij het gebouw waar onze moeder woonde. Het was een discreet appartementencomplex van zes etages tussen twee opzichtige gevels uit de *belle époque*. Joe haalde zijn hand uit zijn zak en deed de buitendeur van het slot.

'Heb jij een sleutel?' vroeg ik.

Hij knikte. 'Ik heb altijd een sleutel gehad.'

Achter de buitendeur was een steegje met kasseien dat naar een centrale binnenplaats voerde. De kamer van de conciërge was links. Daar voorbij was een nisje met een kleine, trage lift. We gingen naar de vierde verdieping. Stapten uit in een hoge, brede hal, die schemerig verlicht was. De vloer was van donkere siertegels. Het appartement rechts had een hoge, eikenhouten dubbele deur met een discreet koperen naambordje met *M. & Mme. Girard*. De deuren links waren crèmekleurig en op het bordje stond *Mme. Reacher*.

We klopten en wachtten.

6

Binnen hoorden we langzaam geschuifel en een hele poos later deed mijn moeder open.

'*Bonsoir, maman*,' zei Joe.

Ik staarde alleen maar naar haar.

Ze was erg mager, erg grijs, erg gebogen en zag er ongeveer honderd jaar ouder uit dan toen ik haar voor het laatst had gezien. Haar hele linkerbeen zat in het gips en ze leunde op een aluminium looprek. Haar handen omklemden het en ik zag de botjes en pezen erop liggen. Ze beefde. Haar huid zag er doorzichtig uit. Alleen haar ogen waren nog zoals ik me die herinnerde. Ze waren blauw en opgewekt en lachten.

'Joe,' zei ze. 'En Reacher.'

Ze noemde me altijd bij mijn achternaam. Niemand herinnerde zich waarom. Misschien was ik er zelf als jongetje mee begonnen. Misschien was zij ermee doorgegaan, zoals wel vaker gebeurt in een gezin.

'Mijn jongens,' zei ze. 'Moet je nou toch eens zien.'

Ze sprak langzaam en buiten adem, maar glimlachte blij. We stapten naar binnen en omhelsden haar. Ze voelde koud, broos en onstoffelijk aan. Ze voelde alsof ze minder woog dan haar aluminium looprek.

'Wat is er gebeurd?' vroeg ik.

'Kom binnen,' zei ze. 'En maak het je gemakkelijk.'

Ze keerde het looprek met trage, onhandige bewegingen en schoof weer terug door de gang. Ze hijgde en gierde. Ik liep achter haar aan. Joe deed de deur dicht en volgde. Het was een smalle, hoge gang die uitkwam op een woonkamer met houten vloeren en witte divans en witte wanden met Louis xv-spiegels. Mijn moeder schuifelde naar een divan, bewoog zich langzaam achterwaarts en liet zich erin ploffen. Ze leek haast in de kussens te verdwijnen.

'Wat is er gebeurd?' vroeg ik weer.

Ze wilde geen antwoord geven. Ze wuifde de vraag met een ongeduldig gebaar weg. Joe en ik gingen naast elkaar zitten.

'U zult het moeten vertellen,' zei ik.
'We hebben die hele reis gemaakt,' zei Joe.
'Ik dacht dat jullie gewoon langskwamen,' zei ze.
'Nee, dat dacht u niet,' zei ik.
Ze staarde naar een plek op de muur.
'Het is niets,' zei ze.
'Daar ziet het anders niet naar uit.'
'Nou ja, het was gewoon slecht getimed.'
'In welk opzicht?'
'Ik heb pech gehad.'
'Hoezo?'
'Ik ben aangereden,' zei ze. 'En heb mijn been gebroken.'
'Waar? Wanneer?'
'Twee weken geleden,' zei ze. 'Vlak voor de deur, hier op de avenue. Het regende, ik had een paraplu op; daardoor zag ik niet goed, ik wilde oversteken. De chauffeur zag me en remde, maar het *pavé* was nat en de auto gleed heel langzaam op me af, als in slow motion, maar het was net alsof ik verlamd was en ik kon me niet bewegen. Ik voelde hoe hij m'n knie raakte, heel zacht, als een kus, maar er knapte toch een bot. Dat deed gemeen zeer.'
Ik moest denken aan de man op het parkeerterrein bij die naaktbar bij Bird, kronkelend in die vette plas.
'Waarom hebt u ons niet gewaarschuwd?' vroeg Joe.
Ze gaf geen antwoord.
'Maar het komt weer goed, hè?'
'Natuurlijk,' zei ze. 'Het stelt niets voor.'
Joe keek mij aan.
'Wat nog meer?' vroeg ik.
Ze bleef naar de muur kijken. Maakte weer dat achteloze gebaar.
'Wat nog meer?' vroeg Joe.
Ze keek eerst naar mij en toen naar hem.
'Ze hebben me doorgelicht,' zei ze. 'Ze zeggen dat ik een oude vrouw ben. Ze zeggen dat oude vrouwen die iets breken kans op longontsteking lopen. Omdat we moeten liggen, niet mobiel zijn, kunnen onze longen vollopen en geïnfecteerd raken.'
'En?'
Ze zei niets.
'Hebt u longontsteking?' vroeg ik.
'Nee.'
'Wat is er dan gebeurd?'
'Ze zijn erachter gekomen. Door de röntgenfoto's.'

‘Waarachter?’
‘Dat ik kanker heb.’
Een hele poos zei niemand een woord.
‘Maar dat wist u al,’ zei ik.
Ze glimlachte naar me, zoals ze altijd deed.
‘Ja, lieverd,’ zei ze. ‘Ik wist het al.’
‘Hoe lang?’
‘Een jaar,’ zei ze.
Niemand zei iets.
‘Wat voor kanker?’ vroeg Joe.
‘Inmiddels zo’n beetje alle soorten die er zijn.’
‘Zijn ze te behandelen?’
Ze schudde haar hoofd.
‘Wás het te behandelen?’
‘Ik weet het niet,’ zei ze. ‘Ik heb het niet gevraagd.’
‘Wat zijn de symptomen?’
‘Pijn in m’n maag. Geen eetlust.’
‘En toen is het uitgezaaid?’
‘Nu doet het overal pijn. Het zit in de botten. En dit stomme been helpt ook niet erg.’
‘Waarom hebt u ons niet gewaarschuwd?’
Ze haalde haar schouders op. Gallisch, vrouwelijk, obstinaat.
‘Wat was er te vertellen?’ vroeg ze.
‘Waarom bent u niet naar de dokter gegaan?’
Een poosje zei ze niets.
‘Ik ben moe,’ zei ze.
‘Levensmoe?’ vroeg Joe.
Ze glimlachte. ‘Nee, Joe. Ik bedoel dat ik móé ben. Het is laat en ik moet naar bed; dat bedoel ik. Morgen praten we verder. Dat beloof ik je. Laten we nu geen heisa maken.’
We lieten haar naar bed gaan. We moesten wel. We hadden geen keus. Ze was de koppigste vrouw die we kenden. In haar keuken vonden we iets te eten. Ze had van alles ingeslagen voor ons. Dat was duidelijk. De koelkast zat vol met spullen waarvoor een vrouw zonder eetlust geen belangstelling kon hebben. We aten paté en kaas, zetten koffie en gingen aan haar tafel zitten. Vijf etages onder haar raam lag Avenue Rapp er stil en verlaten bij.
‘Wat denk je?’ vroeg Joe.
‘Ik denk dat ze stervende is,’ zei ik. ‘Daarom zijn we tenslotte gekomen.’
‘Kunnen we haar niet dwingen om zich te laten behandelen?’

'Het is te laat. Het zou tijdverspilling zijn. En we kunnen haar nergens toe dwingen. Heeft ooit iemand haar iets kunnen laten doen wat ze niet wilde?'
'Waarom wil ze het niet?'
'Ik weet het niet.'
Hij keek me alleen maar aan.
'Ze is een fataliste,' zei ik.
'Ze is pas zestig.'
Ik knikte. Ze was dertig toen ze mij kreeg en achtenveertig toen ik uit huis ging, althans wat we ons huis noemden. Haar leeftijd was me nooit opgevallen. Op haar achtenveertigste had ze er jonger uitgezien dan ik op mijn achtentwintigste. Anderhalf jaar geleden had ik haar voor het laatst gezien. Ik was twee dagen in Parijs geweest, onderweg van Duitsland naar het Midden-Oosten. Er was niets mis met haar. Ze zag er geweldig uit. Inmiddels was ze toen twee jaar weduwe, en zoals bij zoveel mensen was die drempel van twee jaar net alsof ze een hoek was omgeslagen. Ze zag eruit als iemand die nog een heel leven voor de boeg had.
'Waarom heeft ze het ons niet gezegd?' vroeg Joe.
'Ik weet het niet.'
'Ik wou dat ze het wel had gedaan.'
'Die dingen gebeuren nu eenmaal.'
Joe knikte.

Ze had voor schone lakens en handdoeken in de logeerkamer gezorgd en bloemen in witte porseleinen vazen op de nachtkastjes gezet. Het was een geurig kamertje dat helemaal werd gevuld door twee tweepersoonsbedden. Ik stelde me haar voor, worstelend met haar looprek, in gevecht met de dekbedden, hoeken omslaand en lakens rechttrekkend.
Joe en ik zeiden niets. Ik hing mijn uniform in de kast en waste me in de badkamer. Zette de wekker in mijn hoofd op zeven uur, kroop onder de dekens en lag een uur naar het plafond te staren. Daarna ging ik slapen.

Ik werd precies om zeven uur wakker. Joe was al op. Misschien had hij helemaal niet geslapen. Misschien was hij een regelmatiger leven gewend dan ik. Misschien had hij meer last van de jetlag. Ik nam een douche, haalde de broek van mijn gevechtstenue en een T-shirt uit mijn plunjezak en trok ze aan. Joe trof ik in de keuken. Hij was bezig koffie te zetten.

'Ma slaapt nog,' zei hij.
'Ik ga broodjes halen,' zei ik.
Ik trok mijn jas aan en liep een blokje om naar een *pâtisserie* die ik kende in de rue Saint Dominique. Ik kocht croissants en *pain au chocolat* en ging weer naar huis met de vetvrij papieren zak. Toen ik terugkwam was mijn moeder nog steeds in haar slaapkamer.
'Ze is bezig zelfmoord te plegen,' zei Joe. 'Daar moeten we een stokje voor steken.'
Ik zweeg.
'Wat nou?' zei hij. 'Als ze een pistool pakt en dat tegen haar hoofd houdt, zou jij haar dan niet tegenhouden?'
Ik haalde mijn schouders op. 'Ze heeft al een pistool tegen haar hoofd gezet. Een jaar geleden heeft ze de trekker overgehaald. We zijn te laat. Daar heeft ze wel voor gezorgd.'
'Waarom?'
'We zullen moeten wachten tot zij het ons vertelt.'

Ze vertelde het ons tijdens een gesprek dat vrijwel de hele dag duurde. Het voltrok zich stukje bij beetje. We begonnen aan het ontbijt. Ze kwam gedoucht en gekleed uit haar kamer en zag er zo goed uit als een terminale kankerpatiënt met een gebroken been en een looprek er maar uit kan zien. Ze zette verse koffie en legde de croissants die ik had gekocht op een mooi porseleinen bord en bediende ons officieel aan tafel. De manier waarop ze de touwtjes in handen nam, liet de jaren terugspoelen. Joe en ik slonken tot magere jochies en zij bloeide op tot de matriarch die ze ooit was geweest. De vrouw van een soldaat en een moeder heeft het niet gemakkelijk; sommigen kunnen het aan, anderen niet. Zij was ervoor in de wieg gelegd. Overal waar we woonden, was thuis geweest. Daar had ze wel voor gezorgd.
'Ik ben driehonderd meter hiervandaan geboren,' zei ze. 'In de Avenue Bosquet. Vanuit mijn raam kon ik Les Invalides en de École Militaire zien. Ik was tien toen de Duitsers Parijs bezetten. Ik dacht dat het eind van de wereld was gekomen. Ik was veertien toen ze weer vertrokken. Ik dacht dat er een nieuwe wereld was begonnen.'
Joe en ik zeiden niets.
'Sinds dat moment is iedere dag meegenomen geweest,' zei ze. 'Ik leerde jullie vader kennen, kreeg jullie en reisde de hele wereld over. Ik denk niet dat er landen zijn waar ik niet ben geweest.'

We zeiden niets.
'Ik ben Française,' zei ze, 'en jullie zijn Amerikanen. Er is een wereld van verschil. Als een Amerikaanse ziek wordt, wordt ze razend. Hoe durven ze? Hoe kan dat met haar gebeuren? Ze moet die fout onmiddellijk herstellen; terstond. Maar Fransen begrijpen dat je eerst leeft en dan sterft. Niets om verontwaardigd over te worden. Het gebeurt al sinds het begin der tijden. Het moet gebeuren, snap je wel? Als mensen niet doodgingen, zou de wereld nu behoorlijk druk zijn.'
'Het gaat erom wannéér,' zei Joe.
Mijn moeder knikte.
'Ja,' zei ze. 'Je gaat dood als het je tijd is.'
'Dat is te passief.'
'Nee, het is realistisch, Joe. Het gaat erom dat je de juiste strijd kiest. Natuurlijk kun je de kleine dingen genezen. Als je een ongeluk hebt gehad, laat je jezelf weer oplappen. Maar sommige veldslagen kun je niet winnen. Denk niet dat ik niet heel grondig over deze hele situatie heb nagedacht. Ik heb boeken gelezen. Ik heb met vrienden gepraat. De kans op succes als de symptomen al aan het licht komen, is erg klein. Tien, twintig procent overleeft het vijf jaar. Wie zit daar nu op te wachten? En dat alleen na een afgrijselijke behandeling.'
Het gaat erom wanneer je sterft. De hele morgen praatten we heen en weer over Joe's vraag. We spraken het helemaal door, van voor naar achteren en andersom. Maar de conclusie was altijd dezelfde. *Sommige veldslagen kun je niet winnen.* En het was hoe dan ook een zinloos gesprek. Het had zich een jaar geleden moeten afspelen. Het was niet langer van toepassing.
Joe en ik lunchten. Mijn moeder at niet. Ik wachtte tot Joe de volgende voor de hand liggende vraag zou stellen. Hij hing al in de lucht. Uiteindelijk was het zover. Joe Reacher, tweeëndertig jaar, een meter vijfentachtig groot, honderd kilo zwaar, afgestudeerd aan West Point, hoge pief bij Financiën, legde zijn handen plat op de tafel en keek zijn moeder recht aan.
'Zult u ons niet missen, mam?' vroeg hij.
'Verkeerde vraag,' zei ze. 'Ik ben straks dood. Ik zal niets missen. Jullie zullen mij missen. Zoals jullie je vader missen. Zoals ik hem mis. Zoals ik mijn vader en moeder en grootouders mis. Het hoort bij het leven, de doden missen.'
We zeiden niets.
'Je vraagt me eigenlijk iets anders,' zei ze. 'Je wilt me eigenlijk

vragen: maak ik me niet meer druk om jullie? Wil ik niet zien wat er in jullie leven gebeurt? Heb ik mijn belangstelling voor jullie verloren?'

We zeiden niets.

'Dat begrijp ik,' zei ze. 'Echt waar. Ik heb mezelf die vragen ook gesteld. Het is alsof je uit een bioscoop wegloopt. Alsof je gedwóngen wordt weg te lopen van een film die je boeit. Dat heeft me dwarsgezeten. Ik zal het einde nooit zien. Ik zal nooit weten wat er uiteindelijk met jullie zal gebeuren, met jullie leven. Dat gedeelte vond ik heel erg. Maar vervolgens besefte ik dat ik vroeg of laat toch van die film weg zou lopen. Ik bedoel dat niemand het eeuwige leven heeft. Ik zal nóóit weten hoe het jullie uiteindelijk vergaat. Uiteindelijk niet. Zelfs niet onder de allerbeste omstandigheden. Dat heb ik me gerealiseerd. Daarna was het niet zo erg meer. De datum zal altijd arbitrair zijn. Ik zal altijd meer willen.'

We bleven een poosje zitten zwijgen.

'Hoe lang nog?' vroeg Joe.

'Niet zo lang,' zei ze.

We zeiden niets.

'Jullie hebben mij niet meer nodig,' zei ze. 'Jullie zijn helemaal volwassen. Mijn werk zit erop. Dat is natuurlijk, en dat is goed. Zo is het leven. Dus laat me gaan.'

Om zes uur waren we helemaal uitgepraat. Een uur lang had niemand iets gezegd. Toen ging mijn moeder rechtop zitten.

'Laten we uit eten gaan,' zei ze. 'Bij Polidor in de rue Monsieur Le Prince.'

We belden een taxi en reden naar het Odéon. Verder gingen we te voet. Dat wilde mijn moeder. Ze had zich in een jas verpakt, hing aan onze armen en liep langzaam en onhandig, maar volgens mij genoot ze van de frisse lucht. De rue Monsieur Le Prince snijdt de hoek af tussen de Boulevards Saint Germain en Saint Michel in het Sixième. Het is misschien de meest Parijse straat van de hele stad. Smal, afwisselend, beetje verlopen, druk en met hoge, gepleisterde gevels aan weerskanten. Polidor is een beroemd oud restaurant. Het wekt de indruk dat er allerlei soorten mensen komen. Lekkerbekken, spionnen, schilders, vluchtelingen, politiemensen en rovers.

We bestelden allemaal hetzelfde driegangenmenu. *Chèvre chaud, porc au pruneaux, dames blanches.* We dronken rode wijn. Mijn moeder at alsof ze uitgehongerd was. Misschien had ze haar eetlust opgespaard. Misschien at ze maar eens in de week. Misschien at ze maar voor de show. We hadden het alleen maar over vroeger. Maar zonder treurigheid. We herleefden de goede tijden. We lachten. Ze ging met haar duim over een litteken op Joe's voorhoofd en berispte mij zoals gewoonlijk omdat ik daar jaren geleden verantwoordelijk voor was geweest. Ik rolde zoals altijd mijn mouw op om te laten zien waar hij me uit wraak met een beitel had gestoken en ze berispte hem evenzeer. Ze praatte over dingen die we op school voor haar hadden gemaakt. Ze praatte over verjaarsfeestjes die we hadden gegeven op verafgelegen bases, in de hitte of de kou. Ze praatte over onze vader, dat ze hem in Korea had leren kennen, in Holland met hem was getrouwd, over zijn onhandige manier van doen, over de twee bossen bloemen die hij gedurende hun hele huwelijk van drieëndertig jaar voor haar had gekocht, één toen Joe werd geboren en één toen ik werd geboren.

'Waarom hebt u het ons niet een jaar geleden verteld?' vroeg Joe.

'Dat weet je best,' zei ze.

'Omdat we ons verzet zouden hebben,' zei ik.

Ze knikte.

'Het was mijn beslissing,' zei ze.

We dronken koffie en Joe en ik rookten. Vervolgens bracht de ober de rekening en ik vroeg of hij een taxi voor ons wilde bellen. We reden zwijgend terug naar de Avenue Rapp. We gingen zonder veel te zeggen naar bed.

Op dag vier van het nieuwe decennium werd ik vroeg wakker. Hoorde Joe in de keuken Frans praten. Ik ging erheen en trof hem met een vrouw. Ze was jong en kwiek. Ze had keurig kort haar en lichtende ogen. Ze vertelde dat ze mijn moeders privéverpleegster was, in wie was voorzien onder de voorwaarden van een oude verzekeringspolis. Ze zei dat ze meestal zeven dagen per week kwam, maar de dag daarvoor had overgeslagen op mijn moeders verzoek. Ze vertelde dat mijn moeder een dag alleen met haar zoons wilde doorbrengen. Ik vroeg het meisje hoe lang ze iedere keer kwam. Ze vertelde dat de verzekeringspolis dekking gaf voor vierentwintig uur per dag als dat nodig mocht worden, wat weleens heel gauw het geval zou kunnen zijn.

Het meisje met de lichtende ogen vertrok en ik ging weer naar de slaapkamer om te douchen en mijn tas te pakken. Joe kwam binnen en sloeg me gade.
'Ga je weg?' vroeg hij.
'We gaan allebei. Dat weet je toch.'
'We moeten blijven.'
'We zijn gekomen. Dat is wat ze wilde. Nu wil ze dat we gaan.'
'Denk je?'
Ik knikte. 'Gisteravond in Polidor hebben we afscheid genomen. Nu wil ze met rust gelaten worden.'
'Kun je dat?'
'Dat wil ze. Dat zijn we haar verplicht.'
Ik haalde weer croissants in de rue Saint Dominique en die aten we met z'n drieën op z'n Frans met kommen koffie. Mijn moeder had zich opgedoft en deed als een jonge vrouw die tijdelijk ongemak ondervindt van een gebroken been. Het moet een heleboel wilskracht hebben gevergd, maar waarschijnlijk wilde ze zo herinnerd worden. We schonken koffie in en reikten elkaar beleefd dingen aan. Het was een beschaafde maaltijd. Zoals vroeger, lang geleden. Als een oud familieritueel.
Daarna voerde ze nog een oud familieritueel op. Ze deed iets wat ze vroeger ontelbare malen had gedaan, ons hele leven lang, vanaf het moment dat we oud genoeg waren voor een eigen individualiteit. Ze stond met veel moeite op uit haar stoel, liep naar Joe en legde vanachter haar handen op zijn schouders. Daarna bukte ze zich en gaf een kus op zijn wang.
'Wat hoef jij niet te doen?' vroeg ze.
Hij gaf geen antwoord. Dat deed hij nooit. Ons stilzwijgen hoorde bij het ritueel.
'Je hoeft niet álle problemen van de wereld op te lossen, Joe. Alleen maar een paar. Er zijn er genoeg.'
Ze gaf hem weer een kus op zijn wang. Daarna hield ze één hand op zijn rugleuning en schuifelde achter mij. Ik hoorde haar hortende ademhaling. Ze drukte een kus op mijn wang. Vervolgens legde ze net als zoveel jaren geleden haar handen op mijn schouders. Mat de hele breedte. Ze was een kleine vrouw en gefascineerd door de wijze waarop haar baby in een reus was veranderd.
'Je hebt de kracht van twee gewone jongens,' zei ze.
Daarna kwam mijn eigen persoonlijke vraag.
'Wat ga je ermee doen?' vroeg ze.

Ik gaf geen antwoord. Dat deed ik nooit.
'Je gaat het juiste doen,' zei ze.
Daarna bukte ze zich en kuste me weer op een wang.
Ik dacht: Was dit voor het laatst?

Een halfuur later vertrokken we. We omhelsden haar lang en stevig bij de deur en zeiden dat we van haar hielden. Zij zei dat ze ook van ons hield en dat ze dat altijd had gedaan. We lieten haar daar staan, daalden af met de kleine lift en begonnen aan de lange wandeling terug naar de Opéra om op de bus naar het vliegveld te stappen. Onze ogen stonden vol tranen en we zeiden geen woord. Mijn medailles betekenden niets voor het meisje achter de incheckbalie op Roissy-Charles de Gaulle. Ze zette ons achter in het vliegtuig. Ongeveer halverwege de vlucht pakte ik een exemplaar van *Le Monde* en las dat Noriega was opgepakt in Panama City. Een week geleden was die opdracht het enige wat me bezighield. Nu kon ik het me allemaal amper herinneren. Ik probeerde me te herinneren waar ik heen ging en wat ik moest doen als ik daar aankwam. Mijn herinnering liet me in de steek. Ik had geen idee wat er ging gebeuren. Had ik dat wel, dan was ik in Parijs gebleven.

7

Als je naar het westen vliegt, wordt de dag langer in plaats van korter. We landden om twee uur 's middags op Dulles. Ik nam afscheid van Joe. Hij ging naar de rij met taxi's en naar de stad. Ik ging op zoek naar de bussen en werd gearresteerd voordat ik die vond.

Wie bewaakt de bewakers? Wie arresteert een MP? In mijn geval ging het om een trio onderofficieren die rechtstreeks werkten voor het bureau van de Provost Marshal General, de hoogste instantie van de MP. Het waren twee W3's en een W4. De W4 liet me zijn papieren en bevelen zien en de W3's hun Beretta's en handboeien. De W4 gaf me de keus me te gedragen of een pak slaag te krijgen. Ik glimlachte even. Ik vond dat hij goed optrad. Hij gedroeg zich prima. Ik betwijfelde of ik het anders of beter had gedaan.

'Bent u gewapend, majoor?' vroeg hij.

'Nee,' zei ik.

Ik had me zorgen gemaakt over het leger als hij me op mijn woord had geloofd. Sommige W4's zouden het geslikt hebben. Ze zouden geïntimideerd zijn door de gevoelige situatie. Een hogere officier van je eigen onderdeel arresteren valt niet mee. Maar deze W4 deed alles juist. Hij hoorde me nee zeggen en knikte naar zijn W3's. Ze kwamen op me af om me zo snel te fouilleren alsof ik had gezegd: *Ja, met een kernkop*. Een van hen fouilleerde me lichamelijk en de andere ging door mijn plunjezak. Ze waren allebei heel grondig. Het kostte ze een paar minuten voor ze tevreden waren.

'Moet ik u handboeien omdoen?' vroeg de W4.

Ik schudde mijn hoofd. 'Waar is de auto?'

Hij gaf geen antwoord. De W3's gingen naast en iets achter me lopen, de W4 voor me. We staken de stoep over, passeerden de bushaltes en liepen naar een rijstrook die uitsluitend voor overheidsvoertuigen bestemd was. Daar stond een olijfgroene vierdeurs. Dit was het moment van het grootste risico. Een vastberaden iemand zou op dat moment zijn spieren aanspannen, klaar om ervandoor te gaan. Dat wisten ze, dus maakten ze de kring wat kleiner. Het was een goed team. Met drie tegen een brachten ze de kans terug met vijftig procent. Naderhand vroeg ik me af wat er zou zijn gebeurd als ik hem gesmeerd was. Soms wenste ik dat ik het had gedaan.

De auto was een Chevrolet Caprice. Hij was wit geweest voordat het leger hem groen had gespoten. Ik zag de oorspronkelijke kleur aan de binnenkant van de portierlijst. De stoelen waren van kunstleer en de raampjes werden met de hand bediend. Model van de burgerpolitie. Ik schoof over de achterbank en ging achter de bestuurdersstoel zitten. Een van de W3's perste zich naast me en de ander schoof achter het stuur. De W4 ging voorin naast hem zitten. Niemand zei iets.

We reden over de snelweg naar de stad. Ik zat waarschijnlijk vijf minuten achter Joe in zijn taxi. We sloegen af in zuidelijke richting en reden door Tysons Corner. Op dat punt wist ik zeker waar de reis heen ging. Een paar kilometer verder zagen we bordjes met Rock Creek. Rock Creek was een plaatsje op ruim dertig kilometer ten noorden van Fort Belvoir en ruim zestig kilometer ten noordoosten van de mariniersbasis in Quantico. Ik had er bijna een permanente aanstelling gehad. Daar was het hoofdkwartier van de 110th Special Unit. Dus ik wist waar we heen gingen. Maar ik had geen idee waarom.

Het hoofdkwartier van het 110th was in feite een kantoor en een opslagplaats van voorraden. Er waren geen cellen. Geen beveiligde detentieruimten. Ze sloten me op in een verhoorkamer. Gooiden mijn plunjezak zonder plichtplegingen op tafel, deden de deur op slot en lieten me daar zitten. Het was een kamer waarin ik zelf jongens had opgesloten. Dus ik kende het klappen van de zweep. Een van de W3's werd in de gang op wacht gezet. Misschien allebei. Dus ik liet de houten stoel naar achteren leunen, legde mijn voeten op de tafel en wachtte.

Het duurde een uur. Ik voelde me ongemakkelijk, had honger en was uitgedroogd van de vlucht. Ik had het gevoel dat ze me twee uur of langer zouden laten wachten als ze dat zouden weten. Maar ze kwamen binnen zestig minuten terug. De W4 liep voorop en maakte een teken met zijn kin dat ik op moest staan en mee moest gaan. De W3's liepen achter me. Ze lieten me twee trappen beklimmen. We gingen links en rechts door kale, grauwe gangen. Op dat punt wist ik zeker waar we heen gingen. Naar het kantoor van Leon Garber. Maar ik wist niet waarom.

Ze lieten me bij de deur stilstaan. Er zat gewapend glas in met de gouden letters *co*. Daar was ik dikwijls doorheen gegaan. Maar nooit als arrestant. De W4 klopte, wachtte, deed de deur open en deed een stap naar achteren om me binnen te laten. Hij deed de deur achter me dicht en bleef met zijn manschappen op de gang.

Achter Garbers bureau zat iemand die ik nog nooit had gezien. Hij was kolonel. Hij droeg een gevechtstenue. Op zijn naamplaatje stond *Willard, U.S. Army*. Hij had staalgrijs haar met een schooljongensscheiding. Het was aan een knipbeurt toe. Hij had een bril met een metalen montuur en een grijs, uitgezakt gezicht dat er op zijn twintigste al oud uitgezien moest hebben. Hij was klein, betrekkelijk gedrongen en de manier waarop zijn schouders in het gevechtstenue staken vertelde me dat hij geen minuut in de fitnessruimte doorbracht. Hij had moeite om stil te zitten. Hij wiebelde naar links en plukte aan zijn broek waar die strak over zijn knie zat. Voordat ik tien seconden binnen was, was hij al drie keer gaan verzitten. Misschien had hij aambeien. Misschien was hij nerveus. Hij had weke handen. Afgekloven nagels. Geen trouwring. Gescheiden natuurlijk. Zo zag hij er wel uit. Geen vrouw zou hem met zulk haar de deur uit laten gaan. En geen vrouw zou al dat gewiebel en getrek volhouden. Althans niet erg lang.

Ik had keurig in de houding moeten springen en moeten zeggen: *Kolonel, majoor Reacher meldt zich*. Dat zou de standaard legeretiquette zijn geweest. Maar ik mocht doodvallen als ik het deed. Ik keek gewoon lui om me heen en kwam op de plaats rust voor zijn bureau tot stilstand.

'Ik wil een verklaring,' zei de man die Willard heette.

Hij ging weer verzitten.

'Wie bent u?'

'Dat kun je zien.'

'Ik kan zien dat u kolonel bent in het Amerikaanse leger en Willard heet. Maar ik kan u niets uitleggen voordat ik weet of u in mijn hiërarchie zit.'

'Ik bén jouw hiërarchie, jongen. Wat staat er op mijn deur?'

'*Commanding Officer*.'

'En waar zijn we?'

'Rock Creek, Virginia,' zei ik.

'Oké, die vraag is beantwoord.'

'U bent nieuw,' zei ik. 'Wij kennen elkaar niet.'

'Ik heb dit bevel achtenveertig uur geleden op me genomen. Nu kennen we elkaar. En nu wil ik een verklaring.'
'Waarvan?'
'Om te beginnen ben je O.A. geweest,' zei hij.
'Ongeoorloofd Afwezig?' vroeg ik. 'Wanneer?'
'De afgelopen tweeënzeventig uur.'
'Onjuist,' zei ik.
'Hoezo?'
'Mijn afwezigheid was geautoriseerd door kolonel Garber.'
'Niet waar.'
'Ik heb zijn kantoor gebeld,' zei ik.
'Wanneer?'
'Voor mijn vertrek.'
'Heb je zijn verlof gekregen?'
Ik was even stil. 'Ik heb een boodschap achtergelaten. Bedoelt u dat hij me géén toestemming heeft gegeven?'
'Hij was er niet. Hij was een paar uur daarvoor naar Korea overgeplaatst.'
'Korea?'
'Hij heeft daar de leiding over de MP gekregen.'
'Dat is werk voor een brigadegeneraal.'
'Hij treedt als zodanig op. De promotie zal ongetwijfeld in de herfst worden bevestigd.'
Ik zei niets.
'Garber is weg,' zei Willard. 'Nu zit ik hier. De militaire mallemolen draait door. Wen daar maar aan.'
Het werd stil. Willard glimlachte. Het was geen aangename glimlach. Het had iets van een snier. Het kleed was onder mijn voeten vandaan gerukt en hij zag hoe ik viel.
'Het was aardig van je om je reisplannen achter te laten,' zei hij. 'Dat heeft het vandaag eenvoudiger gemaakt.'
'Vindt u de arrestatie toepasselijk voor O.A.?'
'Jij niet?'
'Het was een eenvoudige kortsluiting in de communicatie.'
'Je hebt ongeoorloofd je post verlaten. Dat zijn de feiten. Die worden niet veranderd omdat je de vage verwachting koesterde dat je verlof zou krijgen. Dit is het leger. We handelen niet voordat we bevel of toestemming hebben. We wachten tot ze fatsoenlijk ontvangen en bevestigd zijn. Het alternatief zou anarchie en chaos zijn.'
Ik zei niets.

'Waar ben je geweest?'
Ik stelde me mijn moeder voor, leunend op haar aluminium looprek. Ik zag mijn broers gezicht bij het inpakken.
'Ik heb een korte vakantie genomen,' zei ik. 'Aan het strand.'
'De arrestatie was niet vanwege de O.A.,' zei Willard. 'Die was omdat je je uitgaanstenue op de avond van nieuwjaarsdag aan had.'
'Is dat strafbaar tegenwoordig?'
'Je hebt twee burgers het ziekenhuis in geslagen. Met je naamplaatje op.'
Ik keek hem aan. Dacht hard na. Ik geloofde niet dat die dikke vent en de boer me hadden aangegeven. Dat kon niet. Ze waren dom, maar ook weer niet zo dom. Ze wisten dat ik wist waar ik hen kon vinden.
'Wie zegt dat?' vroeg ik.
'Niet de burgers,' zei Willard.
'Wie dan?'
'Je had veel publiek op dat parkeerterrein.'
'Een van ons?'
Willard knikte.
'Wie?'
'Dat hoef je niet te weten.'
Ik zweeg.
'Heb je iets te zeggen?'
Ik dacht: *Hij zal niet getuigen voor de krijgsraad. Dat weet ik verdomd zeker. Dat is wat ik te zeggen heb.*
'Niets,' zei ik.
'Wat vind je dat ik met je moet doen?'
Ik zei niets.
'Wat vind je dat ik moet doen?'
Je moet het verschil te weten zien te komen tussen een taaie rakker en een domme hufter, makker. Daar moet je heel vlug achter zien te komen.
'Uw keus,' zei ik. 'Uw beslissing.'
Hij knikte. 'Ik heb ook een rapport van generaal Vassell en kolonel Coomer.'
'En daar staat in?'
'Dat je je onheus hebt gedragen tegenover hen.'
'Dan is dat rapport onjuist.'
'Net zoals die O.A.?'
Ik zei niets.

‘In de houding,’ zei Willard.
Ik keek hem aan. Telde *duizend. Tweeduizend. Drieduizend.* Daarna ging ik in de houding staan.
‘Dat duurde lang,’ zei hij.
‘Ik ben niet uit op een prijs in een exercitiewedstrijd,’ zei ik.
‘Waarom had je belangstelling voor Vassell en Coomer?’
‘Er ontbrak een agenda voor een conferentie van de cavalerie. Ik moet weten of daar geheime informatie in staat.’
‘Er was geen agenda,’ zei Willard. ‘Vassell en Coomer hebben dat heel duidelijk gemaakt. Tegenover mij en tegenover jou. Je mag het vragen. Technisch gesproken heb je daar het recht toe. Maar om bewust het antwoord van een hogere officier in twijfel te trekken is oneerbiedig. Dat grenst aan pesterij.’
‘Kolonel, ik doe dit voor mijn brood. Ik geloof dat er wel een agenda was.’
Nu zei Willard niets.
‘Mag ik vragen wat uw vorige post was?’ vroeg ik.
Hij ging verzitten.
‘Inlichtingen,’ zei hij.
‘Buitendienst?’ vroeg ik. ‘Of een bureaufunctie?’
Hij gaf geen antwoord. Een pennenlikker dus.
‘Had u conferenties zonder agenda?’
‘Hier hebt u een paar rechtstreekse bevelen, majoor,’ zei hij. ‘Eén: beëindig je belangstelling voor Vassell en Coomer. Twee: beëindig je belangstelling voor generaal Kramer. Onder de gegeven omstandigheden willen we geen stof doen opwaaien. Drie: beëindig de betrokkenheid van luitenant Summer bij zaken van de speciale eenheid. En wel onmiddellijk. Ze is een lagere MP en na het lezen van haar dossier zal ze dat wat mij betreft altijd blijven. Vier: doe geen poging contact op te nemen met de plaatselijke burgers die je hebt verwond. En vijf: probeer niet uit te zoeken wie de ooggetuige tegen je in die kwestie is.’
Ik zei niets.
‘Begrijp je die bevelen?’ vroeg hij.
‘Ik wil ze graag op schrift,’ zei ik.
‘Mondeling is voldoende,’ zei hij. ‘Heb je je bevelen begrepen?’
‘Ja,’ zei ik.
‘Ingerukt.’
Ik telde *duizend. Tweeduizend. Drieduizend.* Daarna salueerde ik en maakte rechtsomkeert. Ik was al bij de deur voordat hij zijn slotsalvo afvuurde.

'Ik hoor dat je een grote ster bent, Reacher,' zei hij. 'Dus nu moet je besluiten of je dat wilt blijven, of dat je een arrogante, hufterige wijsneus wilt worden. En je mag niet vergeten dat niemand van arrogante, hufterige wijsneuzen houdt. En ook dat we op het punt belanden waarop het belangrijk wordt dat mensen je mogen of niet. Dat gaat er heel veel toe doen.'

Ik zei niets.

'Ben ik duidelijk?'

'Overduidelijk.'

Ik pakte de deurkruk.

'Nog één ding,' zei hij. 'Ik laat die klacht wegens mishandeling rusten. Zo lang mogelijk. Uit respect voor je staat van dienst. Je boft dat het intern aan het licht is gekomen. Maar ik wil niet dat je vergeet dat hij er ligt en van kracht blijft.'

Ik vertrok een paar minuten voor vijf uit Rock Creek. Nam de bus naar Washington en vervolgens een naar het zuiden via de I-95. Vervolgens verwijderde ik mijn reversinsignes en liftte de laatste vijftig kilometer naar Bird. Dat gaat sneller. Het merendeel van het plaatselijke verkeer bestaat uit gewone soldaten, of hun familie. Sommige chauffeurs koesteren argwaan jegens officieren en de meeste zijn nog minder gesteld op de MP. Dus de ervaring heeft geleerd dat het veel beter gaat als je je badges in je zak houdt.

Ik kreeg een lift en stapte tweehonderd meter voor de hoofdingang van Bird uit. Het was even na elf uur 's avonds, 4 januari, ik was ruim zes uur onderweg geweest. North Carolina was aardedonker en koud. Erg koud, dus liep ik die tweehonderd meter in looppas om het warm te krijgen. Buiten adem kwam ik bij de poort. Ik werd ingelogd en holde naar mijn kantoor. Binnen was het warm. De sergeant met de baby had nachtdienst. De koffie pruttelde. Ze gaf me een kop en ik liep mijn kantoor in waar een briefje van Summer op mijn bureau lag. Het briefje zat aan een dunne, groene map. Er zaten drie lijsten in. De vrouwen-met-de-Humvee-lijst, de vrouwen-van-Irwin-lijst en de log van de hoofdingang van oudejaarsavond. De eerste twee waren betrekkelijk kort. De poortlog was kolossaal. De hele avond was het een komen en gaan van feestgangers geweest. Maar slechts één naam kwam voor op alle drie de lijsten: luitenant-kolonel Andrea Norton. Summer had de naam op alle drie de lijsten omcirkeld. Op haar briefje stond: *Bel me over Norton.*

Ik hoop dat uw moeder in orde is.
Ik vond het oude briefje met Joe's nummer en belde hem.
'Alles kits?' vroeg ik.
'We hadden moeten blijven,' zei hij.
'Ze had die verpleegster een dag vrij gegeven,' zei ik. 'Ze wilde één dag.'
'Toch hadden we moeten blijven.'
'Ze wil geen publiek,' zei ik.
Hij gaf geen antwoord. De telefoon zat warm en stil tegen mijn oor.
'Ik heb een vraag,' zei ik. 'Toen jij in het Pentagon werkte, heb je toen een hufter gekend die Willard heet?'
Het bleef een poosje stil; hij moest omschakelen en zijn geheugen afspeuren.
'Gedrongen mannetje?' vroeg hij. 'Kan niet stilzitten? Altijd maar op zijn stoel schuifelen en aan zijn broek trekken? Een bureauman. Een majoor, volgens mij.'
'Nou, hij is nu kolonel,' zei ik. 'Hij is net overgeplaatst naar het 110th. Hij is mijn commandant in Rock Creek.'
'Van inlichtingen naar het 110th? Dat lijkt me logisch.'
'Mij niet.'
'Het is de nieuwe theorie,' zei Joe. 'Ze kopiëren de doctrine van de privésector. Ze denken dat lui die van niets weten goed zijn, omdat ze niet in de bestaande situatie hebben geïnvesteerd. Ze geloven dat ze een frisse kijk op de zaak meebrengen.'
'Is er iets wat ik over die vent moet weten?'
'Je noemde hem een hufter, dus dat klinkt alsof je al het een en ander over hem weet. Hij is intelligent, maar inderdáád een hufter, zeker weten. Vals, benepen, erg bedrijfsmatig, goed in kantoorpolitiek, uitsluitend geïnteresseerd in zichzelf, voortreffelijke kontkruiper, wist altijd uit welke hoek de wind woei.'
Ik zei niets.
'Hopeloos met vrouwen,' zei Joe. 'Dat weet ik ook nog.'
Ik zei niets.
'Hij is een uitstekend voorbeeld van waar we het over hadden,' zei Joe. 'Hij zat op de sovjetafdeling. Hij hield hun tankproductie en brandstofverbruik in het oog, als ik het me goed herinner. Ik geloof dat hij een soort algoritme had bedacht waaruit we konden afleiden wat voor oefeningen de Russische cavalerie deed, gebaseerd op hoeveel brandstof ze verbruikten. Voor ongeveer een jaar was hij dé man. Maar nu denk ik dat hij een blik op de toe-

komst heeft geworpen. Hij heeft zichzelf eruit gewerkt nu het nog kan. Dat moet jij ook doen. Althans, je moet erover nadenken. Zoals we besproken hebben.'
Ik zei niets.
'Kijk ondertussen goed uit,' zei Joe. 'Ik zou Willard niet als baas willen.'
'Ik red me wel,' zei ik.
'We hadden in Parijs moeten blijven,' zei hij en hing op.

Ik vond Summer in de bar van de officiersclub. Ze was bezig aan een biertje en leunde tegen de muur met een paar W2's. Toen ze mij zag, liet ze hen in de steek.
'Garber is naar Korea,' zei ik. 'We hebben een nieuwe.'
'Wie?'
'Een kolonel die Willard heet. Van Inlichtingen.'
'Wat maakt hem dan gekwalificeerd?'
'Hij is niet gekwalificeerd. Het is een eikel.'
'Maakt u dat niet woest?'
Ik haalde mijn schouders op. 'Het demoraliseert me als de pest,' zei ik. 'Dat is een ding dat verdomd zeker is. Hij zegt dat we de affaire Kramer moeten loslaten.'
'Doen we dat?'
'Hij zegt dat ik jou moet lozen. Hij zegt dat hij je sollicitatie gaat afwijzen.'
'Shit.'
Ik zei niets.
'Meent hij dat, van Kramer?' vroeg Summer.
Ik knikte. 'Hij meent alles. Hij heeft me op het vliegveld laten arresteren om het een en ander te onderstrepen.'
'Arrestéren?'
Ik knikte weer. 'Iemand heeft me verraden over die gasten op het parkeerterrein.'
'Wie?'
'Een van de soldaten in het publiek.'
'Een van ons? Wie?'
'Ik weet het niet.'
'Dat is hard.'
Ik knikte. 'Is me nog nooit overkomen.'
Ze was even stil.
'Hoe is het met uw moeder?'
'Die had haar been gebroken,' zei ik. 'Niets ernstigs.'

'Ze kan longontsteking krijgen.'
Ik knikte weer. 'Ze is doorgelicht. Geen longontsteking.'
Ze zweeg weer. Haar onderste oogleden gingen omhoog.
'Mag ik de voor de hand liggende vraag stellen?' vroeg ze.
'Is die er dan?'
'Zware mishandeling van een burger is een ernstige zaak. En blijkbaar is er een rapport en een ooggetuige, voldoende voor een arrestatiebevel.'
'Dus?'
'Dus waarom bent u dan nog op vrije voeten?'
'Willard laat het rusten.'
'Maar waarom zou hij, als hij echt een hufter is?'
'Uit respect voor mijn staat van dienst. Althans, dat zegt hij.'
'Gelooft u dat?'
Ik schudde mijn hoofd.
'Er klopt vast iets niet met die klacht,' zei ik. 'Zo'n hufter als Willard zou die gebruiken als hij kon, dat staat vast. Aan mijn staat van dienst heeft hij geen boodschap.'
'Kan niets mis zijn met die klacht. Een militaire getuige is de beste die ze kunnen krijgen. Die zal alles zeggen wat ze hem in de mond leggen. Het komt er eigenlijk op neer dat Willard die klacht zelf kan schrijven.'
Ik zei niets.
'En wat doet u hier überhaupt?' vroeg ze.
Ik hoorde Joe zeggen: *Zoek uit wie je zo graag in Bird wilde hebben dat ze je uit Panama weghaalden om je door een eikel te vervangen.*
'Ik weet niet wat ik hier doe,' zei ik. 'Ik weet niets. Vertel eens over luitenant-kolonel Norton.'
'De zaak is ons uit handen genomen.'
'Vertel het me dan maar omdat het me interesseert.'
'Zij is het niet. Ze heeft een alibi. Ze was op een feest buiten de basis. De hele nacht. Er waren zo'n honderd mensen.'
'Wie is ze?'
'Psy-Ops-instructrice. Ze is doctor in de psychoseksuologie, gespecialiseerd in de aanval op de interne emotionele stabiliteit van de vijand op het gebied van zijn gevoelens van mannelijkheid.'
'Klinkt als een dame met wie je lol kunt beleven.'
'Ze was uitgenodigd op een feest in een kroeg. Iemand vindt haar kennelijk een dame met wie je lol kunt beleven.'

‘Heb je nog gecontroleerd wie Vassell en Coomer hierheen heeft gebracht?’
Summer knikte. ‘Hij staat bij de poortwacht te boek als majoor Marshall. Ik heb hem nagetrokken, en hij is staflid van het XII-Korps, tijdelijk gedetacheerd in het Pentagon. Een soort kroonprins. Hij zit daar sinds november.’
‘Heb je de telefoontjes vanuit het hotel in Washington nog nagetrokken?’
Ze knikte weer.
‘Die waren er niet,’ zei ze. ‘Vassells kamer heeft even voor halfeen ’s morgens een binnenkomend telefoontje gekregen. Ik neem aan dat het om het XII-Korps ging dat hem vanuit Duitsland belde. Geen van beiden heeft naar buiten gebeld.’
‘Helemaal niet?’
‘Niet een.’
‘Zeker weten?’
‘Honderd procent. Het is een elektronisch schakelbord. Op 9 drukken voor een buitenlijn en de computer slaat het automatisch op. Moet wel, voor de rekening.’
Doodlopende straat.
‘Oké,’ zei ik. ‘Vergeet de hele toestand maar.’
‘Echt?’
‘Bevel is bevel,’ zei ik. ‘Het alternatief is chaos en anarchie.’

Ik ging weer naar mijn kantoor om Rock Creek te bellen. Willard was allang naar huis. Hij was het type dat zich zijn hele leven strikt aan kantooruren hield. Ik kreeg een medewerker te pakken en vroeg of hij een kopie kon zoeken van het oorspronkelijke bevel dat me uit Panama naar Bird had gehaald. Het duurde vijf minuten voordat hij weer aan de lijn kwam. In die tijd las ik Summers lijst. Er stonden allemaal namen op die me niets zeiden.
‘Hier heb ik het bevel, meneer,’ zei de man aan de andere kant van de lijn.
‘Wie heeft het ondertekend?’ vroeg ik.
‘Kolonel Garber, meneer.’
‘Dank u,’ zei ik en legde neer. Vervolgens zat ik me tien minuten af te vragen waarom mensen tegen me logen. Vervolgens vergat ik die vraag helemaal, omdat de telefoon weer overging, en een jonge MP’er die op de basis een routinepatrouille uitvoerde, meldde dat we een lijk in het bos hadden. Het klonk heel ernstig. Mijn

man moest twee keer stoppen om over te geven voordat hij klaar was met zijn rapportage.

8

De meeste legerbases op het platteland zijn vrij groot. Ook al is de bebouwde infrastructuur compact, het omringende reserveland eromheen is vaak uitgestrekt. Dit was voor het eerst dat ik op Fort Bird diende, maar volgens mij was deze basis geen uitzondering. Het had iets weg van een keurig plaatsje, omgeven door een hoefijzervormig stuk overheidsland van arme zandgrond met lage heuvels en ondiepe valleien en een schrale begroeiing van bomen en struiken. In de loop van het lange bestaan van de basis zouden die bomen de grijze essen van de Ardennen en de machtige sparren van Midden-Europa nabootsen. Er zouden hele generaties infanterieopleidingen zijn gekomen en gegaan. Er zouden oude loopgraven, schuilplaatsen en schuttersputjes liggen. Er zouden schietbanen met wallen en obstakels van prikkeldraad zijn, en geïsoleerde hutjes waar psychiaters de mannelijke, emotionele zekerheid konden testen. Er zouden betonnen bunkers zijn en nauwkeurige replica's van overheidsgebouwen waar de Special Forces konden oefenen om gijzelaars te redden. Er zouden cross-countryhardlooproutes zijn waar wankelende rekruten met een slechte conditie in het opleidingskamp werden afgemat en sommige zelfs instortten en stierven. Het hele gebied zou omringd zijn door kilometers stokoud en roestig prikkeldraad, voor eeuwig ingenomen door Defensie, aangegeven door waarschuwingsbordjes aan iedere derde paal.

Ik belde een ploeg specialisten, ging naar het wagenpark en vond een Humvee met een zaklantaarn die het deed in de houder op het dashboard. Vervolgens startte ik en volgde de richtingaanwijzing van de soldaat ten zuidwesten van de bebouwde kom, tot ik op een ruw zandpad kwam dat recht naar het achterland voerde. Het was stikdonker. Ik moest bijna twee kilometer rijden, en toen zag ik de koplampen van een andere Humvee in de verte. Het voertuig van de soldaat stond in een scherpe hoek, een meter of zeven van het spoor. Zijn groot licht scheen in de bomen en wierp lange, onheilspellende schaduwen tot diep in het bos. De soldaat zelf stond tegen zijn motorkap geleund. Hij

stond roerloos, met gebogen hoofd en keek naar de grond. Vraag: hoe ontdekt iemand in een autopatrouille op zo'n donkere plek een lijk dat een heel eind weg diep in het bos verborgen ligt?
Ik parkeerde naast hem, haalde de zaklantaarn uit de houder, stapte uit in de kou en kreeg meteen een antwoord. Er liep een spoor van kleren dat midden op het pad begon. Daar lag één enkele hoge schoen. Het was een standaard gevechtskistje van zwart leer, oud, versleten en slecht gepoetst. Ten westen daarvan, een meter verder, lag een sok. Daarna nog een schoen, weer een sok, een jack en een mat olijfkleurig onderhemd. De kleren lagen op enige afstand van elkaar op een rij, als een groteske parodie op de bekende fantasie waarin je bij thuiskomst stukjes uitgetrokken lingerie vindt, die je de trap op en naar de slaapkamer voeren. Alleen zaten het jack en het hemd onder de donkere bloedvlekken.
Ik inspecteerde de toestand van de berm. Die was keihard en bevroren. Ik zou de plaats delict niet verstoren. Ik zou geen verwarrende schoenafdrukken achterlaten, want die zouden er niet zijn. Dus haalde ik diep adem en volgde het hele kledingspoor. Toen ik aan het eind kwam, begreep ik waarom de man twee keer had overgegeven. Op zijn leeftijd had ik het misschien drie keer gedaan.
Het lijk lag op zijn buik op de bevroren humus aan de voet van een boom. Naakt. Middelgroot, gedrongen. Het was blank, maar zat bijna helemaal onder het bloed. Armen en schouders waren overdekt met messneden die tot op het bot gingen. Van achteren kon ik zien dat zijn gezicht opgezwollen was door de klappen. De wangen puilden uit. Zijn identificatieplaatjes ontbraken. Er zat een smalle leren riem strak om zijn nek. Hij had een koperen gesp en het lange uiteinde liep in een lus weg van zijn hoofd. Op zijn rug lag ruim een deciliter bleekroze vloeistof. Er was een afgebroken tak in zijn achterwerk geramd. Daaronder was de grond donker gekleurd van het bloed. Als we hem omwentelden, zouden we waarschijnlijk zien dat zijn genitaliën waren afgesneden.
Ik liep weer terug naar het pad langs het kledingspoor. Ging naast de soldaat van de MP staan. Hij staarde nog steeds naar de grond.
'Waar zijn we precies?' vroeg ik.
'Majoor?' Hij begreep me niet.
'Er bestaat geen twijfel dat we nog steeds op de basis zijn?'
Hij schudde zijn hoofd. 'We zijn ruim anderhalve kilometer binnen de omheining. In alle richtingen.'

'Oké,' zei ik. De jurisdictie was duidelijk. Een militair op militair grondgebied. 'We wachten hier. Niemand mag erbij tot ik het zeg. Begrepen?'
'Ja, majoor.'
'Je doet het goed,' zei ik.
'Denkt u?'
'Je staat nog overeind,' zei ik.
Ik ging terug naar mijn Humvee om mijn sergeant op te roepen. Vertelde haar wat er aan de hand was en waar, en gaf opdracht luitenant Summer op te sporen en haar te zeggen dat ze via het noodkanaal contact met me op moest nemen. Daarna wachtte ik. Twee minuten later arriveerde de ambulance. Vervolgens verschenen er twee Humvees met de forensisch specialisten die ik op kantoor had gebeld voordat ik wegging. Er stapte een hele ploeg uit. Ik zei dat ze even moesten wachten. Er was geen grote haast geboden.
Binnen vijf minuten had ik Summer aan de radio.
'We hebben een dode soldaat in het bos,' zei ik. 'Ik wil dat je die vrouw van Psy-Ops opspoort over wie je me hebt verteld.'
'Luitenant-kolonel Norton?'
'Ik wil dat je haar hier brengt.'
'Volgens Willard mag je niet met mij werken.'
'Hij heeft gezegd dat ik je niet bij werk van de Special Forces mag betrekken. Dit is gewoon politiewerk.'
'Waarom wil je Norton daar hebben?'
'Ik wil haar spreken.'
Ze verbrak de verbinding en ik stapte uit mijn jeep. Ik voegde me bij het medisch en forensisch personeel. We stonden bij elkaar in de kou. We lieten de motoren draaien om de accu's opgeladen en de verwarming aan de praat te houden. Wolken dieselrook stegen op, voegden zich bij elkaar en vormden horizontale banen, als smog. Ik gaf de forensische lui opdracht een lijst van de kleren op de weg te maken zonder ze aan te raken en de weg niet te verlaten.
We wachtten. Het was een maanloze nacht. Er waren geen sterren. Er was geen licht of geluid, behalve van de koplampen en de stationair draaiende motoren. Ik dacht aan Leon Garber. Korea was een van de grootste afdelingen van het Amerikaanse leger. Niet de meest eervolle, maar waarschijnlijk wel de actiefste en zeker de moeilijkste. Het bevel over de MP daar was bepaald een pluim op ieders hoed. Het betekende dat hij waarschijnlijk met

twee sterren met pensioen zou gaan, wat veel meer was dan hij ooit had kunnen hopen. Als mijn broer gelijk had en de bijl ging vallen, was Leon al aan de goede kant van het snijvlak terechtgekomen. Ik was een minuut of tien blij voor hem. Vervolgens bekeek ik het vanuit een ander perspectief en maakte me nog eens tien minuten zorgen zonder veel op te schieten.

Voordat ik klaar was met denken, verscheen Summer. Ze bestuurde een Humvee en voorin, ruim een meter naast haar, zat een blonde vrouw blootshoofds in gevechtstenue. De auto stopte midden op het pad met de koplampen recht op ons gericht. Zij bleef achter het stuur en de blonde vrouw stapte uit. Ze bekeek de menigte, stapte midden in de poel van licht van koplampen en kwam recht op mij af. Ik salueerde uit hoffelijkheid en keek op haar naamplaatje. Er stond *Norton* op. Op haar revers zaten de eikenblaadjes van een kolonel. Ze was iets ouder dan ik, maar niet veel. Ze was lang en slank en had het soort gezicht dat bij een filmster of fotomodel paste.

'Wat kan ik voor je doen, majoor?' vroeg ze. Ze klonk als iemand uit Boston en alsof ze niet blij was dat ze midden in de nacht mee naar buiten was gesleept.

'Ik wil dat u iets bekijkt.'

'Waarom?'

'Misschien hebt u een professionele mening.'

'Waarom ik?'

'Omdat u hier in North Carolina bent en het me uren zou kosten iemand ergens anders vandaan te halen.'

'Wat voor iemand zoek je?'

'Iemand met uw professionele achtergrond.'

'Ik weet dat ik voor de klas sta,' zei ze. 'Daar hoef ik niet voortdurend aan te worden herinnerd.'

'Wat?'

'Ik heb de indruk dat het hier een populaire sport is om Andrea Norton eraan te herinneren dat ze maar een boekenwurm is, terwijl de rest bezig is met het echte leven.'

'Daar weet ik niets van. Ik ben hier nieuw. Ik wil gewoon een eerste indruk van iemand van uw discipline, anders niet.'

'Je probeert niets te bewijzen?'

'Ik zoek assistentie.'

Ze trok een grimas. 'Oké.'

Ik gaf haar mijn zaklantaarn. 'Volg het spoor van kleren tot het eind. Raakt u alstublieft niets aan. Onthoud alleen goed uw eer-

ste indrukken. Daarna wil ik die met u bespreken.'
Ze zei niets. Ze nam mijn zaklantaarn aan en vertrok. De eerste zeven meter werd haar rug fel verlicht door de koplampen van de MP-soldaat. Zijn Humvee stond nog steeds naar het bos gericht. Daarna verdween ze voorbij het bereik van de koplampen en zag ik de bundel van haar zaklantaarn verder dansen door de duisternis. Vervolgens verloor ik hem uit het oog. Het enige dat ik zag, was een vaag weerschijnsel op de onderkant van de kale takken, hoog in de verte.
Ze bleef een minuut of tien weg. Daarna zag ik de lichtbundel terugzwiepen in onze richting. Ze kwam weer uit het bos en volgde precies hetzelfde traject. Ze kwam recht op me af. Ze zag bleek. Ze deed de zaklantaarn uit en gaf hem terug.
'Op mijn kantoor,' zei ze. 'Over een uur.'
Ze stapte weer in Summers Humvee. Die reed achteruit, keerde en verdween met grote snelheid in de duisternis.
'Oké, lui, aan het werk,' zei ik. Ik ging in mijn jeep zitten, sloeg de drijvende rookwolken gade en de zaklantaarnbundels die het terrein afzochten, en het felle, blauwe flitslicht van camera's die de bewegingen om me heen deden verstarren. Ik riep mijn sergeant weer op om te zeggen dat ze het mortuarium op de basis moest laten openen en dat er morgenochtend vroeg een patholoog-anatoom klaar moest staan. Een halfuur later reed de ambulance achterwaarts de berm in en mijn manschappen laadden er een vorm met een laken eromheen in. Ze sloten de deuren, gaven er een klap op en de ambulance vertrok. Transparante, plastic bewijszakken werden gevuld en van een etiket voorzien. Politieband werd om de stammen van de bomen gewonden. Het vormde een rechthoek van ongeveer veertig bij vijftig meter.
Ik liet hen hun werk afmaken en reed door de duisternis terug naar de hoofdgebouwen van de basis. Vroeg aan de wacht de richting naar het Psy-Ops-instituut. Het was een laag gebouw van baksteen halverwege het onderkomen van de Special Forces. Overal was het stil en donker, maar er brandde licht in de centrale gang en achter de ramen van een van de kantoren. Ik parkeerde de jeep en ging naar binnen. Liep door sombere, betegelde gangen en kwam bij een deur met matglas bovenin. Erachter brandde licht en er stond *Lt/Kol. A. Norton* op in sjabloonletters. Ik klopte en ging naar binnen. Ik zag een keurig kantoortje. Het was schoon en rook er vrouwelijk. Ik salueerde niet nog een keer. Ik vond dat we dat stadium voorbij waren.

Norton zat achter een groot, eikenhouten legerbureau dat schuilging onder opengeslagen studieboeken. Het waren er zoveel dat ze de telefoon op de grond had gezet. Voor haar lag een gele blocnote met aantekeningen. De blocnote lag in een poel van licht van haar bureaulamp en de kleur weerkaatste op haar haar.

'Hallo,' zei ze.

Ik ging op haar bezoekersstoel zitten.

'Wie was hij?'

'Ik weet het niet,' zei ik. 'Ik betwijfel of we een visuele identificatie krijgen. Hij was te ernstig toegetakeld. We zullen het met de vingerafdrukken moeten doen. Of tanden. Als hij die nog over heeft.'

'Waarom wilde je dat ik naar hem keek?'

'Dat heb ik al gezegd. Ik wilde uw mening.'

'Waarom dacht je dat ik er een mening over zou hebben?'

'Het leek me dat er elementen waren die u zou begrijpen.'

'Ik maak geen misdaadprofielen.'

'Dat verlang ik ook niet. Ik wil alleen wat input, en snel ook. Ik wil weten of ik de juiste richting insla.'

Ze knikte. Veegde het haar uit haar gezicht.

'De voor de hand liggende conclusie is dat hij homoseksueel was,' zei ze. 'Misschien is hij daarom vermoord. En zo niet, dan waren zijn belagers ervan op de hoogte.'

Ik knikte.

'Zijn genitaliën zijn afgesneden,' zei ze.

'Hebt u gekeken?'

'Ik heb hem een klein beetje bewogen,' zei ze. 'Het spijt me. Ik weet dat je gevraagd had dat niet te doen.'

Ik keek haar aan. Ze had geen handschoenen aan gehad. Ze was een harde. Misschien was haar reputatie van kamergeleerde onterecht.

'Geeft niet,' zei ik.

'Volgens mij zult u zijn testikels en penis in zijn mond aantreffen. Ik betwijfel of zijn wangen alleen van een pak slaag zo opgezwollen zouden zijn. Het is duidelijk een symbolisch statement vanuit het gezichtspunt van een homofobe belager. Het verwijderen van de organen van de anders geaarde, het simuleren van orale seks.'

Ik knikte.

'Dat geldt ook voor de naaktheid en de ontbrekende identificatieplaatjes,' zei ze. 'Het verwijderen van het leger van de anders

geaarde is hetzelfde als de anders geaarde uit het leger verwijderen.'
Ik knikte.
'De penetratie van de anus met een lichaamsvreemd voorwerp spreekt voor zich,' zei ze.
Ik knikte.
'En dan is er die vloeistof op z'n rug,' zei ze.
'Yoghurt,' zei ik.
'Waarschijnlijk aardbeien,' zei ze. 'Of anders frambozen. Het is een belegen grapje. Hoe simuleert een homo een orgasme?'
'Hij kreunt een beetje,' zei ik. 'En dan gooit hij yoghurt op de rug van zijn minnaar.'
'Ja,' zei ze. Ze glimlachte niet. En ze keek of ik glimlachte.
'En de snijwonden en het pak slaag?' vroeg ik.
'Haat,' zei ze.
'En de riem om zijn nek?'
Ze haalde haar schouders op. 'Dat doet denken aan een auto-erotische techniek. Gedeeltelijke verstikking schept een verhoogd genot gedurende het orgasme.'
Ik knikte.
'Oké,' zei ik.
'Oké wat?'
'Dat waren uw eerste indrukken. Hebt u een mening, die daarop is gebaseerd?'
'Jij?'
'Ja,' zei ik.
'Jij eerst.'
'Ik denk dat het nep is.'
'Waarom?'
'Het is allemaal te overdreven,' zei ik. 'Er waren zes elementen. De naaktheid, de ontbrekende plaatjes, de genitaliën, de boomtak, de yoghurt en de riem. Twee dingen zouden volstaan hebben. Hooguit drie. Het is net alsof ze iets wílden zeggen, in plaats van het gewoon te zeggen. Misschien hebben ze te hard hun best gedaan.'
Norton zei niets.
'Teveel,' herhaalde ik. 'Alsof je iemand doodschiet, wurgt, steekt, verdrinkt, verstikt en vervolgens doodslaat. Alsof ze een verrekte kerstboom vol met aanwijzingen hingen.'
Ze bleef zwijgen. Ze sloeg me gade vanuit haar kring van licht. Misschien taxeerde ze me.

'Ik heb mijn twijfels over de riem,' zei ze. 'Auto-erotiek is niet specifiek homoseksueel. Alle mannen hebben fysiologisch gezien hetzelfde orgasme, of ze nu homo zijn of niet.'
'De hele toestand was nep,' zei ik.
Uiteindelijk knikte ze. 'Je bent niet op je achterhoofd gevallen.'
'Voor een politieman?'
Ze lachte niet. 'Maar als officieren weten we dat homoseksuelen laten dienen illegaal is. Dus moeten we ervoor zorgen dat we ons oordeel niet laten vertroebelen door vooringenomenheid jegens het leger.'
'Ik ben hier niet om het leger te beschermen,' zei ik.
'Ik dacht van wel,' zei Norton. 'Ik dacht dat dat nou precies je taak was.'
Ik haalde mijn schouders op. 'Ik neem geen standpunt in. Ik zeg niet dat het slachtoffer geen homoseksueel geweest kan zijn. Misschien was hij het wel. Het kan me niets schelen. En misschien wisten zijn belagers het, misschien ook niet. Ik bedoel dat het hoe dan ook niet de reden was dat ze hem hebben vermoord. Maar ze wilden wel die indruk wekken. Ze voelden het niet echt. Ze voelden iets anders. Dus hebben ze de aanwijzingen er dik opgelegd, een beetje onbehaaglijk.'
Ik zweeg even.
'Nogal academisch,' zei ik.
Ze verstrakte.
'Academisch?' vroeg ze.
'Doceren jullie zulke dingen niet?'
'We leren mensen niet hoe ze een moord moeten plegen,' zei ze.
'Dat vroeg ik niet.'
Ze knikte. 'We praten erover. Moet wel. Het afsnijden van de lul van je vijand is het meest basale dat er is. Het is de hele geschiedenis door gebeurd. Het is in de hele Vietnamoorlog gebeurd. Afghaanse vrouwen hebben het de afgelopen elf jaar met gevangengenomen Russische soldaten gedaan. We praten over wat het symboliseert, over de boodschap die erin vervat ligt en de angst die het oproept. Er bestaan hele boekwerken over de angst voor groteske verwondingen. Het is altijd een boodschap aan de doelwitpopulatie. We hebben het over aanranding met voorwerpen. We hebben het over het opzettelijk tentoonstellen van verminkte lichamen. Het spoor van kleren is een klassiek onderdeel.'
'Hebben jullie het ook over yoghurt?'
Ze schudde haar hoofd. 'Maar dat is een heel oud grapje.'

'En wurgseks?'
'Niet in de cursus van Psy-Ops. Maar de meeste mensen hier lezen tijdschriften. Of kijken naar pornovideo's.'
'Praat u over het in twijfel trekken van de seksualiteit van de vijand?'
'Natuurlijk. Het aanvechten van de seksualiteit van de vijand is de kern van de opleiding. Zijn seksuele geaardheid, zijn viriliteit, zijn potentie, zijn capaciteit. Het is een kerntactiek. Die is bedoeld om naar twee kanten te werken. Hij wordt vernederd, wij groeien daarentegen.'
Ik zei niets.
Ze keek me recht in mijn gezicht aan. 'Vraag je eigenlijk of ik daar in het bos de vruchten van onze lessen heb herkend?'
'Ik denk het,' zei ik.
'Je wilde niet echt mijn mening horen, hè?' zei ze. 'Dat was allemaal maar inleiding. Je wist al wat je zag.'
Ik knikte. 'Ik ben niet op m'n achterhoofd gevallen, voor een politieman.'
'Het antwoord is nee,' zei ze. 'Ik heb daar in het bos niet de vruchten van onze lessen gezien. Althans niet specifiek.'
'Maar mogelijkerwijs?'
'Alles is mogelijk.'
'Hebt u generaal Kramer ontmoet toen u in Fort Irwin zat?' vroeg ik.
'Een paar keer,' zei ze. 'Hoezo?'
'Wanneer hebt u hem voor het laatst gezien?'
'Dat weet ik niet meer,' zei ze.
'Niet onlangs nog?'
'Nee,' zei ze. 'Hoezo?'
'Hoe hebt u hem leren kennen?'
'Beroepsmatig,' zei ze.
'Geeft u les aan de cavalerie?'
'Irwin is niet exclusief cavalerie,' zei ze. 'Vergeet niet dat het ook het National Training Center is. Vroeger kwamen de mensen bij ons, nu gaan wij naar de mensen toe.'
'Het leger verandert constant,' zei ik.
'Zou je ervan opkijken als we lesgaven aan de cavalerie?'
Ik haalde mijn schouders op. 'Een beetje wel, denk ik. Als ik op een tank van zeventig ton rondreed, denk ik niet dat ik behoefte aan nog meer psychologische voorsprong zou hebben.'
Ze glimlachte nog steeds niet. 'We hebben hun lesgegeven. Als ik

me goed herinner, zat het generaal Kramer niet lekker dat de infanterie dingen leerde die zijn mensen niet leerden. Het was een intense rivaliteit.'

'Wie geeft u nu les?'

'Uitsluitend aan de Delta Force,' zei ze.

'Bedankt voor uw hulp,' zei ik.

'Ik heb vanavond niets herkend waarvoor wij verantwoordelijkheid zouden nemen.'

'Niet specifiek.'

'Het was een psychologische gemeenplaats,' zei ze.

'Oké,' zei ik.

'En ik vind het onaangenaam dat het me is gevraagd.'

'Oké,' zei ik.

Ik stond op en liep naar de deur.

'Wat was de werkelijke reden?' vroeg ze. 'Als het maar een toneelstukje was?'

'Ik weet het niet,' zei ik. 'Zo slim ben ik ook weer niet.'

Ik bleef even in het voorkantoor en de sergeant met de baby gaf me een kop koffie. Daarna ging ik mijn kantoor in, waar Summer op me zat te wachten. Ze was haar lijstjes komen halen, omdat de zaak-Kramer gesloten was.

'Heb je die andere vrouwen nog nagetrokken?' vroeg ik. 'Afgezien van Norton?'

Ze knikte. 'Ze hebben allemaal een alibi. Het is de beste avond van het jaar voor alibi's. Niemand brengt oudejaarsavond alleen door.'

'Ik wel,' zei ik.

Ze zei niets. Ik maakte een net stapeltje van de documenten, stopte ze weer in hun map en haalde het briefje van de voorkant met *Ik hoop dat uw moeder in orde is*. Ik liet het briefje in de la vallen en gaf haar de map.

'Wat zei Norton?' vroeg ze.

'Ze was het met me eens dat het een moord was die eruit moest zien als het gevolg van homohaat. Ik heb haar gevraagd of er symbolen bij waren die afkomstig waren uit haar Psy-Ops-lessen, en daar heeft ze niet echt ja of nee op geantwoord. Ze zei dat het een psychologische gemeenplaats was. Ze vond het niet leuk dat ik het vroeg.'

'Dus wat nu?'

Ik gaapte. Ik was moe. 'We gaan te werk zoals altijd. We weten

nog niet eens wie het slachtoffer is. Ik denk dat we daar morgen wel achter komen. Zeven uur beginnen, oké?'
'Oké,' zei ze en ze liep met de map naar de deur.
'Ik heb Rock Creek gebeld,' zei ik. 'En een medewerker gevraagd om een kopie van het bevel te zoeken waardoor ik uit Panama ben gehaald.'
'En?'
'Hij zei dat Garbers handtekening eronder stond.'
'Maar?'
'Dat kan niet. Garber heeft me op oudejaarsavond gebeld en was stomverbaasd dat ik daar zat.'
'Waarom zou die medewerker liegen?'
'Ik denk niet dat hij loog. Volgens mij is die handtekening vervalst.'
'Is dat mogelijk?'
'Het is de enige verklaring. Garber kon niet zijn vergeten dat hij me achtenveertig uur eerder had overgeplaatst.'
'Dus wat heeft dat allemaal te betekenen?'
'Ik heb geen idee. Iemand zit ergens een potje schaak te spelen. Mijn broer vindt dat ik erachter moet zien te komen wie me hier zo graag wil hebben dat ik uit Panama ben weggehaald en ben vervangen door een eikel. Dus dat heb ik geprobeerd. En nu denk ik dat we dezelfde vraag over Garber moeten stellen. Wie wilde hem zo graag uit Rock Creek weg hebben om hém door een eikel te vervangen?'
'Maar Korea moet toch een echte promotie op grond van verdienste zijn?'
Ik knikte.
'Garber verdient het, dat is zeker,' zei ik. 'Het is alleen te vroeg. Het is een generaalsbaan. Defensie moet zo'n benoeming in de senaat brengen. Dat gebeurt in de herfst, niet in januari. Dit was een paniekmanoeuvre, iets impulsiefs.'
'Maar dat zou een zinloos schaakspel zijn. Waarom u binnenhalen en hem wegbonjouren? De twee zetten heffen elkaar op.'
'Misschien zijn er twee mensen aan het schaken. Zoiets als touwtrekken. De goeie en de slechte. Eentje gewonnen, eentje verloren.'
'Maar de slechte had makkelijk beide kunnen winnen. Hij had u de laan uit kunnen sturen. Of naar de gevangenis. Hij heeft een burgerklacht achter de hand.'
Ik zei niets.

'Het klopt niet,' zei Summer. 'Wie aan uw kant speelt, is bereid Garber te laten gaan, maar machtig genoeg om u hier te houden, ondanks die burgerklacht. Machtig genoeg om Willard te laten weten dat hij niets tegen u kon ondernemen, ook al wilde die dat waarschijnlijk wel. Weet u wat dat betekent?'
'Ja,' zei ik.
Ze keek me recht aan.
'Het betekent dat ze u belangrijker vinden dan Garber,' zei ze. 'Garber is weg, maar u bent er nog.'
Daarna keek ze de andere kant op en deed er het zwijgen toe.
'Verlof om vrijuit te spreken, luitenant,' zei ik.
Ze keek me weer aan.
'U bent niet belangrijker dan Garber,' zei ze. 'Dat kan niet.'
Ik geeuwde weer.
'Daar zal ik niets tegen inbrengen,' zei ik. 'Niet tegen dat specifieke onderwerp. Dit gaat niet om een keuze tussen mij en Garber.'
Ze dacht even na. Toen knikte ze.
'Nee,' zei ze. 'Inderdaad. Dit is een keus tussen Fort Bird en Rock Creek. Fort Bird wordt als belangrijker gezien. Wat hier op de basis gebeurt, wordt gevoeliger gevonden dan wat er op het hoofdkwartier van de Special Forces gebeurt.'
'Mee eens,' zei ik. 'Maar wat gebeurt er hier precies?'

9

De eerste aarzelende stap om daar achter te komen zette ik de volgende morgen om één minuut over zeven in het mortuarium van Fort Bird. Ik had drie uur geslapen en niet ontbeten. Er zijn weinig vaste regels voor het onderzoek van een militair misdrijf. Maar een van die weinige regels is dat je geen autopsie bijwoont met een volle maag.

Dus in plaats van te ontbijten, las ik het rapport van de plaats delict. Het was een vrij dikke map, maar ik had er weinig aan. Er was een lijst bij van alle gevonden uniformonderdelen en die werden tot in de details beschreven. Er was een beschrijving van het lijk. Met tijden en temperaturen. De duizenden woorden werden geruggensteund door tientallen polaroidfoto's. Maar woorden noch foto's vertelden me wat ik wilde weten.

Ik stopte de map in mijn la en belde het kantoor van de commandant van de militaire politie om te vragen of er meldingen van ongeoorloofde afwezigheid waren. Misschien werd de dode soldaat al vermist en zouden we op die manier achter zijn identiteit kunnen komen. Maar er waren geen meldingen. Niets ongewoons. Iedereen op de basis leek op zijn post.

Ik liep de ochtendkou in.

Het mortuarium was tijdens de periode Eisenhower gebouwd en was nog steeds geschikt voor die functie. We hadden geen behoefte aan een hoge graad van technische verfijning. Dit was niet de burgermaatschappij. We wisten dat het slachtoffer van de vorige avond niet over een bananenschil was uitgegleden. Het kon me niet veel schelen welke specifieke verwonding hem het leven had gekost. Het enige dat ik wilde weten, was ongeveer het tijdstip van overlijden en wie hij was.

De hoofdingang gaf toegang tot een betegelde receptie met links, rechts en in het midden een deur. Links waren de kantoren. Rechts was de koude opslag. Ik ging rechtdoor waar messen kliefden, zagen gierden en water spoelde.

Midden in de zaal stonden twee roestvrijstalen tafels. Erboven brandden felle lampen en eronder liepen luidruchtige afvoerkanalen. Eromheen hingen kruideniersschalen aan kettingen, klaar om verwijderde organen te wegen, en stonden stalen karretjes op wielen met lege glazen potten om ze in te doen, en weer andere karretjes met rijen messen, zagen, scharen en tangen op groen canvas, klaar voor gebruik. De hele ruimte was betegeld met witte metrotegels, het was er koud en er hing een zoete geur van formaline.

De rechter tafel was schoon en leeg. Om de linker stond een aantal mensen. De patholoog-anatoom met een assistent en een medewerker die aantekeningen maakte. Summer keek van een afstandje toe. Ze waren ongeveer halverwege de sectie. Al het gereedschap werd gebruikt. Sommige potten waren vol. De afvoer maakte een luidruchtig gorgelend geluid. Tussen de medewerkers zag ik de benen van het lijk. Ze waren gewassen. Ze zagen er blauwwit uit in het licht van de lampen erboven. Alle vuiligheid en bloed waren weg. Ik ging naast Summer staan en wierp een blik. De dode soldaat lag op zijn rug. Ze hadden zijn schedel gelicht. Ze hadden een snee om zijn voorhoofd gemaakt en de huid omlaag gepeld. Die lag daar binnenstebuiten als een deken die van het bed was getrokken. De lap reikte tot zijn kin. De jukbeenderen en ogen waren onbedekt. De patholoog ontleedde de hersens en was naar iets op zoek. Hij had zijn zaag gebruikt voor het schedeldak en het eraf gewipt als een deksel.

'We hebben vingerafdrukken,' zei hij. 'En?' vroeg ik.

'Ik heb ze gefaxt,' zei Summer. 'Vandaag weten we meer.'

'Doodsoorzaak?'

'Verwonding met een stomp voorwerp,' zei de dokter. 'Op het achterhoofd. Drie zware klappen, met iets als een bandenlichter, zou ik zeggen. Al die dramatische dingen zijn na het overlijden toegebracht. Alleen maar decor.'

'Nog defensieve wonden?'

'Niets,' zei de dokter. 'Dit was een verrassingsaanval. Plotseling. Er is geen gevecht geweest, geen worsteling.'

'Hoeveel belagers?'

'Ik ben geen helderziende. De fatale klappen zijn waarschijnlijk allemaal door een en dezelfde persoon toegediend. Ik weet niet of er anderen hebben toegekeken.'

'Wat gok je?'

'Ik ben een wetenschapper, geen gokker.'

'Slechts één belager,' zei Summer. 'Gewoon een gevoel.'

Ik knikte.

'Tijdstip van overlijden?'
'Moeilijk met zekerheid te zeggen,' zei de arts. 'Waarschijnlijk gisteravond tussen negen en tien uur. Maar pin me er niet op vast.'
Ik knikte weer. Negen à tien uur was wel logisch. Een flinke poos na het invallen van de duisternis en een paar uur voordat men redelijkerwijs kon aannemen dat het lijk zou worden ontdekt. Voldoende tijd voor de dader om de man daarheen te lokken en vervolgens heel ergens anders te zijn toen het alarm ging.
'Is hij ter plaatse vermoord?' vroeg ik.
De patholoog knikte.
'Of vlakbij,' zei hij. 'Er zijn geen medische aanwijzingen die op iets anders wijzen.'
'Oké,' zei ik en ik keek om me heen. De gebroken tak lag op een karretje. Ernaast stond een pot met een penis en twee testikels erin.
'In zijn mond?' vroeg ik.
De patholoog knikte weer. Zei niets.
'Wat voor mes?'
'Waarschijnlijk een K-bar,' zei hij.
'Geweldig,' zei ik. Er waren de laatste vijftig jaar tientallen miljoenen K-bars gemaakt. Ze kwamen evenveel voor als medailles voor goed gedrag.
'Het is door een rechtshandige persoon gehanteerd,' zei de dokter.
'En de bandenlichter?'
'Ook.'
'Oké,' zei ik.
'De vloeistof was yoghurt,' zei de arts.
'Aardbeien of frambozen?'
'Ik heb niet geproefd.'
Naast de potten met organen lag een stapeltje polaroids. Ze waren allemaal van de plek van de fatale wond. De eerste was van de wond zoals hij was ontdekt. Het haar van de man was vrij lang en smerig en aangekoekt door het bloed, en ik zag weinig bijzonderheden. De tweede was gemaakt toen het bloed en vuil waren weggespoeld. De derde was toen het haar om de wond was weggeknipt met een schaar. De vierde toen het haar helemaal was afgeschoren met een scheermes.
'En een koevoet?' vroeg ik.
'Kan,' zei de dokter. 'Misschien nog eerder dan een bandenlich-

ter. Ik heb in elk geval een gipsafdruk gemaakt. Als je me het moordwapen bezorgt, kan ik ja of nee zeggen.'
Ik kwam wat dichterbij om beter te kunnen kijken. Het lijk was erg schoon. Het was grijs, wit en roze. Het rook licht naar zeep, maar ook naar bloed en andere machtige, organische geuren. Het kruis was een zootje. Als een slagerij. De messneden op armen en schouders waren diep en duidelijk. Ik zag spierweefsel en bot. De randen van de wonden waren blauw van de kou. Het lemmet was dwars door een tatoeage op de linkerbovenarm gegaan. Een adelaar die een rol met *Mother* vasthield. In het algemeen was het geen opwekkende aanblik. Maar hij zag er beter uit dan ik had gevreesd.
'Ik dacht dat er veel meer zwellingen en blauwe plekken zouden zijn,' zei ik.
'Ik heb je gezegd dat al het drama zich na zijn overlijden heeft afgespeeld. Geen hartslag, geen bloeddruk, geen bloedsomloop en daarom geen zwellingen of kneuzingen. Ook niet zoveel bloedverlies. Het is er gewoon door de zwaartekracht uitgelekt. Als hij had geleefd toen hij die messteken kreeg, had hij gebloed als een rund.'
Hij wendde zich weer naar de tafel om zijn werk in de hersenpan af te maken en daarna zette hij de deksel van bot weer op zijn plaats. Hij tikte er twee keer op om hem goed af te laten sluiten en wiste de lekkende naad af met een spons. Daarna trok hij het gezicht van de man weer op zijn plek. Porde en duwde en streek met zijn vingers, en toen hij zijn handen weghaalde, zag ik de sergeant van de Special Forces met wie ik in de stripclub had gesproken, met nietsziende ogen naar de felle lichten boven hem staren.

Ik nam de Humvee en reed langs de Psy-Ops-school van Andrea Norton naar het onderkomen van de Delta Force. Het was min of meer een zelfstandige eenheid in wat ooit een gevangenis was geweest, voordat het leger al zijn uitschot verzamelde in Fort Leavenworth in Kansas. Het oude prikkeldraad en de muren kwamen nu ook goed van pas. Er stond een kolossale hangar uit de Tweede Wereldoorlog naast. Hij zag eruit alsof hij afkomstig was van de een of andere gesloten basis, en hier weer in elkaar was gezet om hun rekken met voorraden, hun vrachtwagens, hun dubbel gepantserde Humvees en misschien zelfs een paar rappe snelle-reactie-helikopters te huisvesten.

De wacht bij de poort liet me binnen en ik ging rechtstreeks naar het kantoor van de administratief bevelhebber. Halfacht 's morgens, er brandde volop licht in het kantoor en het was bemand, wat me al het een en ander zei. De bevelhebber zat aan zijn bureau. Hij was kapitein. In de omgekeerde wereld van de Delta Force zijn de sergeants de sterren en de officieren blijven thuis om het huishouden te doen.
'Mist u iemand?' vroeg ik.
Hij keek weg, wat me ook iets zei.
'Ik neem aan dat u dat weet,' zei hij. 'Wat doet u anders hier?'
'Hebt u een naam voor me?'
'Een naam? Ik dacht dat u hem voor iets had gearresteerd.'
'Dit heeft niets met een arrestatie te maken,' zei ik.
'Waarmee dan?'
'Wordt die jongen vaak gearresteerd?'
'Nee. Hij is een prima soldaat.'
'Hoe heet hij?'
De kapitein gaf geen antwoord. Bukte zich om een la open te trekken en er een dossier uit te halen. Gaf het aan mij. Zoals alle dossiers van de Delta Force die ik ooit onder ogen had gehad, was het zwaar geredigeerd voor publieke consumptie. Er zaten maar twee velletjes in. Het eerste was een identiteitsdocument met naam, rang en nummer, en een summier loopbaanoverzicht van iemand die Christopher Carbone heette. Hij was een ongetrouwde veteraan met een staat van dienst van zestien jaar. Hij had vier jaar bij een infanteriedivisie gezeten, vier jaar bij een luchtmobiele brigade, vier jaar in een compagnie Rangers en vier jaar bij Detachement D van de Delta Force. Hij was vijf jaar ouder dan ik en sergeant eersteklas. Er waren geen spectaculaire bijzonderheden; prijzen of onderscheidingen werden niet vermeld. Op het tweede vel stonden tien vlekkerige vingerafdrukken en een kleurenfoto van de man met wie ik in de bar had gesproken en die ik net op de snijtafel in het mortuarium had gezien.
'Waar is hij?' vroeg de kapitein. 'Wat is er gebeurd?'
'Iemand heeft hem vermoord,' zei ik.
'Wat?'
'Vermoord,' zei ik.
'Wanneer?'
'Gisteravond. Tussen negen en tien uur.'
'Waar?'
'Aan de rand van het bos.'

'Welk bos?'
'Ons bos. Hier op de basis.'
'Jezus christus. Waarom?'
Ik deed de paperassen weer in de map en stak hem onder mijn arm.
'Dat weet ik niet,' zei ik. 'Nog niet althans.'
'Jezus christus,' herhaalde hij. 'Wie heeft het gedaan?'
'Dat weet ik niet,' zei ik. 'Nog niet, althans.'
'Jezus christus,' zei de man voor de derde keer.
'Naaste familie?'
De kapitein dacht even na. Zuchtte.
'Ik geloof dat hij ergens een moeder heeft,' zei hij. 'Ik zal het u laten weten.'
'Dat hoeft niet,' zei ik. 'Want u gaat haar bellen.'
Hij zei niets.
'Had Carbone hier vijanden?' vroeg ik.
'Niet dat ik weet.'
'Wrijvingspunten?'
'Zoals?'
'Zoals over zijn levenswijze?'
Hij keek me aan. 'Waar wilt u heen?'
'Was hij homoseksueel?'
'Wat? Natuurlijk niet.'
Ik zei niets.
'Wilt u zeggen dat Carbone een flikker was?' fluisterde de kapitein.
Ik haalde me Carbone voor de geest, op twee meter van de catwalk in de stripclub, twee meter van de vrouw die daar op haar ellebogen en knieën rondkroop met haar kont in de lucht en haar tepels over de vloer. Hij had een fles bier met een lange hals in zijn hand en een brede grijns op zijn gezicht. Het leek me een rare manier voor een homoseksueel om zijn vrije tijd door te brengen. Maar vervolgens moest ik denken aan de onthechte blik in zijn ogen en het gegeneerde gebaar waarmee hij de hoer met het bruine haar had weggewuifd.
'Ik weet niet wat Carbone was,' zei ik.
'Hou dan je kop, verdomme,' zei zijn kapitein. 'Majoor.'

Ik nam Carbones dossier mee terug naar het mortuarium, haalde Summer op en ging met haar ontbijten in de officiersclub. Ik at gebakken eieren met spek en geroosterd brood. Summer nam

een bord havermout met fruit en nam het dossier door. Ik dronk koffie, Summer thee.
'De patholoog denkt dat het homohaat is,' zei ze. 'Hij vindt het nogal voor de hand liggen.'
'Hij zit ernaast.'
'Carbone is niet getrouwd.'
'Ik ook niet,' zei ik. 'En jij evenmin. Dus jij bent lesbisch?'
'Nee.'
'Nou, daar ga je al.'
'Maar misleiding moet toch ergens op zijn gebaseerd, nietwaar? Ik bedoel, als ze bijvoorbeeld wisten dat hij een gokker was, hadden ze misschien schuldbekentenissen in zijn mond gepropt, of met speelkaarten gestrooid. Dan hadden we kunnen denken dat het iets met gokschulden te maken had. Begrijpt u wat ik bedoel? Het werkt gewoon niet als het niet ergens op gebaseerd is. Iets wat in vijf minuten weerlegd kan worden is dom, niet sluw.'
'Het is jouw idee.'
'Hij was homo, iemand wist het, maar het was niet de reden.'
Ik knikte.
'Het was niet het motief,' zei ik. 'Laten we ervan uitgaan dat hij homo was. Hij heeft zestien jaar gediend. Hij heeft het merendeel van de jaren zeventig en de jaren tachtig zonder kleerscheuren overleefd. Waarom zou het dan nu gebeuren? De tijden veranderen, worden beter, hij wordt beter in het verbergen ervan, door met zijn maten naar stripclubs te gaan. Er is geen reden waarom het nu plotseling wel moet gebeuren. Dan zou het al eerder zijn gebeurd. Vier, acht, twaalf of zestien jaar geleden. Als hij werd overgeplaatst en nieuwe mensen leerde kennen.'
'Waarom dan?'
'Geen idee.'
'Hoe dan ook, het kan iets gênants zijn. Net als Kramer en zijn motel.'
Ik knikte weer. 'Bird schijnt een heel gênante plek te zijn.'
'Denkt u dat u daarom hier zit? Vanwege Carbone?'
'Het kan. Hangt ervan af wat hij vertegenwoordigt.'

Ik vroeg Summer om alle nodige notities en rapporten in te dienen en op te sturen, en ging terug naar mijn kantoor. Het nieuws had zich als een lopend vuurtje verspreid. Er zaten drie sergeants van de Delta Force op me te wachten. Ze wilden informatie. Het waren typische Special Forces-lui. Klein, mager, pezig, ietwat onverzorgd, bikkelhard. Twee van hen waren ouder dan nummer drie. De jongste had een baard. Hij was bruin, alsof hij net uit een warm klimaat was teruggekeerd. Ze liepen te ijsberen voor mijn kantoor. Mijn sergeant met de baby was bij hen. Waarschijnlijk had ze een tussendienst. Ze keek naar hen alsof ze afwisselend hadden geijsbeerd en geprobeerd haar te versieren. Vergeleken met hen zag ze er beschaafd uit. Bijna aristocratisch. Ik liet ze in mijn kantoor, deed de deur dicht, ging achter mijn bureau zitten en liet hen ervoor staan.

'Is het waar, van Carbone?' vroeg een van de twee oudsten.

'Hij is vermoord,' zei ik. 'Ik weet niet door wie of waarom.'

'Wanneer?'

'Gisteravond, tussen negen en tien.'

'Waar?'

'Hier.'

'Dit is een gesloten basis.'

Ik knikte. 'De dader was niet van buiten.'

'We hebben gehoord dat hij lelijk te grazen is genomen.'

'Nogal.'

'Wanneer weet u wie het heeft gedaan?'

'Gauw, hoop ik.'

'Hebt u aanwijzingen?'

'Niets specifieks.'

'Als u het weet, horen wij het dan?'

'Willen jullie dat?'

'Zeker weten.'

'Waarom?'

'Dat weet u best,' zei de man.

Ik knikte. Homo of niet, Carbone was lid van de meest gevreesde bende ter wereld. Zijn maten sprongen voor hem op de bres. Heel even voelde ik iets van afgunst. Als ze mij op een avond een kopje kleiner zouden maken in het bos, betwijfel ik of drie harde jongens om acht uur 's morgens popelend van ongeduld naar iemands kantoor zouden stappen, klaar om wraak te nemen. Ik wierp nog eens een blik op het drietal en dacht: *De dader kan weleens zwaar in de stront zitten. Ik hoef alleen maar een naam te laten vallen.*

'Ik moet jullie een paar vragen voor het onderzoek stellen,' zei ik. Ik vroeg de gewone dingen. Had Carbone vijanden? Was er ruzie geweest? Waren er bedreigingen geuit? Was er gevochten? De drie mannen schudden hun hoofd en op elke vraag was het antwoord nee.

'Nog iets?' vroeg ik. 'Iets waardoor hij risico liep?'
'Zoals?' vroeg een van de oudste twee zacht.
'Zoals wat dan ook,' zei ik. Verder wilde ik niet gaan.
'Nee,' zeiden ze als uit één mond.
'Hebben jullie een theorie?'
'Kijk eens naar de Rangers,' zei de jongste. 'Zoek iemand die gezakt is voor de Delta-training en nog steeds denkt dat hij iets waar te maken heeft.'
Daarna gingen ze weg en ik bleef op die laatste opmerking kauwen. Een Ranger die iets moest waarmaken? Ik betwijfelde het. Niet waarschijnlijk. Delta-sergeants gaan het bos niet in met iemand die ze niet kennen om vervolgens een klap op het achterhoofd te krijgen. Ze krijgen een lange, harde training om zulke eventualiteiten hoogst onwaarschijnlijk te maken; uitgesloten zelfs. Als een Ranger ruzie met Carbone had gezocht, zou de Ranger aan de voet van die boom zijn gevonden. Als er twee Rangers met hem mee waren gegaan, hadden we twee dode Rangers gevonden. Of dan hadden we op z'n minst talrijke defensieve verwondingen op Carbone zelf aangetroffen. Hij zou zich niet zomaar gewonnen hebben gegeven.
Dus hij was het bos ingegaan met iemand die hij kende en vertrouwde. Ik stelde me hem voor: op zijn gemak, keuvelend misschien, misschien met een glimlach zoals in die club in de stad. Misschien was hij wel voorgegaan, nietsvermoedend, met zijn rug naar zijn belager. Daarna stelde ik me voor dat er een bandenlichter of een koevoet onder een jas vandaan werd gehaald, de uithaal en de krakende klap. En nog een. En nog een. Het had drie stevige dreunen gekost om hem plat te krijgen. Drie onverwachte klappen. En een jongen als Carbone verras je niet gauw.
Mijn telefoon ging. Ik nam op. Het was kolonel Willard, de eikel in Garbers kantoor in Rock Creek.
'Waar zit je?' vroeg hij.
'In mijn kantoor,' zei ik. 'Hoe kan ik anders mijn telefoon opnemen?'
'Blijf daar,' zei hij. 'Nergens heen gaan, niets doen, niemand bellen. Dat zijn directe bevelen van mij. Gewoon rustig zitten wachten.'
'Waarop?'
'Ik kom eraan.'
Hij verbrak de verbinding. Ik hing op.

Ik bleef op mijn plek. Ik ging nergens heen, ik belde niemand. Mijn sergeant bracht een kop koffie. Die pakte ik aan. Willard had me geen opdracht gegeven om van dorst om te komen.
Een uur later hoorde ik een stem in het voorkantoor en de jongste Delta-sergeant kwam binnen. Hij was alleen. De man met de gebruinde huid en de baard. Ik zei dat hij plaats moest nemen en dacht na over mijn bevelen. Nergens heen gaan, niets doen, niemand bellen. Waarschijnlijk zou praten met deze man neerkomen op iets doen, wat tegen het bevel *niets doen* zou ingaan. Maar aan de andere kant was ademhalen technisch gesproken iets doen. Stofwisselen ook. Mijn haar groeide, mijn baard groeide, alle twintig nagels groeiden, ik verloor gewicht. Het was uitgesloten om niets te doen. Dus besloot ik dat dit onderdeel van de bevelen puur theoretisch was.
'Kan ik iets voor je doen, sergeant?' vroeg ik.
'Ik denk dat Carbone homo was,' zei de sergeant.
'Je dénkt het?'
'Oké, ik weet het.'
'Wie weten het nog meer?'
'Wij allemaal.'
'En?'
'Dat was het. Ik vond dat u het moest weten, anders niet.'
'Denk je dat het van belang is voor het onderzoek?'
Hij schudde zijn hoofd. 'Wij hadden er geen moeite mee. En wie hem heeft vermoord, was niet een van ons. Het was niet iemand van de eenheid. Dat kan niet. Wij doen zulke dingen niet. Buiten de eenheid wist geen mens ervan. Daarom is het niet van belang.'
'Waarom zeg je het dan?'
'Omdat u er vroeg of laat toch achter zou komen. Ik wilde u daarop voorbereiden. Ik wilde niet dat het een verrassing zou zijn.'
'Omdat?'
'Dan hoeft u het misschien niet aan de grote klok te hangen. Omdat het toch niet van belang is.'
Ik zei niets.
'Het zou een smet op zijn nagedachtenis zijn,' zei de sergeant. 'En dat is verkeerd. Hij was een aardige vent en een goede soldaat. Homoseksualiteit zou geen misdaad mogen zijn.'
'Mee eens,' zei ik.
'Het leger moet veranderen.'
'Het leger heeft de pest aan verandering.'
'Ze zeggen dat het de samenhang van de eenheid verstoort,' zei

hij. 'Ze moesten onze ploeg eens zien werken. Met Carbone erbij.'
'Ik kan het niet onder m'n pet houden,' zei ik. 'Als het kon, zou ik het misschien doen. Maar zoals de plaats delict eruitzag, zal iedereen de boodschap toch wel krijgen.'
'Wat? Was het een zedenmisdrijf? Dat hebt u daarnet niet gezegd.'
'Ik probeerde het voor me te houden,' zei ik.
'Maar niemand wist ervan. Niet buiten de eenheid.'
'Iemand moet het geweten hebben,' zei ik. 'Of anders zit de dader in jouw eenheid.'
'Dat is uitgesloten. Geen sprake van.'
'Het een of het ander,' zei ik. 'Had hij een vriendje buiten de eenheid?'
'Nee, nooit.'
'Dus hij is zestien jaar celibatair geweest?'
De man dacht even na.
'Waarschijnlijk weet ik het niet zeker,' zei hij.
'Iemand wist het,' zei ik. 'Maar in feite denk ik dat het geen rol heeft gespeeld. Volgens mij heeft iemand alleen geprobeerd de indruk te wekken dat het wel een rol speelde. Misschien kunnen we dat op z'n minst duidelijk maken.'
De sergeant schudde zijn hoofd. 'Het zal het enige zijn dat de mensen zich van hem zullen herinneren.'
'Het spijt me,' zei ik.
'Ik ben geen homo,' zei hij.
'Dat maakt mij niets uit.'
'Ik heb vrouw en kinderen.'
Na die informatie verliet hij me en ging ik de bevelen van kolonel Willard weer opvolgen.

Ik bracht de tijd door met nadenken. Op de plaats delict was geen wapen gevonden. Geen kledingvezels die aan de struiken waren blijven hangen, geen voetstappen, geen huid van de belager onder Carbones nagels. Dat was allemaal makkelijk te verklaren. De belager had het wapen meegenomen. Waarschijnlijk was hij in gevechtstenue geweest, dat volgens nauwgezette specificaties van Defensie wordt vervaardigd, juist om te voorkomen dat de stof het begeeft en er overal vezels achterblijven. Textielfabrieken door het hele land moeten aan de strengste kwaliteitseisen voldoen, voor wat betreft de slijtvastheid van de keperstof en popeline. De grond was hard bevroren, dus geen voetafdrukken. North Carolina had waarschijnlijk een maand lang betrouwbare vorst, en daar zaten we middenin. Bovendien was het een verrassingsaanval geweest. Carbone had niet de tijd gekregen om zich om te draaien en zijn belager te slaan of te schoppen.

Dus we zaten zonder materiële informatie. Maar er waren wel een paar voordelen. We hadden een vast aantal potentiële verdachten. Het was een gesloten basis en het leger is vrij goed in het vastleggen waar iedereen zich op elk willekeurig tijdstip bevindt. We konden beginnen met meters uitdraai en alle namen op eenvoudige digitale basis door te nemen op mogelijk of niet mogelijk. Daarna konden we alle potentiële kandidaten bij elkaar leggen en aan de slag gaan met de heilige drie-eenheid waarmee alle rechercheurs over de hele wereld werken: middelen, motief en gelegenheid. Middelen en gelegenheid zouden niet veel gewicht in de schaal leggen. Per definitie zou niemand op de kandidatenlijst komen, tenzij vaststond dat ze in de gelegenheid waren geweest. En iedereen in het leger was lichamelijk in staat om met een bandenlichter of een koevoet uit te halen naar het achterhoofd van een nietsvermoedend slachtoffer. Het was waarschijnlijk een grof equivalent van de meest fundamentele toelatingsvoorwaarde.

Dus zou het motief van doorslaggevend belang zijn, en daar was het voor mij ook begonnen. Wat zat erachter?

Ik bleef nog een uur zitten. Ging nergens heen, deed niets, belde niemand. Mijn sergeant bracht me nog een kop koffie. Ik zei dat ze luitenant Summer moest bellen om te vragen of ze even langskwam.

Summer verscheen vijf minuten later. Ik had haar een heleboel te vertellen, maar ze was alles voor. Ze had een lijst van al het personeel van de basis besteld, plus een kopie van de poortlog, zodat we namen konden toevoegen en schrappen als dat zo uitkwam. Ze had ervoor gezorgd dat Carbones kamer hangende het onderzoek was verzegeld. Ze had een gesprek met zijn commandant geregeld om een beter zicht te krijgen op zijn persoonlijke en professionele leven.

'Uitstekend,' zei ik.

'Wat is er met Willard?' vroeg ze.

'Waarschijnlijk een competitie ver pissen,' zei ik. 'Met zo'n be-

langrijke zaak wil hij komen om zelf leiding te geven. Om me eraan te herinneren wat me boven het hoofd hangt.'
Maar ik vergiste me.

Willard verscheen uiteindelijk na in totaal precies vier uur. Ik hoorde zijn stem in het voorkantoor. Ik wist vrij zeker dat mijn sergeant hem geen koffie aanbood. Zo'n goed instinct had ze wel. Mijn deur ging open en hij kwam binnen. Hij keek me niet aan. Hij deed de deur achter zich dicht, draaide zich om en ging op de stoel voor het bezoek zitten. Begon onmiddellijk te verzitten. Hij ging er hard tegenaan en plukte aan de knieën van zijn broek alsof de stof op zijn huid brandde.

'Gisteren,' zei hij. 'Ik wil een volledig overzicht van je gangen. Ik wil het uit je eigen mond horen.'

'Bent u gekomen om míj vragen te stellen?'

'Ja,' zei hij.

'Tot twee uur zat ik in het vliegtuig,' zei ik. 'Tot vijf uur zat ik bij u.'

'En daarna?'

'Ik was hier om elf uur.'

'Zes uur? Ik heb het in vier uur gedaan.'

'U hebt waarschijnlijk gereden. Ik heb twee bussen genomen en een stuk gelift.'

'En toen?'

'Heb ik mijn broer aan de telefoon gehad,' zei ik.

'Ik kan me je broer nog herinneren,' zei Willard. 'Hij was een collega van me.'

Ik knikte. 'Dat vertelde hij.'

'En daarna?'

'Daarna heb ik met luitenant Summer gesproken,' zei ik. 'Voor de gezelligheid.'

'En toen?'

'Toen werd Carbones lijk ontdekt, omstreeks middernacht.'

Hij knikte, trok, ging verzitten en leek slecht op zijn gemak.

'Heb je je buskaartjes bewaard?' vroeg hij.

'Ik betwijfel het,' zei ik.

Hij glimlachte. 'Weet je nog van wie je een lift hebt gekregen naar de basis?'

'Ik betwijfel het. Hoezo?'

'Omdat ik het misschien moet weten. Om te bewijzen dat ik me niet vergis.'

Ik zei niets.
'Je hebt fouten gemaakt,' zei hij.
'O, ja?'
Hij knikte. 'Ik weet nog niet precies of je een idioot bent of dat je dit met opzet doet.'
'Wat doet?'
'Probéér je het leger voor schut te zetten?'
'Wat?'
'Wat is het grote plaatje hier, majoor?'
'Zegt u het maar, kolonel.'
'De Koude Oorlog loopt op zijn eind. Daarom staan er grote veranderingen voor de deur. De status-quo kun je wel vergeten. Daarom moet ieder onderdeel van de strijdkrachten z'n borst natmaken om te gaan snijden. En zal ik je eens wat zeggen?'
'Nou?'
'Het leger is altijd de pineut. De luchtmacht heeft al die blitse vliegtuigen. De marine heeft onderzeeërs en vliegdekschepen. De mariniers zijn hoe dan ook onschendbaar. En wij zitten onderaan in de bagger. Letterlijk. Onderop. Het leger is saai, Reacher. Zo worden we in Washington bekeken.'
'Dus?'
'Die Carbone was een nicht. Hij was goddomme een endeldarmtoerist. Een elite-eenheid met viespeuken? Denk je dat het leger erop zit te wachten dat zoiets bekend wordt? In deze tijd? Je had het moeten boekstaven als een oefeningsongeluk.'
'Dat zou niet waar zijn geweest.'
'Wat maakt dat nou uit?'
'Hij is niet vermoord vanwege zijn geaardheid.'
'Natuurlijk wel.'
'Ik doe dit werk voor de kost,' zei ik. 'En ik bestrijd dat.'
Hij keek me nijdig aan. Zweeg een poosje.
'Oké,' zei hij. 'Daar komen we straks op terug. Wie heeft het lijk nog meer gezien?'
'Mijn mensen,' zei ik. 'En een kolonel van Psy-Ops van wie ik een mening wilde. En de patholoog.'
Hij knikte. 'Jij zorgt voor jouw mensen. Ik zal het tegen Psy-Ops en de dokter zeggen.'
'Wat?'
'Dat we dit als een ongeluk behandelen. Dat begrijpen ze wel. Wat niet weet, wat niet deert. Geen onderzoek.'
'Dat meent u niet.'

'Dacht je dat het leger dit van de daken wil schreeuwen? Nu? Dat Delta vier jaar lang een illegaal heeft gehad? Ben je soms niet goed bij je hoofd?'
'De sergeants willen een onderzoek.'
'Ik weet vrij zeker dat hun commandant dat niet wil. Geloof me maar. Daar kun je donder op zeggen.'
'U zult me een rechtstreeks bevel moeten geven,' zei ik. 'In woorden van één lettergreep.'
'Nou moet je eens goed luisteren,' zei hij. 'Geen onderzoek naar die flikker. Je schrijft een situatierapport waaruit blijkt dat er een ongeluk is gebeurd tijdens een oefening. Een nachtelijke manoeuvre, een hardloopoefening, maakt niet uit. Hij is gestruikeld, gevallen en op zijn hoofd terechtgekomen. Zaak gesloten. Dat is een rechtstreeks bevel.'
'Ik wil het op schrift,' zei ik.
'Word eens volwassen.'

We bleven een moment zwijgen en elkaar nijdig aankijken. Ik zat stil. Willard wiebelde en plukte. Buiten zijn gezichtsveld balde ik mijn vuist. Ik stelde me voor dat ik hem een rechtse dreun midden op zijn borstkas zou geven. Ik had het gevoel dat ik zijn slappe hart met één klap stil kon zetten. In het proces-verbaal kon ik het een trainingsongeval noemen. Ik kon zeggen dat hij oefende in zitten en opstaan, dat hij was uitgegleden en met zijn plexus solaris op de punt van het bureau terecht was gekomen.
'Wat was het tijdstip van overlijden?'
'Gisteravond tussen negen en tien,' zei ik.
'En je was tot elf uur buiten de basis?'
'Dat heb ik al gezegd.'
'Kun je dat aantonen?'
Ik dacht aan de wacht in hun hokje. Die hadden me ingelogd.
'Moet dat?'
Hij zweeg weer. Leunde naar links.
'Volgende punt,' zei hij. 'Jij beweert dat die reetkees niet is vermoord omdat hij een reetkees is. Wat voor bewijs heb je daarvoor?'
'De verwondingen waren overdreven,' zei ik.
'Om het werkelijke motief te verhullen?'
Ik knikte. 'Dat is mijn mening.'
'Wat was het werkelijke motief?'
'Dat weet ik niet. Dat zou een onderzoek vergen.'

'Laten we eens speculeren,' zei Willard. 'Laten we eens aannemen dat de hypothetische dader baat zou hebben gehad bij de moord. Vertel maar eens hoe.'
'Op de gewone manier,' zei ik. 'Door iets te voorkomen wat sergeant Carbone in de toekomst kon gaan doen. Om een misdrijf onder te schoffelen waaraan sergeant Carbone medeplichtig was, of waarvan hij op de hoogte was.'
'Met andere woorden, door hem het zwijgen op te leggen.'
'Om ergens een punt achter te zetten,' zei ik. 'Dat zou mijn gok zijn.'
'En jij doet dit werk voor de kost.'
'Jawel,' zei ik.
'Hoe zou je die persoon hebben gelokaliseerd?'
'Door een onderzoek uit te voeren.'
Willard knikte. 'En als je die persoon had gevonden, hypothetisch gesproken, aangenomen dat je daartoe in staat bent, wat zou je dan hebben gedaan?'
'Dan zou ik hem vastgezet hebben,' zei ik. Voor zijn eigen veiligheid, dacht ik. Ik stelde me Carbones maten voor, gespannen ijsberend, klaar om toe te slaan.
'En zou je verdachtenlijst zich hebben beperkt tot diegenen die op dat moment op de basis waren?'
Ik knikte. Luitenant Summer worstelde waarschijnlijk op dat moment met stapels uitdraaien.
'Geverifieerd door presentielijsten en poortlogs,' zei ik.
'Feiten,' zei Willard. 'Ik had verwacht dat die erg belangrijk zouden zijn voor iemand die dit voor de kost doet. Deze basis beslaat zo'n veertigduizend hectare. Hij is voor het laatst in 1943 omheind. Dat zijn feiten. Die heb ik met heel weinig moeite ontdekt en dat had jij ook moeten doen. Is het niet bij je opgekomen dat niet iedereen via de hoofdingang binnen hoeft te komen? Is het niet bij je opgekomen dat iemand die als afwezig geregistreerd staat door de omheining geglipt kan zijn?'
'Onwaarschijnlijk,' zei ik. 'Dat zou hem een wandeling door het aardedonker van ruim vijf kilometer hebben gekost, en we voeren de hele nacht willekeurige gemotoriseerde patrouilles uit.'
'Die patrouilles zouden een geoefend iemand gemist kunnen hebben.'
'Onwaarschijnlijk,' herhaalde ik. 'En hoe zou hij sergeant Carbone hebben ontmoet?'
'Op een van tevoren afgesproken lokatie.'

'Het was geen lokatie,' zei ik. 'Het was gewoon een plek in de buurt van het pad.'
'Met kaartcoördinaten, dan.'
'Onwaarschijnlijk,' zei ik voor de derde keer.
'Maar wel mogelijk?'
'Alles is mogelijk.'
'Dus iemand kon een afspraak met die flikker hebben gemaakt, hem vervolgens vermoord hebben, vervolgens weer door de omheining van de basis zijn gegaan om vervolgens naar de hoofdingang te lopen om zich in te loggen?'
'Alles is mogelijk,' zei ik weer.
'Met welk tijdsverloop hebben we hier te maken? Tussen de moord en het inloggen?'
'Ik zou het niet weten. Ik zou eerst de afstand moeten berekenen die hij heeft gelopen.'
'Misschien heeft hij wel gehold.'
'Kan.'
'In dat geval zou hij buiten adem zijn geweest toen hij door de poort ging.'
Ik zei niets.
'Doe eens een gok,' zei Willard. 'Hoeveel tijd?'
'Een uur of twee.'
Hij knikte. 'Dus als die poot om negen of tien uur vermoord is, had die moordenaar om elf uur kunnen inloggen?'
'Mogelijk,' zei ik.
'En het motief zou zijn geweest ergens een punt achter te zetten.'
Ik knikte zwijgend.
'En jij hebt zes uur over een reis van vier uur gedaan, zodat je een gat van twee uur overhoudt, waarvoor je de vage verklaring hebt dat je een trage manier van vervoer hebt gekozen.'
Ik zei niets.
'En je hebt net beaamd dat een gat van twee uur ruim voldoende was om de daad te plegen. In het bijzonder de twee uur tussen negen en elf uur, die toevallig dezelfde twee uur zijn die jij niet kunt verklaren.'
Ik zei niets. Hij glimlachte.
'En je bent buiten adem bij de poort aangekomen,' zei hij. 'Dat heb ik nagevraagd.'
Ik gaf geen antwoord.
'Maar wat zou je motief zijn?' zei hij. 'Ik neem aan dat je Carbone niet zo goed kende. Ik ga ervan uit dat je je niet in dezelf-

de vriendenkring bewoog als hij. Althans dat hoop ik oprecht.'
'U verdoet uw tijd,' zei ik. 'En u maakt een grote vergissing. Omdat u mij niet echt tot vijand wilt maken.'
'O, nee?'
'Nee,' zei ik. 'Echt niet.'
'Waar zou jij een punt achter willen zetten?' vroeg hij.
Ik zweeg.
'Hier heb je een interessant feit,' zei Willard. 'Sergeant eersteklas Christopher Carbone was de soldaat die de klacht tegen jou heeft ingediend.'

Hij bewees het door een kopie van de klacht uit zijn zak te halen en open te vouwen. Hij streek hem glad en schoof hem over mijn bureau. Bovenaan stond een referentienummer plus datum en tijd. De datum was 2 januari, de plaats was het kantoor van het hoofd van de militaire politie van Fort Bird, en het tijdstip was 08.45 uur. Daarna volgde er een beëdigde verklaring van twee alinea's. Mijn ogen dwaalden over een paar stijve, officiële zinnen. *Ik heb persoonlijk waargenomen hoe een dienstdoende majoor van de militaire politie genaamd Reacher de eerstgenoemde burger trof met een trappende beweging tegen de rechterknie. Onmiddellijk daarna trof majoor Reacher de tweede burger met zijn voorhoofd in het gezicht. Naar mijn beste weten waren beide aanvallen niet uitgelokt. Ik zag geen element van zelfverdediging.* Daarna volgde een handtekening waaronder Carbones naam en nummer waren getypt. Ik keek naar de trage stille wandklok en haalde me voor de geest hoe Carbone uit de stripclub glipte en het parkeerterrein op kwam, me even aankeek en vervolgens verdween in een groepje manschappen dat tegen auto's geleund stond en flesjes bier dronk. Daarna keek ik weer voor me, trok een la open en stopte het document erin.
'De Delta Force zorgt goed voor zijn eigen mensen,' zei Willard. 'Dat weet iedereen. Waarschijnlijk hoort het bij de geheimzinnige uitstraling. Dus wat gaan die lui nu doen? Een van hun eigen mensen is doodgeslagen nadat hij een klacht heeft ingediend tegen een eigenwijze MP-majoor, en de eigenwijze MP-majoor in kwestie wil zijn loopbaan redden, en kan niet echt de tijd van de avond waarop het misdrijf gebeurde verantwoorden.'
Ik zei niets.
'Het kantoor van de Delta-commandant krijgt ook een kopie,' zei Willard. 'Standaardprocedure bij disciplinaire klachten. Ko-

pieën gaan overal naartoe. Dus het nieuwtje zal wel gauw de ronde doen. Dan gaan ze vragen stellen. Dus wat moet ik zeggen? Ik kan ze vertellen dat je absoluut geen verdachte bent. Of ik kan laten doorschemeren dat je wel degelijk een verdachte bent, maar dat er een bepaalde technische omstandigheid is waardoor ik niets tegen je kan ondernemen. Ik kan wel raden hoe hun gevoel van recht en onrecht daartegen in opstand zal komen.'
Ik zei niets.
'Het is de enige klacht die Carbone ooit heeft ingediend,' zei hij. 'In een loopbaan van zestien jaar. Dat heb ik ook nagetrokken. En dat lijkt me ook logisch. Zo'n gast moet z'n kop niet boven het maaiveld uitsteken. Maar de Delta als geheel zal dat feit niet veronachtzamen. Carbone steekt voor het eerst van zijn leven zijn nek uit, en ze zullen aannemen dat jullie twee iets met elkaar gehad hebben. Ze zullen denken dat het een wraakoefening was. Hun liefde voor jou zal niet toenemen.'
Ik zei niets.
'Dus wat moet ik doen?' vroeg Willard. 'Moet ik daarheen om toespelingen op een juridisch detail te maken? Of doen we een ruiltje? Ik zorg dat Delta jou niet lastig valt, en jij loopt in de pas?'
Ik zei niets.
'Ik denk niet echt dat je hem hebt vermoord,' zei hij. 'Zelfs jij zou niet zover gaan. Maar ik zou niet protesteren als je het wel had gedaan. Flikkers in het leger verdienen niet beter. Ze zijn hier onder valse voorwendsels. Je zou alleen de verkeerde reden hebben gekozen.'
'Het is een hol dreigement,' zei ik. 'U hebt me nooit gezegd dat hij de klacht had ingediend. Die hebt u me gisteren niet laten zien. Ik heb geen naam gekregen.'
'Hun sergeants zullen dat geen moment geloven. Je bent een rechercheur van een speciale eenheid. Je doet dit werk voor de kost. Het zou een fluitje van een cent voor je moeten zijn om een naam te vissen uit alle paperassen die zij denken dat wij verwerken.'
Ik zei niets.
'Wakker worden, majoor,' zei Willard. 'Je loopt achter. Garber is weg. We gaan de zaken nu op mijn manier aanpakken.'
'U maakt een vergissing als u mij tot vijand maakt,' zei ik.
Hij schudde zijn hoofd. 'Niet mee eens. Ik maak geen vergissing. En ik maak jou niet tot vijand. Ik haal alleen maar de bezem door deze eenheid. Later zul je me dankbaar zijn. Iedereen. De wereld verandert. Ik zie het grote geheel.'

Ik zei niets.
'Help het leger,' zei hij. 'En jezelf tegelijkertijd.'
Ik zei niets.
'Zijn we het eens?' vroeg hij.
Ik gaf geen antwoord. Hij knipoogde.
'Volgens mij zijn we het eens,' zei hij. 'Zo dom ben je niet.'
Hij stond op, liep mijn kantoor uit en deed de deur achter zich dicht. Ik bleef zitten en zag het stugge kunstleer op de bezoekersstoel zijn oude vorm weer hernemen. Het gebeurde langzaam, met een zacht sissend geluid van de lucht die het weer opzoog.

10

De *wereld verandert.* Ik was altijd een eenling geweest, maar op dat punt voelde ik me eenzaam. En ik was altijd een cynicus geweest, maar op dat punt voelde ik me hopeloos naïef. Mijn twee families waren bezig te verdwijnen; de ene vanwege een simpele, maar onbarmhartige chronologie en de andere omdat zijn beproefde oude waarden plotseling leken te verdampen. Ik voelde me als een man die alleen wakker wordt op een onbewoond eiland en erachter komt dat alle anderen 's nachts stiekem zijn weggeroeid. Ik had het gevoel dat ik op het strand stond en de stipjes aan de horizon kleiner zag worden. Ik had het gevoel alsof ik Engels had gesproken en nu besefte dat verder iedereen een heel andere taal had gesproken. De wereld veranderde en dat wilde ik niet.

Drie minuten later kwam Summer terug. Waarschijnlijk had ze zich om een hoekje schuilgehouden, in afwachting van Willards vertrek. Ze had een aantal opgevouwen uitdraaien onder haar arm en groot nieuws in haar ogen.
'Vassell en Coomer zijn hier gisteravond weer geweest,' zei ze. 'Ze staan in de poortlog.'
'Ga zitten,' zei ik.
Ze zweeg verrast en ging toen zitten op de plek die Willard net had verlaten.
'Ik ben zwaar besmettelijk,' zei ik. 'Je zou nu meteen bij me weg moeten lopen.'
'Wat bedoelt u?'
'We hadden gelijk,' zei ik. 'Fort Bird is een uitermate gênante plek. Eerst Kramer, daarna Carbone. Willard sluit beide zaken om het leger gezichtsverlies te besparen.'
'Hij kan de zaak Carbone niet sluiten.'
'Ongeluk tijdens oefening,' zei ik. 'Hij is gestruikeld en op zijn hoofd gevallen.'
'Wat?'

'Hij gebruikt het als een testcase voor mij. Blijf ik bij zijn les of niet?'
'En?'
Ik gaf geen antwoord.
'Dat zijn illegale bevelen,' zei Summer. 'Dat kan niet anders.'
'Ben je bereid ze te tarten?'
Ze gaf geen antwoord. De enige praktische manier om illegale bevelen te tarten, was om ze niet op te volgen en vervolgens maar te gokken op de resulterende krijgsraad, die onvermijdelijk uit zou draaien op een gevecht van man tot man met iemand die veel hoger in de voedselketen stond, tegenover een rechter die zich maar al te bewust was van de voorkeur van het leger dat bevelen nooit ter discussie gesteld mochten worden.
'Dus is er helemaal niets gebeurd,' zei ik. 'Breng al je paperassen hiernaartoe en vergeet dat je ooit hebt gehoord van mij, Kramer of Carbone.'
Ze zei niets.
'En praat met de jongens die er gisteravond bij waren. Zeg dat ze moeten vergeten wat ze hebben gezien.'
Ze keek naar de grond.
'Dan ga je naar de officiersclub en wacht je op je volgende opdracht.'
Ze keek op.
'Meent u dat serieus?'
'Bloedserieus,' zei ik. 'Dat is een direct bevel.'
Ze keek me aan. 'Dan bent u niet de man voor wie ik u hield.'
Ik knikte.
'Klopt,' zei ik. 'Dat ben ik niet.'

Ze liep de kamer uit. Ik gaf haar een minuut om te verdwijnen en daarna pakte ik de opgevouwen paperassen die ze had achtergelaten. Het was een flinke stapel. Ik vond de bladzijde die ik zocht en staarde ernaar.
Want ik hou niet van toeval.
Vassell en Coomer waren om kwart voor zeven via de hoofdingang Bird binnengekomen op de avond van de moord op Carbone. Ze waren om tien uur weer vertrokken. Drie en een kwart uur, precies de periode waarbinnen Carbone was gestorven.
Of waarbinnen het diner had plaatsgevonden.
Ik pakte de telefoon en belde de eetzaal van de officiersclub. De chef-hofmeester zei dat de onderofficier van dienst me terug zou

bellen. Daarna belde ik mijn eigen sergeant om te vragen wie mijn evenknie in Fort Irwin was en hem voor me te bellen. Vier minuten later kwam ze binnen met een beker koffie voor me.
'Hij heeft het druk,' zei ze. 'Kan wel een halfuur duren. Hij heet Franz.'
'Kan niet,' zei ik. 'Franz is in Panama. Ik heb hem daar nog gesproken.'
'Majoor Calvin Franz,' zei ze. 'Dat hebben ze gezegd.'
'Bel ze nog een keer,' zei ik. 'Ik wil het zeker weten.'
Ze zette de koffie op mijn bureau en ging weer bellen. Vier minuten later kwam ze weer binnen om te bevestigen dat haar informatie juist was.
'Majoor Calvin Franz,' herhaalde ze. 'Hij is daar sinds 29 december.'
Ik keek op mijn kalender. Het was 5 januari.
'En u bent híér sinds 29 december,' zei ze.
Ik keek haar recht aan.
'Ga nog een paar bases bellen,' zei ik. 'Alleen de grote. Begin maar met Fort Benning en werk het alfabet af. Bezorg me de namen van de tweede officier van de MP en vraag hoe lang hij daar zit.'
Ze knikte en ging de kamer weer uit. De onderofficier van de eetzaal belde me terug. Ik informeerde naar Vassell en Coomer. Hij bevestigde dat ze in de club hadden gegeten. Vassell had heilbot gegeten en Coomer biefstuk.
'Hebben ze in hun eentje gegeten?' vroeg ik.
'Nee, majoor, ze waren met een groepje hoge officieren,' zei de man.
'Was het een afspraak?'
'Nee, majoor, we hadden de indruk dat het onverwacht was. Het was een curieus gezelschap. Volgens mij hadden ze aan de bar kennisgemaakt tijdens het aperitief. Het gezelschap had in elk geval geen reservering.'
'Hoe lang waren ze daar?'
'Ze zaten voor halfacht aan tafel en ze waren even voor tien uur klaar.'
'Is er iemand vertrokken en weer teruggekomen?'
'Nee, majoor, we hebben hen de hele tijd in de gaten gehouden.'
'De hele tijd?'
'We moesten goed opletten, majoor. Het was eigenlijk een kwestie van de rang van de generaal.'

Ik hing op. Daarna belde ik de hoofdingang. Vroeg wie Vassell en Coomer feitelijk had zien komen en gaan. Ze gaven me de naam van een sergeant. Ik zei dat ze de man moesten opzoeken en dat hij me moest terugbellen.

Ik wachtte.

De man van de poort was de eerste die me terugbelde. Hij bevestigde dat hij de hele voorgaande avond dienst had gehad en persoonlijk had gezien dat Vassell en Coomer om kwart voor zeven arriveerden en weer om tien uur vertrokken.

'Auto?'

'Grote, zwarte slee, majoor,' zei hij. 'Een dienstauto van het Pentagon.'

'Grand Marquis?' vroeg ik.

'Dat weet ik vrij zeker, majoor.'

'Was er een chauffeur bij?'

'De kolonel reed,' zei de man. 'Ik bedoel kolonel Coomer. Generaal Vassell zat voorin naast hem.'

'Zat er verder niemand in die auto?'

'Niemand, majoor.'

'Weet je dat zeker?'

'Zonder meer, majoor. Geen twijfel mogelijk. 's Avonds gebruiken we een zaklantaarn. Zwarte sedan, nummerborden van Defensie, twee officieren voorin, correcte legitimatie, achterbank leeg.'

'Oké, bedankt,' zei ik, en ik hing op. De telefoon ging meteen weer. Het was Calvin Franz in Californië.

'Reacher?' zei hij. 'Wat doe jij daar in 's hemelsnaam?'

'Dat kan ik net zo goed aan jou vragen.'

Het werd even stil.

'Ik heb geen idee wat ik hier moet,' zei hij. 'Irwin is erg rustig. Dat is het meestal, zeggen ze. Maar het is lekker weer.'

'Heb je je bevelen gecontroleerd?'

'Jazeker,' zei hij. 'Jij niet dan? Ik had sinds Grenada niet zo'n lol gehad en nu zit ik naar het zand van de Mojave-woestijn te kijken. Het schijnt een idee van Garber persoonlijk te zijn geweest. Ik denk dat ik hem misschien op z'n tenen heb getrapt. Nu weet ik niet zo zeker wat er gaande is. Het is niet waarschijnlijk dat we hem allebei op z'n tenen hebben getrapt.'

'Hoe luidden jouw bevelen precies?'

'Tijdelijk tweede officier van de MP.'

'Is de commandant er nu?'

'Nee. Op de dag dat ik kwam, heeft hij een tijdelijke detachering gekregen.'
'Dus jij bent plaatsvervangend commandant?'
'Daar lijkt het wel op.'
'Ik ook.'
'Wat is er aan de hand?'
'Geen idee,' zei ik. 'Als ik er ooit achter kom, zal ik je bellen. Maar eerst wil ik je wat vragen. Ik ben hier tegen een kolonel en een éénstergeneraal aangelopen die op weg zouden zijn naar een conferentie van de cavalerie bij jullie op nieuwjaarsdag. Vassell en Coomer. Zijn die ooit gearriveerd?'
'Die conferentie is afgelast,' zei Franz. 'We hoorden dat hun tweesterrengeneraal ergens de kraaienmars had geblazen. Een zekere Kramer. Ze schenen te denken dat het geen zin had om ermee door te gaan zonder hem. Of ze kunnen zonder hem helemaal niet denken. Of ze hebben het veel te druk met ruziemaken over zijn opvolging.'
'Dus Vassell en Coomer zijn helemaal niet in Californië geweest?'
'Niet naar Irwin, dat is zeker,' zei Franz. 'Kan niet voor Californië spreken. Dit is een grote staat.'
'Wie zouden er nog meer bij zijn?'
'De top van de Cavalerie. Een aantal is hier gelegerd. Een aantal was gekomen en is weer vertrokken. Een paar zijn helemaal niet op komen dagen.'
'Heb je iets over de agenda gehoord?'
'Ik geloof het niet. Was die belangrijk?'
'Ik weet het niet. Volgens Vassell en Coomer was er geen agenda.'
'Die is er altijd.'
'Dat dacht ik ook.'
'Ik zal m'n oor te luisteren leggen.'
'Gelukkig nieuwjaar,' zei ik. Daarna hing ik op en bleef stil zitten. Dacht diep na. Calvin Franz was een van de beteren. In feite was hij een van de besten. Taai, eerlijk en uiterst competent. Hij liet zich door niets van de wijs brengen. Ik had er best vrede mee om uit Panama te vertrekken in de wetenschap dat hij daar nog zat. Maar hij was daar niet meer. Ik was er niet, hij was er niet. Wie dan nog wel in godsnaam?
Ik dronk mijn beker leeg, bracht hem naar het voorkantoor en zette hem naast het koffiezetapparaat. Mijn sergeant zat te bellen. Ze had een vel met haastige aantekeningen voor zich. Ze stak

haar vinger op alsof ze groot nieuws had. Daarna schreef ze weer iets op. Ik ging weer achter mijn bureau zitten. Vijf minuten later kwam ze binnen met haar aantekeningen. Dertien regels, drie kolommen. De derde kolom bestond uit getallen. Data waarschijnlijk.

'Ik ben tot en met Fort Rucker gekomen,' zei ze. 'Toen ben ik opgehouden. Omdat er een duidelijk patroon is.'

'Vertel op,' zei ik.

Ze noemde dertien bases in alfabetische volgorde. Daarna somde ze de namen op van de tweede officier. Afgezien van Franz en mezelf kende ik alle namen. Daarna somde ze de overplaatsingsdata op. Die waren allemaal gelijk: 29 december, acht dagen daarvoor.

'Noem die namen nog eens,' zei ik.

Ze las ze nog een keer op. Ik knikte. Als je binnen het mysterieuze wereldje van de militaire politie een sectie all-stars wilde samenstellen en daar de hele nacht lang en diep over nadacht, zou je uiteindelijk met deze dertien namen op de proppen komen. Zonder enige twijfel. Zij waren de eredivisie, de zwaargewichten, het neusje van de zalm. Er zouden nog een stuk of tien anderen bij zitten, maar ik wist zeker dat een aantal van hen op bases verder in het alfabet zat, en de laatste stuk of acht op belangrijke posten elders in de wereld. En ik wist zeker dat ze daar allemaal net acht dagen zaten. Onze topscorers. Ik zou niet kunnen zeggen hoe hoog of laag ikzelf op die ranglijst prijkte, maar collectief, op praktijkniveau, waren we zonder meer de beste politiemensen van het leger.

'Bizar,' zei ik. En het was ook bizar. Om op één en dezelfde dag zoveel specifieke individuen rond te husselen, vergde een zekere wilskracht en planning, en om dat gedurende operatie *Just Cause* te doen, vergde een dringende reden. Het leek heel stil te worden in de kamer, alsof ik mijn oren spitste om het kwartje te horen vallen.

'Ik ga naar het Delta-kantoor,' zei ik.

Ik ging met een Humvee, want ik had geen zin om te lopen. Ik wist niet of die hufter van een Willard nog op de basis was, en wilde zijn pad niet nog een keer kruisen. De wacht liet me het oude cachot binnen en ik ging rechtstreeks naar het kantoor van het administratief hoofd. Hij zat nog steeds achter zijn bureau en zag er iets vermoeider uit dan die ochtend.

'Het was een ongeluk tijdens een oefening,' zei ik.
Hij knikte. 'Dat heb ik gehoord.'
'Wat voor een oefening deed hij?' vroeg ik.
'Nachtelijke manoeuvres,' zei de man.
'Alleen?'
'Ontsnappen en ontwijken, dan.'
'Op de basis?'
'Oké, hij was aan het joggen. Om de vakantiecalorieën te verbranden. Wat maakt het uit?'
'Ik moet dit geloofwaardig laten klinken,' zei ik. 'Mijn naam komt op het rapport.'
De kapitein knikte. 'Vergeet dat joggen dan maar. Volgens mij was Carbone geen hardloper. Hij was meer een fitnessfreak. Dat zijn er een heleboel.'
'Een heleboel wat?'
Hij keek me recht aan.
'Delta-jongens.'
'Had hij een specialiteit?'
'Het zijn allemaal generalisten. Ze zijn stuk voor stuk goed in alles.'
'Niet iets met de radio, niet iets medisch?'
'Ze kunnen allemaal de radio bedienen. En ze hebben allemaal een medische opleiding. Het is een veiligheidsmaatregel. Als er een gevangen wordt genomen, kan hij zeggen dat hij hospik van de compagnie is. Kan hem z'n leven redden. En als ze op de proef gesteld worden, kunnen ze het bewijzen.'
'Is er een medische training die zich 's nachts afspeelt?'
'De kapitein schudde zijn hoofd. 'Niet specifiek.'
'Kan hij commando-uitrusting hebben getest?'
'Hij kan buiten zijn geweest om een voertuig te testen,' zei de kapitein. 'Hij was goed met mechanische dingen. Hij zorgde als de eerste de beste monteur voor al het rijdend materieel van de eenheid. Dat zou je bijna een specialiteit kunnen noemen.'
'Oké,' zei ik. 'Kan hij een klapband hebben gekregen, zodat zijn vrachtwagen van de krik viel en zijn hoofd heeft verpletterd?'
'Daar kan ik wel mee leven,' zei de kapitein.
'Grillig terrein, zachte plek onder de krik, onstabiele toestand.'
'Daar kan ik mee leven,' herhaalde de kapitein.
'Ik zal zeggen dat mijn mensen de vrachtwagen hebben teruggesleept.'
'Oké.'

'Wat voor vrachtwagen was het?'
'Kies maar uit.'
'Is jullie commandant in de buurt?' vroeg ik.
'Hij is weg. Met kerstverlof.'
'Hoe heet hij?'
'Die ken je toch niet.'
'Probeer eens.'
'Kolonel Brubaker,' zei de kapitein.
'David Brubaker?' zei ik. 'Die ken ik wel.' Wat niet helemaal waar was. Ik kende hem van horen zeggen. Hij was een echte ijzervreter die het evangelie van de Special Forces preekte. Volgens hem kon de rest van de strijdkrachten z'n biezen pakken en naar huis gaan, en kon de hele wereld zich achter zijn elite-eenheden verbergen. Hooguit mochten er een paar helikopterbataljons blijven om zijn manschappen te vervoeren. Hooguit kon er nog één kantoor in het Pentagon open blijven om voor de wapens te zorgen die hij nodig had.
'Wanneer is hij er weer?' vroeg ik.
'Morgen in de loop van de dag.'
'Hebt u hem gebeld?'
De kapitein schudde zijn hoofd. 'Hij zal er niets mee te maken willen hebben. En hij zal niet met u willen spreken. Maar ik zal zorgen dat hij een aantal nieuwe operationele veiligheidsmaatregelen treft, zodra we weten wat voor soort ongeluk het is geweest.'
'Verpletterd door een vrachtwagen,' zei ik. 'Dat was het. Daar zal hij wel tevreden mee zijn. Voertuigveiligheid is een korter hoofdstuk dan wapenveiligheid.'
'Waarin?'
'In het handboek.'
De kapitein glimlachte.
'Dat gebruikt Brubaker niet,' zei hij.
'Ik wil Carbones kamer zien.'
'Waarom?'
'Omdat ik die wil schonen. Als ik mijn handtekening onder een vrachtwagenongeluk zet, wil ik niet dat er nog losse eindjes rondslingeren.'

Carbones verblijf was hetzelfde als dat van de rest van zijn eenheid: hij sliep in zijn eentje in een van de voormalige cellen. Dat was een ruimte van een meter tachtig bij twee meter veertig van geverfd beton met zijn eigen wasbak en toilet. Er stond een standaardbrits met een kist aan het voeteneind, en aan de muur zat een plank die even lang was als het bed. Al met al geen slecht onderkomen voor een sergeant. Overal ter wereld waren er heel wat soldaten die zo met hem geruild zouden hebben.

Summer had de deuropening verzegeld met politietape. Ik haalde het eraf, maakte er een prop van en stak hem in mijn zak. Ging naar binnen.

Detachement D van de Special Forces heeft een heel andere benadering van discipline en uniformiteit dan de rest van het leger. De betrekkingen tussen de rangen zijn heel ontspannen. Niemand weet nog hoe hij moet salueren. Aan netheid wordt weinig waarde gehecht. Het dragen van een uniform is niet verplicht. Als iemand zich prettig voelt in een verouderd legerjack dat hij al jaren heeft, draagt hij het. Als hij New Balance-sportschoenen verkiest boven legerkistjes, draagt hij ze. Wanneer het leger vierhonderdduizend Beretta-pistolen koopt, maar iemand van Delta liever een SIG heeft, heeft hij een SIG.

Dus had Carbone geen kast vol schone en geperste uniformen. Er lagen geen keurige stapeltjes pas gewassen hemden klaar voor gebruik. Er stonden geen glimmende schoenen onder zijn bed. Zijn kleren lagen allemaal opgestapeld op het eerste driekwart van de lange plank boven zijn bed. Veel was het niet. Het was vrijwel allemaal olijfgroen, maar afgezien daarvan was het geen kleding die een moderne fourier zou herkennen. Er lagen een paar exemplaren van het oude militaire kledingsysteem voor langdurig koud weer. Er waren een paar verschoten standaard gevechtstenues. Op geen van de kleren stonden de herkenningstekenen van eenheid of regiment. Er lag een groene bandana. Er lagen een paar oude, groene T-shirts die zo vaak waren gewassen dat ze bijna doorzichtig waren. Naast de T-shirts lag een keurig opgerold alice-harnas. Alice betekent 'All Purpose Lightweight Carrying Equipment', zoals het leger een nylon riem noemt waar je dingen aan kunt hangen.

Op het laatste kwart van de plank stond een verzameling boeken en een kleine kleurenfoto in een koperen lijstje. Het was een foto van een vrij oude vrouw die op Carbone leek. Zijn moeder natuurlijk. Ik moest denken aan zijn tatoeage, waar een jaap met de K-bar over was gegeven. Een adelaar die een rol vasthield met het woord *Mother*. Ik moest aan mijn eigen moeder denken, die

ons de kleine lift injoeg nadat we haar bij het afscheid hadden omhelsd.
Ik richtte mijn aandacht op Carbones boeken.
Het waren vijf pockets en een hoog, dun, ingebonden exemplaar. Ik ging met mijn vinger langs de pockets. Ik kende geen van de titels noch de schrijvers. Ze hadden allemaal een gebarsten, holle rug en bladzijden met vergeelde randen. Het leken allemaal avonturen over vliegtuigprototypes of zoekgeraakte onderzeeërs. Het eenzame ingebonden exemplaar was een souvenir van een tournee van de Rolling Stones. Te oordelen naar de stijl van de rugtekst was het een jaar of tien oud.
Ik tilde het matras van de brits en keek eronder. Niets. Ik controleerde de stortbak van de wc en keek onder de wasbak. Ik ging naar de opbergkist. Het eerste wat ik zag toen ik hem openmaakte, was een bruin leren jack dat opgevouwen bovenop lag. Daaronder lagen twee witte overhemden en twee spijkerbroeken. De katoenen kleren waren versleten en zacht, en het jasje was duur noch goedkoop. Het waren de typische zaterdagavondkleren van een soldaat. Schijten, scheren en spoelen, burgerkloffie aan, paar kroegen langs en lol maken.
Onder de spijkerbroeken lag een portefeuille. Hij was klein en gemaakt van bijna hetzelfde leer als het jack. Net als de kleren erboven, was het een typische zaterdagavondbenodigdheid. Er zat drieënveertig dollar aan contanten in, voldoende voor een paar rondjes bier om het gezellig te maken. Er zaten een militair legitimatiebewijs en een rijbewijs van North Carolina in, voor het geval de lol eindigde in een jeep van een MP'er of een patrouillewagen van de burgerpolitie. Er zat ook een ongeopend condoom in voor het geval de lol serieus werd.
Er zat ook een foto in van een meisje achter een plastic venstertje. Misschien een zus, misschien een nichtje, misschien een vriendin. Misschien zomaar een foto. Camouflage, waarschijnlijk.
Onder de portefeuille was een schoenendoos vol foto's van tien bij vijftien. Het waren allemaal amateurkiekjes van groepjes soldaten. Op een aantal stond Carbone zelf. Groepjes mannen die met de armen om elkaars schouders poseerden als een dansgroep. Sommige kiekjes waren in de felle zon genomen en de manschappen stonden met ontbloot bovenlijf en een studentenpetje op, met samengeknepen ogen en een glimlach. Andere waren in het oerwoud genomen. Sommige in besneeuwde straten in gebombardeerde wijken. Alle foto's toonden dezelfde hechte ka-

meraadschap. Wapenbroeders in hun vrije tijd, nog steeds in leven en daarom blij.
Verder was er niets in Carbones cel van een tachtig bij twee veertig. Niets van belang, niets ongewoons, niets verklarends. Niets wat zijn verleden, zijn geaardheid, zijn hartstocht of zijn belangstelling verried. Hij had een geheim leven geleid, dichtgeknoopt, zoals zijn zaterdagavondshirts.

Ik liep terug naar mijn Humvee. Sloeg een hoek om en kwam oog in oog met de jonge, gebruinde sergeant met de baard. Hij versperde me de weg en ging niet opzij.
'Je hebt me voor joker gezet,' zei hij.
'O, ja?'
'Over Carbone. Om me zo te laten praten. De administratie heeft ons net een interessant document laten zien.'
'En?'
'En nou zijn we aan het denken gezet.'
'Vermoei je niet te veel.'
'Vind je dat grappig? Dat is wel over als we erachter komen dat jij het hebt gedaan.'
'Ik was het niet.'
'Dat zeg jij.'
Ik knikte. 'Dat zeg ik. En nu opzij.'
'Of anders?'
'Tuig ik je af.'
Hij kwam dicht bij me staan. 'Dacht je dat je mij aankunt?'
Ik bewoog me niet. 'Jij vraagt je af of ik Carbone heb afgetuigd. En hij was waarschijnlijk twee keer zo goed als jij.'
'Je zult niet eens weten wat je overkomt,' zei hij.
Ik zei niets.
'Geloof me maar,' zei hij.
Ik keek de andere kant op. Ik geloofde hem. Als Delta me uit de weg wilde ruimen, zou ik het niet aan zien komen. Zeker weten. Over een paar weken, maanden of jaren zou ik ergens een donker steegje inlopen, zou er een schaduw opduiken om een K-bar tussen mijn ribben te steken of mijn nek te breken met een klap die zou weergalmen tegen de bakstenen muren, en dat was dat.
'Je krijgt een week,' zei de man.
'Om wat te doen?'
'Om aan te tonen dat jij het niet was.'
Ik zei niets.

'Kies maar,' zei de man. 'Je bewijst je onschuld, of je zorgt maar dat die zeven dagen de moeite waard zijn. Doe alles wat je nog wilt doen met je leven. Maak er geen dik boekwerk van.'

II

Ik reed terug naar kantoor en liet de Humvee voor de deur staan. De sergeant met de baby was weg en de kleine, donkere korporaal die volgens mij uit Louisiana kwam, had haar plaats ingenomen. De koffiepot was koud en leeg. Op mijn bureau lagen twee boodschappen. De eerste luidde: *Majoor Franz heeft gebeld. Of u hem wilt terugbellen.* Op de tweede stond: *Rechercheur Clark heeft teruggebeld.* Franz belde ik eerst.

'Reacher?' zei hij. 'Ik heb geïnformeerd naar de agenda van de cavalerie.'

'En?'

'Die was er niet. Dat zeggen ze en ze blijven erbij.'

'Maar?'

'Jij en ik weten dat het gelul is. Er is altijd een agenda.'

'Ben je verder nog wat opgeschoten?'

'Niet echt,' zei hij. 'Maar ik kan bewijzen dat er op 30 december een late fax is binnengekomen, en dat er op 31 december 's middags druk is gekopieerd. Vervolgens is er na het nieuws van Kramers dood op nieuwjaarsdag flink wat versnipperd en verbrand. Ik heb de man van de verbranding gesproken. Een zak vol, voldoende voor zo'n zestig kopieën.'

'Hoe veilig is hun veilige faxverbinding?'

'Hoe veilig wil je het?'

'Buitengewoon veilig. Want de enige manier waarop ik hier iets aan heb, is als die agenda echt geheim was, en dan bedoel ik supergeheim. En als dat zo is, zouden ze het dan überhaupt zwart op wit hebben gezet?'

'Ze zijn het XII-Korps, Reacher. Die lui zitten al veertig jaar aan het front. Ze hebben alléén maar geheimen.'

'Hoeveel mensen zouden die conferentie bijwonen?'

'Ik heb met de keuken gesproken. Er waren vijftien kant-en-klare lunches besteld.'

'Zestig pagina's, vijftien lui, dat is een agenda van vier pagina's.'

'Zoiets. Maar die is in rook opgegaan.'

'Niet het origineel dat uit Duitsland is gefaxt,' zei ik.

'Dat zullen ze daar hebben verbrand.'
'Nee, ik denk dat Kramer dat bij zich had toen hij stierf.'
'Waar is het nu dan?'
'Niemand die het weet. Het is spoorloos.'
'Is het de moeite van een jacht waard?'
'Niemand die het weet,' herhaalde ik. 'Behalve de man die het heeft geschreven, en die is dood. En Vassell en Coomer. Die moeten het hebben gezien. En ze hebben er waarschijnlijk aan meegewerkt.'
'Vassell en Coomer zijn weer terug naar Duitsland. Vanmorgen, met de eerste vlucht vanaf Dulles. De staf hier had het erover.'
'Heb je ooit die nieuwe vent Willard gesproken?' vroeg ik.
'Nee.'
'Probeer hem te mijden. Het is een hufter.'
'Bedankt voor de waarschuwing. Waar hebben we die aan te danken?'
'Geen idee,' zei ik. We hingen op. Ik belde het nummer in Virginia en vroeg naar rechercheur Clark. Ik werd in de wachtstand gezet. Even later hoorde ik een klikje, wat bureaugeroezemoes en vervolgens kwam er iemand aan de lijn.
'Clark,' zei hij.
'Reacher,' zei ik. 'Van het leger in Fort Bird. Moest u mij hebben?'
'U moest mij hebben, als ik het me goed herinner,' zei Clark. 'U wilde een tussenrapportage. Maar er is geen enkele vooruitgang. We zitten naar een blinde muur te kijken. We zitten zelfs om assistentie verlegen.'
'Ik kan niets doen. Het is jullie zaak.'
'Ik wou dat het niet zo was.'
'Wat hebben jullie wel?'
'Een heleboel niets. De dader is schijnbaar binnengedrongen en verdwenen zonder iets aan te raken. Handschoenen natuurlijk. Er lag wat lichte rijp op de grond. We hebben wat grindresten van de oprijlaan, maar niets wat ook maar in de buurt van een voetafdruk komt.'
'Hebben de buren iets gezien?'
'De meesten waren uit, of dronken. Het was oudejaarsavond. Ik heb een buurtonderzoek laten doen, maar er springt niets uit. Er waren wat auto's in de buurt, maar dat is normaal voor oudejaarsavond met al die mensen die naar en van feesten gaan.'
'En bandensporen op de oprijlaan?'

'Niets waar we iets mee kunnen.'
Ik zweeg.
'Het slachtoffer is vermoord met een koevoet,' zei Clark. 'Waarschijnlijk het gereedschap waarmee de deur is geforceerd.'
'Dat dacht ik al,' zei ik.
'Na de klap heeft de dader hem aan het kleed afgeveegd en vervolgens in de keukengootsteen afgewassen. We hebben residu in de afvoer gevonden. Geen afdrukken op de kraan. Die handschoenen weer.'
Ik zei niets.
'Er is nog iets wat we niet hebben,' zei Clark. 'Uit weinig blijkt dat jullie generaal veel thuis was.'
'Hoezo?'
'We hebben het hele huis forensisch gezien overhoopgehaald. Overal vingerafdrukken genomen, haren en vezels overal vandaan gehaald, inclusief de gootsteen- en de doucheafvoer, zoals ik al zei. Alles was van het slachtoffer, behalve een paar verdwaalde afdrukken. Bingo, dachten we, maar uit de databank bleken ze van haar man te zijn. De verhouding tussen die van haar en die van hem is zodanig dat de indruk wordt gewekt dat hij de afgelopen vijf jaar amper thuis is geweest. Is dat normaal?'
'Hij is natuurlijk veel op de basis geweest,' zei ik. 'Maar hij zou op z'n minst eens per jaar met verlof thuis geweest moeten zijn. Het verhaal gaat dat ze geen geweldig huwelijk hadden.'
'Dat soort mensen zou gewoon moeten scheiden,' zei Clark. 'Ik bedoel, echtscheiding kan toch geen loopbaan ondermijnen, zelfs niet voor een generaal?'
'Niet dat ik weet,' zei ik. 'Niet meer, althans.'
Hij was even stil. Hij dacht na.
'Hoe slecht was dat huwelijk?' vroeg hij. 'Slecht genoeg om de man als dader te kunnen beschouwen?'
'De timing klopt niet,' zei ik. 'Hij was al dood voordat het gebeurde.'
'Kwam er geld bij kijken?'
'Mooi huis,' zei ik. 'Waarschijnlijk van haar.'
'En zou het een huurmoord kunnen zijn, van tevoren geregeld misschien?'
Nu klampte hij zich echt aan een strohalm vast.
'Dan zou hij dat hebben geregeld toen hij in Duitsland was.'
Clark zweeg.

'Wie heeft u voor dit tussenrapport gebeld?' vroeg ik.
'U,' zei hij. 'Een uur geleden ongeveer.'
'Daar herinner ik me niets van.'
'Niet u persoonlijk,' zei hij. 'Uw afdeling. Die kleine zwarte meid die ik op de plaats delict heb ontmoet. Uw luitenant. Ik had het te druk om te praten. Ze liet een nummer achter, maar dat ben ik kwijt. Dus heb ik teruggebeld op het nummer dat ik van u had. Heb ik daar verkeerd aan gedaan?'
'Nee,' zei ik. 'Dat is prima. Het spijt me dat we u niet kunnen helpen.'
We hingen op. Ik bleef even zitten, drukte op de knop van de intercom en vroeg mijn korporaal: 'Vraag luitenant Summer om hier te komen.'

Summer verscheen tien minuten later. Ze droeg een gevechtstenue en een combinatie van haar gezicht en haar lichaamstaal zei me dat ze een tikje nerveus was en me tegelijkertijd een beetje minachtte. Ik liet haar plaatsnemen en viel met de deur in huis.
'Rechercheur Clark heeft mij teruggebeld,' zei ik.
Ze zei niets.
'Je hebt mijn directe bevel in de wind geslagen,' zei ik.
Ze zei niets.
'Waarom?' vroeg ik.
'Waarom hebt u me dat bevel gegeven?'
'Waarom denk je?'
'Omdat u naar Willards pijpen danst.'
'Hij is de commandant,' zei ik. 'Dat zijn geen verkeerde pijpen.'
'Daar ben ik het niet mee eens.'
'Je zit in het leger, Summer. Je gehoorzaamt bevelen niet alleen omdat je het er domweg mee eens bent.'
'We stoppen ook geen dingen in de doofpot omdat ons dat domweg wordt opgedragen.'
'Wel waar,' zei ik. 'Dat doen we altijd. Is ook altijd zo geweest.'
'Nou, dat hoort niet.'
'Wie heeft jou tot chef-staf benoemd?'
'Het is oneerlijk tegenover Carbone en mevrouw Kramer,' zei ze. 'Dat zijn onschuldige slachtoffers.'
Ik dacht even na. 'Waarom ben je begonnen met mevrouw Kramer? Vind je haar belangrijker dan Carbone?'
Summer schudde haar hoofd. 'Ik ben niet met mevrouw Kramer begonnen. Zij kwam op de tweede plaats. Ik was al met Carbone

begonnen. Ik heb de personeelslijst en de poortlog doorgenomen om te zien wie er al dan niet waren.'

'Je had die paperassen aan mij gegeven.'

'Ik had ze eerst gekopieerd.'

'Je bent een idioot,' zei ik.

'Waarom? Omdat ik niet laf ben?'

'Hoe oud ben je?'

'Vijfentwintig.'

'Oké,' zei ik. 'Dus volgend jaar ben je zesentwintig. Dan ben je een zesentwintigjarige zwarte vrouw die oneervol is ontslagen uit de enige baan die je ooit hebt gehad. Ondertussen is de arbeidsmarkt in de burgermaatschappij verzadigd door de afgevloeide militairen en moet je het opnemen tegen mensen met kisten vol medailles en zakken vol getuigschriften. Wat ga je dan doen? Verhongeren? In een stripclub werken samen met Sin?'

Ze zei niets.

'Je had het aan mij moeten overlaten,' zei ik.

'U deed niets.'

'Ik ben blij dat je dat dacht,' zei ik. 'Dat was de bedoeling ook.'

'Wat?'

'Ik neem de handschoen op tegen Willard,' zei ik. 'Het wordt hij of ik.'

Ze zei niets.

'Ik werk voor het leger,' zei ik. 'Niet voor Willard. Ik geloof in het leger. Ik geloof niet in Willard. Ik ga hem niet alles laten verzieken.'

Ze zei niets.

'Ik heb tegen hem gezegd dat hij geen vijand van me moest maken. Maar hij luisterde niet.'

'Grote stap,' zei ze.

'Die jij al hebt genomen,' zei ik.

'Waarom hebt u me aan de zijlijn gezet?'

'Omdat ik niemand wil meesleuren als ik het verknal.'

'U wilde me beschermen.'

Ik knikte.

'Niet doen,' zei ze. 'Ik kan wel voor mezelf zorgen.'

Ik zei niets.

'Hoe oud bent ú?' vroeg ze.

'Negenentwintig,' zei ik.

'Dus volgend jaar bent u dertig. Dan bent u een dertigjarige blanke die oneervol is ontslagen uit de enige baan die u ooit hebt ge-

had. En terwijl ik nog jong genoeg ben om opnieuw te beginnen, bent u dat niet. U bent geïnstitutionaliseerd, u heb geen sociale vaardigheden, u kent de burgermaatschappij niet en bent nergens goed voor. Dus misschien moet ú zich gedeisd houden en niet ik.'
Ik zei niets.
'U had het moeten bespreken,' zei ze.
'Het is een persoonlijke keus,' zei ik.
'Ik heb mijn persoonlijke keus al gemaakt,' zei ze. 'Blijkbaar weet u dat al. Blijkbaar heeft rechercheur Clark me per ongeluk verklikt.'
'Dat is nou precies wat ik bedoel,' zei ik. 'Eén verdwaald telefoontje en je kunt op straat staan. Dit spelletje heeft een hoge inzet.'
'En ik speel het met jou, Reacher. Dus vertel me alles maar.'

Vijf minuten later wist ze alles wat ik wist. Allemaal vragen zonder antwoorden.
'Garbers handtekening is vervalst,' zei ze.
Ik knikte.
'En die van Carbone, op de klacht? Is die ook vervalst?'
'Misschien,' zei ik. Ik haalde de kopie die ik van Willard had gekregen uit mijn la. Streek hem glad op het vloeiblad en gaf hem aan haar. Ze vouwde hem netjes op en stak hem in haar binnenzak.
'Ik zal het handschrift laten controleren,' zei ze. 'Dat kan ik makkelijker doen dan jij.'
'Niets is makkelijk voor jou en mij,' zei ik. 'Dat moet je heel goed beseffen.'
'Dat besef ik,' zei ze. 'Aan de slag.'
Ik bleef even zwijgend naar haar zitten kijken. Er lag een glimlachje om haar lippen. Ze was een taaie rakker. Maar aan de andere kant was ze opgegroeid in een armoedige hut in Alabama temidden van brandende en exploderende kerken. Waarschijnlijk was mij rugdekking geven tegen Willard en een peloton eigen rechters van Delta een soort vooruitgang in haar leven.
'Dank je wel,' zei ik. 'Dat je aan mijn kant staat.'
'Ik sta niet aan jouw kant,' zei ze. 'Jij staat aan de mijne.'
De telefoon ging. Ik nam op. Het was de korporaal uit Louisiana, die van zijn bureau in het voorkantoor belde.
'De State Police van North Carolina aan de lijn,' zei hij. 'Ze willen de officier van dienst. Neemt u hem?'

'Liever niet,' zei ik. 'Maar ik zal wel moeten, denk ik.'
Er klonk een klik, even niets en toen weer een klik. Daarna kwam er iemand van een meldkamer aan de lijn om te zeggen dat een politieman in een patrouillewagen op de I-95 een weggeworpen aktetas van groen canvas in de berm van de snelweg had gevonden. Hij vertelde dat er een portefeuille in zat waaruit bleek dat de eigenaar generaal Kenneth R. Kramer van het Amerikaanse leger was. Hij vertelde me dat hij Fort Bird belde omdat het volgens hem de basis was die het dichtst bij de plek was waar de aktetas was gevonden. En hij belde ook om te zeggen waar de tas werd bewaard voor het geval we iemand wilden sturen om hem op te halen.

12

Summer reed. We namen de Humvee die nog voor de deur stond. We hadden geen zin om tijd uit te trekken om een personenwagen te gaan halen. Het was een beetje tegen haar stijl. De Humvee is een grote, logge auto die voor heel veel dingen goed is, maar niet om snel over een gewone weg te rijden. Ze zag er nietig uit achter het stuur. Het voertuig maakte veel kabaal. De motor stampte en de banden gierden. Het was vier uur, het was grauw weer en het begon al donker te worden.

We reden in noordelijke richting naar Kramers motel, sloegen op het klaverblad af in oostelijke richting en vervolgens weer naar het noorden op de I-95 zelf. We reden een kleine vijfentwintig kilometer verder, passeerden een pleisterplaats en keken uit naar het bewuste bureau van de State Police. Dat vonden we twintig kilometer verder. Het was een lang, laag, gelijkvloers, bakstenen gebouw met een woud van hoge radiomasten op het dak. Het was een jaar of veertig oud. Het baksteen was mat lichtbruin. Het was niet vast te stellen of het misschien geel was geweest en vervolgens was verkleurd in de zon, of dat het wit was begonnen en vervolgens groezelig was geworden van het uitlaatgas. In roestvrijstalen letters in art-decostijl stond over de hele lengte *north carolina state police.*

We reden het terrein op en parkeerden de Humvee voor een stel glazen deuren. Summer zette de motor af, we bleven even zitten en stapten vervolgens uit. Staken een smalle stoep over, trokken de deuren open en betraden het bureau. Het was een typisch, functioneel politiebureau met linoleum op de grond dat elke avond werd opgewreven, of dat nu nodig was of niet. Op de muren zaten talrijke lagen gladde verf rechtstreeks op betonblokken. Het was warm en rook er vaag naar zweet en doorgekookte koffie.

Er zat iemand achter de receptiebalie. Wij waren in gevechtstenue en onze Humvee was zichtbaar door de glazen deuren, dus hij had het verband vrij snel gelegd. Hij vroeg geen legitimatiebewijs en vroeg evenmin wat we kwamen doen. Hij speculeerde niet over de vraag waarom generaal Kramer niet zelf was komen opdagen. Hij wierp een blik op mij, keek iets langer naar luitenant Summer, en bukte zich vervolgens om de aktetas onder zijn balie vandaan te halen. Hij zat in een doorschijnende plastic zak. Geen bewijszak. Gewoon een soort boodschappentas. De naam van een winkel stond er in rode letters op.

De aktetas zelf kwam in elk opzicht overeen met Kramers koffer. Zelfde kleur, zelfde ontwerp, zelfde leeftijd, zelfde mate van slijtage, geen monogram. Ik maakte hem open en keek erin. Er was een portefeuille. Er waren vliegtickets. Er was een paspoort. Er was een reisplan van drie velletjes die met een paperclip aan elkaar zaten. Er was een boek met een hard kaft.

Er was geen conferentieagenda.

Ik deed de tas weer dicht en legde hem op de balie. Schoof hem recht langs de rand. Ik was teleurgesteld, maar niet verrast.

'Zat hij in die plastic tas toen ze hem vonden?' vroeg ik.

De receptionist schudde zijn hoofd. Hij keek naar Summer, niet naar mij.

'Dat heb ik gedaan,' zei hij. 'Ik wilde hem schoonhouden. Ik wist niet hoe lang het zou duren voordat er iemand kwam.'

'Waar is hij precies gevonden?' vroeg ik.

Hij wachtte even, haalde zijn blik van Summer en ging met een dikke vingertop over een legger en over een lijn naar de code van een kilometerpaal. Daarna draaide hij zich om en wees met dezelfde vingertop op een kaart. Het was een lange, smalle kaart op grote schaal van het deel van de I-95 dat door North Carolina loopt, als een lint van tien centimeter breed. Hij toonde elke kilometer van de snelweg vanaf het punt waarop hij North Carolina binnenkomt tot waar hij in Virginia verdwijnt. De vinger bleef even in de lucht hangen en daalde vervolgens met een beslist gebaar.

'Hier,' zei hij. 'Berm van de noordelijke rijrichting, anderhalve kilometer voorbij de pleisterplaats, kilometer of achttien van waar we ons nu bevinden.'

'Enig idee hoe lang hij daar heeft gelegen?'

'Niet echt,' zei hij. 'We zoeken niet specifiek naar troep in de berm. Dingen kunnen daar wel een maand liggen.'

'Hoe is hij dan gevonden?'

'Routinecontrole van een auto. De agent zag hem toevallig liggen op weg naar de auto die hij had laten stoppen.'

'Wanneer was dat precies?'

'Vandaag,' zei de man. 'Begin van de tweede wacht. Even na het middaguur.'
'Hij heeft daar geen maand gelegen,' zei ik.
'Wanneer is hij hem kwijtgeraakt?'
'Oudejaarsavond,' zei ik.
'Waar?'
'Hij is gestolen op de plek waar hij overnachtte.'
'Waar logeerde hij?'
'In een motel zo'n vijftig kilometer naar het zuiden.'
'Dus de slechteriken gingen naar het noorden.'
'Ik denk het,' zei ik.
De man keek me aan alsof hij toestemming vroeg. Daarna tilde hij de tas op en bekeek hem alsof hij een kenner was, en alsof het een zeldzaam stuk was. Hij draaide hem naar het licht en bekeek hem vanuit elke hoek.
'Het is januari,' zei hij. 'We hebben momenteel wat nachtelijke dauw. En het is koud genoeg om ons zorgen over ijzel te maken. Dus hebben we gestrooid. Dingen in de berm worden snel oud rond deze tijd van het jaar. En deze tas ziet er oud en versleten uit, maar niet afgetakeld. In de zoom van het canvas zit wat gruis, maar niet veel. Ik weet zeker dat hij daar niet heeft gelegen sinds oudejaarsavond. Nog geen etmaal, zou ik zeggen. Een nacht, langer niet.'
'Weet u dat zeker?' vroeg Summer.
Hij schudde zijn hoofd. Legde de tas weer op de toonbank.
'Gewoon een gok,' zei hij.
'Oké, bedankt,' zei ik.
'U moet ervoor tekenen.'
Ik knikte. Hij draaide de legger om en schoof hem naar me toe. Boven mijn rechterborstzak stond *reacher* in niet al te duidelijke sjabloonletters, maar volgens mij had hij er niet al te goed op gelet. Hij had voornamelijk naar Summers borstzakken zitten kijken. Dus krabbelde ik *K. Kramer* op de daartoe bestemde regel, pakte de tas en draaide me om.
'Rare diefstal,' zei de baliemedewerker. 'In de portefeuille zit nog een Amex-card en contant geld. We hebben de inhoud geïnventariseerd.'
Ik gaf geen antwoord en we gingen gewoon naar buiten, terug naar de Humvee.

Summer wachtte op een gaatje in het verkeer en reed vervolgens

dwars over de driebaansweg en de middenberm op. Ze reed een hellinkje af door een greppel en aan de andere kant weer omhoog. Wachtte even en sloeg vervolgens linksaf in zuidelijke richting. Voor zoiets was de Humvee geknipt.
'Wat dacht je hiervan?' vroeg ze. 'Gisteravond zijn Vassell en Coomer om tien uur met de tas uit Bird vertrokken. Ze rijden naar het noorden, naar Dulles of Washington. Ze halen de agenda eruit en gooien de tas uit het raampje.'
'Ze zijn de hele tijd in de bar en de eetzaal van Bird geweest.'
'Dan hebben ze hem van een van hun tafelgenoten gekregen. We moeten nagaan met wie ze hebben gegeten. Misschien was een van de vrouwen van de Humvee-lijst erbij.'
'Die hadden allemaal een alibi.'
'Oppervlakkig gezien. Feestjes op oudejaarsavond zijn nogal chaotisch.'
Ik keek naar buiten. Het licht van de middag was snel aan het wijken. De avond viel. De wereld zag er koud en donker uit.
'Honderd kilometer,' zei ik. 'De tas is honderd kilometer ten noorden van Bird gevonden. Dat is een uur rijden. Ze zouden de agenda hebben gepakt en de tas sneller hebben gedumpt.'
Summer zei niets.
'En ze zouden op een pleisterplaats zijn gestopt om dat te doen. Ze zouden de tas in een vuilnisbak hebben gedaan. Dat zou veiliger zijn geweest. Een tas uit het raampje gooien is nogal opvallend.'
'Misschien was er echt geen agenda.'
'Dat zou voor het eerst in de geschiedenis van de strijdkrachten zijn.'
'Misschien was hij dan echt niet belangrijk.'
'Ze hebben in Irwin kant-en-klare lunches besteld. Tweesterren, eensterren en kolonels wilden het middaguur doorwerken. Dat zou misschien ook voor het eerst in de geschiedenis van de strijdkrachten zijn geweest. Het was een belangrijke conferentie, Summer, neem dat maar van mij aan.'
Ze zweeg.
'Maak die U-bocht nog maar een keer,' zei ik. 'Door de middenberm en dan een stukje naar het noorden. Ik wil een kijkje op die pleisterplaats nemen.'

De pleisterplaats was identiek aan de meeste die ik op de Amerikaanse hoofdwegen had gezien. De snelweg naar het noorden en die naar het zuiden weken een stukje uiteen om een lange, dikke bult in de middenberm te vormen. De gebouwen werden gedeeld door reizigers in beide richtingen. Daarom hadden ze twee voorgevels en geen achterkant. Ze waren van baksteen en werden omgeven door slapende bloemperken en kale bomen. Er waren benzinepompen. Er waren schuine parkeervakken. Op dat tijdstip leek de lokatie het midden te houden tussen stil en druk. Het was het eind van de vakantie. Gezinnen waren met tegenzin op weg naar huis, klaar voor school en werk. De parkeervakken waren ongeveer voor een derde gevuld. De verdeling was interessant. De bestuurders hadden het eerste het beste vak genomen in plaats van het risico te nemen iets verderop te parkeren, waar ze misschien dichter bij het restaurant en de toiletten waren. Misschien zat het 'm in de menselijke natuur. Een soort onzekerheid. Er was een halvemaanvormig pleintje voor de hoofdingang. Binnen zag ik felle neonreclames boven de toonbanken. Buiten stonden zes vuilnisbakken die allemaal vrij dicht bij de ingang stonden. Er waren tamelijk veel mensen in de buurt, die zowel naar binnen als naar buiten keken.

'Te publiek,' zei Summer. 'Dit leidt nergens toe.'

Ik knikte. 'Ik zou het in een oogwenk vergeten als het niet voor mevrouw Kramer was.'

'Carbone is belangrijker. We moeten prioriteiten stellen.'

'Dat klinkt alsof we het opgeven.'

We verlieten de pleisterplaats aan de noordkant, Summer voerde haar terreintrucje weer uit door de middenberm en sloeg af naar het zuiden. Ik maakte het me zo gemakkelijk als in een militair voertuig mogelijk is en maakte me op voor de terugreis. Links was het al donker. Rechts was een vermoeden van een zonsondergang. De weg zag er nat uit. Summer leek zich geen zorgen over ijzel te maken.

De eerste twintig minuten deed ik niets. Daarna knipte ik het plafondlichtje aan om Kramers tas grondig te doorzoeken. Ik verwachtte niets te zullen vinden en kreeg gelijk. Zijn paspoort was een standaardgeval van zeven jaar oud. Op de foto zag hij er een beetje beter uit dan dood op het bed, maar niet veel. Hij had een heleboel stempels van Duitsland en België. Respectievelijk het toekomstige slagveld en het hoofdkwartier van de NAVO. Hij was nergens anders geweest. De ware specialist. Minstens zeven jaar lang had hij zich uitsluitend op de laatste grote tank-arena van

de wereld en de commandostructuur geconcentreerd.
De vliegtickets waren precies zoals Garber ze had beschreven. Van Frankfurt naar Dulles en van Washington National naar Los Angeles, allebei retour. Ze waren allebei business class met overheidskorting, drie dagen voor de eerste vertrekdatum geboekt.
Het reisplan kwam precies overeen met de vliegtickets. Er waren plaatsen toegewezen. Kramer leek een voorkeur te hebben voor zitplaatsen aan het gangpad. Misschien had hij door zijn leeftijd last van zijn blaas. Er was een reservering voor een eenpersoonskamer in het bezoekerskwartier van Fort Irwin, waar hij nooit was aangekomen.
In zijn portefeuille zaten zevenendertig Amerikaanse dollars en zevenenzestig Duitse marken, allemaal in kleine coupures. De Amex-card was het gewone groene geval, anderhalf jaar later zou hij verlopen. Hij had er sinds 1964 een gehad, volgens de rubriek *Lid sedert...* Volgens mij was dat vrij vroeg voor een officier. In die tijd moesten de meesten het met contanten en legercoupons doen. Financieel gezien moest Kramer een vooruitstrevend heerschap zijn geweest.
Er zat een rijbewijs van Virginia in. Hij had Green Valley als zijn permanente adres opgegeven, ook al bracht hij daar maar weinig tijd door. Er zat een standaard militair legitimatiebewijs in. Achter een plastic venstertje zat een fototje van mevrouw Kramer. Het was een veel jongere versie van de vrouw die ik dood op de grond van haar gang had zien liggen. Het kiekje was minstens twintig jaar oud. Ze was een knappe vrouw geweest, met lang, kastanjebruin haar dat een beetje oranjeachtig uitkwam omdat de foto in de loop der jaren was verkleurd.
Verder zat er niets in de portefeuille. Geen kwitanties, geen restaurantrekeningen, geen Amex-bonnetjes, geen telefoonnummers, geen stukjes papier. Daar keek ik niet van op. Generaals zijn doorgaans nette, georganiseerde mensen. Ze moeten beschikken over talent voor strategie, maar ook voor bureaucratische zaken. Volgens mij zagen Kramers kantoor, bureau en privévertrekken er net zo uit als zijn portefeuille. Je zou er alles aantreffen wat hij nodig had en niets wat hij kon missen.
Het boek was een academische monografie van een universiteit in het middenwesten over de Slag van Kursk. Die vond plaats in juli 1943. Het was het laatste grote offensief van nazi-Duitsland in de Tweede Wereldoorlog en de eerste belangrijke nederlaag op het open slagveld. Het werd de grootste tankslag die de wereld

ooit had meegemaakt en ooit zal meemaken, tenzij mensen als Kramer zelf er uiteindelijk op losgelaten worden. Ik was niet verbaasd over zijn keus van lectuur. Een klein stukje van hem moest hebben gevreesd dat hij nooit dichter bij een waarachtig rampzalige oorlogshandeling zou komen dan door het lezen over honderden Tigers en Panthers en T-34's, wervelend en razend door het verstikkende zomerstof van zoveel jaren geleden.
Verder zat er niets in de tas. Alleen een paar wollige papierresten die in de naden waren blijven steken. Het zag ernaar uit dat Kramer het type was dat iedere keer als hij voor een reis pakte, zijn tas ondersteboven hield en leeg schudde. Ik stopte alles weer terug, gespte de riempjes vast en legde de tas op de vloer bij mijn voeten.
'Ga maar met die knaap in de eetzaal praten,' zei ik. 'Als we terugkomen. Om uit te zoeken wie er bij Vassell en Coomer aan tafel zaten.'
'Oké,' zei Summer. Ze reed door.

We waren op tijd terug in Bird voor het eten. We aten in de bar van de officiersclub met een aantal collega-MP's. Als Willard er spionnen op nahield, zouden ze niets anders zien dan een stel vermoeide mensen die weinig deden. Maar tussen de gangen glipte Summer weg en kwam terug met nieuws in haar ogen. Ik at mijn dessert op en dronk mijn koffie langzaam genoeg om niemand de indruk te geven dat ik ergens iets dringends te doen had. Daarna stond ik op en slenterde naar buiten. Ik wachtte in de kou op de stoep. Vijf minuten later kwam Summer naar buiten. Ik glimlachte. Het was net alsof we een verboden relatie hadden.
'Er heeft maar één vrouw met Vassell en Coomer gegeten,' zei ze.
'Wie?'
'Luitenant-kolonel Andrea Norton.'
'Die van Psy-Ops?'
'Die.'
'Ze was op oudejaarsavond op een feestje.'
Summer trok een grimas. 'Je weet toch hoe die feestjes zijn? Een kroeg in de stad, mensen die af en aan lopen, lawaai, verwarring, drukte, mensen die twee aan twee verdwijnen. Ze kan weggeglipt zijn.'
'Waar was dat café?'
'Een halfuur van het motel.'
'Dan zou ze minimaal een uur zijn weg geweest.'

'Dat is niet uitgesloten.'
'Was ze omstreeks middernacht in de kroeg? Zong ze 'Auld Lang Syne' hand in hand met andere mensen? Wie naast haar stond, moet dat met zekerheid kunnen zeggen.'
'Ze zeggen dat ze daar was. Maar ze kon inmiddels al terug geweest zijn. De jongen heeft gezegd dat de Humvee om vijf voor halftwaalf vertrok. Dus had ze nog een speling van vijf minuten. Het had er volkomen natuurlijk uit kunnen zien. Iedereen komt plotseling uit het niets, klaar voor de klok van twaalf, en het feestje begint min of meer opnieuw.'
Ik zei niets.
'Ze zal de tas hebben meegenomen om hem te schonen. Misschien zat haar telefoonnummer erin, of haar naam, of haar foto, of een dagboek. Ze wilde geen schandaal. Maar toen ze ermee klaar was, hoefde ze de rest van de spullen niet meer te hebben. Ze was blij dat ze hem terug kon geven toen het haar werd gevraagd.'
'Hoe zouden Vassell en Coomer weten bij wie ze moesten zijn?'
'Het valt niet mee een langdurige relatie te verbergen in deze glazen toren.'
'Niet logisch,' zei ik. 'Als mensen van Kramer en Norton wisten, waarom zou er dan iemand naar het huis in Virginia gaan?'
'Oké, misschien wísten ze het niet. Misschien stond het alleen maar op hun lijstje van mogelijkheden. Misschien stond het onder aan de lijst. Misschien was het iets wat men voorbij waande.'
Ik knikte. 'Wat kunnen we van haar verwachten?'
'Bevestiging dat Vassell en Coomer hebben geregeld om de tas gisteravond van haar over te nemen. Dat zou bewijzen dat ze ernaar zochten en maakt ze tot kandidaten voor mevrouw Kramer.'
'Ze hebben niet vanuit het hotel gebeld en hadden geen tijd om er zelf heen te rijden. Dus zie ik niet in hoe ze op de kandidatenlijst voor Kramer passen. Wat kunnen we nog meer verwachten?'
'We kunnen zekerheid krijgen over wat er met de agenda is gebeurd. We kunnen erachter komen dat Vassell en Coomer hem terug hebben gekregen. Dan kan het leger tenminste ontspannen, omdat ze dan zeker weten dat hij niet ergens op een vuilnisbelt belandt zodat een journalist ermee aan de haal kan gaan.'
Ik knikte. Zei niets.
'En misschien heeft Norton er een blik op geworpen,' zei Sum-

mer. 'Misschien heeft ze hem wel gelezen. Misschien kan ze ons vertellen waar al die heisa voor dient.'
'Dat is verleidelijk.'
'Zeker weten.'
'Kunnen we gewoon naar binnen gaan om het haar te vragen?'
'Jij bent van het 110th. Jij kunt alles aan iedereen vragen.'
'Ik moet onder de radar van Willard blijven.'
'Zij weet niet dat hij jou heeft gewaarschuwd.'
'Wel waar. Na die Carbone-toestand heeft hij met haar gesproken.'
'Ik vind dat we met haar moeten praten.'
'Lijkt me een lastig gesprek,' zei ik. 'Ze zal waarschijnlijk op haar teentjes zijn getrapt.'
'Alleen als we het verkeerd spelen.'
'Hoe groot is de kans dat we het goed spelen?'
'Misschien kunnen we de situatie manipuleren. Er zal een factor van gezichtsverlies zijn. Ze zal het niet aan de grote klok willen hangen.'
'We kunnen niet zover gaan dat ze Willard belt.'
'Ben je bang voor hem?'
'Ik ben bang voor wat hij bureaucratisch met ons kan doen. Niemand schiet er iets mee op als we allebei naar Alaska worden overgeplaatst.'
'Jij mag het zeggen.'
Ik zweeg een poosje. Moest weer aan Kramers boek denken. Dit leek net 13 juli 1943, de beslissende dag in de Slag van Kursk. Wij waren zoals de sovjetgeneraal Alexander Vasilevsky. Als we nu meteen in de aanval gingen, moesten we blijven aanvallen tot de vijand onder de voet was gelopen en de oorlog gewonnen was. Als we vastliepen, of ook maar een seconde adempauze namen, zouden wij op onze beurt onder de voet gelopen worden.
'Oké,' zei ik. 'We doen het.'

We troffen Andrea Norton in de lounge van de officiersclub en ik vroeg haar of ze even tijd voor ons had in haar kantoor. Ik zag dat ze zich afvroeg waarom. Ik zei dat het iets vertrouwelijks was. Ze bleef verbaasd. Willard had haar gezegd dat Carbone een gesloten zaak was en ze zag niet in waar we het anders over konden hebben. Maar ze stemde ermee in. Ze zei dat ze ons over een halfuur zou ontvangen.

Summer en ik brachten dat halfuur door op mijn kantoor met haar lijst van wie er al dan niet op de basis waren toen Carbone stierf. Ze had vele meters uitdraai opgevouwen, als een harmonica van meer dan twee centimeter dik. Op elke regel stond een naam, rang en nummer gedrukt in de bleke inkt van een matrixprinter. Bijna alle namen waren afgevinkt.
'Wat betekent dat?' vroeg ik. 'Aan- of afwezig?'
'Aanwezig.'
Ik knikte. Daar was ik al bang voor. Ik liet de harmonica langs mijn duim ratelen.
'Hoeveel zijn het er?'
'Bijna twaalfhonderd.'
Ik knikte weer. Er was niets intrinsiek moeilijks aan het elimineren van twaalfhonderd man om één enkele dader te vinden. Politiedossiers overal ter wereld wemelen van verdachtenlijsten die wel langer zijn. Er was ooit een geval in Korea waar de voltallige Amerikaanse strijdkrachten ter plaatse op de verdachtenlijst stonden. Maar dat soort zaken vereist onbegrensde mankracht, een grote staf en onbeperkte middelen. Bovendien vergen ze de volledige medewerking van iedereen. Ze kunnen niet stiekem worden afgehandeld achter de rug van de commandant door twee mensen die het op eigen houtje moeten doen.
'Onmogelijk,' zei ik.
'Niets is onmogelijk,' zei Summer.
'We moeten er op een andere manier tegenaan.'
'Hoe?'
'Wat heeft hij meegenomen naar de plaats delict?'
'Niets.'
'Mis,' zei ik. 'Hij heeft zichzelf meegenomen.'
Summer haalde haar schouders op. Ging met haar vinger langs de opgevouwen randen van haar papier. De stapel werd dikker en weer dunner toen de lucht met een zucht tussen de bladzijden werd weggepompt.
'Kies maar een naam,' zei ze.
'Hij heeft een K-bar meegenomen,' zei ik.
'Twaalfhonderd namen, twaalfhonderd K-bars.'
'Hij heeft een bandenlichter of een koevoet meegenomen.'
Ze knikte.
'En yoghurt,' zei ik.
Ze zei niets.
'Vier dingen,' zei ik. 'Zichzelf, een K-bar, een stomp werktuig en

yoghurt. Waar kwam die yoghurt vandaan?'
'Uit zijn koelkast in zijn kamer,' zei Summer. 'Of uit een van de kantinekeukens, of een van de kantinebuffets, of van de intendance, of een supermarkt, of een traiteur, of een kruidenierszaak ergens buiten of op de basis.'
Ik stelde me een hijgende, hollende, misschien transpirerende man voor, met een bebloed mes en een koevoet in zijn rechterhand, struikelend in de duisternis, in de buurt van zijn bestemming. Hij keek omlaag, zag het bekertje, smeet het in de struiken, stopte het mes in zijn zak en verborg de koevoet onder zijn jas.
'We moeten dat bekertje zien te vinden,' zei ik.
Summer zei niets.
'Dat heeft hij ergens gedumpt,' zei ik. 'Niet in de buurt van de plaats delict, maar ook niet ver ervandaan.'
'Schieten we daar iets mee op?'
'Er zal een soort productcode op staan. Misschien een uiterste consumptiedatum. Dat soort dingen. Misschien brengt hij ons naar de plek waar hij is gekocht.'
Vervolgens dacht ik even na.
'En er staan misschien vingerafdrukken op,' zei ik.
'Hij zal handschoenen aan hebben gehad.'
Ik schudde mijn hoofd. 'Ik heb mensen yoghurtbekertjes open zien maken, maar nog nooit met handschoenen aan. Er zit een foliedeksel op met een lipje waar je aan moet trekken.'
'We zitten hier op veertigduizend hectare.'
Ik knikte. Terug bij af. Doorgaans zou ik met een paar telefoontjes alle soldaten van de basis met een tussenruimte van een meter op handen en voeten traag over het terrein kunnen laten kruipen, als een reusachtige, menselijke kam, turend naar de grond en ieder grassprietje met de hand opzij buigend. En de volgende dag weer, en de dag daarop, net zo lang tot een van hen had gevonden wat ik zocht. Met de mankracht van het leger kun je een naald in een hooiberg vinden. Beide helften van een gebroken naald. Je kunt het minuscule stukje chroom vinden dat van de rem is gesprongen.
Summer keek op de wandklok.
'Onze dertig minuten zijn om.'

We reden met de Humvee naar Psy-Ops en parkeerden in het vak dat waarschijnlijk van iemand anders was. Het was negen uur. Summer zette de motor af, we openden de portieren en stapten uit in de kou.

Ik nam Kramers aktetas mee.
We liepen door de oude, betegelde gangen en kwamen bij Nortons kantoor. Haar licht brandde. Ik klopte en we gingen naar binnen. Norton zat achter haar bureau. Al haar studieboeken stonden weer op de plank. Er was geen blocnote te zien. Geen pennen of potloden. Haar bureaublad was leeg. De lichtvlek van haar lamp vormde een volmaakte cirkel op het lege hout.
Ze had drie bezoekersstoelen. Ze gebaarde dat we plaats konden nemen. Summer ging rechts zitten. Ik links. Ik zette Kramers tas op de middelste stoel, recht in Nortons blikveld, als een spook op een feest. Ze keek er niet naar.
'Wat kan ik voor jullie doen?' vroeg ze.
Ik schoof nadrukkelijk met de tas zodat hij rechtop stond op de stoel.
'Vertel eens over dat etentje van gisteravond,' zei ik.
'Welk etentje?'
'U hebt de maaltijd gebruikt met een paar hoge officieren van de cavalerie die op bezoek waren.'
Ze knikte.
'Vassell en Coomer,' zei ze. 'Nou en?'
'Die hebben voor generaal Kramer gewerkt.'
Ze knikte weer. 'Dat heb ik gehoord.'
'Vertel eens over de maaltijd.'
'Het voedsel?'
'De sfeer,' zei ik. 'Het gesprek. De stemming.'
'Het was gewoon een etentje in de officiersclub,' zei ze.
'Iemand heeft Vassell en Coomer een tas gegeven.'
'O, ja? Hoezo, als cadeautje?'
Ik zei niets.
'Dat kan ik me niet herinneren,' zei Norton. 'Wanneer dan?'
'Tijdens het eten,' zei ik. 'Of toen ze vertrokken.'
Niemand zei iets.
'Een tas?' zei Norton.
'Was u het?' vroeg Summer.
Norton keek haar wezenloos aan. Ze was ofwel oprecht verbaasd, of een groot actrice. 'Was ik wat?'
'Degene die hun de tas heeft gegeven.'
'Waarom zou ik hun een tas geven? Ik kende hen amper.'
'Hoe goed kende u hen?'
'Ik heb ze jaren geleden een paar keer ontmoet.'
'Op Irwin?'

'Ik denk het.'
'Waarom hebt u met hen gegeten?'
'Ik was in de bar. Ze vroegen het. Het zou onbeleefd zijn geweest om nee te zeggen.'
'Wist u dat ze kwamen?' vroeg ik.
'Nee,' zei ze. 'Ik had geen idee. Ik keek ervan op dat ze niet in Duitsland waren.'
'Dus u kende ze goed genoeg om te weten dat ze in Duitsland gelegerd waren.'
'Kramer was de bevelhebber van de cavalerie in Europa. Zij behoorden tot zijn staf. Ik zou niet hebben verwacht dat ze in Hawaï gelegerd waren.'
Niemand zei iets. Ik lette op Nortons ogen. Ze had niet langer dan een halve seconde aandacht aan Kramers tas besteed. Net lang genoeg om te bedenken dat ik iemand met een tas was en het vervolgens te vergeten.
'Wat is hier aan de hand?' vroeg ze.
Ik gaf geen antwoord.
'Vertel op.'
Ik wees naar de tas. 'Die is van generaal Kramer. Hij is hem op oudejaarsavond kwijtgeraakt en vandaag is hij weer opgedoken. We proberen erachter te komen waar hij is geweest.'
'Waar is hij hem verloren?'
Summer ging verzitten.
'In een motel,' zei ze. 'Gedurende een seksueel rendez-vous met een vrouw van deze basis. De vrouw bestuurde een Humvee. Daarom zoeken we naar een vrouw die Kramer kende, die permanent de beschikking over een Humvee had, die op oudejaarsavond niet op de basis was en gisteravond bij dat etentje was.'
'Ik was de enige vrouw aan tafel.'
Stilte.
Summer knikte. 'Dat weten we. En we beloven dat we de hele toestand stil kunnen houden, maar eerst willen we van u horen aan wie u de tas hebt gegeven.'
Het bleef stil. Norton keek Summer aan alsof ze een grap had verteld met een clou die ze niet helemaal begreep.
'Denken jullie dat ik met generaal Kramer heb geslapen?' vroeg ze.
Summer zei niets.
'Nou, dat heb ik niet,' zei ze. 'God bewaar me.'
Niemand zei iets.
'Ik weet niet of ik moet lachen of huilen,' zei ze. 'Ik weet niet wat

ik moet doen. Dit is een totaal absurde aantijging. Ik ben verbijsterd dat jullie dit doen.'
Een hele poos zei niemand een woord. Norton glimlachte, alsof ze voornamelijk geamuseerd was. Geen woede. Ze deed haar ogen dicht en even later weer open, alsof ze het gesprek uit haar herinnering wiste.
'Ontbreekt er iets uit die tas?' vroeg ze aan mij.
Ik gaf geen antwoord.
'Help me even op weg,' zei ze. 'Alsjeblieft. Ik probeer het doel van dit buitengewone bezoekje te begrijpen. Ontbreekt er iets uit de tas?'
'Vassell en Coomer zeggen van niet.'
'Maar?'
'Wij geloven hen niet.'
'Misschien zou dat wel moeten. Het zijn tenslotte hogere officieren.'
Ik zei niets.
'Wat zegt jullie nieuwe commandant ervan?'
'Die vindt dat we de zaak moeten laten rusten. Hij maakt zich zorgen over een gênante ontwikkeling.'
'U zou zich iets van hem aan moeten trekken.'
'Ik ben rechercheur. Ik moet vragen stellen.'
'Het leger is een familie,' zei ze. 'We staan allemaal aan dezelfde kant.'
'Zijn Vassell en Coomer gisteravond met deze tas weggegaan?'
Norton deed haar ogen weer dicht. Eerst dacht ik dat ze alleen maar geërgerd was, maar toen besefte ik dat ze zich het tafereel van de vorige avond voor de geest haalde, bij de garderobe van de officiersclub.
'Nee,' zei ze. 'Geen van tweeën is met die tas weggegaan.'
'Weet u dat absoluut zeker?'
'Honderd procent.'
'Hoe was de stemming tijdens het eten?'
Ze deed haar ogen open.
'Ze waren ontspannen,' zei ze. 'Alsof ze een avondje niets te doen hadden.'
'Hebben ze gezegd waarom ze weer op Bird waren?'
'Gistermiddag om twaalf uur is generaal Kramer begraven.'
'Dat wist ik niet.'
'Volgens mij had het Walter Reed het lichaam vrijgegeven en heeft het Pentagon de zaak geregeld.'

'Waar was die begrafenis?'
'Op de begraafplaats Arlington,' zei ze. 'Waar anders?'
'Dat is vijfhonderd kilometer hiervandaan.'
'Ongeveer. In vogelvlucht.'
'Waarom zijn ze dan hierheen gekomen voor het eten?'
'Dat hebben ze niet gezegd,' zei ze.
Ik zei niets.
'Nog iets?' vroeg ze.
Ik schudde mijn hoofd.
'In een motel?' zei ze. 'Zie ik eruit als het type vrouw dat een man in een motel zou willen ontmoeten?'
Ik gaf geen antwoord.
'Ingerukt,' zei ze.
Ik stond op. Summer volgde mijn voorbeeld. Ik pakte Kramers aktetas van de middelste stoel en liep de kamer uit. Summer volgde me op de voet.

'Geloof jij haar?' vroeg Summer.
We zaten in de Humvee voor het gebouw van Psy-Ops. De motor draaide stationair en de verwarming blies warme, benauwde lucht die naar diesel rook naar binnen.
'Honderd procent,' zei ik. 'Omdat ze niet naar de tas keek. Ze zou heel nerveus zijn geworden als ze die tas eerder had gezien. En ik geloof haar zeker wat dat motel aanging. Het zou je een suite in het Ritz kosten om in haar onderbroek te mogen.'
'Dus wat zijn we wijzer geworden?'
'Niets,' zei ik. 'Helemaal niets.'
'Nee, we zijn te weten gekomen dat Bird blijkbaar een heel populaire plek is. Vassell en Coomer blijven er maar grote afstanden voor afleggen, zonder duidelijke reden.'
'Vertel mij wat,' zei ik.
'En die Norton denkt dat we een familie zijn.'
'Officieren,' zei ik. 'Wat had je gedacht?'
'Jij bent officier. Ik ook.'
Ik knikte.
'Ik heb vier jaar op West Point gezeten,' zei ik. 'Ik zou beter moeten weten. Ik had m'n naam moeten veranderen en als gewoon soldaat terug moeten komen. Drie promoties, ik zou inmiddels een E4-specialist zijn geweest. Misschien zelfs een E5-sergeant. Ik wou dat het waar was.'
'Wat nu?'

Ik keek op mijn horloge. Het was bijna tien uur.
'Slapen,' zei ik. 'Bij zonsopgang gaan we naar dat yoghurtbekertje zoeken.'

13

Zelf had ik nog nooit yoghurt gegeten, maar ik had het spul weleens gezien, en ik had de indruk dat eenpersoonsporties werden verkocht in bekertjes van ongeveer vijf centimeter breed, wat betekende dat je er ongeveer driehonderd op een vierkante meter kwijt kon, wat ruim drie miljoen op een hectare betekende, wat betekende dat je er honderdvijftig miljard op het terrein van Fort Bird kon verstoppen. Wat betekende dat een speurtocht naar één bekertje ongeveer neerkwam op het zoeken naar één enkele antraxkiem in het Yankee-stadion. Ik voerde de berekening uit terwijl ik me in de duisternis vlak voor zonsopgang douchte en aankleedde.

Daarna ging ik op bed zitten wachten op het eerste licht. Het had geen zin om op pad te gaan en de kans van één op honderdvijftig miljard te missen omdat het te donker was om goed te kunnen zien. Maar terwijl ik daar zat, bedacht ik dat we de kansen wat groter konden maken door intelligent vast te stellen wat we precies zochten. De man met de yoghurt was er kennelijk in geslaagd om van a naar b terug te keren. We wisten waar a was. Dat was de plek waar Carbone was vermoord. En de keuze waar b was, was maar beperkt. B was ofwel een willekeurige opening in de omheining, of een plek tussen de voornaamste gebouwen op de basis. Dus als we intelligent te werk gingen, konden we de miljarden tot miljoenen terugbrengen en het bekertje in honderd jaar vinden in plaats van duizend.

Behalve als het al schoon gelikt in het hol van de een of andere uitgehongerde wasbeer lag.

Ik trof Summer in het wagenpark van de MP. Ze was opgewekt en energiek, maar we zeiden niets. Er viel niets te zeggen, behalve dat de taak die we op ons hadden genomen onmogelijk was. En waarschijnlijk wilden we dat geen van beiden hardop zeggen. Dus spraken we niet. We namen gewoon een willekeurige Humvee en reden weg. Voor de verandering reed ik en we maakten dezelfde rit van drie minuten die ik ruim dertig uur daarvoor ook had gemaakt.

Volgens de kilometerteller in de Humvee reden we bijna tweeënhalve kilometer en volgens het kompas in zuidwestelijke richting, en toen waren we op de plaats delict. Er zaten nog steeds stukjes MP-tape op een paar bomen. We parkeerden tien meter van het pad en stapten uit. Ik klom op de motorkap en ging op het dak boven de voorruit zitten. Keek naar het westen en het noorden, en vervolgens draaide ik me om en keek naar het oosten en zuiden. Het was koud. Er stond een windje. Het landschap was bruin, doods en immens. Het eerste zonlicht was zwak en bleek.

'Welke kant is hij opgegaan?' riep ik.

'Het noordoosten,' riep Summer terug.

Ze klonk vrij zeker van haar zaak.

'Waarom?' riep ik.

Ze klom op de motorkap en kwam naast me zitten.

'Hij had een voertuig,' zei ze.

'Waarom?'

'Omdat we hier geen verlaten voertuig hebben gevonden en ik betwijfel of ze hebben gelopen.'

'Waarom?'

'Omdat het dan dichter bij hun beginpunt zou zijn gebeurd. Dit is minstens een halfuur lopen van waar dan ook. Ik zie de dader niet een halfuur lang een koevoet onder zijn jas verbergen als ze naast elkaar hebben gelopen. Dan zou hij als een robot hebben gelopen. Carbone zou onraad hebben geroken. Dus zijn ze met een auto gekomen. In de auto van de slechterik. Hij had het wapen op de achterbank onder een jack of zoiets. Misschien ook het mes en de yoghurt.'

'Waar zijn ze begonnen?'

'Maakt niet uit. Het enige dat er momenteel toe doet, is waar de dader daarna naartoe is gegaan. En als hij in een auto zat, is hij niet naar de omheining gereden. We mogen aannemen dat er geen gaten ter grootte van een auto in zitten. Mansgrote misschien, of ter grootte van een hert, maar geen gat ter grootte van een zware of kleine auto.'

'Oké,' zei ik.

'Dus is hij terug naar de basis gereden. Hij kan nergens anders heen zijn gegaan. Je rijdt niet zomaar ergens heen. Hij is langs hetzelfde pad teruggereden en heeft zijn gewone bezigheden hervat.'

Ik knikte. Keek naar de horizon in het westen, recht voor me uit. Draaide me om en keek in noordoostelijke richting, langs het pad.

Tweeënhalve kilometer spoor. Ik stelde me de aerodynamiek van een leeg yoghurtbekertje voor. Licht plastic, bekervormig, een gescheurd foliedekseltje flapperend in de wind als een rem. Ik stelde me voor dat ik er een hard wegsmeet. Het zou door de lucht zeilen en afremmen. Het zou hoogstens drie meter afleggen. Tweeënhalve kilometer pad, drie meter berm, links, aan de bestuurderskant. Ik voelde miljoenen tot duizenden krimpen. Daarna vermenigvuldigden ze zich weer tot miljarden.
'Goed nieuws en slecht nieuws,' zei ik. 'Volgens mij heb je gelijk, dus heb je het zoekterrein met ongeveer negenennegentig procent teruggebracht. Misschien iets meer. Dat is goed.'
'Maar?'
'Als hij in een auto zat, zou hij het dan wel hebben weggegooid?'
Summer zweeg.
'Hij heeft het misschien gewoon op de vloer gegooid,' zei ik. 'Of achterin.'
'Niet als het een voertuig van het wagenpark was.'
'Dus misschien heeft hij het later in een prullenbak op de stoep gegooid, nadat hij de auto had weggezet. Of het mee naar huis genomen.'
'Kan. Het is een fifty-fifty-situatie.'
'Hooguit zeventig-dertig,' zei ik.
'We moesten toch maar een kijkje gaan nemen.'
Ik knikte. Zette me schrap tegen de rand boven de voorruit en sprong op de grond.

Het was januari en de omstandigheden waren vrij gunstig. Februari zou nog beter zijn geweest. In het gematigde klimaat op het noordelijk halfrond sterft de vegetatie in februari helemaal af. De begroeiing is dan op haar dunst. Maar januari was goed. Het struikgewas was laag en de grond was effen en bruin. Het was de kleur van dode varens en humus. Er lag geen sneeuw. Het landschap was gelijkmatig, neutraal en organisch. Een goede ondergrond. Volgens mij zou een bekertje van een zuivelproduct wit of crèmekleurig zijn. Of misschien roze, vanwege de aardbeien- of frambozensmaak. Het zou hoe dan ook een behulpzame kleur zijn. Het zou bijvoorbeeld niet zwart zijn. Niemand stopt een zuivelproduct in een zwarte verpakking. Dus als het er lag en we kwamen er in de buurt, zouden we het vinden.
We zochten een strook van drie meter om de plaats delict af. Niets. Dus gingen we terug naar het pad en liepen er in noord-

oostelijke richting langs. Summer liep anderhalve meter van de linkerberm van het pad. Ik liep daar anderhalve meter links van. Als we allebei naar links en naar rechts keken, bestreken we een strook van vijf meter, met twee paar ogen op de cruciale strook van anderhalve meter tussen ons in, precies waar het bekertje volgens mijn aërodynamische theorie geland moest zijn.

We liepen langzaam, ongeveer op half de normale snelheid. Ik zette kleine stappen en nam een ritme aan waarbij ik mijn hoofd bij elke stap heen en weer draaide. Het voelde vrij stompzinnig. Ik moet eruit hebben gezien als een pinguïn. Maar het was een efficiënte methode. Ik schakelde vanzelf een soort automatische piloot in en de grond onder mijn voeten werd een waas. Ik zag geen afzonderlijke twijgjes en grasprietjes. Ik filterde alles uit wat er moest liggen. Ik had het gevoel dat iets wat er niet hoorde ogenblikkelijk in het oog moest springen.

We liepen tien minuten zonder iets te vinden.

'Ruilen?' vroeg Summer.

We wisselden van plaats en liepen door. We zagen een miljoen ton bosafval, maar anders niets. Legerbases worden scrupuleus schoongehouden. De wekelijkse afvalpatrouille is een soort godsdienstoefening. Buiten de omheining zouden we over allerlei troep struikelen. Binnen lag niets. Helemaal niets. We liepen nog eens tien minuten en ruilden weer van plaats. Langzaam lopen in de kou maakte me verkleumd. Ik tuurde als een maniak naar de grond. Ik had het gevoel dat we steeds dichter in de buurt moesten zijn. Tweeënhalve kilometer is vijfentwintighonderd meter. Naar mijn gevoel waren de eerste en laatste paar honderd meter slecht jachtterrein. In het begin zou de man zijn voortgedreven door de pure zucht om te ontkomen. Hij wist dat hij in de buurt van de gebouwen van de basis helemaal klaar en tot zichzelf gekomen moest zijn. Dus als hij iets had geloosd, zou dat ertussenin geweest moeten zijn. Iemand met een beetje gezond verstand zou zijn gestopt, een paar keer diep adem hebben gehaald en nagedacht hebben. Hij zou zijn raampje omlaag hebben gedraaid en de nachtelijke lucht op zijn gezicht hebben gevoeld. Ik vertraagde mijn tred en keek nog beter, naar links en naar rechts, naar links en naar rechts. Zag niets.

'Zat er bloed op hem?' vroeg ik.

'Misschien een beetje,' zei Summer rechts van me.

Ik keek haar niet aan en hield mijn ogen op de grond gericht.

'Op zijn handschoenen,' zei ze. 'Misschien op zijn schoenen.'

'Minder dan hij misschien had verwacht,' zei ik. 'Hij zou misschien een heleboel bloed hebben verwacht, tenzij hij arts was.'
'Dus?'
'Dus heeft hij geen auto uit het wagenpark gebruikt. Hij verwachtte bloed en wilde niet het risico lopen dat een auto die iemand anders de volgende dag zou besturen helemaal onder zou komen te zitten.'
'Dus zoals je al zei, zal hij het achterin hebben gegooid, als het zijn eigen auto is geweest. Dus zullen we hier niets vinden.'
Ik knikte. Zei niets. Liep door.

We hadden het hele middengedeelte gehad zonder iets te vinden. Twee kilometer slapend organisch materiaal en niet één ding dat door mensenhanden was gemaakt. Geen peukje, geen stukje papier, geen roestig blikje, geen lege flessen. Het was een waar eerbewijs aan het enthousiasme van de basiscommandant. Maar wel teleurstellend. We stopten toen de voornaamste gebouwen van de basis driehonderd meter verderop duidelijk zichtbaar waren.
'Ik wil terug,' zei ik. 'Ik wil het middenstuk nog eens doen.'
'Oké,' zei ze. 'Rechtsomkeert.'
Ze draaide zich om en we ruilden van plaats. We besloten beiden telkens een stuk van driehonderd meter in de tegenovergestelde richting af te zoeken. Dus waar ik aan de binnenkant had gelopen, ging ik nu aan de buitenkant en andersom. Er was geen concrete reden voor, alleen was ons perspectief anders en hadden we het gevoel dat we het nu omgekeerd moesten doen. Ik was meer dan dertig centimeter langer dan zij en daarom leerde eenvoudige trigonometrie dat ik in beide richtingen dertig centimeter verder kon kijken. Haar gezicht zat dichter bij de grond en ze beweerde oog voor detail te hebben.
We liepen langzaam en gelijkmatig terug.
Niets in de eerste etappe. We wisselden van plaats. Ik ging drie meter van het pad lopen en keek links en rechts. We liepen nu tegen de wind in en mijn ogen gingen tranen van de kou. Ik stak mijn handen in mijn zakken.
Niets in de tweede etappe. We ruilden weer van plek. Ik liep anderhalve meter van het pad, evenwijdig aan de berm. Niets in de derde etappe. We ruilden weer. Onder het lopen maakte ik een hoofdrekensommetje. Tot nu toe hadden we een strook van vijf meter over een lengte van 2340 meter afgelegd. Dat betekende 11.700 vierkante meter, dus ruim een hectare. Een van de veer-

tigduizend, dus een kans van ongeveer een op veertigduizend. Beter dan naar de stad rijden om een dollar aan een lot in de loterij uit te geven. Maar niet veel beter.
We liepen verder. De wind nam in kracht toe en we kregen het kouder. We zagen niets.
Toen zag ik wel iets.
Het was naar rechts. Misschien een meter of zeven. Geen yoghurtbekertje. Iets anders. Ik had er bijna geen acht op geslagen, omdat het buiten de mogelijkheidszone was. Geen licht plastic ding zonder aërodynamische hoedanigheden kon zo ver zijn gevlogen als het uit een auto op het pad was geworpen. Dus mijn ogen zagen het wel, maar mijn brein verwierp het door zijn voorprogrammering direct.
En daarna sloot het zich helemaal af. Uit zuiver dierlijk instinct. Het zag er namelijk uit als een slang. Mijn reptielenbrein fluisterde *slang* en ik kreeg die oerschok die mijn voorouders in de evolutie gezond en wel had gehouden. Het duurde maar een fractie van een seconde en werd onmiddellijk gesmoord. Het moderne, geschoolde deel van mijn brein nam het over en zei: *Geen slangen hier in januari, makker. Veel te koud.* Ik ademde uit, liep verder en vervolgens bleef ik staan voor een blik over mijn schouder, puur uit nieuwsgierigheid.
Er lag een zwart gebogen voorwerp in het gras. Een riem? Een tuinslang? Maar het lag dieper weggezonken tussen de stugge bruine sprieten dan iets van leer of rubber kon zijn gevallen. Het lag tussen de wortels. Daarom moest het zwaar zijn. En het moest ook wel zwaar zijn om zo ver van het pad te zijn gevallen. Daarom was het van metaal. Solide, geen buis. Daarom was het niet iets bekends. Maar weinig militaire dingen zijn gebogen.
Ik liep erheen. Keek van dichtbij. Bukte me.
Het was een koevoet.
Een zwart geverfde koevoet. Aan de ene kant zat hij onder het aangekoekte bloed en haar.

Ik hield de wacht en liet Summer de Humvee halen. Ze moest de hele weg hard hebben gelopen, want ze was eerder terug dan ik verwachtte en buiten adem.
'Hebben we een bewijszak?'
'Het is geen bewijs,' zei ze. 'Een trainingsongeval heeft geen bewijs nodig.'
'Ik ben niet van plan het naar de rechtbank te brengen,' zei ik.

'Ik wil hem gewoon niet aanraken, anders niet. Ik wil mijn vingerafdrukken er niet op. Dat kan Willard op een idee brengen.'
Ze keek achter in de wagen.
'Geen bewijszakken,' zei ze.
Ik dacht even na. Doorgaans zie je er buitengewoon nauwlettend op toe dat je bewijsmateriaal niet bezoedelt met vreemde afdrukken, haren en vezels om het onderzoek niet in de war te schoppen. Als je het verknalt, kan het OM gehakt van je maken. Maar nu moest de motivatie anders zijn, omdat Willard een rol speelde. Als ik het verknalde, kon ik de bak indraaien. Middelen, motief en gelegenheid, plus mijn vingerafdrukken op het moordwapen. Te mooi om waar te zijn. Als het verhaal over het ongeluk tijdens een oefening Willard ooit zou opbreken, zou hij alles aangrijpen waar hij de hand op kon leggen.
'We kunnen er een specialist bij halen,' zei Summer. Ze stond vlak achter me. Ik voelde het.
'We kunnen er niemand anders bij gebruiken,' zei ik. 'Ik wilde jou er zelfs niet bij.'
Ze kwam naast me staan en hurkte. Ze streek het gras weg om beter te kunnen kijken.
'Niet aanraken,' zei ik.
'Was ik niet van plan,' zei ze.
We bekeken hem samen van dichtbij. Het was een koevoet van achthoekig staal. Hij zag eruit als een gloednieuw stuk kwaliteitsgereedschap. Hij was glanzend zwart geverfd met het soort lak dat mensen op boten en auto's gebruiken. Hij had een beetje de vorm van een altsaxofoon. De staaf zelf was een centimeter of zestig lang, had een lichte S-vorm, een flauwe bocht aan de ene kant en een scherpe aan de andere, de vorm van een hoofdletter J. Beide uiteinden waren afgevlakt en ingekeept tot een klauw om spijkers uit hout te trekken. Het was een gestroomlijnd, uitgekiend en eenvoudig ontwerp. En wreed.
'Amper gebruikt,' zei Summer.
'Nooit,' zei ik. 'In elk geval niet in de bouw.'
Ik stond op.
'We hoeven geen vingerafdrukken te nemen,' zei ik. 'We mogen aannemen dat de man handschoenen droeg toen hij de klap uitdeelde.'
Summer stond op.
'De bloedgroep hebben we ook niet nodig,' zei ze. 'We mogen ervan uitgaan dat hij van Carbone is.'

Ik zei niets.
'We kunnen hem gewoon hier laten,' zei Summer.
'Nee,' zei ik. 'Dat kunnen we niet.'
Ik bukte me en maakte de veter van mijn rechterschoen los. Trok hem er helemaal uit en maakte een dubbele platte knoop om de uiteinden aan elkaar te binden. Zo kreeg ik een gesloten lus met een doorsnede van een kleine veertig centimeter. Ik hing hem over mijn rechterhand en sleepte het losse eind over de stoppels tot hij onder het uiteinde van de koevoet bleef steken. Daarna sloot ik mijn vuist en tilde het zware stalen gewicht behoedzaam uit het gras. Ik hield hem hoog als een trotse visser zijn vangst.
'Kom mee,' zei ik.
Ik hinkte naar de passagierskant met de koevoet licht zwaaiend in de lucht en mijn schoen half van mijn voet. Ik ging dicht bij de cardantunnel zitten en balanceerde de koevoet op de grond, voldoende om hem niet tegen mijn broek te laten zwaaien als de auto in beweging was.
'Waar gaan we heen?' vroeg Summer.
'Naar het mortuarium,' zei ik.

Ik hoopte dat de patholoog en zijn personeel aan het eten zouden zijn, maar dat was niet zo. Ze waren allemaal in het gebouw aan het werk. We liepen in de hal de patholoog zelf tegen het lijf. Hij ging ergens heen met een map in zijn handen. Hij keek naar ons en vervolgens naar de trofee die aan mijn schoenveter bungelde. Het kostte hem een halve seconde om te begrijpen wat het was en nog een halve om te begrijpen dat het ons allemaal in een zeer hachelijke situatie kon brengen.
'We kunnen later wel terugkomen,' zei ik. *Als u er niet bent.*
'Nee,' zei hij. 'We gaan wel naar mijn kantoor.'
Hij ging voor. Ik keek naar hem. Hij was een kleine, donkere man met korte benen, kwiek, competent en iets ouder dan ik. Hij leek me vrij aardig. En volgens mij was hij niet op zijn achterhoofd gevallen. Dat zijn maar weinig artsen. Ze moeten allerlei ingewikkelde dingen leren voordat ze op hun bestemming zijn. Het zijn in wezen geleerden, en geleerden hebben in het algemeen een eerlijke belangstelling voor feiten en de waarheid. Of op zijn minst een soort aangeboren nieuwsgierigheid. Dat was allemaal prima, want de houding van deze man zou van doorslaggevend belang zijn. Hij kon ons geen strobreed in de weg leggen, of ons met één enkel telefoontje verraden.

Zijn kantoor was een saaie, vierkante ruimte vol ouderwetse metalen bureaus en archiefkasten. Het was er vol. Er waren boekenplanken vol boeken en handleidingen. Geen potten met specimens. Geen bizarre dingen gemarineerd in formaline. Het had net zo goed het kantoor van de legerjurist kunnen zijn, alleen waren de diploma's van medische faculteiten in plaats van juridische.

Hij ging op zijn bureaustoel zitten. Legde de map op zijn bureau en zette zijn ellebogen erop. Ik stond midden in de kamer met de koevoet die in de lucht bungelde. We keken elkaar allemaal aan. Wachtend wie de eerste zet zou doen.

'Carbone was een trainingsongeval,' zei de dokter, alsof hij zijn eerste pion twee velden naar voren schoof.

Ik knikte.

'Zonder enige twijfel,' zei ik, alsof ik mijn eigen pion verzette.

'Ik ben blij dat we het dáárover eens zijn,' zei hij.

Maar hij zei het op een toon die betekende: *heb je het ooit zo zout gegeten?*

Ik hoorde Summer herademen, omdat we een bondgenoot hadden. Maar wel een bondgenoot die afstand wilde bewaren. We hadden een bondgenoot die zich achter een ingewikkelde maskerade wilde verschuilen. En ik nam het hem niet echt kwalijk. Hij was het leger dienstjaren verschuldigd in ruil voor zijn studiefinanciering. Daarom was hij op zijn hoede. Daarom was hij een bondgenoot met wiens wensen we rekening moesten houden.

'Carbone is gevallen en heeft zijn hoofd gestoten,' zei ik. 'Het is een gesloten zaak. Zuiver een ongeluk, heel betreurenswaardig voor alle betrokkenen.'

'Maar?'

Ik hield de koevoet iets hoger.

'Volgens mij heeft hij zijn hoofd hiertegen gestoten,' zei ik.

'Drie keer?'

'Misschien is hij gestuiterd. Misschien lagen er dode takjes onder de bladeren, waardoor de grond een beetje verend werd, zoals een trampoline.'

De dokter knikte. 'In deze tijd kan de grond inderdaad zo zijn.'

'Dodelijk,' zei ik.

Ik liet de koevoet weer zakken en wachtte.

'Waarom heb je die hierheen gebracht?' vroeg de arts.

'Er kan sprake zijn van medeverantwoordelijke nalatigheid,' zei ik. 'Degene die dit heeft laten slingeren waardoor Carbone erop

is gevallen, komt misschien in aanmerking voor een berisping.'
De dokter knikte weer. 'Rommel maken is een ernstig misdrijf.'
'In het leger van de bewuste persoon,' zei ik.
'Wat wilt u dat ik doe?' vroeg hij.
'Niets,' zei ik. 'We zijn hier om u een handje te helpen, anders niet. Nu het een gesloten zaak is, dachten we dat u geen rommel in uw kantoor wilde hebben, zoals die gipsafgietsels die u hebt gemaakt. Van de verwonding. We dachten, misschien kunnen we die voor u weggooien.'
De dokter knikte voor de derde maal.
'Dat kunt u wel doen,' zei hij. 'Dat zou mij de rit besparen.'
Hij dacht een poosje na. Daarna legde hij de map die voor hem lag weg, trok een paar laden open, legde velletjes blanco papier op het bureaublad plus een stuk of zes microscoopglaasjes.
'Dat ding ziet er zwaar uit,' zei hij.
'Dat is het ook,' zei ik.
'Misschien kunt u het beter neerleggen,' zei hij. 'Om uw schouder te ontlasten.'
'Is dat een medisch advies?'
'U moet uw banden niet beschadigen.'
'Waar moet ik het neerleggen?'
'Op de eerste de beste vlakke ondergrond.'
Ik deed een stap naar voren en legde de koevoet voorzichtig op zijn bureau, op het papier en de glazen plaatjes. Haalde de lus eraf en maakte de knoop los. Hurkte en reeg hem weer door alle oogjes. Trok hem strak en maakte hem vast. Toen ik opkeek, zag ik nog net dat de dokter een microscoopglaasje verplaatste. Hij raapte het op en schraapte ermee langs het eind van de koevoet waar het aangekoekte bloed en de haren zaten.
'Verdomme,' zei hij. 'Heb ik dit glaasje helemaal vies gemaakt. Heel slordig van me.'
Hij maakte dezelfde fout met nog vijf glaasjes.
'Hebben we belangstelling voor vingerafdrukken?' vroeg hij.
Ik schudde mijn hoofd. 'We gaan uit van handschoenen.'
'Toch maar even kijken, vind ik. Medeverantwoordelijke nalatigheid is een ernstige zaak.'
Hij trok nog een la open, haalde een rubberhandschoen uit een doos en trok hem aan. Hij veroorzaakte een wolkje talkpoeder. Daarna pakte hij de koevoet en ging ermee de kamer uit.

Hij was binnen tien minuten terug. Hij had zijn handschoen nog

aan. De koevoet was schoongewassen. De zwarte lak blonk. Hij zag eruit als nieuw.
'Geen vingerafdrukken,' zei hij.
Hij legde de koevoet op zijn stoel, trok een la van een archiefkast open en pakte een bruine kartonnen doos. Maakte hem open en haalde twee krijtwitte gipsafdrukken te voorschijn. Ze waren een centimeter of vijftien lang en onder op beide was met zwarte inkt *Carbone* geschreven. De ene was positief, gevormd door nat gips in de wond te drukken. De andere was negatief, gevormd door nat gips over het positief te drukken. Het negatief toonde de vorm van de wond die het wapen had gemaakt, en dus toonde het positief de vorm van het wapen zelf.
De arts legde het positief op de stoel naast de koevoet. Verschikte hem zo dat hij evenwijdig lag. De afdruk was wit en vertoonde een paar putjes van het afdrukproces, maar was voor de rest identiek aan het gladde, zwarte ijzer. Zonder meer identiek. Zelfde profiel, zelfde dikte, zelfde contouren.
Daarna legde de dokter het negatief op zijn bureau. Dat was iets groter dan het positief, en een beetje rommeliger. Het was een exacte replica van Carbones ingeslagen achterhoofd. De dokter pakte het breekijzer. Woog het in zijn hand, hield hem recht, speculatief. Bracht hem heel behoedzaam omlaag, één keer, voor de eerste klap, twee keer voor de tweede. Vervolgens een derde keer voor de laatste. Hij legde hem in het gips. De derde en uiteindelijke wond was het beste afgetekend. Het was een duidelijke voor van ongeveer twee centimeter in het gips, en de koevoet paste als gegoten.
'Ik zal het bloed en het blonde haar controleren,' zei de arts. 'Niet dat we niet al weten wat de uitslag zal zijn.'
Hij tilde de koevoet uit het gips en probeerde het opnieuw. Hij paste er opnieuw in, precies tot op de bodem. Hij tilde hem eruit en balanceerde hem op zijn open handpalmen, alsof hij hem woog. Daarna pakte hij hem bij het rechte eind en zwaaide ermee als een slagman die een hoge harde bal wil slaan. Hij haalde opnieuw uit, en nu harder: een compacte, heftige slag. Het breekijzer zag er groot uit in zijn handen. Groot, en een beetje zwaar voor hem. Een beetje té.
'Erg sterke knaap,' zei hij. 'Gemene klap. Lange, zware kerel, rechtshandig, fysiek in zeer goede conditie. Maar dat geldt voor een hoop lui op deze basis, denk ik.'
'Er was geen kerel,' zei ik. 'Carbone is op zijn hoofd gevallen.'

De dokter glimlachte even en liet de koevoet weer op zijn handen balanceren.
'Mooi ding, in zekere zin,' zei hij. 'Klinkt dat raar?'
Ik wist wat hij bedoelde. Het was een mooi stuk staal dat niets meer of minder was dan het moest zijn. Zoals een Colt Detective Special, of een K-bar, of een kakkerlak. Hij schoof hem in een lange, stalen la. Het metaal maakte een schrapend geluid en een vage, doffe klap toen hij het uiteindelijk losliet.
'Ik bewaar hem hier wel,' zei hij. 'Als u wilt. Dat is veiliger, zo.'
'Oké,' zei ik.
Hij deed de la dicht.
'Bent u rechtshandig?' vroeg hij.
'Ja,' zei ik.
'Kolonel Willard heeft me verteld dat u het hebt gedaan,' zei hij. 'Maar ik geloofde hem niet.'
'Waarom niet?'
'U was erg verrast toen u zag wie het was. Toen ik zijn gezicht weer terugdeed. U toonde een duidelijke, fysieke reactie. Zoiets kun je niet spelen.'
'Hebt u dat tegen Willard gezegd?'
De dokter knikte. 'Het leek alsof het niet in zijn kraam te pas kwam. Maar het bracht hem niet van de wijs. Ik weet zeker dat hij nu al aan een theorie werkt om die reactie te verklaren.'
'Ik zal uitkijken,' zei ik.
'Er zijn ook een paar sergeants van Delta bij me langs geweest. Er doen geruchten de ronde. Ik denk dat u zeer goed moet uitkijken.'
'Dat ben ik ook van plan,' zei ik.
'Héél goed uitkijken,' zei hij.

Summer en ik gingen terug naar de Humvee. Ze startte, zette hem in de versnelling en bleef zitten met de voet op de rem.
'Fourier,' zei ik.
'Het was geen militair gereedschap,' zei ze.
'Het zag er duur uit,' zei ik. 'Misschien duur genoeg voor het Pentagon.'
'Dan zou hij groen geweest zijn.'
Ik knikte. 'Waarschijnlijk. Maar we moeten toch maar even kijken. Vroeg of laat moeten we alles op een rijtje hebben.'
Ze haalde haar voet van de rem en reed naar het gebouw van de fourier. Ze was veel langer op Bird dan ik en wist de weg. Ze

parkeerde voor het gebruikelijke soort warenhuis. Ik wist dat er binnen een lange toonbank zou zijn met kolossale opslagruimten erachter waar je niet mocht komen. Er zouden enorme stapels kleren, banden, dekens, eetgerei, gereedschap voor loopgraven en allerlei soorten uitrusting liggen.

We gingen naar binnen en troffen een jongeman in een nieuw gevechtstenue achter de toonbank. Hij was een vrolijke, uit de kluiten gewassen boerenjongen. Hij zag eruit alsof hij in de ijzerhandel van zijn vader werkte en alsof het zijn levensvervulling was. Hij was enthousiast. Ik zei dat we belangstelling hadden voor bouwmateriaal. Hij sloeg een handboek open dat zo dik was als acht telefoonboeken. Vond het juiste hoofdstuk. Ik vroeg om een lijst van koevoeten. Hij likte aan zijn wijsvinger, sloeg een paar bladzijden om en vond twee vermeldingen. *Breekijzer, algemeen, lang, klauw aan één uiteinde.* En vervolgens: *koevoet, algemeen, kort, klauw aan beide uiteinden.* Ik vroeg of hij een exemplaar van de laatste categorie wilde laten zien.

Hij liep weg en verdween tussen de hoge stapels. We wachtten. Ademden het unieke fouriersmelange in van oud stof, nieuw rubber en klamme keper. Vijf lange minuten later kwam hij terug met een GI-koevoet. Legde die op de toonbank. Hij landde met een doffe klap. Summer had gelijk. Hij was olijfgroen. En hij zag er totaal anders uit dan het exemplaar dat we zojuist in het kantoor van de patholoog hadden achtergelaten. Ander profiel, vijftien centimeter korter, iets dunner, iets andere krommingen. Het zag eruit als een goed ontwerp. Het was waarschijnlijk een uitstekend voorbeeld van hoe het leger de dingen aanpakt. Jaren geleden was het misschien het negenennegentigste onderwerp op iemands agenda geweest. Er was waarschijnlijk een subcomité gevormd met deskundige adviezen van overlevenden van vroegere geniebataljons. Ze hadden waarschijnlijk een specificatielijst opgesteld betreffende lengte, gewicht en duurzaamheid. Ze hadden de metaalmoeheid onderzocht. Ze zouden lokaties van waarschijnlijke toepassing hebben overwogen. Ze zouden de broosheid van het materiaal in de strenge winter van Noord-Europa in aanmerking hebben genomen, alsook de souplesse in de moordende hitte van landen rond de evenaar. Er zouden gedetailleerde tekeningen zijn gemaakt. Er zouden offertes zijn opgevraagd. Fabrieken in heel Pennsylvania en Alabama zouden een offerte hebben uitgebracht. Er zouden prototypes zijn gesmeed. Die zouden uitputtend zijn beproefd. Er zou niet meer dan één winnaar

uit de bus komen. Er zou voor verf zijn gezorgd en de dikheid en uniformiteit van de toepassing zou gespecificeerd en nauwkeurig gevolgd worden. Vervolgens zou men de hele toestand volledig vergeten. Maar het product van al die maanden wikken en wegen werd nog steeds geleverd, met duizenden per jaar, of ze nu nodig waren of niet.
'Bedankt, soldaat,' zei ik.
'Neemt u hem mee?' vroeg de jongen.
'Ik wilde hem alleen maar zien,' zei ik.

We gingen terug naar mijn kantoor. Het was halverwege de ochtend, het weer was grauw en ik had een doelloos gevoel. Tot nu toe was het nieuwe decennium me niet gunstig gezind. Die eerste zes dagen was ik nog geen fervente fan van de jaren negentig geworden.
'Ga je het ongeluksrapport schrijven?' vroeg Summer.
'Voor Willard? Nog niet.'
'Hij zal het vandaag verwachten.'
Ik knikte. 'Ik weet het. Maar ik laat hem er nog een keer om vragen.'
'Waarom?'
'Ik denk omdat het een boeiende ervaring is. Zoiets als kijken naar maden die uit hun dak gaan in iets wat is gestorven.'
'Wat is er dan gestorven?'
'Mijn enthousiasme om 's morgens op te staan.'
'Eén rotte appel,' zei ze. 'Zegt nog niet veel.'
'Misschien niet,' zei ik. 'Als het er bij één blijft.'
Ze zei niets.
'Koevoeten,' zei ik. 'We hebben twee aparte zaken met koevoeten en ik hou niet van toeval. Maar ik zie het verband niet. Ze zijn op geen enkele manier met elkaar in verband te brengen. Carbone was in alle opzichten lichtjaren van mevrouw Kramer verwijderd. Ze bevonden zich in totaal verschillende werelden.'
'Het verband is Vassell en Coomer,' zei ze. 'Ze hadden belang bij iets wat in mevrouw Kramers huis had kunnen zijn, en ze waren hier op Bird de avond dat Carbone werd vermoord.'
Ik knikte. 'Dat maakt me juist zo knetter. Het is het volmaakte verband, alleen is het dat niet. Ze hebben in Washington maar één telefoontje gekregen, ze waren te ver van Green Valley om zelf iets tegen mevrouw Kramer te ondernemen en zij hebben niemand gebeld vanuit het hotel. Vervolgens waren ze hier op de

avond dat Carbone stierf, maar ze zaten de hele tijd in de officiersclub met tientallen getuigen biefstuk en vis te eten.'
'De eerste keer dat ze kwamen, hadden ze een chauffeur. Majoor Marshall, weet je nog? Maar de tweede keer waren ze alleen. Dat geeft me het gevoel van iets illegaals. Alsof ze hier met geheime bedoelingen waren.'
'Er is weinig stiekems aan rondhangen in de bar van de officiersclub om vervolgens in de eetzaal de maaltijd te gebruiken. Ze zijn de hele avond geen minuut van hun plaats geweest.'
'Maar waarom kwamen ze zonder chauffeur? Waarom kwamen ze op eigen houtje? We mogen aannemen dat Marshall met hen op de begrafenis was. Maar ze verkozen om zelf een kleine vijfhonderd kilometer te rijden en vervolgens nog eens vijfhonderd kilometer terug.'
'Misschien was Marshall niet beschikbaar,' zei ik.
'Hij is hun kroonprins,' zei ze. 'Hij is beschikbaar als zij dat willen.'
'Waarom zijn ze überhaupt hier gekomen? Het is een hele rit voor een zeer middelmatige maaltijd.'
'Ze kwamen voor de tas, Reacher. Norton zit ernaast. Kan niet anders. Iemand heeft hun de tas gegeven. Ze zijn ermee vertrokken.'
'Volgens mij zit Norton er niet naast. Mij heeft ze overtuigd.'
'Misschien hebben ze hem dan op de parkeerplaats opgepikt. Dat zou Norton zijn ontgaan. Ik neem aan dat ze niet naar buiten de kou in is gegaan om hen uit te zwaaien. Maar ze zijn ermee vertrokken, zeker weten. Waarom zouden ze anders met een gerust hart naar Duitsland zijn teruggevlogen?'
'Misschien hebben ze het gewoon opgegeven. Ze moesten hoe dan ook terug. Ze konden niet eeuwig blijven. Ze moesten om Kramers functie gaan kibbelen.'
Summer zei niets.
'Hoe dan ook,' zei ik, 'was er geen denkbare connectie.'
'Het universum is een en al willekeur.'
Ik knikte. 'Dus we zetten ze op een laag pitje. Carbone is het belangrijkst.'
'Gaan we nog naar het yoghurtbekertje zoeken?'
Ik schudde mijn hoofd. 'Dat ligt in de auto van die gast, of in zijn vuilnisbak.'
'Het kan van pas komen.'
'We zullen het met de koevoet moeten doen. Hij is gloednieuw.

Waarschijnlijk gelijk met de yoghurt gekocht.'
'We missen de middelen.'
'Rechercheur Clark in Green Valley doet het werk voor ons. Waarschijnlijk is hij al op zoek naar zíjn koevoet. Hij zal ijzerwinkels langsgaan. We gaan hem vragen om zijn zoekgebied te vergroten en het tijdsbestek wat op te rekken.'
'Dat levert hem een hoop extra werk op.'
Ik knikte. 'We moeten hem iets in ruil aanbieden. We moeten hem een wortel voorhouden. We zeggen dat wij aan iets werken dat hem misschien van pas kan komen.'
'Zoals?'
Ik glimlachte. 'We kunnen hem de naam van Andrea Norton geven. We kunnen haar precies laten zien wat voor soort familie we zijn.'
Ik belde rechercheur Clark. Ik liet de naam Andrea Norton achterwege. In plaats daarvan vertelde ik hem een paar leugentjes. Ik zei dat ik moest denken aan de schade aan mevrouw Kramers achterdeur en aan haar hoofd, en dat ik dacht dat er een koevoet aan te pas was gekomen. Vervolgens zei ik dat we toevallig te maken hadden met een epidemie van inbraken op militaire bases langs de hele oostkust waarbij koevoeten ook een rol schenen te spelen. Ik vroeg of we mochten profiteren van het werk dat hij ongetwijfeld al deed om het moordwapen van Green Valley te traceren. Op dat punt dacht hij even na en ik vulde de stilte door te zeggen dat militaire fouriers momenteel geen koevoeten in voorraad hadden, en dat ik er daarom van overtuigd was dat onze daders een burgerexemplaar hadden gebruikt. Ik maakte hem wijs dat ik niet opnieuw het wiel wilde uitvinden, omdat we een veelbelovender onderzoeksinsteek hadden waar we onze tijd aan wilden besteden. Op dat punt zweeg hij weer, zoals politiemensen overal ter wereld, wachtend op hetgeen ik hem in ruil te bieden had. Zodra we een naam, een profiel of een signalement hadden, zou hij die van ons krijgen, beloofde ik. Zo snel als dingen maar via een faxverbinding kunnen gaan. Daar kikkerde hij van op. Hij was wanhopig en zijn onderzoek zat op een dood spoor. Hij vroeg wat ik precies van hem verlangde. Ik zei dat we erg geholpen zouden zijn als hij zijn zoektocht zou vergroten tot een straal van vijfhonderd kilometer om Green Valley om aankopen in ijzerhandels na te trekken in een periode van oudejaarsavond laat tot pakweg 4 januari.
'Wat is die veelbelovende onderzoeksinsteek?'

'Er is misschien een militair verband met mevrouw Kramer. Misschien kunnen we u de dader op een presenteerblaadje geven, met een strik.'

'Dat zou ik erg op prijs stellen.'

'De wereld draait om samenwerking,' zei ik.

'Zeker weten,' zei hij.

Hij klonk blij. Hij slikte het hele verhaal. Hij beloofde zijn zoektocht uit te breiden en mij op de hoogte te houden. Ik hing op en de telefoon ging onmiddellijk over. Ik nam op en hoorde een vrouwenstem. Die klonk warm, intiem en zuidelijk. Ze vroeg me om een 10-16 te 10-33'en van de tweede officier van de MP in Fort Jackson, wat betekende: *Wees alstublieft paraat om een telefoontje aan te nemen via een beveiligde landverbinding van uw evenknie in South Carolina.* Ik wachtte met de telefoon aan mijn oor en hoorde even een leeg, elektronisch gesis. Daarna klonk er een harde klik en ik had mijn collega in South Carolina aan de lijn, die me vertelde dat ik moest weten dat kolonel David C. Brubaker, de commandant van de Speciale Eenheden van Fort Bird, die ochtend in een steegje van een achterbuurt van Columbia, de hoofdstad van South Carolina, was aangetroffen met twee kogels in zijn hoofd. Dat was ruim driehonderd kilometer van het hotel op de golfbaan in North Carolina, waar hij met zijn vrouw zijn verlof had doorgebracht. Volgens het plaatselijke ambulancepersoneel was hij al een dag of twee dood.

14

Mijn collega in Jackson heette Sanchez. Ik kende hem vrij goed en ik mocht hem graag. Hij was intelligent en bekwaam. Ik zette het telefoontje op de luidspreker zodat Summer mee kon luisteren. We hadden het even over jurisdictie, maar zonder veel enthousiasme. Jurisdictie was altijd een schemergebied en we wisten allemaal dat het bij voorbaat een verloren zaak was. Brubaker was op vakantie geweest, hij was in burgerkleren aangetroffen in een steeg in de stad en daarom werd hij opgeëist door de politie van Columbia. Daar konden we niets aan doen. Bovendien had de politie van Columbia de FBI ingelicht, omdat Brubakers laatst bekende verblijfplaats het golfhotel in North Carolina was geweest, wat een mogelijke complicatie van verschillende staten aan de situatie toevoegde; grensoverschrijdende moordzaken waren een zaak van de FBI. Ook omdat een officier strikt genomen een federale werknemer is en het vermoorden van een federale employé een afzonderlijk misdrijf is, wat een tweede tenlastelegging was die ze de dader voor de voeten konden gooien, als ze die door een godswonder ooit zouden vinden. Zowel Sanchez als Summer als mij kon het verschil tussen staatsrechtbanken en federale rechtbanken weinig schelen, maar we wisten alledrie dat de zaak helemaal buiten ons bereik was als de FBI erbij betrokken was. We waren het erover eens dat het beste waarop we konden hopen, was dat we uiteindelijk iets van de relevante documentatie te zien zouden krijgen, al was het alleen maar ter informatie en uit hoffelijkheid. Summer trok een grimas en wendde haar gezicht af. Ik schakelde de telefoon van de luidspreker uit en sprak weer een op een met Sanchez.

'Enig idee?' vroeg ik.

'Iemand die hij kende,' zei Sanchez. 'Het valt niet mee om een Delta-soldaat die zo goed is als Brubaker in een steegje te overrompelen.'

'Wapen?'

'De ambulancejongens denken dat het een negenmillimeterpistool was. En die kunnen het weten. Zij zien een heleboel schotwon-

den. Blijkbaar doen ze op vrijdag- en zaterdagavond in dat deel van de stad een heleboel opruimwerk.'
'Wat moest hij daar?'
'Geen idee. Waarschijnlijk een rendez-vous. Met een bekende.'
'Enig idee wanneer?'
'Het lijk was ijskoud, de huid een beetje groen en de rigor was geheel geweken. Ze zeggen vierentwintig tot achtenveertig uur. Veiligheidshalve iets daartussen. Zeg maar halverwege eergisternacht. Rond drie of vier uur. De gemeentereiniging vond hem vanmorgen om een uur of tien. Bij de wekelijkse vuilnisronde.'
'Waar was jij op 28 december?'
'Korea. En jij?'
'Panama.'
'Waarom hebben ze ons overgeplaatst?'
'Ik blijf maar denken dat we daar ieder moment achter zullen komen.'
'Er is iets bizars gaande,' zei Sanchez. 'Ik heb het uitgeplozen, omdat ik nieuwsgierig was, en over de hele wereld zijn er twintig van ons die in hetzelfde schuitje zitten. En op alle bevelen staat de handtekening van Garber, maar volgens mij is die niet echt.'
'Ik weet het wel zeker,' zei ik. 'Was er bij jullie iets aan de hand voor deze situatie met Brubaker?'
'Niets. De rustigste week die ik ooit heb meegemaakt.'
We hingen op. Ik bleef even stil zitten. Volgens mij was Columbia in South Carolina zo'n driehonderd kilometer van Fort Bird. Je ging via de snelweg naar het zuidwesten, stak de staatsgrens over, reed vervolgens via de I-20 naar het westen en een eindje verder was je er. Ongeveer driehonderd kilometer. Eergisteravond was de avond waarop Carbones lijk werd gevonden. Even voor twee uur 's morgens verliet ik het kantoor van Andrea Norton. Tot dat moment kon ze me een alibi verschaffen. Vervolgens was ik om zeven uur in het mortuarium geweest voor de autopsie. Dat kon de patholoog bevestigen. Dus beschikte ik over twee alibi's. Maar van twee tot zeven bleef er een gat van vijf uur, en het tijdstip van Brubakers dood viel daar middenin. Kon ik in vijf uur driehonderd kilometer heen en driehonderd kilometer terug zijn gereden?
'Wat is er?' vroeg Summer.
'Die jongens van Delta hebben mij al in het vizier voor Carbone. Nu vraag ik me af of ze me ook te grazen gaan nemen voor Brubaker. Wat dacht jij van zeshonderd kilometer in vijf uur?'

'Mij zou dat waarschijnlijk wel lukken,' zei ze. 'De hele weg gemiddeld honderdtwintig. Afhankelijk van het type auto dat ik gebruikte natuurlijk, en wegwerkzaamheden, en het verkeer, en het weer, en de politie. Het is zonder meer mogelijk.'
'Geweldig,' zei ik.
'Maar kantje boord.'
'Graag. Brubaker vermoorden is in hun ogen zoiets als God vermoorden.'
'Ga jij erheen om het te vertellen?'
Ik knikte. 'Ik denk dat ik wel moet. Het is een kwestie van piëteit. Maar wil jij de commandant van de basis voor me inlichten?'

Het administratief hoofd van de Special Forces was een hufter, maar ook menselijk. Hij werd heel stil en heel bleek toen ik het nieuws van Brubaker vertelde, en dat had kennelijk meer om het lijf dan het vooruitzicht van nog meer bureaucratisch gelazer. Van wat ik had gehoord, was Brubaker streng, afstandelijk en autoritair, maar voor zijn manschappen als individu en zijn eenheid als geheel was hij een echte vaderfiguur geweest. En voor zijn eenheid als concept. De Special Forces in het algemeen en Delta in het bijzonder waren niet altijd even populair geweest in het Pentagon en op Capitol Hill. Het leger heeft een hekel aan verandering en heel veel tijd nodig om aan bepaalde zaken te wennen. Het idee van een haveloos zootje moordzuchtige jachthonden wilde er aanvankelijk maar moeilijk in. Brubaker was van meet af aan een van de promotors geweest en was dat altijd gebleven. Zijn dood zou de Special Forces treffen zoals de dood van een president een heel land zou treffen.
'Carbone was al erg genoeg,' zei de kapitein. 'Maar dit is ongelooflijk. Is er een verband?'
Ik keek hem aan.
'Waarom zou er een verband zijn? Carbone was een trainingsongeval.'
Hij zei niets.
'Waarom zat Brubaker in een hotel?'
'Omdat hij van golf houdt. Hij heeft al heel lang een huis in de buurt van Bragg, maar hij houdt er niet van om daar te golfen.'
'Waar was dat hotel?'
'In de buurt van Raleigh.'
'Ging hij daar vaak heen?'

'Zodra hij de kans kreeg.'
'Speelt zijn vrouw ook?'
De kapitein knikte. 'Ze golven samen.'
Daarna zweeg hij even.
'Golfden,' zei hij. Toen werd hij stil en wendde zijn gezicht af. Ik stelde me Brubaker voor. Ik had hem nooit ontmoet, maar ik kende lui zoals hij. De ene dag hebben ze het over de wijze waarop je een landmijn zodanig plaatst dat de lading kogellagers precies in de juiste hoek naar buiten schiet om de ruggengraat van de vijand met maximale efficiëntie weg te rukken. De volgende dag dragen ze een pastelkleurig overhemd met een kleine krokodil op de borst, en spelen ze golf met hun vrouw, en misschien houden ze glimlachend elkaars hand vast in het elektrische karretje waarin ze over de fairway rijden. Zo kende ik er een heleboel. Mijn eigen vader was zo iemand geweest. Niet dat hij ooit golf gespeeld had. Hij was een vogelaar. Hij was in de meeste landen van de wereld geweest en had een heleboel vogels gezien.
Ik stond op.
'Bel maar als je me nodig hebt,' zei ik. 'Als er iets is wat ik kan doen, begrijp je.'
De kapitein knikte.
'Bedankt voor het langskomen,' zei hij. 'Dat is beter dan een telefoontje.'

Ik ging terug naar kantoor. Summer was er niet. Ik verdeed ruim een uur aan haar personeelslijsten. Ik maakte het mezelf makkelijk en haalde Summer eruit. Andrea Norton ook. Vervolgens alle vrouwen. De medische aanwijzingen waren vrij eenduidig over de lengte en de kracht van de dader. Ik haalde het personeel van het restaurant in de officiersclub eruit. Hun chef had gezegd dat ze allemaal hard aan het werk waren geweest om het hun gasten naar de zin te maken. Ik elimineerde de koks, het barpersoneel en de MP's van de poort. Ik elimineerde iedereen die in de ziekenboeg en niet ambulant was. Ik schrapte mezelf. Carbone ook, want het was geen zelfmoord.
Daarna telde ik de overgebleven kandidaten en schreef 973 op een papiertje. Dat was de verdachtenlijst. Ik staarde in het niets.
De telefoon ging. Ik nam op. Het was Sanchez van Fort Jackson weer.
'Ik ben net gebeld door de politie van Columbia,' zei hij. 'Ze delen hun eerste bevindingen.'

‘En?’
‘Hun lijkschouwer is het niet helemaal met me eens. Het tijdstip van overlijden was niet tussen drie en vier ’s morgens. Het was eergisternacht om 1.23 uur.’
‘Dat is nog eens precies.’
‘Een kogel heeft zijn horloge geraakt.’
‘Een kapot horloge? Dat hoeft niet per se doorslaggevend te zijn.’
‘Nee, het is vrij zeker. Ze hebben een heleboel andere proeven gedaan. Verkeerde seizoen voor meetbare activiteit van beestjes, wat wel geholpen zou hebben, maar de maaginhoud was precies zoals je die vijf à zes uur na een zware maaltijd zou verwachten.’
‘Wat zegt z’n vrouw?’
‘Dat hij ’s avonds om acht uur na een zware maaltijd is verdwenen. Hij stond van tafel op en is nooit meer teruggekomen.’
‘Wat vond ze daarvan?’
‘Niets,’ zei Sanchez. ‘Hij was van de Special Forces. Tijdens hun hele huwelijk zal hij regelmatig opeens zijn verdwenen, zonder waarschuwing, midden onder het eten, midden in de nacht, dagen of weken achtereen, zonder ooit naderhand een verklaring te mogen geven. Ze was eraan gewend.’
‘Is hij gebeld of zo?’
‘Ze denkt van wel. Op een gegeven moment. Ze weet het niet zeker. Voor het eten hadden ze in een minerale bron gelegen na het spelen van zevenentwintig holes.’
‘Kun je haar zelf bellen? Ze zal eerder met jou praten dan met burgerpolitie.’
‘Is te proberen, denk ik.’
‘Nog iets?’ vroeg ik.
‘Het waren inderdaad schotwonden van een negenmillimeterpistool,’ zei hij. ‘Twee kogels, allebei dwars door zijn lijf. Mooie ingangswonden, lelijke uitgangswonden.’
‘Volmantels,’ zei ik.
‘Contactschoten,’ zei hij. ‘Er waren brandvlekken van het kruit. En roet.’
Ik dacht even na. Ik kon het me niet voorstellen. *Twee kogels? Contactschoten?* Dus een van de kogels dringt naar binnen, komt eruit, beschrijft een lus en gaat naar beneden om zijn horloge te vernielen?
‘Had hij zijn handen op zijn hoofd?’
‘Hij is van achteren doodgeschoten, Reacher. Twee schoten snel

na elkaar in het achterhoofd. *Beng beng,* dankjewel en welterusten. De tweede kogel moet dwars door zijn hoofd zijn gegaan en zijn horloge hebben geraakt op een neerwaarts traject. Lange schutter.'
Ik zei niets.
'Goed,' zei Sanchez. 'Hoe waarschijnlijk klinkt dat allemaal? Kende je hem?'
'Niet persoonlijk,' zei ik.
'Hij stak ver boven het gemiddelde uit. Een echte prof. En een denker. Hij kende het klappen van de zweep en was zeer paraat.'
'Maar toch is hij in zijn achterhoofd geschoten?'
'Hij kende de dader, zonder meer. Kan niet anders. Waarom zou hij hem anders midden in de nacht in een steegje de rug toe keren?'
'Heb je iemand van Jackson op het oog?'
'Dat zijn een heleboel mensen.'
'Vertel mij wat.'
'Had hij vijanden op Bird?'
'Niet dat ik weet,' zei ik. 'Maar wel vijanden hoger in de hiërarchie.'
'Die lui maken geen afspraakjes in een steegje midden in de nacht.'
'Waar was die steeg?'
'Niet in een rustig deel van de stad.'
'Heeft iemand iets gehoord?'
'Niemand,' zei Sanchez. 'De politie van Columbia heeft een vergeefs buurtonderzoek gedaan.'
'Bizar.'
'Het zijn burgers. Had je iets anders verwacht?'
Het werd stil.
'Heb je Willard al ontmoet?' vroeg ik.
'Die is nu op weg hierheen. Schijnt een echte doe-het-zelf-hufter te zijn.'
'Wat voor steeg was het?'
'Hoeren en crackdealers. Niets wat de brave vaderen van de gemeente Columbia in hun vvv-gidsje zouden zetten.'
'Willard heeft de pest aan gênante situaties,' zei ik. 'Hij zal zich druk maken om het imago.'
'Van Columbia? Wat kan hem die stad nou schelen?'
'Het imago van het leger,' zei ik. 'Hij zal Brubaker niet in één adem met hoeren en crackdealers genoemd willen hebben. Geen enkele kolonel van een elite-eenheid. Volgens hem zal dat sov-

jetgedoe de knuppel in het hoenderhok gooien. Hij vindt dat we nu positieve reclame nodig hebben. Hij zegt dat hij het grote geheel kan overzien.'
'Het grote geheel is dat ik toch niets met deze zaak te maken heb. Dus hoeveel invloed heeft hij nu op de politie van Columbia en de FBI? Want dat is wat ervoor komt kijken.'
'Bereid je gewoon maar op moeilijkheden voor,' zei ik.
'Krijgen we zeven magere jaren?'
'Niet zo lang.'
'Waarom niet?'
'Gewoon, een gevoel.'
'Heb je er vrede mee dat ik hier de verbindingen onderhoud? Of moet ik hen jou rechtstreeks laten bellen? Officieel is Brubaker jullie lijk.'
'Doe jij het maar,' zei ik. 'Ik heb andere dingen aan m'n hoofd.'
We hingen op en ik boog me weer over Summers lijsten. 973. 972 onschuldig, eentje schuldig. Maar wie?

Nog geen uur later kwam Summer terug. Ze kwam binnen en gaf me een vel papier. Het was een fotokopie van een wapenaanvraag die sergeant eersteklas Christopher Carbone vier maanden geleden had ingediend. Het ging om een pistool, een Heckler & Koch P17. Misschien hield hij van de machinepistolen van H&K die Delta gebruikte en wilde hij daarom de P17 als persoonlijk handwapen. Hij had er een gevraagd met een kamer voor het standaard negenmillimeter Parabellum-patroon, een dertienschotsmagazijn en drie reservemagazijnen. Het was een standaardaanvraagformulier en een standaardaanvraag. Ik wist zeker dat hij was ingewilligd. Het zal politiek niet gevoelig hebben gelegen. H&K was een Duitse fabriek. Duitsland was naar mijn weten lid van de NAVO. Er zouden ook geen compatibiliteitsproblemen zijn geweest, want de negenmillimeter-Parabellum was een standaard NAVO-kogel. Het Amerikaanse leger had er geen gebrek aan. We hadden er loodsen vol van. We konden er elke dag van de rest van de geschiedenis een miljoen dertienschotsmagazijnen mee vullen.
'Dus?' vroeg ik.
'Kijk eens naar de handtekening eronder,' zei Summer. Ze haalde mijn kopie van Carbones klacht uit haar binnenzak en gaf die aan mij. Ik vouwde hem open op mijn bureau, naast het aanvraagformulier. Keek van de een naar de ander.

De twee handtekeningen waren identiek.
'We zijn geen grafologen,' zei ik.
'Dat hoeft ook niet. Ze zijn hetzelfde, Reacher. Neem dat maar van mij aan.'
Ik knikte. Beide handtekeningen waren C. *Carbone,* en de vier hoofdletters C waren heel karakteristiek. Het waren snelle, uitgerekte, zwierige krullen. De onderkast *e* aan het eind van elke handtekening was ook karakteristiek. Het was een rondje waarvan de staart horizontaal en uitbundig wegzwiepte naar de rechterkant van de pagina, een heel eind verder dan de naam zelf. Het *a-r-b-o-n* in het midden was snel, vloeiend en recht. Over het geheel genomen was het een gedurfde, trotse, goed leesbare handtekening die van zelfvertrouwen getuigde, ongetwijfeld ontwikkeld door het jarenlang ondertekenen van cheques, kroegrekeningen, huurcontracten en autopapieren. Natuurlijk was elke handtekening te vervalsen, maar volgens mij zou deze een echte uitdaging zijn geweest. Een uitdaging die je volgens mij onmogelijk voor elkaar kon krijgen tussen middernacht en 8.45 uur 's morgens op een legerbasis in North Carolina.
'Oké,' zei ik. 'De klacht is echt.'
Ik liet hem op het bureau liggen. Summer draaide hem naar zich toe om hem door te lezen, hoewel ze dat al talrijke malen gedaan moest hebben.
'Koud,' zei ze. 'Zoiets als een mes in de rug.'
'Het is absurd,' zei ik. 'Anders niet. Ik had die knaap nog nooit ontmoet. Dat weet ik honderd procent zeker. En hij was van Delta. Daar wemelt het niet bepaald van de zachtaardige pacifisten. Waarom zou hij zich beledigd hebben gevoeld? Ik heb zíjn been toch niet gebroken?'
'Misschien was het iets persoonlijks. Misschien was hij bevriend met die dikzak.'
Ik schudde mijn hoofd. 'Dan had hij er een stokje voor gestoken. Dan had hij een eind aan het gevecht gemaakt.'
'Het is de enige klacht die hij in zijn loopbaan van zestien jaar heeft ingediend.'
'Heb je met mensen gepraat?'
'Met allerlei mensen. Hier, en telefonisch met allerlei mensen in allerlei uithoeken.'
'Ben je voorzichtig geweest?'
'Zeer. En het is ook de enige klacht die er ooit tegen jou is ingediend.'

'Heb je dat ook nagetrokken?'
Ze knikte. 'Helemaal terug tot de tijd dat Gods hond nog een puppy was.'
'Wilde je weten wat voor vlees je in de kuip had?'
'Nee, ik wilde die jongens van Delta laten zien dat je geen verleden hebt. Noch met Carbone, noch met wie dan ook.'
'Ben jij míj nu aan het beschermen?'
'Iemand zal dat moeten doen. Ik ben er net geweest en ze zijn helemaal over de rooie.'
Ik knikte. *Brubaker.*
'Kan ik me voorstellen,' zei ik. Ik haalde me hun eenzame gevangeniskazerne voor de geest, aanvankelijk gebouwd om mensen binnen te houden, vervolgens om vreemdelingen buiten de deur te houden en nu om hun eenheid te laten koken als een hogedrukpan. Ik stelde me Brubakers kantoor voor, waar het ook was, stil en verlaten. Ik stelde me Carbones lege cel voor.
'Waar is Carbones nieuwe P17 dan?' vroeg ik. 'Die heb ik niet in zijn kamer gevonden.'
'In hun wapenkamer,' zei Summer. 'Schoongemaakt, gesmeerd en geladen. Ze moeten hun persoonlijke wapen ophalen en afgeven. In hun hangar is een kooi. Je zou er eens moeten gaan kijken. Zoiets als de grot van de kerstman. Vol speciale gepantserde Humvees, vrachtwagens, explosieven, granaatwerpers, landmijnen, nachtkijkers. Ze kunnen er op eigen houtje een Centraal-Afrikaanse dictatuur mee bewapenen.'
'Heel geruststellend,' zei ik.
'Sorry,' zei ze.
'Waarom heeft hij die klacht ingediend?'
'Weet ik niet,' zei ze.
Ik moest denken aan Carbone op oudejaarsavond in de stripclub. Ik was naar binnen gegaan en had een groepje van vier mannen gezien die ik voor sergeants hield. In de drukte hadden drie van hen zich van me weggedraaid en een van hen had zich mijn kant op gewend op een totaal willekeurige wijze. Ik had niet geweten wie daar zouden zijn, zij hadden niet geweten dat ik daar zou komen. Ik had geen van hen ooit eerder gezien. De ontmoeting had niet toevalliger kunnen zijn. Toch had Carbone me erbij gelapt voor het soort tamme gebakkelei dat hij al duizenden keren moest hebben meegemaakt. Het soort tamme knokpartij waaraan hijzelf honderd keer moest hebben méégedaan. Wijs mij een soldaat aan die beweert nog nooit met een burger

te hebben gevochten in een café, en ik wijs je een leugenaar aan.
'Ben jij katholiek?' vroeg ik.
'Nee, hoezo?' vroeg Summer.
'Ik vroeg me af of je wat Latijn kent.'
'Niet alleen katholieken kennen Latijn. Ik ben op school geweest.'
'Oké, *cui bono*?' vroeg ik.
'Wie er belang bij heeft? Bij die klacht?'
'Dat is altijd een goede leidraad voor het motief,' zei ik. 'Je kunt er de meeste dingen mee verklaren. Geschiedenis, politiek, alles.'
'Zoals: volg het geldspoor?'
'Ongeveer,' zei ik. 'Alleen denk ik niet dat geld hier een rol speelt. Maar het moet iets voor Carbone hebben opgeleverd. Waarom zou hij het anders gedaan hebben?'
'Het kan toch iets moreels zijn geweest? Misschien voelde hij zich ertoe geroepen.'
'Niet als dit zijn eerste klacht in zestien jaar was. Hij moet veel ergere dingen hebben gezien. Ik heb maar één been en één neus gebroken. Het was niets spectaculairs. Dit is het leger, Summer. Ik neem aan dat hij het niet al die jaren met een tuiniersclub heeft verward.'
'Ik weet het niet,' zei ze weer.
Ik schoof haar het papiertje met 973 erop toe.
'Zo groot is onze verdachtenpool,' zei ik.
'Hij is tot acht uur in de bar geweest,' zei ze. 'Dat heb ik ook nagetrokken. Hij is alleen vertrokken. Daarna heeft niemand hem meer gezien.'
'Heeft iemand gezien in wat voor stemming hij was?'
'Die jongens van Delta hebben geen stemmingen. Ze mochten eens menselijk lijken.'
'Had hij gedronken?'
'Eén biertje.'
'Dus hij is gewoon om acht uur de bar uitgegaan, niet nerveus en onbezorgd?'
'Blijkbaar.'
'Hij kende de knaap met wie hij een afspraak had,' zei ik.
Summer zei niets.
'Sanchez heeft gebeld toen jij weg was,' zei ik. 'Kolonel Brubaker is in zijn achterhoofd geschoten. Twee kogels, snel achterelkaar, van vlakbij.'
'Dus die kende de man met wie hij een afspraak had ook.'
'Hoogstwaarschijnlijk,' zei ik. 'Om 1.23 uur 's morgens. Eén ko-

gel heeft zijn horloge geraakt. Tussen drieënhalf en vier uur na de moord op Carbone.'
'Dat zou jou vrij moeten pleiten bij Delta. Om 1.23 uur was je nog hier.'
'Ja, bij Norton.'
'Ik zal het hun zeggen.'
'Ze geloven je toch niet.'
'Denk je dat er een verband is tussen Carbone en Brubaker?'
'Mijn gezonde verstand zegt van wel, maar ik zie niet in hoe. Noch waarom. Ik bedoel, het waren natuurlijk allebei Delta-soldaten, maar Carbone was hier en Brubaker was daar. En Brubaker was een vooraanstaande onruststoker en Carbone was een nono die niet op de voorgrond trad. Misschien omdat hij vond dat het zijn plicht was.'
'Denk je dat we ooit homo's in de strijdkrachten zullen toelaten?'
'We hebben al homo's in de strijdkrachten. Dat is altijd zo geweest. Tijdens de Tweede Wereldoorlog hadden de westelijke geallieerden veertien miljoen mannen onder de wapenen. Volgens de meest redelijke kansberekening waren er minimaal een miljoen homo's onder. En voor zover ik weet, hebben we de oorlog gewonnen. Met vlag en wimpel.'
'Het is een hele stap,' zei ze.
'Ze hebben dezelfde stap genomen toen ze zwarte soldaten toelieten. En vervolgens vrouwen. Het gezeur en geklaag was toen ook niet van de lucht. Slecht voor het moreel, slecht voor de samenhang van de eenheid. Destijds was dat lulkoek en dat is het nu weer. Toch? Jij zit hier en je doet het prima.'
'Ben jij katholiek?'
Ik schudde mijn hoofd. 'Mijn moeder heeft ons Latijn geleerd. Ze vond onze opleiding belangrijk. Ze heeft mij en mijn broer Joe van alles geleerd.'
'Je moet haar bellen,' zei ze.
'Waarom?'
'Om te horen hoe het met haar been is.'
'Later misschien,' zei ik.

Ik boog me weer over de personeelslijsten en Summer vertrok om even later terug te komen met een kaart van de oostelijke Verenigde Staten. Ze plakte hem op de wand onder de klok en gaf onze lokatie, Fort Bird, aan met een rode punaise. Vervolgens markeerde ze Columbia in South Carolina, waar Brubaker was

gevonden. Daarna markeerde ze Raleigh in North Carolina, waar hij golf had gespeeld met zijn vrouw. Ik gaf haar een liniaal van doorschijnend plastic uit mijn bureaula. Ze controleerde de schaal en begon tijden en afstanden te berekenen.
'Hou er rekening mee dat de meeste mensen niet zo hard rijden als jij,' zei ik.
'Niemand rijdt zo hard als ik,' zei ze.
Ze mat elfenhalve centimeter tussen Raleigh en Columbia en maakte er twaalfenhalf van wegens de lichte bochten in de U.S.1. Ze hield de liniaal langs de schaalverdeling in het colofon.
'Driehonderdtwintig kilometer,' zei ze. 'Dus als Brubaker na het eten uit Raleigh is vertrokken, kon hij makkelijk omstreeks middernacht in Columbia zijn aangekomen. Ruim een uur voordat hij stierf.'
Daarna mat ze de afstand tussen Fort Bird en Columbia. Die bleek tweehonderdveertig kilometer, minder dan ik aanvankelijk had gedacht.
'Zeg voor het gemak maar drie uur,' zei ze.
Daarna keek ze me aan.
'Het kan dezelfde man zijn geweest,' zei ze. 'Als Carbone om negen à tien uur is gestorven, kon dezelfde man omstreeks middernacht of om één uur in Columbia zijn geweest, klaar voor Brubaker.'
Ze zette haar pink op de punaise van Fort Bird.
'Carbone,' zei ze.
Daarna strekte ze haar hand en zette ze haar wijsvinger op de punaise van Columbia.
'Brubaker,' zei ze. 'Het is duidelijk een patroon.'
'Het is duidelijk een gok,' zei ik.
Ze gaf geen antwoord.
'Weten we wel zeker dat Brubaker met de auto is gegaan?' vroeg ik.
'Daar kunnen we wel van uitgaan.'
'Dat moeten we nagaan bij Sanchez,' zei ik. 'Vraag of ze zijn auto ergens hebben gevonden. Vraag eerst of zijn vrouw heeft gezegd dat hij met de auto is gegaan.'
'Oké,' zei ze. Ze ging naar het bureau van mijn sergeant om te bellen. Ik boog me weer over de eindeloze personeelslijst. Tien minuten later kwam ze terug.
'Hij is met de auto gegaan,' zei ze. 'Zijn vrouw heeft Sanchez verteld dat ze twee auto's bij het hotel hadden. De zijne en de hare.

Zo deden ze dat altijd, omdat het vaak gebeurde dat hij plotseling ergens heen moest en zij altijd bang was dat ze zonder vervoer zou komen te zitten.'
'Wat voor auto?' vroeg ik. Dat zou ze vast wel hebben gevraagd.
'Chevrolet Impala ss.'
'Mooie auto,' zei ik.
'Sanchez denkt dat ze iets voor hem verzwijgen, alsof ze iets weten wat wij niet weten.'
'Dat lijkt me ook niet ongebruikelijk.'
'Hij dringt aan, maar het is niet makkelijk.'
'Dat is het nooit.'
'Hij zal ons bellen als hij iets meer weet,' zei ze.

Een halfuur later werden we gebeld. Maar niet door Sanchez. Niet over Brubaker of Carbone. Het was rechercheur Clark in Green Valley, Virginia. Het ging over de zaak van mevrouw Kramer.
'Ik heb iets gevonden,' zei hij.
Hij klonk erg trots. Hij stak van wal met een stap-voor-stap-verslag van de maatregelen die hij had genomen. Ze klonken redelijk intelligent. Hij had aan de hand van een kaart alle toegangswegen tot Green Valley uitgevogeld in een straal van vijfhonderd kilometer. Daarna had hij aan de hand van telefoonboeken een lijst samengesteld van alle ijzerhandels op die routes. Hij had zijn personeel ze stuk voor stuk laten bellen, en was in het midden van het spinnenweb begonnen. Hij was ervan uitgegaan dat de verkoop van koevoeten in de winter niet hard zou lopen. Grote verbouwingen gebeuren pas vanaf de lente. Niemand wil zijn muren slopen voor een keukenuitbouw als het koud is. Dus had hij erg weinig positieve respons verwacht. Drie uur later had hij nog helemaal niets. In de dagen na Kerstmis hadden mensen wel pneumatische boren en elektrische schroevendraaiers gekocht. Een aantal had een kettingzaag gekocht om hun houtkachel aan de praat te houden. Mensen met pioniersfantasieën hadden een bijl gekocht. Maar niemand had belangstelling getoond voor zoiets saais en prozaïsch als een koevoet.
Dus had hij een zijwaartse sprong gemaakt en misdrijfdatabanken geraadpleegd. Oorspronkelijk was hij van plan geweest om naar processen-verbaal te zoeken die betrekking hadden op andere misdrijven, waarbij geforceerde deuren en een koevoet een rol hadden gespeeld. Hij meende dat hij daarmee zijn speurtocht

kon toespitsen. Hij vond niets wat aan die parameters beantwoordde. Maar wel vond hij in zijn NCIC-computer een inbraak in een kleine ijzerhandel in Sperryville, Virginia. De winkel was gevestigd op een verlaten lokatie aan het eind van een doodlopende straat. Volgens de eigenaar was de etalageruit aan de voorkant ingetrapt in de kleine uurtjes van nieuwjaarsdag. Omdat het een vrije dag was, was er geen geld in de kassa gelaten. Voor zover de eigenaar het kon overzien, was het enige dat was ontvreemd één enkele koevoet.

Summer liep weer naar de kaart aan de muur en drukte een punaise in het centrum van Sperryville, Virginia. Sperryville was een klein plaatsje en het plastic hoesje van de punaise bedekte het geheel. Daarna drukte ze nog een punaise in Green Valley. De twee punaises bleken ongeveer zes millimeter uit elkaar. Ze raakten elkaar bijna aan. Ze vertegenwoordigden een afstand van ongeveer zestien kilometer.

'Moet je kijken,' zei Summer.

Ik stond op en liep naar de kaart. Sperryville lag in een scherpe bocht van een slingerende weg die naar het zuidwesten liep, naar Green Valley en verder. In de tegenovergestelde richting ging hij eigenlijk nergens anders heen dan naar Washington. Daar drukte Summer ook een punaise in. Ze zette er de top van haar pink op. Ze zette haar middelvinger op Sperryville en haar wijsvinger op Green Valley.

'Vassell en Coomer,' zei ze. 'Ze zijn uit Washington vertrokken, hebben de koevoet gestolen in Sperryville en ingebroken in mevrouw Kramers huis in Green Valley.'

'Alleen hebben ze dat niet gedaan,' zei ik. 'Ze waren net van het vliegveld gekomen. Ze hadden geen auto. En die hebben ze ook niet laten komen. Je hebt zelf de telefoonlijst gecontroleerd.'

Ze zei niets.

'Bovendien zijn het stafofficieren met een bureaureet,' zei ik. 'Die zouden nog niet weten hoe ze in een ijzerwinkel moesten inbreken als hun leven ervan afhing.'

Ze haalde haar hand van de kaart. Ik ging weer achter mijn bureau zitten en maakte een net stapeltje van de personeelslijsten.

'We moeten ons op Carbone concentreren,' zei ik.

'Dan moeten we een nieuw plan maken,' zei ze. 'Rechercheur Clark zal nu zijn speurtocht naar koevoeten staken. Hij heeft het exemplaar dat hem interesseert.'

Ik knikte. 'Terug naar de beproefde methoden van het recherchewerk.'
'En die zijn?'
'Ik zou het niet echt weten. Ik heb op West Point gezeten. Niet op de MP-school.'
De telefoon ging. Ik nam op. Dezelfde warme, zuidelijk stem die ik al eerder had gehoord draaide weer haar *10-33, 10-16 van Jackson*-riedel af. Ik antwoordde bevestigend, drukte op de luidsprekerknop en leunde afwachtend naar achteren. Er klonk een elektronisch gezoem. En vervolgens een klik.
'Reacher?' vroeg Sanchez.
'En luitenant Summer,' zei ik. 'De telefoon staat op de luidspreker.'
'Nog iemand anders in de kamer?'
'Nee,' zei ik.
'Deur dicht?'
'Ja. Wat is er?'
'Ik heb weer bericht van de politie van Columbia. Ze voeren me maar brokje voor brokje. En ze genieten er met volle teugen van. Ze gnuiven als een gek.'
'Waarom?'
'Omdat Brubaker heroïne in zijn zak had, daarom. Drie bolletjes bruin. En een dik pak contant geld. Volgens hen was het een drugstransactie die mis is gegaan.'

15

Ik ben in 1960 geboren, dus ik was zeven tijdens The Summer of Love, dertien aan het eind van onze daadwerkelijke betrokkenheid bij de oorlog in Vietnam, en vijftien toen er officieel een definitief einde aan die oorlog kwam. Dat betekende dat ik de botsing van de Amerikaanse strijdkrachten met narcotica grotendeels had gemist. De zware LSD-jaren waren aan mij voorbijgegaan. Ik belandde in een latere, stabiele fase. Evenals zoveel soldaten had ik af en toe wat wiet gerookt, misschien net genoeg om een voorkeur voor bepaalde soorten en plaatsen van herkomst te ontwikkelen, maar in de verste verte niet genoeg om mij hoog op de ranglijst van Amerikaanse gebruikers te plaatsen, wat betreft de hoeveelheid die ik in mijn leven had gebruikt. Ik was een deeltijdgebruiker. Ik hoorde bij de groep die kocht, niet verkocht.

Maar als MP'er had ik de handel vaak genoeg van dichtbij gezien. Ik had transacties zien slagen en mislukken. Ik kende het klappen van de zweep. En één ding wist ik zeker: als een misgelopen transactie eindigt met een lijk, zit er niets meer in de zakken van het slachtoffer. Geen geld, geen spul. Geen sprake van. Waarom? Als de dode de koper is, gaat de verkoper ervandoor met al zijn dope plús het geld van de koper. Als de dode de dealer was, heeft de koper de hele bups gratis. Het geld van de transactie gaat mee terug naar huis. In beide gevallen heeft er iemand een vette winst in ruil voor een paar kogels en een beetje zakkenrollen.

'Gelul, Sanchez,' zei ik. 'Dat is doorgestoken kaart.'

'Natuurlijk. Dat weet ik toch.'

'Heb je dat gezegd?'

'Moest dat? Het zijn wel burgers, maar zo stom zijn ze niet.'

'Waarom gnuiven ze dan?'

'Omdat ze nu de vrije hand hebben. Als ze de zaak niet kunnen oplossen, kunnen ze het altijd nog daarop gooien. Dan staat Brubaker te kijk, niet zij.'

'Hebben ze al een getuige?'

'Niet één.'

'Er zijn schoten gelost,' zei ik. 'Iemand moet toch iets hebben gehoord?'
'Volgens de politie niet.'
'Willard krijgt een beroerte.'
'Dat is nog wel het minste probleem.'
'Heb jij een alibi?'
'Ik? Moet dat?'
'Willard zal je onder druk proberen te zetten. Hij zal alles aangrijpen om je in het gareel te krijgen.'
Sanchez gaf niet meteen antwoord. Het geruis in de telefoonverbinding zwol om de een of andere reden aan om de stilte te vullen. Daarna nam hij weer het woord.
'Volgens mij kan niemand mij iets maken,' zei hij. 'De politie van Columbia maakt de aanklachten, niet ik.'
'Kijk toch maar uit,' zei ik.
'Zeker weten,' zei hij.
Ik hing op. Summer zat na te denken. Ze had een ingespannen uitdrukking op haar gezicht en haar onderste oogleden bewogen.
'Wat is er?' vroeg ik.
'Weet je zeker dat het doorgestoken kaart was?' vroeg ze.
'Kan niet anders,' zei ik.
'Oké,' zei ze. 'Mooi.' Ze stond nog altijd bij de kaart. Ze zette haar hand er weer op. Pink op de punaise van Fort Bird, wijsvinger op die van Columbia. 'We gaan ervan uit dat het doorgestoken kaart is. We weten het zeker. Dus nu hebben we een patroon. De drugs en het geld in Brubakers zak zijn exact hetzelfde als die tak in Carbones reet en de yoghurt op zijn rug. Uitgebreide misleiding. Het verbergen van het werkelijke motief. Het is een uitgesproken *modus operandi*. Het is geen gok meer. Een en dezelfde dader. Hier heeft hij Carbone vermoord, en vervolgens is hij in zijn auto gesprongen en naar Columbia gereden om Brubaker te vermoorden. Het is een duidelijke opeenvolging. Alles klopt. Tijden, afstanden en de denkwijze van de dader.'
Ik keek naar haar. Haar kleine, bruine hand was uitgestrekt als een zeester. Haar nagels waren transparant gelakt. Haar ogen glansden.
'Waarom zou hij dan de koevoet dumpen?' vroeg ik. 'Na Carbone, maar vóór Brubaker?'
'Omdat hij liever een pistool gebruikt,' zei ze. 'Zoals ieder normaal mens. Maar hij wist dat dat hier niet kon. Te veel lawaai. Twee kilometer van de bebouwing, 's avonds laat, we zouden er

allemaal op af zijn gestoven. Maar in een louche buurt van de grote stad zou niemand ervan opkijken. En dat blijkt.'

'Kon hij ervan op aan?'

'Nee,' zei ze. 'Niet helemaal. Hij heeft het rendez-vous geregeld, dus wist hij waar hij heen ging. Maar hij kon niet honderd procent zeker weten wat hij aan zou treffen. Dus denk ik dat hij de koevoet wel achter de hand had willen houden, maar die zat inmiddels onder Carbones bloed en haar. Hij had geen tijd om hem schoon te maken. Hij had haast. De grond was bevroren. Geen plekje zacht gras om hem aan schoon te vegen. Dus wilde hij hem niet bij zich in de auto. Misschien was hij bang dat hij op weg naar het zuiden zou worden aangehouden. Dus heeft hij hem gedumpt.'

Ik knikte. Tenslotte kon hij de koevoet missen. Een pistool was een betrouwbaarder wapen tegen een sterke en alerte tegenstander. Voor in de beperkte ruimte van een steegje tegenover de donkere en wijd open plek waar hij Carbone om zeep had geholpen.

Ik geeuwde. Deed mijn ogen dicht. *De donkere en wijd open plek waar hij Carbone om zeep had geholpen.* Ik deed mijn ogen weer open.

'Hij heeft Carbone hier vermoord,' herhaalde ik. 'En daarna is hij in zijn auto gesprongen en naar Columbia gereden om Brubaker om te leggen.'

'Ja,' zei Summer.

'Volgens jou is hij met Carbone dat pad op gereden. Hij heeft hem een klap op zijn hoofd gegeven, de plaats delict opgedirkt en vervolgens is hij weer naar de basis gereden. Je redenering was niet slecht en werd min of meer bevestigd door de plek waar we de koevoet hebben gevonden.'

'Dank je,' zei ze.

'En vervolgens redeneerden we dat hij zijn auto had weggezet en tot de orde van de dag was teruggekeerd.'

'Juist,' zei ze.

'Maar dat laatste kan niet. Omdat we nu zeggen dat hij rechtstreeks naar Columbia in South Carolina is gereden voor zijn rendez-vous met Brubaker. Drie uur rijden. Hij had haast. Er was geen tijd te verliezen.'

'Juist,' herhaalde ze.

'Dus hij heeft zijn auto niet weggezet,' zei ik. 'Hij heeft zelfs niet geremd. Hij is linea recta de poort uit gereden. Op een andere manier kun je de basis niet verlaten. Summer, hij is rechtstreeks

de poort uit gereden nadat hij Carbone had vermoord, ergens tussen negen en tien uur.'
'Kijk de poortlog na,' zei ze. 'Er ligt een kopie op je bureau.'

We keken samen de poortlog na. Operatie *Just Cause* in Panama had ervoor gezorgd dat alle militaire bases aan het thuisfront in een hogere staat van paraatheid waren gebracht, en om die reden registreerden alle gesloten bases het komen en gaan gedetailleerd in ingebonden leggers met een voorgedrukt paginanummer in de rechterbovenhoek. We beschikten over een duidelijke fotokopie van die van 4 januari. Ik wist zeker dat er niet mee gesjoemeld was. Ik vertrouwde erop dat hij compleet was. En ook dat hij nauwkeurig was. Je kunt de Militaire Politie van alles verwijten, maar een bende maken van fundamenteel papierwerk was er niet bij.
Summer nam de bladzijde van me over en plakte hem op de muur naast de kaart. We bekeken hem naast elkaar. Hij was in zes kolommen verdeeld, voor datum, binnenkomst, vertrek, kenteken, inzittenden en reden.
'Niet druk,' zei Summer.
Ik zei niets. Ik had geen idee of negentien vermeldingen druk was of niet. Ik kende Bird niet en het was heel lang geleden dat ik ergens poortdienst had gedraaid. Maar het leek zeker niet druk vergeleken bij het aantal pagina's van oudejaarsavond.
'Voornamelijk binnenkomend personeel dat weer aan het werk gaat,' zei Summer
Ik knikte. Op veertien regels stonden vermeldingen van binnenkomst, maar geen corresponderende vertrektijden. Dat betekende dat er veertien mensen waren gearriveerd en gebleven. Terug aan het werk na het kerstverlof. Of na afwezigheid om andere redenen. Ik stond ertussen: 1-4-90, 2302, Reacher, J., Mjr. RTB. *4 januari 1990, twee minuten over elf, majoor J. Reacher keert terug op zijn post.* Uit Parijs, via Garbers vroegere kantoor in Rock Creek. Onder *kenteken* stond: *te voet.* Mijn sergeant stond er ook bij, komend van haar adres buiten het kamp, voor de nachtdienst. Ze was om halftien gearriveerd in een voertuig met een kentekenplaat van North Carolina.
Veertien binnenkomers en -blijvers.
Slechts vijf vertrekkers.
Drie daarvan waren routineleveranciers van voedsel. Grote vrachtwagens waarschijnlijk. Een legerbasis verstouwt heel wat

eten. Een heleboel hongerige monden. Drie vrachtwagens per dag leek me wel zo'n beetje te kloppen. Stuk voor stuk waren ze ergens vroeg in de middag ingeklokt en vervolgens weer een plausibele paar uur later uitgeklokt. De laatste was even voor drie uur.

Vervolgens was er een leemte van zeven uur.

Het op een na laatst geregistreerde vertrek was dat van Vassell en Coomer zelf, bij hun vertrek na de maaltijd in de officiersclub. Ze waren om 22.01 uitgeklokt. Binnenkomst was om 18.45 geweest. Op dat tijdstip was hun kenteken van Defensie opgeschreven, plus naam en rang. Als reden hadden ze *beleefdheidsbezoek* opgegeven.

Vijf vertrekkers. Vier gehad.

De enige andere persoon die op 4 januari in Fort Bird was uitgeklokt stond geregistreerd als *1-4-90, 2211, Trifonov, S. Sgt.* In de daartoe bestemde kolom stond een kentekennummer van North Carolina. Er was geen inkloktijdstip. Onder de rubriek *reden* stond niets. Dus was een zekere sergeant Trifonov de hele dag of de hele week op de basis geweest, en vervolgens was hij 's avonds om elf minuten over tien vertrokken. Er was geen reden genoteerd, omdat er geen instructie was om te informeren naar de reden van het vertrek van een soldaat. Men nam aan dat hij het kamp verliet om iets te gaan drinken of eten, of voor een ander soort uitje. *Reden* was een vraag die de poortwacht stelde aan mensen die wilden binnenkomen. Niet als ze vertrokken. We controleerden het nog een keer om honderd procent zeker te zijn, met hetzelfde resultaat. Afgezien van generaal Vassell en kolonel Coomer in hun Mercury Grand Marquis zonder chauffeur en vervolgens een zekere sergeant Trifonov in een andere auto, was er op de hele vierde januari niemand het hek uitgegaan, te voet noch met een voertuig, behalve drie voedseltrucks aan het begin van de middag.

'Oké,' zei Summer. 'Sergeant Trifonov. Wie dat ook mag zijn. Hij is het.'

'Kan niet anders,' zei ik.

Ik belde de poort. Kreeg dezelfde knaap die ik al eerder had gesproken toen ik Vassell en Coomer natrok. Ik vroeg om vanaf het paginanummer waar wij naar keken vooruit te zoeken om te zien wanneer precies een zekere sergeant Trifonov naar Bird was teruggekeerd. Ik zei dat het op 5 januari na halfvijf 's morgens kon zijn. Het bleef even stil. Ik hoorde de man het stugge perka-

mentpapier van de legger omslaan. Hij deed het langzaam en secuur.
'Klokslag vijf uur 's morgens, majoor,' zei de man. 'Op 5 januari, 05.00 uur, sergeant Trifonov keert terug op de basis.' Ik hoorde nog een bladzijde omslaan. 'Hij was de vorige avond om 22.11 uur vertrokken.'
'Kun je je nog iets van hem herinneren?'
'Hij vertrok zo'n tien minuten nadat die stafofficieren van de cavalerie waren weggegaan, naar wie u had geïnformeerd. Als ik het me goed herinner, had hij haast. Hij wachtte niet tot de hefboom helemaal omhoog was. Schoot er zo onderdoor.'
'Wat voor auto?'
'Een Corvette, denk ik. Geen nieuwe, maar hij zag er redelijk uit.'
'Had je nog dienst toen hij terugkwam?'
'Jawel, meneer.'
'Herinner je je daar iets van?'
'Niets specifieks. Ik heb hem natuurlijk gesproken. Hij heeft een buitenlands accent.'
'Wat had hij aan?'
'Burgerkloffie. Leren jack, denk ik. Ik nam aan dat hij geen dienst had.'
'Is hij nu op zijn post?'
Ik hoorde weer bladzijden omslaan. Ik stelde me zijn vinger voor die langzaam omlaag ging langs alle regels na vijf uur 's morgens op 5 januari.
'Hij is niet meer uitgelogd, meneer,' zei de man. 'Tot nu toe. Hij moet ergens op de basis zijn.'
'Oké,' zei ik, 'bedankt, soldaat.'
Ik hing op. Summer keek me aan.
'Hij is om vijf uur teruggekomen,' zei ik. 'Drieënhalf uur nadat Brubakers horloge is gestopt.'
'Drie uur gereden,' zei ze.
'En hij is er nu.'
'Wie is hij?'
Ik belde het hoofdkwartier van de basis. Stelde de vraag. Ze vertelden het me. Ik hing op en keek Summer recht aan.
'Hij is van Delta,' zei ik. 'Hij is een overloper uit Bulgarije. Ze hebben hem binnengehaald als instructeur. Hij weet dingen die onze mensen niet weten.'

Ik stond op van mijn bureau en liep naar de kaart aan de wand.

Zette mijn vingers op de punaise. Pink op Fort Bird, wijsvinger op Columbia. Alsof ik een theorie op het gevoel toetste. Tweehonderdveertig kilometer. Drie uur en twaalf minuten om er te komen, drie uur en zevenendertig minuten voor de terugreis. Ik deed het uit mijn hoofd. Een gemiddelde snelheid van vijfenzeventig kilometer per uur om er te komen, en van zesenzestig kilometer per uur voor de terugreis. 's Nachts, over verlaten wegen, met een Chevrolet Corvette. Hij had het met een aangetrokken handrem kunnen doen.

'Moeten we hem laten aanhouden?' vroeg Summer.

Ik schudde mijn hoofd.

'Nee,' zei ik. 'Ik doe het zelf. Ik ga er wel heen.'

'Is dat wel verstandig?'

'Waarschijnlijk niet. Maar ik wil niet dat die jongens denken dat ze me peentjes laten zweten.'

Ze dacht even na.

'Ik ga mee,' zei ze.

'Oké,' zei ik.

Het was vijf uur 's middags, op de kop af zesendertig uur nadat Trifonov was teruggekeerd op de basis. Het was grauw en koud. We namen handboeien, pistolen en bewijszakken mee. We liepen naar het wagenpark van de MP en vonden een Humvee met een gekooid gedeelte achter de voorbank en zonder deurkruk aan de binnenkant van het achterportier. Summer reed. Ze parkeerde voor de poort van de Delta-gevangenis. De wacht liet ons te voet door. We liepen om de buitenkant van het hoofdblok tot ik de ingang van de onderofficiersclub had gevonden. Ik bleef staan en Summer stopte naast me.

'Ga je naar binnen?' vroeg ze.

'Even.'

'Alleen?'

Ik knikte. 'Daarna gaan we naar hun arsenaal.'

'Niet verstandig,' zei ze. 'Ik moet met je mee.'

'Waarom?'

Ze aarzelde. 'Als getuige, waarschijnlijk.'

'Waarvan?'

'Van wat ze met je doen.'

Ik glimlachte even.

'Geweldig,' zei ik.

Ik duwde de deur open en ging naar binnen. Het was behoorlijk

vol. Het was slecht verlicht en rokerig. Er was een hoop lawaai. Vervolgens zagen mensen mij en werd het stil. Ik liep door. De mensen bleven staan waar ze stonden. Roerloos. Daarna draaiden ze zich mijn kant op. Ik duwde me erlangs, een voor een. Door de menigte. Niemand ging opzij. Ze botsten tegen me aan met hun schouders, links en rechts. Ik botste zwijgend terug. Ik ben een meter negentig en weeg honderdvijf kilo. Ik laat me niet gauw opzij duwen.
Het lukte me door de hal te lopen en ik liep de bar in. Daar gebeurde hetzelfde. Het lawaai stierf snel weg. De mensen wendden zich naar me toe. Keken naar me. Ik baande me duwend en schuivend een weg door de aanwezigen. Ik hoorde niets anders dan gespannen ademhaling en het geschuifel van schoenen op de vloer en het zachte geluid van schouders die tegen schouders botsen. Ik hield mijn blik op de wand aan de andere kant gericht. De jongeman met de gebruinde huid en de baard versperde me de weg. Hij had een glas bier in zijn hand. Ik liep door. Hij leunde wat naar rechts, we kwamen in botsing en de helft van zijn bier gutste op linoleumtegels.
'Je hebt mijn bier gemorst,' zei hij.
Ik bleef staan. Keek naar de grond. Daarna keek ik hem aan.
'Lik het maar op,' zei ik.
We keken elkaar enige tijd aan. Daarna liep ik door. Mijn nekharen kriebelden. Ik wist dat hij me nakeek. Maar ik was niet van plan me om te draaien. Geen sprake van. Alleen als ik hoorde dat er een flesje op een tafeltje achter me kapot werd geslagen.
Ik hoorde geen flesje. Ik haalde de verste wand en tikte ertegen als een zwemmer aan het eind van een baantje. Draaide me om en liep terug. De terugreis was van hetzelfde laken een pak. Het bleef stil. Ik liep een beetje harder. Baande me sneller een weg door de menigte. Botste harder. Vaart heeft zo zijn voordelen. Toen ik op een meter of tien van de hal was, begonnen mensen opzij te gaan. Ze bonden een beetje in.
De boodschap was waarschijnlijk overgekomen. Dus in de hal begon ik een tikje af te wijken van de rechte lijn. Andere mensen volgden mijn voorbeeld. Ik kwam weer als een beschaafd mens in een menigte bij de ingang. Daar draaide ik me om. Bekeek de gezichten in de zaal langzaam, groepje voor groepje, *duizend, tweeduizend, drieduizend, vierduizend.* Vervolgens keerde ik iedereen de rug toe en liep naar buiten, de kou in.

Summer was er niet.
Ik keek om me heen en even later zag ik haar een dienstingang drie meter verderop uitglippen. Zo was ze achter de bar gekomen. Waarschijnlijk had ze me rugdekking gegeven.
Ze keek me aan.
'Nu weet je het,' zei ze.
'Wat?'
'Hoe de eerste zwarte soldaat zich heeft gevoeld. En de eerste vrouw.'

Ze ging me voor naar de oude vliegtuighangar, waar hun arsenaal was. We liepen over zeven meter aangeveegd beton en gingen door een personeelsdeur aan de zijkant naar binnen. Summer had niet gelogen toen ze zei dat ze een Afrikaanse dictatuur konden bewapenen. Hoog tegen het dak van de hangar brandde felle boogverlichting en die bescheen een kleine vloot van specialistische voertuigen en enorme stapels van al het mogelijke draagbare wapentuig. Waarschijnlijk had David Brubaker met veel succes in het Pentagon gelobbyd.
'Hier,' zei Summer.
Ze bracht me naar een kooi van gaas. Die was ongeveer vijf meter in het vierkant. Er waren drie wanden en een dak van een soort stormomheining. Het had iets van een hondenkennel. Er stond een gazen deur open en aan het harmonicagaas hing een open hangslot aan zijn tong. Achter de deur stond een lessenaar. Achter de lessenaar stond een man in gevechtstenue. Hij salueerde niet. Sprong niet in de houding. Maar hij draaide zich ook niet om. Hij bleef gewoon staan en keek me neutraal aan, het beleefdste dat je van een Delta-soldaat kon verwachten.
'Wat kan ik voor u doen?' vroeg hij, alsof hij een winkelbediende was en ik de klant. Op de rekken achter hem lagen allerlei soorten gebruikte handwapens. Ik zag vijf verschillende typen machinepistolen. Er waren een paar M-16's, A1's en A2's. Er lagen pistolen. Een aantal was splinternieuw, andere waren oud en versleten. Ze waren netjes en precies opgeslagen, maar zonder veel omhaal. Het was niets meer en niets minder dan beroepsgereedschap.
Voor de man op de lessenaar lag een logboek.
'Boek jij ze in en uit?' vroeg ik.
'Als een piccolo die auto's wegzet,' zei de man. 'Volgens de voorschriften mogen er geen persoonlijke wapens op de kamers.' Hij

keek naar Summer. Waarschijnlijk had hij het hetzelfde vraag-en-antwoordspel met haar gedaan toen ze naar Carbones nieuwe P17 had gezocht.

'Wat voor handwapen gebruikt sergeant Trifonov?' vroeg ik.

'Trifonov? Die geeft de voorkeur aan de Steyr GB.'

'Laat maar zien.'

Hij draaide zich om naar het rek met pistolen en kwam terug met een zwarte Steyr GB. Hij hield hem vast bij de loop. Hij zag er goed geolied en onderhouden uit. Ik had een bewijszak klaar en open en hij liet hem er zo in vallen. Ik ritste de zak dicht en bekeek het pistool door het plastic.

'Negen millimeter,' zei Summer.

Ik knikte. Het was een prima pistool, maar het had weinig geluk gekend. Steyr-Daimler-Puch had het handenwrijvend gemaakt in de hoop op grote bestellingen van het Oostenrijkse leger, maar een concurrent genaamd Glock was ermee aan de haal gegaan. Daardoor was de GB een ongelukkig weesje gebleven, zoals Assepoester. En evenals Assepoester had het uitstekende kwaliteiten. Er konden achttien kogels in, wat veel is, maar het woog ongeladen nog geen twaalf ons, wat niet veel is. Je kon hem in twaalf seconden uit elkaar halen en in elkaar zetten, wat snel is. En het mooiste was een uiterst slim gassysteem. Alle automatische wapens werken met exploderend gas in de kamer voor de verwerkingscyclus, om de lege huls eruit en de nieuwe kogel erin te krijgen. Maar in het echte leven zijn sommige patronen oud en zwak, of slecht gemaakt. Ze ontploffen niet allemaal met dezelfde kracht. Als je sommige pistolen laadt met patronen waarvan de uiterste gebruiksdatum is verstreken, kan de werking met een gierend geluid blokkeren. Als je er een te krachtige kogel in stopt, kan het wapen in je hand ontploffen. Maar de Steyr was ontworpen om alles te verwerken wat erin werd gestopt. Als ik soldaat was van de Special Forces, die ergens munitie van dubieuze kwaliteit van de een of andere haveloze bende partizanen met wie ik optrok moest gebruiken, zou ik een Steyr kiezen. Dan zou ik er zeker van willen zijn dat het wapen waarvan ik afhankelijk was tien van de tien kogels zou afvuren.

Door het plastic drukte ik op de magazijngrendel achter de trekker en schudde aan de zak tot het magazijn uit de kolf viel. Het was een achttienschotsmagazijn, en er zaten zestien patronen in. Ik haalde de afsluiter over en wipte één patroon uit de kamer. Dus hij was met negentien kogels vertrokken. Achttien in het ma-

gazijn en één in de kamer. Hij was met zeventien kogels teruggekomen. Zestien in het magazijn en een in de kamer. Dus hij had er twee afgevuurd.
'Heb je hier telefoon?' vroeg ik.
De man knikte naar een cel in de hoek van de hangar, zeven meter van zijn werkplek. Ik liep erheen en belde mijn sergeants bureau. De man uit Louisiana nam op. De korporaal. De vrouw uit Louisiana was waarschijnlijk nog thuis in haar stacaravan om haar baby naar bed te brengen, te douchen en zich voor te bereiden op de rit naar haar werk.
'Ik wil Sanchez in Jackson spreken,' zei ik.
Ik wachtte met de telefoon aan mijn oor. Een minuut. Twee.
'Wat is er?' vroeg Sanchez.
'Hebben ze de hulzen gevonden?' vroeg ik.
'Nee,' zei hij. 'De dader moet de plaats delict hebben opgeruimd.'
'Jammer. We hadden ze kunnen vergelijken voor een uitgemaakte zaak.'
'Heb je de dáder gevonden?'
'Ik heb zijn pistool nu in mijn hand. Een Steyr GB, geheel geladen, minus twee afgevuurde kogels.'
'Wie is het?'
'Dat hoor je nog wel. Laat de burgerpolitie maar even zweten.'
'Een van ons?'
'Helaas wel.'
Sanchez zei niets.
'Hebben ze de kogels gevonden?'
'Nee,' zei hij.
'Waarom niet? Het was toch een steeg? Hoe ver kunnen die nou vliegen? Die zullen ergens in het baksteen zitten.'
'We zullen er niets mee opschieten. Ze zijn vast zo plat als een dubbeltje.'
'Het waren volmantels,' zei ik. 'Ze zullen niet in stukken zijn. We kunnen ze op z'n minst wegen.'
'Ze hebben ze niet gevonden.'
'Hebben ze wel gezocht?'
'Ik weet het niet.'
'Hebben ze al getuigen?'
'Nee.'
'Hebben ze Brubakers auto gevonden?'
'Nee.'
'Die moet daar zijn, Sanchez. Hij is erheen gereden en omstreeks

middernacht of één uur aangekomen. Het is een opvallende auto. Zoeken ze die niet?'
'Ze verzwijgen iets voor me. Ik voel het.'
'Is Willard er al?'
'Die kan elk moment komen.'
'Zeg maar dat Brubaker rond is,' zei ik. 'En zeg maar dat die andere zaak toch geen trainingsongeval was. Daar zal hij van opkikkeren.'
Daarna hing ik op. Liep terug naar de kooi. Summer was naar binnen gegaan en stond nu schouder aan schouder met de arsenaalmedewerker. Ze bladerden samen door zijn logboek.
'Moet je kijken,' zei ze.
Met beide wijsvingers wees ze naar twee afzonderlijke vermeldingen. Trifonov had zijn persoonlijke Steyr GB op 4 januari 's avonds om halfacht uitgeboekt en de volgende morgen om kwart over vijf weer ingeboekt. Zijn handtekening was groot en klungelig. Hij was een Bulgaar. Waarschijnlijk was hij opgegroeid met het cyrillische alfabet en was het romeinse schrift nieuw voor hem. 'Waarom heeft hij hem opgehaald?' vroeg ik.
'We vragen niet naar de reden,' zei de medewerker. 'We doen alleen de administratie.'

We verlieten de hangar en liepen naar het woonblok. Passeerden het eind van een open parkeerplaats. Er stonden veertig à vijftig auto's. Typische soldatenauto's. Weinig import. Er waren een paar afgeragde, gele sedans bij, maar het waren voornamelijk pick-uptrucks en grote sleeën uit Detroit; een aantal was beschilderd met vlammen en strepen, een aantal was uitgerust met spoilers, wieldoppen van chroom en dikke banden met opgelegde letters. Er was maar één Corvette bij. Hij stond in zijn eentje, helemaal aan het eind van een rij en drie vakken bij de andere auto's vandaan.
We maakten een omweg om een kijkje te nemen.
Hij was een jaar of tien oud. Hij zag er smetteloos uit, van binnen en van buiten. Hij was gedurende de afgelopen twee dagen gewassen en in de was gezet. De wielhuizen waren schoon. De banden waren zwart en glommen. Aan de muur van de hangar hing een opgerolde tuinslang. We bukten ons om door de raampjes te kijken. Het interieur zag eruit alsof het met schoonmaakmiddel in de week was gezet, gepoetst en gezogen. Het was een tweezitter, maar hij had een hoedenplankje achter de stoelen dat

groot genoeg was voor een koevoet onder een jas. Summer hurkte en streek met haar vingers langs de onderdorpel. Haar schone handen bleven schoon.
'Geen gruis van het pad,' zei ze. 'Geen bloed op de stoelen.'
'Geen yoghurtbekertje op de grond,' zei ik.
'Naderhand heeft hij grote schoonmaak gehouden.'
We liepen weg. We gingen door hun hoofdingang naar buiten en sloten Trifonovs pistool voor in de Humvee. Daarna maakten we rechtsomkeert en gingen weer naar binnen.

Ik had geen zin om de kapitein erbij te betrekken. Ik wilde Trifonov meenemen voordat iemand wist wat er aan de hand was. Dus we gingen naar binnen via de keuken van de kantine. Ik vond een bediende die ik opdracht gaf om Trifonov met de een of andere smoes te gaan halen en via de keuken naar buiten te brengen. Daarna liepen we de kou weer in om te wachten. De bediende kwam vijf minuten later in zijn eentje naar buiten om te zeggen dat Trifonov nergens in de kantine te vinden was.
Dus gingen we naar het cellenblok. Troffen een soldaat die uit de douche kwam en hij vertelde ons waar we moesten zijn. We passeerden Carbones lege kamer. Die was stil en onaangeroerd. Trifonovs cel was drie deuren verder. Toen we er kwamen, stond zijn deur open. De man was in zijn cel en zat op zijn smalle brits een boek te lezen.
Ik had geen idee wat ik kon verwachten. Voor zover ik wist, had Bulgarije geen Special Forces. Echte elite-eenheden waren niet algemeen in de landen van het Warschaupact. Tsjecho-Slowakije had een vrij goede luchtmobiele brigade en Polen had luchtmobiele en amfibische divisies. De Sovjet-Unie zelf had een stel *Vysotniki*, sterke jongens. Afgezien daarvan was het in Oost-Europa overmacht wat de klok sloeg. Werp maar genoeg soldaten in de strijd en uiteindelijk zul je het winnen, als je maar bereid bent twee derde van je strijdmacht af te schrijven. En dat waren ze.
Dus wie was die vent?
De Special Forces van de NAVO legt bij selectie en opleiding veel nadruk op volharding. Die laat mensen tachtig kilometer hollen met alles op hun rug, inclusief de keukengootsteen. Ze houden ze wakker en laten ze een week lang over vreselijk terrein trekken. Daarom bestonden de elitetroepen van de NAVO uit pezige mannetjes met het postuur van marathonlopers. Maar deze Bulgaar was kolossaal. Hij was minstens zo groot als ik. Misschien

wel groter. Zo'n een meter vijfennegentig en honderdvijftien kilo. Hij had een kaalgeschoren hoofd en een groot, vierkant gezicht dat het midden hield tussen wreed en lelijk en redelijk knap, afhankelijk van de lichtval. Op dat moment was het neonlicht boven in zijn cel weinig flatteus. Hij zag er moe uit. Hij had doordringende, diepliggende ogen, die dicht bij elkaar stonden in oogkassen met luifeltjes. Hij was een paar jaar ouder dan ik, ongeveer begin dertig. Hij had enorme handen. Hij droeg een splinternieuw gevechtstenue in groene camouflagekleuren, zonder naam, rang of eenheid.
'Overeind, soldaat,' zei ik.
Hij legde zijn boek voorzichtig naast zich op het bed, opengeslagen en met de bladzijden omlaag, alsof hij zijn plaats bezet hield.

Zonder problemen deden we hem de handboeien om en loodsten hem naar de Humvee. Hij was groot, maar rustig. Hij scheen te berusten in zijn lot. Alsof hij wist dat het maar een kwestie van tijd was voordat de verschillende logboeken van zijn leven hem zouden verraden.
We reden terug en kregen hem zonder incident op mijn kantoor. We lieten hem plaatsnemen, maakten zijn handboeien los en weer vast zodat zijn rechterpols aan de stoelpoot zat. Daarna deden we met een ander stel handboeien hetzelfde met zijn linker. Hij had enorme polsen. Ze waren zo dik als de enkels van de meeste mannen.
Summer ging bij de kaart staan kijken naar de punaises, alsof ze zijn blik ernaartoe wilde trekken en *We weten alles* wilde zeggen.
Ik ging aan mijn bureau zitten.
'Hoe heet je?' vroeg ik. 'Voor de goede orde?'
'Trifonov,' zei hij. Hij had een zwaar, afgebeten accent, en het waren allemaal keelklanken.
'Voornaam?'
'Slavi.'
'Slavi Trifonov,' zei ik. 'Rang?'
'Thuis was ik kolonel. Nu ben ik sergeant.'
'Waar is thuis?'
'Sofia,' zei hij. 'In Bulgarije.'
'Je bent erg jong om kolonel te zijn geweest.'
'Ik was erg goed in wat ik deed.'
'En wat deed je?'
Hij gaf geen antwoord.

'Mooie auto heb je,' zei ik.
'Dank u,' zei hij. 'Van zo'n auto heb ik altijd gedroomd.'
'Waar ben je heen gereden in de nacht van de vierde?'
Hij gaf geen antwoord.
'Er zijn geen Special Forces in Bulgarije,' zei ik.
'Nee,' zei hij.
'Wat deed je daar dan?'
'Ik zat in het gewone leger.'
'Als wat?'
'Driewegsverbindingsman tussen het Bulgaarse leger, de Bulgaarse geheime dienst en onze vrienden in de sovjet-*Vysotniki*.'
'Kwalificaties?'
'Ik heb een opleiding van vijf jaar bij de GRU gehad.'
'Wat is dat?'
Hij glimlachte. 'Dat weet u volgens mij best.'
Ik knikte. De sovjet-GRU was een soort kruising tussen de militaire politie en de Delta Force. Het waren zeer harde jongens en net zo bereid om hun razernij naar binnen te keren als naar buiten.
'Wat doe je hier?' vroeg ik.
'In Amerika?' vroeg hij. 'Ik wacht.'
'Waarop?'
'Op het einde van de communistische bezetting van mijn land. Dat zal volgens mij niet lang meer duren. Dan ga ik terug. Ik ben trots op mijn land. Het is een prachtland vol prachtmensen. Ik ben nationalist.'
'Wat onderwijs je in Delta?'
'Dingen die nu tot het verleden behoren. Hoe je je verzet tegen de dingen waarvoor ik ben opgeleid. Maar die slag is al voorbij, denk ik. Jullie hebben gewonnen.'
'Je moet ons vertellen wat je hebt gedaan in de nacht van de vierde.'
Hij zei niets.
'Waarom ben je overgelopen?'
'Omdat ik een patriot ben,' zei hij.
'Recente bekering?'
'Ik ben altijd patriot geweest. Maar ze hadden me bijna ontmaskerd.'
'Hoe ben je weggekomen?'
'Via Turkije. Daar ben ik naar een Amerikaans legerkamp gegaan.'

'Vertel eens over de nacht van 4 januari.'
Hij zei niets.
'We hebben je pistool,' zei ik. 'Dat heb je uitgeboekt. Je bent elf minuten over tien van de basis vertrokken en om vijf uur 's morgens teruggekomen.'
Hij zei niets.
'Je hebt twee kogels afgevuurd.'
Hij zei niets.
'Waarom heb je je auto gewassen?'
'Omdat het een mooie auto is. Ik was hem twee keer per week. Altijd. Van zo'n auto heb ik altijd gedroomd.'
'Ooit in Kansas geweest?'
'Nee.'
'Nou, daar ga je heen. Je gaat niet naar huis in Sofia. In plaats daarvan ga je naar Fort Leavenworth.'
'Waarom?'
'Dat weet je best,' zei ik.
Trifonov bewoog zich niet. Hij zat doodstil. Hij zat helemaal naar voren gebogen met zijn polsen aan de stoel bij zijn knieën geboeid. Ik zat ook stil. Ik wist niet goed wat ik met hem aan moest. Onze eigen Delta-jongens werden getraind om zich tegen ondervraging te verzetten. Dat wist ik. Ze werden getraind tegen drugs en slaag en zintuiglijke deprivatie en alles wat je maar kunt bedenken. Hun instructeurs werden aangemoedigd om praktische methoden te gebruiken. Dus kon ik me geen voorstelling maken van wat Trifonov had doorgemaakt tijdens zijn vijfjarige opleiding bij de GRU. Ik kon weinig doen. Ik voelde me niet te goed om iemand een pak slaag te geven. Maar ik had het gevoel dat deze knaap geen woord zou loslaten, al zou ik al zijn ledematen amputeren.
Dus ging ik over op de geijkte verhoortechnieken, liegen en omkopen.
'Er zijn mensen die de zaak Carbone maar een gênante situatie vinden,' zei ik. 'Voor het leger, weet je wel. Dus willen we het niet per se op de spits drijven. Als je nu bekent, kunnen we je terugsturen naar Turkije. Dan kun je daar wachten tot het tijd wordt om naar huis te gaan en patriot te zijn.'
'Ze zeggen dat u Carbone hebt vermoord,' zei hij. 'Daar wordt over gepraat.'
'Dan hebben ze het mis,' zei ik. 'Ik was hier niet. Brubaker heb ik ook niet vermoord. Want daar was ik ook niet.'

'Ik ook niet,' zei hij. 'Evenmin.'
Hij was heel stil. Toen leek er iets bij hem te dagen. Zijn ogen begonnen te bewegen. Hij keek naar links en daarna naar rechts. Hij keek omhoog naar Summers kaart. Naar de punaises. Naar haar. Naar mij. Zijn lippen bewogen. Ik zag dat hij *Carbone* tegen zichzelf zei. Daarna *Brubaker*. Hij maakte geen geluid, maar ik las zelfs zijn zware accent van zijn lippen.
'Wacht,' zei hij.
'Waarop?'
'Nee,' zei hij.
'Nee, wat?'
'Nee, majoor,' zei hij.
'Vertel op, Trifonov,' zei ik.
'Denkt u dat ik iets met Carbone en Brúbaker te maken heb?'
'Jij denkt van niet, dan?'
Hij werd weer stil. Keek naar de grond.
'Vertel op, Trifonov.'
'Ik was het niet,' zei hij.
Ik bleef gewoon zitten. Keek naar zijn gezicht. Ik had zes lange jaren allerlei soorten onderzoeken gedaan en Trifonov was minstens de duizendste die me aankeek om *Ik was het niet* te zeggen. De moeilijkheid was dat een percentage van die duizend gasten de waarheid had gesproken. En ik begon het gevoel te krijgen dat Trifonov dat ook deed. Hij had iets. Ik kreeg een akelig gevoel.
'Je zult het moeten bewijzen,' zei ik.
'Dat kan ik niet.'
'Je zult wel moeten. Of ze gooien de sleutel van je cel weg. Carbone zullen ze misschien nog door de vingers zien, maar ik weet verdomd zeker dat ze dat niet met Brubaker zullen doen.'
Hij zei niets.
'Begin maar opnieuw,' zei ik. 'De nacht van 4 januari. Waar ben je geweest?'
Hij schudde alleen zijn hoofd.
'Je bent ergens heen gegaan,' zei ik. 'Dat staat als een paal boven water. Omdat je hier niet was. Je bent uitgelogd en weer ingelogd. Jij en je pistool.'
Hij zei niets. Keek me alleen maar aan. Ik staarde terug en zei niets. Hij verviel tot het soort radeloze, ongemakkelijke stilzwijgen dat ik al heel dikwijls had meegemaakt. Hij bewoog in zijn stoel. Bijna onmerkbaar. Kleine, heftige bewegingen, van de ene naar de andere kant. Alsof hij om beurten met twee tegenstan-

ders vocht, eentje links en eentje rechts. Alsof hij besefte dat hij me moest vertellen waar hij was geweest, maar ook wist dat het niet kon. Alsof hij rondsprong als de vleesgeworden definitie van hangen en wurgen.
'De nacht van 4 januari,' zei ik. 'Heb je toen een misdrijf begaan?'
Zijn diepliggende ogen kwamen omhoog en keken me aan. Bleven me aankijken.
'Oké,' zei ik. 'Tijd om een keuze te maken. Was het misdrijf nog erger dan Brubaker door zijn hoofd schieten?'
Hij zei niets.
'Ben je naar Washington gegaan om de tienjarige kleindochters van de president achter elkaar te verkrachten?'
'Nee,' zei hij.
'Ik zal je een aanwijzing geven,' zei ik. 'In jouw situatie zou dat zo'n beetje het enige misdrijf zijn dat nog erger is dan Brubaker in zijn hoofd schieten.'
Hij zei niets.
'Vertel op.'
'Het was een privézaak,' zei hij.
'Wat voor privézaak?'
Hij gaf geen antwoord. Summer zuchtte en liep weg van haar kaart. Ze begon te vermoeden dat waar Trifonov ook was geweest, de kans bestond dat het niet Columbia was geweest. Ze keek me met opgetrokken wenkbrauwen aan. Trifonov ging verzitten. Zijn handboeien rinkelden tegen de metalen stoelpoten.
'Wat gaat er met me gebeuren?' vroeg hij.
'Dat hangt ervan af wat je hebt gedaan,' zei ik.
'Ik heb een brief gekregen,' zei hij.
'Post krijgen is geen misdaad.'
'Van een vriend van een vriend.'
'Vertel eens over die brief.'
'Er is een man in Sofia,' begon hij.

Hij zat voorovergebogen met zijn polsen aan de stoelpoten geklonken en vertelde ons het verhaal van de brief. Zoals hij het formuleerde, wekte hij de indruk dat hij dacht dat het iets typisch Bulgaars was. Maar dat was het niet echt. Het was een verhaal dat iedereen had kunnen vertellen.
Er was een man in Sofia. Die had een zus. De zus was een onbelangrijke gymnaste geweest die was overgelopen tijdens een reis van haar universiteit door Canada, en die zich uiteindelijk in de

Verenigde Staten had gevestigd. Ze was met een Amerikaan getrouwd. Haar man bleek een schoft te zijn. De zus schreef erover naar haar broer in haar vaderland. Lange, ongelukkige brieven. Over klappen, mishandeling, wreedheid en isolement. Het leven van de zus was een hel. De communistische censor had de brieven ongemoeid gelaten, want alles wat Amerika een slechte naam kon bezorgen vond men prima. De broer in Sofia had een vriend die de weg wist in netwerken van dissidenten. De vriend had een adres van Trifonov in Fort Bird in North Carolina. Trifonov had contact met de dissidenten gehad voor hij de wijk nam naar Turkije. De vriend had een brief van de man in een pakje gedaan en meegegeven aan een man die in Oostenrijk machineonderdelen kocht. De man van de onderdelen was naar Oostenrijk gegaan en had de brief daar op de post gedaan. De brief was in Fort Bird aangekomen. Trifonov ontving hem op 2 januari, met de post 's morgens vroeg. Zijn naam stond er in grote cyrillische letters op en was overdekt met buitenlandse postzegels en *Luftpost*-stickers. Hij had de brief alleen op zijn kamer gelezen. Hij wist wat er van hem werd verwacht. Tijd, afstand en betrekkingen waren dermate gecomprimeerd onder de druk van zijn nationalistische trouw, dat het was alsof zijn eigen zus werd mishandeld. De vrouw woonde bij een plaats die Cape Fear heette, wat Trifonov een toepasselijke naam vond, gelet op haar situatie. Hij was naar het kantoor van de compagnie gegaan om op de kaart te kijken waar het was.

Zijn volgende vrije avond was die van 4 januari. Hij maakte een plan, repeteerde een toespraak die erop neerkwam dat het niet raadzaam was om Bulgaarse vrouwen met vrienden op rijafstand te mishandelen.

'Heb je die brief nog?' vroeg ik.

Hij knikte. 'Maar die kunt u niet lezen, want hij is in het Bulgaars.'

'Wat droeg je die avond?'

'Burgerkleren. Ik ben niet gek.'

'Wat voor burgerkleren?'

'Leren jack. Spijkerbroek. Overhemd. Amerikaans. Het zijn de enige burgerkleren die ik heb.'

'Wat heb je met die vent gedaan?'

Hij schudde zijn hoofd. Wilde niets zeggen.

'Oké,' zei ik. 'We gaan met z'n allen naar Cape Fear.'

We hielden Trifonov in de boeien en zetten hem achter in de Humvee. Summer reed. Cape Fear was zo'n honderdzestig kilometer naar het zuidoosten aan de Atlantische kust. Het was een saaie rit in de Humvee. Met de Corvette zou het anders zijn geweest. Hoewel ik me niet kon herinneren ooit in een Corvette te hebben gezeten. Ik had nog nooit iemand gekend die er een had.
En ik was ook nog nooit in Cape Fear geweest. Het was een van de vele plaatsen in Amerika waar ik nog nooit was geweest. Maar de film had ik wel gezien. Kon me niet herinneren waar precies. Waarschijnlijk ergens in een tent op een warme plek. In zwartwit, met Gregory Peck die het geweldig aan de stok had met Robert Mitchum. Voor zover ik het me herinnerde, was het een redelijke film, maar in wezen irritant. Er was een hoop gejoel in het publiek. Robert Mitchum had al in het begin van de film omgelegd moeten worden. Soldaten hebben weinig geduld met het kijken naar burgers die maar wat aanklooien, alleen maar om het verhaal anderhalf uur te rekken.
Het was pikkedonker toen we in de buurt van onze bestemming kwamen. We passeerden een bord in de buitenwijk van Wilmington die de plaats aanprees als een historisch en schilderachtig havenplaatsje, maar daar sloegen we geen acht op, omdat Trifonov riep dat we links af moesten slaan door een soort moeras. We reden in de duisternis door niemandsland en sloegen opnieuw af naar een plaats die Southport heette.
'Cape Fear ligt in de zee voor Southport,' zei Summer. 'Het is een eiland. Ik geloof dat er een brug is.'
Maar we stopten een eind voor de kust. We kwamen niet eens in Southport. Trifonov riep weer iets toen we een caravanpark aan onze rechterhand passeerden. Het was een groot, plat, rechthoekig stuk polder. Het leek alsof iemand een deel van het moeras had uitgegraven om een meer te maken en vervolgens het gat weer had gevuld, zodat er een stuk land ter grootte van een paar voetbalvelden ontstond. Het werd omgeven door sloten. Er liepen hoogspanningskabels aan masten naartoe en er stonden zo'n honderd stacaravans. Onze koplampen lieten een paar luxe, dubbele caravans zien met aanbouw, tuintje en hekje. Een aantal zag er kaal en haveloos uit. Een paar waren van hun blokken gevallen en verlaten. We waren een kilometer of vijftien van de kust, maar de stormen hadden een groot bereik.
'Hier,' zei Trifonov. 'Rechts afslaan.'
Er was een brede middenweg met links en rechts smallere zij-

weggetjes. Trifonov loodste ons door de doolhof en we stopten voor een aftandse, lichtgroene stacaravan die betere tijden had gekend. De verf bladderde en het dak van asfaltpapier krulde. De schoorsteen rookte en achter de ramen scheen het blauwe licht van een tv.
'Ze heet Elena,' zei Trifonov.
We lieten hem achter slot en grendel in de Humvee. Klopten op Elena's deur. De vrouw die opendeed, kon rechtstreeks uit de encyclopedie zijn gestapt uit het hoofdstuk mishandelde vrouwen onder de M. Ze zag er niet uit. Ze had oude, geel geworden blauwe plekken om haar ogen en langs haar kaak, en haar neus was gebroken. Haar lichaamshouding verried oude pijnplekken en misschien vers gebroken ribben. Ze droeg een dunne ochtendjas en mannenschoenen. Maar ze was schoon en gewassen en haar haar zat netjes naar achteren. Er fonkelde iets in haar ogen. Iets van trots misschien, of tevredenheid dat ze het had overleefd. Ze tuurde nerveus naar ons, vanuit de drievoudige achterstand van armoede, lijden en haar buitenlandse status.
'Ja?' zei ze. 'Kan ik u helpen?' Ze had hetzelfde accent als Trifonov, maar veel hoger. Het had iets aantrekkelijks.
'We willen even met u praten,' zei Summer vriendelijk.
'Waarover?'
'Over wat Slavi Trifonov voor u heeft gedaan,' zei ik.
'Hij heeft niets gedaan,' zei ze.
'Maar u kent de naam wel.'
Ze zweeg even.
'Komt u alstublieft binnen,' zei ze.
Waarschijnlijk verwachtte ik binnen een soort chaos aan te treffen. Misschien lege flessen overal, volle asbakken, vuil en rommel. Maar de stacaravan was keurig en schoon. Er was niets van zijn plek. Het was koud, maar netjes. En er was verder niemand.
'Is uw man er niet?' vroeg ik.
Ze schudde haar hoofd.
'Waar is hij?'
Ze gaf geen antwoord.
'Volgens mij ligt hij in het ziekenhuis,' zei Summer. 'Klopt dat?'
Elena keek haar alleen maar aan.
'Meneer Trifonov heeft u geholpen,' zei ik. 'Nu moet u hem helpen.'
Ze zei niets.
'Als hij niet hier is geweest om iets goeds te doen, was hij ergens

anders om iets slechts te doen. Zo ligt de situatie. Dus moet ik weten welk van de twee het is.'
Ze zei niets.
'Dit is heel erg belangrijk,' zei ik.
'En als beide dingen slecht waren?' vroeg ze.
'De twee dingen zijn niet met elkaar te vergelijken,' zei ik. 'Neem dat maar van mij aan. In de verste verte niet. Dus vertelt u me maar precies wat er is gebeurd, oké?'
Ze gaf niet meteen antwoord. Ik liep wat verder naar binnen. De tv stond op PBS. Het geluid stond zacht. Ik rook schoonmaakmiddel. Haar man was weg en zij was aan een nieuwe fase in haar leven begonnen met een emmer en een dweil, en een opleiding via de buis.
'Ik weet niet precies wat er is gebeurd,' zei ze. 'Meneer Trifonov is gewoon gekomen en heeft mijn man meegenomen.'
'Wanneer?'
'Eergisteravond, omstreeks middernacht. Hij zei dat hij een brief van mijn broer in Sofia had gekregen.'
Ik knikte. *Middernacht. Hij is om 22.11 uur uit Bird vertrokken en was hier een uur en negenenveertig minuten later. Honderdzestig kilometer, gemiddeld bijna negentig kilometer per uur, in een Corvette.* Ik keek Summer even aan. Ze knikte. *Makkie.*
'Hoe lang is hij hier geweest?'
'Een paar minuten maar. Hij was vrij formeel. Hij stelde zich voor en vertelde wat hij kwam doen en waarom.'
'En dat was dat?'
Ze knikte.
'Wat voor kleren had hij aan?'
'Een leren jack en een spijkerbroek.'
'Met wat voor auto was hij gekomen?'
'Ik weet niet hoe die heet. Rood en laag. Een sportwagen. Hij maakte veel kabaal met zijn uitlaatpijpen.'
'Oké,' zei ik. Ik knikte naar Summer en we liepen naar de deur.
'Komt mijn man terug?' vroeg Elena.
Ik stelde me Trifonov voor zoals ik hem in het begin had gezien. Een meter vijfennegentig, honderdvijftien kilo, kaalgeschoren hoofd. Dikke polsen, grote handen, vurige ogen en vijf jaar bij de GRU.
'Ik betwijfel het ten zeerste,' zei ik.

We stapten weer in de Humvee. Summer startte. Ik draaide me

om en sprak met Trifonov door het gaas van de kooi.
'Waar heb je die vent gelaten?' vroeg ik.
'Op de weg naar Wilmington,' zei hij.
'Hoe laat?'
'Om drie uur 's morgens. Ik ben bij een telefooncel gestopt om 911 te bellen. Ik heb mijn naam niet genoemd.'
'Ben je drie uur met hem in de weer geweest?'
Hij knikte langzaam. 'Ik wilde er zeker van zijn dat de boodschap overkwam.'
Summer zigzagde uit het caravankamp, sloeg af naar het westen en vervolgens naar het noorden, de kant van Wilmington op. We passeerden het toeristenbord in de buitenwijk en gingen op zoek naar het ziekenhuis. Dat vonden we een halve kilometer verderop. Het zag er redelijk uit. Het bestond grotendeels uit twee verdiepingen en had een ambulance-ingang met een brede overkapping. Summer parkeerde in een vak dat was gereserveerd voor een arts met een Indiase naam en we stapten uit. Ik deed het achterportier van het slot en liet Trifonov uitstappen. Ik deed zijn handboeien af en stopte ze in mijn zak.
'Hoe heette die vent?' vroeg ik.
'Pickles,' zei hij.
Gedrieën gingen we naar binnen en ik liet mijn legitimatiebewijs van de Special Forces aan de baliemedewerker zien. In werkelijkheid heb ik daar niets aan in de burgermaatschappij, maar de man reageerde alsof het me onbeperkte macht gaf; zo reageren de meeste burgers als ze het zien.
'Er is hier iemand vroeg in de ochtend van 5 januari opgenomen,' zei ik. 'Even na drie uur.'
De man nam een stapel aluminium klemborden in een houder rechts van hem door. Trok er twee voor de helft uit.
'Man of vrouw?' vroeg hij.
'Man.'
Hij liet een van de klemborden weer zakken. Haalde het andere er helemaal uit.
'Anonymus,' zei hij. 'Dakloze man, zonder identiteitsbewijs of verzekering, beweert dat hij Pickles heet. De politie heeft hem op de weg gevonden.'
'Dat is onze man,' zei ik.
'Jullie man?' vroeg hij met een blik op mijn uniform.
'Wij kunnen misschien zijn rekening wel betalen,' zei ik.
Dat wekte zijn belangstelling. Wierp een blik op de stapel klem-

borden, alsof hij dacht *eentje weg, nog maar tweehonderd.*
'Hij ligt op de verkoever,' zei hij. Hij gebaarde naar de lift. 'Op de eerste verdieping.'
Hij bleef achter de balie. We gingen met z'n drieën naar boven. Stapten uit en volgden de bordjes naar de verkoeverafdeling. Een zuster achter een balie voor de deur hield ons tegen. Ik liet haar mijn legitimatie zien.
'Pickles,' zei ik.
Ze wees naar een aparte kamer met een dichte deur aan de overkant van de gang.
'Vijf minuten maar,' zei ze. 'Hij is erg ziek.'
Trifonov glimlachte. We staken de gang over en deden de deur van de privékamer open. Het licht was schemerig. Er lag een man in bed. Hij sliep. Het was onmogelijk vast te stellen of hij groot of klein was. Ik zag maar weinig van hem. Hij zat bijna helemaal in het gips. Zijn benen hingen in tractie en hij had dikke schotwondverbanden om beide knieën. Tegenover het bed was een lange lichtbak op ooghoogte die bijna helemaal bedekt was met röntgenfoto's. Ik deed het licht aan om een kijkje te nemen. Op elke opname stond een datum met de naam *Pickles* in de kantlijn. Er waren opnamen van armen, ribben, borst en benen. Het menselijk lichaam bevat meer dan tweehonderdtien botten en het leek erop dat meneer Pickles ze bijna allemaal had gebroken. Hij had helemaal op eigen houtje een grote deuk geslagen in het radiologische budget van het ziekenhuis.
Ik deed het licht uit en schopte twee keer tegen de poot van het bed. De man die erin lag bewoog. Hij werd wakker. Hij moest zijn ogen aan het vage licht laten wennen, en een beter alibi dan de blik op zijn gezicht toen hij Trifonov zag, had de laatste niet nodig. Het was een blik van pure, rauwe doodsangst.
'Jullie gaan naar buiten,' zei ik.
Summer ging Trifonov voor naar buiten en ik liep naar het hoofdeind.
Pickles was lijkbleek. Hij lag zwetend in zijn gips te trillen.
'Dat was hem,' zei hij. 'Die vent. Hij heeft dit gedaan.'
'Wat heeft hij gedaan?'
'Me in de benen geschoten.'
Ik knikte. Keek naar het schotwondverband. Pickles was in zijn knieschijf geschoten. Twee knieën, twee kogels. Er waren twee patronen afgevuurd.
'Van voren of van opzij?'

'Van opzij,' zei hij.
'Van voren is erger,' zei ik. 'Je boft. Niet dat je dat verdiende.'
'Ik had niets gedaan.'
'O, nee? Ik heb je vrouw net gesproken.'
'Buitenlands loeder.'
'Zeg dat niet.'
'Het is haar eigen schuld. Ze doet niet wat ik zeg. Een vrouw moet haar man gehoorzamen. Dat staat in de bijbel.'
'Hou je kop,' zei ik.
'Doen jullie daar niets aan?'
'Jawel,' zei ik. 'Kijk maar.'
Ik haalde uit alsof ik een vlieg van zijn dekens wilde slaan. Raakte hem met een lichte backhand tegen de zijkant van zijn rechterknie. Hij gilde. Ik draaide me om en ging de kamer uit. Zag de zuster naar me kijken.
'Hij is erg ziek,' zei ik.

We gingen met de lift naar beneden en meden de man aan de opnamebalie door de hoofdingang te gebruiken. We liepen zwijgend naar de Humvee. Ik maakte de achterdeur voor Trifonov open, maar voordat hij instapte, hield ik hem tegen. Ik gaf hem een hand.
'Mijn excuses,' zei ik.
'Zit ik in de problemen?'
'Wat mij betreft niet,' zei ik. 'Ik mag jou wel. Maar je hebt veel geluk gehad. Je had een dijslagader kunnen raken. Je had hem kunnen doden. Dan was het misschien een ander verhaal geworden.'
Hij glimlachte even. Hij was rustig.
'Ik ben vijf jaar door de GRU opgeleid,' zei hij. 'Ik weet hoe je mensen moet doodmaken. En hoe je dat moet voorkomen.'

16

We gaven Trifonov zijn Steyr terug en zetten hem af bij de poort van Delta. Waarschijnlijk boekte hij zijn pistool weer in om vervolgens naar zijn kamer terug te lopen en zijn boek weer te pakken. Waarschijnlijk las hij gewoon verder waar hij was gebleven. Wij reden verder om de Humvee terug te brengen naar het wagenpark van de MP. Liepen terug naar mijn kantoor. Summer liep meteen naar de kopie van de poortlog. Die zat nog op de wand naast de kaart.

'Vassell en Coomer,' zei ze. 'Dat waren de enige andere mensen die de bewuste avond zijn vertrokken.'

'Die gingen naar het noorden,' zei ik. 'Als jij wilt beweren dat zij de tas uit de auto hebben gegooid, zul je het met me eens moeten zijn dat ze naar het noorden gingen. Ze zijn niet naar Columbia in het zuiden gereden.'

'Oké,' zei ze. 'Dus de moordenaar van Carbone en Brubaker is niet een en dezelfde. Er is geen verband. We hebben gewoon een heleboel tijd verdaan.'

'Welkom in de realiteit,' zei ik.

De realiteit werd nog een heel stuk erger toen de telefoon twintig minuten later ging. Het was mijn sergeant. De vrouw met de baby. Ze had Sanchez aan de lijn, die vanuit Fort Jackson belde. Ze verbond hem door.

'Willard is gekomen en gegaan,' zei hij. 'Ongelooflijk.'

'Dat zei ik toch?'

'Hij siste me allerlei beschuldigingen toe.'

'Maar je wast je handen in onschuld.'

'Goddank.'

Ik zweeg even. 'Heb je hem nog over mijn dader verteld?'

Er viel een stilte. 'Dat had je gezegd. Had dat niet gemoeten?'

'Het was loos alarm. Aanvankelijk zag het er veelbelovend uit, maar uiteindelijk bleek hij het niet te zijn.'

'Nou, hij is onderweg om het met je te bespreken. Hij is twee uur geleden vertrokken. Hij zal erg teleurgesteld zijn.'

'Geweldig,' zei ik.

'Wat ga je doen?' vroeg Summer.
'Wat is Willard nou helemaal?'
'Een baantjesjager,' zei ze.
'Juist,' zei ik.
Technisch gesproken kent het Amerikaanse leger zesentwintig afzonderlijke rangen. Een soldaat begint als een E1 en als hij niets stoms doet, wordt hij na een jaar gepromoveerd tot E2, en weer een jaar later tot E3 eersteklas, of misschien wat eerder als hij goed is. Vervolgens strekt de ladder zich helemaal uit tot vijfsterrengeneraal, hoewel ik niemand anders ken dan George Washington en Dwight David Eisenhower die het ooit zo ver hebben geschopt. Als je de E9-sergeant-majoor als drie afzonderlijke stappen telt voordat je Command Sergeant Major en Sergeant Major of the Army en alle vier de rangen van adjudant-onderofficier bent, heeft een majoor zoals ik nog zeven treden boven zich en achttien treden onder zich. En dat geeft een majoor als ik een aanzienlijke ervaring in insubordinatie naar twee kanten, omhoog en omlaag, als slachtoffer en dader. Met een miljoen koppen op zesentwintig verschillende traptreden was insubordinatie tot een ware kunstvorm verheven. Maar het moest wel een op een, onder vier ogen.

Dus stuurde ik Summer weg en wachtte Willard in mijn eentje op. Ze protesteerde. Uiteindelijk was ze het ermee eens dat een van ons buiten schot moest blijven. Ze ging een late maaltijd halen. Mijn sergeant bracht me een broodje ros en emmentaler, met een beetje mayonaise en een likje mosterd. De rosbief was rood. Het was een lekker broodje. Vervolgens bracht ze een beker koffie. Ik was halverwege mijn tweede beker toen Willard arriveerde.
Hij kwam meteen binnen. Hij liet de deur openstaan. Ik stond niet op. Salueerde niet. Bleef aan mijn koffie lurken. Hij zag het door de vingers, zoals ik wel verwachtte. Hij was een goede strateeg. Voor zover hij wist, had ik een verdachte die de zaak Brubaker uit handen van de politie in Columbia kon nemen, zodat het verband tussen een elitekolonel en drugsdealers in een cracksteeg gebroken kon worden. Dus was hij bereid hartelijk te beginnen. Of misschien wilde hij een band scheppen met een lid van zijn hogere personeel. Hij ging zitten en begon aan zijn broekspijp te plukken. Hij trok een ouwe-jongens-krentenbroodgezicht, alsof we samen net iets beleefd hadden.

'Mooie rit vanuit Jackson,' zei hij. 'Geweldige weg.'
Ik zei niets.
'Ik heb net een oude Pontiac GTO gekocht,' zei hij. 'Prachtwagen. Ik heb er glimmende spruitstukken op gezet en een uitlaat met een wijde boring. Rijdt als een speer.'
Ik zei niets.
'Hou je van krachtige auto's?'
'Nee,' zei ik. 'Ik ga liever met de bus.'
'Daar is weinig lol aan.'
'Oké, laat me het anders stellen. Ik ben tevreden over de lengte van mijn penis. Ik heb geen behoefte aan compensatie.'
Hij werd bleek. Hij werd rood. Dezelfde kleur als Trifonovs Corvette. Hij keek me nijdig aan alsof hij een harde jongen was.
'Vertel maar over de vorderingen in de zaak Brubaker,' zei hij.
'Brubaker is niet mijn zaak.'
'Sanchez vertelde me dat je de dader had.'
'Loos alarm,' zei ik.
'Zeker weten?'
'Honderd procent.'
'Wie had je op het oog?'
'Jouw ex-vrouw.'
'Wat?'
'Iemand vertelde me dat ze met de helft van de kolonels in het leger had geslapen. Dus ik dacht dat Brubaker daar ook wel tussen zou zitten. Ik bedoel, het was tenslotte een kans van vijftig procent.'
Hij staarde me aan.
'Geintje,' zei ik. 'Het was niemand. Een doodlopend spoor.'
Hij wendde woest zijn gezicht af. Ik stond op en deed de deur van mijn kantoor dicht. Liep terug naar mijn bureau. Ging weer zitten. Keek hem aan.
'Je bent ongelooflijk onbeschoft,' zei hij.
'Dien maar een klacht in, Willard. Zoek het hogerop en klaag maar dat ik je gevoelens heb gekwetst. Kijk maar of iemand je gelooft. Of kijk maar of iemand gelooft dat je zoiets niet zelf kunt oplossen. Zie zo'n aantekening maar in je dossier verdwijnen. Kijk maar wat voor indruk dát maakt op de promotieraad, als je het tot generaal wilt schoppen.'
Hij draaide in zijn stoel en keek om zich heen. Zijn blik bleef op Summers kaart rusten.
'Wat is dat?'

'Een kaart.'
'Waarvan?'
'Van de oostelijke Verenigde Staten.'
'Waar zijn die punaises voor?'
Ik gaf geen antwoord. Hij stond op en liep naar de muur. Raakte de punaises een voor een aan. Washington, Sperryville en Green Valley. Daarna Raleigh, Fort Bird, Cape Fear en Columbia.
'Wat stelt dit allemaal voor?'
'Het zijn gewoon punaises.'
Hij haalde de punaise uit Green Valley, Virginia.
'Mevrouw Kramer,' zei hij. 'Ik had je gezegd die zaak met rust te laten.'
Hij trok alle andere punaises eruit. Gooide ze op de grond. Daarna zag hij de poortlog, las de namen en stopte bij Vassell en Coomer.
'Ik had je gezegd hen ook met rust te laten.'
Hij scheurde de lijst van de muur. Het plakband nam schilfers verf mee. Daarna rukte hij de kaart van de muur. Er kwam nog meer verf mee. De punaises hadden gaatjes achtergelaten in de gipsplaat. Ze zagen eruit als een kaart, of als een constellatie.
'Je hebt gaatjes in de muur gemaakt,' zei hij. 'Ik kan niet toestaan dat legereigendom zo wordt beschadigd. Dat is onprofessioneel. Wat moeten bezoekers wel denken?'
'Ze zouden denken dat er een kaart op de muur heeft gezeten,' zei ik. 'Jij hebt hem eraf gerukt en een troep gemaakt.'
Hij gooide de prop op de grond.
'Moet ik even met Delta gaan praten?'
'Moet ik je rug breken?'
Hij werd heel stil.
'Je zou aan je eigen volgende promotie moeten denken,' zei hij. 'Dacht je dat jij het tot luitenant-kolonel zult schoppen zolang ik hier nog ben?'
'Nee,' zei ik. 'Dat denk ik echt niet. Maar aan de andere kant verwacht ik niet dat jij hier lang zult zitten.'
'Denk dan nog maar eens goed na. Dit is een prettige stek. Het leger zal altijd politiemensen nodig hebben.'
'Maar geen hersenloze hufters zoals jij.'
'Je hebt het tegen een meerdere.'
Ik keek om me heen. 'Maar wat zeg ik nou toch allemaal? Ik zie geen getuigen.'
Hij zweeg.

'Je hebt een gezagsprobleem,' zei ik. 'Het zal me deugd doen om te zien hoe je dat probeert op te lossen. Misschien moeten we het man tegen man uitvechten, in de sportzaal. Wil je dat?'
'Heb je een beveiligde faxverbinding?' vroeg hij.
'Vanzelfsprekend,' zei ik. 'Hij staat in het voorkantoor. Je bent erlangs gekomen toen je binnenkwam. Ben je behalve stom ook nog blind?'
'Zorg dat je er morgenochtend klokslag negen uur naast staat. Dan stuur ik je een stel bevelen op schrift.'
Hij wierp nog een laatste woeste blik op me. Daarna verliet hij het kantoor en sloeg de deur zo hard dicht dat de hele wand schudde en de luchtverplaatsing de kaart en de poortlog een paar centimeter van de grond tilde.

Ik bleef aan mijn bureau zitten. Belde mijn broer in Washington, maar hij nam niet op. Ik dacht erover om mijn moeder te bellen. Maar toen bedacht ik dat er niets te zeggen was. Waar we het ook over zouden hebben, ze zou doorhebben dat ik had gebeld om *Leef je nog?* te vragen.
Dus stond ik op, raapte de kaart op en streek hem glad. Plakte hem weer op de muur. Ik raapte alle zeven punaises op. Plakte de poortlog naast de kaart. Daarna trok ik die er weer af. Het was zinloos. Ik maakte er een prop van en gooide hem in de prullenbak. Liet de kaart daar in z'n eentje hangen. Mijn sergeant kwam binnen met nog een kop koffie. Ik moest even aan de vader van haar baby denken. Waar was hij? Had hij haar mishandeld? Zo ja, dan zou hij nu wel ergens in een moeras liggen. Of in een aantal moerassen. In stukjes. De telefoon ging en ze nam voor me op. Gaf de hoorn aan mij.
'Rechercheur Clark,' zei ze. 'In Virginia.'
Ik sleepte het snoer van de telefoon om het bureau heen en ging weer zitten.
'Er zit eindelijk schot in de zaak,' zei hij. 'De koevoet uit Sperryville is ons wapen, zeker weten. We hebben een identiek exemplaar van de ijzerwinkel gekregen en onze lijkschouwer heeft vastgesteld dat hij overeenstemt met de wond.'
'Goed werk,' zei ik.
'Dus ik bel eigenlijk om te zeggen dat we niet kunnen blijven zoeken. We hebben die van ons gevonden, dus we kunnen niet meer naar die van jullie zoeken. Ik kan de extra kosten niet verantwoorden.'

'Tuurlijk,' zei ik. 'Dat hadden we al voorzien.'
'Dus je moet het verder zonder ons stellen, makker. En dat spijt me echt.'
Ik zei niets.
'Nog iets aan jullie kant? Heb je al een naam voor me?'
Ik glimlachte. Die naam kun je wel vergeten, dacht ik. Makker. Niet dat we een naam hadden.
'Ik bel je wel,' zei ik.

Summer kwam een halfuur later terug en ik zei dat ze de rest van de nacht vrij kon nemen. Ik gaf haar opdracht om samen met mij te ontbijten in de officiersclub. Om klokslag negen uur, als Willards bevelen binnenkwamen. Volgens mij konden we op ons dooie akkertje eten: een heleboel eieren, een heleboel koffie en omstreeks kwart over tien konden we wel naar kantoor kuieren.
'Je hebt de kaart verplaatst,' zei ze.
'Willard heeft 'm eraf gerukt. Ik heb hem weer opgehangen.'
'Hij is gevaarlijk.'
'Misschien,' zei ik. 'Misschien ook niet. De tijd zal het leren.'
Ze ging weer terug naar haar kamer en ik naar de mijne. Ik had een kamer in het blok voor alleenstaande officieren. Die had iets van een motel. De straat was vernoemd naar een allang overleden winnaar van de *Medal of Honor* en een zijpad voerde van de stoep naar mijn voordeur. Om de twintig meter stond een straatlantaarn. Die het dichtst bij mijn voordeur stond was uit. Hij was uit, want hij was stukgegooid met een steen. Ik zag het glas op het pad liggen. En drie mannen in de schaduw staan. Ik liep langs de eerste. Het was de Delta-sergeant met de baard en de gebruinde huid. Hij tikte met zijn wijsvinger op de wijzerplaat van zijn horloge. Nummer twee deed hetzelfde. Nummer drie glimlachte alleen maar. Ik ging naar binnen en deed mijn deur dicht. Ik hoorde hen niet weglopen. Ik sliep slecht.

De volgende ochtend waren ze weg. Ik haalde de officiersclub zonder kleerscheuren. Om negen uur was de eetzaal vrijwel helemaal leeg, wat een voordeel was. Het nadeel was dat het eten dat nog over was een hele tijd op het buffet had staan sudderen. Maar per saldo vond ik het een goede situatie. Ik was meer een einzelgänger dan een lekkerbek. Summer en ik gingen tegenover elkaar aan een tafeltje midden in de zaal zitten. Met z'n tweeën

aten we bijna alles op wat er nog over was. Summer at bijna een pond gort en een kilo biscuit. Ze was klein, maar ze kon wel stouwen. Verdomd als het niet waar was. We dronken op ons dooie gemak koffie en om twintig over tien wandelden we naar mijn kantoor. Daar was het een chaos. Alle telefoons rinkelden. De korporaal uit Louisiana zag er afgetobd uit.
'Niet uw telefoon opnemen,' zei hij. 'Het is kolonel Willard. Hij wilde direct bevestiging dat u zijn bevelen hebt gekregen. Hij is razend.'
'Wat zijn die bevelen?'
Hij dook naar zijn bureau en bood me een vel faxpapier aan. De telefoons bleven rinkelen. Ik nam het papier niet van hem aan. Ik bleef gewoon staan en las het over de schouder van de korporaal. Het waren twee dicht getypte alinea's. Willard wilde dat ik het binnenkomende leverantiedossier van de fourier bestudeerde en zijn uitgaande distributielog. De uitkomst moest ik gebruiken om op papier uit te werken wat er in de opslag op de basis hoorde te zijn. Daarna moest ik mijn conclusie verifiëren door middel van een praktische inspectie. Vervolgens moest ik een lijst van alle ontbrekende voorwerpen opstellen en een voorstel op schrift stellen over de wijze waarop ik het ontbrekende materiaal dacht op te sporen. Ik moest het bevel prompt en snel uitvoeren. Ik moest hem bellen om ontvangst van het bevel te bevestigen zodra ik het in mijn hand had.
Het was een klassieke taakstraf. In de slechte oude tijd gaven ze je opdracht om steenkool wit te schilderen, of met theelepeltjes zandzakken te vullen, of vloeren te schrobben met tandenborstels. Dit was het moderne MP-equivalent. Het was een hersenloze taak die me twee weken zou kosten. Ik glimlachte.
De telefoons rinkelden nog steeds.
'Ik heb het bevel nooit in handen gehad,' zei ik. 'Ik ben er niet.'
'Waar bent u dan wel?'
'Zeg maar tegen hem dat iemand een kauwgompapiertje in het bloemperk voor het kantoor van de commandant heeft laten slingeren. Zeg maar dat ik het onroerend goed van het leger niet op die manier laat maltraiteren. Zeg maar dat ik de jacht al voor zonsopgang heb geopend.'
Ik ging Summer weer voor naar buiten, weg van de rinkelende telefoons.
'Klootzak,' zei ik.
'Je moet onderduiken,' zei ze. 'Hij belt natuurlijk alles af.'

Ik bleef staan. Keek om me heen. Het was koud. Grijze gebouwen, grijze lucht.
'We nemen een vrije dag,' zei ik. 'Laten we ergens heen gaan.'
'We hebben van alles te doen.'
Ik knikte. *Carbone. Kramer. Brubaker.*
'Hier kan ik niet blijven,' zei ik. 'Dus aan Carbone kunnen we weinig doen.'
'Zin om naar Columbia te gaan?'
'Dat is onze zaak niet,' zei ik. 'Daar kunnen we niets doen wat Sanchez niet al doet.'
'Het is te koud voor het strand,' zei Summer.
Ik knikte weer. Opeens wenste ik dat het niet te koud was voor het strand. Ik zou Summer graag eens op het strand willen zien. In bikini. Bij voorkeur een kleine.
'We moeten aan de slag,' zei ze.
Ik keek naar het zuiden en het westen, tot voorbij de gebouwen van de basis. Ik zag de bomen koud en kaal tegen de horizon afsteken. Iets dichterbij zag ik een hoge spar, dof en slaperig. Volgens mij was dat dicht bij de plek waar we Carbone hadden gevonden.
Carbone.
'Laten we naar Green Valley gaan,' zei ik. 'Een bezoekje brengen aan rechercheur Clark. We kunnen hem zijn koevoetaantekeningen vragen. Hij heeft een begin gemaakt voor ons. Dus misschien kunnen wij het afmaken. Een rit van vier uur kan in deze fase een goede investering zijn.'
'En vier uur terug.'
'We kunnen ergens gaan lunchen. Misschien ook dineren. We kunnen ongeoorloofd afwezig zijn.'
'Ze zouden ons vinden.'
Ik schudde mijn hoofd.
'Niemand zou mij vinden,' zei ik. 'Van z'n levensdagen niet.'

Ik bleef op de stoep staan en Summer ging weg. Vijf minuten later kwam ze terug met de groene Chevrolet die we al eerder hadden gebruikt. Ze stopte vlak voor de stoeprand en had haar raampje omlaag voordat ik me kon bewegen.
'Is dit wel verstandig?' vroeg ze.
'Het is alles wat we hebben,' zei ik.
'Nee, ik bedoel dat je straks in de poortlog staat. Om halfelf uitgelogd. Willard kan dat natrekken.'

Ik zei niets. Ze glimlachte.
'Je zou je in de kofferbak kunnen verstoppen,' zei ze. 'En er weer uit kruipen zodra we buiten de poort zijn.'
Ik schudde mijn hoofd. 'Ik ga me niet verstoppen. Niet voor zo'n hufter als Willard. Als hij het logboek controleert, zeg ik gewoon dat de jacht op de man van het kauwgompapier me opeens naar een andere staat voerde. Of een ander land. We kunnen naar Tahiti gaan.'
Ik stapte aan de passagierskant in, schoof de stoel zo ver mogelijk naar achteren en moest weer aan bikini's denken. Ze haalde haar voet van de rem en reed de hoofdweg af. Nam gas terug en stopte voor het hek. Er kwam een MP'er met een klembord naar buiten. Hij noteerde ons kenteken en we lieten ons legitimatiebewijs zien. Hij schreef onze namen op. Wierp een blik in de auto en controleerde de lege achterbank. Daarna knikte hij naar zijn partner in het wachthuisje en de hefboom ging heel langzaam omhoog. Het was een dikke boom met een contragewicht en rode en witte banden. Summer wachtte tot hij precies verticaal was. Daarna trapte ze 'm op zijn staart en scheurden we weg in een blauwe wolk door de overheid gefinancierde rook van de achterbanden van de Chevrolet.

Het weer werd beter naarmate we verder naar het noorden reden. We schoven onder een laaghangende, grijze wolkenbank vandaan de felle winterzon in. Het was een legervoertuig, dus zat er geen radio in. Er zat gewoon een blanco paneel waar in een burgerauto een radio met AM en FM en een gleuf voor cassettes zou zitten. Dus af en toe praatten we wat en de rest van de tijd brachten we zoet met doelloos stilzwijgen. Het was een merkwaardig gevoel om vrij te zijn. Ik had zo'n beetje mijn hele leven doorgebracht met verblijven op plaatsen waar het leger me wilde hebben, iedere minuut van elke dag. Nu had ik het gevoel alsof ik spijbelde. Er lag daar een hele wereld te wachten. Die ging gewoon zijn gang, chaotisch en rommelig en ongedisciplineerd, en ik maakte daar heel even deel van uit. Ik leunde naar achteren en liet hem voorbijschieten, licht en stroboscopisch; er flitsten willekeurige beelden langs als zonlicht op een stromende rivier.
'Draag jij een bikini of een badpak?' vroeg ik.
'Hoezo?'
'Zomaar,' zei ik. 'Ik dacht aan het strand.'

'Te koud.'
'Maar in augustus niet.'
'Denk je dat je hier nog bent in augustus?'
'Nee,' zei ik.
'Jammer,' zei ze. 'Dan zul je nooit weten wat ik aanheb.'
'Je kunt me een foto sturen.'
'Waarheen?'
'Fort Leavenworth, waarschijnlijk,' zei ik. 'De extra beveiligde vleugel.'
'Nee, waar ben je dan? Serieus?'
'Ik heb geen idee,' zei ik. 'Augustus duurt nog acht maanden.'
'Wat is de beste plek waar je ooit hebt gediend?'
Ik glimlachte. Gaf haar het antwoord dat ik iedereen geef die deze vraag stelt.
'Hier,' zei ik. 'Nu.'
'Ondanks Willard?'
'Willard is niets. Die is weg voordat ik weg ben.'
'Wat moet hij überhaupt hier?'
Ik ging verzitten. 'Mijn broer denkt dat ze het bedrijfsleven imiteren. Mensen die van toeten noch blazen weten hebben niet in de huidige legersituatie geïnvesteerd.'
'Dus een vent die is opgeleid om algoritmes van brandstofverbruik op te schrijven zit de eerste week al met twee dode soldaten in zijn maag. En hij wil geen van beide zaken onderzoeken.'
'Omdat zoiets ouderwets denken is. We moeten verder. We moeten het hele plaatje zien.'
Ze reed glimlachend verder. Nam veel te hard de afrit van Green Valley.

Het politiebureau van Green Valley was ten noorden van de stad. Het was groter dan ik had verwacht, omdat Green Valley zelf groter was dan ik had gedacht. De stad omvatte het fraaie centrum dat we al kenden, en vervolgens was er een groot stuk in noordelijke richting, dat hoofdzakelijk bestond uit winkelgalerijen en lichte industrie, bijna helemaal tot aan Sperryville. Het bureau leek me groot genoeg voor twintig à dertig agenten. Het was gebouwd zoals de meeste gebouwen op goedkoop land. Het was lang, laag en nam veel ruimte in. Het middenstuk had een verdieping en twee vleugels. Die stonden er haaks op, zodat het geheel de vorm van een U had. De gevels waren van beton dat zo was gegoten dat het eruitzag als natuursteen. Ervoor was een

bruin gazon met parkeerplaatsen aan weerskanten. Midden op het gazon stond een vlaggenmast. De vlag hing er een beetje verweerd en slap bij in de windstille lucht. Het hele gebouw zag er in het bleke zonlicht een tikje plechtstatig en een beetje flets uit. We parkeerden rechts op het parkeerterrein in een leeg vak tussen twee patrouillewagens. We stapten uit in het felle zonlicht. Liepen naar de hoofdingang, gingen naar binnen en vroegen de baliemedewerker naar rechercheur Clark. De receptionist belde intern en wees vervolgens naar de linkervleugel. We liepen door een rommelige gang en belandden in een kamer ter grootte van een basketbalveld. Bijna de hele ruimte was het domein van de recherche. Een houten wandje omsloot een wachtruimte met vier stoelen, en daarachter was een hekje met een receptiebureau ernaast. Helemaal in de hoek achter het hekje was de kamer van de inspecteur en daarachter alleen maar drie stellen bureaus die tegen elkaar aan stonden, bedekt met telefoons en paperassen. Tegen de muren stonden archiefkasten. De ramen waren groezelig en voor de meeste hing scheve of kapotte luxaflex.
Aan het bureau zat geen receptionist. Er waren twee rechercheurs in de ruimte. Ze droegen allebei een tweed sportjasje en zaten met de rug naar ons toe. Clark was er een van. Hij zat te bellen. Ik rammelde aan het hekje. Beiden draaiden zich om. Clark zweeg even verrast en wenkte ons toen naar binnen. We schoven stoelen aan en gingen elk aan een kant van zijn bureau zitten. Hij bleef aan de telefoon. We wachtten. Ik doodde de tijd met om me heen kijken. De kamer van de inspecteur had glazen wanden vanaf taillehoogte. Er stond een groot bureau. Er zat niemand achter. Maar ik zag er twee gipsafdrukken op liggen, net zoals de exemplaren die onze eigen patholoog had gemaakt. Ik stond niet op om een kijkje te nemen. Dat leek me onbeleefd.
Clark beëindigde zijn telefoongesprek. Hij hing op en maakte een aantekening op een gele blocnote. Daarna zuchtte hij en schoof zijn stoel zo ver naar achteren dat hij ons allebei kon zien. Hij zei niets. Hij wist dat we niet voor de gezelligheid langskwamen. Maar hij wilde ook niet met de deur in huis vallen en vragen of we een naam voor hem hadden. Omdat hij niet voor joker wilde staan als we die niet hadden.
'We waren in de buurt,' zei ik.
'Oké,' zei hij.
'En we willen graag wat assistentie,' zei ik.
'Wat voor assistentie?'

'Ik dacht, misschien wil je ons je aantekeningen over de koevoet wel geven. Omdat je ze toch niet meer nodig hebt. Nu je de jouwe hebt gevonden.'
'Aantekeningen?'
'Je hebt een lijst van alle ijzerwinkels gemaakt. Ik dacht dat het ons wat tijd kon besparen als wij verder gingen waar jij bent opgehouden.'
'Die had ik wel kunnen faxen,' zei hij.
'Er zijn er waarschijnlijk een heleboel. We wilden je de moeite besparen.'
'Misschien was ik wel afwezig geweest.'
'We waren toch in de buurt.'
'Oké,' zei hij weer. 'Koevoetaantekeningen.' Hij draaide zijn stoel, stond op en liep naar een archiefkast. Kwam terug met een groene map van ongeveer anderhalve centimeter dikte. Hij liet hem met een flinke plof op zijn bureau vallen.
'Succes ermee,' zei hij.
Hij ging weer zitten en ik knikte naar Summer. Ze pakte de map en sloeg hem open. Hij zat vol paperassen. Ze bladerde ze door. Trok een grimas. Gaf hem aan mij. Het was een enorme lijst van plaatsen van New Jersey tot North Carolina. Met namen, adressen en telefoonnummers. Ongeveer de eerste negentig waren afgevinkt. Daarna volgden er ongeveer vierhonderd die nog niet gebeld waren.
'Je moet oppassen,' zei Clark. 'In sommige winkels heten ze koevoet en in andere breekijzer. Je moet je ervan vergewissen dat ze weten waar je het over hebt.'
'Hebben ze verschillende maten?'
'Een heleboel verschillende maten. Die van ons is vrij groot.'
'Mag ik hem zien? Of is hij in de bewijskamer?'
'Het is geen bewijs,' zei Clark. 'Het is niet het feitelijke moordwapen. Het is gewoon een identiek exemplaar dat we te leen hebben van de winkel in Sperryville. In de rechtszaal hebben we er niets aan.'
'Maar hij past in jullie gipsafdrukken.'
'Als gegoten,' zei hij. Hij stond weer op en liep naar het kantoor van zijn inspecteur om de afgietsels van het bureau te pakken. Kwam terug met een exemplaar in elke hand en legde ze op zijn bureau. Ze leken sterk op die van ons. Er was een positief en een negatief, net als wij hadden. Het hoofd van mevrouw Kramer was een stuk kleiner dan dat van Carbone. Daarom had de koevoet

minder van zijn omtrek geraakt. Daarom was de afdruk van de fatale wond iets korter dan die van ons. Maar hij was even diep en net zo lelijk. Clark pakte hem op en ging met zijn vinger door de gleuf.
'Een klap met veel kracht,' zei hij. 'We zoeken een lange vent die sterk en rechtshandig is. Hebben jullie zo iemand gezien?'
'Telkens als ik in de spiegel kijk,' zei ik.
De afdruk van het wapen was ook iets korter dan die van ons, maar verder zag hij er vrijwel hetzelfde uit. Zelfde gipsprofiel met hier en daar putjes, met microscopische onvolmaaktheden in het gips, maar in wezen recht, glad en gewelddadig.
'Mogen we de eigenlijke koevoet zien?' vroeg ik.
'Ja hoor,' zei Clark. Hij bukte zich en trok een bureaula open. Liet hem openstaan als een vitrine en schoof zijn stoel weg, zodat ik een kijkje kon nemen. Ik bukte me naar voren en zag hetzelfde gebogen zwarte ding als van die ochtend. Zelfde vorm, zelfde contouren, zelfde afmeting, zelfde klauwen, zelfde achthoekige profiel. Zelfde glans, zelfde precisiewerk. Hij was in alle opzichten identiek aan het exemplaar dat we in het mortuariumkantoor van Fort Bird hadden achtergelaten.

We reden zestien kilometer naar Sperryville. Ik keek in Clarks lijst naar het adres van de ijzerhandel. Hij stond op de vijfde regel, omdat hij dicht bij Green Valley was. Maar het telefoonnummer was niet afgevinkt. In potlood stond erbij: *Neemt niet op*. Waarschijnlijk was de eigenaar druk in de weer met de glaszetter en de verzekering. Clarks mensen zouden het waarschijnlijk nog een keer hebben geprobeerd, als dat niet overbodig was geworden door de zoektocht in de misdaadcomputer.
Sperryville was geen grote plaats, dus we reden gewoon wat rond op zoek naar het adres. We vonden een aantal zaken aan een korte winkelstraat en toen we er drie keer doorheen waren gereden, zagen we de juiste straatnaam op een groen bordje. Het bracht ons in een doodlopende steeg. We reden tussen de muren van twee overnaadse gebouwen door en vervolgens verwijdde de steeg zich tot een pleintje en zagen we de ijzerhandel aan het eind recht voor ons. De winkel had iets van een schuur met een verdieping, zo geschilderd dat hij meer op een stadswinkel dan een plattelandszaak leek. Het was een echte familiewinkel. Op een oud bord stond de naam van de eigenaar. Er was geen aanwijzing dat hij deel uitmaakte van een keten. Het was gewoon een Amerikaans,

vrijstaand winkeltje dat de economische getijden van generatie op generatie trotseerde.
Maar het was een uitstekende plek voor een inbraak in het holst van de nacht. Stil, achteraf, onzichtbaar voor voorbijgangers in de hoofdstraat, geen woning op de eerste verdieping. Aan de voorkant zat een etalageruit links van de ingang, slechts door de lijst van de deur gescheiden. Er zat een rond gat in de ruit, dat voorlopig was afgedicht met een plaat onafgewerkt triplex. Rechts was het triplex netjes afgezaagd. Volgens mij was het gat veroorzaakt door een trap met een schoenzool. Het zat dicht bij de deur. Waarschijnlijk kon een grote man vrij gemakkelijk zijn linkerarm tot zijn schouder door het gat steken om de grendel van de deur te bereiken. Maar hij zou eerst zijn hele arm naar binnen moeten steken om vervolgens langzaam en voorzichtig zijn elleboog te buigen om te voorkomen dat hij zijn mouw zou scheuren. Ik stelde me hem voor met zijn linkerwang tegen het koude glas, in het donker, hijgend en op de tast.
We parkeerden voor de winkel. Stapten uit en keken een poosje naar de etalage. Die lag vol voorwerpen. Maar degene die ze daar had gelegd zou geen etaleursprijs winnen, want er was geen kunstzinnigheid aan te pas gekomen. Geen design. Er ging geen verleiding van uit. Alles was gewoon keurig naast elkaar gelegd op zelf gebouwde stellingen. Alles had een prijskaartje. De etalage zei: *Dit hebben we. Hebt u belangstelling, kom dan maar binnen om het te kopen.* Maar het leek me allemaal wel kwaliteitsspul. Er waren een paar vreemde dingen bij. Ik had geen idee waar ze voor dienden. Ik wist niet veel van gereedschap. Ik gebruikte het eigenlijk nooit, behalve messen. Maar het was me wel duidelijk dat deze winkelier aandacht besteedde aan wat hij inkocht.
We gingen naar binnen. Er zat een mechanisch belletje aan de deur dat rinkelde toen we binnenkwamen. De gewone ordelijkheid en organisatie die we in de etalage hadden gezien, zette zich binnen voort. Er stonden nette stellages, schappen en bakken. De vloer was van brede planken. Er hing een vage geur van machineolie. Het was stil. Er waren geen klanten. Achter de toonbank stond een man van een jaar of zestig, zeventig. Hij keek naar ons, gewaarschuwd door de bel. Hij had een normaal, slank postuur en stond een tikkeltje gebogen. Hij droeg een ronde bril en een grijs vest. Hij zag er intelligent uit, maar ook alsof hij niet gewend was iets groters dan een schroevendraaiertje te hanteren. Hij zag eruit alsof het verkopen van gereedschap bijna net zo

voornaam was als een leerstoel aan de universiteit over ontwerp, geschiedenis en ontwikkeling van dat gereedschap.
'Kan ik u helpen?' vroeg hij.
'We zijn hier in verband met dat gestolen breekijzer,' zei ik. 'Of de gestolen koevoet, als u die naam verkiest.'
Hij knikte.
'Koevoet,' zei hij. 'Breekijzer vind ik een beetje grof.'
'Oké, we zijn hier in verband met de gestolen koevoet,' zei ik.
Hij glimlachte even. 'U bent van het leger. Vallen we nu onder de krijgstucht?'
'Wij zijn met een parallel onderzoek bezig,' zei Summer.
'Bent u van de militaire politie?'
'Ja,' zei Summer. Ze gaf hem onze namen en rangen. Hij noemde zijn naam, die overeenkwam met de naam op het uithangbord.
'We willen graag wat achtergrondinformatie,' zei ik. 'Over de koevoetmarkt.'
Hij trok een gezicht alsof hij wel belangstelling had, maar niet erg opgewonden was. Het was alsof je een forensisch expert naar vingerafdrukken vroeg in plaats van DNA. Ik kreeg de indruk dat de ontwikkeling van koevoeten al heel lang geleden tot stilstand was gekomen.
'Waar moet ik beginnen?' vroeg hij.
'Hoeveel verschillende soorten zijn er?'
'Tientallen,' zei hij. 'Er zijn op zijn minst zes fabrikanten met wie ik zaken zou willen doen. En met een heleboel anderen niet.'
Ik keek om me heen. 'Omdat u alleen kwaliteitsspul hebt.'
'Precies,' zei hij. 'Ik kan niet alleen qua prijs concurreren met grote ketens. Ik moet het van topkwaliteit en service hebben.'
'U hebt een klein hoekje van de markt.'
Hij knikte weer.
'Tweederangs koevoeten komen uit China,' zei hij. 'Massaproductie, smeedijzer, welstaal, derderangs geslagen staal. Daar heb ik geen belangstelling voor.'
'Wat hebt u dan wel?'
'Ik importeer een kleine hoeveelheid titanium koevoeten uit Europa,' zei hij. 'Erg duur, maar heel sterk. En wat nog belangrijker is, heel licht. Ze zijn ontworpen voor politie en brandweer. Of voor onderwaterwerk, waar anders corrosie om de hoek komt kijken. Of voor iemand anders, die iets kleins en duurzaams zoekt dat makkelijk te vervoeren is.'
'Maar zo eentje is er niet gestolen.'

De oude man schudde zijn hoofd. 'Nee, de exemplaren van titanium zijn specialistengereedschap. De andere die ik verkoop zijn iets algemener.'
'En wat zijn die?'
'Dit is maar een kleine winkel,' zei hij. 'Ik moet heel voorzichtig zijn met wat ik selecteer. Dat is in zekere zin een last, maar ook een vreugde, omdat keuze heel bevrijdend is. Die beslissingen zijn aan mij en niemand anders. Dus voor een koevoet zou ik natuurlijk chroomstaal met een hoog koolstofgehalte kiezen. De vraag is, moet hij enkelvoudig getemperd of dubbel getemperd zijn. Eerlijk gezegd zou ik altijd voor dubbel getemperd kiezen, die zijn sterker. En ik zou de klauwen heel scherp willen, voor het gemak, en daarom genitreerd voor de veiligheid. Dat kan in sommige situaties je leven redden. Stel je maar iemand op een hoge dakbalk voor wiens klauw breekt. Hij zou eraf vallen.'
'Ik denk het ook,' zei ik. 'Dus het juiste staal, dubbel getemperd met harde klauwen. Wat hebt u gekozen?'
'Nou, eigenlijk heb ik met een van de koevoeten in mijn aanbod een compromis gesloten. Mijn favoriete fabrikant maakt niets wat korter is dan vijfenveertig centimeter. Maar ik wilde natuurlijk iets van dertig.'
Ik moet wezenloos hebben gekeken.
'Voor stijlen en steunbalken,' zei de oude man. 'Als je in een ruimte van veertig centimeter werkt, kun je toch geen koevoet van vijfenveertig gebruiken?'
'Waarschijnlijk niet,' zei ik.
'Dus haal ik een koevoet van dertig centimeter met een doorsnede van twaalfenhalve millimeter bij de ene fabrikant, ook al is hij maar een keer getemperd. Maar ik denk dat hij wel voldoet. Qua sterkte. Met maar dertig centimeter hefvermogen is de kracht die iemand kan uitoefenen niet overweldigend.'
'Oké,' zei ik.
'Afgezien van dat specifieke voorbeeld en de speciale van titanium, koop ik uitsluitend bij een heel oud bedrijf in Pittsburgh dat Fortis heet. Ze vervaardigen twee modellen voor me. Een van vijfenveertig centimeter en een van negentig. Allebei hebben ze een doorsnede van negentien millimeter. Dubbel getemperd chroomstaal met een hoog koolstofgehalte, genitreerde klauwen, hoogwaardige lak.'
'En het gestolen exemplaar was er een van negentig centimeter,' zei ik.

Hij keek me aan alsof ik helderziende was.
'Rechercheur Clark heeft ons het exemplaar laten zien dat u hem hebt geleend,' zei ik.
'Aha,' zei hij.
'En is die Fortis van negentig centimeter met een doorsnede van negentien millimeter een zeldzaamheid?'
Hij trok een gezicht alsof hij een beetje teleurgesteld was.
'Ik verkoop er een per jaar,' zei hij. 'Twee als ik geluk heb. Ze zijn duur. En de waardering voor kwaliteit is schandalig aan het kelderen. Parels voor de zwijnen, zeg ik maar.'
'Is dat overal zo?'
'Overal?' herhaalde hij.
'In andere winkels? In de streek. Met die koevoeten van Fortis?'
'Het spijt me,' zei hij. 'Misschien heb ik me niet duidelijk genoeg uitgedrukt. Ze worden voor mij gemaakt. Naar mijn eigen ontwerp. Precies volgens mijn specificaties. Het is maatwerk.'
Ik keek hem aan. 'U verkoopt ze exclusief?'
Hij knikte. 'Het voorrecht van onafhankelijkheid.'
'Letterlijk exclusief?'
Hij knikte weer. 'Uniek in de wereld.'
'Wanneer hebt u er voor het laatst een verkocht?'
'Een maand of negen geleden.'
'Slijt de lak?'
'Ik weet waar u heen wilt,' zei hij. 'En het antwoord is: ja, natuurlijk. Als u er eentje vindt die er als nieuw uitziet, gaat het om het exemplaar dat hier op oudejaarsavond is gestolen.'

We leenden een identiek exemplaar voor vergelijkende doeleinden, net als rechercheur Clark. Hij parelde van de olie en er zat cellulosepapier om de middenstang. We legden hem als een trofee op de achterbank van de Chevrolet. Daarna aten we een hapje in de auto. Hamburgers van een drive-inrestaurant honderd meter ten noorden van de ijzerwinkel.
'Laat maar eens drie nieuwe feiten horen,' zei ik.
'In de eerste plaats zijn mevrouw Kramer en Carbone met hetzelfde identieke wapen vermoord. In de tweede plaats gaan we onszelf gek maken met het zoeken naar het verband tussen die twee.'
'En nummer drie?'
'Weet ik niet.'
'Ten derde kende onze man Sperryville vrij goed. Zou jij die win-

kel hebben gevonden in het donker, als je haast had en de plaats niet kende?'
We keken door de voorruit. Het begin van de steeg was maar net zichtbaar. Maar aan de andere kant wisten wij dat die steeg daar was. Bovendien was het klaarlichte dag.
Summer deed haar ogen dicht.
'Laten we ons op het wapen concentreren en de rest helemaal vergeten,' zei ze. 'Laten we het visualiseren. De unieke koevoet. Enig in de wereld. Hij is uit die steeg daar gekomen. Vervolgens was hij om twee uur 's morgens op nieuwjaarsdag in Green Valley. En vervolgens was hij op 4 januari in Fort Bird. Hij heeft een reis gemaakt. We weten waar die is begonnen en we weten waar die is geëindigd. We weten niet zeker waar hij in de tussentijd is geweest, maar we weten zeker dat hij op een gegeven moment één specifiek punt is gepasseerd. Hij is door de hoofdingang van Fort Bird naar binnen gekomen. We weten niet wanneer, maar we weten wel zeker dát het is gebeurd.'
Ze deed haar ogen open.
'We moeten weer terug,' zei ze. 'We moeten de logboeken weer bekijken. Hij kan op zijn vroegst om zes uur 's morgens Bird zijn binnengekomen, want de basis is vier uur rijden van Green Valley. Op zijn laatst kan hij zeg maar op 4 januari om acht uur door de poort zijn gekomen. Dat is een venster van zesentachtig uur. We moeten de log napluizen op iedereen die in die periode is binnengekomen. Want we weten zeker dat de koevoet is binnengekomen, en we weten zeker dat hij niet uit zichzelf naar binnen is gewandeld.'
Ik zei niets.
'Het spijt me,' zei ze. 'Het zullen een heleboel namen zijn.'

Het spijbelgevoel was geheel geweken. We reden weer weg en koersten naar het oosten, op zoek naar de I-95. Die vonden we en we sloegen af in zuidelijke richting, naar Bird. Naar Willard aan de telefoon. Naar die kwaaie lui van Delta. Vlak voor de grens van North Carolina schoven we weer onder de grijze wolkenbank. Het werd donker. Summer deed de lichten aan. We passeerden het bureau van de State Police aan de overkant van de weg. We kwamen langs de plek waar Kramers tas was gevonden. Passeerden de pleisterplaats anderhalve kilometer verderop. We voegden ons in het verkeer op de oost-westsnelweg en verlieten het klaverblad bij Kramers motel. We lieten het achter ons en reden de laatste vijftig kilometer naar de poort van Fort Bird. De MP's van het wachthuisje logden ons precies om 19.30 uur in. Ik zei dat ze een kopie van de log moesten maken vanaf 06.00 uur op 1 januari tot 4 januari om 20.00 uur. Ik gaf hun opdracht de kopie van die moot van zesentachtig uur direct bij mijn kantoor af te leveren.

Het was heel stil in mijn kantoor. De chaos van die ochtend was allang verleden tijd. De sergeant met de baby was er weer. Ze zag er vermoeid uit. Ik besefte dat ze maar weinig slaap kreeg. Ze werkte de hele nacht en speelde waarschijnlijk de hele dag met haar kind. Het koffiezetapparaat stond aan. Ik nam aan dat ze die net zo lekker vond als ik. Misschien wel lekkerder.
'De jongens van Delta zijn rusteloos,' zei ze. 'Ze weten dat u die Bulgaar hebt gearresteerd.'
'Ik heb hem niet gearresteerd. Ik heb hem alleen een paar vragen gesteld.'
'Dat onderscheid schijnen ze niet te willen maken. Ze hebben af en aan gelopen om u te zoeken.'
'Waren ze gewapend?'
'Dat hoeven ze niet. Niet die lui. U zou ze een straatverbod moeten opleggen. Dat kunt u. U bent hier tenslotte plaatsvervangend commandant van de MP.'
Ik schudde mijn hoofd. 'Wat nog meer?'
'U moet kolonel Willard voor middernacht bellen, anders staat u te boek als ongeoorloofd afwezig. Hij zei dat hij dat garandeert.'
Ik knikte. Natuurlijk was dat Willards volgende stap. Beschuldiging van ongeoorloofde afwezigheid zou een commandant niet slecht staan. Die zou niet de indruk wekken dat hij zijn greep was verloren. De beschuldiging heeft altijd zonder meer betrekking op de man die de benen heeft genomen.
'Nog meer?' vroeg ik weer.
'Sanchez wil een 10-16,' zei ze. 'Naar Fort Jackson. En uw broer heeft weer gebeld.'
'Nog een boodschap?'
'Nee.'
'Oké,' zei ik.
Ik ging mijn kantoor in en aan mijn bureau zitten. Pakte de telefoon. Summer liep naar de kaart. Ging met haar vingers langs de punaises, van Washington naar Sperryville en van Green Valley naar Fort Bird. Ik belde het nummer van Joe. Hij nam op toen de telefoon twee keer was overgegaan.

‘Ik heb ma gebeld,’ zei hij. ‘Ze is er nog.’
‘Ze heeft gezegd binnenkort, Joe. Dat wil niet zeggen dat we dagelijks de wacht moeten houden.’
‘Het zal eerder zijn dan we denken. En dan we willen.’
‘Hoe was het met haar?’
‘Ze klonk beverig.’
‘Alles goed met jou?’
‘Niet slecht,’ zei hij. ‘En met jou?’
‘Geen topjaar, tot nu toe.’
‘Jij moet haar ook bellen,’ zei hij.
‘Doe ik,’ zei ik. ‘Over een paar dagen.’
‘Doe het morgen,’ zei hij.
Hij hing op en ik bleef een poosje stilzitten. Daarna drukte ik op de haak voor een nieuwe verbinding en vroeg mijn sergeant om Sanchez voor me te bellen. In Jackson. Ik hield de telefoon tegen mijn oor. Summer keek me recht aan.
‘Dagelijks de wacht?’ vroeg ze.
‘Ze wacht tot het gips eraf mag,’ zei ik. ‘Ze vindt het niet prettig.’
Summer keek me nog even aan en draaide zich vervolgens weer om naar de kaart. Ik zette de telefoon op de luidspreker en legde de hoorn op mijn bureau. Er klonk een klik en we hoorden de stem van Sanchez.
‘Ik heb de politie van Columbia doorgezaagd over Brubakers auto,’ zei hij.
‘Hebben ze die nou?’ vroeg ik.
‘Nee,’ zei hij. ‘En daar deden ze ook geen moeite voor. Wat mij onvoorstelbaar leek. Dus bleef ik ze pesten.’
‘En?’
‘Toen hebben ze me de rest verteld.’
‘En dat wil zeggen?’
‘Dat Brubaker niet in Columbia is vermoord,’ zei hij. ‘Ze hebben hem daar alleen maar gedumpt.’

17

Sanchez vertelde dat de lijkschouwer in Columbia ongerijmde lijkvlekken had aangetroffen op Brubakers lichaam. Naar zijn mening gaven die vlekken aan dat hij al een uur of drie dood was voordat ze hem in die steeg dumpten. Een lijkvlek is wat er met iemands bloed na zijn dood gebeurt. Het hart stopt, de circulatie houdt op, het vloeibare bloed zakt domweg door de zwaartekracht naar de laagste lichaamsdelen. Daar blijft het zitten en na verloop van tijd kleurt het de huid donkerpaars. Drie tot zes uur later is zo'n vlek permanent, zoals een ontwikkelde foto. Iemand die ruggelings doodvalt, zal een bleke borst en een paarse rug hebben. En vice versa als iemand met zijn gezicht omlaag aan zijn eind komt. Maar Brubakers lijkvlekken zaten overal. De duur van drie uur wisten ze vrij zeker, want drie uur is het tijdsverloop waarna de vlekken beginnen te fixeren. Ze zeiden dat hij tekenen vertoonde van eerdere fixatie op zijn rug en grote lijkvlekken op zijn voorkant had. Ze zeiden ook dat hij een brede band dwars over het midden van zijn rug had waar het dode vlees gedeeltelijk was gekookt.

'Hij heeft in een kofferbak gelegen,' zei ik.

'Dwars over de knalpot,' zei Sanchez. 'Rit van drie uur, heet genoeg.'

'Dat verandert de zaak enorm.'

'Het verklaart waarom ze zijn Chevrolet nooit in Columbia hebben gevonden.'

'En geen getuigen,' zei ik. 'Noch de hulzen, noch de kogels.'

'Dus waar kijken we nu naar?'

'Drie uur in een auto?' zei ik. ''s Nachts, over verlaten wegen? Dat kan van alles zijn in een straal van driehonderd kilometer.'

'Dat is een vrij fors rondje,' zei Sanchez.

'Ongeveer driehonderdtwintigduizend vierkante kilometer. Pi maal de straal in het kwadraat. Wat doet de politie van Columbia eraan?'

'Die laat de zaak vallen als een baksteen. Het is nu een zaak van de FBI.'

'Wat vindt de FBI van die dope?'
'Ze zijn een tikje sceptisch. Ze gaan ervan uit dat heroïne niets voor ons is. Ze denken dat we meer met marihuana of amfetamine hebben.'
'Als dat zou kunnen,' zei ik. 'Ik kan momenteel wel iets van beide gebruiken.'
'Aan de andere kant weten ze dat die lui van Delta over de hele wereld zitten. Pakistan, Zuid-Amerika. Daar komt heroïne vandaan. Dus ze houden het in gedachten, net zoals de politie van Columbia van plan was.'
'Ze verdoen hun tijd. Heroïne? Over Brubakers lijk.'
'Ze denken dat zoiets juist het geval kan zijn.'
Hij hing op. Ik zette de luidspreker af en legde de hoorn weer op de haak.
'Het is waarschijnlijk in het noorden gebeurd,' zei Summer. 'Brubaker is uit Raleigh vertrokken. We zouden zijn auto daar ergens moeten zoeken.'
'Het is onze zaak niet,' zei ik.
'Oké, de FBI moet daar zoeken.'
'Daar zijn ze vast al mee bezig.'
Er werd geklopt. De deur ging open en een MP-korporaal kwam binnen met paperassen onder zijn arm. Hij salueerde keurig, deed een stap naar voren en legde de papieren op mijn bureau. Deed weer een stap terug en salueerde weer.
'Kopieën van de poortlog, majoor,' zei hij. 'Van de eerste tot de vierde van deze maand, tussen de verlangde tijdstippen.'
Hij maakte rechtsomkeert en ging de kamer uit. Sloot de deur. Ik keek naar de stapel papier. Het waren ongeveer zeven velletjes. *Valt wel mee.*
'Aan de slag,' zei ik.

Operatie *Just Cause* kwam ons weer van pas. Vanwege verhoogde paraatheid waren er een heleboel verloven ingetrokken. Het was geen doorslaggevende reden, want Panama was niets bijzonders, maar zo werkte het militaire apparaat nou eenmaal. Het had geen zin om er niveaus van paraatheid op na te houden als ze niet verhoogd en verlaagd konden worden; het had helemaal geen zin als er geen consequenties aan verbonden waren. Het had geen zin om buitenlandse avontuurtjes op touw te zetten als het hele thuisfront niet een verre, indirecte opwinding voelde.
Het had ook geen zin om verloven in te trekken als je je mensen

niets gaf om de tijd mee te doden. Dus waren er extra trainingssessies en dagelijkse paraatheidsoefeningen. De meeste waren zwaar en begonnen vroeg. Daarom was het een grote bonus voor ons dat bijna iedereen die de basis had verlaten om oudejaarsavond te vieren weer betrekkelijk snel terug op zijn post was en in bed lag. De laatste feestgangers moesten tussen drie en vijf uur 's morgens zijn teruggekomen, omdat er na zes uur heel weinig activiteit bij de poort was geregistreerd.

Er was in totaal negentien man aan binnenkomend personeel gedurende de periode van achttien uur van nieuwjaarsdag die ons interesseerde. Summer en ik hoorden daarbij, terugkerend uit Green Valley en Washington na ons bezoek aan de weduwe en het Walter Reed Army Medical Center. We schrapten onszelf van de lijst.

Op 2 januari waren er behalve wijzelf zestien man binnengekomen. Op 3 januari twaalf. Zeventien voor acht uur 's avonds op 4 januari. In totaal tweeënzestig namen in het venster van zesentachtig uur. Negen van hen waren burgerleveranciers. Die schrapten we. Elf waren herhalers: ze waren binnengekomen, weer weggegaan en weer binnengekomen. Zoals forensen. Mijn sergeant van de nachtdienst was een van hen. We schrapten haar, omdat ze een vrouw was. En klein. Elders schrapten we de tweede en bijbehorende vermeldingen.

Uiteindelijk hadden we nog negenenveertig individuen over, onder naam, rang en initiaal. Het was niet uit te maken wie er vrouw en wie man was. En het was niet aan de namen te zien welke mannen groot, sterk en rechts waren.

'Ik neem het geslacht voor mijn rekening,' zei Summer. 'Ik heb de lijsten van de basis troepensterkte nog. Daarop staan de volledige namen.'

Ik knikte. Liet het aan haar over. Ik belde de patholoog en vroeg of ik hem onmiddellijk in het mortuarium kon spreken.

Ik ging met de Chevrolet omdat ik niet te voet gezien wilde worden met een koevoet in mijn handen. Ik parkeerde voor de ingang van het mortuarium en wachtte. De man verscheen binnen vijf minuten, lopend vanuit de richting van de officiersclub. Ik had zijn dessert waarschijnlijk verstoord. Of misschien zelfs zijn hoofdgerecht. Ik stapte uit en boog me weer naar binnen om de koevoet van de achterbank te pakken. Hij wierp er een blik op. Ging me voor naar binnen. Hij scheen te begrijpen wat ik wilde.

Hij ontsloot zijn kantoor, deed het licht aan en draaide zijn bureaula van het slot. Hij trok hem open en pakte de koevoet die Carbone het leven had gekost. Legde hem op zijn bureau. Ik legde het geleende exemplaar ernaast. Haalde het zachte papier eraf. Legde hem in dezelfde hoek. Hij was identiek.
'Zijn er veel verschillende koevoeten?' vroeg de patholoog.
'Meer dan u denkt,' zei ik. 'Ik heb net een uitvoerig koevoetcollege gehad.'
'Deze lijken me hetzelfde.'
'Dat zijn ze ook. Als bonen in een peul. Neem dat maar van mij aan. Ze zijn op maat gemaakt. Uniek in de wereld.'
'Hebt u Carbone ooit ontmoet?'
'Heel even,' zei ik.
'Wat voor postuur had hij?'
'In welk opzicht?'
'Liep hij gebogen?'
Ik haalde me het schemerige interieur van de striptent voor de geest. En het schelle licht op het parkeerterrein. Schudde mijn hoofd.
'Hij was niet groot genoeg om gebukt te lopen,' zei ik. 'Hij was een pezige jongen, stevig, en stond vrij recht op zijn benen. Het leek wel of hij op de bal van zijn voeten stond. Hij zag er atletisch uit.'
'Oké,' zei hij.
'Hoezo?'
'Het was een neerwaartse klap. Geen neerwaartse hakbeweging, maar een horizontale uithaal die daalde voordat hij doel trof. Misschien iets onder horizontaal. Carbone was 178 centimeter. De wond was 165 centimeter boven de grond, aangenomen dat hij niet gebukt liep. Dus was het een grote belager.'
'Dat hebt u al gezegd,' zei ik.
'Nee, ik bedoel écht groot,' zei hij. 'Ik heb eraan zitten werken. Ik heb het in kaart gebracht. De man moet een meter negentig tot een drieënnegentig zijn geweest.'
'Zoiets als ik,' zei ik.
'En ook zo zwaar als u. Het valt niet mee om een schedel zo ernstig in te slaan.'
Ik haalde me de plaats delict weer voor de geest. Hier en daar stonden pollen dood gras en lagen polsdikke takken, maar het was in feite een vlak stuk grond. Er kon geen sprake van zijn dat de ene man op een hoger stuk had gestaan dan de andere. Je kon

geen betrekkelijk hoogteverschil veronderstellen als dat er niet was.
'Tussen een meter negentig en een meter drieënnegentig,' zei ik.
'Durft u daar een eed op te doen?'
'Voor de rechter?'
'Het was een trainingsongeval,' zei ik. 'We komen niet voor de rechter. Dit is alleen tussen u en mij. Verdoe ik mijn tijd als ik naar mensen zoek die minder dan een meter negentig zijn?'
De arts zuchtte.
'Een meter achtentachtig,' zei hij. 'Voor de zekerheid. Om een marge voor een experimentele vergissing toe te laten. Op een meter achtentachtig durf ik een eed te doen. Zeker weten.'
'Oké,' zei ik.
Hij joeg me de kamer uit, deed het licht uit en draaide de deur weer op slot.

Toen ik terugkwam, zat Summer aan mijn bureau te niksen. Ze was klaar met de geslachtsanalyse. Die had niet veel tijd gekost. De lijsten van de troepensterkte waren overzichtelijk, accuraat en alfabetisch, zoals de meeste paperassen van het leger.
'Drieëndertig mannen,' zei ze. 'Drieëntwintig gewone soldaten, tien officieren.'
'Wie zijn het?'
'Een beetje van alles. Het verlof van Delta en Rangers was helemaal ingetrokken, maar ze hadden wel een avondpasje. Carbone zelf was er natuurlijk bij.'
'Die kunnen we schrappen.'
'Oké, tweeëndertig man,' zei ze. 'De patholoog is er ook bij.'
'Die kunnen we ook schrappen.'
'Eenendertig, dus,' zei ze. 'En daar zitten Vassell en Coomer nog steeds bij. In en uit op 1 januari en weer in op 4 januari om zeven uur.'
'Die kunnen eraf,' zei ik. 'Ze zaten te eten. Vis en biefstuk.'
'Negenentwintig,' zei ze. 'Tweeëntwintig gewone soldaten, zeven officieren.'
'Oké,' zei ik. 'Nu moet je naar het hoofdkwartier voor hun medische status.'
'Waarom?'
'Om erachter te komen hoe groot ze zijn.'
'Dat kan ik niet doen voor de chauffeur die Vassell en Coomer op nieuwjaarsdag hadden. Majoor Marshall. Hij was een bezoe-

ker. Zijn status zullen ze niet hebben.'
'Hij was er niet op de avond van Carbones dood,' zei ik. 'Dus die kun je ook schrappen.'
'Achtentwintig,' zei ze.
'Ga dus maar achtentwintig statussen lichten,' zei ik.
Ze schoof me een papiertje toe. Het was het papiertje waarop ik 973 had geschreven. Onze oorspronkelijke verdachtenpool.
'We gaan vooruit,' zei ze.
Ik knikte. Ze stond glimlachend op. Liep de kamer uit. Ik nam haar plaats achter het bureau in. De stoel was warm van haar lichaam. Ik genoot van het gevoel tot het verdween. Daarna pakte ik de telefoon. Vroeg mijn sergeant om de fourier van de basis te bellen. Het kostte haar twee minuten om hem te lokaliseren. Waarschijnlijk moest ze hem uit de eetzaal slepen. Waarschijnlijk had ik net zijn maaltijd verknald, net als met de patholoog. Aan de andere kant had ikzelf nog helemaal niets gegeten.
'Ja, majoor?' zei de man. Hij klonk een beetje geïrriteerd.
'Ik heb een vraag,' zei ik. 'iets wat alleen u kunt weten.'
'En dat is?'
'De gemiddelde lengte en gewicht van een mannelijke soldaat van het Amerikaanse leger.'
De man zei niets, maar ik voelde zijn ergernis wegebben. Het fourierkorps kocht jaarlijks miljoenen uniformen in en twee keer zoveel kistjes, allemaal op de begroting, dus je kon er donder op zeggen dat ze de maten wisten tot op de centimeter en de tien gram nauwkeurig. Ze kunnen het zich letterlijk niet veroorloven om het niet te weten. En ze vinden het heerlijk om met die gespecialiseerde kennis te koop te lopen.
'Geen probleem,' zei de man. 'De mannelijke bevolking tussen de twintig en de vijftig jaar is in Amerika in het algemeen een meter drieënzeventig en eenentachtig kilo. Vergeleken met het land als geheel zijn de Latijns-Amerikanen bij ons oververtegenwoordigd, wat de gemiddelde lengte tweeënhalve centimeter omlaag brengt, tot een meter zeventigenhalf, en het gemiddelde gewicht anderhalve kilo omhoog tot tweeëntachtigenhalf, omdat spieren in het algemeen zwaarder zijn dan vet.'
'Zijn dat de cijfers van dit jaar?'
'Van vorig jaar,' zei hij. 'Dit jaar is maar een paar dagen oud.'
'En hoe staat het met de verschillen in lengte?'
'Wat zoekt u?'

'Hoeveel lui hebben we van een meter achtentachtig en langer?'
'Een op de tien,' zei hij. 'Ongeveer negentigduizend in het leger als geheel. Zeg maar het publiek in een volle Super Bowl. Op een basis zoals deze ongeveer honderdtwintig. Zeg maar een half vliegtuig vol.'
'Oké, bedankt.'
Ik hing op. *Een op de tien.* Summer kwam zo meteen met achtentwintig statussen terug. Negen van de tien zouden van jongens zijn die te klein waren om ons zorgen te baren. Dus met een beetje geluk zouden we er maar twee van de achtentwintig tegen het licht hoeven te houden. Drie als we geen geluk hadden. Twee of drie in plaats van 973. *Vooruitgang.* Ik keek op de klok. Halfnegen. Ik glimlachte. *Pech gehad, Willard*, dacht ik.
Pech, dat was het zeker, maar voor ons, niet voor Willard. Gemiddelden en medianen hadden hun rekenkundige trucjes uitgehaald en Summer kwam terug met achtentwintig statussen van kleine mannen. De grootste was maar net een meter drieëntachtig, broodmager en nog geen drieënzeventig kilo. Bovendien was hij aalmoezenier.
Toen ik klein was, hebben we ooit ergens een maand in een bungalow buiten de basis gewoond. Er stond geen eettafel. Mijn moeder belde wat rond en liet er een bezorgen. Hij arriveerde plat, verpakt in karton. Ik probeerde haar te helpen bij het monteren. Alle onderdelen zaten in het pak. Er zaten een gelamineerd blad, vier poten van chroom en vier grote stalen bouten in. We legden alles op de grond van de eethoek. Het blad, de vier poten en de bouten. Maar ze pasten op geen enkele manier in elkaar. Helemaal niet. Het was een onverklaarbaar ontwerp. Niets paste. We zaten naast elkaar op onze hurken om het te proberen. We zaten in kleermakerszit op de grond tussen de kakkerlakken en de stofpluizen. Het gladde chroom voelde koud aan in onze handen. Waar het laminaat in hoeken was gezaagd, voelde het ruw. We konden de tafel niet in elkaar krijgen. Joe kwam erbij en waagde een vergeefse poging. Mijn vader probeerde het ook voor niets. We aten een maand lang in de keuken. Toen we verhuisden, probeerden we die tafel nog steeds in elkaar te zetten. Nu had ik het gevoel alsof we er weer helemaal opnieuw mee worstelden. Niets paste. Alles leek aanvankelijk veelbelovend en vervolgens liep alles uit op een dood spoor.
'De koevoet is niet uit zichzelf naar binnen gekomen,' zei Summer. 'Een van die achtentwintig namen heeft hem meegenomen.

Kan niet anders. Op een andere manier kan hij niet zijn binnengekomen.'
Ik zweeg.
'Eten?' vroeg ze.
'Ik kan beter nadenken als ik honger heb,' zei ik.
'We hebben niets meer om over na te denken.'
Ik knikte. Raapte de achtentwintig statussen bijeen en legde ze netjes op een stapel. Legde Summers oorspronkelijke lijst met drieëndertig namen erbovenop. Drieëndertig namen, minus Carbone, omdat hij de koevoet niet zelf had binnengebracht om er zelfmoord mee te plegen. Minus de patholoog, omdat hij geen overtuigende verdachte was, omdat hij te klein was en omdat zijn oefenzwaaien met de koevoet zwak waren geweest. Minus Vassell en Coomer en hun chauffeur Marshall, omdat hun alibi te goed was. Vassell en Coomer hadden zich vol zitten proppen en Marshall was niet eens gekomen.
'Waarom was die Marshall er niet bij?' vroeg ik.
Summer knikte. 'Dat heeft me de hele tijd al dwarsgezeten. Het is net alsof Vassell en Coomer iets voor hem te verbergen hadden.'
'Ze hebben alleen maar gegeten.'
'Maar Marshall moet met hen op de begrafenis van Kramer zijn geweest. Dus moeten ze hem specifiek hebben gezégd dat hij hen niet hierheen hoefde te brengen. Als een soort positief bevel om uit te stappen en naar huis te gaan.'
Ik knikte. Ik stelde me een lange rij zwarte overheidsauto's op Arlington National Cemetery voor, onder een loodgrijze januarilucht. Stelde me de plechtigheid voor, het opvouwen van de vlag, het saluut van de schutters. De processie die terug naar de auto's schuifelde, mannen die blootshoofds hun kin in hun kraag hadden getrokken tegen de kou, misschien had het wel gesneeuwd. Ik stelde me voor hoe Marshall het achterportier van de auto openhield, eerst voor Vassell, daarna voor Coomer. Hij moest met hen zijn teruggereden naar het parkeerterrein van het Pentagon, uitgestapt zijn en gezien hebben hoe Coomer achter het stuur kroop.
'We moeten met hem praten,' zei ik. 'Erachter zien te komen wat ze precies tegen hem hebben gezegd. Wat voor reden ze hem hebben opgegeven. Het moet een ietwat ongemakkelijk moment zijn geweest. De kroonprins moet zich een beetje buitengesloten hebben gevoeld.'
Ik pakte de telefoon en sprak met mijn sergeant. Vroeg haar het

nummer van majoor Marshall op te zoeken. Vertelde haar dat hij staflid van het XII-Korps was en kantoor hield in het Pentagon. Ze zei dat ze me terug zou bellen. Summer en ik bleven zwijgend zitten wachten. Ik staarde naar de kaart aan de muur. Waarschijnlijk moesten we de punaise van Columbia verwijderen. Hij vertekende het beeld. Brubaker was daar niet vermoord. Hij was ergens anders omgebracht. Naar het noorden, oosten, zuiden of westen.

'Ga je Willard nog bellen?' vroeg Summer.

'Waarschijnlijk wel,' zei ik. 'Morgen misschien.'

'Niet voor middernacht?'

'Die lol gun ik hem niet.'

'Dat is riskant.'

'Ik word beschermd,' zei ik.

'Dat duurt vast niet eeuwig.'

'Maakt niet uit. Straks komt de Delta Force achter me aan. Dat maakt de rest nogal theoretisch.'

'Bel Willard vanavond nog,' zei ze. 'Dat zou ik je aanraden.'

Ik keek haar aan.

'Als vriend,' zei ze. 'Ongeoorloofde afwezigheid is geen kattenpis. Het heeft geen zin om het nog erger te maken.'

'Oké,' zei ik.

'Doe het nu,' zei ze. 'Waarom niet?'

'Oké,' zei ik weer. Ik wilde de telefoon pakken, maar voordat ik hem had, stak mijn sergeant haar hoofd om de deur. Ze vertelde dat majoor Marshall niet meer in de Verenigde Staten gestationeerd was. Zijn tijdelijke detachering was voortijdig beëindigd. Hij was naar Duitsland teruggeroepen. Hij was op 5 januari aan het eind van de ochtend van Andrews Air Force Base vertrokken.

'Op wiens bevel?' vroeg ik.

'Van generaal Vassell,' zei ze.

'Oké,' zei ik.

Ze deed de deur dicht.

'Op 5 januari,' zei Summer.

'De ochtend na de dood van Carbone en Brubaker,' zei ik.

'Hij weet meer.'

'Hij was hier niet eens.'

'Waarom zouden ze hem anders gelijk na die datum willen wegmoffelen?'

'Toeval.'

'Je houdt niet van toeval.'
Ik knikte.
'Oké,' zei ik. 'We gaan naar Duitsland.'

18

Willard zou een buitenlandse expeditie natuurlijk nooit goedkeuren, dus liep ik naar het kantoor van de commandant van de militaire politie en haalde een stapel reisbonnen uit het bureau van de administrateur. Ik nam ze mee terug naar mijn eigen kantoor en tekende ze allemaal met mijn naam op de regel van de bevelvoerende officier en zette een knappe vervalsing van Leon Garbers handtekening op de regel *Goedgekeurd door…*

'We overtreden de wet,' zei Summer.

'Dit is de slag van Kursk,' zei ik. 'We kunnen nu niet stoppen.'

Ze aarzelde.

'Jouw keuze,' zei ik. 'Meedoen of niet, zonder druk van mijn kant.'

Ze zei niets.

'Deze bonnen komen pas over een maand of twee terug,' zei ik. 'Tegen die tijd is Willard weg, of wijzelf zijn weg. We hebben niets te verliezen.'

'Oké,' zei ze.

'Ga maar pakken,' zei ik. 'Voor drie dagen.'

Ze vertrok en ik vroeg mijn sergeant om uit te zoeken wie de volgende in de rangorde was om als plaatsvervangend commandant op te treden. Ze kwam terug met een naam die ik herkende als die van de vrouwelijke kapitein die ik in de eetzaal van de officiersclub had gezien. Die met de gebroken arm. Ik schreef haar een briefje waarin ik uitlegde dat ik drie dagen weg zou zijn. Ik schreef dat zij het bevel had. Daarna belde ik Joe.

'Ik ga naar Duitsland,' zei ik.

'Oké,' zei hij. 'Prettige reis en behouden thuiskomst.'

'Ik kan niet naar Duitsland zonder op de terugweg Parijs aan te doen. Onder de gegeven omstandigheden, begrijp je?'

Hij dacht even na.

'Nee,' zei hij. 'Waarschijnlijk niet.'

'Het zou niet juist zijn om het niet te doen,' zei ik. 'Maar ze mag niet denken dat ik meer om haar geef dan jij. Dat zou ook niet juist zijn. Dus jij moet ook overkomen.'

'Wanneer?'
'Neem over twee dagen de nachtvlucht. Ik tref je wel op Roissy-Charles de Gaulle. Dan gaan we samen naar haar toe.'

Summer trof me op de stoep voor mijn kamer en we droegen onze bagage naar de Chevrolet. We waren allebei in gevechtstenue, omdat we ervan uitgingen dat we de meeste kans hadden op een nachtvlucht vanaf de luchtmachtbasis Andrews. We waren te laat voor een nachtvlucht met een burgerlijndienst en hadden geen zin om de hele nacht op een ontbijtvlucht te wachten. We stapten in de auto en logden uit bij de poort. Natuurlijk reed Summer. Ze trapte op het gaspedaal en verviel vervolgens in een soepel vaartje dat ongeveer vijftien kilometer sneller was dan de rest van het verkeer dat dezelfde kant op ging.
Ik ontspande me en keek naar de weg. Ik keek naar de berm en de winkelgalerijen en het verkeer. We reden vijftig kilometer naar het noorden en passeerden Kramers motel. Reden het klaverblad op en koersten in oostelijke richting naar de I-95. Daarna ging het naar het noorden. We kwamen langs de pleisterplaats. Passeerden anderhalve kilometer verderop de plek waar de tas was aangetroffen. Ik deed mijn ogen dicht.

Ik sliep de hele weg naar Andrews. We arriveerden ruimschoots na middernacht. We parkeerden op een parkeerplaats voor officieren en wisselden twee reiscoupons in voor twee zitplaatsen in een C-130 van het Transport Korps die om drie uur 's morgens naar Frankfurt zou vertrekken. We wachtten in een lounge met neonlicht en kunstleren banken, met de gebruikelijke bonte verzameling zwervers. Het militaire apparaat is altijd in beweging. Er gaan altijd mensen ergens heen, op alle tijden van de nacht of de dag. Niemand praatte. Dat was altijd zo. We zaten daar maar wat met z'n allen, stijf, vermoeid en ongemakkelijk.
De vrachtmeester kwam ons een halfuur voor het vertrek halen. We liepen in de rij het asfalt op en via de laadklep de buik van het toestel in. Er stond een lange rij vrachtpallets in het laadvak in het midden. We gingen zitten op nylon klapstoeltjes met de rug tegen de romp. In het algemeen had ik liever de eersteklas van Air France. Het Transport Korps kent geen stewardessen en tijdens de vlucht wordt er geen koffie gezet.
Het vertrek was aan de late kant en we koersten tegen de wind in naar het westen. Vervolgens maakten we boven Washington

een trage bocht van honderdtachtig graden naar het oosten. Ik voelde de beweging. Er waren geen raampjes, maar ik wist dat we boven de stad vlogen. Daarbeneden lag Joe ergens te slapen.

Op grote hoogte was de romp erg koud, dus zaten we allemaal naar voren gebogen met de ellebogen op de knieën. Het was te lawaaiig om te praten. Ik staarde naar een pallet met tankmunitie tot mijn gezichtsveld vervaagde en ik weer in slaap viel. Comfortabel was anders, maar als je een ding leert in het leger, is het wel om op de gekste plaatsen te slapen. Ik werd een keer of tien wakker en bracht de hele reis half bewusteloos door. Het geraas van de motoren en van de slipstream hielpen daarbij. Het was betrekkelijk rustgevend. Het was ongeveer zestig procent zo goed als in bed liggen.

We waren bijna acht uur in de lucht alvorens we met de afdaling begonnen. Er was geen intercom. Geen opgewekte boodschap van de piloot. Alleen een verandering van toon van de motoren, een neerwaartse duikbeweging en een scherp gevoel in de oren. Overal om me heen stonden mensen op om zich uit te rekken. Summer stond zich met haar rug tegen een munitiekist als een kat te schurken. Ze zag er goed uit. Haar haar was te kort om warrig te worden en haar ogen stonden helder. Ze leek me vastberaden, alsof ze wist dat ze afkoerste op ondergang of glorie, en erin berustte dat ze niet wist welk van de twee het zou worden.

We gingen allemaal weer zitten en hielden ons goed aan de zitplaatsen vast voor de landing. De wielen raakten de grond, de motoren brulden van de tegenkracht en de remmen werden aangetrokken. De pallets werden in hun riemen naar voren gerukt. Vervolgens nam het motorgeraas abrupt af, we taxieden een heel eind en het toestel kwam tot stilstand. De laadklep zakte en door de opening werd een vage schemerlucht zichtbaar. Het was 17.00 uur in Duitsland, zes uur vroeger dan de oostkust, een uur vroeger dan Greenwich. Ik rammelde van de honger. Sinds de hamburger in Sperryville de dag daarvoor had ik niets gegeten. Summer en ik stonden op, pakten onze tas en gingen in de rij staan. Schuifelden met de anderen de klep af naar het asfalt. Het was koud. Het weer voelde vrijwel hetzelfde als in North Carolina.

We bevonden ons op een militair hoekje van het vliegveld van Frankfurt. We namen een personeelsbus naar de publieke aankomsthal. Vervolgens waren we op onszelf aangewezen. Op een aantal andere passagiers wachtte vervoer, maar op ons niet. We sloten ons aan bij een groepje burgers bij de taxi's. Schoven een voor een op. Toen wij aan de beurt waren, gaven we de chauffeur een reiscoupon en opdracht om naar het XII-Korps in het oosten te rijden. Dat deed hij graag, want bij de basis kon hij de coupon inwisselen voor harde valuta en ik wist zeker dat hij wel een paar soldaten van het XII-Korps kon oppikken die een avondje wilden stappen in Frankfurt. Geen wanbetalers, geen lege bak. Hij verdiende zijn brood aan het Amerikaanse leger, zoals een heleboel Duitsers vierenhalf decennium hadden gedaan. Hij had een Mercedes.

De rit duurde een halfuur. We reden in oostelijke richting door de buitenwijken. Ze zagen eruit als veel andere Duitse steden. Het waren uitgestrekte wijken van lichtbruine gebouwen uit de jaren vijftig. De nieuwe wijken golfden willekeurig van het westen naar het oosten en volgden de baan van de bommenwerpers. Geen enkel land heeft ooit een oorlog zo zwaar verloren als Duitsland. Net als iedereen had ik de foto's van 1945 gezien. Het woord nederlaag was een eufemisme. *Armageddon* kwam meer in de richting. Het hele land was door een kolos aan vergruisd puin geslagen. De bewijzen zouden voor eeuwig geschreven staan in de architectuur. En eronder. Telkens als een telefoonbedrijf een geul groef voor een kabel, stuitte men op schedels en botten en theekopjes en granaten en verroeste *Panzerfauste*. Telkens als de grond werd opengebroken voor een nieuwe fundering, stond er een priester klaar voordat de graafmachine zijn eerste hap nam. Ik was in Berlijn geboren, temidden van Amerikanen, omgeven door vierkante kilometers opgelapte verwoesting. *Zij zijn begonnen*, plachten we te zeggen.

De straten in de buitenwijken waren ordelijk en schoon. Er stonden discrete winkels met appartementen erboven. De etalages lagen vol glimmende dingen. Straatnaambordjes waren zwart op wit, geschreven in een archaïsch schrift dat ze moeilijk leesbaar maakte. Hier en daar stonden ook kleine richtingaanwijzers van het Amerikaanse leger. Je zag ze vrij regelmatig. We volgden de pijlen van het XII-Korps en kwamen steeds dichter in de buurt. We lieten de bebouwde kom achter ons en doorkruisten een paar kilometer boerenland. Het voelde als een slotgracht. Als een isoleerstrook. De lucht in het oosten was donker.

Het XII-Korps was gelegerd op een typische basis uit de glorietijd. Een paar nazi-ondernemers hadden in de jaren dertig een industrieterrein van vierhonderd hectare op het platteland aange-

legd. Er had een indrukwekkend hoofdkantoor gestaan met honderden meters lage, metalen schuren erachter. De barakken waren keer op keer aan flinters gebombardeerd. Het hoofdkantoor was maar gedeeltelijk beschadigd geweest. De een of andere uitgeputte Amerikaanse tankdivisie had er in 1945 zijn bivak opgeslagen. Ze hadden magere vrouwen met hoofddoekjes uit Frankfurt gehaald om het puin te verzamelen in ruil voor voedsel. Ze werkten met kruiwagens en schoppen. Vervolgens had de genie het kantoorgebouw opgelapt en de bergen puin met bulldozers weggehaald. Vervolgens had het Pentagon kolossale sommen geld geïnvesteerd. In 1953 was het een modelbasis van schone baksteen, glanzende witte verf en een sterke omheining. Er stonden vlaggenmasten, wachthuisjes en onderkomens voor de bewaking. Er waren eetzalen, een kliniek en een warenhuis. Er stonden barakken, werkplaatsen en opslagplaatsen. Het belangrijkste was vierhonderd hectare vlak land dat in 1953 bedekt was met Amerikaanse tanks. Ze stonden allemaal op een rij richting het oosten, klaar om weg te rollen en het Westen te verdedigen.
Toen we daar zevenendertig jaar later arriveerden, was het te donker om veel te zien. Maar ik wist dat er wezenlijk weinig veranderd zou zijn. De tanks zagen er anders uit, maar meer ook niet. De M4-Sherman die de Tweede Wereldoorlog had gewonnen was allang verleden tijd, op twee fraaie exemplaren na, die goed geconserveerd als symbolen aan weerskanten van de hoofdpoort stonden. Ze stonden halverwege een kunstmatige helling van beton met de neus omhoog en de achterkant omlaag, alsof ze nog steeds ergens heen gingen en een heuvel namen. Ze waren theatraal verlicht. Ze waren prachtig glanzend groen gelakt met een helderwitte ster op hun flanken. Ze zagen er veel mooier uit dan de oorspronkelijke exemplaren. Erachter was een lange toegangsweg met witte stoepranden naar de voorgevel van het kantoorgebouw, dat in de schijnwerpers stond en waar nu het basishoofdkwartier was. Daarachter zou het tankterrein zijn, met honderden M1A1-Abrams-tanks van bijna vier miljoen dollar per stuk op een rij.
We stapten uit de taxi, staken de stoep over en liepen naar het wachthokje van de poort. Mijn badge van de Special Forces hielp ons erdoor. Die zou ons voorbij elke controlepost van het Amerikaanse leger loodsen, behalve het hart van het Pentagon. We liepen met onze tas over de oprijlaan.
'Ben je hier weleens eerder geweest?' vroeg Summer.

Ik schudde mijn hoofd onder het lopen.
'Ik heb in Heidelberg bij de infanterie gezeten,' zei ik. 'Dikwijls.'
'Is dat dichtbij?'
'Niet zo ver.'
Een brede stenen trap voerde naar de ingang. Het hele gebouw zag eruit als een parlementsgebouw in de een of andere kleine staat in Amerika. Het zag er onberispelijk uit. We beklommen de treden en gingen naar binnen. Vlak achter de deur zat een soldaat aan een bureau. Het was geen MP, maar gewoon een kantoorsoldaat van het XII-Korps. We lieten onze legitimatie zien.
'Is er ruimte voor ons in het gastenkwartier?' vroeg ik
'Geen enkel probleem, majoor,' zei hij.
'Twee kamers voor een nacht,' zei ik.
'Ik zal even bellen,' zei hij. 'U volgt gewoon de bordjes.'
Hij wees naar de achterzijde van de hal. Er was daar een aantal deuren dat toegang tot het complex gaf. Ik keek op mijn horloge. Precies twaalf uur 's middags. Het stond nog op de oostkusttijd. Zes uur 's avonds in Duitsland. Het was al donker.
'Ik moet de eerste officier van de MP spreken,' zei ik. 'Is hij nog op kantoor?'
De soldaat belde iemand en kreeg antwoord. Wees naar een brede trap naar de eerste verdieping.
'Rechts aanhouden,' zei hij.
We liepen de trap op en sloegen rechts af. Er was een lange gang met kantoren aan weerskanten. Ze hadden hardhouten deuren met raampjes van gepantserd glas. We vonden de deur die we moesten hebben en gingen naar binnen. Het was een voorkantoor met een sergeant. Het was vrijwel hetzelfde als in Bird. Zelfde verf, zelfde vloer, zelfde meubilair, zelfde temperatuur, zelfde geur. Zelfde koffie in dezelfde standaardmachine. De sergeant leek op een heleboel sergeants die ik al eerder had gezien. Kalm, efficiënt, stoïcijns, bereid om te geloven dat hij de hele tent op eigen houtje dreef, wat waarschijnlijk ook het geval was. Hij zat aan zijn bureau en keek op toen we binnenkwamen. Het duurde een halve seconde voor hij had vastgesteld wie we waren en wat we wilden.
'Waarschijnlijk wilt u de majoor spreken,' zei hij.
Ik knikte. Hij pakte de telefoon en drukte op de knop van het binnenkantoor.
'Loopt u maar door,' zei hij.
We betraden het kantoor en ik zag een bureau met een knaap die

Swan heette erachter. Ik kende Swan vrij goed. Ik had hem drie maanden geleden voor het laatst op de Filippijnen gezien, toen hij een dienstverband begon dat minstens een jaar had moeten duren.
'Niets zeggen,' zei ik. 'Jij bent hier op 29 december gekomen.'
'M'n ballen vroren eraf,' zei hij. 'Ik had alleen maar tropenspullen. Het heeft het XII-Korps drie dagen gekost om een winteruniform voor me te vinden.'
Daar keek ik niet van op. Swan was klein en breed. Bijna een kubus. Waarschijnlijk had hij een heel eigen hoofdstuk in de boeken van de fourier.
'Is je commandant hier?'
Hij schudde zijn hoofd. 'Tijdelijke detachering elders.'
'Had Garber je bevelen getekend?'
'Zo te zien wel.'
'Heb je het al uitgevogeld?'
'Ben niet eens warm.'
'Ik ook niet,' zei ik.
Hij haalde zijn schouders op, alsof hij wilde zeggen: *Ach, het is nu eenmaal het leger, wat doe je eraan?*
'Dit is luitenant Summer,' zei ik.
'Speciale eenheid?' vroeg Swan.
Summer schudde haar hoofd.
'Maar ze is wel cool,' zei ik.
Swan stak een korte arm over zijn bureau om haar een hand te geven.
'Ik moet een vent spreken die Marshall heet,' zei ik. 'Een majoor, een soort stafofficier van het XII-Korps.'
'Zit hij in de problemen?'
'Er zit iemand anders in de problemen. Ik hoop dat Marshall me kan helpen uit te vogelen wie dat is. Ken je hem?'
'Nooit van gehoord,' zei Swan. 'Ik ben er net.'
'Weet ik,' zei ik. '29 December.'
Hij glimlachte en haalde weer zijn schouders op. *Wat doe je eraan?* Hij pakte zijn telefoon. Ik hoorde hem zijn sergeant vragen om Marshall op te sporen en te zeggen dat ik hem wilde spreken als het hem schikte. Ik keek om me heen terwijl we op een reactie wachtten. Swans kantoor zag er geleend en tijdelijk uit, net als het mijne in North Carolina. Aan de wand hing precies dezelfde klok. Elektrisch, geen secondewijzer. Zonder tik. Het was tien over zes.

'Gebeurt er hier nog wat?' vroeg ik.
'Weinig,' zei Swan. 'Een helikopterjongen is boodschappen gaan doen in Heidelberg en is overreden. En Kramer is natuurlijk overleden. Dat heeft voor wat heisa gezorgd.'
'Wie staat er op de nominatie?'
'Vassell, denk ik.'
'Die heb ik gesproken,' zei ik. 'Ik was niet onder de indruk.'
'Het is een gifbeker. Er zijn veranderingen op komst. Je moest die gasten eens horen praten. Ze zijn erg somber.'
'De status-quo kan niet worden gehandhaafd,' zei ik. 'Dat is wat ik hoor.'
Zijn telefoon ging. Hij luisterde even en hing toen op.
'Marshall is er niet,' zei hij. 'Hij doet een nachtoefening op het platteland. Komt morgenochtend terug.'
Summer keek me even aan. Ik haalde mijn schouders op.
'Laten we samen gaan eten,' zei Swan. 'Ik ben hier eenzaam, met al die jongens van de cavalerie. Over een uur in de officiersclub?'

We brachten onze bagage naar het Visiting Officer's Quarter en vonden onze kamers. De mijne zag er vrijwel hetzelfde uit als de kamer waarin Kramer was gestorven, alleen schoner. Het was de standaard Amerikaanse motelindeling. Waarschijnlijk had de een of andere hotelketen destijds een offerte voor het overheidscontract uitgebracht. Vervolgens hadden ze alle benodigdheden tot en met de wastafels, handdoekenrekken en toiletpotten overgevlogen.
Ik schoor me, nam een douche en trok een schoon gevechtstenue aan. Klopte om vijf voor acht bij Summer aan. Ze deed open en zag er schoon en fris uit. De kamer achter haar zag er precies zo uit als de mijne, alleen rook de hare al vrouwelijk. Er hing een aangenaam soort eau-de-toilettegeur.
De officiersclub vonden we zonder enige moeite. Hij besloeg de helft van een van de vleugels op de parterre van het gebouw. Het was een magnifieke ruimte met een hoog plafond en barokke sierlijsten. Er was een salon, een bar en een eetzaal. We troffen Swan in de bar. Hij zat naast een luitenant-kolonel die in uitgaansuniform was en een badge van de infanterie op zijn jasje had. Het was een vreemd gezicht op een cavaleriebasis. Op zijn naamplaatje stond *Simon*. Hij stelde zich aan ons voor. Ik had het gevoel dat hij met ons mee ging eten. Hij vertelde dat hij verbindingsofficier was en daar namens de infanterie was. Hij vertelde

dat er een collega van de cavalerie in Heidelberg zat die hetzelfde werk deed, maar dan omgekeerd.
'Bent u hier allang?' vroeg ik.
'Twee jaar,' zei hij. Ik was blij het te horen. Ik moest wat achtergrondinformatie hebben, en Swan wist evenveel van de cavaleriebasis als ik van Fort Bird. Vervolgens besefte ik dat het geen toeval was dat Simon mee zou eten. Swan moest beseft hebben wat ik wilde en het ongevraagd georganiseerd hebben. Zo iemand was hij wel.
'Aangenaam kennis met u te maken, overste,' zei ik en ik knikte naar Swan bij wijze van bedankje. We dronken koud, Amerikaans bier uit hoge, beslagen glazen en gingen daarna naar de eetzaal. Swan had gereserveerd. De steward bracht ons naar een hoektafeltje. Ik zag niemand die ik kende. Vassell was er niet en Coomer evenmin.
Het menu was honderd procent standaard. De officiersclub had waar ook ter wereld kunnen zijn. Die clubs zijn er niet om je bekend te maken met de plaatselijke keuken. Ze zijn er om je je thuis te laten voelen, althans volgens de eigen opvatting van Amerika van het leger. Je kon kiezen tussen vis en biefstuk. De vis kwam waarschijnlijk uit Europa, maar de biefstuk zou wel van de andere kant van de Atlantische oceaan zijn overgevlogen. De een of andere politicus in een van de veestaten zou wel een malse transactie met het Pentagon hebben gesloten.
We keuvelden een poosje. We klaagden over de wedde en de toeslagen. Praatten over mensen die we kenden. Hadden het even over *Just Cause* in Panama. Luitenant-kolonel Simon vertelde dat hij twee dagen daarvoor in Berlijn was geweest en een stukje beton van de Muur had bemachtigd. Zei dat hij van plan was het in een kubus van plexiglas te laten gieten. Hij wilde het als een erfstuk van de ene op de andere generatie laten doorgeven.
'Kent u majoor Marshall?' vroeg ik.
'Vrij goed,' zei hij.
'Wie is hij precies?'
'Is dit officieel?'
'Niet echt,' zei ik.
'Hij is een plannenmaker. Een strateeg in feite. Langetermijnjongen. Generaal Kramer scheen hem wel te mogen. Hield hem altijd binnen handbereik. Heeft hem tot zijn inlichtingenofficier gemaakt.'
'Heeft hij een inlichtingenachtergrond?'

'Niet officieel. Maar ik weet zeker dat hij er diensten heeft gedraaid.'
'Maakt hij dan deel uit van de top? Ik hoorde dat Kramer, Vassell en Coomer in één adem werden genoemd, maar Marshall niet.'
'Hij hoort bij het team,' zei Simon. 'Dat is zeker. Maar je weet hoe vlagofficieren zijn. Ze hebben iemand nodig, maar willen het niet toegeven. Dus ze gebruiken hem een beetje als loopjongen. Hij doet van alles voor hen en speelt voor chauffeur, maar als puntje bij paaltje komt, vragen ze zijn mening.'
'Maakt hij promotie nu Kramer er niet meer is? Krijgt hij Coomers plaats bijvoorbeeld?'
Simon trok een grimas. 'Dat zit er wel in. Hij is cavaleriefanaat tot op het bot, net als de rest. Maar niemand weet wat er goddorie gaat gebeuren. Kramer had niet op een slechter moment dood kunnen gaan, wat hun betreft.'
'De wereld is aan het veranderen,' zei ik.
'En wat een wereld is het geweest,' zei Simon. 'Kramers wereld in feite, van a tot z. Hij is in '52 afgestudeerd in West Point en in '53 waren dit soort bases helemaal klaar, en ze zijn bijna veertig jaar het middelpunt van het universum geweest. Deze bases zijn zo gevestigd, je hebt geen idee. Weet je wie er in dit land het meest heeft gedaan?'
'Nou?'
'Niet de cavalerie. Niet de infanterie. Deze arena is helemaal het domein van de genie geweest. De Sherman-tanks van destijds wogen achtendertig ton en waren drie meter breed. Nu zijn we inmiddels naar de M1A1-Abrams gepromoveerd, die zeventig ton weegt en ruim drieënhalve meter breed is. De afgelopen veertig jaar heeft de genie bij iedere stap de handen uit de mouwen moeten steken. Ze hebben in heel West-Duitsland vele honderden kilometers weg verbreed. Ze hebben bruggen versterkt. Ze hebben goddomme wegen en bruggen gebóúwd. Als je een vloot tanks naar het slagveld in het oosten wilt laten rollen, kun je maar beter voor goeie wegen en bruggen zorgen.'
'Oké,' zei ik.
'Miljarden dollars,' zei Simon. 'En natuurlijk wisten ze welke wegen en bruggen ze moesten hebben. Ze wisten waar we zouden vertrekken en waar we heen zouden gaan. Ze hebben met de oorlogsstrategen gepraat, ze hebben kaarten bestudeerd en ze zijn met mortel en betonijzer aan de slag gegaan. Vervolgens hebben

ze tussenstations gebouwd, waar ze die maar nodig hadden. Permanente, gepantserde brandstofopslag, munitieopslag, reparatiewerkplaatsen, honderden, allemaal langs van tevoren vastgestelde routes. We hebben ons hier letterlijk ingekapseld en ingegraven. De slagvelden van de Koude Oorlog zijn letterlijk in steen uitgehouwen, Reacher.'

'Men zal zeggen dat we hebben geïnvesteerd en gewonnen'

Simon knikte. 'En daar hebben ze gelijk in. Maar wat nu?'

'Nog meer investeringen,' zei ik.

'Juist,' zei hij. 'Net als bij de marine, toen de grote kruisers werden overvleugeld door vliegdekschepen. Het eind van het ene tijdperk is het begin van het volgende. De Abrams-tanks zijn net als die kruisers. Magnifiek, maar passé. De enige manier waarop we ze kunnen gebruiken is via speciale wegen in een richting die we al hebben vastgelegd.'

'Ze zijn toch mobiel?' zei Summer. 'Net als alle tanks?'

'Valt tegen,' zei Simon. 'Waar zal de volgende oorlog zijn?'

Ik haalde mijn schouders op. Ik wenste dat Joe erbij was. Die was goed in die geopolitieke dingen.

'Het Midden-Oosten?' zei ik. 'Iran of Irak misschien? Die zijn allebei weer op adem, dus kijken ze wat ze nu kunnen gaan doen.'

'Of de Balkan,' zei Swan. 'Als de sovjets uiteindelijk instorten, staat daar een snelkookpan van vijfenveertig jaar op springen.'

'Oké,' zei Simon. 'Kijk bijvoorbeeld eens naar de Balkan. Joegoslavië misschien. Dat zal het eerste land zijn waar iets staat te gebeuren; zeker weten. Momenteel wachten ze alleen maar op het startschot. Wat doen wij?'

'De luchtmobiele brigade sturen,' zei Swan.

'Oké,' zei Simon weer. 'We sturen het 82nd en 101th . Met lichte wapens kunnen we daar misschien in een week drie bataljons hebben. Maar wat doen we als we daar zijn? We zijn snelheidsdrempels, anders niet. We zullen moeten wachten op de zware eenheden. En dat is probleem nummer een. Een Abrams weegt zeventig ton. Kun je niet door de lucht vervoeren. Die moet je op de trein en daarna op de boot zetten. En dat is nog het goede nieuws. Want je verscheept niet alleen een tank. Voor elke ton aan tank moet je vier ton brandstof en andere uitrusting verschepen. Die jongens zuipen vijf liter per kilometer. En je hebt reservemotoren, munitie en enorme onderhoudsploegen nodig. De logistieke staart is anderhalve kilometer. Alsof je een berg staal transporteert. Om voldoende tankbrigades te verschepen om in-

druk te maken, heb je te maken met een voorbereiding van minimaal een halfjaar, en dan nog alleen als er vierentwintig uur per dag aan gewerkt wordt.'
'En in die tijd zitten die luchtmobiele jongens zwaar in de stront,' zei ik.
'Vertel mij wat,' zei Simon. 'Dat zijn mijn jongens, en ik maak me er zorgen over. Licht bewapende parachutisten tegen de eerste de beste buitenlandse pantserbrigade en ze maken gehakt van ons. Dat zouden een zeer gespannen zes maanden worden. En het wordt nog erger. Want wat gebeurt er tegen de tijd dat de zware brigades eindelijk op hun bestemming zijn? Wat er gebeurt, is dat ze van het schip rollen en twee straten verder vastlopen. De wegen zijn niet breed genoeg, de bruggen zijn niet sterk genoeg, ze komen amper het havengebied uit. Dus die blijven daar in de modder zitten toekijken hoe de infanterie in de verte wordt afgeslacht.'
Niemand zei iets.
'Of neem het Midden-Oosten,' zei Simon. 'We weten allemaal dat Irak Koeweit weer wil inpikken. Stel dat ze daarheen gaan. Op de lange termijn kunnen we dat makkelijk winnen, want de open woestijn is vrijwel hetzelfde als de steppen van Europa, alleen iets warmer en stoffiger. De oorlogsplannen die we hebben zullen het gewoon prima doen. Maar komen we wel zo ver? De infanterie zit daar zes volle maanden als snelheidsdrempeltjes. Wie zegt dat de Irakezen niet de eerste twee weken over hen heen walsen?'
'De luchtmacht,' zei Summer. 'Aanvalshelikopters.'
'Ik wou dat het waar was,' zei Simon. 'Straaljagers en helikopters zijn vreselijk sexy, maar op eigen houtje spelen ze niets klaar. Is nooit zo geweest en het zal ook nooit gebeuren. Alleen met de grondjongens valt er iets te winnen.'
Ik glimlachte. Dat was deels de standaard gevechtstrots van de infanterist, maar deels was het waar.
'Dus wat gaat er gebeuren?' vroeg ik.
'Hetzelfde als er met de marine is gebeurd in 1941,' zei Simon. 'Slagschepen waren van de ene op de andere dag verleden tijd en vliegdekschepen voerden de boventoon. Dus we moeten integreren. We moeten begrijpen dat onze lichte eenheden te kwetsbaar en onze zware eenheden te log zijn. We moeten die hele licht/zwaarverdeling overboord zetten. We hebben behoefte aan snelle-reactiebrigades met pantservoertuigen die lichter zijn dan

twintig ton en klein genoeg zijn om in de buik van een C-130 te passen. We moeten sneller ter plaatse zijn en intelligenter vechten. Geen strategie meer voor georganiseerde veldslagen tussen kuddes dinosaurussen.'

Daarna glimlachte hij.

'In feite moeten we de infanterie de touwtjes in handen geven,' zei hij.

'Heb je het ooit over dit soort dingen met lui als Marshall?'

'Met hún strategen? Geen sprake van.'

'Hoe denken zij over de toekomst?'

'Ik heb geen idee. En het kan me niets schelen ook. De toekomst is aan de infanterie.'

Als dessert was er appeltaart en daarna dronken we koffie. Die was zoals gewoonlijk uitstekend. We verhuisden van de toekomst naar het gekeuvel over het heden. De hofmeesters liepen geruisloos af en aan. Het was gewoon een avond in een officiersclub zesduizend kilometer van de vorige.

'Marshall is bij zonsopgang terug,' zei Swan. 'Kijk maar uit naar een verkenningsvoertuig achter de eerste colonne die binnenkomt.'

Ik knikte. Ik nam aan dat zonsopgang in januari in Frankfurt om een uur of zeven was. Ik zette mijn innerlijke wekker op zes uur. Luitenant-kolonel Simon wenste ons welterusten en verwijderde zich. Summer schoof haar stoel naar achteren en strekte zich uit, zo goed en zo kwaad als een klein persoon dat kan. Swan ging naar voren zitten met zijn ellebogen op tafel.

'Denk je dat er veel dope de basis op komt?' vroeg ik.

'Belangstelling?' vroeg hij.

'Bruine heroïne,' zei ik. 'Niet voor eigen gebruik.'

Swan knikte. 'Er zijn hier knapen die zeggen dat er Turkse gastarbeiders in Duitsland zijn die je wel kunnen helpen. Ik weet zeker dat een van de speeddealers je de weg wel kan wijzen.'

'Ooit iemand ontmoet die Willard heet?' vroeg ik.

'De nieuwe baas?' zei hij. 'Ik heb het memo ontvangen. Ik ken hem niet. Maar sommige lui hier kennen hem wel. Hij was een druiloor van inlichtingen, die iets met de cavalerie te maken had.'

'Hij schreef algoritmen,' zei ik.

'Waarvoor?'

'Voor het brandstofverbruik van de Russische T-80, als ik het goed heb. Kon ons vertellen wat voor oefeningen ze deden.'

‘En die leidt nu het 110th?’
Ik knikte.
‘Ik weet het,’ zei ik. ‘Het is bizar.’
‘Hoe heeft hij ’m dat geflikt?’
‘Het is duidelijk dat iemand hem wel zag zitten.’
‘We moeten erachter zien te komen wie dat is. En haatbrieven gaan sturen.’
Ik knikte weer. Een leger van bijna een miljoen koppen, waarin honderden miljarden dollars omgaan, en het kwam er alleen maar op aan wie wie zag zitten. *Wat doe je eraan?*
‘Ik ga naar bed,’ zei ik.

Mijn kamer in het gastenverblijf was zo dertien-in-een-dozijn dat ik tien minuten nadat ik mijn deur had dichtgedaan al was vergeten waar ik was. Ik hing mijn uniform in de kast, waste me en kroop tussen de lakens. Ze roken naar hetzelfde wasmiddel dat het leger overal gebruikt. Ik dacht aan mijn moeder in Parijs en aan Joe in Washington. Mijn moeder lag waarschijnlijk al in bed. Joe was nog aan het werk, wat voor werk dat ook was. Ik zei *zes uur* tegen mezelf en deed mijn ogen dicht.

Zonsopgang was om 06.50 uur en tegen die tijd stond ik naast Summer bij de oostpoort van het XII-Korps. We hadden een beker koffie in onze handen. De grond was bevroren en er hing mist. De lucht was grauw en het landschap had een pastelgroene tint. Het was laag, geaccidenteerd en saai, zoals een groot deel van Europa. Hier en daar stonden groepjes kleine, nette bomen. De aarde deed zijn winterslaap en gaf kille, organische geuren af. Het was erg stil.
De weg liep de poort uit en sloeg vervolgens af naar het noordoosten, de mist in, richting Rusland. Hij was recht en breed en van gewapend beton. De stoepranden waren hier en daar beschadigd door rupsbanden. Er waren grote, wigvormige stukken uitgeslagen. Het valt niet mee om een tank te besturen.
We wachtten. Het was nog steeds stil.
Toen hoorden we ze.
Wat is het meest kenmerkende geluid van de twintigste eeuw? Daar kun je een hele boom over opzetten. Sommige mensen zouden zeggen het trage gedreun van een vliegtuigmotor. Misschien van een eenzaam gevechtsvliegtuig dat langs de blauwe hemel van 1940 kruipt. Of het gekrijs van een snelle straaljager die laag

overvliegt en de grond doet sidderen. Of het *woep-woep-woep* van een helikopter. Of het geraas van een 747 die opstijgt. Of het geknetter van bommen die op een stad vallen. Al die geluiden komen in aanmerking. Dat zijn allemaal unieke geluiden van de twintigste eeuw. Die zijn daarvoor nooit eerder gehoord. Sommige gestoorde optimisten zouden kiezen voor het refrein van een Beatles-liedje. Een *yeah-yeah-yeah*-refrein dat wegsterft onder het gegil van het publiek. Voor zo'n keus zou ik wel sympathie hebben. Maar een liedje met gegil zou nooit in aanmerking komen. Muziek en verlangen zijn er al vanaf het begin der tijden geweest. Die zijn niet na 1900 uitgevonden.

Nee, de herkenningsmelodie van de twintigste eeuw is het gegil en gekletter van rupsbanden op een verharde weg. Dat geluid is gehoord in Warschau en Rotterdam, in Stalingrad en Berlijn. Daarna werd het weer gehoord in Boedapest en Praag, en in Seoul en Saigon. Het is een bruut geluid. Het is het geluid van de angst. Het verraadt een kolossaal machtsoverwicht. En het verraadt afstandelijke, onpersoonlijke onverschilligheid. Rupsbanden gillen en kletteren en het geluid dat ze voortbrengen vertelt je dat ze niet zijn tegen te houden. Het zegt je dat je zwak bent en machteloos tegenover de machine staat. Vervolgens stopt er één rupsband, de andere rijdt door, het hele gevaarte draait negentig graden en stormt razend en gillend recht op je af. Dat is het echte geluid van de twintigste eeuw.

We hoorden de Abrams-colonne van het XII-Korps lang voordat we hem zagen. Het lawaai kwam ons door de mist tegemoet. We hoorden de rupsbanden en het geraas van de turbines. We hoorden het knarsen van de transmissie en voelden door onze voetzolen het snelle, diepe gesidder van de loopvlakplaten die van de tandwielen op het wegdek vielen. We hoorden hoe gruis en steen verpulverd werden onder hun gewicht.

Toen zagen we ze. De logge tank doemde op in de mist. Hij reed snel, een beetje deinend, maar bleef horizontaal. De motor raasde. Daarachter kwam er nog een, en nog een. Ze reden allemaal in de rij, een voor een, als een armada uit de hel. Het was een magnifiek gezicht. De M1A1 Abrams is net een haai, ontwikkeld tot het punt van absolute perfectie. Hij is de onbetwiste koning van het oerwoud. Geen andere tank ter wereld kan hem iets maken. Hij is verpakt in een pantser waarvan de kern bestaat uit verarmd uranium tussen twee platen gewalst staal. Het pantser is dik en ondoordringbaar. Granaten, raketten en kinetische pro-

jectielen ketsen er zonder meer op af. Maar zijn voornaamste truc is dat hij zo ver op afstand kan blijven dat geen enkele granaat of raket en geen enkel kinetisch projectiel hem kan bereiken. Hij blijft gewoon staan en ziet vijandelijke projectielen in het stof bijten. Dan richt hij zijn machtige kanon, vuurt, en een seconde later en tweeënhalve kilometer verderop wordt zijn belager opgeblazen en gaat in vlammen op. Het is de ultieme ongelijke strijd.
De voorste tank rolde ons voorbij. Bijna vier meter breed, bijna negen meter lang en ruim drie meter hoog. Zeventigduizend kilo. Zijn motor brulde en zijn gewicht deed de aarde sidderen. Zijn rupsbanden kletterden gillend en slippend over het beton. Daarna passeerde de tweede tank. En de derde, en de vierde, en de vijfde. Het kabaal was oorverdovend. De kolossale hoeveelheid exotisch metaal zorgde voor een enorme, sidderende luchtverplaatsing. De kanonnen veerden, zwaaiden en stuiterden. De tanks reden door de poort de basis op en het kabaal en de vibraties verstomden achter ons. Er was een korte pauze en toen kwam er een verkenningsvoertuig uit de mist recht op ons af. Het was een wendbare Humvee bewapend met een TOW-2 antitankraketlanceerder. Er zaten twee personen in. Ik liep de weg op en hief mijn hand. Aarzelde even. Ik kende Marshall niet en had hem ooit maar één keer gezien, in het donkere interieur van de Grand Marquis voor het hoofdkwartier van Fort Bird. Toch wist ik vrij zeker dat geen van de twee mannen in de Humvee Marshall was. Ik herinnerde me dat Marshall groot en donker was en deze knapen waren klein, wat algemeen is onder de cavaleristen. Van één element heeft de Abrams niet veel en dat is ruimte. De Humvee stopte vlak voor me en ik liep naar de chauffeurskant. Summer liep naar de passagierskant en ging op de plaats rust staan. De chauffeur liet zijn raampje zakken en keek me aan.
'Ik zoek majoor Marshall,' zei ik.
De chauffeur was kapitein en zijn bijrijder ook. Ze droegen allebei een Nomex-tankpak met een skimuts en een kogelvrije helm met ingebouwde koptelefoon. De bijrijder had mouwzakken vol balpennen. Hij had klemborden op beide dijen gegespt. Ze stonden vol aantekeningen. Een soort scoreborden.
'Marshall is er niet,' zei de chauffeur.
'Waar is hij dan?'
'Wie wil dat weten?'
'Je kunt toch lezen?' zei ik. Ik droeg het gevechtstenue van de vo-

rige avond. Er stonden eikenbladjes op de kraag en op de borst stond REACHER in sjabloonletters.
'Eenheid?' vroeg de man.
'Dat wil je niet weten.'
'Marshall is naar Californië,' zei hij. 'Voor een noodsituatie in Fort Irwin.'
'Wanneer?'
'Dat weet ik niet precies.'
'Doe maar even je best.'
'In de loop van gisteravond.'
'Dat is ook niet erg specifiek.'
'Ik weet het echt niet precies.'
'Wat voor noodsituatie hebben ze in Irwin?'
'Dat weet ik ook niet precies.'
Ik knikte en deed een stap naar achteren.
'Rij maar door,' zei ik.
Hun Humvee reed tussen ons vandaan en Summer voegde zich bij me midden op de weg. Het rook naar diesel en uitlaatgas van de turbine en het beton was wit geschuurd van de verse rupsbandsporen.
'Reisje voor niets,' zei Summer.
'Misschien niet,' zei ik. 'Dat hangt ervan af wanneer Marshall precies is vertrokken. Als dat na Swans telefoontje was, is dat veelzeggend.'

Tussen drie kantoren werden we van het kastje naar de muur gestuurd toen we erachter probeerden te komen hoe laat Marshall precies van de basis was vertrokken. Uiteindelijk belandden we in een suite op de tweede verdieping waar de kantoren van generaal Vassell waren. Vassell zelf was er niet. We spraken weer een andere kapitein. Hij scheen het hoofd van een administratieve compagnie te zijn.
'Majoor Marshall is om 23.00 uur met een burgervlucht vertrokken,' zei hij. 'Van Frankfurt naar Dulles. Na een oponthoud van zeven uur vliegt hij van National door naar LAX. Ik heb zelf de reiscoupons uitgeschreven.'
'Hoe laat?'
'Toen hij vertrok.'
'Dat was hoe laat?'
'Hij is drie uur voor zijn vlucht vertrokken.'
'Acht uur?'

De kapitein knikte. 'Klokslag.'
'Mij was verteld dat hij op een nachtmanoeuvre was.'
'Dat was ook de bedoeling. Dat plan is veranderd.'
'Waarom?'
'Dat weet ik niet precies.'
Dat weet ik niet precies leek wel een gevleugeld woord bij het XII-Korps.
'Wat is die paniek in Irwin?'
'Dat weet ik niet precies.'
Ik glimlachte even. 'Wanneer heeft Marshall zijn bevelen gekregen?'
'Om zeven uur.'
'Op schrift?'
'Mondeling.'
'Van wie?'
'Generaal Vassell.'
'Heeft Vassell zelf die reiscoupons gecontrasigneerd?'
De kapitein knikte.
'Ja,' zei hij.
'Ik wil hem spreken,' zei ik.
'Hij is naar Londen.'
'Londen?' vroeg ik.
'Voor plotseling overleg met het Britse ministerie van defensie.'
'Hoe laat is hij vertrokken?'
'Hij is tegelijk met majoor Marshall naar het vliegveld gegaan.'
'Waar is kolonel Coomer?'
'In Berlijn,' zei de man. 'Op souvenirjacht.'
'Niets zeggen,' zei ik. 'Hij is met Vassell en Marshall naar het vliegveld gegaan.'
'Nee,' zei de kapitein. 'Hij heeft de trein genomen.'
'Geweldig,' zei ik.

Summer en ik gingen naar de officiersclub voor het ontbijt. We kregen dezelfde hoektafel als de avond tevoren. We gingen naast elkaar zitten met de rug tegen de muur om de zaal in de gaten te houden.
'Oké,' zei ik. 'Swans kantoor belde om 18.10 uur om te horen waar Marshall uithing en vijftig minuten later kreeg hij bevel om naar Irwin te gaan. Een uur later was hij van de basis.'
'En Vassell is 'm gesmeerd naar Londen,' zei Summer. 'En Coomer is op de trein naar Berlijn gesprongen.'

'De nachttrein,' zei ik. 'Wie gaat er nou voor z'n lol met de nachttrein?'
'Ze hebben allemaal iets te verbergen,' zei ze.
'Behalve ik en mijn aapje,' zei ik.
'Wat?'
'De Beatles,' zei ik. 'Een van de geluiden van de eeuw.'
Ze staarde me aan.
'Wat verbergen ze?' vroeg ze.
'Zeg jij het maar.'
Ze legde haar handen plat op tafel. Haalde diep adem.
'Ik snap een deel ervan,' zei ze.
'Ik ook.'
'De agenda,' zei ze. 'Dat was de andere kant van de medaille waarover kolonel Simon het gisteravond had. Simon zat te kwijlen van het idee dat de cavalerie een toontje lager moest zingen. Kramer moet dat allemaal hebben zien aankomen. Tweesterrengeneraals zijn niet van gisteren. Dus ging de conferentie in Irwin op nieuwjaarsdag over de strijd om het bestaan. Het ging over verzet, denk ik. Ze willen hun positie veilig stellen.'
'Het is nogal wat om op te geven,' zei ik.
'Geloof me maar,' zei ze. 'Net als de commandanten van slagschepen vroeger.'
'Wat stond er dan op de agenda?'
'Hij was deels defensief, deels offensief,' zei ze. 'Dat is de voor de hand liggende manier om op te treden. Argumenten tegen geïntegreerde eenheden, het bespotten van lichte pantservoertuigen, de verdediging van hun eigen gespecialiseerde deskundigheid.'
'Mee eens,' zei ik. 'Maar dat is niet genoeg. Het Pentagon zal bedolven worden onder paperassen vol van dat soort onzin, en dat kan ieder moment gebeuren. Voors, tegens, maars en niettegenstaandes, ze gaan ons er dodelijk mee vervelen. Maar er stond nog iets op die agenda waardoor ze alles op alles wilden zetten om Kramers kopie terug te krijgen. Wat was dat?'
'Ik weet het niet.'
'Ik ook niet,' zei ik.
'En waarom zijn ze 'm gisteravond gesmeerd?' vroeg Summer. 'Inmiddels moeten ze Kramers kopie toch hebben vernietigd, plus alle andere kopieën. Dus ze hadden glashard kunnen liegen over wat erin stond, om je met een kluitje in het riet te sturen. Ze hadden je zelfs een vervalst document kunnen geven. Ze hadden kunnen zeggen: Alsjeblieft, dit was het, trek het maar na.'

'Ze zijn gevlucht vanwege mevrouw Kramer,' zei ik.
Ze knikte. 'Ik denk nog steeds dat Vassell en Coomer dat op hun geweten hebben. Kramer gaat de pijp uit, zij zijn aan slag. Onder de gegeven omstandigheden zien zij het als hun verantwoordelijkheid om alle rondslingerende paperassen te vergaren. Mevrouw Kramer gaat als bijkomstige schade de pijp uit.'
'Dat klinkt volstrekt logisch,' zei ik. 'Behalve dat geen van beiden bepaald groot en sterk overkomt.'
'Allebei zijn ze heel wat groter en sterker dan mevrouw Kramer was. Bovendien kan het zijn gebeurd in de hitte van de strijd, gevoed door paniek, en dan kun je forensische resultaten krijgen die voor meerdere uitleg vatbaar zijn. En we weten trouwens niet hoe goed de politie van Green Valley eigenlijk is. Het kan wel de een of andere huisarts zijn die een termijn van twee jaar als lijkschouwer doet, en wat weet zo'n vent er nou van?'
'Misschien,' zei ik. 'Maar ik zie nog steeds niet hoe het kan zijn gebeurd. Als je de tijd die het kost om van Washington naar Green Valley te rijden aftrekt, als je tien minuten aftrekt om die winkel te vinden en de koevoet te stelen, hadden ze tien minuten om te reageren. Bovendien, ze hadden geen auto en ze hebben er ook geen besteld.'
'Ze hadden een taxi kunnen nemen. Of een minibusje van het hotel. Die zouden we nooit kunnen traceren. Oudejaarsavond, de drukste avond van het jaar.'
'Het moet een lange rit zijn geweest,' zei ik. 'Hoge rekening. Misschien dat de chauffeur het zich herinnert.'
'Oudejaarsavond,' herhaalde ze. 'De taxi's en minibusjes van Washington zwermen uit naar drie staten. Allerlei rare bestemmingen. Het is een mogelijkheid.'
'Ik denk het niet,' zei ik. 'Je neemt geen taxi voor een rit als je gaat inbreken in een ijzerwinkel en een huis.'
'Er is geen reden om aan te nemen dat de chauffeur iets zal hebben gezien. Vassell, Coomer of allebei kunnen die steeg in Sperryville zijn ingelopen en vijf minuten later zijn teruggekomen met een koevoet onder hun jas. Zelfde verhaal bij het huis van mevrouw Kramer. De taxi kan op de oprijlaan hebben gewacht. Er is tenslotte aan de achterkant ingebroken.'
'Te veel risico. Een chauffeur in Washington leest net zo goed de krant als ieder ander. Misschien nog beter dan andere mensen, met al dat verkeer. Hij leest een verhaal over Green Valley en herinnert zich zijn twee passagiers.'

'Ze zagen het niet als een risico. Ze voorzagen geen bericht. Omdat ze dachten dat mevrouw Kramer niet thuis zou zijn. Zij dachten dat ze in het ziekenhuis zou zijn. En ze dachten dat er geen sprake van kon zijn dat een stel onbeduidende inbraken in Sperryville de krant in Washington zou halen.'
Ik knikte. Ik moest weer denken aan iets wat rechercheur Clark een paar dagen geleden had gezegd. *Ik heb mensen een volledig buurtonderzoek laten doen. Er waren een paar auto's op de weg.*
'Misschien,' zei ik. 'Misschien moeten we die taxi's natrekken.'
'Ergste avond van het jaar,' zei Summer. 'Ik bedoel, wat alibi's aangaat.'
'Het zou wel waanzinnig brutaal zijn,' zei ik. 'Vind je niet? Een taxi nemen om zoiets te gaan doen?'
'Stalen zenuwen.'
'Maar als ze stalen zenuwen hebben, waarom zijn ze gisteravond dan op de vlucht geslagen?'
Ze was een poosje stil.
'Dat slaat echt nergens op,' zei ze. 'Want ze kunnen niet eeuwig op de vlucht blijven. Dat moeten ze beseffen. Ze moeten weten dat ze zich vroeg of laat moeten omdraaien om terug te bijten.'
'Mee eens. En dat zouden ze hier hebben moeten doen. Nu meteen. Dit is hun territorium. Ik begrijp niet waarom ze dat niet hebben gedaan.'
'Het zou me de beet wel zijn. Hun hele carrière staat op het spel. Je moet heel goed uitkijken.'
'Jij ook,' zei ik. 'Niet alleen ik.'
'De aanval is de beste verdediging.'
'Mee eens,' zei ik.
'Dus gaan we achter ze aan?'
'Daar kun je donder op zeggen.'
'Wie eerst?'
'Marshall,' zei ik. 'Die moet ik hebben.'
'Waarom?'
'Vuistregel,' zei ik. 'Maak jacht op de persoon die ze het verst hebben weggestuurd, omdat ze hem als de zwakste schakel beschouwen.'
'Nu?'
Ik schudde mijn hoofd.
'Nu gaan we naar Parijs,' zei ik. 'Ik moet mijn moeder opzoeken.'

19

We pakten weer in, verlieten het gastenverblijf en brachten een laatste beleefdheidsbezoekje aan Swan in zijn kantoor. Hij had een nieuwtje.
'Ik zou jullie allebei moeten arresteren,' zei hij.
'Waarom?'
'Jullie zijn zonder toestemming afwezig. Willard heeft een arrestatiebevel uitgevaardigd.'
'Wat, wereldwijd?'
Swan schudde zijn hoofd. 'Alleen voor deze basis. Ze hebben jullie auto op Andrews aangetroffen en Willard heeft met het Transport Korps gesproken. Dus hij wist dat jullie hierheen gingen.'
'Hoe laat heb je die telex gekregen?'
'Een uur geleden.'
'Hoe laat zijn we hier weggaan?'
'Een uur daarvoor.'
'Waarheen?'
'Geen idee. Dat heb je niet gezegd. Ik nam aan dat jullie teruggingen naar je basis.'
'Bedankt,' zei ik.
'Je kunt me maar beter niet vertellen waar jullie echt naartoe gaan.'
'Parijs,' zei ik. 'Voor een privézaak.'
'Wat is er aan de hand?'
'Ik wou dat ik het wist.'
'Moet ik een taxi bellen?'
'Dat zou geweldig zijn.'
Tien minuten later zaten we in een andere Mercedes en reden we in de tegenovergestelde richting.

We hadden de keus tussen Lufthansa en Air France van Frankfurt am Main naar Parijs. Ik koos Air France. De koffie leek me beter en ik ging ervan uit dat Willard eerst Lufthansa zou kiezen als hij gewone lijndiensten ging natrekken. Zo'n simpele ziel was hij volgens mij wel.

We wisselden nog twee vervalste reiscoupons in voor twee zitplaatsen in de business class op de vlucht van tien uur. Wachtten in de lounge bij de gate. We waren in gevechtstenue, maar vielen niet echt op. Het wemelde van de Amerikaanse uniformen op de luchthaven. Ik zag een aantal MP's van het XII-Korps die in paren patrouilleerden. Maar ik maakte me niet druk. Volgens mij was er sprake van routinesamenwerking met de burgerpolitie. Wij werden niet gezocht. Ik had het gevoel dat Willards telex nog een uur of twee op Swans bureau zou blijven liggen.
We gingen op tijd aan boord en duwden onze bagage in de ruimte boven ons hoofd. Gespten onze gordels vast en maakten het ons gemakkelijk. Parijs was altijd een populaire verlofbestemming voor militairen die in Duitsland gelegerd waren. Het was nog steeds mistig. Maar de mist was niet dik genoeg voor vertraging. We vertrokken op tijd, stegen boven de grijze stad en koersten naar het zuidwesten over pastelkleurige landerijen en enorme lappen bos. Vervolgens rezen we door de wolken in de zon en zagen we de grond niet meer.

Het was een korte vlucht. We begonnen al tijdens mijn tweede kop koffie aan de afdaling. Summer dronk sap. Ze leek een beetje nerveus. Deels opgewonden, deels bezorgd. Waarschijnlijk was ze nog nooit in Parijs geweest. En waarschijnlijk was ze ook nog nooit ongeoorloofd afwezig geweest. Ik zag dat het haar niet lekker zat. Ik moet zeggen dat het mij ook niet helemaal lekker zat. Het was een complicerende factor waar ik niet op zat te wachten. Maar ik keek er niet van op. Het was van meet af aan de logische volgende stap geweest voor Willard. Nu zouden we waarschijnlijk overal achternagezeten worden met BOLO-berichten. *Be on the lookout for*-berichten. Of anders zouden we een algemeen arrestatiebevel aan onze broek krijgen.
We landden op Roissy-Charles de Gaulle en waren om halfelf 's morgens uit het toestel en in de aankomsthal. Het was druk op het vliegveld. De rij voor de taxi's was een chaos, net als de laatste keer dat Joe en ik hier waren gearriveerd. Dus dat gaven we op en we liepen naar de shuttlebus. Stonden in de rij en stapten in. Het was vol en oncomfortabel. Maar in Parijs was het warmer dan in Frankfurt. Er scheen een waterig zonnetje en ik wist dat de stad er spectaculair uit zou zien.
'Ben je hier weleens eerder geweest?' vroeg ik.
'Nooit,' zei Summer.

'Niet op de eerste twintig kilometer letten,' zei ik. 'Wacht tot we binnen de Périphérique zijn.'
'Wat is dat?'
'Een soort rondweg, net als de Beltway. Daar begint het mooie stuk.'
'Woont je moeder daar?'
Ik knikte. 'Aan een van de mooiste avenues van de stad. Waar alle ambassades zijn. In de buurt van de Eiffeltoren.'
'Gaan we er rechtstreeks heen?'
'Morgen,' zei ik. 'Eerst gaan we de toerist uithangen.'
'Waarom?'
'Ik moet wachten tot mijn broer er is. Ik kan niet alleen gaan. Dat moeten we samen doen.'
Ze zei niets. Keek me alleen maar even aan. De bus vertrok. Ze keek de hele weg naar buiten. Ik zag aan de weerspiegeling van haar gezicht in het raam dat ze het met me eens was. Binnen de Périphérique was het mooier.

We stapten uit op Place de l'Opéra, bleven op de stoep staan en lieten de andere passagiers voor ons uit zwermen. Het leek me dat we eerst een hotel moesten zoeken om onze bagage te stallen voordat we iets anders deden.
We liepen via rue de la Paix in zuidelijke richting, over het Place Vendôme naar de Tuilerieën. Daarna sloegen we rechts af en liepen we de Champs Elysées op. Misschien waren er wel betere plekken om op een luie dag met een knappe vrouw in een waterig winterzonnetje te wandelen, maar op dat moment kon ik me er geen herinneren. We sloegen links af de rue Marbeuf op en belandden op de Avenue George v, vlak tegenover het George v-hotel.
'Lijkt dat je wat?' vroeg ik.
'Laten ze ons wel binnen?' vroeg Summer.
'Er is maar één manier om daarachter te komen.'
We staken over en een man met een hoge hoed deed de deur voor ons open. Het meisje van de receptie had een bosje vlaggetjes op haar revers. Een voor elke taal die ze sprak. Ik sprak Frans, wat haar plezier deed. Ik gaf haar twee coupons en vroeg twee kamers. Ze aarzelde niet. Ze deed meteen haar werk en gaf ons de sleutel alsof we net met zuiver goud hadden betaald, of met een creditcard. Het George v was zo'n hotel. Er was niets wat ze nog niet eerder hadden gezien. En als dat wel zo was, zouden ze dat aan niemand toegeven.

De kamers die het veeltalige meisje ons had gegeven, zagen allebei uit op het zuiden en hadden gedeeltelijk uitzicht op de Eiffeltoren. De ene was ingericht in lichtblauwe tinten en beschikte over een zitkamer en een badkamer ter grootte van een tennisbaan. De andere was drie deuren verder. Die was perkamentgeel en had een smeedijzeren balkonnetje.
'Jij mag het zeggen,' zei ik.
'Ik neem de kamer met het balkon,' zei ze.
We loosden onze bagage, wasten ons en troffen elkaar een kwartier later in de hal. Ik had wel zin om te gaan lunchen, maar Summer had andere ideeën.
'Ik wil kleren kopen,' zei ze. 'Toeristen dragen geen gevechtstenue.'
'Deze wel, hoor,' zei ik.
'Breek er dan maar eens uit,' zei ze. 'Ga maar een beetje leven. Waar moeten we zijn?'
Ik haalde mijn schouders op. In Parijs kon je geen twintig meter lopen zonder over minstens drie kledingzaken te struikelen. Maar de meeste vroegen een maandsalaris voor één kledingstuk.
'We kunnen Bon Marché proberen,' zei ik.
'Wat is dat?'
'Een warenhuis,' zei ik. 'Het betekent letterlijk *goedkoop*.'
'Een warenhuis dat *Goedkoop* heet?'
'Echt iets voor mij,' zei ik.
'En verder?'
'Samaritaine,' zei ik. 'Aan de rivier, bij de Pont Neuf. Bovenop is een terras met een mooi uitzicht.'
'Daar gaan we heen.'
Het was een lange wandeling langs de rivier, helemaal tot het uiteinde van het Île de la Cité. Het kostte ons een uur, omdat we om de haverklap stilstonden om dingen te bekijken. We kwamen langs het Louvre. We scharrelden wat langs de kraampjes op de kade.
'Wat betekent Pont Neuf?' vroeg Summer.
'Nieuwe Brug,' zei ik.
Ze keek naar de oeroude stenen overspanning.
'Het is de oudste brug van Parijs,' zei ik.
'Waarom heet hij dan *nieuw*?'
'Omdat hij ooit nieuw was.'
We liepen de warme winkel in. Net als bij al deze zaken kwam eerst de parfumerie, zodat de lucht van geuren vervuld was. Sum-

mer ging me voor naar de etage met dameskleding. Ik nam een makkelijke stoel en liet haar rondkijken. Ze bleef ruim een halfuur weg. Ze kwam terug in een gloednieuw ensemble. Zwarte schoenen, zwarte nauwe rok, een grijs-witte Bretonse trui en een alpinopet. Ze zag er magnifiek uit. Ze had haar gevechtstenue en schoenen in een tas van Samaritaine in haar hand.

'Nu jij,' zei ze. Ze ging me voor naar de herenafdeling. De enige broek met een binnenzoom van vijfennegentig centimeter was een Algerijnse imitatie van een Amerikaanse spijkerbroek, dus die zette de toon. Ik kocht een lichtblauwe sweater en een bomberjack van zwart katoen. Ik hield mijn legerkistjes aan. Die zagen er goed uit onder de spijkerbroek en pasten wel bij het jack.

'Koop een alpinopet,' zei Summer, dus kocht ik een alpinopet. Hij was zwart met een leren bandje. Ik betaalde de hele zwik met Amerikaanse dollars tegen een redelijke wisselkoers. Ik verkleedde me in een kleedhokje. Stopte mijn camouflagekleren in een draagtas. Keek in de spiegel, zette de pet in een brutale hoek en kwam te voorschijn.

Summer zei niets.

'Nu gaan we eten,' zei ik.

We gingen naar het restaurant op de achtste verdieping. Het was te koud om buiten te zitten, maar we namen een tafeltje aan het raam met vrijwel hetzelfde uitzicht. We zagen de Notre Dame in het oosten en de toren van Montparnasse een heel eind naar het zuiden. De zon scheen nog steeds. Het was een geweldige stad.

'Hoe wist Willard waar hij onze auto moest vinden?' vroeg Summer. 'Hoe wist hij waar hij moest zoeken? De Verenigde Staten zijn een groot land.'

'Hij heeft hem niet gevonden,' zei ik, 'voordat iemand hem vertelde waar hij stond.'

'Wie?'

'Vassell,' zei ik. 'Of Coomer. Swans sergeant bij het XII-Korps heeft mijn naam aan de telefoon genoemd. Dus toen ze Marshall van de basis wegstuurden, hebben ze meteen Willard in Rock Creek gebeld om te vertellen dat ik in Duitsland was en hun weer het leven zuur maakte. Ze hebben hem gevraagd waarom hij me in godsnaam liet reizen. En ze hebben hem opdracht gegeven mij terug te roepen.'

'Ze mogen niet dicteren wat een rechercheur van de Special Forces doet.'

'Nu wel, vanwege Willard. Het zijn oude vrienden. Daar ben ik net achtergekomen. Swan heeft het bijna met zoveel woorden gezegd, maar het is niet meteen tot me doorgedrongen. Willard heeft banden met de cavalerie sinds zijn tijd bij inlichtingen. Met wie heeft hij al die jaren gesproken? Over die brandstofonzin van de Russen? Met de cavalerie. Er is hier sprake van een relatie. Daarom was hij zo nerveus over Kramer. Hij maakte zich niet druk om gezichtsverlies voor het leger in het algemeen. Hij maakte zich druk om gezichtsverlies voor de cavalerie in het bijzonder.'

'Omdat het zijn vrienden zijn.'

'Precies. En daarom zijn Vassell en Coomer er gisteravond vandoor gegaan. Ze zijn niet specifiek gevlúcht. Ze geven Willard gewoon de tijd om met ons af te rekenen.'

'Willard weet dat hij onze reiscoupons niet heeft getekend.'

Ik knikte. 'Zeker weten.'

'Dus nu zitten we echt in de problemen. We zijn ongeoorloofd afwezig en reizen op gestolen coupons.'

'Het komt wel goed.'

'Hoe dan?'

'Als we resultaat boeken.'

'Lukt dat?'

Ik gaf geen antwoord.

Na de lunch staken we de rivier over en liepen we met een grote omweg terug naar het hotel. In onze vrijetijdskleding met de draagtassen van Samaritaine konden we zo voor toeristen doorgaan. Het enige dat er nog aan ontbrak was een fototoestel. We bekeken etalages aan de Boulevard Saint Germain en namen een kijkje in het park Luxembourg. We zagen Les Invalides en de École Militaire. Daarna liepen we over de Avenue Bosquet en passeerden op vijftig meter de achterkant van mijn moeders huis. Dat zei ik niet tegen Summer. Zij zou me naar binnen hebben gestuurd. We staken de Seine weer over via de Pont de l'Alma en dronken koffie in een bistro in Avenue New York. Daarna liepen we de heuvel op naar ons hotel.

'Siëstatijd,' zei ze. 'En daarna eten.'

Ik had wel zin in een tukje. Ik was behoorlijk moe. Ik ging op bed liggen in mijn lichtblauwe kamer en binnen enkele minuten sliep ik.

Summer wekte me twee uur later door me te bellen via de telefoon op haar kamer. Ze wilde weten of ik restaurants wist. Het wemelt van de restaurants in Parijs, maar ik was gekleed als een malloot en had nog geen dertig dollar op zak. Dus koos ik een tentje in de rue Vernet dat ik kende. Volgens mij kon ik me daar wel vertonen in een spijkerbroek en een sweater zonder dat ze naar me staarden, en zonder een fortuin te hoeven betalen. Bovendien was het op loopafstand. Geen taxikosten.

We troffen elkaar in de hal. Summer zag er nog altijd geweldig uit. Haar rok en jasje zagen er net zo goed uit voor de avond als voor de middag. Ze had haar alpinopet thuisgelaten. Ik had de mijne nog op. We liepen heuvelopwaarts naar de Champs Elysées. Halverwege deed Summer iets vreemds. Ze pakte mijn hand. Het begon donker te worden en we werden omgeven door paartjes die hand in hand liepen. Waarschijnlijk voelde het vanzelfsprekend voor haar. Voor mij trouwens ook. Het duurde even voordat ik besefte dat ze het had gedaan. Of het duurde even om te beseffen dat er iets niet klopte. Het kostte haar net zoveel tijd. Uiteindelijk keek ze me blozend aan en liet weer los.

'Het spijt me,' zei ze.

'Hoeft niet hoor,' zei ik. 'Dat voelde wel goed.'

'Het gebeurde gewoon,' zei ze.

We liepen verder en vonden de rue Vernet. Vonden het restaurant. Het was januari en vroeg in de avond, dus de eigenaar had meteen een tafeltje voor ons. Het stond in een hoek. Er stonden bloemen en een brandende kaars op. We bestelden water en een *pichet* rode wijn om een glaasje te drinken terwijl we besloten wat we wilden eten.

'Je bent hier thuis,' zei Summer.

'Niet echt,' zei ik. 'Ik ben nergens thuis.'

'Je spreekt anders goed Frans.'

'Ik spreek ook goed Engels. Dat maakt nog niet dat ik me thuis voel in North Carolina, bijvoorbeeld.'

'Maar sommige plekken vind je beter dan andere.'

Ik knikte. 'Deze is oké.'

'Heb je nog langetermijnplannen?'

'Je klinkt net als mijn broer. Hij wil ook dat ik plannen maak.'

'Alles gaat veranderen.'

'Politie hebben ze altijd nodig,' zei ik.

'Politie die er zonder verlof vandoor gaat?'

'Het enige dat we nodig hebben is resultaat,' zei ik. 'Mevrouw Kramer, of Carbone. Of misschien Brubaker. We hebben drie mogelijkheden. Drie kansen.'

Ze zei niets.
'Ontspan je maar,' zei ik. 'We zijn achtenveertig uur uit beeld. Laten we er maar van genieten. Met bezorgdheid schieten we niets op. We zijn nu in Parijs.'
Ze knikte. Ik sloeg haar gezicht gade. Zag hoe ze het achter zich probeerde te laten. Haar ogen waren expressief in het kaarslicht. Het was net alsof ze moeilijkheden voor zich zag, misschien een hoge stapel, als kartonnen dozen. Ik zag hoe ze zich er een weg omheen baande, naar het stille plekje achter in de kast.
'Drink je wijn,' zei ik. 'Geniet ervan.'
Mijn hand lag op de tafel. Ze kneep er even in en pakte haar glas.
'North Carolina hebben we altijd nog,' zei ze.

We bestelden elk drie gangen à la carte. Daarna deden we er drie uur over om ze op te eten. We vermeden over ons werk te praten. In plaats daarvan hadden we het over persoonlijke dingen. Ze stelde vragen over mijn familie. Ik vertelde haar een beetje over Joe, en niet veel over mijn moeder. Zij vertelde over haar ouders, broers en zussen en over zoveel nichten en neven, dat ik niet meer bij kon houden wie wie was. Maar ik keek voornamelijk naar haar gezicht in het kaarslicht. Haar huid had een kopertint onder het zuivere ebbenzwart. Haar ogen waren als steenkool. Ze had een sierlijke kaaklijn, net als teer porselein. Ze zag er ongelooflijk klein en vriendelijk uit voor een soldaat. Maar toen moest ik aan haar scherpschuttersinsignes denken. Meer dan ik er had.
'Ga je me aan je moeder voorstellen?' vroeg ze.
'Als je dat wilt,' zei ik. 'Maar ze is erg ziek.'
'Meer dan een gebroken been?'
Ik knikte.
'Ze heeft kanker,' zei ik.
'Hoe ernstig?'
'Ernstiger kan het niet.'
Summer knikte. 'Zoiets vermoedde ik al. Je bent al van streek sinds je hier de eerste keer heen ging.'
'O ja?'
'Natuurlijk zit het je dwars.'
Ik knikte ook. 'Meer dan ik had verwacht.'
'Hou je dan niet van haar?'
'Ik hou genoeg van haar. Maar niemand heeft het eeuwige leven, weet je. Rationeel horen zulke dingen niet als een verrassing te komen.'

‘Ik kan beter niet meegaan. Dat zou ongepast zijn. Je moet met Joe gaan. Alleen jullie tweeën.’
‘Ze vindt het leuk om nieuwe mensen te ontmoeten.’
‘Misschien voelt ze zich niet goed.’
‘We moeten het maar afwachten. Misschien wil ze wel uit eten gaan.’
‘Hoe ziet ze eruit?’
‘Vreselijk.’
‘Dan wil ze geen nieuwe mensen ontmoeten.’
We zwegen een poosje. De kelner bracht de rekening. We telden ons geld, betaalden elk de helft en lieten een fatsoenlijke fooi achter. De hele terugweg naar het hotel liepen we hand in hand. Het leek me logisch. We waren met z’n tweeën in een oceaan van moeilijkheden. Sommige deelden we, andere waren privé. De man met de hoge hoed hield de deur voor ons open en wenste ons *bonne nuit*. Goedenacht. We gingen met de lift naar boven en stonden zij aan zij zonder elkaar aan te raken. Toen we op onze etage uitstapten, moest Summer linksaf en ik rechtsaf. Het was een ongemakkelijk moment. We zeiden niets. Ik zag wel dat ze graag met mij mee wilde en ik wilde verdomd graag met haar mee. Ik zag haar kamer al voor me. De gele muren, de geur van parfum. Het bed. Ik stelde me voor hoe ik haar nieuwe trui over haar hoofd uittrok. Hoe ik haar nieuwe rokje openritste en op de grond hoorde vallen. Ik vermoedde dat er een zijden voering in zat. Dat het een ritselend geluid zou maken.
Ik wist dat het niet goed zou zijn. Maar we waren toch al in overtreding. We zaten toch al tot onze nek in de stront. Het zou warm en troostrijk zijn, afgezien nog van de rest.
‘Hoe laat morgen?’ vroeg ze.
‘Ik moet vroeg op,’ zei ik. ‘Ik moet om zes uur op het vliegveld zijn.’
‘Ik ga met je mee. Om je gezelschap te houden.’
‘Dank je wel.’
‘Niets te danken.’
We bleven staan.
‘Dan moeten we om vier uur op,’ zei ze.
‘Ik denk het ook,’ zei ik. ‘Om een uur of vier.’
We bleven staan.
‘Welterusten dan maar, zou ik zeggen,’ zei ze.
‘Slaap lekker,’ zei ik.
Ik sloeg rechts af. Keek niet om. Ik hoorde haar deur een seconde na de mijne open- en dichtgaan.

Het was elf uur. Ik ging naar bed, maar kon de slaap niet vatten. Ik lag een uur lang naar het plafond te staren. Het licht van de stad viel door het raam naar binnen. Het was koud, geel en diffuus. Ik zag het pulseren van de feestverlichting op de Eiffeltoren. Het gouden licht flitste aan en uit. Het hardnekkige ritme hield het midden tussen snel en langzaam. Iedere seconde veranderde het patroon op het pleisterwerk boven mijn hoofd. Ik hoorde gierende remmen in een straat in de verte, een klein hondje keffen, eenzame voetstappen ver onder mijn raam en het toeteren van een verre claxon. Vervolgens kwam de stad tot rust en die stilte bekroop me. Hij huilde om me heen als een sirene. Ik tilde mijn pols op en keek op mijn horloge. Het was twaalf uur. Ik liet mijn pols weer vallen en werd overvallen door een golf eenzaamheid die zo hevig was dat ik in ademnood kwam.

Ik deed het licht aan en wentelde me naar de telefoon. Op een bordje onder de toetsen stonden instructies. *Om een andere kamer te bellen op 3 drukken en vervolgens het kamernummer intoetsen.* Ik drukte op 3 en toetste het kamernummer in. Ze nam meteen op.

'Was je nog wakker?' vroeg ik.

'Ja,' zei ze.

'Wil je gezelschap?'

'Ja,' zei ze.

Ik trok mijn spijkerbroek en sweater aan en liep blootsvoets de gang door. Klopte op haar deur. Ze deed open en trok me naar binnen. Ze was nog geheel gekleed in haar rok en trui. Ze kuste me stevig op de mond en ik kuste nog steviger terug. De deur zwaaide achter ons dicht. Ik hoorde het gesis van de zuigerveer en het slot dichtklikken. We liepen naar het bed.

Ze droeg donkerrood ondergoed. Het was van zijde of satijn. Ik rook haar parfum overal. Het hing in de kamer en op haar lichaam. Ze was klein, broos, vlug en sterk. Hetzelfde stadslicht viel door het raam naar binnen. Nu was het net een warm bad. Het gaf me energie. Ik zag de lichten van de Eiffeltoren op het plafond. We stemden ons ritme af op dat van de lichtjes, langzaam, snel en hardnekkig. Naderhand draaiden we ons van ze weg en gingen we als lepeltjes in een doosje tegen elkaar liggen, uitgeput hijgend, dicht tegen elkaar aan, maar zonder iets te zeggen, alsof we niet precies wisten wat we hadden gedaan.

Ik sliep een uur en werd in dezelfde houding wakker. Ik had sterk

het gevoel alsof ik iets was verloren en had gewonnen, maar kon geen van beide gevoelens verklaren. Summer bleef slapen. Ze lag stevig in de holte van mijn lichaam genesteld. Ze rook lekker. Ze voelde warm. Ze voelde soepel, sterk en vreedzaam. Haar ademhaling was traag. Mijn linkerarm lag onder haar schouders en mijn rechter hing over haar middel. Haar hand lag halfopen in de mijne en haar vingers waren half gekruld.
Ik draaide mijn hoofd en keek naar het spel van de lichtjes op het plafond. Ik hoorde een vaag geluid van een motorfiets een paar kilometer verderop, aan de andere kant van de Arc de Triomphe. In de verte blafte een hond. Verder was de stad in stilte gedompeld. Twee miljoen mensen sliepen. Joe zat in de lucht, ergens op de Grote Cirkel-route, misschien in de buurt van IJsland. Ik kon mijn moeder niet voor de geest halen. Ik deed mijn ogen dicht. Probeerde weer te slapen.

Mijn innerlijke wekker ging om vier uur af. Summer sliep nog. Voorzichtig haalde ik mijn arm onder haar vandaan, probeerde mijn bloedsomloop in mijn schouder weer op gang te krijgen, gleed uit bed en sloop over het tapijt naar de badkamer. Vervolgens trok ik mijn broek en sweatshirt aan en kuste Summer wakker.
'Wakker worden en uit de veren, luitenant,' zei ik.
Ze strekte haar armen hoog in de lucht en kromde haar rug. Het laken zakte tot haar taille.
'Goeiemorgen,' zei ze.
Ik kuste haar nog een keer.
'Heerlijke stad, Parijs,' zei ze. 'Ik heb het hier naar m'n zin gehad.'
'Ik ook.'
'Erg naar m'n zin.'
'Over een halfuur in de hal,' zei ik.
Ik ging weer naar mijn eigen kamer en belde roomservice voor koffie. Toen die kwam, had ik me geschoren en gedoucht. Ik nam het dienblad aan met niets anders dan een handdoek om. Daarna trok ik een schoon gevechtstenue aan, schonk mijn eerste kop in en keek op mijn horloge. Het was twintig over vier 's morgens in Parijs, wat betekende dat het 22.20 uur aan de oostkust was, een heel stuk na kantoortijd. Maar aan de westkust was het 19.20 uur, vroeg genoeg voor een harde werker om nog achter zijn bureau te zitten. Ik keek weer op het bordje op de telefoon en druk-

te op de 9 voor een buitenlijn. Ik belde het enige nummer dat ik ooit permanent uit mijn hoofd had geleerd, het nummer van de centrale van Rock Creek, Virginia. De telefonist nam meteen op.
'Met Reacher,' zei ik. 'Ik moet het nummer hebben van Fort Irwins eerste officier van de MP.'
'Er is een uitstaand bevel van kolonel Willard dat u direct naar uw basis terug moet keren.'
'Ik kom zo snel mogelijk. Maar ik moet eerst dat nummer hebben.'
'Waar bent u nu, majoor?'
'In een hoerenkast in Sydney, Australië,' zei ik. 'Nu wil ik dat nummer van Irwin.'
Hij gaf me het nummer. Ik herhaalde het binnensmonds, drukte weer op 9 en toetste het in. De sergeant van Calvin Franz nam vrijwel meteen op.
'Ik moet Franz hebben,' zei ik.
Er klonk een klik en een stilte en ik maakte me al op voor een hele poos wachten, toen Franz opnam.
'Ik wil dat je iets voor me doet,' zei ik.
'Wat dan?'
'Er zit daar een gast van het XII-Korps die Marshall heet. Ken je die?'
'Nee.'
'Het is erg belangrijk dat hij daar blijft tot ik er zelf ben.'
'Ik kan mensen niet verhinderen de basis te verlaten als ik ze niet arresteer.'
'Zeg maar dat ik net heb gebeld uit Berlijn. Dat zal wel werken. Zolang hij denkt dat ik in Duitsland zit, blijft hij wel in Californië.'
'Waarom?'
'Omdat hem dat bevolen is.'
'Kent hij jou?'
'Niet persoonlijk.'
'Dat lijkt me dan een moeilijk gesprek worden. Ik bedoel, ik kan niet zomaar op iemand af stappen en zeggen: "Hé, groot nieuws, iemand anders die je niet kent en Reacher heet, wil je laten weten dat hij vastzit in Berlijn."'
'Dan moet je het subtiel spelen,' zei ik. 'Zeg maar dat ik jou heb verzocht hem een vraag te stellen, omdat ik met geen mogelijkheid zelf kan komen.'
'Hoe luidt de vraag?'

'Vraag hem naar de dag van Kramers begrafenis. Is hij op Arlington geweest? Wat heeft hij de rest van de dag gedaan? Waarom heeft hij zijn superieuren niet naar North Carolina gebracht? Wat was de reden dat ze zelf wilden rijden?'
'Dat zijn vier vragen.'
'Maakt niet uit, als je maar de indruk wekt dat je de vragen namens mij stelt, omdat Californië niet in mijn reisplan staat.'
'Waar kan ik jou bereiken?'
Ik keek naar de telefoon en gaf hem het nummer van het George v.
'Dat is Frankrijk,' zei hij. 'Niet Duitsland.'
'Dat hoeft Marshall niet te weten,' zei ik. 'Later ga ik daar weer heen.'
'Wanneer kom je naar Californië?'
'Hopelijk binnen achtenveertig uur.'
'Oké,' zei hij. 'Nog iets?'
'Ja,' zei ik. 'Bel Fort Bird voor mij om mijn sergeant te vragen de dossiers van generaal Vassell en kolonel Coomer op te vragen. Ik wil met name weten of een van beiden iets te maken heeft met een plaats in Virginia die Sperryville heet. Hetzij daar geboren is, hetzij daar familie heeft. In elk geval het soort connectie waardoor ze kunnen weten wat voor winkels daar zijn. Zeg maar dat ze de antwoorden onder haar pet moet houden tot ik haar bel.'
'Oké,' zei hij weer. 'Was dat het?'
'Nee,' zei ik. 'Je moet haar ook vragen rechercheur Clark in Green Valley te bellen om hem de resultaten van een buurtonderzoek op oudejaarsavond naar haar te laten faxen. Ze weet wel waar ik het over heb.'
'Blij dat iemand het weet,' zei Franz.
Hij zweeg. Hij maakte aantekeningen.
'Was dát het dan?'
'Voorlopig wel.'
Ik hing op en was ongeveer vijf minuten later in de hal beneden dan Summer. Ze stond al te wachten. Ze was veel sneller geweest dan ik. Aan de andere kant had zij zich niet hoeven te scheren, en ik betwijfel of ze iemand had gebeld, of koffie had gedronken. Net als ik had zij weer een gevechtstenue aangetrokken. Op de een of andere manier had ze kans gezien haar schoenen te poetsen, of het te laten doen. Ze blonken.
We hadden geen geld voor een taxi naar het vliegveld. Dus we liepen door het laatste restje duisternis weer terug naar de Place

de l'Opéra om de bus te nemen. Hij was minder vol dan op de heenweg, maar net zo oncomfortabel. We vingen glimpen van de slapende stad op. Vervolgens staken we de Périphérique over en baanden we ons langzaam een weg door de troosteloze voorsteden.

Even voor zes uur arriveerden we op Roissy-Charles de Gaulle. Het was er druk. Waarschijnlijk hadden vliegvelden altijd met hun eigen uiteenlopende tijdzones te maken. Om zes uur 's morgens was het er drukker dan halverwege de middag. Overal waren massa's mensen. Auto's en bussen waren bezig in en uit te laden, mensen met rood omrande ogen kwamen naar buiten en gingen naar binnen en worstelden met bagage. Het leek wel alsof de hele wereld verhuisde.

Het scherm met aankomsttijden wees uit dat Joe's vlucht al binnen was. We liepen naar de uitgang van de douaneruimte. Namen plaats tussen de grote menigte afhalers en verwelkomers. Volgens mij zou Joe als een van de eersten naar buiten komen. Hij zou snel uit het vliegtuig zijn gelopen en niet op bagage hoeven te wachten. Geen oponthoud.

We zagen een paar achterblijvers van de voorgaande vlucht naar buiten komen. Het waren voornamelijk gezinnen die werden opgehouden door kleine kinderen, of individuen die op grote stukken bagage hadden moeten wachten. De wachtenden bekeken hen vol verwachting en wendden zich vervolgens weer af toen ze beseften dat het niet de passagiers waren op wie ze rekenden. Ik bekeek het proces een poosje. Het was een boeiende fysieke dynamiek. Kleine lichamelijke veranderingen waren voldoende om belangstelling en vervolgens gebrek aan belangstelling te verraden. Welkom, en vervolgens teleurstelling. Een halve draai naar binnen en vervolgens een halve draai terug. Soms was het zelfs niets meer dan het verplaatsen van het gewicht van de ene naar de andere voet.

De laatste achterblijvers bevonden zich tussen de eerste passagiers van Joe's vlucht. Het waren zakenlieden die zich snel voortbewogen met aktetassen en koffers. Er waren jonge vrouwen tussen op hoge hakken, met een zonnebril en chique kleren. Mannequins? Actrices? Call girls? Er waren Franse en Amerikaanse overheidsmensen onder. Ik haalde hen er zo uit door de manier waarop ze eruitzagen. Intelligent en ernstig, veel brillen, maar hun schoenen, pakken en jassen waren niet van topkwaliteit. Lage di-

plomaten waarschijnlijk. De vlucht kwam tenslotte uit Washington.
Joe was ongeveer nummer twaalf in de rij. Hij droeg dezelfde jas als de keer daarvoor, maar een ander pak en een andere das. Hij zag er goed uit. Hij liep snel en droeg een zwarte reistas. Hij was een hoofd groter dan de andere passagiers. Hij kwam naar buiten, bleef staan en keek om zich heen.
'Hij ziet er precies zo uit als jij,' zei Summer.
'Maar ik ben aardiger,' zei ik.
Hij zag me meteen, omdat ik ook een hoofd boven de rest uitstak. Ik gebaarde naar een plek buiten de voetgangersstroom. Hij schuifelde door de menigte en baande zich een weg erheen. Wij maakten een omtrekkende beweging en gingen naar hem toe.
'Luitenant Summer,' zei hij. 'Het is me een waar genoegen kennis met u te maken.'
Ik had hem niet naar het naamplaatje op haar jasje zien kijken, waarop *Summer, U.S. Army* stond, noch naar haar luitenantsstrepen op haar kraag. Hij moest zich haar naam en rang hebben herinnerd van de vorige keer dat we elkaar hadden gesproken.
'Alles goed?' vroeg ik.
'Ik ben moe,' zei hij.
'Wil je ontbijten?'
'Laten we dat in de stad gaan doen.'
De rij voor de taxi 's was een kilometer lang en bewoog zich langzaam. We negeerden hem. Liepen weer rechtstreeks naar de *navette*. We misten er een, maar stonden voor in de rij voor de volgende. Die kwam binnen tien minuten. Joe hoorde Summer uit over haar bezoek aan Parijs. Ze vertelde hem van de hoed en de rand, behalve over de gebeurtenissen na middernacht. Ik stond op de stoep met mijn rug naar de weg om naar de lucht in het oosten boven het dak van de terminal te kijken. Het werd snel licht. Het werd weer een zonnige dag. Het was 10 januari en dit weer was het beste weer dat ik tot nu toe in het nieuwe decennium had meegemaakt.
We stapten in de bus en gingen op drie zitplaatsen naast elkaar zitten, tegenover het bagagerek. Summer zat in het midden. Joe zat aan de ene kant naar voren en ik aan de andere naar achteren. Het waren ongemakkelijke stoelen van hard plastic. Geen beenruimte. Joe's knieën zaten ongeveer naast zijn oren en zijn

hoofd zwaaide onder het rijden heen en weer. Hij zag er bleek uit. Waarschijnlijk was het niet zo gastvrij om hem op de bus te zetten na een nachtvlucht over de Atlantische Oceaan. Ik voelde me een tikje schuldig. Maar aan de andere kant was ik net zo groot als hij. Ik had dezelfde ruimteproblemen. En ik had ook niet veel geslapen. En ik was platzak. En volgens mij was het beter voor hem om onderweg te zijn dan een uur in de rij voor de taxi's te staan.

Hij kikkerde een beetje op toen we over de Périphérique waren en het stedelijk schoon van Haussmann binnenreden. De zon stond inmiddels al een flink eind aan de hemel en de stad baadde zich in goud- en honingkleurig licht. De cafés deden al goede zaken en de trottoirs waren bevolkt met mensen die met afgemeten tred liepen met een baguette en een krant onder de arm. Parijzenaars genoten een wettelijke werkweek van vijfendertig uur, en ze brachten een groot deel van de resterende honderddrieëndertig uur door met heel weinig doen. Je ontspande al door alleen maar naar ze te kijken.

We stapten uit op het bekende plekje op Place de l'Opéra. Liepen langs dezelfde route in zuidelijke richting als de week daarvoor, staken de rivier over via Pont de la Concorde, sloegen af naar het westen op de Quai d'Orsay en gingen op de Avenue Rapp in zuidelijke richting. Op de rue de l'Université waar de Eiffeltoren net te zien was, bleef Summer staan.

'Ik ga een kijkje op de Eiffeltoren nemen,' zei ze. 'Gaan jullie maar verder en een bezoek aan je moeder brengen.'

Joe keek mij aan. *Weet ze ervan?* Ik knikte. *Ze weet ervan.*

'Bedankt luitenant,' zei hij. 'Wij gaan kijken hoe het met haar is. Als ze ertoe in staat is, kunt u misschien meelunchen.'

'Bel me maar in het hotel,' zei ze.

'Weet je nog waar het is?' vroeg ik.

Ze draaide zich om en wees langs de avenue naar het noorden. 'De brug over en links de heuvel op. Rechtdoor.'

Ik glimlachte. Ze had een goed richtingsgevoel. Joe keek een beetje verbaasd. Hij had de richting gezien waarin ze wees en wist welk hotel daar was.

'Het George v?' vroeg hij.

'Waarom niet?' zei ik.

'Op kosten van het leger?'

'Min of meer,' zei ik.

'Toe maar.'

Summer ging op haar tenen staan en gaf me een kus op de wang. Joe kreeg een hand. We bleven staan met de zon in de rug en keken haar na toen ze in de richting van de voet van de toren liep. Een dun stroompje toeristen liep ook al die kant op. We zagen de souvenirverkopers hun spullen uitpakken. We sloegen ze uit de verte gade. Zagen Summer steeds kleiner worden.
'Leuke vrouw,' zei Joe. 'Waar heb je haar gevonden?'
'Zij was al in Fort Bird.'
'Ben je er al achter wat daar aan de hand is?'
'Ik ben iets warmer.'
'Ik mag het hopen. Je bent er al bijna twee weken.'
'Herinner je je die vent over wie ik het had? Die Willard? Hij zal wel dik zijn geweest met de cavalerie, hè?'
Joe knikte. 'Ik weet zeker dat hij rechtstreeks verslag aan ze uitbracht. Hij voerde zijn bevindingen rechtstreeks aan hun inlichtingendienst.'
'Kun je je nog namen herinneren?'
'Bij de cavalerie? Niet echt. Ik heb nooit veel aandacht aan Willard besteed. Wat hij deed was niet van belang. Het was maar bijzaak.'
'Ooit van een knaap gehoord die Marshall heet?'
'Dat kan ik me niet herinneren,' zei Joe.
Ik zei niets. Joe draaide zich om en keek in zuidelijke richting. Trok zijn jas steviger om zich heen en hief zijn gezicht naar de zon.
'Kom op,' zei hij.
'Wanneer heb je haar voor het laatst gebeld?'
'Eergisteren. Daarna was de beurt aan jou.'
We kwamen weer in beweging en liepen zij aan zij over de avenue. We stemden ons tempo af op het kalme gangetje van de andere voetgangers.
'Wil je eerst ontbijten?' vroeg ik. 'We moeten haar niet wakker maken.'
'De zuster laat ons wel binnen.'
We passeerden het postkantoor. Half op de stoep stond een verlaten auto. Hij was bij een ongeluk betrokken geweest. De bumper was verkreukeld en hij had een lekke band. We liepen de weg op om er voorbij te komen. Zagen veertig meter verder een groot, zwart voertuig dubbel geparkeerd staan.
We staarden ernaar.
'*Un corbillard*,' zei Joe.

Een lijkwagen.
We bleven staren. Probeerden vast te stellen voor welk gebouw hij stond. Probeerden de afstand te schatten. Het rechte perspectief maakte het lastig. Ik keek omhoog naar de rij daken. Eerst kwam de kalkstenen gevel van zeven etages uit de belle époque. Dan een afdaling naar het gewonere gebouw van zes etages van mijn moeder. Ik ging met mijn blik loodrecht omlaag naar de straat aan de voorkant. Naar de lijkwagen. Hij stond pal voor mijn moeders voordeur.
We holden.
Op de stoep stond een man met een zwarte, zijden hoed. De voordeur van mijn moeders complex stond open. We wierpen een blik op de man met de hoed en gingen door de deur naar binnen, naar de binnenplaats. De conciërge stond met een zakdoek in haar hand en tranen in de ogen in haar deuropening. Ze schonk geen aandacht aan ons. We liepen naar de lift. Stegen naar de vijfde etage. Het ging martelend langzaam.
De deur van het appartement stond open. Binnen zag ik drie mannen in een zwarte jas. We gingen naar binnen. Het meisje met de lichtende ogen kwam uit de keuken. Ze zag er bleek uit. Ze bleef staan toen ze ons zag. Daarna draaide ze zich om en kwam langzaam onze kant op.
'Wat?' vroeg Joe.
Ze gaf geen antwoord.
'Wanneer?' vroeg ik.
'Vannacht,' zei ze. 'Het was heel vredig.'
De mannen met de jassen beseften wie we moesten zijn en schuifelden naar de gang. Ze waren heel stil. Ze maakten geen enkel geluid. Joe deed een wankele stap en ging op de bank zitten. Ik verroerde me niet. Ik bleef midden in de kamer staan.
'Hoe laat?' vroeg ik.
'Om middernacht,' zei het meisje. 'In haar slaap.'
Ik deed mijn ogen dicht. Deed ze een poosje later weer open. Het meisje was er nog. Ze keek me aan.
'Was jij erbij?' vroeg ik.
Ze knikte.
'De hele tijd,' zei ze.
'Was er een dokter bij?'
'Die had ze weggestuurd.'
'Hoe is het gegaan?'
'Ze zei dat ze zich goed voelde en is om elf uur naar bed gegaan.

Ze heeft een uur geslapen en toen hield haar ademhaling gewoon op.'
Ik keek naar het plafond. 'Heeft ze pijn gehad?'
'Niet tegen het einde.'
'Maar ze zei dat ze zich goed voelde.'
'Haar tijd was gekomen. Dat heb ik wel vaker meegemaakt.'
Ik keek haar aan en wendde mijn blik af.
'Wilt u haar zien?' vroeg het meisje.
'Joe?' zei ik. Hij schudde zijn hoofd. Bleef op de bank zitten. Ik liep naar de slaapkamer. Er stond een mahoniehouten kist op met fluweel beklede schragen naast het bed. Hij was met wit satijn gevoerd en leeg. Mijn moeders lichaam lag nog op bed. De lakens om haar heen waren rechtgetrokken. Haar hoofd rustte licht op het kussen en haar armen lagen boven de lakens gekruist op haar borst. Haar ogen waren gesloten. Ik herkende haar nauwelijks.
Summer had me gevraagd: *Hebt u moeite met het zien van dode mensen?*
Nee, had ik gezegd.
Waarom niet? had ze gevraagd.
Ik weet het niet, had ik gezegd.
Mijn vaders lijk heb ik nooit gezien. Ik was ergens anders toen hij overleed. Hij had iets aan zijn hart. In een veteranenziekenhuis hadden ze nog hun best gedaan, maar het was een hopeloze opgave geweest. Ik was op de ochtend van de begrafenis overgevlogen en diezelfde avond weer vertrokken.
Begrafenis, dacht ik.
Dat regelt Joe wel.
Ik bleef vijf lange minuten met droge, open ogen bij mijn moeders bed staan. Daarna draaide ik me om en ging de huiskamer weer in. Het was weer druk. De *croques-morts* waren terug. De dragers. En naast Joe op de bank zat een oude man. Hij zat er wat houterig bij. Naast hem stonden twee wandelstokken. Hij had dun grijs haar en een dik, donker pak met een klein lintje in het knoopsgat. Rood, wit en blauw. Misschien het lintje van het Croix de Guerre, of de Médaille de la Résistance. Op zijn knokige knieën rustte een kartonnen doosje. Er zat een verschoten touwtje omheen.
'Dit is monsieur Lamonnier,' zei Joe. 'Een vriend van de familie.'
De oude man greep zijn stokken en wilde met veel moeite overeind komen om me een hand te geven, maar ik gebaarde dat hij

moest blijven zitten en ging naar hem toe. Hij was tussen de vijfenzeventig en tachtig jaar. Hij was slank en uitgedroogd, en betrekkelijk groot voor een Fransman.
'Jij bent degene die ze Reacher noemde,' zei hij.
Ik knikte.
'Dat ben ik,' zei ik. 'Maar u herinner ik me niet.'
'We hebben elkaar nooit ontmoet. Maar ik heb uw moeder heel lang gekend.'
'Bedankt dat u langs bent gekomen,' zei ik.
'U ook,' zei hij.
Touché, dacht ik.
'Wat zit er in die doos?' vroeg ik.
'Dingen die ze niet hier wilde bewaren,' zei de oude man. 'Maar ook dingen die op een dag als deze hier moesten worden aangetroffen door haar zoons, vond ik.'
Hij gaf me de doos alsof het een heilige last was. Ik nam hem aan en klemde hem onder mijn arm. Hij was licht noch zwaar. Waarschijnlijk zat er een boek in. Misschien een oud, in leer gebonden dagboek en een paar andere dingen.
'Kom, Joe,' zei ik. 'We gaan ontbijten.'

We liepen snel en doelloos. We sloegen af in de rue Saint Dominique en passeerden zonder te stoppen twee cafés aan het eind van de rue de l'Exposition. We staken de Avenue Bosquet over tegen de zon in en daarna sloegen we willekeurig links af in de rue Jean Nicot. Joe stopte bij een *tabac* om sigaretten te kopen. Ik zou geglimlacht hebben als ik ervoor in de stemming was geweest. De straat was vernoemd naar de man die de nicotine heeft ontdekt.
Op het trottoir staken we allebei een sigaret op en vervolgens doken we in het eerste het beste café dat we zagen. We hadden genoeg gelopen. Nu konden we praten.
'Je had niet op mij moeten wachten,' zei Joe. 'Je had haar nog een laatste keer kunnen zien.'
'Ik voelde het gebeuren,' zei ik. 'Vannacht omstreeks twaalf uur overviel het me.'
'Je had erbij kunnen zijn.'
'Daar is het nu te laat voor.'
'Dat had ik niet erg gevonden.'
'Maar zij wel.'
'We hadden moeten blijven, vorige week.'

'Ze wilde niet dat we bleven, Joe. Dat was haar plan niet. Ze was een individu en had recht op haar privacy. Ze was moeder, maar dat was niet het enige dat ze was.'
Hij zweeg. De ober bracht koffie en een mandje croissants. Hij scheen de stemming aan te voelen. Hij zette het ontbijt voorzichtig neer en trok zich terug.
'Wil jij de begrafenis regelen?' vroeg ik.
Hij knikte. 'Dat zal over vier dagen zijn. Kun je blijven?'
'Nee,' zei ik. 'Maar ik kom weer terug.'
'Oké,' zei hij. 'Ik denk dat ik ongeveer een week blijf. Ik zal haar testament moeten zoeken. We zullen haar huis waarschijnlijk moeten verkopen. Behalve als jij het wilt hebben.'
Ik schudde mijn hoofd. 'Ik hoef het niet. Jij?'
'Ik zou niet weten wat ik ermee moest.'
'Het zou niet juist zijn geweest om in mijn eentje naar haar toe te gaan,' zei ik.
Joe zei niets.
'We hebben haar vorige week nog gezien,' zei ik. 'Toen waren we alle drie bij elkaar. Dat was een prachtige dag.'
'Vond je?'
'We hebben plezier gehad. Zo wilde ze het. Daarom heeft ze zich zo ingespannen. Daarom vroeg ze om naar Polidor te gaan. Niet omdat ze zo nodig moest eten.'
Hij haalde zijn schouders op. We dronken zwijgend onze koffie op. Ik probeerde een croissant. Die was wel lekker, maar ik had geen trek. Ik legde hem weer in het mandje.
'Wat is het leven toch volslagen bizar,' zei Joe. 'Iemand leeft zestig jaar, doet van alles, weet van alles, vóélt van alles en dan is het voorbij. Alsof het helemaal nooit is gebeurd.'
'We zullen ons haar altijd herinneren.'
'Nee, we herinneren ons een deel van haar. Het deel dat ze met ons wilde delen. Het topje van de ijsberg. De rest wist zij alleen. Daarom bestaat de rest al niet meer. Vanaf nu.'
We rookten allebei nog een sigaret en bleven stil zitten. Daarna liepen we langzaam, zij aan zij terug. We voelden ons een beetje leeg, maar wel min of meer vredig.

De kist stond al in de *corbillard* toen we terugkwamen. Ze moesten hem verticaal in de lift hebben gezet. De conciërge stond op de stoep naast de oude man met het lintje. De verpleegster stond er ook, in haar eentje. De dragers stonden met de handen ge-

vouwen voor zich. Ze keken naar de grond.
'Ze brengen haar naar het *dépôt mortuaire*,' zei de zuster.
Het mortuarium.
'Oké,' zei Joe.
Ik bleef niet. Ik nam afscheid van de verpleegster en de conciërge en gaf de oude man een hand. Daarna knikte ik naar Joe en liep de avenue af. Ik keek niet om. Ik stak de Seine over via de Pont de l'Alma en liep de Avenue George v op naar het hotel. Ik nam de lift en ging naar mijn kamer. Ik had nog altijd de doos van de oude man onder mijn arm. Ik gooide hem op het bed, bleef staan en had geen idee wat ik moest doen.

Twintig minuten later stond ik daar nog steeds toen de telefoon ging. Het was Calvin Franz die vanuit Fort Irwin in Californië belde. Hij moest zijn naam twee keer zeggen. De eerste keer kon ik me niet herinneren wie hij was.
'Ik heb Marshall gesproken,' zei hij.
'Wie?'
'Die vent van het XII-Korps.'
Ik zei niets.
'Alles goed met jou?'
'Sorry,' zei ik. 'Ja, best. Je hebt Marshall gesproken.'
'Hij is naar Kramers begrafenis geweest. Als chauffeur van Vassell en Coomer. Heen en terug. Daarna beweert hij dat hij de rest van de dag geen chauffeur meer is geweest omdat hij de hele middag belangrijke vergaderingen in het Pentagon had.'
'Maar?'
'Ik geloof hem niet. Hij is zo'n krullenjongen. Als Vassell en Coomer hadden gewild dat hij chauffeerde, was hij chauffeur geweest, vergaderingen of niet.'
'En?'
'En omdat ik wist dat je me op m'n lazer zou geven als ik het niet had nagetrokken, heb ik het gecontroleerd.'
'En?'
'Die vergaderingen moeten met hemzelf zijn geweest op de wc, want niemand anders heeft hem gezien.'
'Wat heeft hij dan gedaan?'
'Geen idee. Maar hij hééft iets gedaan, dat staat vast. De manier waarop hij me antwoord gaf was me veel te glad. Ik bedoel, dit was allemaal zes dagen geleden. Wie herinnert zich in godsnaam wat voor vergaderingen hij zes dagen geleden heeft bijgewoond?

Maar hij wel.'
'Heb je gezegd dat ik in Duitsland zit?'
'Dat leek hij al te weten.'
'Heb je gezegd dat ik daar bleef?'
'Hij scheen het vanzelfsprekend te vinden dat je niet een dezer dagen naar Californië zou komen.'
'Die gasten zijn oude maten van Willard,' zei ik. 'Hij heeft hun beloofd dat hij me bij hen uit de buurt houdt. Hij leidt het 110th als een privéleger van de cavalerie.'
'Ik heb hun dossiers zelf bestudeerd overigens. Van Vassell en Coomer, omdat je me nieuwsgierig had gemaakt. Er staat niets in dat doet vermoeden dat een van hen ooit van een plaats in Virginia heeft gehoord die Sperryville heet.'
'Zeker weten?'
'Honderd procent. Vassell komt uit Mississippi en Coomer uit Illinois. Geen van beiden heeft ooit in de buurt van Sperryville gewoond of gediend.'
Ik dacht even na.
'Zijn ze getrouwd?' vroeg ik.
'Getrouwd?' zei Franz. 'Ja, ze hebben vrouw en kinderen. Maar de echtgenotes zijn vrouwen uit hun woonplaats. Geen schoonfamilie in Sperryville.'
'Oké,' zei ik.
'Wat ga je nu doen?'
'Ik kom naar Californië.'

Ik hing op en liep door de gang naar Summers kamer. Ik klopte en wachtte. Ze deed open. Ze was terug van haar bezienswaardigheden.
'Ze is vannacht gestorven,' zei ik.
'Ik weet het,' zei Summer. 'Je broer heeft me net gebeld vanuit haar appartement. Hij wilde weten of alles goed met je was.'
'Ja hoor,' zei ik.
'Het spijt me heel erg.'
Ik haalde mijn schouders op. 'Rationeel komen zulke dingen niet als een verrassing.'
'Hoe laat was het?'
'Omstreeks middernacht. Ze heeft het gewoon opgegeven.'
'Ik voel me schuldig. Je had haar gisteren moeten opzoeken. Je had de dag niet met mij moeten doorbrengen. We hadden niet zo stom moeten gaan winkelen.'

'Ik heb haar vorige week nog gezien. Toen hebben we plezier gemaakt. Het is beter dat vorige week de laatste keer was.'
'Ik zou alle tijd gewild hebben die er nog beschikbaar was.'
'Het zou altijd een willekeurige datum zijn geweest,' zei ik. 'Ik had gisteren kunnen gaan. Gistermiddag bijvoorbeeld. Dan zou ik nu gewild hebben dat ik 's avonds was gebleven. Als ik de avond was gebleven, zou ik nu gewild hebben dat ik tot middernacht was gebleven.'
'Om middernacht was je hier bij mij. Daar voel ik me ook schuldig over.'
'Dat is nergens voor nodig,' zei ik. 'Ik voel me niet schuldig. Mijn moeder zou er ook niets op tegen hebben gehad. Ze was tenslotte een Française. Als ze had geweten dat dit m'n alternatief was, had ze erop aangedrongen dat ik hiervoor koos.'
'Dat zeg je maar.'
'Nou ja, misschien was ze niet zo ruimdenkend. Maar ze heeft altijd gewild wat ons gelukkig maakte.'
'Heeft ze het opgegeven omdat ze zich in de steek gelaten voelde?'
Ik schudde mijn hoofd. 'Ze wilde met rust gelaten worden, zodat ze het kon opgeven.'
Summer zweeg.
'We vertrekken,' zei ik. 'We nemen de nachtvlucht terug.'
'Californië?'
'Eerst de oostkust,' zei ik. 'Ik moet een paar dingen controleren.'
'Wat voor dingen?'
Ik vertelde het haar niet. Ze zou gelachen hebben, en op dat moment stond mijn pet niet zo naar hilariteit.

Summer pakte haar tas en liep met me mee terug naar mijn kamer. Ik ging op bed zitten en speelde wat met het touwtje om de doos van monsieur Lamonnier.
'Wat is dat?' vroeg ze.
'Iets wat een oude vent heeft gebracht. Hij zei dat het bij de spullen van mijn moeder hoorde.'
'Wat zit erin?'
'Ik weet het niet.'
'Maak hem dan open.'
Ik schoof hem over de sprei. 'Doe jij het maar.'
Ik sloeg haar fraaie vingertjes gade toen ze bezig waren met het strakke oude knoopje. Haar transparante nagellak blonk in het

licht. Ze maakte het touwtje los en tilde de deksel op. Het was een ondiepe doos van een soort stug karton dat je niet zo vaak meer tegenkomt. Er zaten drie dingen in. Een kleiner doosje dat iets van een juwelenkistje weg had. Het was van karton dat was beplakt met donkerblauw papier met een watermerk. Er zat een boek in. En een kaassnijder. Het was een eenvoudig stuk ijzerdraad met een handvat aan beide uiteinden. De handvatten waren van donker, oud hout gedraaid. Je vond ze in elke *épicerie* in Frankrijk. Alleen deze was van een andere draad voorzien die te dik was om kaas mee te snijden. Hij had iets van een pianosnaar. Hij was gekruld en geoxideerd, alsof hij heel lang opgeborgen had gezeten.

'Wat is dat?' vroeg Summer.

'Het lijkt wel een wurgijzer,' zei ik.

'Het boek is in het Frans,' zei ze. 'Ik kan het niet lezen.'

Ze gaf het aan mij. Het was een gedrukt boek met een kaft van papier. Geen roman. Een soort non-fictie, memoires. Het had ezelsoren en de hoeken van de bladzijden waren gevlekt van ouderdom. Het hele geval rook schimmelig. De titel had iets met een spoorweg te maken. Ik sloeg het open om erin te kijken. Na het schutblad was er een kaart van het Franse spoorwegnet in de jaren dertig. Het eerste hoofdstuk leek te gaan over de wijze waarop alle spoorwegen in het noorden zich door Parijs persten en vervolgens naar het zuiden uitwaaierden. Je kon nergens heen zonder de hoofdstad aan te doen. Dat leek me logisch. Frankrijk is een betrekkelijk klein land met een erg grote stad. De meeste landen doen het net zo. De hoofdstad is het middelpunt van het spinnenweb.

Ik bladerde naar het eind van het boek. Op de achterflap stond een foto van de schrijver. De foto was van een veertig jaar jongere monsieur Lamonnier. Ik herkende hem zo. In het onderschrift stond dat hij beide benen had verloren tijdens de gevechten van mei 1940. Ik moest denken aan de houterige manier waarop hij op mijn moeders bank had gezeten. En zijn wandelstokken. Hij had protheses. Houten benen. Wat ik voor knokige knieën had gehouden, moesten ingewikkelde mechanische gewrichten zijn geweest. Het onderschrift vermeldde verder dat hij de *Chemin de Fer Humain* had gebouwd. De Menselijke Spoorweg. Hij had de Verzetsmedaille gekregen van president Charles de Gaulle, het *George Cross* van de Engelsen en de *Distinguished Service Medal* van de Amerikanen.

'Wat is het?' vroeg Summer.
'Het lijkt erop dat ik zojuist een oude verzetsheld heb ontmoet,' zei ik.
'Wat heeft dat met je moeder te maken?'
'Misschien hebben zij en die Lamonnier vroeger iets met elkaar gehad.'
'En dat wil hij aan jou en Joe vertellen? Hoe geweldig hij is geweest? Op een dag als vandaag? Is dat niet een beetje egocentrisch?'
Ik las een stukje verder. Zoals in de meeste Franse boeken werd de historische verleden tijd gebruikt, die alleen gangbaar was voor geschreven dingen. Dat maakte het moeilijk te lezen voor iemand met een andere moedertaal. En het begin van het verhaal was niet erg boeiend. Er werd uitvoerig uit de doeken gedaan hoe treinen vanuit het noorden hun passagiers loslieten op het Gare du Nord, en als die verder dan Parijs wilden gaan, moesten ze de stad te voet, met de auto of een taxi doorkruisen naar een ander station, zoals het Gare d'Austerlitz of het Gare de Lyon voor de aansluiting naar het zuiden.
'Het gaat over iets wat de Menselijke Spoorweg werd genoemd,' zei ik. 'Alleen ben ik er tot nu toe geen mensen in tegengekomen.'
Ik gaf het boek aan Summer en zij bladerde er weer doorheen.
'Het is gesigneerd,' zei ze.
Ze liet me de eerste blanco pagina zien. Er stond een oude, verbleekte opdracht op. *A Béatrice de Pierre.* Voor Béatrice van Pierre.
'Heette je moeder Béatrice?' vroeg Summer.
'Nee,' zei ik. 'Ze heette Josephine. Josephine Moutier, en daarna Josephine Reacher.'
Ze gaf het boek weer aan mij.
'Ik heb weleens van de Menselijke Spoorweg gehoord,' zei ze. 'Het was iets tijdens de Tweede Wereldoorlog. Het had te maken met het redden van de bemanning van bommenwerpers die boven België en Nederland waren neergehaald. Ze werden opgevangen door lokale verzetsgroepen en doorgegeven via een lange ketting die helemaal naar de Spaanse grens liep. Vervolgens konden ze weer naar huis en in actie komen. Dat was belangrijk, want geschoolde bemanning was waardevol. Bovendien bespaarde het die lui jaren in een concentratiekamp.'
'Dat verklaart Lamonniers medailles,' zei ik. 'Een van elke geallieerde regering.'

Ik legde het boek op het bed en dacht erover te gaan pakken. Waarschijnlijk zou ik de broek en het hemd van Samaritaine weggooien. Ik had ze niet nodig en wilde ze niet hebben. Daarna keek ik weer naar het boek en zag dat een aantal bladzijden andere randen hadden dan de rest van het boek. Ik pakte het weer op, sloeg het open en vond een aantal hoogdrukfoto's. De meeste waren geposeerde studioportretten van kop en schouders, zes stuks per pagina. De andere waren clandestiene actiefoto's. Ze toonden de bemanning van geallieerde vliegtuigen, ondergedoken in kelders, verlicht door kaarsen op tonnen, en groepjes schichtige mannen, gekleed in geleende boerenkleren op plattelandspaden, en berggidsen in het besneeuwde berggebied van de Pyreneeën. Op een van de actiefoto's stonden twee mannen met een jong meisje tussen hen in. Ze hield hun hand vast, glimlachte opgewekt en leidde hen door een straat in de stad, vrijwel zeker Parijs. In het onderschrift stond: *Béatrice de service à ses traveaux.* 'Béatrice heeft dienst en doet haar werk.' Béatrice leek me een jaar of dertien.

Ik wist vrij zeker dat Béatrice mijn moeder was.

Ik bladerde terug naar de pagina's met studiofoto's en vond haar. Het was een soort schoolfoto. Ze leek me een jaar of zestien. Eronder stond *Béatrice en 1947*. Ik sloeg naar achteren en naar voren in de tekst en legde de puzzelstukjes van Lamonniers schriftelijke getuigenis aan elkaar. Er waren twee belangrijke tactische problemen voor de Menselijke Spoorweg. De neergehaalde bemanning vinden hoorde daar niet bij. Ze vielen in de lage landen letterlijk met bosjes tegelijk uit de lucht in elke maanloze nacht. Als het verzet hen eerst vond, hadden ze nog een kans. Het was zuiver een kwestie van geluk. Als ze boften en de ondergrondse had hen eerder dan de Duitsers, werden ze verstopt, werd hun uniform verwisseld voor een of ander geloofwaardige vermomming, werden er valse papieren verstrekt, treinkaartjes gekocht, zette een koerier hen op de trein naar Parijs en waren ze op weg naar huis.

Als het meezat.

Het eerste tactische probleem was visuele inspectie in de trein, ergens in het begin van de reis. Het ging om blonde, weldoorvoede boerenjongens uit Amerika of roodharige Engelse uit Schotland, of wat dan ook dat er niet donker en mager en Frans uitzag. Ze vielen op. Ze spraken de taal niet. Er moesten een heleboel slinksigheden worden bedacht. Ze moesten doen alsof ze sliepen,

ziek waren of stom, of doof. De koeriers deden het woord.
Het tweede tactische probleem was Parijs zelf doorkomen. De hoofdstad krioelde van de Duitsers. Overal waren willekeurige controleposten. Onhandige buitenlanders vielen op als negers op de Zuidpool. Privévervoer was volledig verdwenen. Taxi's waren moeilijk te vinden. Er was geen benzine. Mannen die in gezelschap van andere mannen liepen, waren een makkelijk doelwit. Dus gebruikten ze vrouwen als koerier. En vervolgens bedacht Lamonnier de tactiek om een kind dat hij kende te gebruiken. Zij haalde de vliegeniers op bij het Gare du Nord en loodste hen door de stad naar het Gare de Lyon. Ze lachte en hinkelde en hield hun hand vast, en liet hen doorgaan voor oudere broers of bezoekende ooms. Haar manier van doen was onverwacht en ontwapenend. Ze loodste mensen als spoken door controleposten. Ze was dertien.
Iedereen in de keten had een schuilnaam. Die van haar was Béatrice. Die van Lamonnier was Pierre.
Ik haalde het juwelenkistje van blauw karton uit de doos. Maakte het open. Er zat een medaille in. Het was *La Médaille de la Résistance*. De Verzetsmedaille. Er zat een fraai rood-wit-blauw lintje aan en de medaille zelf was van goud. Ik draaide hem om. Achterop stond gegraveerd: *Josephine Moutier*. Mijn moeder.
'Heeft ze je dat nooit verteld?' vroeg Summer.
Ik schudde mijn hoofd. 'Geen woord. Nooit.'
Daarna keek ik weer in de doos. Waar was dat wurgijzer in godsnaam voor?
'Bel Joe,' zei ik. 'Zeg dat we in aantocht zijn. En dat hij Lamonnier weer laat komen.'

Een kwartier later waren we in het appartement. Lamonnier was er al. Misschien was hij niet weggeweest. Ik gaf de doos aan Joe en zei dat hij er eens in moest kijken. Hij was sneller dan ik, omdat hij met de medaille begon. De naam achterop gaf hem al een aanwijzing. Hij bladerde door het boek en keek naar Lamonnier toen hij de foto van de schrijver herkende. Daarna nam hij de tekst door. Keek naar de foto's. Keek naar mij.
'Heeft ze jou daar ooit iets over verteld?' vroeg hij.
'Nooit. Jou?'
'Nee,' zei hij.
Ik keek naar Lamonnier. 'Waar was dat wurgijzer voor?'
Lamonnier zei niets.

'Vertel het ons maar,' zei ik.
'Iemand was erachter gekomen,' zei hij. 'Een jongen van haar school. Een onaangename jongen, de zoon van collaborateurs. Hij pestte en kwelde haar met dreigementen.'
'Wat heeft hij gedaan?'
'Aanvankelijk niets. Dat maakte je moeder erg van streek. Vervolgens verlangde hij bepaalde vernederende dingen van haar in ruil voor zijn stilzwijgen. Natuurlijk weigerde je moeder dat. Hij zei dat hij haar zou verraden. Dus deed ze net alsof ze toegaf. Ze sprak met hem af onder de Pont des Invalides, een keer 's avonds laat. Ze moest het huis uitglippen. Maar eerst pakte ze haar moeders kaassnijder mee uit de keuken. Ze verwisselde de draad met een snaar uit haar vaders piano. Volgens mij was het de G onder de halve C. Jaren later ontbrak hij nog steeds. Ze is naar haar afspraak met die jongen gegaan en heeft hem gewurgd.'
'Wát?' zei Joe.
'Ze heeft hem gewurgd.'
'Ze was dertien.'
Lamonnier knikte. 'Op die leeftijd zijn de lichamelijke verschillen tussen jongens en meisjes nog niet zo groot.'
'Heeft ze op haar dertiende iemand vermóórd?'
'Het waren wanhoopstijden.'
'Hoe is het precies gegaan?' vroeg ik.
'Ze heeft dat wurgijzer gebruikt, zoals ze van plan was. Het is geen lastig wapen. Ze had er alleen maar stalen zenuwen en vastberadenheid voor nodig. Daarna heeft ze met de oorspronkelijke kaasdraad een gewicht aan zijn riem bevestigd en hem in de Seine geduwd. Hij was weg en zij was veilig. De Menselijke Spoorweg ook.'
Joe staarde hem aan. 'Dat hebt u toegestaan?'
Lamonnier haalde zijn schouders op. Op een expressieve, Gallische manier. Net als mijn moeder kon doen.
'Ik wist er niets van,' zei hij. 'Ze heeft het me pas naderhand verteld. Waarschijnlijk zou ik het in eerste instantie verboden hebben. Maar zelf had ik het niet kunnen doen. Ik had geen benen. Ik had niet onder die brug kunnen klauteren en was niet stabiel genoeg voor een gevecht. Ik had een losse medewerker die af en toe een liquidatie voor ons opknapte, maar die was elders aan de slag. Ik geloof in België. Ik had niet het risico kunnen nemen om zijn terugkomst af te wachten. Dus uiteindelijk denk ik wel dat

ik haar het groene licht zou hebben gegeven. Het waren wanhopige tijden en we deden belangrijk werk.'
'Is dit echt gebeurd?' vroeg Joe.
'Ik weet het zeker,' zei Lamonnier. 'De vissen hadden de riem doorgeknaagd. Een paar dagen later kwam hij een eindje stroomafwaarts bovendrijven. Dat was een spannend weekje. Maar er gebeurde niets.'
'Hoe lang heeft ze voor u gewerkt?' vroeg ik.
'Het hele jaar 1943,' zei hij. 'Ze was buitengewoon goed. Maar haar gezicht werd te bekend. Eerst was haar gezicht haar redding. Hoe kon iemand zo'n gezicht verdenken? Daarna werd het een risicofactor. De *boches* begonnen haar te herkennen. En hoeveel broers en ooms en neven kon een meisje nu helemaal hebben? Dus moest ik haar wel laten stoppen.'
'Had u haar gerekruteerd?'
'Ze was vrijwilliger. Ze had net zo lang gezeurd tot ik haar liet meedoen.'
'Hoeveel mensen heeft ze gered?'
'Tachtig man,' zei Lamonnier. 'Ze was m'n beste Parijse koerier. Ze was fenomenaal. Je moest er niet aan denken wat de gevolgen zouden zijn geweest als men het had ontdekt. Ze heeft een heel jaar lang met het ergste soort angst in haar buik geleefd, maar me niet één keer in de steek gelaten.'
We zwegen allemaal.
'Hoe was ú begonnen?' vroeg ik.
'Ik was oorlogsinvalide,' zei hij. 'Een van de velen. Medisch gezien waren we een te grote last voor hen om als gijzelaar te gebruiken. En als dwangarbeiders waren we nutteloos. Dus lieten ze ons in Parijs. Maar ik wilde iets doen. Fysiek kon ik niet vechten, maar ik kon wel organiseren. Daar zijn geen lichamelijke vaardigheden voor nodig. Ik wist dat geschoolde bemanningsleden van bommenwerpers hun gewicht in goud waard waren, dus besloot ik ervoor te zorgen dat ze naar huis konden.'
'Waarom zou mijn moeder nooit iets over die dingen hebben verteld?'
Lamonnier haalde zijn schouders weer op. Vermoeid, onzeker en na al die jaren nog altijd gemystificeerd.
'Om talrijke redenen, denk ik,' zei hij. 'Frankrijk was een verscheurd land in 1945. Veel mensen hadden in het verzet gezeten, veel mensen hadden gecollaboreerd, veel mensen hadden geen van beide gedaan. De meesten gaven de voorkeur aan een schone lei.

En ik denk dat ze zich schaamde omdat ze die jongen had vermoord. Dat drukte op haar geweten. Ik heb haar gezegd dat er geen alternatief was. Het was geen vrijwillige handeling. Ik heb gezegd dat ze het juiste heeft gedaan. Maar ze gaf er de voorkeur aan om de hele toestand te vergeten. Ik moest haar smeken de medaille te accepteren.'
Joe en ik zeiden niets. We zaten allemaal zwijgend bijeen.
'Ik wilde dat haar zoons het wisten,' zei Lamonnier.

Summer en ik liepen terug naar het hotel. We spraken niet. Ik voelde me als iemand die er plotseling achter komt dat hij is geadopteerd. *Je bent niet de man voor wie ik je hield.* Mijn hele leven was ik ervan uitgegaan dat ik was wie ik was door mijn vader, de beroepsmarinier. Nu voelde ik hoe andere genen zich in mij roerden. Mijn vader had de vijand niet op zijn dertiende gedood. Maar mijn moeder wel. Ze had wanhopige tijden overleefd en zich aangemeld om het juiste te doen. Op dat moment miste ik haar meer dan ik ooit voor mogelijk had gehouden. Ik voelde me leeg. Ik was iets kwijt waarvan ik nooit had geweten dat ik het had.

We brachten onze bagage naar de hal en boekten uit bij de receptie. We gaven de sleutels terug en het veeltalige meisje schreef een uitvoerige, gedetailleerde rekening. Ik moest hem tekenen. Zodra ik hem zag, wist ik dat ik in de problemen zat. Het was een bespottelijk hoge rekening. Ik was ervan uitgegaan dat de legerleiding de vervalste reiscoupons door de vingers zou zien in ruil voor resultaat. Nu wist ik dat niet meer zo zeker. Volgens mij zouden de tarieven van het George v hen op andere gedachten brengen. Het was als zout in de wonde wrijven. We waren één nacht gebleven, maar er waren er twee in rekening gebracht omdat we te laat uitboekten. De koffie van de roomservice kostte evenveel als een maaltijd in een bistro. Mijn telefoontje naar Rock Creek kostte evenveel als een driegangenlunch in het beste restaurant van de stad. Mijn telefoontje naar Franz in Californië kostte evenveel als een vijfgangendiner. Summers telefoontje naar Joe, op minder dan twee kilometer in mijn moeders appartement om te vragen Lamonnier te laten komen, stond te boek als minder dan twee minuten en kostte evenveel als de koffie van de roomservice. En de binnenkomende telefoontjes waren ook in rekening gebracht. De ene was van Franz naar mij en de andere

van Joe naar Summer, toen hij haar vroeg om te kijken hoe het met mij ging. Dat stukje broederlijke zorg kwam de overheid op vijf dollar te staan. Alles bij elkaar was het de vreselijkste hotelrekening die ik ooit had gezien.
Het veeltalige meisje draaide twee kopieën uit. Ik tekende er een voor haar en de andere vouwde ze in een envelop met opdruk van het George v en gaf ze aan mij. Voor mijn archief, zei ze. *Voor mijn krijgsraadzitting*, dacht ik. Ik stak hem in mijn binnenzak. Haalde hem er zes uur later weer uit, toen ik eindelijk besefte wie wat had gedaan bij wie, en waarom en hoe.

20

We liepen de vertrouwde route naar Place de l'Opéra en namen de bus naar het vliegveld. Het was de zesde keer in die bus in ongeveer een week. De zesde keer was niet comfortabeler dan de eerste vijf. Het ongemak zette me aan het denken.
We stapten uit bij de internationale vertrekhal en vonden de ticketbalie van Air France. Wisselden twee coupons in voor twee plaatsen op de nachtvlucht van elf uur naar Dulles. Dat werd een hele poos wachten. We sleepten onze bagage door de hal en begonnen in de bar. Summer was niet erg spraakzaam. Waarschijnlijk wist ze niet waar ze het over moest hebben. Maar ik moet bekennen dat ik me op dat moment prima voelde. Het leven ontrolde zich zoals het altijd voor iedereen had gedaan. Vroeg of laat werd je wees. Daar was geen ontkomen aan. Zo was het al duizenden generaties gegaan. Het had geen zin om er helemaal van streek door te raken.
We dronken een flesje bier en keken waar we een hapje konden eten. Ik had het ontbijt en de lunch overgeslagen en waarschijnlijk had Summer ook niets gegeten. We liepen voorbij alle belastingvrije winkeltjes en vonden een restaurant dat eruitzag als een bistro met een terrasje. We legden ons laatste geld bij elkaar, bekeken het menu en berekenden dat we ons ieder één gang konden veroorloven, plus sap voor haar, koffie voor mij en een fooi voor de kelner. We bestelden *steak frites*. We kregen een bord met een fatsoenlijke lap vlees en Franse frietjes. Je kon overal in Frankrijk goed eten, zelfs op een vliegveld.
Een uur later gingen we naar de gate. Het was nog vroeg en er was nog bijna niemand. Alleen een paar transitpassagiers die uitgewinkeld waren, of platzak zoals wij. We gingen ver weg zitten met de blik op oneindig.
'Voelt niet goed, teruggaan,' zei Summer. 'Als je weg bent, kun je nog vergeten hoe diep je in de nesten zit.'
'We hoeven alleen maar resultaat te boeken,' zei ik.
'Dat zal niet lukken. Na tien dagen zijn we nog nergens.'
Ik knikte. Tien dagen na de dood van mevrouw Kramer, zes da-

gen na de dood van Carbone. Vijf dagen nadat Delta me een week de tijd had gegeven om mijn naam te zuiveren.
'We hebben niets,' zei Summer. 'Zelfs het eenvoudigste niet. We hebben zelfs de vrouw uit Kramers motel niet gevonden. Dat had niet moeilijk moeten zijn.'
Ik knikte weer. Ze had gelijk. Dat had niet moeilijk moeten zijn.

De wachtruimte liep vol met passagiers en veertig minuten voor het vertrek gingen we aan boord. Summer en ik hadden zitplaatsen achter een oud stel in een rij bij de uitgang. Ik wenste dat we met hen hadden kunnen ruilen. Ik had de extra beenruimte best kunnen gebruiken. We vertrokken op tijd en het eerste uur voelde ik me steeds meer opgepropt en ongemakkelijk. De stewardess bracht een maaltijd die ik niet op kon eten, al had ik het gewild, omdat ik niet genoeg ruimte had om mijn ellebogen te bewegen en het bestek te bedienen.
De ene gedachte leidde tot de volgende.
Ik moest denken aan Joe die de avond daarvoor had gevlogen. Die had natuurlijk tweedeklas genomen. Dat was duidelijk. Een ambtenaar die een privéreis maakt, kan niet anders. Hij zou de hele nacht opgepropt hebben gezeten, en nog iets ongemakkelijker dan ik, omdat hij drie centimeter langer was. Dus voelde ik me weer schuldig dat ik hem op de bus naar de stad had gezet. Ik herinnerde me de harde plastic stoelen en zijn benauwde houding en de manier waarop zijn hoofd door de bewegingen van de bus heen en weer werd geslingerd. Ik had een taxi uit de stad moeten nemen en die moeten laten wachten. Ik had een manier moeten vinden om wat geld bij elkaar te scharrelen.
De ene gedachte leidde naar de andere.
Ik stelde me Kramer en Vassell en Coomer voor die op oudejaarsavond uit Frankfurt vlogen. American Airlines. Een Boeing. Niet ruimer dan andere vliegtuigen. Vroeg uit de veren bij het XII-Korps. Een lange vlucht naar Dulles. Ik stelde me hen voor zoals ze uit het vliegtuig kwamen; stijf, benauwd, uitgedroogd en ongemakkelijk.
De ene gedachte leidde naar de andere.
Ik haalde de rekening van het George V uit mijn zak. Maakte de envelop open. Las hem door. En nog eens. Ik bestudeerde iedere regel en ieder onderdeel.
De hotelrekening, het vliegtuig, de bus naar de stad.
Ik sloot mijn ogen.

Ik moest denken aan de dingen die Sanchez, de Delta-kapitein, rechercheur Clark, Andrea Norton en Summer zelf hadden gezegd. Ik dacht aan de menigte verwelkomers en afhalers die we in de aankomsthal van Roissy-Charles de Gaulle hadden gezien. Ik dacht aan Sperryville, Virginia. Ik dacht aan het huis van mevrouw Kramer in Green Valley.

Uiteindelijk vielen de dominostenen allemaal om en landden op een manier waarop niemand er bijster goed afkwam. Ikzelf nog wel het minst, omdat ik talrijke fouten had gemaakt, inclusief één grote fout die me behoorlijk op zou breken.

Ik liet me zo in beslag nemen door het overpeinzen van mijn fouten, dat ik er nog één maakte. Ik bracht de hele tijd door met nadenken over het verleden en dacht geen seconde aan de toekomst. Aan tegenmaatregelen. Over wat ons op Dulles te wachten stond. We landden om twee uur 's morgens, kwamen uit de douanehal en liepen recht in de val die Willard voor ons had gezet.

Dezelfde drie onderofficieren van het kantoor van de algemeen bevelhebber van de Militaire Politie stonden op dezelfde plek waar ze zes dagen daarvoor hadden gestaan. Twee W3's en een W4. Ik zag hen en zij zagen ons. Eén seconde vroeg ik me af hoe Willard dat in 's hemelsnaam voor elkaar had gekregen. Had hij mensen de hele nacht op alle vliegvelden van het hele land laten posten? Had hij in heel Europa reiscoupons laten natrekken? Kon hij dat, of was de FBI erbij betrokken? Of het ministerie van defensie? Buitenlandse Zaken? Interpol? De NAVO? Ik had geen idee. Absurd genoeg nam ik me voor om daar ooit achter te komen.

De volgende seconde besloot ik wat ik aan de situatie ging doen. Uitstel was geen optie. Nu zeker niet. Niet in de klauwen van Willard. Ik moest tussen de vierentwintig en achtenveertig uur bewegingsvrijheid hebben. Daarna zou ik naar Willard gaan. Met liefde. Want dan zou ik zover zijn om hem een pak slaag te geven en te arresteren.

De W4 kwam op ons af, gevolgd door de W3's.

'Ik heb opdracht jullie allebei handboeien om te doen,' zei hij.

'Negeer je bevel,' zei ik.

'Dat kan ik niet,' zei hij.

'Probeer het maar.'

'Dat kan ik niet,' herhaalde hij.

Ik knikte.

'Oké, ruilen en gelijk oversteken,' zei ik. 'Jij probeert ons in de

boeien te slaan en ik breek je armen. Je loopt gewoon met ons naar de auto en wij gaan rustig mee.'
Hij dacht na. Hij was gewapend. Zijn ondergeschikten ook. Maar niemand wil mensen midden op een vliegveld neerschieten. Zeker geen ongewapende mensen van je eigen eenheid. Dat zou maar tot schuldgevoelens leiden. En een hoop papieren rompslomp. En hij had geen zin in een vuistgevecht van drie tegen twee. Ik was te groot en Summer te klein voor een eerlijke verhouding.
'Afgesproken?' vroeg hij.
'Afgesproken,' loog ik.
'Kom op dan.'
De vorige keer had hij vooropgelopen en zijn potige w3's naast me. Ik hoopte van harte dat hij dat patroon zou herhalen. Waarschijnlijk beschouwden de w3's zichzelf als echte rouwdouwers en waarschijnlijk hadden ze daar niet helemaal ongelijk in, maar ik maakte me alleen zorgen om de w4, want die zag eruit alsof hij uit het juiste hout was gesneden. Maar hij had geen ogen in zijn achterhoofd, dus hoopte ik dat hij voorop zou lopen.
Dat gebeurde. Summer en ik bleven naast elkaar lopen met onze bagage in de hand en de w3's gingen naast en achter ons in een speerpuntpatroon lopen. De w4 was de loods. We gingen door de uitgang naar buiten de kou in. Wendden ons naar de strook voor overheidspersoneel, waar ze hun auto de vorige keer ook hadden gezet. Het was 02.00 uur geweest en de toegangswegen van het vliegveld waren uitgestorven. Er lagen eenzame poelen geel licht van straatlantaarns. Het had geregend. De grond was nat.
We staken de openbare afhaalstrook over en het middenplein waar de bussen stopten. We liepen verder de duisternis in. Half naar links zag ik het gebouw van de parkeergarage en rechts in de verte stond de groene Chevrolet Caprice. We sloegen die richting in. Liepen over de weg. Op andere tijdstippen zouden we zijn platgewalst door het verkeer. Maar op dit tijdstip was alles stil en verlaten. Even na twee uur 's nachts.
Ik liet mijn tas vallen en duwde Summer met twee handen aan de kant. Bleef met een ruk staan, en gaf de rechter-w3 een harde stoot met mijn elleboog in zijn gezicht. Hield mijn voeten stevig op de grond geplant en draaide de andere kant op als een gewelddadige gymnastiekoefening, en verkocht de linker-w3 een stoot met mijn linkerelleboog. Daarna deed ik een stap naar voren en trof de w4 toen hij zich met een ruk omdraaide naar het

kabaal en op me afsprong. Ik gaf hem een rechte, harde linkse op zijn borst. Zijn hele gewicht kwam naar mij toe en mijn hele gewicht naar hem, dus de klap kwam behoorlijk aan. Ik liet hem volgen door een harde rechtse hoek op zijn kin en hij ging plat. Draaide me om naar de w3's om te zien hoe die het maakten. Ze lagen allebei op hun rug. Ze hadden wat bloed op hun gezicht. Gebroken neuzen, losse tanden. Flink wat shock en verrassing. Een uitstekende verdovingsfactor. Ik was tevreden. Zij waren goed, maar ik was beter. Ik controleerde de w4. Die deed niet veel. Ik hurkte naast de w3's en haalde hun Beretta uit hun holster. Vervolgens draaide ik een halve slag en deed hetzelfde bij de w4. Hing de drie pistolen aan mijn wijsvinger. Daarna zocht ik met mijn andere hand naar de autosleuteltjes. De rechter-w3 had ze in zijn zak. Ik haalde ze te voorschijn en gooide ze naar Summer. Die was weer overeind gekrabbeld en keek ontstemd.
Ik gaf haar de drie Beretta's en sleepte de w4 aan zijn kraag naar de dichtstbijzijnde bushalte. Daarna ging ik de w3's halen en sleepte hen er ook heen, elk met één hand. Ik legde ze allemaal naast elkaar op hun buik. Ze waren bij bewustzijn, maar verdoofd. Een zware dreun tegen je hoofd heeft in het echt veel meer gevolgen dan je weleens op het witte doek ziet. En ik ademde ook zwaar. Ik hijgde bijna. De adrenaline begon zijn werk te doen. De een of andere vertraagde reactie. Zo'n gevecht heeft gevolgen voor beide partijen.
Ik hurkte naast de w4.
'Mijn excuses, chef,' zei ik. 'Maar je liep me in de weg.'
Hij zei niets. Keek me alleen maar aan. Woede, shock, gekwetste trots en verwarring.
'Nu moet je goed naar me luisteren,' zei ik. 'Heel goed luisteren. Je hebt ons helemaal niet gezien. We zijn hier nooit geweest. Je hebt uren gewacht, maar we zijn niet komen opdagen. Je bent weer naar buiten gegaan en de een of andere dief heeft je auto gestolen. Dat is er gebeurd, oké?'
Hij probeerde iets te zeggen, maar de woorden kwamen er niet goed uit.
'Ja, ik weet het,' zei ik. 'Het verhaal is vrij slap en je slaat een pleefiguur. Maar wat voor figuur ga je slaan als je vertelt dat je ons hebt laten ontsnappen? Dat je ons de handboeien niet hebt omgedaan terwijl je dat wel was bevolen?'
Hij zei niets.
'Dit is je verklaring,' zei ik. 'Wij zijn niet komen opdagen en je

auto is gestolen. Dat verhaal hou je vol, anders breng ik het gerucht in de wereld dat de luitenant jullie heeft neergeslagen. Een meisje van veertig kilo. Een tegen drie. Daar zijn de mensen dol op. Daar gaan ze helemaal van uit hun dak. En je weet hoe geruchten je over de hele wereld kunnen achtervolgen.'
Hij zei niets.
'Jij mag het zeggen,' zei ik.
Hij haalde zijn schouders op. Zei niets.
'Mijn excuses,' zei ik. 'Dat meen ik echt.'
We lieten hen daar liggen, grepen onze tas en holden naar de auto. Summer maakte het slot open, we stapten in en ze startte. Zette hem in de versnelling en we reden weg.
'Langzaam,' zei ik.
Ik wachtte tot we ter hoogte van het bushokje waren. Daar draaide ik mijn raampje omlaag en gooide de Beretta's op de stoep. Hun smoesje zou niet standhouden als ze niet alleen de auto, maar ook hun wapen waren kwijtgeraakt. De drie pistolen landden vlak bij de drie mannen en ze kropen er op handen en voeten naartoe.
'En nu gas,' zei ik.
Summer trapte op het gaspedaal, de banden gilden en ongeveer een seconde later waren we een heel eind buiten het bereik van de handwapens. Ze bleef plankgas geven en we verlieten het vliegveld met zo'n honderdvijftig kilometer per uur.
'Alles goed met jou?' vroeg ik.
'Tot nu toe wel,' zei ze.
'Sorry voor die duw.'
'We hadden het gewoon op een lopen moeten zetten,' zei ze. 'We hadden ze in de aankomsthal van ons af kunnen schudden.'
'We moesten een auto hebben,' zei ik. 'Ik ben de bus beu.'
'Maar nu zijn we helemaal de sigaar.'
'Daar kun je donder op zeggen,' zei ik.

Ik keek op mijn horloge. Het was bijna drie uur. We waren van Dulles in zuidelijke richting gereden. We gingen met grote snelheid nergens heen. We moesten een bestemming hebben.
'Weet je mijn telefoonnummer in Bird?' vroeg ik.
'Jazeker,' zei Summer.
'Oké, stop maar bij de volgende plek met een telefoon.'
Ze zag een vierentwintiguurstankstation op een kilometer of acht. Het was een zee van licht aan de horizon. Achter de pompen was

een minikruidenier, maar die was dicht. 's Nachts moest je je benzine door een kogelvrij raampje betalen. Buiten was een telefooncel naast de luchtpomp. Het was een aluminium abri die aan de muur was bevestigd. In de zijkanten van de abri was de vorm van een telefoon uitgespaard. Summer draaide mijn nummer in Fort Bird en gaf me de hoorn. Ik hoorde de telefoon een keer overgaan en toen nam mijn sergeant op. De vrouw van de nachtdienst, met de baby.

'Met Reacher,' zei ik.

'U zit tot uw nek in de stront,' zei ze.

'En dat is het goede nieuws,' zei ik.

'Wat is het slechte?'

'Jij wordt medeplichtig. Hoe is je babysit geregeld?'

'De dochter van mijn buurman past op. Uit de caravan naast de mijne.'

'Kan ze een uurtje langer blijven?'

'Waarom?'

'Ik wil ergens met je afspreken. Ik wil dat je me een paar dingen brengt.'

'Dat gaat u geld kosten.'

'Hoeveel?'

'Twee dollar per uur. Voor de babysit.'

'Ik heb geen twee dollar. Dat is een van de dingen die je voor me moet meenemen. Geld.'

'Moet ik u geld geven?'

'Lenen,' zei ik. 'Voor een paar dagen.'

'Hoeveel?'

'Zoveel als je maar hebt.'

'Hoe laat en waar?'

'Als je dienst erop zit. Om zes uur. In het eethuis bij de stripclub.'

'Wat moet ik meenemen?'

'Telefoonlijsten,' zei ik. 'Alle telefoontjes die er vanuit Fort Bird zijn gepleegd, te beginnen op oudejaarsavond om twaalf uur tot ongeveer 3 januari. En een telefoonboek van het leger. Ik moet Sanchez en Franz en allerlei andere mensen bellen. En ik moet het persoonlijke dossier van majoor Marshall hebben. Die vent van het XII-Korps. Je moet een kopie naar je toe laten faxen.'

'Nog meer?'

'Ik wil weten waar Vassell en Coomer hun auto hadden geparkeerd toen ze op 4 januari kwamen eten. Ik wil dat je nagaat of iemand dat heeft gezien.'

'Oké,' zei ze. 'Is dat alles?'
'Nee,' zei ik. 'Ik wil weten waar Marshall op 2 en 3 januari is geweest. Maak maar de een of andere reisadjudant ergens wakker om te zien of er reiscoupons zijn uitgeschreven. En ik moet het telefoonnummer van het Jefferson Hotel in Washington hebben.'
'Dat is een heleboel werk voor drie uur.'
'Daarom vraag ik het aan jou in plaats van die gast van overdag. Jij bent beter dan hij.'
'Hou dat geslijm maar voor u,' zei ze. 'Dat werkt niet bij mij.'
'Hoop doet leven,' zei ik.

We stapten weer in en reden weg. Gingen in oostelijke richting naar de I-95. Ik zei tegen Summer dat ze langzamer moest rijden. Deed ze dat niet, dan zouden we met haar rijstijl en op die verlaten wegen eerder in het eethuis zijn dan mijn sergeant, en dat wilde ik niet. Mijn sergeant zou er om een uur of halfzeven zijn. Ik wilde een minuut of tien later arriveren. Ik wilde controleren of ze misschien haar plicht had gedaan en me had verlinkt, zodat ik in een hinderlaag zou lopen. Het was onwaarschijnlijk, maar niet uitgesloten. Ik wilde voorbijrijden om te kijken. Ik wilde niet binnen koffie zitten drinken als Willard kwam opdagen.
'Waar heb je al die dingen voor nodig?' vroeg Summer.
'Ik weet wat er met mevrouw Kramer is gebeurd,' zei ik.
'Hoe?'
'Ik heb het uitgevogeld,' zei ik. 'Zoals ik meteen had moeten doen. Maar ik heb niet nagedacht. Ik heb m'n fantasie niet genoeg laten werken.'
'Fantasie is niet genoeg.'
'Jawel hoor,' zei ik. 'Soms draait het alleen daar maar om. Soms heeft een rechercheur niets anders. Je moet je verbeelden wat mensen gedaan moeten hebben. Hoe ze hebben gedacht en gehandeld. Je moet je in hun schoenen verplaatsen.'
'De schoenen van wie?'
'Vassell en Coomer,' zei ik. 'We weten wie zij zijn. We weten wat voor mensen ze zijn. Daarom kunnen we raden wat ze hebben gedaan.'
'En wat hebben ze dan gedaan?'
'Ze zijn vroeg vertrokken en de vlucht uit Frankfurt heeft de hele dag geduurd. Op oudejaarsavond. Ze droegen hun nette uniform in de hoop op een beter plaatsje. Misschien is ze dat gelukt, met American Airlines vanuit Duitsland. Misschien ook niet. Ze

kunnen er hoe dan ook niet op hebben gerekend. Ze moeten voorbereid zijn geweest op acht uur vliegen in de tweedeklas.'
'Dus?'
'Zouden lui als Vassell en Coomer vrolijk in de rij bij de taxi's op Dulles hebben gestaan? Of met de shuttle naar de stad zijn gegaan? Opgepropt en ongemakkelijk?'
'Nee,' zei Summer. 'Noch het een, noch het ander.'
'Precies,' zei ik. 'Ze zouden geen van beide doen. Daar zijn ze veel te belangrijk voor. Ze zouden er niet over peinzen. Nog in geen miljoen jaar. Zulke jongens worden afgehaald door een auto met chauffeur.'
'Wie?'
'Marshall,' zei ik. 'Hij is hun kroonprins en krullenjongen. Hij was al hier, geheel tot hun beschikking. Hij moet hen van het vliegveld hebben gehaald. Kramer misschien ook. Is Kramer met de bus naar het parkeerterrein van Hertz gegaan? Ik denk het niet. Ik denk dat Marshall hem heeft gebracht. En daarna heeft hij Vassell en Coomer naar het Jefferson Hotel gebracht.'
'En toen?'
'Hij is daar bij ze gebleven, Summer. Ik denk dat hij al een kamer had. Misschien wilden zij hem bij de hand hebben om hen de volgende morgen naar National te brengen. Hij ging tenslotte met hen mee. Hij ging ook naar Irwin. Of misschien moesten ze hem alleen maar dringend spreken. Alleen zij drieën, Vassell, Coomer en Marshall. Misschien praatte het makkelijker zonder Kramer in de buurt. En Marshall had een heleboel te bespreken. In november was zijn tijdelijke detachering begonnen. Dat heb jij me zelf verteld. In november begonnen ze met het afbreken van de Muur. In november kwamen de eerste alarmsignalen. Dus hebben ze hem in november gestuurd om zijn oor in het Pentagon te luisteren te leggen. Dat is mijn gok. Maar Marshall heeft hoe dan ook de nacht met Vassell en Coomer in het Jefferson Hotel doorgebracht. Dat weet ik zeker.'
'Oké, en wat dan nog?'
'Marshall was in het hotel, en zijn auto stond op het hotelparkeerterrein. En zal ik je eens wat vertellen? Ik heb onze hotelrekening van Parijs eens goed bekeken. Ze hebben bespottelijke prijzen gerekend voor alles. Vooral de telefoontjes. Maar niet álle telefoontjes. Onze interne telefoontjes stonden er helemaal niet op. Jij hebt mij om zes uur gebeld om naar een restaurant te informeren. Daarna heb ik jou om middernacht gebeld omdat ik

eenzaam was. Die telefoontjes staan nergens op de rekening. Druk op 3 voor een binnenlijn en het is gratis, druk op 9 voor een buitenlijn en de computer wordt geactiveerd. Er stonden geen telefoontjes op de rekening van Vassell en Coomer en daarom dachten we dat ze niet gebeld hadden. Maar dat hebben ze wel. Dat ligt voor de hand. Ze hebben intern gebeld. Van de ene naar de andere kamer. Vassell heeft dat telefoontje van het XII-Korps in Duitsland gekregen, en daarna heeft hij Coomers kamer gebeld om te overleggen wat ze in godsnaam aan de situatie moesten doen. En daarna heeft een van beiden de telefoon gepakt om Marshalls kamer te bellen. Ze hebben hun kroonprins-krullenjongen gebeld en opdracht gegeven om in zijn auto te springen.'

'Heeft Márshall het gedaan?'

Ik knikte. 'Ze hebben hem de nacht in gestuurd om de kastanjes uit het vuur te halen.'

'Kunnen we dat bewijzen?'

'We kunnen een begin maken,' zei ik. 'Ik wil om drie dingen met je wedden. Ten eerste bellen we het Jefferson Hotel en dan zullen we een boeking op naam van Marshall vinden voor oudejaarsavond. In de tweede plaats zal Marshalls dossier ons vertellen dat hij ooit in Sperryville, Virginia heeft gewoond. En ten derde zal zijn dossier ons vertellen dat hij groot, zwaar en rechtshandig is.'

Ze zweeg. Haar oogleden begonnen te bewegen.

'Is dat genoeg?' vroeg ze. 'Is mevrouw Kramer voldoende resultaat voor ons om vrijuit te gaan?'

'Er komt nog meer.'

Summer langzaam zien rijden was net alsof ik me in een parallel universum bevond. We reden over de snelweg en de wereld ging op halve snelheid aan ons voorbij. De zware Chevrolet-motor sukkelde iets harder dan stationair. De banden waren stil. We passeerden alle vertrouwde herkenningspunten. Het bureau van de Staatspolitie, de plek waar Kramers tas was gevonden, de pleisterplaats en de afslag naar de kleinere snelweg. We kropen met een slakkengang van het klaverblad en ik speurde het benzinestation, het eethuis, het parkeerterrein van de stripclub en het motel af. Het hele terrein baadde in geel licht, er hing mist en er waren zwarte schaduwen, maar ik kon het vrij goed overzien. Er was geen spoor van een hinderlaag. Summer draaide het parkeerterrein op en beschreef een lang, traag rondje. Er stonden drie vrachtwagencombinaties als gestrande walvissen en een paar oude, waarschijnlijk verlaten auto's. Zo zagen ze eruit. De lak was dof, de banden waren zacht en ze stonden laag op de vering. Verder stond er een oude Ford pick-up met een babyzitje op de bank. Die moest van mijn sergeant zijn. Verder was er niets. Het was tien over halfzeven in de ochtend en de wereld was donker, stil en verlaten.

We zetten de auto uit het zicht achter de stripclub en liepen naar het eethuis aan de overkant van het parkeerterrein. De ramen waren beslagen van de stoom uit de keuken. Binnen brandde een fel wit licht. Het leek wel een schilderij van Hopper. Mijn sergeant zat alleen in een eethokje achterin. We gingen naar binnen en namen naast haar plaats. Ze hees een boodschappentas van de grond. Hij zat vol met spullen.

'Eerst het belangrijkste,' zei ze.

Ze stak haar hand in de tas en haalde er een kogel uit. Ze zette hem rechtop voor mijn neus op de tafel. Het was een standaard negenmillimeterpatroon. Standaard NAVO-munitie. Volmantelkogel. Voor een handwapen of machinepistool. Er stond iets op de glimmende huls gekrast. Ik raapte hem op. Bekeek hem. Er stond een woord in gekrast. Het was ruw en ongelijkmatig gedaan. Snel en met de hand. Er stond *Reacher* op.

'Een kogel met mijn naam erop,' zei ik.

'Van Delta,' zei mijn sergeant. 'Die hebben ze gisteren bezorgd.'

'Wie?'

'Die jonge knaap met de baard.'

'Charmant,' zei ik. 'Help me herinneren dat ik hem een pak slaag geef.'

'U moet er geen grapjes over maken. Ze zijn behoorlijk over de rooie.'

'Ze hebben het op de verkeerde gemunt.'

'Kunt u dat bewijzen?'

Ik dacht even na. Weten en bewijzen waren twee verschillende dingen. Ik stopte de kogel in mijn zak en legde mijn handen op tafel.

'Misschien wel,' zei ik.

'Weet je ook wie Carbone heeft vermoord?' vroeg Summer.

'Eén ding tegelijk,' zei ik.

'Hier is uw geld,' zei mijn sergeant. 'Meer kon ik niet vinden.'

Ze tastte weer in haar tas en legde zevenenveertig dollar op tafel.

'Bedankt,' zei ik. 'Zeg maar dat ik je vijftig dollar schuldig ben. Drie dollar rente.'
'Tweeënvijftig,' zei ze. 'Vergeet de babysitter niet.'
'Wat heb je nog meer?'
Ze haalde een harmonica van printerpapier te voorschijn. Het was het soort met vage blauwe regels en gaatjes aan de zijkant.
'De telefoonlijst,' zei ze.
Vervolgens gaf ze me een leger-memootje met een 202-nummer.
'Het Jefferson Hotel.'
Daarna gaf ze me een rol faxpapier.
'Majoor Marshalls persoonlijke dossier,' zei ze.
Vervolgens legde ze het telefoonboek van de strijdkrachten op tafel. Het was dik en groen en bevatte de nummers van alle bases en militaire instituten ter wereld. Daarna gaf ze me nog een rol faxpapier. Het waren de resultaten van het buurtonderzoek in Green Valley van rechercheur Clark naar de gebeurtenissen op oudejaarsavond.
'Franz in Californië zei dat u dat wilde hebben,' zei ze.
'Geweldig,' zei ik. 'Bedankt. Bedankt voor alles.'
Ze knikte. 'Ik ben wis en waarachtig beter dan die knaap van overdag. En dat moet iemand maar eens zeggen als ze met inkrimpen beginnen.'
'Ik zal het zeggen,' zei ik.
'Doe maar niet,' zei ze. 'Daar schiet ik niets mee op, als het van u komt. U bent ofwel dood, of u zit in de bak.'
'Je hebt al deze dingen gebracht,' zei ik. 'Jij hebt me dus nog niet opgegeven.'
Ze zei niets.
'Waar hebben Vassell en Coomer hun auto neergezet?' vroeg ik.
'Op de vierde?' zei ze. 'Niemand die het zeker weet. De eerste avondpatrouille heeft een stafauto gezien die helemaal alleen aan het verste eind van het parkeerterrein stond. Maar daar kun je niet op bouwen. Hij heeft geen kenteken gezien, dus is het geen positieve identificatie. En de tweede avondpatrouille kan het zich helemaal niet herinneren. Daarom is het 't woord van de een tegenover dat van de ander.'
'Wat heeft die eerste knaap precies gezien?'
'Hij noemde het een stafauto.'
'Was het een zwarte Grand Marquis?'
'Het was iets zwarts,' zei ze. 'Maar alle stafauto's zijn zwart of groen. Een zwarte auto is niets bijzonders.'

'Maar hij stond apart.'
Ze knikte. 'Alleen, aan het eind van het terrein. Maar dat kan nummer twee dus niet bevestigen.'
'Waar was majoor Marshall op 2 en 3 januari?'
'Dat was makkelijker,' zei ze. 'Twee reiscoupons. Op 2 januari naar Frankfurt en weer terug op 3 januari.'
'In Duitsland overnacht?'
Ze knikte weer. 'Heen en terug.'
We zwegen. De man achter de toonbank kwam met een blocnote en een pen. Ik keek naar het menu en de zevenenveertig dollar op de tafel en bestelde voor nog geen twee dollar aan koffie en eieren. Summer begreep de hint en bestelde sap en biscuit. Goedkoper konden we niet overeind blijven.
'Ben ik klaar?' vroeg mijn sergeant.
Ik knikte. 'Bedankt. Ik meen het.'
Summer schoof van de bank om haar langs te laten.
'Geef de baby maar een kus van me,' zei ik.
Mijn sergeant bleef staan en keek me recht aan. Ze was een en al pees en botten. Bikkelharde tante.
'Mijn moeder is net overleden,' zei ik. 'Ooit zal je zoon zich dit soort ochtenden herinneren.'
Ze knikte en liep naar de deur. Even later zagen we haar in haar pick-up, een eenzaam figuurtje aan het stuur. Ze reed weg in de ochtendmist. Ze werd gevolgd door een sliert uitlaatgas die langzaam wegdreef.

Ik legde alle paperassen in een logische volgorde en begon met Marshalls persoonlijke dossier. De kwaliteit van de fax was niet geweldig, maar wel leesbaar. Ik kwam erachter dat Marshall in september 1958 was geboren. Hij was dus eenendertig. Hij had geen vrouw en kinderen. Ook geen ex. Waarschijnlijk was hij met het leger getrouwd. Hij was een meter negentig en woog honderd kilo. Het leger moest dat weten voor het boodschappenlijstje van de fourier. Hij stond te boek als rechtshandig. Dat moest het leger weten omdat sluipschuttersgeweren met een grendel worden gemaakt voor rechtshandige schutters. Linkshandige soldaten krijgen doorgaans geen sluipschuttersopleiding. De hokjesgeest van de strijdkrachten doet zich al vanaf dag één gelden.
Ik sloeg de bladzijde om.
Marshall was geboren in Sperryville, Virginia, en had daar de kleuterschool, de lagere school en de middelbare school bezocht.

Ik glimlachte. Summer keek me vragend aan. Ik haalde de bladzijden eruit, schoof ze haar toe, boog me naar voren en wees de relevante regels aan. Daarna gaf ik haar het memootje met het nummer van het Jefferson Hotel.
'Zoek maar een telefoon,' zei ik.
Ze vond er een vlak naast de ingang aan de muur bij de kassa. Ik zag haar twee muntjes erin stoppen, een nummer toetsen en wachten. Ik zag dat ze haar naam, nummer, rang en eenheid opgaf. Ik zag haar luisteren. Ik zag haar nog wat zeggen. Ik zag haar wachten, luisteren en nog wat muntjes erin doen. Het was een lang gesprek. Waarschijnlijk werd ze van het kastje naar de muur gestuurd. Daarna zag ik haar bedanken. Ophangen. Ze kwam terug met een blik van grimmige tevredenheid.
'Hij heeft er een kamer gehad. Hij had zelf de vorige dag geboekt. Drie kamers; een voor hem, een voor Vassell en een voor Coomer. En er stond een bedrag van het parkeerterrein op de rekening.'
'Heb je met de mensen van het parkeerterrein gesproken?'
Ze knikte. 'Het was een zwarte Mercury. Arriveerde even na de lunch, vertrok om twintig voor één 's morgens, was 's morgens om twintig over drie weer terug en is uiteindelijk definitief op nieuwjaarsdag na het ontbijt vertrokken.'
Ik bladerde door de paperassen en vond de fax van rechercheur Clark in Green Valley. De resultaten van zijn buurtonderzoek. Het was oudejaarsavond geweest en er waren een heleboel mensen van en naar feestjes gegaan. Vlak voor twee uur 's morgens had iemand een auto op de oprijlaan van mevrouw Kramer gezien die iets van een taxi weg had.
'Een stafauto kan voor een taxi versleten worden,' zei ik. 'Je weet wel, een gewone, zwarte vierdeursauto, in goede staat maar een beetje vermoeid, veel kilometers op de teller, net zoiets als een Crown Victoria.'
'Aannemelijk,' zei Summer.
'Waarschijnlijk,' zei ik.

We rekenden af, lieten een dollar fooi achter en telden wat er nog over was van het loonzakje van mijn sergeant. Besloten dat we goedkoop moesten blijven eten, omdat we geld voor benzine moesten sparen. En telefoontjes. En nog wat onkosten.
'Waar gaan we nu heen?' vroeg Summer.
'Naar de overkant,' zei ik. 'Het motel. We sluiten ons de hele dag op. Doen nog wat werk en dan naar bed.'

We lieten de Chevrolet achter de stripclub staan en staken te voet over. Wekten de magere jongen van de receptie en vroegen een kamer.
'Eén kamer?' vroeg hij.
Ik knikte. Summer protesteerde niet. Ze wist dat we ons niet twee kamers konden veroorloven. En een kamer delen was niets nieuws. Parijs was ons goed bevallen, wat logies betrof.
'Vijftien dollar,' zei de magere jongen.
Ik gaf hem het geld en hij gaf me grijnzend de sleutel van de kamer waarin Kramer was gestorven. Waarschijnlijk was het een poging tot humor. Ik zei niets. Het kon me niets schelen. Ik had liever een kamer waarin iemand was overleden dan een kamer die per uur werd verhuurd.
We liepen samen het rijtje langs, deden de deur van het slot en gingen naar binnen. De kamer was nog altijd bedompt en bruin en mistroostig. Het lijk was weggehaald, maar verder was het er precies zoals toen ik er voor het eerst een blik in had geworpen.
'Het is niet het George V,' zei Summer.
'Verdomd als het niet waar is,' zei ik.
We zetten onze bagage op de grond en ik legde de paperassen van mijn sergeant op het bed. De sprei voelde een beetje klam. Ik friemelde wat aan de kachel onder het raam, tot er iets van warmte uit kwam.
'Wat nu?' vroeg Summer.
'De telefoonlijsten,' zei ik. 'Ik zoek naar een telefoontje met het kengetal 919.'
'Dat moet dan een plaatselijk telefoontje zijn. Fort Bird is ook 919.'
'Geweldig,' zei ik. 'Dat zijn dan een miljoen telefoontjes.'
Ik spreidde de uitdraai uit op het bed en begon te zoeken. Het waren geen miljoen telefoontjes, maar zeker honderden. Ik begon op oudejaarsavond om middernacht en werkte vooruit. Ik sloeg de nummers over die meer dan eens van meer dan één toestel waren gebeld. Volgens mij waren dat taxibedrijven, clubs, of kroegen. Ik negeerde de nummers met hetzelfde centralenummer als Fort Bird. Dat waren voornamelijk soldaten die niet op de basis woonden. Die nummers zouden na middernacht zijn gebeld door soldaten die dienst hadden, om hun vrouw en kinderen gelukkig nieuwjaar te wensen. Ik concentreerde me op de nummers die eruit sprongen. Nummers in andere steden van North Carolina. Specifiek een nummer in een andere stad, dat maar één keer

was gebeld, zo'n twintig à dertig minuten lang. Daar richtte ik me op. Ik liep de uitdraai geduldig door, regel voor regel, bladzijde voor bladzijde. Ik had geen haast. Ik had de hele dag de tijd. Ik vond het na de derde harmonicavouw. Het was geboekt om twee minuten over halfeen. Tweeëndertig minuten nadat 1989 in 1990 was veranderd. Omstreeks het tijdstip waarop ik het ook had verwacht. Het was een telefoontje van bijna een kwartier. Dat klopte ook wel zo'n beetje, qua tijdsduur. Het was een stevig houvast. Ik keek nog wat verder en controleerde de volgende twintig à dertig minuten. Er was verder niets dat er zo goed uitzag. Ik ging weer terug en zette mijn vinger onder het nummer waar mijn oog op was gevallen. Het was mijn beste gok. Of mijn enige hoop.

'Heb je een pen?' vroeg ik.

Summer gaf me er een uit haar zak.

'Heb je nog kwartjes?' vroeg ik.

Ze liet me er twee zien. Ik schreef het bewuste nummer onder dat van het Jefferson Hotel in Washington. Gaf het aan haar.

'Bel maar,' zei ik. 'Ik wil weten wie er opneemt. Je zult weer naar het eethuis aan de overkant moeten. De telefoon van het motel doet het niet.'

Ze bleef een minuut of acht weg. Ik poetste in die tijd mijn tanden. Mijn theorie was: als je geen tijd hebt om te slapen, is een douche een goed alternatief. Als je geen tijd hebt om te douchen, is tandenpoetsen een goede derde.

Ik liet mijn tandenborstel in een glas in de badkamer staan en Summer kwam binnen. Ze nam een golf koude, mistige lucht mee.

'Het was een golfhotel buiten Raleigh,' zei ze.

'Prima,' zei ik.

'Brubaker,' zei ze. 'Daar heeft Brubaker gezeten. In z'n vakantie.'

'Waarschijnlijk was hij aan het dansen,' zei ik. 'Denk je niet? Om halfeen oudejaarsnacht? De receptionist moest hem waarschijnlijk uit de balzaal naar de telefoon halen. Daarom duurde dat telefoontje een kwartier. Het was voornamelijk wachten.'

'Wie heeft hem gebeld?'

Op de uitdraai stonden codes die verwezen naar de lokatie van de beller. Ze zeiden me niets. Het waren gewoon getallen en letters. Maar mijn sergeant had de sleutel meegegeven. Op het laatste vel van de harmonica was een lijst met codes en verklaringen. Ze had gelijk gehad. Ze was beter dan de man van de dagdienst. Maar aan de andere kant was ze nu eenmaal een E5-sergeant en hij maar een E4-korporaal, en sergeants van het Amerikaanse leger waren het zout in de pap.

Ik zocht de code op in de lijst.

'Iemand in een cel in de Delta-kazerne,' zei ik.

'Dus iemand van Delta heeft zijn commandant gebeld,' zei Summer. 'Wat schieten wij daarmee op?'

'Het tijdstip is veelzeggend,' zei ik. 'Dat moet een dringend telefoontje zijn geweest, nietwaar?'

'Wie was het?'

'Eén ding tegelijk.'

'Je moet me niet buitensluiten.'

'Dat doe ik niet.'

'Wel waar. Je sluit je af.'

Ik zei niets.

'Je moeder is overleden, dat doet pijn en je trekt je in jezelf terug. Maar dat moet je niet doen. Dit kun je niet in je eentje, Reacher. Je kunt niet je hele leven een eilandje zijn.'

Ik schudde mijn hoofd. 'Dat is het niet,' zei ik. 'Waar het om gaat, is dat ik maar een gooi doe. Ik hou de hele tijd mijn adem in. Het is de ene gok na de andere. En ik wil niet op mijn bek gaan. Niet waar jij bij bent. Dan zou je geen respect meer voor me hebben.'

Ze zei niets.

'Ik weet het wel,' zei ik. 'Je hebt toch al geen respect meer voor me omdat je me zonder kleren hebt gezien.'

Ze dacht even na. En toen glimlachte ze.

'Maar daar zul je aan moeten wennen,' zei ik. 'Omdat het weer gaat gebeuren. Nu meteen zelfs. We nemen de rest van de dag vrij.'

Het bed was vreselijk. Het matras had een kuil in het midden en de lakens waren klam. Misschien wel erger dan klam. Als de kamer na de dood van Kramer niet was verhuurd, waren de lakens in zo'n hotel misschien ook niet verwisseld. Kramer was er niet echt in gekropen, maar was erbovenop overleden. Hij had waarschijnlijk allerlei lichaamssappen afgescheiden. Summer leek het niet erg te vinden. Maar die had hem daar dan ook niet gezien, helemaal grauw en bleek en inert.

Maar toen dacht ik: *wat wil je ook voor vijftien dollar?* En Summer leidde mijn aandacht van de lakens af. Ze leidde me geweldig af. We waren behoorlijk moe, maar ook weer niet uitgeput.

We deden het prima, de tweede keer. De tweede keer is meestal het beste. Dat is mijn ervaring tenminste. Je verheugt je erop en hebt er nog lang niet genoeg van.
Daarna sliepen we als een roos. De verwarming deed eindelijk zijn werk. De verkeersgeluiden op de snelweg waren kalmerend. Als een soort ruis. We waren veilig. Niemand zou ons hier zoeken. Kramer had een goede plek uitgekozen. Het was een geschikte plek om onder te duiken. We rolden samen in de kuil van het matras en hielden elkaar stevig vast. Op het laatst had ik het gevoel dat dit het beste bed was waarin ik ooit had gelegen.

Veel later werden we wakker en we rammelden van de honger. Het was zes uur 's avonds geweest. Buiten was het al donker. De dagen van januari rolden achter elkaar voorbij en we besteedden er weinig aandacht aan. We namen een douche, kleedden ons aan en staken de straat over om een hapje te eten. Ik nam het telefoonboek van het leger met me mee.
We kozen de meeste calorieën voor het minste geld, maar uiteindelijk sloegen we met z'n tweeën toch nog ruim acht dollar stuk. Ik nam wraak met de koffie. Je mocht er voor hetzelfde geld zoveel drinken als je wilde, en van die vrijheid maakte ik ernstig misbruik. Daarna verhuisde ik naar de plek naast de kassa om te telefoneren. Zocht het nummer op in het telefoonboek en belde Sanchez in Jackson.
'Ik hoor dat je in de problemen zit,' zei hij.
'Tijdelijk,' zei ik. 'Heb je nog iets over Brubaker gehoord?'
'Zoals wat?'
'Zoals of ze zijn auto al hebben gevonden.'
'Ja, inderdaad. En dat was een heel eind van Columbia.'
'Laat me eens raden,' zei ik. 'Ergens op een plek die ruim een uur ten noorden van Fort Bird ligt en misschien iets ten zuidoosten van Raleigh. Wat dacht je van Smithfield in North Carolina?'
'Hoe weet jij dat nou in 's hemelsnaam?'
'Natte vingerwerk,' zei ik. 'Het moest in de buurt zijn van de plek waar de I-95 aansluit op U.S.70. Vlak bij de hoofdweg. Denken ze ook dat hij daar is vermoord?'
'Dat weten ze zeker. Hij is daar in zijn auto vermoord. Iemand heeft hem vanaf de achterbank doodgeschoten. De voorruit voor de bestuurdersplaats was kapot geschoten en de rest van het glas was overdekt met bloed en hersenweefsel. En op het stuur zaten spetters die niet waren uitgesmeerd. Dus na zijn dood heeft nie-

mand meer in die auto gereden. Daarom is hij ter plaatse vermoord. In zijn auto, in Smithfield, North Carolina.'
'Hebben ze de hulzen nog gevonden?'
'Geen hulzen. Ook geen belangrijke sporen, afgezien van de gewone rommel die ze wel verwachtten aan te treffen.'
'Hebben ze een theorie over de toedracht?'
'Het was een industrieel parkeerterrein. Uitgestrekt gebied, bekend punt in de buurt, groot parkeerterrein, druk overdag maar 's nachts uitgestorven. Ze gaan ervan uit dat het een rendez-vous van twee auto's was. Brubaker is er het eerst, de tweede auto stopt langszij, er komen minstens twee lui uit die bij Brubaker instappen, een voorin en een achterin. Het duurt even, ze praten misschien wat, dan trekt de man achterin zijn pistool en schiet. Zo denken ze tussen haakjes dat Brubakers horloge is vernield. Ze denken dat zijn linkerpols op het stuur lag, zoals wel vaker gebeurt als mannen in hun auto zitten te wachten. Hoe dan ook, hij wordt om zeep geholpen, ze slepen hem uit de auto, leggen hem in de kofferbak van de andere, rijden naar Columbia en dumpen hem daar.'
'Met geld en dope in zijn zak.'
'Ze weten nog niet waar die vandaan komen.'
'Waarom hebben de daders zijn auto niet verdonkeremaand?' vroeg ik. 'Lijkt me een beetje stom om het lijk naar South Carolina te brengen en de auto te laten staan.'
'Niemand weet waarom. Misschien omdat het te veel aandacht trekt om in een auto vol bloed en met een kapotte voorruit te rijden. Of misschien omdat daders af en toe gewoon stom zíjn.'
'Heb je aantekeningen van wat mevrouw Brubaker over de telefoontjes heeft gezegd die hij had gekregen?'
'Na het eten op de vierde?'
'Nee, al eerder,' zei ik. 'Op oudejaarsnacht. Ongeveer een halfuur nadat ze met z'n allen hand in hand "Auld Lang Syne" hadden gezongen.'
'Misschien wel. Ik heb vrij goeie aantekeningen gemaakt. Ik kan wel even kijken.'
'Doe het maar vlug,' zei ik. 'Ik sta hier in een telefooncel.'
Ik hoorde hem de hoorn op het bureau leggen. Hoorde vage, schuifelende geluiden ver in zijn kantoor. Ik wachtte. Deed nog twee kwartjes in de gleuf. We hadden al twee dollar aan interlokale telefoontjes uitgegeven. Plus twaalf voor het eten en vijftien voor de kamer. We hadden nog achttien dollar over. Waarvan ik

vrij zeker wist dat ik er nog weldra tien uit zou geven. Ik begon te wensen dat het leger geen Caprices met grote achtcilindermotoren had gekocht. Een viercilindertje zoals Kramer had gehuurd zou ons een heel stuk verder hebben gebracht met acht dollar aan benzine.
Ik hoorde Sanchez de hoorn weer oppakken.
'Oké, oudejaarsavond,' zei hij. 'Ze vertelde me dat hij om een uur of halfeen 's nachts werd weggesleept van een diner dansant. En dat ze daar een beetje nijdig over was.'
'Heeft hij haar iets over dat telefoontje verteld?'
'Nee. Maar ze zei dat hij daarna beter danste. Alsof hij barstte van de energie. Alsof hij iets op het spoor was. Hij was helemaal opgewonden.'
'Kon ze dat afleiden uit de manier waarop hij danste?'
'Ze waren al heel lang getrouwd, Reacher. Dan leer je iemand wel kennen.'
'Oké,' zei ik. 'Bedankt, Sanchez. Ik moet ophangen.'
'Wees voorzichtig.'
'Ben ik altijd.'
Ik hing op en liep terug naar ons tafeltje.
'Waar gaan we nu heen?' vroeg Summer.
'Nu gaan we naar meisjes kijken die hun kleren uittrekken,' zei ik.

Het was een korte wandeling over het parkeerterrein van het eethuis naar de stripclub. Er stonden wel auto's, maar niet veel. Het was nog vroeg. Het zou nog een paar uur duren voordat het echt druk werd. De plaatselijke bevolking zat nog thuis te eten of naar het sportjournaal te kijken. De jongens van Fort Bird ruimden af in de kantine, of namen een douche om zich te verkleden, verdeelden zich in groepjes van twee of drie, zochten hun autosleutels en tosten wie er zou rijden. Maar ik keek toch goed uit. Ik wilde niet tegen een ploegje van Delta op lopen. Niet daar in het donker. De tijd was te kostbaar om te verdoen.
We trokken de deur open en gingen naar binnen. Er zat een nieuw gezicht achter de kassa. Misschien een vriend of een familielid van die dikke. Ik kende hem niet. Hij kende mij niet. En we waren in gevechtstenue. Zonder eenheidsinsignes. Er was geen aanwijzing dat we MP's waren. Dus het nieuwe gezicht was blij om ons te zien. Hij beschouwde ons als een kleine stimulans van zijn cashflow van het eerste uur. We liepen hem straal voorbij.

De club was nog voor geen tiende gevuld. Zo voelde het heel anders. Het voelde koud, kolossaal en leeg, als een soort fabriekshal. Zonder het gedrang van mensen, klonk de muziek harder en blikkeriger dan ooit. Er waren uitgestrekte lege stukken vloer. Hectaren. Honderden lege stoelen. Er trad maar één meisje op. Ze bevond zich op het belangrijkste podium en baadde in het warme, rode licht, maar zag er koud en lusteloos uit. Ik zag Summer naar haar kijken. Zag haar huiveren. Ik had gezegd: *Wat ga je dan doen? In de stripclub werken samen met Sin?* Zo met de neus op de feiten was het geen aantrekkelijk vooruitzicht.
'Wat doen we hier?' vroeg ze.
'We zijn hier voor de sleutel tot de hele zaak,' zei ik. 'Mijn grootste vergissing.'
'En wat was die?'
'Let maar op,' zei ik.
Ik liep om het podium naar de kleedkamer. Klopte twee keer aan. Een meisje dat ik niet kende deed open. Ze hield de deur dicht tegen haar lichaam en stak haar hoofd om de hoek. Misschien had ze niets aan.
'Ik moet Sin spreken,' zei ik.
'Die is er niet.'
'Ze is er wel,' zei ik. 'Ze moet Kerstmis nog betalen.'
'Ze heeft het druk.'
'Tien dollar,' zei ik. 'Tien dollar om te praten, geen handtastelijkheden.'
Het meisje verdween en de deur zwaaide achter haar dicht. Ik deed een stap opzij zodat Summer de eerste was die Sin zou zien. We wachtten en wachtten. Daarna ging de deur weer open en kwam Sin naar buiten. Ze droeg een nauwsluitende jurk. Hij was roze en fonkelde. Ze was lang, door haar transparante hoge hakken van plastic. Ik stapte achter haar, zodat ik tussen haar en de kleedkamerdeur stond. Ze draaide zich om en zag me. In de val.
'Een paar vragen maar,' zei ik. 'Meer niet.'
Ze zag er beter uit dan de laatste keer dat ik haar had gezien. De blauwe plekken op haar gezicht waren tien dagen oud en min of meer genezen. Haar make-up was misschien wat dikker. Maar dat was het enige dat er nog van haar problemen over was. Haar ogen waren leeg. Waarschijnlijk had ze zichzelf net een shot gegeven. Tussen de tenen. *Alles om je de nacht maar door te halen.*
'Tien dollar,' zei ze.
'Laten we gaan zitten,' zei ik.

We vonden een tafeltje ver van de luidspreker. Het was er betrekkelijk rustig. Ik haalde een briefje van tien uit mijn zak en hield het voor me. Liet het niet los.
'Kun je je mij nog herinneren?' vroeg ik.
Ze knikte.
'En die avond?' vroeg ik.
Ze knikte weer.
'Oké, hier is mijn vraag. Wie heeft je die klappen gegeven?'
'Die soldaat,' zei ze. 'Met wie je vlak daarvoor had staan praten.'

21

Ik hield mijn tiendollarbiljet stevig vast en liet haar het hele verhaal vertellen. Ze vertelde dat ze de ronde had gemaakt langs de meisjes nadat ze van mijn knie was gegleden. Ze had met de meeste meisjes fluistergesprekken kunnen voeren. Geen van hen wist iets. Geen van hen had ook maar enige informatie, noch uit eerste, noch uit de tweede hand. Er deden zelfs geen geruchten de ronde. Geen verhalen over een collega die een probleem in het motel had gehad. Ze had nog eens in de privékamer gevraagd en daar evenmin iets gehoord. Daarna was ze naar de kleedkamer gegaan. Daar was niemand. De zaken gingen goed. Alle andere meisjes waren ofwel op het podium, of in het motel aan de overkant. Ze wist dat ze door had moeten vragen. Maar er waren geen roddels. Ze had het gevoel dat iemand iets gehoord had moeten hebben als er echt iets ernstigs was gebeurd. Dus besloot ze het gewoon op te geven en mij af te poeieren. Vervolgens was de soldaat met wie ik had staan praten de kleedkamer binnengekomen. Ze gaf een vrij goed signalement van Carbone. Zoals de meeste prostituees had ze zich geoefend in het zich herinneren van gezichten. Vaste klanten vinden het leuk om herkend te worden. Het geeft hun een speciaal gevoel. Maakt de fooien groter. Ze vertelde dat Carbone haar waarschuwde geen enkele MP'er wat dan ook te vertellen. Ze beklemtoonde de woorden zoals hij ze tien dagen daarvoor had uitgesproken. *Geen énkele mp'er, wát dán óók*. Om ervoor te zorgen dat ze hem serieus nam, had hij haar vervolgens twee keer hard en snel geslagen, een forehand en een backhand. Ze was verdoofd geweest van de klappen. Ze had ze niet zien aankomen. Ze klonk onder de indruk. Het was alsof ze de klappen vergeleek met andere klappen die ze had gekregen. Als een kenner. En als ik haar zo zag, leek het me dat ze redelijk vertrouwd was met slaag.

'Zeg het nog een keer,' zei ik. 'Het was die soldaat, en niet de eigenaar.'

Ze keek me aan alsof ik niet spoorde.

'De éigenaar slaat ons nooit,' zei ze. 'Wij zijn z'n brood.'

Ik gaf haar de tien dollar en we lieten haar aan het rustige tafeltje zitten.

'Wat betekent dat?' vroeg Summer.
'Alles,' zei ik.
'Hoe wist je het?'
Ik haalde mijn schouders op. We waren weer in Kramers motelkamer, vouwden spullen op, pakten onze tassen en maakten ons op om nog een laatste keer op pad te gaan.
'Ik had het verkeerd ingeschat,' zei ik. 'Ik denk dat ik het in Parijs begon te beseffen. Toen we op het vliegveld op Joe stonden te wachten. Die menigte wachtenden. Ze stonden te kijken naar de mensen die naar buiten kwamen. Die waren half bereid die iemand te begroeten, en half bereid hen te negeren. Zo ging het ook die bewuste avond in de club. Ik ging naar binnen. Ik ben een lange vent, dus de mensen zagen me komen. Ze waren heel even nieuwsgierig. Maar ze kenden me niet en mochten me niet omdat ik een MP'er ben, dus keerden ze zich om en sloten me buiten. Het ging heel subtiel, allemaal in lichaamstaal. Behalve Carbone. Hij sloot me niet buiten. Hij draaide zich naar me toe. Ik dacht dat het iets willekeurigs was, maar dat was niet zo. Ik dacht dat ik hem uitkoos, maar hij koos mij net zo goed uit.'
'Het moest willekeurig zijn. Hij kende je niet.'
'Hij kende *míj* niet, maar hij wist wel wat een MP-badge was. Hij had zestien jaar in het leger gezeten. Hij wist heus wel wat hij zag.'
'Waarom draaide hij zich dan naar je toe?'
'Het was net alsof hij zich bedacht. Als iets aarzelends. Hij wilde zich wegdraaien, maar daarna bedacht hij zich en draaide weer naar me toe. Hij *wílde* dat ik naar hem toe kwam.'
'Waarom?'
'Omdat hij wilde weten wat ik kwam doen.'
'Heb je hem dat verteld?'
Ik knikte. 'Terugkijkend heb ik dat inderdaad gedaan. Geen details. Ik wilde alleen dat de mensen zich geen zorgen gingen maken, dus heb ik hem verteld dat het met niemand te maken had, dat het om een verloren voorwerp van de overkant ging, dat een van de hoeren het misschien had. Hij was erg intelligent. Heel subtiel. Hij had me als een vis binnengehaald en het uit me gekregen.'
'Wat kon hem dat schelen?'

'Iets wat ik een keer tegen Willard heb gezegd. Ik zei dat er dingen gebeuren om andere dingen op een dood spoor te zetten. Dat was zijn bedoeling. Dus heeft hij heel snel nagedacht. En slim. Delta neemt geen domme jongens in dienst, dat is een ding dat zeker is. Hij ging naar de kleedkamer om dat meisje een klap te verkopen, om haar de mond te snoeren voor het geval ze iets wist. En vervolgens kwam hij naar buiten en liet mij denken dat de eigenaar het had gedaan. Hij hoefde er niet eens over te liegen. Hij liet het me gewoon aannemen. Hij wond me op als een stuk speelgoed en stuurde me de kant op die hij wilde. En daar ging ik. Ik gaf de eigenaar een draai om zijn oren en we hebben het op het parkeerterrein uitgevochten. En Carbone stond toe te kijken. Hij zag me die vent afdrogen, precies zoals zijn bedoeling was geweest, en daarna heeft hij die klacht ingediend. Dus hij had de ingang en de uitgang gedekt. Het meisje was het zwijgen opgelegd, en hij dacht dat ik uit beeld zou verdwijnen door een disciplinaire maatregel. Hij was een buitengewoon geslepen jongen, Summer. Ik wou dat ik hem eerder had ontmoet.'

'Waarom wilde hij je het werken onmogelijk maken? Wat was zijn motief?'

'Hij wilde niet dat ik erachter kwam wie de tas had meegenomen.'

'Waarom niet?'

Ik ging op het bed zitten.

'Waarom hebben wij nooit de vrouw gevonden die Kramer hier heeft ontmoet?'

'Ik weet het niet.'

'Omdat er nooit sprake is geweest van een vrouw,' zei ik. 'Kramer heeft Carbone hier ontmoet.'

Ze staarde me alleen maar aan.

'Kramer was ook homoseksueel,' zei ik. 'Hij en Carbone hadden iets met elkaar.'

'Carbone heeft de tas meegenomen,' zei ik. 'Uit deze kamer. Omdat hij de relatie geheim moest houden. Net zoals we van die fantoomvrouw dachten, was hij misschien bang dat er iets persoonlijks over hem in zat. Of misschien had Kramer zitten opscheppen over die conferentie in Irwin. Had hij zitten praten hoe de cavalerie zijn belangen ging verdedigen. Dus misschien was Carbone nieuwsgierig. Of zelfs bezorgd. Hij was zestien jaar infanterist geweest. En het type man dat bij Delta komt heeft een heleboel loyaliteit jegens zijn eenheid. Misschien zelfs meer loyaliteit jegens zijn eenheid dan jegens zijn minnaar.'

'Ik geloof het niet,' zei Summer.

'Dat kun je maar beter wel doen,' zei ik. 'Het klopt allemaal als een bus. Andrea Norton heeft het ons min of meer verteld. Ik denk dat ze van Kramer wist. Bewust of onbewust, dat weet ik niet zeker. Wij hebben haar beschuldigd, maar ze was niet eens verontwaardigd, weet je nog? Ze was eerder geamuseerd. Of misschien verbijsterd. Ze was seksuologe, ze had de man ontmoet, ze had misschien op professioneel gebied de een of andere vibratie van hem opgevangen. Of juist de afwezigheid van een lichamelijke vibratie. Dus wij zagen haar al in bed met Kramer en zij kon daar geen garen van spinnen. Dus werd ze niet eens boos. Ze kon er niets mee. En we weten dat Kramers huwelijk niets voorstelde. Geen kinderen. Hij was al vijf jaar niet thuis geweest. Rechercheur Clark in Green Valley vroeg zich af waarom hij niet was gescheiden. Hij heeft me een keer gevraagd of echtscheiding een generaal zijn carrière kon kosten. Ik zei van niet. Maar homoseksualiteit wel degelijk. Homoseksualiteit is voor een generaal een enorme carrièrebreker. Daarom heeft hij zijn huwelijk in stand gehouden. Het was een dekmantel, voor het leger. Net als de foto van het meisje in Carbones portefeuille.'

'We hebben geen bewijs.'

'Maar we kunnen er wel dichtbij komen. Carbone had een condoom in zijn portefeuille en een foto van een vriendin. Tien tegen een dat het condoom uit hetzelfde pakje komt als het exemplaar dat ze in het Walter Reed op Kramers lichaam hebben aangetroffen. En nog eens tien tegen een dat we erachter kunnen komen waar en wanneer ze elkaar hebben leren kennen, als we oude detacheringen uitvlooien. De een of andere gezamenlijke oefening ergens, zoals we de hele tijd hebben aangenomen. Bovendien onderhield Carbone de voertuigen van Delta. Dat heeft hun kapitein me verteld. Hij had toegang tot hun hele Humvee-stal, wanneer hij maar wilde. Dus nog eens tien tegen een dat we erachter zullen komen dat hij er de bewuste avond een heeft meegenomen. In zijn eentje, op oudejaarsavond.'

'Is hij vermoord vanwege de tas? Uiteindelijk? Net als mevrouw Kramer?'

Ik schudde mijn hoofd.

'Later,' zei ik. 'Eén ding tegelijk.'

'Maar hij had die tas. Dat heb je gezegd. Hij is ermee vandoor gegaan.'
Ik knikte. 'En die heeft hij doorzocht zodra hij weer terug was in Bird. Hij heeft de agenda gevonden. En gelezen. En door iets wat daarin stond, heeft hij onmiddellijk zijn commandant gebeld.'
'Heeft *híj* Brubaker gebeld? Hoe heeft hij dat kunnen doen? Hij kon toch niet zeggen: "Luister, ik heb net met de generaal geslapen en raad eens wat ik heb gevonden?"'
'Hij kan gezegd hebben dat hij de tas ergens anders heeft gevonden. Op de stoep bijvoorbeeld. Maar eigenlijk vraag ik me af of Brubaker misschien al vanaf het begin op de hoogte is geweest van Carbone en Kramer. Dat is een mogelijkheid. Delta is een familie en Brubaker had nauw contact met zijn manschappen. Het kan zijn dat hij ervan wist. En misschien heeft hij de situatie uitgebuit. Voor inlichtingendoeleinden. Die gasten wedijveren als de neten. En volgens Sanchez wist Brubaker overal voordeel uit te slepen. Dus misschien was de tol van Brubakers tolerantie dat Carbone slaapkamergeheimen door moest geven.'
'Dat is afschuwelijk.'
Ik knikte. 'Het heeft iets hoerigs. Ik heb je toch gezegd dat er geen winnaars zijn in deze zaak? Iedereen zal erbij inschieten.'
'Behalve wij. Als we resultaat boeken.'
'Jij wel. Ik niet.'
'Waarom?'
'Wacht maar af,' zei ik.

We brachten onze bagage naar de Chevrolet, die nog altijd achter de stripclub stond. We legden de plunjezakken in de kofferbak. Er stonden meer auto's dan een paar uur daarvoor. De zaak liep warm. Ik keek op mijn horloge. Bijna acht uur aan de oostkust, bijna vijf uur aan de westkust. Ik bleef staan om een besluit te nemen. *Als we ook maar één seconde aarzelen, worden we weer onder de voet gelopen.*
'Ik moet nog twee mensen bellen,' zei ik.
Ik nam het telefoonboek van het leger mee en we liepen terug naar het eethuis. Ik tastte in mijn zak naar kleingeld en haalde een handjevol te voorschijn. Summer droeg twee muntjes bij. De man achter de toonbank wisselde een en ander voor de juiste muntjes. Ik stopte er een paar in het apparaat en belde Franz in Californië. Vijf uur 's middags, dat was midden op zijn werkdag.
'Kom ik door jullie poort?' vroeg ik.

'Waarom niet?'
'Willard zit achter me aan. Hij waarschuwt waarschijnlijk alle plaatsen waar hij denkt dat ik heen ga.'
'Ik heb nog niets van hem gehoord.'
'Misschien kun je je telex een paar dagen uitzetten.'
'Wanneer kom je?'
'Morgenochtend.'
'Je vriendjes zijn er al. Die zijn net aangekomen.'
'Ik heb geen vriendjes.'
'Vassell en Coomer. Die zijn net uit Europa gekomen.'
'Waarom?'
'Oefeningen.'
'Is Marshall er nog?'
'Jazeker. Hij is naar LAX gegaan om hen op te halen. Ze zijn allemaal samen teruggekomen. Als een gelukkig gezinnetje.'
'Ik wil dat je twee dingen voor me doet,' zei ik.
'Nog twee dingen, bedoel je.'
'Ik moet zelf van LAX worden opgehaald. Morgenochtend kom ik met de eerste vlucht uit Washington. Je moet iemand sturen.'
'En?'
'En je moet iemand de stafauto laten zoeken die Vassell en Coomer hier hebben gebruikt. Het is een zwarte Mercury Grand Marquis. Marshall heeft hem op oudejaarsavond uitgeboekt. Nu zal hij ofwel in de garage van het Pentagon staan, of op Andrews. Iemand moet die wagen zoeken en hem aan een volledig forensisch onderzoek onderwerpen. En gauw ook.'
'Waar moeten ze naar zoeken?'
'Alles wat ze kunnen vinden.'
'Oké,' zei Franz.
'Tot morgen,' zei ik.
Ik hing op en bladerde van de F van Fort Irwin naar de P van het Pentagon. Ik ging met mijn vinger langs de paragraaf C van *Chief of Staff's Office*. Daar liet ik hem even rusten.
'Vassell en Coomer zijn in Irwin,' zei ik.
'Waarom?' vroeg Summer.
'Ze duiken onder,' zei ik. 'Ze denken dat wij nog in Europa zijn. Ze weten dat Willard de vliegvelden in de gaten houdt. We gaan drie vliegen in één klap slaan.'
'Moeten wij hen wel hebben?' vroeg Summer. 'Zij wisten niets van mevrouw Kramer. Dat was duidelijk. Ze schrokken toen je hun dat die avond in je kantoor vertelde. Dus denk ik dat ze wel

opdracht hebben gegeven voor de inbraak, maar niet voor de bijkomende schade.'

Ik knikte. Ze had gelijk. Ze hadden die keer in mijn kantoor verrast opgekeken. Coomer was bleek geworden en had gevraagd: *Was het een inbraak?* Die vraag kwam rechtstreeks uit een schuldig geweten. Dat betekende dat Marshall het hun op dat moment nog niet had verteld. Hij had het echte slechte nieuws onder zijn pet gehouden. Hij was om twintig over drie 's morgens in het hotel teruggekomen en had hun verteld dat de tas daar niet was, maar niet wat er werkelijk was gebeurd. Vassell en Coomer moeten dat in alle haast naderhand in mijn kantoor hebben gededuceerd. Dat moest een interessante rit naar huis zijn geweest. Er zouden wel harde woorden zijn gevallen.

'Het komt alleen op Marshall aan,' zei Summer. 'Die is in paniek geraakt, anders niet.'

'Technisch gezien was het samenzwering,' zei ik. 'Juridisch zijn ze allemaal verantwoordelijk.'

'Moeilijk te vervolgen.'

'Dat is het probleem van de auditeur-generaal.'

'Het is een zwakke zaak. Moeilijk te bewijzen.'

'Ze hebben nog meer op hun kerfstok,' zei ik. 'Neem maar van mij aan dat de klap op het hoofd van mevrouw Kramer nog wel hun minste zorg zal zijn.'

Ik gooide weer een paar muntjes in de telefoon en belde het kantoor van de chef-staf in het hart van het Pentagon. Een vrouw nam op. Het was een perfecte stem voor Washington. Niet hoog, niet laag, beschaafd, elegant, vrijwel accentloos. Ze was waarschijnlijk een hoge beambte die overwerkte. Waarschijnlijk was ze een jaar of vijftig, met blond, grijzend haar en poeder op haar gezicht.

'Wilt u het volgende opschrijven?' zei ik. 'Ik ben majoor bij de militaire politie en mijn naam is Reacher. Onlangs ben ik overgeplaatst van Panama naar Fort Bird, North Carolina. Vannacht om middernacht sta ik bij de controlepost van de E-ring in uw gebouw. Het is helemaal aan de chef-staf of hij mij wil ontvangen of niet.'

Ik wachtte even.

'Meer niet?' vroeg de vrouw.

'Meer niet,' zei ik en ik hing op. Ik stopte vijftien resterende centen in mijn zak. Deed het telefoonboek dicht en klemde het onder mijn arm.

'Kom op,' zei ik. We reden naar het benzinestation om voor acht dollar benzine te tanken.

'Het is helemaal aan de chef-staf of hij je wil ontvangen of niet?' vroeg Summer. 'Wat heeft dát in godsnaam te betekenen?'
We reden op de I-95 en Washington was nog drie uur rijden. Misschien tweeënhalf, met Summer aan het stuur. Het was pikkedonker en druk op de weg. De vakantiekater was voorbij. De hele wereld was weer aan het werk.
'Er gebeurt iets van groot gewicht,' zei ik. 'Waarom zou Carbone Brubaker anders tijdens een feestje bellen? Alles wat minder dan verbijsterend is, had toch kunnen wachten? Dus is het iets van groot gewicht, waar gewichtige jongens bij betrokken zijn. Kan niet anders. Wie anders kan twintig MP's van de Special Forces van over de hele wereld op één dag hebben overgeplaatst?'
'Jij bent majoor,' zei ze. 'Franz, Sanchez en de rest ook. Iedere kolonel had jullie kunnen overplaatsen.'
'Maar ook alle MP-commandanten zijn overgeplaatst. Die hebben het veld moeten ruimen. Om ons bewegingsvrijheid te geven. En de meeste bevelhebbers zijn zelf kolonel.'
'Oké, de eerste de beste brigadegeneraal had het kunnen doen.'
'Met vervalste handtekeningen op de bevelen?'
'Iedereen kan een handtekening vervalsen.'
'En hopen dat hij daar naderhand zonder kleerscheuren afkomt? Nee, deze hele toestand is bekokstoofd door iemand die wist dat hij ongestraft te werk kon gaan. Iemand die onaantastbaar is.'
'De chef-staf?'
Ik schudde mijn hoofd. 'Nee, ik denk eigenlijk de plaatsvervangend chef-staf. Momenteel is dat iemand die is opgeklommen via de infanterie. En we mogen ervan uitgaan dat hij niet op zijn achterhoofd gevallen is. Ze zetten geen sukkel op zo'n post. Ik denk dat hij de tekens aan de wand heeft gezien. Hij heeft de Berlijnse Muur zien vallen, nagedacht en beseft dat eerdaags alles zou vallen, de hele gevestigde orde.'
'En?'
'En hij is zich zorgen gaan maken over een zet van de cavalerie. Iets dramatisch. Zoals gezegd, hebben die gasten alles te verliezen. Volgens mij heeft de plaatsvervangend chef-staf gelazer voorzien, en dus heeft hij ons allemaal overgeplaatst om de juiste mensen op de juiste plek te krijgen, zodat wij er een stokje voor konden steken voordat het goed en wel was begonnen. En vol-

gens mij had hij gelijk om zich zorgen te maken. Ik denk dat de cavalerie de bui zag hangen en de hele zaak een stap voor wilde zijn. Zij hadden geen trek in geïntegreerde eenheden waarin infanterieofficieren de dienst uitmaken. Dus denk ik dat de conferentie in Irwin over een of ander dramatisch initiatief handelde. Iets kwalijks. Daarom maakten ze zich zo bezorgd dat de agenda aan het licht zou komen.'

'Maar verandering is normaal. Uiteindelijk kun je die niet tegenhouden.'

'Maar geen mens die het voetstoots accepteert,' zei ik. 'Niemand heeft het ooit aanvaard en niemand zál het ooit zomaar aanvaarden. Breng maar eens een bezoek aan marinewerven en ergens in een loods vind je geheid een miljoen ton aan documenten van een halve eeuw oud waarin staat dat slagschepen nooit vervangen kunnen worden, en dat vliegdekschepen nutteloze stukken modernistisch schroot zijn. Er zullen admiraals zijn geweest die verhandelingen van honderd pagina's hebben geschreven waarin ze hun hele hart en ziel hebben gelegd, en die er een blinde eed op zwoeren dat hun visie de enige ware was.'

Summer zei niets.

Ik glimlachte. 'Ga maar terug in ónze archieven en je zult er waarschijnlijk achter komen dat Kramers grootvader heeft gezegd dat tanks nooit paarden kunnen vervangen.'

'Wat waren ze precies van plan?'

Ik haalde mijn schouders op. 'We hebben die agenda niet gezien. Maar we kunnen er een redelijke gooi naar doen. Vanzelfsprekend het in diskrediet brengen van sleutelfiguren van de oppositie. Een maximale hoeveelheid vuile was buiten hangen. Vrijwel zeker gekonkel met de defensie-industrie. Als ze vooraanstaande fabrikanten konden laten beweren dat ze lichte pantservoertuigen niet veilig konden maken, zou dat erg helpen. Ze konden publieke propaganda gebruiken. Ze konden het volk wijsmaken dat hun zoons en dochters de oorlog in worden gestuurd in blikjes die je met een proppenschieter kunt penetreren. Ze konden proberen het Congres de stuipen op het lijf te jagen. Ze konden de afgevaardigden wijsmaken dat een luchtvloot van C-130 transportvliegtuigen die groot genoeg is om indruk te maken honderden miljarden zou gaan kosten.'

'Dat is niet meer dan alledaags gekift.'

'Dus is er misschien nog meer. We weten het niet. Kramers hartaanval heeft flink wat roet in het eten gegooid. Voorlopig.'

'Denk je dat ze van voren af aan beginnen?'
'Zou jij dat niet doen? Als je alles te verliezen had?'
Ze haalde een hand van het stuur. Liet hem losjes op schoot liggen. Draaide zich een beetje en keek me even aan. Haar oogleden bewogen.
'Waarom wil je dan de chef-staf spreken?' vroeg ze. 'Als je gelijkt hebt, staat de plaatsvervangend chef-staf aan jouw kant. Dan heeft die jou hierheen gehaald. Hij is degene die jou de hand boven het hoofd houdt.'
'Een spelletje schaak,' zei ik. 'Of touwtrekken. De goeie en de slechte. De goeie heeft mij hierheen gehaald, de slechte heeft Garber weggestuurd. Het is moeilijker om Garber over te plaatsen dan mij, daarom is de slechte hoger dan de goeie. En de enige die hoger is dan de plaatsvervangend chef-staf is de chef-staf zelf. Ze doen altijd toerbeurten, daarom weten we dat de chef-staf van de cavalerie is. Dus weten we wie er een belang heeft.'
'De chef-staf is de slechte?'
Ik knikte.
'Waarom wil je die dan zo graag spreken?'
'Omdat we in het leger zitten, Summer,' zei ik. 'We worden geacht onze vijanden te confronteren, niet onze vrienden.'

We werden zwijgzamer naarmate we dichter bij Washington kwamen. Ik kende mijn sterke en zwakke kanten, en ik was jong, brutaal en dom genoeg om me ieders gelijke te voelen. Maar de chef-staf tegen de haren in strijken was andere koek. Het was een bovenmenselijke rang. Hij had niemand boven zich. Gedurende mijn dienstjaren waren er drie geweest en ik had er nog nooit een gesproken. Ik had er zelfs nooit een gezien, voor zover ik het me kon herinneren. Ik had ook nog nooit een plaatsvervangend chef-staf gezien, of een onderminister, noch iemand anders van die gladde soort uit doorluchtige kringen. Ze waren een aparte soort. Iets maakte hen anders dan de rest van ons.
Maar ze waren op dezelfde manier begonnen. Theoretisch had ik een van hen kunnen zijn. Ik had op West Point gestudeerd, net als zij. Maar decennialang was West Point niet meer geweest dan een veredelde genieopleiding. Om naar de staf te koersen, moest je na het afstuderen ergens anders heen. Naar iets beters. Je moest naar de George Washington University, Stanford, Harvard of Yale, of MIT, of Princeton, of misschien zelfs over de grens, zoals Oxford of Cambridge in Engeland. Je moest een Rhodes-beurs

hebben. Je moest drs. of dr. in de economie, of politieke wetenschappen, of internationale betrekkingen worden. Je moest een *White House Fellow* zijn. Daar was mijn carrièrekoers afgebogen. Direct na West Point. Ik bekeek mezelf in de spiegel en zag iemand die beter koppen tegen elkaar kon slaan dan studeren. Andere mensen keken in de spiegel en zagen hetzelfde. De hokjesgeest in de strijdkrachten laat zich vanaf het prilste begin gelden. Dus volgden zij hun weg en ik de mijne. Zij gingen naar de E-ring of de West Wing en ik naar duistere steegjes in Seoul of Manilla. Als zij op mijn terrein kwamen, zouden ze het niet overleven. Hoe ik het op hun terrein zou doen, viel nog te bezien.
'Ik ga alleen,' zei ik.
'O, nee,' zei Summer.
'O, jawel,' zei ik. 'Noem het maar wat je wilt. Advies van een vriend, of een rechtstreeks bevel van een meerdere. Maar je blijft in de auto. Zeker weten. Al moet ik je met handboeien aan het stuur vastmaken.'
'We zijn hier allebei bij betrokken.'
'Maar we mogen wel verstandig zijn. Dit is wat anders dan een bezoekje aan Andrea Norton. Riskanter dan dit bestaat niet. Er is geen enkele reden waarom we allebei ten onder moeten gaan.'
'Zou jij in de auto blijven? Als je in mijn schoenen stond?'
'Ik zou eronder kruipen,' zei ik.
Ze reed zwijgend door, harder dan ooit. We bereikten de Beltway. Begonnen aan de lange kwartcirkel met de klok mee naar Arlington.

De bewaking van het Pentagon was iets strenger dan anders. Misschien was er iemand bang dat het restje van Noriega's leger een noordwaartse penetratie van vierduizend kilometer op touw zette. Maar we kwamen zonder enige moeite het parkeerterrein op. Het was bijna leeg. Summer beschreef een grote, trage cirkel en kwam bij de hoofdingang tot stilstand. Ze zette de motor af en trok de handrem aan. Dat deed ze iets harder dan nodig was. Waarschijnlijk wilde ze me iets duidelijk maken. Ik keek op mijn horloge. Het was vijf minuten voor middernacht.
'Gaan we ruzie maken?' vroeg ik.
Ze haalde haar schouders op.
'Veel succes,' zei ze. 'En geef hem de wind van voren.'
Ik gleed naar buiten de kou in. Deed het portier achter me dicht en bleef even staan. Het enorme gebouw doemde vlak voor me

op. Er werd weleens gezegd dat dit het grootste kantoorgebouw ter wereld was, en op dat moment wilde ik dat best geloven. Ik zette me in beweging. Er was een lange, oplopende wandelweg naar de ingang. Vervolgens was er een bewaakte hal ter grootte van een basketbalveld. Mijn speciale-eenheid-badge loodste me daardoorheen. Vervolgens zette ik koers naar het hart van het complex. Er waren vijf concentrische, vijfhoekige gangen, *ringen* genaamd. Elke ring werd bewaakt door een afzonderlijke controlepost. Mijn badge was voldoende om me door B, C en D te loodsen. Niets ter wereld zou me binnen de E-ring krijgen. Ik bleef bij de laatste controlepost staan en knikte de bewaker toe. Hij knikte terug. Hij was gewend aan wachtenden.

Ik leunde tegen de muur. Hij was van glad geverfd beton en voelde koud en glibberig aan. Het was stil in het gebouw. Ik hoorde niets anders dan water in buizen, de vage ruis van heteluchtverwarming en de regelmatige ademhaling van de bewaker. Op de vloer lagen glimmende linoleumtegels en die weerspiegelden de neonbuizen aan het plafond in een lange, dubbele rij die in de verte verdween.

Ik wachtte. Ik zag de klok in het wachthokje. De wijzers passeerden middernacht. Het werd vijf over twaalf. Tien over. Ik wachtte. Ik begon te denken dat mijn uitdaging was afgeslagen. Deze jongens waren politici. Misschien speelden ze een slimmer spelletje dan ik me kon voorstellen. Misschien waren ze subtieler, verfijnder en geduldiger. Misschien speelde ik wel heel erg boven mijn niveau.

Of misschien had de vrouw met die mooie stem mijn boodschap in de prullenmand gegooid.

Ik wachtte. Vervolgens hoorde ik om kwart over twaalf hakken op het linoleum weerkaatsen. Nette schoenen die een staccatoritme tikten dat deels dringend, deels ontspannen was. Zoals van iemand die het druk heeft, maar niet in paniek is. Ik zag hem nog niet. Het geluid van zijn hakken op de vloer reisde hem vooruit en een hoek om. Het holde hem vooruit als een vroegtijdig alarmsignaal.

Ik luisterde naar het geluid en hield mijn blik op de plek waar ik hem verwachtte te zien, precies waar de neonbuizen op het plafond hun spiegelbeeld op de grond ontmoetten. Daarna kwam er een man de hoek om die door het felle licht liep. Hij bleef recht op me af komen zonder het ritme van zijn hakken te onderbreken, zonder vaart te minderen, zonder harder te lopen, nog steeds druk, maar niet in paniek. Hij was de chef-staf van het leger. Hij was in officiële avondgalakleding. Een kort blauw, getailleerd jasje. Blauwe broek met twee gouden strepen. Vlinderdasje. Gouden knopen en manchetknopen. Ingewikkelde goudkleurige knopen en slingers van tressen op zijn mouwen en schouders. Hij was overdekt met gouden insignes, badges, sjerpen en miniversies van zijn medailles. Hij had een volle bos grijs haar. Hij was ongeveer een meter vijfenzeventig en ruim tachtig kilo. Precies het gemiddelde in een modern leger.

Toen hij op een meter of drie afstand was, sprong ik in de houding en salueerde. Het was een zuivere reflex. Als een katholiek op audiëntie bij de paus. Hij salueerde niet terug. Hij keek me alleen maar aan. Misschien verbood het protocol salueren als je in avondgala was. Of als je blootshoofds in het Pentagon was. Of misschien was hij gewoon onbeleefd.

Hij stak zijn hand uit.

'Het spijt me erg dat ik zo laat ben,' zei hij. 'Vriendelijk van u om te wachten. Ik was in het Witte Huis, voor een staatsdiner met een paar buitenlandse vrienden.'

Ik gaf hem een hand.

'We gaan naar mijn kantoor,' zei hij.

Hij ging me voor langs de bewaker van de E-ring, we sloegen links af de gang in en liepen een eindje door. Vervolgens liepen we een suite in en ontmoette ik de vrouw met de mooie stem. Ze zag er min of meer uit zoals ik me had voorgesteld. Maar in levenden lijve klonk ze nog beter dan aan de telefoon.

'Kopje koffie, majoor?' vroeg ze.

Ze had een verse pot gereed. Waarschijnlijk had ze het apparaat om zeven voor twaalf aangezet, zodat hij precies om middernacht was doorgelopen. Volgens mij ging dat zo in de suite van de chef-staf. Ze gaf me een kop en schotel van vliesdun porselein. Ik was bang dat ze als een eierschaal zouden breken. Ze droeg burgerkleding. Een donker pakje dat er zo serieus uitzag dat het formeler was dan een uniform.

'Deze kant op,' zei de chef-staf.

Hij ging me voor zijn kantoor in. Mijn kopje rammelde op zijn schotel. Zijn kantoor was verrassend eenvoudig. Het had dezelfde geverfde betonnen wanden als de rest van het gebouw. Hetzelfde soort metalen bureau dat ik had gezien in het kantoor van de patholoog van Fort Bird.

'Neemt u plaats,' zei hij. 'Als u het niet erg vindt, houden we het kort. Het is al laat.'

Ik zei niets. Hij sloeg me gade.
'Ik heb uw boodschap ontvangen,' zei hij, 'en begrepen.'
Ik zei niets. Hij probeerde het ijs te breken.
'Noriega's top zit daar nog ergens,' zei hij. 'Hoe komt dat volgens u?'
'Tachtigduizend vierkante kilometer,' zei ik. 'Dat is veel ruimte om onder te duiken.'
'Krijgen we ze allemaal te pakken?'
'Vanzelfsprekend,' zei ik. 'Iemand zal ze verlinken.'
'U bent een cynicus.'
'Een realist,' zei ik.
'Wat hebt u op uw hart, majoor?'
Ik nam een slokje koffie. Het licht was gedimd. Opeens was ik me ervan bewust dat ik in het hart van een van de strengst bewaakte gebouwen ter wereld was, en dat ik in het holst van de nacht tegenover de machtigste soldaat van het land zat. En ik stond op het punt een ernstige beschuldiging te uiten. En maar één andere persoon wist dat ik hier was, en misschien zat zij inmiddels al ergens in een cel.
'Twee weken geleden was ik in Panama,' zei ik. 'En toen werd ik overgeplaatst.'
'Waarom, denkt u?'
Ik haalde diep adem. 'Ik denk dat de plaatsvervangend chef-staf bepaalde individuen op bepaalde lokaties wilde hebben omdat hij zich zorgen maakte over moeilijkheden.'
'Wat voor moeilijkheden?'
'Een interne coup door uw vroegere vriendjes van de cavalerie.'
Hij zweeg een poosje.
'Zou dat een realistische zorg zijn geweest?' vroeg hij.
Ik knikte. 'Op nieuwjaarsdag zou er een conferentie in Irwin zijn. Naar mijn overtuiging was de agenda bepaald controversieel, waarschijnlijk illegaal en misschien zelfs hoogverraad.'
De chef-staf zei niets.
'Maar het is misgelopen,' zei ik. 'Omdat generaal Kramer overleed. Maar de consequenties waren potentieel problematisch. Dus hebt u persoonlijk ingegrepen door kolonel Garber weg te promoveren uit het 110th en hem te vervangen door een mislukkeling.'
'Waarom zou ik dat doen?'
'Opdat de natuur zijn werk zou doen en het onderzoek ook op niets uit zou draaien.'

Hij bleef nog een hele poos zwijgen. Toen glimlachte hij.
'Een goede analyse,' zei hij. 'De deconfiture van het sovjetcommunisme zou natuurlijk tot spanningen binnen de Amerikaanse strijdkrachten leiden. Die spanningen zouden tot uiting komen in allerlei vormen van intern gekuip en gekonkel. Dat interne gekonkel en gekuip zou natuurlijk worden voorzien, en stappen zouden worden genomen om potentiële problemen in de kiem te smoren. En zoals u zegt, zouden er in de hoogste top spanningen zijn die tot zetten en tegenzetten zouden leiden.'
Ik zei niets.
'Zoals een spelletje schaak,' zei hij. 'De plaatsvervangend chefstaf doet een zet, en ik doe een tegenzet. Ik neem aan dat het een onvermijdelijke conclusie is, omdat u een tweetal topofficieren zocht waarvan de een hoger was dan de ander.'
Ik keek hem recht aan.
'Heb ik het mis?' vroeg ik.
'Slechts alleen op twee kleine onderdelen,' zei hij. 'U hebt natuurlijk gelijk als u kolossale veranderingen voorziet. De CIA was een beetje traag om Ivans dreigende overlijden te voorspellen, dus hebben we nog geen jaar de tijd gehad om de zaken te overpeinzen. Maar neemt u maar van mij aan dat we alles grondig hebben doordacht. Nu bevinden we ons in een unieke situatie. We hebben iets van een zwaargewichtbokser die jaren heeft geoefend om een gooi te doen naar de wereldtitel, en vervolgens worden we op een dag wakker en horen we dat onze voorgenomen tegenstander is doodgevallen. Dat is een zeer onthutsende sensatie. Maar we hebben ons huiswerk wel gedaan.'
Hij bukte zich, trok een la open en bevrijdde met enige moeite een enorm losbladig dossier. Het was minstens acht centimeter dik. Het plofte op zijn bureau. Het had een groene omslag met een lang woord erop in zwarte sjabloonletters. Hij draaide het om zodat ik het kon lezen. Er stond *Transformatie*.
'Uw eerste vergissing was dat u er te dicht op heeft gestaan,' zei hij. 'U moet afstand nemen en de zaak vanuit ons perspectief bekijken. Van boven. Niet alleen de cavalerie gaat veranderen. Iedereen gaat veranderen. Vanzelfsprekend gaan we de kant op van uiterst mobiele, geïntegreerde eenheden. Maar het is een kwalijke vergissing om die te zien als infanterie-eenheden met een paar extra toeters en bellen. Ze worden van een totaal nieuw concept. Ze zullen iets zijn dat nog nooit eerder heeft bestaan. Misschien integreren we ook de aanvalshelikopters en geven we de lucht-

jongens het bevel. Misschien gaan we over tot elektronische oorlogsvoering en geven we het bevel aan de jongens met de computers.'

Ik zei niets.

Hij legde zijn hand plat op het dossier. 'Wat ik wil zeggen, is dat niemand er zonder kleerscheuren af komt. Jawel, de cavalerie zal professioneel worden weggevaagd, dat staat als een paal boven water. Maar dat geldt ook voor de infanterie, de artillerie, transport en logistieke ondersteuning en de rest, in gelijke mate. Misschien zal het voor sommige mensen iets erger uitvallen. Inclusief de militaire politie, waarschijnlijk. Alles zal veranderen, majoor. Niets zal de dans ontspringen.'

Ik zei niets.

'Dit gaat niet over de cavalerie versus de infanterie,' zei hij. 'Dat moet u goed begrijpen. Dat is een kolossale simplificatie. In werkelijkheid gaat het om iedereen tegenover iedereen. Ik vrees dat er geen winnaars zullen zijn. Maar er zullen net zomin verliezers zijn. Zo kunt u ertegenaan kijken. Iedereen zit in hetzelfde schuitje.'

Hij haalde zijn hand van het dossier.

'Wat is mijn tweede vergissing?' vroeg ik.

'Ik heb u uit Panama gehaald,' zei hij. 'Niet de plaatsvervangend chef-staf. Hij wist er niets van. Ik heb persoonlijk twintig man geselecteerd en hen op posten gezet waar ik hen dacht nodig te hebben. Ik heb ze wat verspreid, omdat het in mijn opvatting een kans van vijftig procent was wie het eerst met zijn ogen zou knipperen. De lichte eenheden, of de zware? Het was met geen mogelijkheid te voorspellen. Zodra hun bevelhebbers zouden gaan nadenken, zouden ze allemaal beseffen dat ze alles te verliezen hadden. Ik heb u bijvoorbeeld naar Fort Bird gestuurd, omdat ik me een tikje bezorgd maakte over David Brubaker. Hij was een erg pro-actief type.'

'Maar de cavalerie heeft het eerst met zijn ogen geknipperd,' zei ik.

Hij knikte.

'Blijkbaar,' zei hij. 'Als u dat zegt. De kans is altijd fifty-fifty geweest. En ik denk dat ik een tikje teleurgesteld ben. Het waren mijn jongens. Maar ik heb niets defensiefs tegenover hen. Ik ben vooruit- en omhooggegaan en heb hen achter me gelaten. Ik ben volmaakt tevreden dat de spaanders vallen waar ze terechtkomen.'

'Waarom hebt u Garber dan overgeplaatst?'
'Dat heb ik niet gedaan.'
'Wie dan?'
'Wie is er hoger dan ik?'
'Niemand,' zei ik.
'Als dat zou kunnen,' zei hij.
Ik zei niets.
'Wat kost een M-16-geweer?' vroeg hij.
'Ik weet het niet,' zei ik. 'Geen fortuin, waarschijnlijk.'
'We krijgen ze voor ongeveer vierhonderd dollar,' zei hij. 'Wat kost een Abrams M1A1 aanvalstank?'
'Ongeveer vier miljoen.'
'Dus denk eens aan de grote defensieleveranciers,' zei hij. 'Aan wiens kant staan zíj? De lichte of de zware eenheden?'
Ik gaf geen antwoord. Mijns inziens was het een retorische vraag.
'Wie is er hoger dan ik?' herhaalde hij.
'De minister van defensie,' zei ik.
Hij knikte. 'Een akelig mannetje. Een politicus. Politieke partijen ontvangen campagnedonaties. En defensieleveranciers kunnen de toekomst net zo goed inschatten als ieder ander.'
Ik zei niets.
'U hebt een heleboel om over na te denken,' zei de chef-staf. Hij zeulde het dikke Transformatie-dossier weer in zijn bureaula. Verving hem door een dunnere map. Daarop stond *Argon*.
'Weet u wat argon is?' vroeg hij.
'Het is een inert gas,' zei ik. 'Het wordt gebruikt in brandblussers. Het legt een laag over het vuur en voorkomt dat het vat krijgt.'
'Daarom heb ik die naam gekozen. Operatie Argon was het plan dat jullie eind december heeft overgeplaatst.'
'Waarom hebt u Garbers handtekening gebruikt?'
'Zoals u in een andere context hebt opgemerkt, wilde ik de natuur zijn werk laten doen. MP-bevelen getekend door de chef-staf zouden een heleboel wenkbrauwen hebben doen rijzen. Iedereen zou zijn beste beentje hebben voorgezet. Of onraad hebben geroken, en dieper ondergronds zijn gegaan. Het zou uw werk moeilijker hebben gemaakt. Het zou averechts hebben gewerkt op mijn oogmerk.'
'Uw oogmerk?'
'Ik was natuurlijk uit op preventie. Dat was mijn grootste prioriteit. Maar ik was ook nieuwsgierig, majoor. Ik wilde zien wie

er het eerst met zijn ogen zou knipperen.'
Hij gaf me de map.
'U bent rechercheur van de speciale eenheid,' zei hij. 'Volgens het militaire recht heeft het 110th buitengewone volmachten. U mag iedere soldaat overal arresteren, ook mij, hier in mijn kantoor, als u dat verkiest. Dus lees dat Argon-dossier maar. Ik denk dat u zult merken dat mijn naam wordt gezuiverd. Als u het daarmee eens bent, kunt u uw werk elders hervatten.'
Hij stond op van zijn bureau. We gaven elkaar weer een hand. Daarna liep hij de kamer uit. Liet mij alleen achter in zijn kantoor in het hart van het Pentagon, in het holst van de nacht.

Een halfuur later stapte ik weer in de auto naast Summer. Ze had de motor uitgezet om benzine te sparen, dus het was koud binnen.
'En?' vroeg ze.
'Eén cruciale vergissing,' zei ik. 'Het touwtrekken was niet tussen de plaatsvervanger en de chef. Het was tussen de chef-staf zelf en de minister van defensie.'
'Zeker weten?'
Ik knikte. 'Ik heb het dossier gelezen. Het zat vol memo's en bevelen tot negen maanden geleden. Ander papier, andere typemachines, pennen, dat kun je allemaal niet in vier uur vervalsen. Het is van meet af aan een initiatief van de chef-staf geweest, en hij was van meet af aan kosjer.'
'Hoe vatte hij het op?'
'Heel goed,' zei hij. 'Gezien de beschuldiging. Maar ik denk niet dat hij veel zin heeft om me te helpen.'
'Waarmee?'
'Met de problemen waarin ik zit.'
'En die zijn?'
'Wacht maar af.'
Ze keek me alleen maar aan.
'Waar gaan we nu heen?' vroeg ze.
'Californië,' zei ik.

22

De Chevrolet reed op zijn laatste druppels benzine tegen de tijd dat we op National aankwamen. We stalden hem op het terrein voor langparkeerders en liepen terug naar de vertrekhal. Dat was ruim anderhalve kilometer. Er waren geen shuttles. Het was midden in de nacht en de luchthaven was praktisch uitgestorven. In de vertrekhal moesten we een bediende in een achterkantoor wakker maken. Ik gaf hem de laatste gestolen coupons en boekten de eerste ochtendvlucht naar LAX. We hadden een lange wachttijd voor de boeg.

'Wat is de opdracht?' vroeg Summer.

'Drie arrestaties,' zei ik. 'Vassell, Coomer en Marshall.'

'Op beschuldiging van?'

'Seriemoord,' zei ik. 'Mevrouw Kramer, Carbone en Brubaker.'

Ze staarde me aan. 'Kun je dat bewijzen?'

Ik schudde mijn hoofd. 'Ik weet precies wat er is gebeurd. Ik weet wanneer, hoe, waar, waarom. Maar ik kan verdomme niets bewijzen. We zullen het van een bekentenis moeten hebben.'

'Die krijgen we niet.'

'Het is me al eerder gelukt,' zei ik. 'Daar zijn manieren voor.'

Ze kromp ineen.

'Dit is het leger, Summer. Geen macramékransje.'

'Vertel eens over Carbone en Brubaker.'

'Ik moet wat eten,' zei ik. 'Ik heb honger.'

'We hebben geen geld,' zei Summer.

De hekken voor de meeste eetgelegenheden waren trouwens dicht. Misschien zouden we tijdens de vlucht iets te eten krijgen. We droegen onze tas naar een wachtruimte bij een raam van zeven meter waarachter niets anders te zien was dan de pikdonkere nacht. Er waren lange, kunstleren banken. Vaste armsteunen om de zestig centimeter verhinderden dat mensen languit gingen liggen om te slapen.

'Vertel op,' zei ze.

'Het is nog steeds een serie idiote gissingen, stuk voor stuk.'

'Laat ze maar op me los.'

'Oké, we beginnen opnieuw met mevrouw Kramer. Waarom is Marshall naar Green Valley gegaan?'
'Omdat het de meest voor de hand liggende eerste plek was waar ze het moesten proberen.'
'Nee hoor. Het was bijna de laatste meest voor de hand liggende plek om het te proberen. Kramer was er in vijf jaar amper geweest. Zijn staf moest dat hebben geweten. Ze hadden vaak met hem gereisd. Toch hebben ze een snelle beslissing genomen en Marshall is er als de weerga heen gegaan. Waarom?'
'Omdat Kramer hun had verteld dat hij daarheen ging?'
'Juist,' zei ik. 'Hij heeft hun wijsgemaakt dat hij naar zijn vrouw ging om te verdoezelen dat hij in werkelijkheid naar Carbone ging. Maar aan de andere kant, waarom zou hij hun überhaupt iets moeten vertellen?'
'Ik weet het niet.'
'Omdat er een categorie mensen is die je wel iets móét vertellen.'
'Wie bijvoorbeeld?'
'Stel dat je een rijk iemand bent die op reis is met zijn maîtresse. Als je één nacht niet bij elkaar slaapt, móét je haar iets vertellen. En als je haar vertelt dat je even bij je vrouw langsgaat om de schijn op te houden, moet ze dat wel slikken. Misschien vindt ze het niet leuk, maar ze slikt het wel. Omdat het af en toe van je wordt verwacht. Het hoort er allemaal bij.'
'Kramer had geen maîtresse. Hij was homo.'
'Hij had Marshall.'
'Nee,' zei ze. 'Geen sprake van.'
Ik knikte. 'Kramer beduvelde Marshall. Marshall was minnaar nummer een. Ze hadden een relatie. Marshall was geen inlichtingenofficier, maar Kramer heeft hem wel als zodanig benoemd om hem in de buurt te houden. Het was een stel. Maar Kramer mocht graag zijn pijp buiten de deur uitkloppen. Hij heeft Carbone ergens leren kennen en knoopte een zijdelingse relatie met hem aan. Dus op oudejaarsavond heeft Kramer tegen Marshall gezegd dat hij op bezoek ging bij zijn vrouw, en Marshall geloofde hem. Zoals de maîtresse van die rijke vent. Daarom is Marshall naar Green Valley gegaan. In zijn hart wist hij zeker dat Kramer daarheen was gegaan. Hij was de enige persoon ter wereld die het gevoel had dat hij het zéker wist. Híj heeft Vassell en Coomer verteld waar Kramer was. Maar Kramer had hem voorgelogen, zoals mensen in relaties nu eenmaal doen.'
Summer zweeg een poosje en staarde naar de duisternis buiten.

'Was dat van invloed op wat daar is gebeurd?' vroeg ze.
'Ik denk het wel, een beetje,' zei ik. 'Volgens mij heeft mevrouw Kramer met Marshall gepraat. Ze zal hem hebben herkend van haar periode op de basis in Duitsland. Waarschijnlijk wist ze alles van hem en haar man. Generaalsvrouwen zijn meestal niet van gisteren. Misschien wist ze zelfs dat er een tweede vriendje in beeld was. Misschien was ze kwaad en tergde ze Marshall ermee. Zo van: je kunt niet eens je man in het gareel houden. Misschien is Marshall kwaad geworden en heeft hij daarom uitgehaald. Misschien heeft hij het daarom niet meteen tegen Vassell en Coomer gezegd. Omdat de bijkomstige schade niet alleen met de inbraak te maken had. Ook met ruzie. Daarom zei ik dat mevrouw Kramer niet alleen wegens die aktetas is vermoord. Ik denk dat ze ook is vermoord omdat ze een jaloerse man zo had getergd dat hij z'n zelfbeheersing verloor.'
'Dat is allemaal niet meer dan giswerk.'
'Mevrouw Kramer is dood. Dat is geen giswerk.'
'De rest wel.'
'Marshall is eenendertig en nooit getrouwd geweest.'
'Dat zegt niets.'
'Ik weet het,' zei ik. 'Ik weet het. Er is geen spatje bewijs. Bewijs is in deze zaak een schaars goed.'
Summer was even stil. 'Wat is er vervolgens gebeurd?'
'Vervolgens hebben Vassell en Coomer serieus de jacht op de tas geopend. Ze hadden een voorsprong op ons, omdat ze wisten dat ze naar een man en niet naar een vrouw zochten. Marshall is direct teruggevlogen naar Duitsland om Kramers kantoor en privévertrekken te doorzoeken. Hij vond iets over Carbone. Misschien een dagboek, of een brief, of een foto. Of een naam of een nummer in een adresboek. Maakt niet uit. Hij is op 3 januari teruggevlogen, ze hebben een plan getrokken en vervolgens Carbone gebeld. Ze hebben hem gechanteerd. Ze hebben een ruiltje voorgesteld voor de volgende avond. De tas voor de brief, of de foto, of wat het ook was. Carbone accepteerde maar al te graag, want hij wilde niet worden ontmaskerd, en bovendien had hij Brubaker al gebeld over de details van de agenda. Hij had niets te verliezen en alles te winnen. Misschien had hij het eerder bij de hand gehad. Meer dan eens misschien. De arme drommel had zestien jaar als homo in het leger gezeten. Maar deze keer is het niet goed afgelopen. Omdat Marshall hem tijdens de ruil heeft vermoord.'
'Marshall? Marshall was er niet eens.'

'Jawel hoor,' zei ik. 'Je hebt het zelf uitgevogeld. Je hebt me erover verteld toen we de basis verlieten om een bezoek aan rechercheur Clark te brengen in verband met die koevoet, weet je nog? Toen Willard me telefonisch op de hielen zat? Toen stelde je me iets voor.'
'Wat dan?'
'Marshall zat in de kofferbak van de auto, Summer. Coomer reed, Vassell zat naast hem en Marshall lag in de kofferbak. Zo zijn ze door de poort gekomen. Vervolgens hebben ze de auto met de achterkant naar het uiteinde van het parkeerterrein van de officiersclub gezet. Ze zijn achteruitgereden, omdat Coomer de kofferbak heeft opengetrokken voordat hij uitstapte. Marshall hield de deksel wel omlaag, maar ze mochten evengoed niet opvallen. Vervolgens gaan Vassell en Coomer naar binnen om aan hun alibi van schokbeton te werken. Ondertussen wacht Marshall bijna twee uur in de kofferbak en houdt hij de klep omlaag tot de kust veilig is. Dan klimt hij eruit en rijdt weg. Daarom herinnert de eerste avondpatrouille zich de auto wel en de tweede niet. De auto stond er daarna niet meer. Dus op een van tevoren afgesproken plaats pikt Marshall Carbone op en samen rijden ze het bos in. Carbone heeft de tas bij zich. Marshall doet de kofferbak open en geeft Carbone een envelop, of zoiets. Carbone draait zich om in het maanlicht om te controleren of het is wat hem is beloofd. Zelfs iemand die zo voorzichtig is als een Delta-soldaat zou dat doen. Zijn hele loopbaan staat op het spel. Marshall besluipt hem en geeft hem een optater met de koevoet. Niet vanwege die tas. Die krijgt hij toch wel. De uitwisseling is gelukt. En Carbone kan het zich niet veroorloven om naderhand zijn mond open te trekken. Marshall slaat hem ten dele omdat hij razend op hem is. Hij is jaloers om wat hij met Kramer heeft gehad. Dat is gedeeltelijk de reden dat hij hem vermoordt. Vervolgens pakt hij de envelop weer terug en pakt de tas. Gooit ze allebei in de kofferbak. De rest weten we. Hij heeft al die tijd al geweten wat hij ging doen en was voorbereid op misleiding. Vervolgens rijdt hij weer terug naar het bebouwde gedeelte van de basis en onderweg dumpt hij de koevoet. Hij zet de auto in het oorspronkelijke vak en kruipt weer in de kofferbak. Vassell en Coomer komen uit de officiersclub en rijden weg.'
'En dan?'
'Ze rijden een heel eind door. Ze zijn opgewonden en gespannen. Maar inmiddels weten ze wat hun kroonprins met mevrouw Kra-

mer heeft uitgespookt, dus zijn ze ook nerveus en bezorgd. Ze vinden geen enkele plek waar ze ongezien een man die misschien bloedvlekken op zijn kleren heeft uit de kofferbak kunnen laten stappen. De eerste plek die echt veilig is, is de pleisterplaats op een uur rijden naar het noorden. Ze parkeren weer een heel eind van de andere auto's vandaan en laten Marshall eruit. Marshall overhandigt de tas. Ze hervatten hun reis. Ze besteden zestig seconden aan het doorneuzen van de tas en anderhalve kilometer verderop smijten ze hem uit het raam.'

Summer zweeg. Ze dacht na. Krikte haar onderste oogleden een paar keer een fractie omhoog.

'Het is niet meer dan theorie,' zei ze.

'Kun jij wat we weten op een andere manier verklaren?'

Ze dacht na. Toen schudde ze haar hoofd.

'En hoe zit het met Brubaker?'

Er klonk een stem uit de luidsprekers in het plafond die aankondigde dat we aan boord konden gaan. We pakten onze bagage en schuifelden in de rij. Buiten was het nog donker. Ik telde de andere passagiers in de hoop dat er ergens nog plaatsen vrij zouden zijn en er dus ontbijt over zou zijn. Ik rammelde. Maar het zag er slecht uit. Het vliegtuig zat behoorlijk vol. Waarschijnlijk was Los Angeles erg aantrekkelijk in januari, als je in Washington woonde. Waarschijnlijk hadden mensen weinig excuus nodig om vergaderingen in die stad te beleggen.

'En Brubaker?' herhaalde Summer.

We schoven door het gangpad en vonden onze zitplaatsen. We hadden een stoel in het midden en een aan het raampje. De zitplaats aan het gangpad was al bezet door een non. Ze was oud. Ik hoopte dat ze doof was. Ik wilde niet dat ze mee zou luisteren. Ik liet Summer naast haar zitten. Ik nam de stoel aan het raampje. Maakte mijn veiligheidsgordel vast. Zweeg een poosje. Keek naar de bedrijvigheid buiten op het vliegveld. Drukke mannetjes deden iets in het licht van de schijnwerpers. Vervolgens verwijderde ons toestel zich van de gate en taxiede weg. Er was geen rij van vertrekkende vliegtuigen. Twee minuten later waren we in de lucht.

'Van Brubaker ben ik niet zeker,' zei ik. 'Hoe is hij in beeld gekomen? Hebben zij hem gebeld, of hij hen? Het nieuwe jaar was nog geen halfuur oud, of hij wist al van de agenda. Een pro-actief figuur als hij kan zelfs wel iets van druk hebben uitgeoefend. Of misschien zijn Vassell en Coomer gewoon van het zwartste scenario uitgegaan. Misschien hadden ze bedacht dat een belangrijke onderofficier als Carbone zijn baas gebeld zou hebben. Dus ik weet niet zeker wie het initiatief heeft genomen. Misschien hebben ze elkaar wel gelijktijdig gebeld. Misschien zijn er wederzijdse dreigementen geuit, of misschien heeft Vassell voorgesteld dat ze in gezamenlijk overleg een oplossing zouden kunnen vinden waarmee iedereen was gediend.'

'Is dat waarschijnlijk?'

'Wie weet?' zei ik. 'Die geïntegreerde eenheden zullen er best eigenaardig uitzien. Brubaker zou zonder meer populair worden, omdat hij al ervaring had met bizarre oorlogsvoering. Dus misschien hebben Vassell en Coomer hem wijsgemaakt dat ze op een strategische alliantie uit waren. Hoe dan ook, ze hebben een afspraak gemaakt voor 4 januari 's avonds laat. Brubaker zal de lokatie hebben aangegeven. Hij zal de plek talloze malen zijn gepasseerd van Bird naar zijn golfbaan en terug. En hij moet zich zelfverzekerd hebben gevoeld. Hij zou Marshall niet achter zich hebben laten zitten als hij zich ergens zorgen over had gemaakt.'

'Hoe weet je dat Marshall achter hem heeft gezeten?'

'Kwestie van protocol,' zei ik. 'Het gaat om een kolonel die van gedachten wisselt met een generaal en een andere kolonel. Hij zal Vassell voorin hebben gezet en Coomer op de achterbank achter de passagiersstoel, zodat hij zich opzij kon draaien om hun allebei aan te kijken. Marshall kon achter hem zitten, want die kon hij vergeten. Die was maar majoor. Wat moest hij met hem?'

'Waren ze van plan hem te vermoorden? Of is het zomaar gebeurd?'

'Ze waren het van plan, zeker weten. Ze hadden hun plan getrokken. Een plek ver weg om het lijk te lozen, heroïne die Marshall heeft gescoord tijdens zijn korte uitstapje naar Duitsland en een doorgeladen pistool. Dus uiteindelijk hebben we toch gelijk gekregen, maar zuiver toevallig. De mensen die Carbone hebben vermoord, zijn de poort uitgereden en hebben vervolgens Brubaker vermoord. Het ging in één moeite door.'

'Dubbele misleiding,' zei Summer. 'De heroïne, en het feit dat ze hem in het zuiden hebben gedumpt en niet in het noorden.'

'Amateurs,' zei ik. 'De patholoog in Columbia moet de lijkvlekken en de brandstrook van de knalpot in één oogopslag hebben gezien. Het was puur geluk voor Vassell en Coomer dat de patholoog het niet meteen tegen óns heeft gezegd. Bovendien hebben ze Brubakers auto in het noorden laten staan. Dat was een ernstige nalatigheid.'

'Ze zullen vast uitgeput zijn geweest. Stress, spanning, al die uren achter het stuur. Ze zijn van de begraafplaats Arlington naar Bird gereden, vervolgens naar Smithfield in het noorden gegaan, daarna naar Columbia in het zuiden en vervolgens weer naar Dulles in het noorden. Zo'n achttien uur achter elkaar door. Geen wonder dat ze hier en daar een fout hebben gemaakt. Maar het was hun gelukt als jij Willard niet had genegeerd.'

Ik knikte. Zei niets.

'Het is een erg zwakke zaak,' zei Summer. 'Ongelooflijk zwak zelfs. Het is niet eens waarschijnlijk. Het is pure speculatie.'

'Vertel mij wat. Daarom moeten we die bekentenissen hebben.'

'Je moet heel goed nadenken voordat je iemand confronteert. Met zo'n zwakke zaak kun jij weleens de bak in draaien in plaats van zij. Wegens onrechtmatig politieoptreden.'

Ik hoorde activiteit achter me en de stewardess kwam in beeld met het ontbijt. Ze gaf een blad aan de non, een aan Summer en een aan mij. Het was een schrale maaltijd. Een bekertje koud sap en een warme boterham met ham en kaas. Meer niet. De koffie kwam later, nam ik aan. Hoopte ik. Ik had alles in ongeveer dertig seconden weggewerkt. Het kostte Summer ongeveer eenendertig seconden. Maar de non raakte haar dienblad niet aan. Ze liet het gewoon voor zich staan. Ik gaf Summer een por in de ribben.

'Vraag eens of ze van plan is dat op te eten,' zei ik.

'Dat kan ik niet, hoor,' zei ze.

'Ze is tot naastenliefde verplicht,' zei ik. 'Daar ben je nu eenmaal non voor.'

'Ik kan het niet,' zei ze weer.

'Je kunt het best.'

'Oké, zo meteen,' zuchtte ze.

Maar ze verknalde het. Ze wachtte te lang. De non maakte de folie open en begon aan haar broodje.

'Verdomme,' zei ik.

'Sorry,' zei Summer.

Ik keek haar aan. 'Wat zei je?'

'Ik zei sorry.'

'Nee, daar vóór. Het laatste wat je zei.'

'Ik zei dat ik het haar niet kon vragen.'

Ik schudde mijn hoofd. 'Nee, voordat het ontbijt werd gebracht.'

'Ik zei dat het een erg zwakke zaak was.'
'Daarvoor.'
Ik zag hoe ze het bandje in haar hoofd terugspoelde. 'Ik zei dat Vassell en Coomer geslaagd zouden zijn als jij Willard niet had genegeerd.'
Ik knikte. Dacht daar één minuut over na. Daarna sloot ik mijn ogen.

Ik deed ze weer open in Los Angeles. Het toestel landde; de plof en het gegier van de banden op het asfalt maakten me wakker. Vervolgens raasde de tegenwaartse kracht van de motoren en rukte de remmen me naar voren in mijn gordel. Buiten begon het net licht te worden. De dageraad zag er bruin uit, zoals zo dikwijls op die plek. Een stem uit de intercom zei dat het zeven uur was in Californië. We waren twee volle dagen in westelijke richting gevlogen en iedere periode van vierentwintig uur had meer op achtentwintig geleken. Ik had een poosje geslapen en voelde me niet moe, maar honger had ik nog wel.
We schuifelden het toestel uit en liepen naar de bagageband. Daar troffen chauffeurs de reizigers. Keek om me heen. Zag dat Calvin Franz niemand had gestuurd. Hij was zelf gekomen. Daar was ik blij om. Hij was een welkom gezicht. Ik had het gevoel dat we in goede handen waren.
'Ik heb nieuws voor je,' zei hij.
Ik stelde hem aan Summer voor. Hij gaf haar een hand en nam haar tas van haar over. Waarschijnlijk was dat deels uit hoffelijkheid, deels om ons wat sneller naar zijn Humvee te loodsen. Hij stond op een plek waar je niet mocht parkeren. Maar de politie bleef een heel eind uit de buurt. Humvees in zwart met groene camouflagekleuren hebben dat effect wel vaker. We stapten allemaal in. Ik liet Summer voorin zitten. Deels uit hoffelijkheid, deels omdat ik me achterin wilde uitstrekken. Ik was stijf van de vlucht.
'Ze hebben de Grand Marquis gevonden,' zei Franz.
Hij trapte de zware turbodiesel op zijn staart en we reden weg. Irwin lag even ten noorden van Barstow, ongeveer vijftig kilometer in vogelvlucht aan de andere kant van de stad. Ik schatte dat het hem ongeveer een uur zou kosten om daar in de ochtendspits te komen. Ik zag Summer kijken hoe hij reed. Ze had een professionele blik. Waarschijnlijk zou het haar zo'n vijfendertig minuten hebben gekost.

'Hij stond op Andrews,' zei Franz. 'Ze hebben hem daar op 5 januari achtergelaten.'
'Toen Marshall naar Duitsland werd teruggeroepen,' zei ik.
Franz knikte. 'Dat staat in hun poortlog. Geparkeerd door Marshall met een verwijzing naar het Transport Korps op de papieren. Onze mensen hebben hem naar de FBI gebracht. Dat was sneller. Ze moesten er een paar schuldbekentenissen voor verzilveren. De FBI heeft er de hele nacht aan gewerkt. Eerst met tegenzin, maar vervolgens kregen ze heel snel grote belangstelling. Het schijnt iets te maken te hebben met een zaak waaraan zij werken.'
'Brubaker,' zei ik.
Hij knikte weer. 'Op de mat van de kofferbak zaten delen van Brubaker. Bloed en hersenweefsel, om precies te zijn. Het was weggeveegd met een papieren zakdoekje, maar niet afdoende.'
'Nog meer?' vroeg ik.
'Een heleboel. Er zat ook bloed van een andere bron, gewoon een spoortje van een veeg, misschien van de mouw van een jack of van een lemmet.'
'Carbones bloed,' zei ik. 'Van toen Marshall achterin lag. Hebben ze nog een mes gevonden?'
'Nee,' zei Franz. 'Maar Marshalls afdrukken zitten op de hele binnenkant van de kofferbak.'
'Vind je het gek?' zei ik. 'Hij heeft urenlang achterin gelegen.'
'Onder de mat lag een identificatieplaatje,' zei Franz 'Alsof de ketting was gebroken en er een was verdwenen.'
'Van Carbone?' vroeg ik.
'Precies.'
'Amateurs,' zei ik. 'Nog meer?'
'Voornamelijk alledaagse dingen. Het was een rommelige auto. Een heleboel haar en vezels, dozen van afhaalmaaltijden, lege frisblikjes, dat soort dingen.'
'Nog yoghurtbekertjes?'
'Eentje,' zei Franz. 'In de kofferbak.'
'Aardbei of framboos?'
'Aardbei. Marshalls vingerafdrukken op het lipje. Kennelijk heeft hij wat gesnackt.'
'Hij heeft het opengemaakt,' zei ik, 'maar niet opgegeten.'
'Er was ook een lege envelop,' zei Franz. 'Geadresseerd aan Kramer bij het XII-Korps in Duitsland. Luchtpost, met het stempel van een jaar geleden. Geen afzender. Zoals een foto-envelop, maar er zat niets in.'

Ik zei niets. Hij wierp een blik in het spiegeltje.
'Is hier goed nieuws bij voor jullie?'
Ik glimlachte. 'We zijn zojuist van speculatief naar waarschijnlijk gepromoveerd.'
'Een grote stap voor de mensheid,' zei hij.
Toen verdween mijn glimlach. Ik keek de andere kant op. Ik moest aan Carbone, Brubaker en mevrouw Kramer denken. En mevrouw Reacher. Over de hele wereld waren er mensen doodgegaan in de eerste dagen van 1990.

Uiteindelijk kostte het ons meer dan een uur om op Irwin te komen. Waarschijnlijk klopte het wel wat er over de snelwegen van Los Angeles werd gezegd. De basis zag eruit als alle andere. Even druk als altijd. Hij besloeg een kolossaal deel van de Mojavewoestijn. Een van de cavalerieregimenten was er bij toerbeurten ondergebracht en het kamp fungeerde als thuisbasis voor andere eenheden als die kwamen oefenen. Er hing een echte sfeer van voorjaarsoefeningen. Het weer was altijd goed en de mensen hadden altijd plezier als ze met zwaar en kostbaar speelgoed in de zon mochten ravotten.
'Wil je meteen terzake komen?' vroeg Franz.
'Hou je hen in de gaten?'
Hij knikte. 'Discreet.'
'Laten we dan maar eerst gaan ontbijten.'
De officiersclub van het leger was de perfecte bestemming voor mensen die half verhongerd waren door het lijndienstvoedsel. Het buffet was een kilometer lang. Zelfde menu als in Duitsland, maar de jus d'orange en de schalen met fruit zagen er in Californië echter uit. Ik at zoveel als een doorsnee schutterscompagnie en Summer nog meer. Franz had al gegeten. Ik tankte zoveel koffie als ik kon herbergen. Daarna schoof ik mijn stoel naar achteren. Haalde diep adem.
'Oké,' zei ik. 'In de aanval dan maar.'
We liepen terug naar het kantoor van Franz en hij belde zijn personeel. Ze zeiden dat Marshall al in het veld was, maar dat Vassell en Coomer nog in de recreatiezaal voor bezoekende officieren zaten. Franz bracht ons erheen in zijn Humvee. We stapten uit op het trottoir. De zon scheen fel. Het was warm en stoffig. Ik rook alle stekelige woestijnplantjes die groeiden zover het oog reikte.
Het verblijf voor bezoekende officieren zag eruit alsof het door

dezelfde aannemer was gebouwd die ook het contract voor het XII-Korps in Duitsland had gekregen. Er waren rijen identieke verblijven om een zanderige binnenplaats. Aan één kant was een gemeenschappelijk gedeelte. Tv-kamers, tafeltennistafels en salons. Franz ging ons voor door een deur en deed een stap opzij. We troffen Vassell en Coomer naast elkaar in een paar leren leunstoelen. Ik besefte dat ik hen maar één keer eerder had gezien, toen ze me hadden opgezocht in mijn kantoor in Bird. Het leek een beetje ongepast, gezien de hoeveelheid tijd die ik aan hen had gedacht.

Ze droegen allebei een schoon, nieuw gevechtstenue in herziene camouflagekleuren die in de volksmond *chocolate chip* heetten. Ze zagen er allebei net zo onecht uit als in hun woudcamouflage. Ze leken nog steeds op leden van de Rotary Club. Vassell was nog steeds kaal en Coomer droeg nog altijd een bril.

Ze keken me allebei aan.

Ik haalde diep adem.

Hoge officieren.

Onrechtmatig politieoptreden.

Jíj kunt weleens de bak in draaien.

'Generaal Vassell,' zei ik. 'En kolonel Coomer. Ik arresteer u op grond van een beschuldiging van schending van de *Uniform Code of Military Justice*, omdat u samen met andere personen hebt samengezworen tot moord.'

Ik hield de adem in.

Maar geen van beiden reageerde. Geen van beiden zei iets. Ze gaven het gewoon op. Ze zagen eruit alsof ze er gewoon in berustten. Alsof het muntje was gevallen en het onvermijdelijke uiteindelijk was gebeurd. Alsof ze dit moment van meet af aan hadden zien aankomen. Alsof ze er altijd van overtuigd waren geweest dat dit zou gebeuren. Ik herademde. Er zouden allerlei fasen zijn in iemands reactie op slecht nieuws. Verdriet, woede, ontkenning. Maar deze lui hadden dat kennelijk allemaal al gehad. Ze waren al helemaal aan het eind van het proces en verrieden geen andere reactie dan aanvaarding.

Ik gaf Summer een teken dat ze de formaliteiten moest afronden. Er waren allerlei onderdelen uit de *Uniform Code* die je uit moest spellen. Allerlei raadgevingen en waarschuwingen. Ze sprak duidelijk en haar manier van doen was professioneel. Vassell noch Coomer vertoonde enige reactie. Geen poeha, geen smeekbeden, geen nijdige betuigingen van onschuld. Ze knikten gewoon ge-

hoorzaam op alle geëigende momenten. Aan het eind stonden ze gewoon op zonder dat hun dat was gezegd.
'Handboeien?' vroeg Summer.
Ik knikte.
'Zeker weten,' zei ik. 'En te voet naar het cachot. De hele afstand. Niet in een auto zetten. Ik wil dat iedereen ze ziet. Ze zijn een schandvlek.'

Iemand van de cavalerie vertelde me hoe ik moest rijden en ik nam de Humvee van Franz om Marshall te gaan halen. Hij zou bivakkeren in een observatiehut in de buurt van een afgedankt schietdoelwit. Dat was een verouderde Sheridan-tank. Die zou er behoorlijk toegetakeld uitzien. Blijkbaar was de hut er beter aan toe en stond hij dicht bij de oude tank. Ze zeiden dat ik me aan de gebaande paden moest houden om niet-geëxplodeerde projectielen en woestijnschildpadden te mijden. Reed ik over zo'n projectiel, dan zou dat mijn dood worden. Reed ik over een woestijnschildpad, dan zou me dat op een berisping van Binnenlandse Zaken komen te staan.
Ik verliet de basis in mijn eentje, klokslag halftien 's morgens. Ik wilde niet op Summer wachten. Zij had haar handen vol aan de administratieve verwerking van Vassell en Coomer. Ik had het gevoel alsof we aan het einde van een lange reis waren gekomen, en ik wilde er gewoon een punt achter zetten. Ik nam een geleend pistool mee, maar het bleef een verkeerde beslissing.

23

Het deel van de Mojave-woestijn dat Irwin bezat was groot genoeg om te kunnen doorgaan voor de uitgestrekte woestijnen van het Midden-Oosten, of, als je niet op de hitte en het zand lette, de onafzienbare steppen van Oost-Europa. Wat betekende dat ik allang buiten het zicht van de hoofdgebouwen op de basis was voordat ik maar één tiende van de weg naar de beloofde Sheridan-tank had afgelegd. Overal om me heen was het terrein totaal verlaten. De Humvee voelde als een dinky toy. Het was januari, dus er was geen sprake van sidderende hitte, maar de temperatuur was desondanks vrij hoog. Ik zette de airconditioning op wat 2-60 heet in de officieuze handleiding, wat betekent dat je twee ramen openzet bij een snelheid van zestig kilometer per uur. Zo kreeg je een fatsoenlijke tocht. Meestal lijkt zestig kilometer per uur in een Humvee behoorlijk snel vanwege zijn massa. Maar daar in die uitgestrektheid was het alsof ik stilstond.

Een heel uur later reed ik nog steeds zestig en had ik de hut nog altijd niet gevonden. Het terrein leek wel eindeloos. Het was een van de grootste militaire reservaten ter wereld. Dat stond als een paal boven water. Misschien hadden de Russen ergens een groter gebied, maar dat zou me verbazen. Misschien kon Willard me dat vertellen. Ik glimlachte en reed door. Passeerde een heuvelrug en zag een kale vlakte beneden me. Aan de volgende horizon zag ik een stipje dat weleens de bewuste hut kon zijn. Een stofwolk een kilometer of acht naar het westen die weleens van rijdende tanks kon zijn.

Ik bleef op het spoor. Hield zestig kilometer aan. De Humvee trok een staart van stof. De lucht die door de raampjes naar binnen kwam was heet. De vlakte was een kilometer of vijf breed. Het stipje aan de horizon werd een vlek, en werd steeds groter naarmate ik er dichterbij kwam. Anderhalve kilometer verder kon ik twee afzonderlijke vormen onderscheiden. Links de oude tank, rechts de observatiehut. Nog eens anderhalve kilometer verder zag ik drie vormen. De oude tank links, de observatiehut rechts en Marshalls eigen Humvee in het midden. De Humvee stond aan de westkant van de hut in de ochtendschaduw. Het leek me dezelfde snelle, wendbare versie die ik bij het XII-Korps in Duitsland had gezien. Het gebouwtje was een eenvoudig vierkant geval van gasbetonblokken. Grote openingen in plaats van ramen. Geen glas. De tank was een oude M551, een lichtgewicht geval van gepantserd aluminium dat zijn leven op de tekentafel als verkenningsvoertuig was begonnen. Hij was ongeveer een kwart van het gewicht van een Abrams-tank en precies het type voertuig waarbij luitenant-kolonel Simon zwoer voor de toekomst. Hij had dienstgedaan bij een aantal luchtmobiele divisies. Het was geen slecht voertuig. Maar dit exemplaar zag er vrijwel ontbonden uit. Er zat oude beplating op van triplex om hem op een voormalig soort pantservoertuig van de Russen te laten lijken. Het had geen zin onze mensen op te leiden om te schieten op iets wat ons eigen leger nog gebruikte.

Ik hield het pad aan en kwam ongeveer dertig meter ten zuiden van de hut tot stilstand. Deed het portier open en schoof naar buiten in de hitte. Volgens mij was het nog geen vijfentwintig graden, maar na North Carolina, Frankfurt en Parijs voelde het als Saoedi-Arabië.

Ik zag Marshall naar me kijken door een opening in de betonblokken.

Ik had hem maar één keer gezien en nooit van man tot man. Hij had op nieuwjaarsdag in het donker achter groen getint glas in de Grand Marquis gezeten, voor het hoofdkwartier van Bird. Toen had ik de indruk gekregen dat hij een lange, donkere man was en zijn dossier had het bevestigd. Nu zag hij er net zo uit. Lang, zwaar, olijfkleurige huid. Dik, zwart, kort haar. Hij droeg woestijncamouflage en moest een beetje bukken om naar buiten te kijken.

Ik bleef naast mijn Humvee staan. Hij sloeg me zwijgend gade.

'Marshall?' riep ik.

Hij gaf geen antwoord.

'Ben je daar alleen?'

Geen reactie.

'Militaire politie,' riep ik wat harder. 'Al het militaire personeel moet direct naar buiten komen.'

Niemand reageerde. Niemand kwam naar buiten. Ik zag Marshall nog steeds achter de opening. Hij kon me nog altijd zien. Waarschijnlijk was hij alleen. Als er een partner was, zou die naar

buiten zijn gekomen. Niemand anders had reden om bang voor me te zijn.
'Marshall?' riep ik weer.
Hij dook weg. Versmolt gewoon in de schaduw achter hem. Ik haalde het geleende pistool uit mijn zak. Het was een nieuwe Beretta M9. Er klonk een oude opleidingsmantra in mijn hoofd. *Vertrouw nooit een wapen waarmee je niet eerst hebt proefgeschoten.* Ik laadde het door. Het was een hard geluid in de stilte van de woestijn. Ik zag een stofwolk in het westen. Misschien was hij wat groter en dichterbij dan zojuist. Ik zette de veiligheidspal van de Beretta op *vuren.*
'Marshall?' riep ik.
Hij gaf geen antwoord. Maar ik hoorde heel vaag een gedempte stem en vervolgens een korte uitbarsting van gesputter van een radio. Er stond geen antenne op het dak van de hut. Hij moest daarbinnen een draagbare radio hebben.
'Wie roep je daar op, Marshall?' mompelde ik. 'De cavalerie?'
Toen dacht ik: *de cavalerie. Een tankregiment.* Ik draaide me om en keek naar de stofwolk in het westen. Opeens besefte ik hoe de zaken ervoor stonden. Ik bevond me alleen in niemandsland met een bewezen moordenaar. Hij zat in een hut. Ik had geen dekking. Mijn partner was een vrouw van veertig kilo die tachtig kilometer ver weg zat. Zijn vriendjes reden rond in tanks van zeventig ton aan de horizon.
Ik haastte me van het pad af en maakte een omtrekkende beweging naar de oostkant van de hut. Ik zag Marshall weer. Hij liep van de ene opening naar de andere om me in de gaten te houden.
'Kom die hut uit, majoor,' riep ik.
Er viel een lange stilte. Toen riep hij iets terug.
'Dat zal ik niet doen,' zei hij.
'Kom naar buiten, majoor,' zei ik. 'Je weet best waarom ik hier ben.'
Hij dook weer weg in de duisternis.
'Vanaf dit moment verzet je je tegen arrestatie,' riep ik.
Geen antwoord. Er klonk geen enkel geluid. Ik liep verder om de hut, tot ik aan de noordkant was. Daar zaten geen openingen, alleen maar een metalen deur. Die was dicht. Waarschijnlijk zat er geen slot op. Wat viel er te stelen? Ik kon er zo naartoe lopen en hem opentrekken. Was hij gewapend? Waarschijnlijk zou de standaardprocedure voorschrijven dat hij ongewapend was. Wat

voor dodelijke vijand kon een waarnemer van een schietoefening verwachten? Maar waarschijnlijk had een intelligente jongen in Marshalls situatie allerlei voorzorgsmaatregelen getroffen.
De aarde voor de ijzeren deur was platgetreden waar mensen willekeurige paden hadden gemaakt van en naar de plekken waar ze hadden geparkeerd. Een architect zou ze *voorkeurspaden* noemen. Geen daarvan voerde naar het noorden, mijn kant op. Ze liepen allemaal min of meer naar het westen of het oosten. 's Morgens schaduw, 's middags schaduw. Dus bleef ik op open grond en benaderde de deur tot op tien meter. Toen bleef ik staan. Geen slechte positie, zo te zien. Misschien beter dan helemaal naar de deur lopen met het risico van een verrassing. Ik kon de hele dag wachten. Geen probleem. Het was januari. De zon van het middaguur zou me niet deren. Ik kon wachten tot Marshall het opgaf. Of verhongerde. Ik had zojuist heel wat meer gegeten dan hij, dat was zeker. En als hij besloot schietend naar buiten te komen kon ik hem eerst omleggen. Daar zat 'm de moeilijkheid ook niet.
De moeilijkheid was de openingen in de betonblokken. In de andere drie muren. Die leken me van het formaat van standaardramen. Groot genoeg om doorheen te klimmen. Zelfs voor iemand van Marshalls formaat. Hij kon door de westmuur naar buiten klimmen en in zijn Humvee stappen. Of hij kon aan de zuidkant naar buiten klimmen en de mijne pakken. Militaire voertuigen hebben geen contactsleuteltje. Ze hebben een grote, rode startknop zodat soldaten in een panieksituatie erin kunnen springen om er als de sodemieter vandoor te gaan. En ik kon de west- en de zuidmuur niet tegelijkertijd in de gaten houden. Althans niet vanuit een positie die enige dekking bood.
Moest ik dekking hebben?
Was hij gewapend?
Ik kreeg een idee om daarachter te komen.
Vertrouw nooit een wapen waarmee je niet eerst hebt proefgeschoten.
Ik richtte op het midden van de ijzeren deur en haalde de trekker over. De Beretta werkte. Hij werkte prima. Hij gaf een flits, een klap, sloeg terug, er klonk een enorme klap van metaal op metaal en de kogel liet een glimmend putje in het ijzer op tien meter afstand achter.
Ik liet de echo wegsterven.
'Marshall?' riep ik. 'Je verzet je tegen je arrestatie. Dus ik kom

dichterbij om door de vensteropeningen te schieten. De kogels zullen je ofwel doden, ofwel verwonden door te ketsen. Als je wilt dat ik stop, kun je ieder willekeurig moment met je handen op je hoofd naar buiten komen.'

Ik hoorde weer gesputter van een radio. In de hut.

Ik liep snel en gebukt in westelijke richting. Als hij gewapend was, zou hij schieten maar missen. Als ik de keus heb wie op mij mocht schieten, zou ik direct een bureauman van strategische planning aanwijzen. Aan de andere kant was hij bij Carbone en Brubaker niet helemaal incompetent te werk gegaan. Dus maakte ik de straal van mijn omtrekkende beweging iets groter, zodat ik achter zijn Humvee kon springen. Of achter de oude Sheridan-tank. Halverwege bleef ik staan en ik schoot. Het had geen zin iets te beloven wat je niet waarmaakte. Maar ik mikte hoog tegen de binnenrand van de vensteropening, dus als hij geraakt zou worden, zou de kogel eerst via twee muren en het plafond moeten ketsen. De meeste energie zou er dan uit zijn en hij zou niet ernstig verwond raken. De negenmillimeter-Parabellum was een fatsoenlijk patroon, maar het had geen magische eigenschappen.

Ik dook achter de motorkap van zijn Humvee. Liet de hand met het wapen op het warme metaal rusten. De camouflagelak was ruw. Het voelde alsof er zand doorheen zat. Ik richtte op de hut. Ik bevond me in een ondiepe kuil en het venster was nu boven me. Ik schoot weer, hoog in de andere kant van de opening.

'Marshall?' riep ik. 'Als je op deze manier zelfmoord wilt plegen, vind ik dat best.'

Geen antwoord. Ik had drie kogels verschoten. Nog twaalf. Iemand met hersens kon gewoon op de grond gaan liggen en me laten schieten. Alle banen zouden hoger zijn dan hij, omdat ik in die kuil stond. En vanwege de vensterbanken. Ik kon proberen kogels via het plafond en de verste muur te laten ketsen, maar schieten was niet hetzelfde als biljarten. Ketsende kogels waren niet voorspelbaar en dus onbetrouwbaar.

Ik zag iets bewegen bij het raam.

Hij was gewapend.

En het was ook geen handwapen. Ik zag hoe er een brede loop van een shotgun op me werd gericht. Zwart. Het wapen leek zo'n beetje een doorsnee van een regenpijp te hebben. Waarschijnlijk een Ithaca Mag-10. Prachtwapen. Als je een *shotgun* zocht, kon je bijna geen betere vinden. Hij had de bijnaam *Roadblocker* omdat hij heel effectief was tegen ongepantserde voertuigen. Ik

sprong weer terug om dekking te zoeken achter het motorblok van de Humvee en maakte me zo klein mogelijk.
Toen hoorde ik de radio weer. In de hut. Het was een heel kort, vaag contact met veel geknetter. Ik kon de woorden niet echt onderscheiden, maar door het ritme en de intonatie klonk het als een vraag van twee lettergrepen. *Nog eens?* of zoiets. Zoiets hoorde je na een verwarrend bevel.
Ik hoorde hoe de vraag werd herhaald. *Nog eens?* Daarna hoorde ik Marshalls stem. Amper hoorbaar. Drie lettergrepen. Misschien *bevestigd*.
Tegen wie had hij het en wat voor een bevel had hij gegeven?
'Geef het op, Marshall,' riep ik. 'Hoeveel ellende wil je je op de hals halen?'
Een onderhandelaar bij een gijzeling zou dat *druk uitoefenen* noemen. Het behoorde een negatief psychologisch effect te sorteren. Maar juridisch sloeg het nergens op. Als hij mij neerschoot, zou hij voor vierhonderd jaar naar Leavenworth gaan. Zo niet, dan zou hij driehonderd jaar krijgen. Geen praktisch verschil. Een verstandig persoon zou er geen acht op slaan.
Hij sloeg er geen acht op. Hij was verstandig genoeg. Hij negeerde het en schoot in plaats daarvan zijn zware Ithaca af, wat precies was wat ik ook had gedaan.
Theoretisch was dat het moment waarop ik had gewacht. Een geweer afschieten dat een lichamelijke handeling vergt voordat je opnieuw kunt schieten, maakt de schutter een paar momenten na het overhalen van de trekker kwetsbaar. Ik had direct te voorschijn moeten komen om gericht een dodelijke kogel af te vuren. Maar het zuiver verdovende effect van het kaliber-tien-patroon maakte me een halve seconde trager. Ik was niet getroffen. De verspreidingshoek van de hagel was laag en klein en had het voorwiel van de Humvee geraakt. Ik voelde de band lek slaan en de hoek van het voertuig zakte vijfentwintig centimeter lager. Rook en stof overal. Toen ik een halve seconde later keek, was de loop van de shotgun verdwenen. Ik schoot tegen de bovenkant van de vensteropening. Ik wilde een strakke ketser die loodrecht omlaag zou slaan om een gaatje in zijn hoofd te boren.
Mislukt.
Hij riep: 'Ik ben weer aan het laden.'
Ik wachtte even. Dat was waarschijnlijk niet waar. Een Mag-10 bevat drie kogels. Hij had er maar een afgeschoten. Waarschijnlijk wilde hij me achter mijn dekking vandaan lokken en dat ik

hem bestormde. Zodat hij zich kon oprichten om mij aan flarden te schieten. Ik bleef zitten waar ik zat. Ik miste de luxe van opnieuw laden. Ik had vier kogels verschoten en had er nog elf over. Ik hoorde de radio weer. Een kort gesputter, acht lettergrepen in dalende volgorde. *Bevestigd. Over en sluiten.* Snel en achteloos, als een riedel op een piano.
Marshall vuurde weer. Ik zag de zwarte loop in het venster bewegen, er klonk weer een luide explosie en de verste hoek van de Humvee zakte vijfentwintig centimeter. Hij viel gewoon recht omlaag. Ik drukte me heel even plat op de grond en tuurde onder de jeep. Hij schoot de banden weg. Een Humvee kan op lekke banden rijden. Dat was een van de ontwerpvoorwaarden. Maar hij rijdt niet zónder banden. En een kaliber-tien-shotgun schiet banden niet lek, hij verwíjdert ze. Hij rukt het rubber zonder pardon van zijn velg en zaait kleine stukjes rubber in een straal van zeven meter.
Hij maakte zijn eigen Humvee onklaar en wilde er met de mijne vandoor!
Ik ging weer op mijn knieën zitten en hurkte achter de motorkap. Nu was ik in feite veiliger dan daarnet. Het zware voertuig stond schuin op de passagierskant, zodat er een massieve hoek van metaal tussen mij en hem was, die helemaal tot de grond liep. Ik drukte me omhoog aan het voorspatbord. Ging vlak achter het motorblok staan. Zo had ik een kleine driehonderd kilo smeedijzer tussen mij en het geweer. Ik rook diesel. Hij had een brandstofleiding geraakt. Het was een flink lek. Geen banden, een lege tank. En het had ook geen zin mijn overhemd met de brandstof te doordrenken, aan te steken en naar binnen te gooien. Ik had geen lucifers bij me. En diesel is minder ontvlambaar dan benzine. Het is gewoon een vette vloeistof. Die moet onder enorme druk verstoven worden alvorens tot ontbranding te komen. Daarom is de Humvee met een dieselmotor ontworpen. Voor de veiligheid.
'Nú ben ik aan het herladen,' riep Marshall.
Ik wachtte. Was dat zo of niet? Waarschijnlijk wel. Maar het kon me niets schelen. Ik ging hem niet bestormen. Ik had een beter idee. Ik kroop langs de schuine flank naar de achterbumper. Keek erlangs en bestudeerde het uitzicht. Naar het zuiden zag ik mijn eigen Humvee. Naar het noorden kon ik bijna helemaal tot de hut kijken. Ertussen was een open ruimte van zo'n vijfentwintig meter. Een soort niemandsland. Om van de hut bij mijn Humvee

te komen, moest Marshall achter elkaar vijfentwintig meter open grond oversteken. Recht door mijn schootsveld. Waarschijnlijk zou hij al schietend achteruit hollen. Maar zijn wapen bevatte geheel geladen maar drie patronen. Als hij met tussenpozen schoot, zou hij om de acht meter vuren. Als hij direct al zijn kogels ongericht verschoot, zou hij de rest van de weg naar de jeep een makkelijk doelwit zijn. Hoe dan ook, hij ging eraan. Dat stond als een paal boven water. Ik had elf Parabellums, een nauwkeurig pistool en een bumper om mijn pols op te steunen.
Ik glimlachte.
Ik wachtte.
Toen explodeerde de Sheridan achter me.
Ik hoorde een gefluit in de lucht achter me alsof er een granaat ter grootte van een Volkswagen aankwam en kon me nog net op tijd omdraaien om de oude tank de lucht in te zien gaan alsof hij door een trein was geraakt. Hij vloog dertig centimeter van de grond, het neppantser van triplex versplinterde en vloog alle kanten op en de geschutskoepel werd van zijn ring getild, beschreef een trage omwenteling door de lucht en landde drie meter bij me vandaan in het zand.
Er klonk geen explosie. Alleen maar een kolossale dreun van metaal op metaal en vervolgens een akelige stilte.
Ik keerde me weer om. Keek naar de open strook. Marshall was nog binnen. Toen vloog er een schaduw over me heen en zag ik een granaat in de lucht met dat bizarre, trage gezichtsbedrog dat je krijgt met langeafstandsgeschut. Hij beschreef een perfecte boog recht boven mijn hoofd en plofte vijftig meter verder in het woestijnzand. Hij veroorzaakte een enorme fontein van stof en zand en begroef zich diep in de grond.
Geen explosie.
Ik werd met oefengranaten beschoten!
In de verte hoorde ik het gieren van turbines. Het vage gekletter van aandrijfraderen, tussenwielen en rupsbandrollers. Het gedempte geraas van motoren van tanks die mijn kant op stormden. Ik hoorde een vage knal toen er een zwaar kanon afging. Daarna niets. Vervolgens gefluit in de lucht. Toen weer een klap en scheurend metaal toen de Sheridan opnieuw werd getroffen. Geen explosie. Een oefengranaat is hetzelfde als een scherpe granaat; zelfde afmeting, zelfde gewicht, met een volledige lading voortstuwingsmiddel, maar zonder explosief in de neuskegel. Het is gewoon een stomme klont metaal. Net zoals de kogel van een

pistool, alleen is hij honderdvijfentwintig millimeter dik en ruim dertig centimeter lang.
Marshall had hun oefenobject gewijzigd.
Daar was dat radioverkeer over gegaan. Marshall had hen bevel gegeven zich te verwijderen van wat ze acht kilometer verderop aan het doen waren. Hij had bevel gegeven naar hem toe te komen om zijn eigen positie te beschieten. Ze hadden ongelovig gereageerd. *Nog eens? Nog eens*? En Marshall had *bevestigd* geantwoord.
Hij had hun oefenobject gewijzigd om zijn eigen aftocht te dekken.
Hoeveel tanks waren er? Hoeveel tijd had ik nog? Als twintig tanks zich verspreidden, zouden ze binnen afzienbare tijd een object ter grootte van een mens raken. Binnen enkele minuten. Dat was duidelijk. De wet van de gemiddelden garandeerde dat zonder meer. En het zou geen pretje zijn om te worden geraakt door een kogel van twaalfenhalve centimeter dikte en ruim dertig centimeter lang. Bijna geraakt worden zou net zo erg zijn. Als een homp metaal van twintig kilo de Humvee waarachter ik me verschool zou treffen, zou die worden versnipperd tot reepjes metaal die even klein en scherp waren als het lemmet van een K-bar. Zelfs zonder explosieve lading zou alleen al de pure kinetische energie daarvoor zorgen. Het zou net zijn alsof er een scherpe granaat naast me ontplofte.
Ik hoorde twee krakende dreunen ten noordwesten van me. Lage, doffe geluiden. Twee kanonnen die vlak na elkaar vuurden. Gesis in de lucht. Eén granaat ging hoog over, maar de tweede kwam laag aan suizen en trof de Sheridan pal in de flank. Hij ging dwars door het aluminium pantser als een .38-kogel door een blikje. Als luitenant-kolonel Simon erbij was geweest, was hij misschien van gedachten veranderd over de toekomst.
Meer kanonnen vuurden. De een na de ander. Een haperend salvo. Geen explosies. Maar het brute, rampzalige, fysieke geluid was misschien nog erger. Het was een soort oerkabaal. De lucht siste. Er klonk een zwaar, stompzinnig gedender van granaten die in de grond sloegen. Ik hoorde het sidderende, zware gekletter van metaal op metaal, als een ouderwets zwaardgevecht tussen titanen. Enorme wrakstukken van de Sheridan wentelden alle kanten op en gleden sidderend door het zand. De lucht was vervuld van stof en zand. Het was verstikkend. Marshall was nog binnen. Ik bleef laag gehurkt zitten en hield mijn Beretta op de

open strook gericht. Wachtte. Dwong mijn hand om niet te gaan trillen. Staarde naar de open ruimte. Bleef er gewoon radeloos naar kijken. Ik begreep er niets van. Marshall moest beseffen dat hij niet veel langer kon wachten. Hij had zelf opdracht voor die hagelstorm van metaal gegeven. We werden aangevallen door Abrams-tanks. Mijn Humvee kon ieder moment getroffen worden. Zijn enige manier om weg te komen zou vlak voor zijn neus verdwijnen. De jeep zou de lucht in vliegen en op zijn dak terechtkomen. De wet van de gemiddelden garandeerde dat. Of anders zou de hut worden getroffen en om hem heen instorten. Hij zou begraven worden onder het puin. Zeker weten. Kon niet anders. Waar wachtte hij nog op?

Toen richtte ik me op en keek naar de hut.

Ik wist waarom hij niets deed.

Zelfmoord.

Ik had hem zelfmoord met behulp van een MP'er aangeboden, maar hij had al gekozen voor zelfmoord met behulp van tanks. Hij had me zien aankomen en geraden wie ik was. Net als Vassell en Coomer had hij dag in dag uit zitten wachten tot het kwartje zou vallen. En uiteindelijk was dat gebeurd en was ik recht door het woestijnstof op hem af gekomen in een Humvee. Hij had gewikt en gewogen en de radio gepakt.

Hij zou het niet overleven, maar hij zou mij met zich meenemen. Ik hoorde de tanks inmiddels vrij dichtbij. Niet verder dan acht- of negenhonderd meter. Ik hoorde het gillen en kletteren van hun rupsbanden. Ze reden nog altijd op volle snelheid. Verend en deinend zouden ze precies volgens het boekje uitwaaieren. Ze zouden hanenstaarten van stof opwerpen. Ze zouden met hun kanonnen naar binnen gericht als de spaken van een wiel een losse, mobiele halve maan vormen.

Ik kroop terug en keek naar mijn Humvee. Maar als ik daarheen holde, zou Marshall me vanuit de veiligheid van zijn hut neerschieten. Daar twijfelde ik niet aan. De open strook van vijfentwintig meter moest hem even mooi hebben geleken als mij.

Ik wachtte.

Ik hoorde een kanon dreunen en een granaat inslaan. Ik kwam overeind en holde de andere kant op. Ik hoorde weer een dreun en nog een inslag. De eerste granaat boorde zich in de Sheridan en liet hem een paar keer om zijn as wentelen, en daarna trof nummer twee Marshalls Humvee en vernielde het voertuig totaal. Ik wierp mezelf achter de noordelijke hoek van de hut en wen-

telde dicht tegen de voet van de muur aan, luisterde naar de metaalscherven die tegen de betonblokken spatten en het gegil van metaal toen de bepantsering van de oude Sheridan uiteindelijk uiteen werd gereten.
De tanks waren inmiddels heel dichtbij. Ik hoorde het timbre van hun motoren rijzen en dalen toen ze heuvels beklommen en zich door kuilen stortten. Ik hoorde hun rupsbanden tegen de beplating slaan. Ik hoorde hun hydraulische systeem janken terwijl ze hun kanonnen zijwaarts draaiden.
Ik verhief me. Ging rechtop staan. Veegde het stof uit mijn ogen. Liep naar de ijzeren deur. Zag de blinkende krater die mijn pistool had geslagen. Ik wist dat Marshall ofwel bij het zuidvenster stond om te zien of ik vluchtte, ofwel bij het westelijke venster om te zien of hij me pal achter het wrak van de Humvee kon ontdekken. Ik wist dat hij groot en rechtshandig was. Ik fixeerde een abstract doel voor mijn geestesoog. Legde mijn hand op de deurknop. Wachtte.
De volgende twee granaten kwamen van zo dichtbij, dat ik het *boem-baf-boem-baf* zonder tussenpozen hoorde. Ik trok de deur open en stapte naar binnen. Marshall stond recht voor me, met zijn rug naar me toe. Hij keek naar het zuiden en zijn silhouet tekende zich af in het heldere licht van de vensteropening. Ik richtte op zijn rechterschouderblad, haalde de trekker over en een granaat sloeg in op het dak van de hut. De ruimte vulde zich onmiddellijk met stof. Ik werd getroffen door vallende balken en golfplaten en gestoken door stukjes rondvliegend beton. Ik zakte op mijn knieën. Daarna viel ik op mijn buik. Ik lag vastgepind. Marshall zag ik niet. Met veel moeite verhief ik me weer op mijn knieën en zwaaide wild met mijn armen om het puin van me af te slaan. Het stof werd in een ruwe spiraal omhooggezogen en ik zag een stuk helderblauwe lucht boven me. Overal om me heen hoorde ik rupsbanden. Toen hoorde ik weer een *boem-baf* en de voorste hoek van de hut werd weggeslagen. Het ene moment was hij er nog, het volgende moment niet meer. De hut was solide, en vervolgens kwam er een wolk stof op me af met de snelheid van het geluid. Hij werd gevolgd door een rukwind van stoffige lucht die me weer tegen de grond sloeg.
Ik worstelde me weer overeind en kroop naar voren. Baande me gewoon een weg door de gevallen balken en brokken beton. Gooide de verwrongen stukken golfplaat opzij. Ik was als een ploeg, ik baande me als een bulldozer een weg naar voren en maakte links

en rechts stapels brokstukken. Er hing te veel stof om iets anders te zien dan het zonlicht. Het was recht voor me. Fel licht voor me, duisternis achter me. Ik kroop verder.
Ik vond de Mag-10. De loop was verpletterd. Ik gooide hem opzij en ploegde verder. Vond Marshall op de grond. Hij bewoog niet. Ik trok dingen van hem af, greep zijn kraag en sleurde hem in een zithouding. Sleepte hem weg tot ik bij de muur aan de voorkant was. Ik zette mijn rug ertegenaan en drukte me omhoog tot ik de vensteropening voelde. Ik stikte half en spoog stof. Het zat in mijn ogen. Ik sleepte hem omhoog. Hees hem over de vensterbank en gooide hem naar buiten. Daarna wierp ik me achter hem aan. Verhief me op handen en voeten, greep hem weer bij zijn kraag en sleurde hem weg. Buiten trok het stof op. Ik zag tanks op ongeveer driehonderd meter rechts en links van ons. Een heleboel tanks. Heet metaal in de felle zon. Ze hadden ons omsingeld. Ze vormden een perfecte kring; de motoren draaiden stationair; de kanonnen stonden horizontaal gericht boven een open vizier. Ik hoorde weer *boem-baf*, zag de felle flits van een vuurmond en zag het kanon terugspringen van de terugslag. Ik zag de granaat vlak over ons heen gaan. Ik zag hem in de lucht. Hoorde hem met een krakende knal door de geluidsbarrière gaan alsof er een nek brak. Hoorde hem in de restanten van de hut slaan. Voelde nog meer stof en betonpuin op mijn rug vallen. Ik viel op mijn buik en bleef stil liggen, gevangen in niemandsland.
Toen vuurde er een andere tank. Ik zag hem een schok naar achteren maken van de terugslag. Zeventig ton die zo hard naar achteren werd gerukt dat hij er letterlijk van steigerde. De granaat gierde over ons heen. Ik kwam weer in beweging. Ik sleurde Marshall achter me aan en kroop door het zand alsof ik zwom. Ik had geen idee wat hij via de radio had gezegd. Geen idee wat hij had bevolen. Hij moest hun verteld hebben dat hij ervandoor ging. Misschien had hij bevolen om geen acht op de Humvees te slaan. Misschien hadden ze daarom *Nog eens?* gezegd. Misschien had hij gezegd dat de Humvees vogelvrij waren. Misschien hadden ze dat amper kunnen geloven.
Maar ik wist dat ze nu niet zouden stoppen met vuren. Ze konden ons namelijk niet zien. Het stof dreef als rook om ons heen en het uitzicht vanuit een gesloten Abrams was toch al niet best. Het was alsof je door een horizontale boodschappenzak keek waarin een klein vierkantje uit de bodem was geknipt. Ik wacht-

te even, sloeg het stof in de lucht voor me weg en tuurde voor me uit. We waren vlak bij mijn Humvee.
Hij zag er recht van lijf en leden uit.
Hij zag er intact uit.
Tot nu toe.
Ik stond op, legde de laatste drie meter hollend af en sleurde Marshall om de jeep heen naar de passagierskant. Ik trok het portier open en propte hem voorin. Daarna klom ik over hem heen, plofte achter het stuur en drukte op de grote rode startknop. Stootte de pook in de versnelling en trapte zo hard op het gas dat het portier vanzelf dichtklapte. Daarna zette ik het groot licht aan, gaf plankgas en scheurde weg. Summer zou trots op me zijn. Ik reed recht op de tanklinie af. Tweehonderd meter. Honderd meter. Ik koos een plek, mikte zorgvuldig en stoof met een snelheid van honderddertig kilometer per uur tussen twee aanvalstanks door.

Een kleine twee kilometer verder nam ik gas terug. Nog eens twee kilometer verder stopte ik. Marshall leefde. Maar hij was bewusteloos en bloedde als een rund. Ik had goed gemikt. Zijn schouder had een grote, lelijke schotwond van de negenmillimeterkogel die er dwars doorheen was gegaan en het bot had verbrijzeld, en hij had een heleboel andere verwondingen door het instorten van de hut. Zijn bloed had zich met betonstof tot een dieprode pasta vermengd. Ik zette hem recht op zijn stoel en gespte hem strak in de gordels. Daarna haalde ik de EHBO-kist te voorschijn, legde aan beide kanten van zijn schouder een drukverband aan en gaf hem een morfine-injectie. Ik schreef met vetkrijt een M op zijn voorhoofd zoals je dat in oorlogssituaties geacht werd te doen. Op die manier zouden de artsen in het ziekenhuis hem geen overdosis geven.
Daarna liep ik even rond in de frisse lucht. Ik liep gewoon een beetje doelloos op en neer. Ik hoestte en spoog en klopte mezelf zo goed en zo kwaad als het ging af. Ik zat onder de blauwe plekken en mijn lijf deed zeer van de bekogeling door betonscherven. Vier kilometer achter me hoorde ik de tanks nog steeds schieten. Waarschijnlijk wachtten ze op het bevel staakt-het-vuren. Vermoedelijk zouden ze door hun munitie heen zijn voordat ze het kregen.

De hele terugweg hield ik de airconditioning op 2-60. Halverwege kwam Marshall bij. Ik zag zijn kin van zijn borst komen. Ik zag hem een blik vooruitwerpen en vervolgens een blik naar links, naar mij. Hij zat vol morfine en zijn rechterarm was onbruikbaar, maar ik bleef op mijn hoede. Als hij met zijn linkerhand het stuur greep, kon hij ons van het pad af laten vliegen. Dan reden we misschien over een ongeëxplodeerd projectiel. Of een schildpad. Dus haalde ik mijn rechterhand van het stuur en gaf hem een achterwaartse oplawaai tussen de ogen. Het was een goede, stevige dreun. Hij was meteen weer in slaap. Manuele anesthesie. De hele terugweg naar de basis bleef hij buiten kennis.

Ik bracht hem meteen naar het basishospitaal. Belde Franz vanuit de zusterkamer om een bewakingseenheid te bestellen. Ik wachtte die op en toen ze kwamen, beloofde ik hun promotie en medailles als ze ervoor zorgden dat Marshall de binnenkant van de rechtszaal zou zien. Ik gaf opdracht om hem zijn rechten te lezen zodra hij bij kennis was, en ervoor te waken dat hij geen zelfmoord pleegde. Daarna liet ik de wacht hun werk doen en reed terug naar het kantoor van Franz. Mijn gevechtstenue was gescheurd en stijf van het stof, en waarschijnlijk zagen mijn haar en handen er weinig beter uit, want Franz moest lachen toen hij me zag.

'Het valt zeker niet mee om een pennenlikker in te rekenen?' zei hij.

'Waar is Summer?' vroeg ik.

'Die telext met de auditeur,' zei hij. 'En belt allerlei mensen.'

'Ik ben je Beretta verloren,' zei ik.

'Waar?'

'Op een plek waar het een stelletje archeologen honderd jaar zal kosten om hem te vinden.'

'Is mijn Humvee nog intact?'

'Meer dan die van Marshall,' zei ik.

Ik vond mijn tas en een lege kamer in het gastenverblijf voor officieren en nam een lange, hete douche. Daarna verhuisde ik alle dingen uit mijn zakken naar die van een schoon gevechtstenue en gooide het oude weg. Ik ging ervan uit dat iedere fourier het ermee eens zou zijn dat hij niet meer te redden was. Ik ging een poosje op bed zitten en haalde een paar keer diep adem. Daarna liep ik weer terug naar het kantoor van Franz. Daar trof ik Summer. Ze zag er stralend uit. Ze had een nieuwe dossiermap in haar hand.

'Alles is op de rails gezet,' zei ze. 'Volgens de auditeur zijn de arrestaties terecht.'
'Heb je de zaak voorgelegd?'
'Ze zeggen dat ze moeten bekennen.'
Ik zei niets.
'Morgen hebben we een afspraak met de auditeur,' zei ze. 'In Washington.'
'Jij zult dat moeten doen,' zei ik. 'Ik ben er niet.'
'Waarom niet?'
Ik gaf geen antwoord.
'Praten Vassell en Coomer?'
Ze schudde haar hoofd. 'Ze hebben geen woord gezegd. Mensen van de auditeur vliegen vanavond met hen naar Washington. Ze hebben advocaten gekregen.'
'Er klopt iets niet,' zei ik.
'Wat dan?'
'Het is me veel te vlotjes gegaan.'
Ik dacht even na.
'We moeten terug naar Bird,' zei ik. 'Nu meteen.'

Franz leende me vijftig dollar en gaf me twee blanco reiscoupons. Ik tekende ze en liet Leon Garber contrasigneren, al zat die duizenden kilometers verderop in Korea. Vervolgens bracht Franz ons weer naar LAX. Hij had een stafauto genomen, omdat zijn Humvee nog onder Marshalls bloed zat. Het was niet druk op de weg en we waren er zo. We liepen de vertrekhal in en wisselden de coupons om voor tickets voor de eerste de beste vlucht naar Washington. Ik gaf mijn tas af. Die wilde ik deze keer niet dragen. We vertrokken om drie uur 's middags. We waren precies acht uur in Californië geweest.

24

De vlucht naar het oosten beroofde ons weer van de uren die we hadden gewonnen toen we naar het westen gingen. Op Washington National was het 23.00 uur toen we landden. Ik haalde mijn plunjezak van de lopende band en we namen de shuttle naar het parkeerterrein voor langparkeerders. De Chevrolet stond nog waar we hem hadden achtergelaten. Ik gebruikte een deel van de vijftig dollar van Franz om hem vol te gooien. Daarna reden we terug naar Bird met Summer aan het stuur. Ze reed hard als altijd en koos de oude vertrouwde route via de I-95, langs alle bekende punten. Het bureau van de State Police, de plek waar de tas was gevonden, de pleisterplaats, het klaverblad, het motel en de stripclub. Om drie uur 's morgens werden we ingeklokt bij de poort van Fort Bird. De basis was rustig. Hij lag onder een deken van nachtelijke mist. Niets verroerde zich.

'Waarheen?' vroeg Summer.

'De Delta-kazerne,' zei ik.

Ze reed naar de poort van de voormalige gevangenis en de wacht liet ons binnen. We stalden de auto op de hoofdparkeerplaats. Ik zag Trifonovs rode Corvette in de duisternis. Hij stond helemaal apart bij de muur met de tuinslang. Hij zag er brandschoon uit.

'Wat doen we hier?' vroeg Summer.

'We hadden een erg zwakke zaak,' zei ik. 'Dat heb je zelf gezegd. En je had gelijk. Hij was uitermate zwak. Het forensisch onderzoek van de stafauto heeft wel iets geholpen, maar we zijn nooit verder gekomen dan het zuiver omstandelijke gedoe. In feite kunnen we Vassell en Coomer op geen enkele plaats delict zetten. We hebben geen doorslaggevend bewijs. We kunnen niet bewijzen dat Marshall de koevoet zelfs maar heeft aangeraakt. We kunnen niet bewijzen dat hij de yoghurt niet heeft opgegeten. En we kunnen zeker niet bewijzen dat Vassell en Coomer hem ooit hebben opgedragen om iets te doen. Als puntje bij paaltje komt, kunnen ze beweren dat hij een losgeslagen eenling is.'

'Dus?'

'We zijn die kamer ingelopen en hebben twee hoge officieren ge-

confronteerd die dubbel beschermd waren tegen een uiterst zwakke, omstandelijke zaak. Wat had er eigenlijk moeten gebeuren?'
'Ze hadden moeten protesteren.'
Ik knikte. 'Ze hadden moeten smalen. Ze hadden het weg moeten lachen. Ze hadden beledigd moeten reageren. Ze hadden dreigementen moeten uiten en een heleboel trammelant moeten maken. Ze hadden ons eruit moeten gooien. Maar dat hebben ze allemaal niet gedaan. Ze bleven gewoon stilzitten. En hun stilzwijgen pleitte in feite tegen hen. Dat was mijn indruk. Zo heb ik het opgevat.'
'Ik ook,' zei Summer. 'Zeker weten.'
'Waarom hebben ze zich dan niet verzet?'
Ze zweeg een poosje.
'Schuldig geweten?' vroeg ze.
Ik schudde mijn hoofd. 'Kom nou.'
'Shit,' zei ze. 'Misschien wachten ze gewoon hun kans af. Misschien laten ze de hele zaak in het openbaar als een kaartenhuis instorten. Morgen, in Washington, als hun advocaten erbij zijn. Om onze loopbaan te torpederen. Om ons op onze plaats te zetten. Misschien is het iets wraakzuchtigs.'
Ik schudde weer mijn hoofd. 'Waarvan heb ik ze beschuldigd?'
'Samenzwering tot moord.'
Ik knikte. 'Volgens mij hebben ze me verkeerd verstaan.'
'Het was anders duidelijk genoeg.'
'Ze verstonden de woorden. Maar niet de context. Ik had het over één ding, en zij dachten dat ik het over iets anders had. Ze dachten dat ik het over totaal iets anders had. Ze verklaarden zich schuldig aan de verkeerde samenzwering, Summer. Ze verklaarden zich schuldig aan een samenzwering waarvan ze wéten dat hij onomstotelijk bewezen kan worden.'
Ze zei niets.
'De agenda,' zei ik. 'Die is daar nog ergens. Die hebben ze nooit teruggekregen. Carbone heeft ze een oor aangenaaid. Ze hebben daar op de I-95 die tas opengemaakt en die agenda zat er niet in. Die was gevlogen.'
'Waar is hij dan?'
'Dat zal ik je laten zien,' zei ik. 'Daarom zijn we teruggekomen. Zodat jij hem morgen kunt gebruiken. In Washington. Je kunt hem gebruiken om al die andere zaken te ondersteunen. De elementen waarin we zwak staan.'
We stapten uit in de kou. Staken het parkeerterrein over naar de

ingang van het cellenblok. Gingen naar binnen. Ik hoorde de geluiden van slapende manschappen. Ik kon de ranzige slaapzaallucht zowat proeven. We liepen in het donker door de gangen en sloegen hoeken om tot we bij Carbones kwartier waren. Het was leeg en met rust gelaten. We gingen naar binnen en deden het licht aan. Liepen naar het bed. Ik stak mijn hand uit naar de boekenplank. Ging met mijn vingers langs de ruggen van de boeken. Trok het hoge, dunne Rolling Stones-aandenken te voorschijn. Hield het in mijn hand. Schudde.

Er viel een conferentieagenda van vier bladzijden op het bed.

We keken ernaar.

'Brubaker had hem opdracht gegeven de agenda ergens te verstoppen,' zei ik.

Ik raapte hem op en gaf hem aan Summer. Draaide het licht uit en liep de gang op. Keek recht in het gezicht van de jonge Delta-sergeant met de baard en de bruine huid. Hij droeg een onderbroek en een T-shirt en was blootsvoets. Te oordelen naar zijn geur had hij een uur of vier geleden bier zitten drinken.

'Kijk eens aan,' zei hij. 'Wie hebben we daar?'

Ik zei niets.

'Jullie hebben me wakker gemaakt met je gepraat,' zei hij. 'En met het licht aan- en uitdoen.'

Ik zei niets.

Hij wierp een blik in Carbones cel.

'Weer een bezoekje aan de plaats delict?'

'Hij is hier niet gestorven.'

'Je weet best wat ik bedoel.'

Toen glimlachte hij en ik zag dat hij zijn vuisten balde. Ik ramde hem tegen de muur met mijn linkeronderarm. Zijn schedel sloeg tegen het beton en zijn ogen werden een ogenblik glazig. Ik hield mijn arm hard en recht over zijn borst. Zette de punt van mijn elleboog op zijn rechterspierbal en spreidde mijn vingers over zijn linker. Pinde hem vast tegen de muur. Ik drukte net zo lang met mijn hele gewicht op hem, tot hij moeite had met ademhalen.

'Doe me een lol,' zei ik. 'Lees deze week elke dag de krant.'

Daarna tastte ik in de zak van mijn jack en haalde de kogel te voorschijn. De kogel die hij had bezorgd. Met mijn naam erop. Ik hield de onderkant van de huls tussen duim en wijsvinger. Hij glom in het vage nachtlicht.

'Let op,' zei ik.

Ik liet hem de kogel zien. Daarna duwde ik hem in zijn neus.

Mijn sergeant zat aan haar bureau. Die met de baby. Het koffiezetapparaat stond aan. Ik schonk twee bekers vol en nam ze mee naar mijn kantoor. Summer droeg de agenda als een trofee. Ze haalde het nietje uit het papier en legde de vier velletjes naast elkaar op het bureau.
Er stonden met de hand geschreven aantekeningen en wijzigingen met potlood tussen de regels en in de kantlijn. Het waren drie verschillende handschriften. Voornamelijk dat van Kramer, nam ik aan, maar ook dat van Vassell en Coomer; vrijwel zeker. Het was een eerste opzet van een rondschrijven geweest. Dat was ook duidelijk. Het was het onderwerp van een heleboel denkwerk en studie geweest.
Het eerste blad was een analyse van de problemen die de cavalerie boven het hoofd hingen. De geïntegreerde eenheden, het verlies aan prestige. De mogelijkheid van de overdracht van het bevel aan iemand anders. Sombere toon, maar wel conventioneel. En het was een nauwkeurige analyse, volgens de chef-staf.
De tweede en derde bladzijde bevatten min of meer wat ik Summer had voorspeld. Voorstellen tot pogingen om de belangrijkste tegenstanders in diskrediet te brengen met maximaal gebruik van vuile was. Een aantal kanttekeningen maakte toespelingen op de vuiligheid en een groot deel zag er vrij interessant uit. Ik vroeg me af hoe ze aan die informatie waren gekomen. En of iemand van het korps van de auditeur er nog werk van zou maken. Waarschijnlijk wel. Zo gingen die onderzoeken nu eenmaal. Ze voerden in allerlei willekeurige richtingen.
Er waren ideeën voor publiciteitscampagnes. De meeste waren nogal slap. Deze jongens waren niet meer onder het volk geweest sinds ze op de bus langs de Hudson waren gestapt voor hun eerste jaar op West Point. Daarna kwamen er verwijzingen naar de grote defensieleveranciers. Er waren ideeën voor politieke initiatieven op het departement van het leger en in het Congres. Een aantal politieke ideeën sloeg rechtstreeks terug op de verwijzingen naar de defensieleveranciers. Er waren toespelingen op een aantal behoorlijk verfijnde relaties in die hoek. Het was duidelijk dat er geld de ene kant en gunsten de andere kant op stroomden. De minister van defensie werd met naam en toenaam genoemd. Zijn steun werd min of meer als vanzelfsprekend beschouwd. In één bepaalde zin was zijn naam onderstreept en een aantekening in de kantlijn luidde: *gekocht en betaald.* Alles bij elkaar waren de eerste drie pagina's gevuld met het materiaal dat je wel kon

verwachten van arrogant hoog kader dat veel belang had bij het handhaven van de status-quo. Het was groezelig en smerig en droop van de radeloosheid, zonder meer. Maar het was niets waarvoor je in de bak zou belanden.
Dat kwam allemaal op pagina vier.
De vierde bladzijde had een merkwaardige kop: *T.E.P., Extra Maatregelen.* Daaronder stond een getypt citaat uit *De Kunst van het Oorlogvoeren* van Sun Tzu: *In gebreke blijven om de oorlog naar de vijand te brengen als je met de rug tegen de muur staat komt neer op sneuvelen.* Daarnaast stond een toevoeging in de kantlijn, waarschijnlijk in Vassells handschrift: *Hoewel onverstoorbaarheid in het aangezicht van een catastrofe het ultieme bewijs van de moed van een bevelhebber is, is de energie van de jacht de zekerste proeve van zijn wilskracht. Wavell.*
'Wie is Wavell?' vroeg Summer.
'Een oude Britse veldmaarschalk,' zei ik. 'Tweede Wereldoorlog. Daarna was hij onderkoning van India. Hij was in de Eerste Wereldoorlog aan één oog blind geworden.'
Onder Wavells citaat stond nog een aantekening met potlood, in een ander handschrift. Van Coomer waarschijnlijk. Er stond: *Vrijwilligers? Ik? Marshall?* Er stond een kringetje om die drie woorden dat met een lange lus verbonden was met de kop *T.E.P., Extra Maatregelen.*
'Waar slaat dat op?' vroeg Summer.
'Lees maar door,' zei ik.
Onder het Sun Tzu-citaat stond een lijst van achttien namen. De meeste personen kende ik. Het waren bevelhebbers van sleutelbataljons van prestigieuze infanteriedivisies zoals het *82nd* en het *101st*, belangrijke stafleden van het Pentagon en nog een aantal andere mensen. Qua leeftijd en rang was het een interessant allegaartje. Er waren niet echt lage officieren bij, maar de lijst beperkte zich niet tot de hoogste. Geenszins. Er waren een paar rijzende sterren bij. Een paar voor de hand liggende keuzen, en een aantal buitenbeentjes. Een paar namen zeiden me niets. Die waren van mensen van wie ik nog nooit had gehoord. Er stond bijvoorbeeld een zekere Abelson op de lijst. Ik wist niet wie Abelson was. Achter zijn naam stond een vinkje met potlood. Dat had geen van de andere namen.
'Wat betekent dat vinkje?' vroeg Summer.
Ik belde mijn sergeant in het voorkantoor.
'Ooit van een zekere Abelson gehoord?'

'Nee,' zei ze.
'Zoek het uit,' zei ik. 'Hij is waarschijnlijk kolonel of iets hogers.'
Ik boog me weer over de lijst. Hij was kort, maar vrij gemakkelijk te interpreteren. Het was een lijst van achttien belangrijke beentjes in een gigantisch, zich ontwikkelend skelet. Of achttien belangrijke zenuwen in een complex neurologisch systeem. Haal ze weg en een bepaald deel van het leger zou in zekere mate verlamd zijn. Zeker vandaag de dag. Maar morgen ook, en dat was belangrijker. Het waren namelijk rijzende sterren. De evolutie was in de kiem gesmoord. En van wat ik van de mensen wist wier naam ik herkende, omvatte het deel van het leger dat zou worden aangetast uitsluitend de lichte eenheden. Meer in het bijzonder ging het om de eenheden die vooruitkeken naar de eenentwintigste eeuw in plaats van de eenheden die terugkeken naar de negentiende. Achttien mensen was geen groot aantal in een leger van een miljoen. Maar het was een nauwkeurig geselecteerd gezelschap. Er was een scherpzinnige analyse aan voorafgegaan. Er waren precisiedoelwitten vastgesteld. De stuwende krachten die knuppels in het hoenderhok gooiden, de denkers en de strategen. De fonkelende sterren. Als je een lijst wilde samenstellen van achttien mensen wier aan- of afwezigheid de toekomst zou bepalen, had je hem hier, uitgetypt en wel en in de juiste volgorde.
Mijn telefoon ging. Ik drukte op de speakerknop en we hoorden de stem van mijn sergeant.
'Abelson was de man van de Apache-helikopters,' zei ze. 'Weet u wel, die aanvalshelikopters? Die bewapende toestellen? Die altijd aan de weg timmeren?'
'Was?'
'Hij is de dag voor oudejaarsavond omgekomen. Bij een auto-ongeluk in Heidelberg. Auto en voetganger. De auto is ervandoor gegaan.'
Ik zette de telefoon uit.
'Daar had Swan het over,' zei ik. 'En passant. Nu ik erbij stilsta.'
'Afgevinkt,' zei Summer.
Ik knikte. 'Eentje gedaan, nog zeventien te gaan.'
'Wat betekent T.E.P.?'
'Dat is oud CIA-jargon,' zei ik. 'Het betekent *terminate with extreme prejudice*, met de grootst mogelijke omzichtigheid termineren.'
Ze zei niets.

'Met andere woorden uit de weg ruimen,' zei ik.
We bleven een hele poos zwijgend zitten. Ik bekeek de bespottelijke citaten nog een keer. *De vijand. Als je met de rug tegen de muur staat. Het ultieme bewijs van de moed van een bevelhebber. De zekerste proeve van zijn wilskracht.* Ik probeerde me voor te stellen wat voor krankzinnige, geïsoleerde, door ego opgestookte koorts mensen ertoe kon brengen om dergelijke verheven citaten boven een lijstje te zetten van mensen die ze wilden vermoorden om hun baantje en prestige veilig te stellen. Ik kon zelfs geen begin van een voorstelling maken. Dus gaf ik het gewoon op, legde de vier getypte velletjes weer op elkaar en stak het nietje in de oorspronkelijke gaatjes. Ik haalde een envelop uit mijn bureaula en deed hem erin.
'Hij is op 1 januari zoek geraakt,' zei ik. 'En op 4 januari wisten ze dat hij voorgoed weg was. Hij zat niet in de tas en Brubaker had hem ook niet. Daarom waren ze zo berustend. Ze hebben het een week geleden opgegeven. Ze hebben drie mensen vermoord tijdens hun zoektocht, maar hem nooit gevonden. Dus zaten ze daar maar, in de zekerheid dat ze vroeg of laat in de kuil zouden vallen die ze zelf hadden gegraven.'
Ik schoof de envelop over het bureau.
'Gebruik hem maar,' zei ik. 'Gebruik hem maar in Washington om ze aan de hoogste boom op te knopen.'

Inmiddels was het al vier uur 's morgens en Summer vertrok direct naar het Pentagon. Ik ging naar bed om vier uur te slapen. Maakte mezelf om acht uur wakker. Ik moest nog één ding doen, en ik wist zeker dat mij nog één ding te wachten stond.

25

Ik was om negen uur in mijn kantoor. De vrouw met de baby was al weg. De korporaal uit Louisiana had haar plaats ingenomen.
'Juridische zaken is er,' zei hij. Hij maakte een beweging met zijn duim naar mijn kantoordeur. 'Ik heb ze binnengelaten.'
Ik knikte. Ik keek om me heen, maar er was geen koffie. *Slecht begin.* Ik deed mijn deur open en ging naar binnen. Trof twee heren binnen. De ene zat op de bezoekersstoel en de andere aan mijn bureau. Beiden waren in hun nette uniform. Ze hadden allebei het insigne van het korps van de auditeur op hun revers. Een gouden kransje met daarover een sabel en een pijl gekruist. De man op de bezoekersstoel was kapitein. De man achter mijn bureau luitenant-kolonel.
'Waar moet ik zitten?' vroeg ik.
'Waar u maar wilt,' zei de kolonel.
Ik zei niets.
'Ik heb de telexen uit Irwin gelezen,' zei hij. 'Mijn oprechte gelukwensen, majoor. U hebt voortreffelijk werk verricht.'
Ik zei niets.
'En ik heb gehoord van Kramers agenda,' zei hij. 'Ik ben zojuist gebeld door het kantoor van de chef-staf. Dat resultaat is nog mooier. Dat is op zich al voldoende rechtvaardiging voor Operatie Argon.'
'U bent hier niet om het over de zaak te hebben,' zei ik.
'Nee,' zei hij. 'Inderdaad niet. Dat gesprek speelt zich af in het Pentagon met uw luitenant.'
Ik haalde een reservestoel en zette hem tegen de muur onder de kaart. Ik nam plaats. Leunde naar achteren. Stak mijn hand boven mijn hoofd en speelde met de punaises. De kolonel boog zich naar voren en keek me aan. Hij wachtte, alsof hij wilde dat ik het woord nam.
'Bent u van plan hiervan te genieten?' vroeg ik.
'Het is mijn werk,' zei hij.
'Houdt u van uw werk?'

'Niet altijd,' zei hij.
Ik zweeg.
'Deze zaak was als een golf op het strand,' zei hij. 'Als zo'n grote breker die het strand op stuift, even wacht, zich vervolgens weer terugtrekt en niets achterlaat.'
Ik zei niets.
'Alleen heeft hij wel iets achtergelaten,' zei hij. 'Hij heeft een groot, lelijk stuk wrakhout achtergelaten aan de waterlijn, en dat kunnen we niet laten liggen.'
Hij wachtte tot ik iets zou zeggen. Ik overwoog om mijn mond te houden. Om hem al het werk te laten doen. Maar uiteindelijk gaf ik het schouderophalend op.
'Die klacht wegens mishandeling,' zei ik.
Hij knikte. 'Kolonel Willard heeft die onder onze aandacht gebracht. En het is een lastige situatie. Ongeoorloofd gebruik van reiscoupons kan nog door de vingers worden gezien als relevant voor het onderzoek, maar de klacht wegens mishandeling niet. Omdat de twee bewuste burgers blijkbaar niets met de zaak te maken hadden.'
'Ik was verkeerd ingelicht,' zei ik.
'Ik vrees dat dit niets aan de zaak verandert.'
'Uw getuige is dood.'
'Hij heeft een getekende verklaring achtergelaten. Die blijft eeuwig geldig. Dat is hetzelfde als wanneer hij in levenden lijve in het getuigenbankje zou zitten.'
Ik zei niets.
'Het komt neer op een eenvoudige feitelijkheid,' zei de kolonel. 'Een simpel ja of nee, eigenlijk. Hebt u gedaan wat Carbone beweerde?'
Ik zei niets.
De kolonel stond op. 'U kunt het met uw advocaat bespreken.'
Ik wierp een blik op de kapitein. Blijkbaar was hij mijn advocaat.
De kolonel liep de kamer uit en deed de deur achter zich dicht.
De kapitein boog zich naar voren, gaf me een hand en stelde zich voor.
'U moet de kolonel een beetje de ruimte geven,' zei hij. 'Hij biedt u een vluchtroute van een kilometer breed. Deze hele toestand is een poppenkast.'
'Ik heb voor heisa gezorgd,' zei ik. 'Het leger komt er bekaaid vanaf.'
'U zit ernaast. Niemand wil u een hak zetten met deze kwestie.

Willard heeft het doorgedrukt, anders niet. Dus moeten we doen alsof we iets doen.'
'En dat is?'
'Het enige dat u hoeft te doen is ontkennen. Dat zet vraagtekens bij Carbones getuigenis, en omdat hij er niet meer is om aan een kruisverhoor te worden onderworpen, treedt uw recht om te worden geconfronteerd door de getuige op basis van het Zesde Amendement in werking, en dat garandeert een automatische seponering.'
Ik bleef zwijgend zitten.
'Hoe gaat dat in z'n werk?' vroeg ik.
'U tekent een verklaring, net als Carbone. Hij zegt zwart, u zegt wit; weg probleem.'
'Op officieel papier?'
'Het duurt vijf minuten. We kunnen het nu meteen doen. Uw korporaal kan hem uittikken en medeondertekenen. Fluitje van een cent.'
Ik knikte.
'Wat is het alternatief?' vroeg ik.
'U zou wel gek zijn om het alternatief ook maar één seconde te overwegen.'
'Wat zou er gebeuren?'
'Dat zou op schuld bekennen neerkomen.'
'Wat zou er gebeuren?' herhaalde ik.
'Met een feitelijke schuldbekentenis? Degradatie, inhouding op de wedde met terugwerkende kracht tot het incident. Burgerzaken zou niet met minder genoegen nemen.'
Ik zei niets.
'U zou gedegradeerd worden tot kapitein. Bij de gewone MP, omdat het 110th u niet meer zou willen. Dat is de samenvatting. Maar u zou wel gek zijn om die koers te overwegen. U hoeft alleen maar te ontkennen.'
Ik bleef zitten en moest aan Carbone denken. Vijfendertig jaar, waarvan zestien onder de wapenen. Infanterie, luchtmobiele brigade, Rangers, Delta. Zestien harde jaren. Hij had niets anders gedaan dan een geheim proberen te bewaren dat hem nooit toevertrouwd had mogen worden. En hij had geprobeerd zijn eenheid te waarschuwen voor de bedreiging. Daar was allemaal weinig mis mee. Maar hij was dood. Vermoord in het bos, als lijk op de snijtafel. Daarna dacht ik aan de dikzak in de stripclub. Die boer kon me weinig schelen. Een gebroken neus was geen

ramp. Maar die dikzak had ik behoorlijk toegetakeld. Aan de andere kant was hij niet een van de meest hoogstaande ingezetenen van North Carolina. Ik betwijfelde of hij op de nominatie stond voor een lintje van de gouverneur.

Ik dacht een hele poos over die twee na. Over Carbone en de dikzak op het parkeerterrein. Vervolgens dacht ik aan mezelf. Majoor, ster, toprechercheur bij de speciale eenheid, hard op weg naar de top.

'Oké,' zei ik. 'Laat de kolonel maar weer binnenkomen.'

De kapitein stond op en deed de deur open. Hield hem open voor de kolonel. Deed hem weer dicht. De kolonel schuifelde langs ons heen en nam weer plaats achter mijn bureau.

'Goed,' zei hij. 'Laten we dit maar afhandelen. De klacht is ongegrond, nietwaar?'

Ik keek hem aan. Zei niets.

'Nou?'

Je gaat het juiste doen.

'De klacht is juist,' zei ik.

Hij keek me aan.

'De klacht klopt als een bus,' zei ik. 'Tot in de details. Het is precies zo gegaan als Carbone heeft beschreven.'

'Jezus,' zei de kolonel.

'Bent u gek geworden?' vroeg de kapitein.

'Ik denk het wel,' zei ik. 'Maar Carbone was geen leugenaar. Dat mag niet het laatste zijn dat in zijn dossier komt. Dat verdient hij niet. Hij heeft zestien jaar gediend.'

Het werd heel stil. Iedereen zweeg. Ze hadden een heleboel administratie voor de boeg. Ik had het vooruitzicht weer kapitein bij de MP te worden. Geen Special Forces meer. Maar dat was geen grote verrassing. Ik had het aan zien komen. Ik had het zien aankomen vanaf het moment dat ik in het vliegtuig mijn ogen gesloten had en de dominostenen een voor een om begonnen te vallen.

'Eén verzoek,' zei ik. 'Ik wil een opschorting van twee dagen. Vanaf nu.'

'Waarom?'

'Ik moet naar een begrafenis. Ik wil mijn commandant niet om verlof hoeven te smeken.'

De kolonel keek de andere kant op.

'Toegestaan,' zei hij.

Ik ging terug naar mijn kamer om al mijn bezittingen in mijn plunjezak te stoppen. Ik inde een cheque bij de intendance en liet tweeënvijftig dollar in een envelop achter voor mijn sergeant. Vijftig dollar stuurde ik in een envelop terug naar Franz. Ik haalde de koevoet die Marshall had gebruikt bij de patholoog op en deed hem bij het exemplaar dat we van de winkel hadden geleend. Daarna ging ik naar het wagenpark van de MP en zocht een auto die ik kon lenen. Ik keek ervan op dat Kramers huurauto er nog stond.

'Niemand heeft gezegd wat we ermee moesten doen,' zei de functionaris in het kantoor.

'Waarom niet?'

'Zegt u het maar, majoor. Het was uw zaak.'

Ik zocht iets onopvallends en de kleine, rode Ford sprong er nogal uit tussen al het olijfgroen en zwart. Maar vervolgens besefte ik dat het in de buitenwereld net andersom zou zijn. Daar zou niemand de kleine rode Ford een blik waardig keuren.

'Ik zal hem nu terugbrengen,' zei ik. 'Ik moet toch naar Dulles.'

Er hoefden geen formulieren te worden getekend, want het was geen legervoertuig.

's Morgens om tien voor halfelf verliet ik Fort Bird en reed in noordelijke richting naar Green Valley. Ik reed veel langzamer dan de voorgaande keren, omdat de Ford een trage auto was en ik een trage chauffeur ben, althans vergeleken met Summer. Ik stopte niet voor de lunch. Ik reed gewoon door. Om kwart over drie 's middags was ik bij het politiebureau. Ik trof rechercheur Clark aan zijn bureau in de kantoortuin. Ik vertelde dat de zaak gesloten was. Dat hij de details van Summer zou krijgen. Ik nam de koevoet mee die hij te leen had, reed zestien kilometer verder naar Sperryville en parkeerde voor de ijzerwinkel. Het raam was gerepareerd. Het vierkante stuk triplex was weg. Ik hing de drie koevoeten over mijn onderarm, ging naar binnen en gaf ze terug aan de oude man achter de toonbank. Daarna stapte ik weer in de auto en volgde de enige weg de stad uit, helemaal naar Washington D.C.

Ik maakte een korte, omtrekkende beweging tegen de klok in op de Beltway, en zocht naar de ergste achterbuurt die ik kon vinden. Er was een heleboel keus. Ik koos een pleintje met vier blokken die voornamelijk uit aftandse opslagplaatsen met smalle steegjes ertussen bestonden. Ik vond wat ik zocht in de derde steeg waar ik een kijkje nam. Ik zag een uitgeteerde hoer uit een deuropening van baksteen komen. Ik ging er naar binnen en trof een man met een hoed. Hij had wat ik zocht. Het kostte even om het wederzijdse vertrouwen op gang te krijgen. Maar uiteindelijk werd ons meningsverschil bijgelegd met contant geld, zoals dat overal gaat. Ik kocht een beetje wiet, een beetje speed, en twee bolletjes wit. Ik zag wel dat de man met de hoed niet onder de indruk was van de hoeveelheden. Ik kon wel merken dat hij me als een amateur afschreef.

Daarna reed ik naar Rock Creek, Virginia. Ik was er even voor vijf uur. Parkeerde driehonderd meter van het hoofdkwartier van de 110th Special Unit, op een heuveltje, zodat ik over de omheining op het parkeerterrein kon kijken. Ik had geen enkele moeite om Willards auto eruit te pikken. Hij had me er alles over verteld. Een klassieke Pontiac GTO. Hij stond vlak bij de achteruitgang. Ik zakte diep in mijn stoel, hield mijn ogen wijd open en bleef de parkeerplaats in de gaten houden.

Hij kwam om kwart over vijf naar buiten. Kantooruren. Hij startte de Pontiac en reed achterwaarts weg van het gebouw. Ik had mijn raampje op een kier voor de frisse lucht en zelfs op een afstand van driehonderd meter hoorde ik het geronk van de uitlaten. Ze maakten een fraai achtcilindergeluid. Summer zou er waarschijnlijk van genoten hebben. Ik nam me voor dat ik een GTO voor haar zou kopen als ik ooit de loterij zou winnen.

Ik startte de Ford. Willard kwam van het parkeerterrein en draaide mijn kant op. Ik zakte uit het zicht en liet hem passeren. Daarna wachtte ik even. *Tweeduizend, drieduizend.* Ik maakte een U-bocht en reed achter hem aan. Het was een fluitje van een cent. Met het raam omlaag had ik het alleen al op het geluid kunnen doen. Hij reed vrij langzaam; groot en opvallend, bijna midden op de weg. Ik bleef een heel eind achter hem rijden en liet het gewone verkeer tussen ons in komen. Hij reed in oostelijke richting naar de buitenwijken van Washington. Hij had waarschijnlijk een huurhuis in Arlington of Maclean uit zijn Pentagon-tijd. Hopelijk geen appartement. Maar het leek me waarschijnlijker dat hij een huis had. Met een garage, voor zijn patserauto. Dat zou mooi zijn, want een huis was beter.

Het was een huis. Het stond aan een plattelandsweg in het niemandsland ten noorden van Arlington. Heleboel bomen, waarvan de meeste kaal, en een paar naaldbomen. Het waren onregelmatige percelen met lange, bochtige oprijlanen. De beplanting was rommelig. Er had een bordje moeten staan met: *Uitsluitend voor gescheiden of alleenstaande overheidsambtenaren met een modaal inkomen*. Zo'n straat was het. Niet echt ideaal, maar altijd nog een stuk beter dan een rechttoe, rechtaan buitenwijk met aansluitende voortuinen vol ravottende kinderen en bezorgde moeders.
Ik reed door en parkeerde anderhalve kilometer verderop. Bleef zitten tot het donker was.

Ik wachtte tot het zeven uur was en ging te voet terug. Er was laaghangende bewolking en mist. Geen licht van maan of sterren. Ik droeg een gevechtstenue in boscamouflagekleuren. Ik was zo onzichtbaar als het Pentagon me maar kon maken. Waarschijnlijk zou de buurt om zeven uur nog grotendeels uitgestorven zijn. Volgens mij hadden een heleboel overheidsambtenaren met een modaal inkomen de ambitie om hoge overheidsambtenaren te worden, dus die zouden nog achter hun bureau zitten in een poging indruk te maken op diegenen op wie ze indruk moesten maken. Ik liep de straat in die evenwijdig liep aan de achterzijde van Willards huis en vond twee rommelige tuinen naast elkaar. In geen van beide huizen brandde licht. Ik ging de eerste oprijlaan op en liep door, om de donkere massa van het huis heen en recht door de achtertuin. Ik bleef staan. Er blaften geen honden. Ik draaide een kwartslag en liep langs de omheining van de achtertuin tot ik Willards eigen achtertuin zag. Die stond vol dode graspollen. In het midden van het grasveld stond een verlaten en verroeste barbecue. Het was geen lust voor het oog. Het was een rommeltje.
Ik verboog een omheiningpaaltje tot ik een opening had om doorheen te glippen. Liep recht door Willards tuin en om zijn garage heen naar zijn voordeur. Er was geen portaallicht. Het zicht van de straat was half open en half belemmerd. Niet ideaal. Maar ook niet slecht. Ik drukte met mijn elleboog op de bel. Hoorde hem binnen overgaan. Het bleef even stil en toen hoorde ik voetstappen. Ik deed een stap naar achteren. Willard deed open. Zonder enige aarzeling. Misschien verwachtte hij een Chinese maaltijd. Of een pizza.

Ik gaf hem een stoot tegen zijn borst om hem naar achteren te krijgen. Stapte naar binnen en deed de deur achter me dicht met mijn voet. Het was een troosteloos huis. Het rook bedompt. Willard hapte naar lucht en omklemde de trapstijl. Ik gaf hem een dreun in zijn gezicht en hij ging om. Hij richtte zich op handen en voeten op en ik gaf hem een harde trap tegen zijn reet en bleef schoppen tot hij de hint begreep en zo hard als hij kon naar de keuken kroop. Hij schoot de keuken in, draaide zich zo goed en zo kwaad als het ging om en drukte zich ruggelings tegen een keukenkastje. Zijn ogen verrieden angst, dat zeker, maar ook verwarring. Alsof hij dacht: *gaat dit om een disciplinaire klacht?* Zijn bureaucratische brein kon er niets van maken.
'Heb je gehoord van Vassell en Coomer?' vroeg ik.
Hij knikte vlug en bang.
'Herinner je je luitenant Summer nog?'
Hij knikte weer.
'Zij heeft me ergens op gewezen,' zei ik. 'Het lag nogal voor de hand, maar ze zei dat ze er ongestraft vanaf waren gekomen als ik jou niet had genegeerd.'
Hij staarde me aan.
'Dat zette me aan het denken,' zei ik. 'Want wat was ik precies aan het negeren?'
Hij zei niets.
'Ik heb je verkeerd beoordeeld,' zei ik. 'Mijn excuses. Omdat ik dacht dat ik gewoon een overijverige klootzak en een baantjesjager negeerde. Ik dacht dat ik de een of andere truttige, gestreste malloot van een manager negeerde die dacht dat hij alles beter wist. Maar ik vergiste me. Ik negeerde iets heel anders.'
Hij staarde me aan.
'Jij geneerde je helemaal niet voor Kramer,' zei ik. 'Je was niet geërgerd dat ik Vassell en Coomer lastig viel. Je nam het helemaal niet op voor het leger toen je Carbone afgeschreven wilde zien als een dodelijk ongeluk. Je deed gewoon het werk waarvoor je op die post was gezet. Iemand wilde drie moorden in de doofpot stoppen, en daarvoor heb jij die functie gekregen. Je hebt deelgenomen aan een opzettelijke doofpotaffaire. Dat heb je gedaan. Dat is wat ik negeerde. Ik bedoel, wat kon je godverdomme anders in je schild voeren toen je me het bevél gaf om geen onderzoek in te stellen naar een moord? Het moest onder het kleed geveegd worden, het was voorbereid, het was gestructureerd en ruimschoots van tevoren besloten. Het is op 2 januari besloten,

toen ze Garber wegpromoveerden en jou op die stoel zetten. Jij bent daar neergezet opdat ze hetgeen ze op 4 januari van plan waren te doen in de hand konden houden. Om geen enkele andere reden.'

Hij zei niets.

'Ik dacht dat ze gewoon een mislukkeling op die post wilden, zodat de natuur zijn vrije loop kon hebben. Maar ze wilden iets beters. Ze wilden een vriendje op die plek.'

Hij zei niets.

'Je had moeten weigeren,' zei ik. 'Als je had geweigerd, hadden ze het niet gedaan en waren Carbone en Brubaker nog in leven geweest.'

Hij zei niets.

'Jij hebt hen vermoord, Willard. Jij bent net zo schuldig als zij.'

Ik hurkte naast hem neer. Hij krabbelde weg en drukte zich tegen het kastje achter hem. De nederlaag lag in zijn ogen. Maar hij deed nog één poging.

'Je kunt niets bewijzen,' zei hij.

Nu zei ik niets.

'Misschien was het gewoon incompetentie,' zei hij. 'Heb je daar weleens aan gedacht? Hoe wil je opzet bewijzen?'

Ik zei niets. Zijn ogen werden hard.

'Je hebt niet met een stelletje idioten te maken,' zei hij. 'Je zult nergens een spatje bewijs vinden.'

Ik haalde de Beretta van Franz uit mijn zak. Het exemplaar dat ik uit de Mojave-woestijn had meegenomen. Ik was hem niet verloren. Hij was helemaal met me meegereisd uit Californië. Daarom had ik voor een keer mijn bagage afgegeven. Je mag geen vuurwapen meenemen in de cabine. Niet zonder een heleboel formulieren in te vullen.

'Deze blaffer staat te boek als vernietigd,' zei ik. 'Hij bestaat officieel niet meer.'

Hij keek ernaar.

'Haal geen stommiteiten uit,' zei hij. 'Je kunt niets bewijzen.'

'Jij hebt ook niet met een idioot te maken,' zei ik.

'Je begrijpt het niet,' zei hij. 'Het was een bevel. Van de top. We zitten in het leger. Bevelen worden nu eenmaal opgevolgd.'

Ik schudde mijn hoofd. 'Die smoes heeft nooit gewerkt, voor geen enkele soldaat, waar ook ter wereld.'

'Het was een bevel,' herhaalde hij.

'Van wie?'

Hij sloot zijn ogen en schudde zijn hoofd.
'Maakt niet uit,' zei ik. 'Ik weet precies van wie. En ik weet dat ik hem niets kan maken. Niet op die hoogte. Maar jou kan ik wel pakken. Jij kunt mijn boodschapper zijn.'
Hij deed zijn ogen weer open.
'Dat doe je niet,' zei hij.
'Waarom heb je niet geweigerd?'
'Ik kon niet weigeren. Het was tijd om partij te kiezen. Dat zullen we allemaal moeten.'
Ik knikte. 'Waarschijnlijk heb je gelijk.'
'Gebruik je verstand,' zei hij. 'Alsjeblieft.'
'Ik dacht dat jij een rotte appel was,' zei ik. 'Maar de hele mand is rot. De goede appels zijn de uitzondering.'
Hij staarde me aan.
'Je hebt het voor me verknald,' zei ik. 'Jij en je verrekte vriendjes.'
'Wat heb ik verknald?'
'Alles.'
Ik stond op. Deed een stap naar achteren. Zette de Beretta op *vuren*.
Hij staarde me aan.
'Vaarwel, kolonel Willard,' zei ik.
Ik zette het pistool tegen *mijn* slaap. Hij staarde me aan.
'Geintje,' zei ik.
Daarna schoot ik hem precies in het midden van zijn voorhoofd.

Het was een typische negenmillimeter volmantel die dwars door zijn hoofd ging. De achterkant van zijn schedel werd eraf geslagen en belandde in het kastje achter hem tussen een heleboel vernield porselein. Ik stopte de wiet, de speed en de bolletjes wit in zijn zakken, samen met een symbolisch bundeltje dollars. Daarna ging ik door de achterdeur naar buiten en liep weg door zijn achtertuin. Ik glipte door de omheining en de tuin achter de zijne en liep weer naar mijn auto terug. Ik ging achter het stuur zitten, maakte mijn plunjezak open en verwisselde mijn schoenen. Trok het paar uit dat in de Mojave-woestijn was vernield en trok een beter paar aan. Daarna reed ik in westelijke richting naar Dulles. Ik reed het parkeerterrein voor terugkerende auto's van Hertz op. Autoverhuurders zijn niet dom. Ze weten dat huurders een rommeltje van de auto's maken. Ze weten dat er zich allerlei rotzooi in verzamelt. Dus zetten ze grote vuilnisbakken vlak

bij de retourvakken, in de hoop dat huurders zo fatsoenlijk zijn om zelf wat van die rommel te verwijderen. Zo besparen ze op loonkosten. Bespaar een minuut per auto en de personeelskosten dalen aanzienlijk, over een heel jaar genomen. Ik gooide mijn oude schoenen in een bak en de Beretta in een andere. Met het grote aantal auto's dat Hertz per dag verhuurt, werden die bakken regelmatig naar de vuilnispers gebracht.
Ik liep de hele weg naar de vertrekhal. Ik had geen zin om de bus te nemen. Ik liet mijn militaire legitimatie zien, schreef een cheque uit en kocht een enkele reis naar Parijs, op dezelfde nachtvlucht die Joe had genomen toen de wereld nog anders was.

Ik arriveerde om acht uur 's morgens op de Avenue Rapp. Joe vertelde dat de auto's om tien uur zouden komen. Dus schoor ik me en nam een douche in de badkamer van de logeerkamer, zocht mijn moeders strijkplank en perste met veel zorg mijn nette uniform. In de kast vond ik een blikje schoensmeer en ik liet mijn schoenen glimmen. Daarna kleedde ik me aan. Ik speldde mijn hele collectie medailles op in vier rijen. Ik volgde de juiste volgorde uit kledingreglementen en de reglementen voor het dragen van complete medailles. Elke medaille hing keurig over het lintje van het exemplaar eronder. Ik pakte een doekje om ze op te wrijven. Ik reinigde ook mijn andere badges, inclusief de majoorseikenblaadjes, voor de laatste keer. Daarna betrad ik de wit geschilderde huiskamer om te wachten.
Joe droeg een zwart pak. Ik was geen deskundige wat kleding aangaat, maar het zag er nieuw uit. Het was van een prachtige stof. Misschien zijde. Of kasjmier. Ik wist het niet. Het pak was fraai gesneden. Hij had een wit overhemd met een zwarte das aan. Zwarte schoenen. Hij zag er prima uit. Ik had hem nog nooit zo goed gekleed gezien. Hij hield zich goed. Misschien een beetje spanning rond de ogen. We zeiden niets. Wachtten alleen maar. Om vijf voor tien daalden we af naar de straat beneden. De *corbillard* arriveerde precies op tijd van het *depôt mortuaire*. Erachter reed een zwarte Citroën limousine. We stapten in de limousine, trokken het portier dicht en reden langzaam en geruisloos achter de lijkauto aan.
'Alleen wij?' vroeg ik.
'De rest treffen we daar.'
'Wie komen er?'
'Lamonnier,' zei hij. 'En een paar vriendinnen van haar.'

'Waar is het?'
'Père Lachaise,' zei hij.
Ik knikte. Père Lachaise is een beroemde, oude begraafplaats. Er is iets bijzonders mee. Misschien gaf mijn moeders verzetsverleden haar het recht om daar begraven te worden. Misschien had Lamonnier dat wel geregeld.
'Er is een bod op het appartement gedaan,' zei Joe.
'Hoeveel?'
'Jouw aandeel zou neerkomen op ongeveer zestigduizend dollar.'
'Ik wil het niet,' zei ik. 'Geef mijn aandeel maar aan Lamonnier. Zeg maar dat hij overlevenden moet zoeken en het uit moet delen. Hij zal vast wel organisaties kennen.'
'Veteranen?'
'Maakt niet uit. Iedereen die destijds de juiste dingen heeft gedaan.'
'Zeker weten? Misschien kun je het wel gebruiken.'
'Ik heb het liever niet.'
'Oké,' zei hij. 'Jouw keus.'
Ik keek naar buiten. Het was een grauwe dag. Over de zachte, bruine tinten van Parijs lag een grauwsluier van het weer. De rivier was traag, als gesmolten ijzer. We staken de Place de la Bastille over. Père Lachaise was in het noordoosten. Niet zo ver, maar ook niet bepaald om de hoek. We stapten uit bij een stalletje waar ze kaarten van beroemde graven verkochten. Er lagen allerlei soorten mensen op Père Lachaise begraven. Chopin, Molière, Edith Piaf, Jim Morrison.
Bij de poort van de begraafplaats werden we opgewacht door de conciërge van mijn moeders appartementencomplex en nog twee vrouwen die ik niet kende. De *croques-morts* tilden de kist op hun schouders. Ze bleven een ogenblik roerloos staan en vervolgens kwamen ze langzaam in beweging. Joe en ik sloten aan, naast elkaar. De drie vrouwen volgden ons. Het was koud. We liepen over grindpaden tussen merkwaardige Europese mausolea en grafzerken. Uiteindelijk kwamen we bij een open graf. Ernaast lag een keurige berg uitgegraven aarde die bedekt was met een groen tapijt dat er waarschijnlijk uit moest zien als gras. Lamonnier stond ons daar op te wachten. Waarschijnlijk was hij er ruimschoots van tevoren heen gegaan. Vermoedelijk liep hij langzamer dan een rouwstoet. Waarschijnlijk had hij ons niet op willen houden of een figuur willen slaan.
De dragers plaatsten de kist op touwen die al klaarlagen. Die til-

den ze vervolgens op. Ze manoeuvreerden de kist boven het gat en lieten hem voorzichtig met de touwen in de kuil zakken. Er was iemand die iets uit een boek voorlas. Ik hoorde woorden in het Frans en de vertaling zweefde door mijn hoofd. *Stof tot stof, de zekerheid van de dood, tranendal.* Ik luisterde niet echt. Ik keek alleen maar naar de kist onder in de kuil.
De man was uitgesproken en een van de dragers trok het groene tapijt weg. Joe pakte een handje aarde. Hij woog het in zijn hand en gooide het vervolgens op de kist. Het viel met een plof op het hout. De man met het boek volgde zijn voorbeeld. Daarna de conciërge. Toen de twee vrouwen. Tot slot Lamonnier. Hij bukte zich moeizaam met zijn twee wandelstokken en vulde zijn hand met aarde. Wachtte even met ogen vol tranen en draaide zijn pols zo dat de aarde als water van zijn hand gleed.
Ik deed een stap naar voren, legde mijn hand op mijn hart en haalde mijn Silver Star van zijn speld. Hield hem in mijn handpalm. De Silver Star is een prachtige medaille. Hij heeft een klein, zilveren sterretje in het hart van een veel grotere van goud. Er zit een felgekleurd rood-wit-blauw zijden lintje aan waarin een watermerk is verwerkt. Op de achterkant van de mijne was *J. Reacher* gegraveerd. Ik dacht: de *J* van Josephine. Ik gooide hem in de kuil. Hij raakte de kist, stuiterde een keer en landde met de goede kant naar boven, een fonkelend lichtje op een grauwe ondergrond.

Ik belde naar Amerika vanaf de Avenue Rapp en kreeg bevel om naar Panama terug te keren. Joe en ik gebruikten samen een late lunch en beloofden meer contact met elkaar te houden. Daarna keerde ik terug naar het vliegveld, vloog via Londen naar Miami en nam een transportvlucht naar het zuiden. Als nieuwbakken kapitein kreeg ik het bevel over een compagnie. We moesten de orde in Panama City bewaren in het eindspel van *Just Cause*. Dat was leuk werk. Ik had een prima stel manschappen. Terug in het veld zijn was verfrissend. En de koffie was weer uitstekend. Die verschepen ze naar alle plekken waar we heen gaan, in blikken die zo groot zijn als olievaten.
Ik ging nooit meer terug naar Fort Bird. De sergeant met de baby zag ik nooit meer. Ik moest af en toe aan haar denken toen de inkrimping voelbaar werd. Summer zag ik ook nooit meer. Ik hoorde dat ze zoveel werk van de Kramer-agenda had gemaakt dat de auditeur de doodstraf wilde wegens hoogverraad, en dat

ze vervolgens bekentenissen uit Vassell en Coomer en Marshall had weten los te peuteren in ruil voor levenslang. Ik hoorde dat ze tot kapitein werd bevorderd daags nadat het drietal naar Leavenworth was overgebracht. Dus zij en ik eindigden in dezelfde loonschaal. Het was een soort ontmoeting, maar onze paden kruisten elkaar niet meer.

Ik ging ook nooit meer terug naar Parijs. Ik was het wel van plan. Ik wilde nog een keer 's avonds laat afdalen onder de Pont des Invalides, gewoon om de sfeer te proeven. Maar het is er nooit van gekomen. Ik zat nu eenmaal in het leger en bevond me altijd ergens waar iemand anders me wilde hebben.